John Ajvide Lindqvist

Unwesen

»Was war das für ein Gefühl, von dem du gesprochen hast?«, fragt Johan Max. »Vorhin am Hafen, beim Container?«

»Ich weiß nicht«, antwortet Max. »Es ist einfach nur da. Wie beim Terrarium. Man sieht sie nicht, aber man weiß es. Irgendwo dort drinnen ist die Schlange.«

»Ich war nie beim Terrarium«, sagt Johan. »Aber du meinst das nicht wörtlich, also dass sich eine … Schlange in diesem Container befindet?«

»Nein. Aber etwas befindet sich darin. Und das sollte man nicht herauslassen.«

John Ajvide Linqvist wuchs in einem Stockholmer Vorort auf. Er begann als Straßenkünstler und arbeitete als Zauberer, Stand-up-Comedian und Drehbuchautor, bevor er anfing zu schreiben. Mit der Verfilmung seines Romandebüts ›So finster die Nacht‹ gelang ihm der internationale Durchbruch. Lindqvists Bücher wurden vielfach ausgezeichnet und in 31 Sprachen übersetzt. Mit seiner Familie lebt er an der schwedischen Ostseeküste, in Norrtälje.

John Ajvide Lindqvist

Unwesen

Roman

Aus dem Schwedischen
von Thorsten Alms

dtv

MIX
Papier | Fördert gute Waldnutzung
FSC® C014496

Deutsche Erstausgabe 2023
dtv Verlagsgesellschaft mbH & Co. KG München

Titel der schwedischen Originalsausgabe: ›Vänligheten‹
First published by Ordfront förlag, Sweden
Published by arrangement with Nordin Agency AB, Sweden

Umschlaggestaltung: zero-media.net, München
Umschlagmotive: Daniel Scott/EyeEm/Getty Images; Oleh Slobodeniuk/Getty Images; FinePick®, München
Gesetzt aus der Minion Pro 10,5/13,75'
Satz: Greiner & Reichel, Köln
Druck und Bindung: GGP Media GmbH, Poessneck
Printed in Germany · ISBN 978-3-423-28338-0

Für Jenny und Love
Das Leben ist noch ein bisschen lustiger,
seit wir Freunde wurden.

Vor vielen Jahren ging ich in Norrtälje spazieren, als sie mir plötzlich auffiel: die Freundlichkeit. Zwei Bauarbeiter standen zusammen und lachten, der eine klopfte dem anderen auf die Schulter, ein Autofahrer hielt an und ließ jemanden die Straße überqueren, eine Tür wurde aufgehalten, und ein paar Fußgänger hoben einen Kinderwagen in den Bus.

Kaum hatte ich Augen für die Freundlichkeit, sah ich sie überall. Hände werden ausgestreckt, Hilfe wird angeboten, irgendetwas wird gemeinsam angehoben oder transportiert, ein Hindernis wird aus dem Weg geräumt.

Die Freundlichkeit lebt auch in unseren Worten. *Angenehmes Wochenende. Einen schönen Tag noch. Viel Glück. Passt auf euch auf.* Es sind nur Redewendungen, aber sie entspringen einer Quelle des Wohlwollens. Blicke begegnen sich, man lächelt andere an, sagt Danke. Die Freundlichkeit schützt uns vor dem Niedergang, und wir tun gut daran, uns hin und wieder auf sie zu besinnen. Sie ist so wichtig und gleichzeitig so zerbrechlich.

Was wäre, wenn uns die Freundlichkeit abhandenkäme, und was würde dann aus uns?

Prolog, 20. September 2002
Ich bin ein Sturm aus dem Nirgendwo

1

Ein Mädchen steht vor der Stadtbibliothek in Norrtälje. Sie heißt Siw Waern und ist dreizehn Jahre alt. Sie sieht sich um, als würde sie nach etwas Ausschau halten. Sie geht ein paar Schritte, als wollte sie diesen Ort verlassen, hält aber inne, dreht sich um und nimmt ihr zielloses Spähen wieder auf. Sie tritt von einem Bein aufs andere, schüttelt den Kopf. Sie scheint weniger zu suchen als auf etwas zu *warten*. Siw wartet auf etwas, das aus einer unbekannten Richtung kommen wird.

Sie hat etwas Besonderes an sich, und es würde sich lohnen, dabei zu verweilen, wenn sie nicht gerade so ein auffälliges Verhalten an den Tag legte. Sie ist etwas kleiner als der Durchschnitt, ein bisschen schwerer als der Durchschnitt. Klein und dick kann man nicht sagen, aber es geht ein wenig in die Richtung. Mittellanges, dunkles Haar mit einem Pony, der über die tief liegenden Augen fällt, dazu runde Wangen und ein ausgeprägtes Kinn. Siw hat Ähnlichkeit mit einer Inuit und man kann sie sich in einer Tracht aus Robbenfell und mit einer Harpune in der Hand vorstellen. Stattdessen trägt sie aber diesen schwarzen, altmodisch geschnittenen Mantel, dessen Wirkung von einem neongelben Rucksack verstärkt wird, der ihr über der Schulter hängt.

Jetzt scheint sie erneut aufgeben zu wollen. Sie holt ihr Handy heraus und sieht auf die Uhr. 15.43. Sie betrachtet das Café vor der Bibliothek. An einem der Tische sitzt eine Mutter mit einem Kinderwagen und trinkt Tee, an einem anderen ein junges Paar, vertieft in ein Gespräch. Ein Mann mit einem Tablett in den Händen manövriert sich gerade durch die Tür nach draußen. Siw macht eine unbestimmte Geste mit den Händen, steckt das Handy wieder ein und beginnt zu gehen, während sie das Lied *Visa vid vindens ängar* singt. Nicht gerade das, was man von einer Dreizehnjährigen erwartet.

Nach zwei Schritten bleibt sie stehen. Ein kleiner Samhall-Bus kommt mit hoher Geschwindigkeit die Billborgsgatan heruntergefahren. Der Fahrer ist mit irgendetwas auf dem Armaturenbrett beschäftigt, und der Wagen kommt ins Schlingern, als er an der Videothek vorbeifährt. Siw dreht sich wieder zum Café um.

Der Mann mit dem Tablett ist herausgekommen und will zwischen der Mutter und dem Kinderwagen hindurch zu einem freien Tisch gelangen. Er dreht sich seitwärts, um vorbeizukommen, und stößt mit der Hüfte gegen den Kinderwagen. Die Mutter scheint vergessen zu haben, die Bremsen des Kinderwagens zu arretieren, denn der Stoß bringt den Wagen ins Rollen. Das Vorderrad fällt über die oberste der drei Stufen, die zu der Caféterrasse hinaufführen, und als das Hinterrad folgt, gewinnt der Wagen an Fahrt nach unten und zur Seite.

Die Mutter hat noch nicht bemerkt, was passiert ist, weil ihre Sicht vom Körper des Mannes verdeckt wird. Der Wagen hoppelt eine weitere Stufe hinunter und beschleunigt in Richtung Straße, auf der sich der Samhall-Bus mit mindestens fünfzig Kilometern pro Stunde nähert. Zwei bewegliche Körper werden aufeinandertreffen und eine Tragödie erzeugen.

Erst als der Wagen die unterste Stufe hinter sich gelassen hat und über den Bürgersteig rollt, entdeckt die Mutter, was in diesem Augenblick geschieht. Ihr Gesicht verzieht sich zu einer Maske des Schreckens, und sie schreit vor Verzweiflung. Sie stößt ihren Tisch um, als sie aufspringt, weiß aber bereits, dass sie zu spät ist. Dass ihr Leben jetzt zerstört wird.

Die Vorderräder des Kinderwagens sind gerade über den Bordstein gerollt, als sich Siws Faust um den Griff schließt. Der Samhall-Bus fährt einen halben Meter an ihr vorbei und lässt ihren Pony vor den Augen hochflattern, die weit offen sind und skeptisch blicken.

Das Kind im Wagen schreit. Die Mutter weint hysterisch und umarmt Siw so fest, dass es ihr den Atem raubt. Über die Schulter der Frau sieht Siw, wie der Mann, der den Kinderwagen angestoßen hat, die Hände vor den Mund presst. Das Tablett liegt vor seinen Füßen. Siw schließt die Augen. In diesem Augenblick weiß sie, dass sie auf einer entscheidenden Ebene kein Mensch ist.

2

»Komm schon! Was glotzt du denn so?«

Max winkt Johan zu, der zwei Schritte zurückgetreten ist, um die rostigen Sprossen besser beurteilen zu können, die an der Seite des Silos nach oben laufen. Johan zeigt auf eine Stelle dreißig Meter über dem Boden, etwa auf halber Strecke. »Ist da nicht etwas abgebrochen?«

Max stellt sich neben ihn und schirmt die Augen mit der Hand gegen die tief stehende Sonne ab. Als er fertig ist, zuckt er mit den Schultern. »Na und?«

»Aber das ist doch nicht gut? Wenn da etwas abgebrochen ist?«

»Dafür haben wir ja diese Sachen dabei.«

Max schüttelt den Stoffbeutel, in dem sie alles gesammelt haben, was im Werkzeugschuppen auf Max' Grundstück nach Bergsteigerausrüstung aussieht. Seile, Karabinerhaken und Keile. Johan kratzt sich im Nacken. »Also, ich weiß nicht.«

»Scheiße, runter!«

Ein Lieferwagen mit der Aufschrift »Odalmannen« kommt den Hafenkai entlanggefahren, und die Jungen werfen sich hinter einem Stromkasten in Deckung. Man kann sich leicht ausrechnen, dass das, was sie vorhaben, verboten ist. Man muss nur dieses grelle, gelbe Schild am Zaun lesen, unter dem sich ironischerweise eine ausgegrabene Senke befindet, durch die ein schlanker Körper hineinkriechen kann.

Sowohl Max als auch Johan sind schlank. Geradezu hager. Obwohl sie schon dreizehn sind, sind sie feingliedrig und wirken noch wie Kinder, allerdings wie große Kinder. Johan misst 1,73 m ohne Schuhe, Max 1,78 m, und keiner von ihnen ist ausgewachsen. Beide haben sie schmale und sensible Gesichter, beide mittelblondes Haar und eine Ist-mir-doch-egal-Frisur. Man könnte sie für Brüder halten, wenn die Augen nicht so unterschiedlich wären. Max' Augen sind groß und von so hellem Blau, dass sie etwas Durchscheinendes haben, besonders dann, wenn sie den Himmel spiegeln. Johans Augen sind ganz normal, braun, und darunter liegen Schatten von schlechtem Schlaf. Sie sind beste Freunde seit der ersten Klasse.

»Machen wir es jetzt oder nicht?«, sagt Max, als der Lieferwagen wieder weg ist und sie unter den Sprossen stehen. »Ich werde es jedenfalls tun.«

»Ja, ja«, erwidert Johan. »Aber gib nicht mir die Schuld, wenn wir sterben.«

Sie binden sich ein Seil um ihre Taillen. Weil Max derjenige ist, der sich damit auskennt, kümmert er sich um die Knoten, zieht schließlich noch eine Schlinge durch und befestigt einen Karabinerhaken an dessen Ende. »Wir machen sie immer ein paar Stufen über uns fest, okay? Wenn die Sprosse, auf der man steht, abbricht, dann …«

»Und wenn auch die Sprosse abbricht, an der der Karabiner hängt?«

Max sieht Johan durchdringend an, so lange, bis Johan den Blick senkt. »Was ist denn? Was glotzt du so?«

»Hast du dir nie gewünscht, tot zu sein?«

»Doch. Aber das bedeutet ja nicht, dass ich sterben möchte.«

»Was bedeutet es dann?«

Johan zuckt mit den Schultern. »Dass ich nicht leben will.«

»Wie willst du denn nicht leben und gleichzeitig nicht tot sein? Willst du lieber ein Zombie werden, oder was?«

»Können wir jetzt mal anfangen?«

»Natürlich.«

Ohne weitere Anstalten geht Max zu der Leiter und klettert zehn Sprossen nach oben, bevor er den Karabiner zum ersten Mal befestigt. Johan bleibt unten stehen und sieht ihm zu.

Mit zehn haben sie angefangen, über die Besteigung des Silos von Norrtälje zu sprechen. Zu der Zeit hörten sie, dass ein paar Jungen aus der Mittelstufe es getan hatten. In den folgenden Jahren kam das Thema hin und wieder auf, und immer war es Max, der damit anfing.

Max ist der Mutigere von ihnen. Als sie ihre Rollenspiele auf dem Hügel hinter Johans Haus am Glasmästarbacken spielten, war Max derjenige, der auf die höheren Bäume kletterte, und Max war derjenige, der fast die Felswand zur Tillfällegatan hinunterfiel. Er machte den Taucherschein, als er zwölf war und mit seinen Eltern auf Mauritius Urlaub machte. Johan war noch nie außerhalb von Schwedens Grenzen.

Im Gegenlicht wird Max zu einer unförmigen Silhouette, die von Sprosse zu Sprosse nach oben strebt und zwischendurch den Karabinerhaken mit einem lauten Klappern ein paar Stufen höher hängt. Johan wiegt seinen Haken in der Hand und seufzt. Dann geht er zu der Leiter.

Die größte Angst hat er nicht davor, dass eine Sprosse abbrechen könnte, sondern dass sich die gesamte Steigleiter von der Silowand löst und nach außen fällt, dass sie mit ihr hinunterfallen und wie Fliegen von einer Klatsche aus rostigem Eisen zerquetscht werden. Als er ein paar Sprossen nach oben geklettert ist, sieht er ein, dass er sich geirrt hat. Eine abgebrochene Sprosse wäre schlimmer.

Max klettert voran und erprobt damit gleichzeitig die Festigkeit der Sprossen. Falls ein Unfall passiert, wird es also Max erwischen. Klar, er kann auf Johan fallen und ihn mit nach unten in den Tod reißen, aber das erscheint ihm unwahrscheinlich. Wenn jemand stirbt, dann Max.

Johan klettert noch ein paar Sprossen hinauf. Er ist erst fünf Meter über dem Boden, aber trotzdem zieht es schon im Magen, als er über die Schulter nach unten sieht. Er befestigt den Karabinerhaken an der Sprosse über seinem Kopf, die am wenigsten rostig aussieht.

»Hallo!«, ruft Max von oben. »Wie läuft's?«

Wenn er es gewagt hätte, die Hand von der Sprosse zu lösen, hätte Johan den Daumen in die Luft gestreckt. Stattdessen ruft er nur: »Bin gleich bei dir!«

»Soll ich warten?«

»Nein, nein.«

Johan möchte nicht, dass Max sieht, wie ihm der Schweiß ausgebrochen ist. Die Handflächen kleben an dem rauen, rostigen Eisen, und ein Zittern steigt in seinem Brustkorb auf. Er bewegt sich weiter nach oben und versucht den Gedanken zu beenden, den er gerade begonnen hat.

Wenn jemand stirbt, dann Max.

Das ist kein guter Gedanke. Eigentlich sogar ein richtiger Scheißgedanke. Wenn Max jetzt sterben würde, hätte Johan niemanden mehr, außer seiner verrückten Mutter. Niemanden, mit dem er zum Hügel gehen oder Videospiele spielen könnte, niemanden, mit dem er reden könnte oder der ihn begreifen würde. Er wäre, kurz gesagt, ganz allein auf der Welt.

Also …

Also würde er es vorziehen, wenn sich die Leiter löste und sie beide zu Fliegenmatsch zerdrücken würde. Es stimmt zwar, dass er viele Male gedacht und sogar gesagt hat, dass er nicht leben wolle, weil in seinem Leben so viel Mist passiert, aber das stimmt nicht ganz. Solange es Max gibt, will er leben. Ohne ihn nicht.

Als Johan sich fünfzehn Meter über dem Boden befindet und erneut nach unten sieht, ist er sich nicht mehr so sicher. Er will jetzt nur noch, dass es vorbei ist. Er drückt die Stirn an die Sprosse vor seinem Kopf. Sie ist so schrecklich *dünn*, genauso dünn wie die, auf der er steht. Dünne Stäbe aus Eisen sind sein einziger Halt. Nur diese dünnen Stäbe schützen ihn davor, zu stürzen, zu zerschmettern und seine Eingeweide auf dem Asphalt zu vergießen.

»Lieber Gott«, murmelt er. »Lieber Gott, du verdammter Scheißkerl, sorg dafür, dass wir es beide überleben. Tu einfach mal *irgendetwas* für mich, dann werde ich versuchen, dich etwas weniger zu hassen.«

Er schließt die Augen, während er weiter nach oben klettert, drei, vier, fünf, sechs Sprossen. Plötzlich passiert etwas. Eiskalte Finger greifen nach seiner Lunge und wringen sie aus wie Scheuertücher, als er spürt, dass ihn *etwas nach unten zieht*. Die Hände verkrampfen an den Sprossen und Johan beißt geradezu in die Eisenstange vor seinem Mund, drückt sich an die Wand und zittert wie ein gepeitschter Hund, der sich weigert, seinen Knochen loszulassen. Plötzlich fällt es ihm wie Schuppen von den Augen. Er hat vergessen, den Karabinerhaken zu lösen, und jetzt sitzt er ein paar Sprossen unter ihm und bremst.

Ihm steigen Tränen in die Augen, während seine Hände sich nach wie vor weigern, ihren Griff zu lösen, und er atmet in flachen, keuchenden Zügen. Wenn er jetzt fiele, würde die Sprosse, an der der Haken sitzt, die Belastung auf keinen Fall aushalten. Also muss er nach unten klettern und ihn ablösen. Er zwingt sich, nicht länger in die Sprosse zu beißen, spuckt ein paar Rostflocken aus und sieht nach unten.

Der Sog.

Was ihn am meisten erschreckt, ist sein starker Impuls, es geschehen zu lassen. Loszulassen und zu fallen, sich von dem ganzen Scheiß zu verabschieden. Keine Nachtwachen mehr, um die Mutter daran zu hindern, nackt auf die Straße zu laufen und zu predigen, keine nagende Unruhe, dass alles schiefgehen und er im Heim landen könnte. Einfach nur zu fallen, einen Augenblick zu schweben und sie dann weinen zu lassen, alle zusammen.

Auch die Durchführung dieses kleinen Projekts verlangt, dass er zuerst den Karabinerhaken löst. Wenn die Sprosse entgegen seiner Vermutung hält, bricht er sich vielleicht nur den Rücken. Von oben hört er Max' Stimme. »Ist das nicht großartig?«

In diesem Augenblick hasst Johan seinen besten Freund. Max kennt ihn und weiß, wie es ihm geht. Max sollte ihn nicht dieser Versuchung aussetzen. Er ist gefühllos und dumm, es sei denn … *es sei denn, dass genau das der Plan war.* Johan schluchzt, und ein paar Tränen laufen ihm die Wangen hinunter. Vielleicht will Max ja, dass er stirbt. Vielleicht ist Max es leid, dass Johan ständig bei ihm zu Hause rumhängt, damit er dort vielleicht eine warme Mahlzeit bekommt, vielleicht mag er die Pokémon-Jagd und die Rollenspiele auf dem Hügel nicht mehr, die sie immer noch spielen, wenn sonst niemand in der Nähe ist. Vielleicht will Max ihn loswerden und hat sich für diese Methode entschieden.

Die Trauer geht in einen Zorn über, der ihn in die Lage versetzt, die vier Stufen nach unten zu klettern, sodass er seinen Haken lösen kann.

»Steigst du aus, oder was?«, hört er Max rufen.

»Nein!«, schreit Johan, klettert zurück zu der Stelle, an der er seinen Panikanfall hatte, und macht den Haken oberhalb seines Kopfes fest.

Nein! Nein heißt nein!

»Johan!«, ruft Max. »Hier ist alles gut mit den Sprossen. Sie sind nur ein bisschen verbogen.«

Johan drückt die idiotischen Gedanken weg. Es ist vollkommen verrückt von Max, ihn diesen Strapazen auszusetzen, aber der Zweck wird wohl kaum sein, ihm das Leben zu nehmen. Es würde auch ziemlich schlecht aussehen für Max, wenn Johan tot wäre. Ganz egal, wie wenig Johan von sich selbst hält, aber er weiß, dass ein toter Dreizehnjähriger eine große Sache ist. Große Schlagzeile in der *Norrtelje Tidning*, mindestens. Polizeiverhöre, große Aufregung. Er sieht nach unten, und wieder ist die Versuchung da, in einer anderen Gestalt. Die ganze Stadt würde über ihn sprechen.

Nein! Nein heißt NEIN!

Max hat über den Zustand der Sprossen gesprochen, also hat er die Stelle erreicht, die Johan von unten aufgefallen ist. Auf halber Höhe. Es ist noch ein gutes Stück bis dahin, und das soll er jetzt klettern. Er, Johan Andersson, schafft es nicht, und deshalb muss er jemand anderes sein, also wird er zu … *Uruk-hai.*

Viel von dem, was Max und er seit Jahren spielen, stammt aus dem *Herrn der Ringe*. Sie haben alle Bücher gelesen und die Filme gesehen, sehnten sich jeweils nach der nächsten Folge. Sie haben Elfen, Hobbits, Zauberer und Gollum gespielt, aber vor allem Orks. Ihre kurz angebundene Einfalt macht sie zu lustigen Figuren.

Während eines Skilanglaufrennens der Schule im letzten Winter standen Max und er kurz vor dem Zusammenbruch. Sie waren weder durchtrainiert noch besonders skitüchtig, und als noch drei Kilometer der Fünf-Kilometer-Runde übrig waren, standen sie kurz vor der Aufgabe. In dem Moment zischte Johan zu Max hinüber: »Wir sind kämpfende Uruk-hai.« Max musste grinsen und begann seine Stäbe mechanisch zu bewegen, fuhr Ski wie ein Ork, zielstrebig und ohne nachzudenken. So kamen sie wieder voran auf der Loipe, während sie Dinge sagten wie »Töten« oder »Zerstören«, und erreichten das Ziel in einer beachtlichen Zeit.

Ich bin ein kämpfender Uruk-hai.

Johan schüttelt alle Gedanken aus seinem Kopf und sieht nur noch die leckeren, kleinen Hobbits vor sich, die auf dem Dach des Silos ihr Lager aufgeschlagen haben im Glauben, dass sie dort sicher wären. Dorthin kommen. Schlagen. Töten. Er knurrt und schiebt seinen schweren Orkkörper nach oben. Im Mund hat er immer noch den Geschmack von Rost, und das ist gut, denn er ähnelt dem Geschmack von Blut, und sein großer Blutdurst gibt sich jetzt zu erkennen. Schlabber, schmatz.

Johan klettert nach oben wie ein kämpfender Uruk-hai. Jedes Mal, wenn er den Haken über sich befestigt, grunzt er vor Verachtung für diese menschliche Erfindung, der er sich unterwerfen muss. Ohne etwas anderes als Orkgedanken im Kopf erreicht er die Stelle, an dem die Sprossen nach rechts verbogen sind.

»Mann, wie schnell du auf einmal bist«, hört er Max ein paar Meter über sich, und er schaut hoch. Max hat eine Hand von der Sprosse genommen, damit er sich nach hinten beugen und besser nach unten sehen kann. Johans Magen dreht sich fast um, und er fällt fast aus seiner Fantasie heraus, aber das kann er sich nicht leisten, und deshalb beißt er die Zähne zusammen und faucht: »Ich bin ein kämpfender Uruk-hai.«

Max schiebt die Augenbrauen zusammen, lächelt zweideutig und ein bisschen herablassend. Es war nicht Johans Absicht gewesen, diese Worte zu sagen, sie sind einfach herausgerutscht. Er hat die Veränderungen wahrgenommen. Max ist ein halbes Jahr älter als er. Vielleicht geht es gar nicht so sehr um den Altersunterschied als um Vorlieben oder Bedürfnisse, aber Max verlässt gerade die Welt, die sie gemeinsam während der letzten sieben Jahre aufgebaut haben.

Johan steckt in einem unauflöslichen Dilemma. Auf der einen Seite die glühende Sehnsucht, endlich erwachsen zu werden und der Wohnung und der erstickenden Atmosphäre zu entkommen, die der unberechenbare Wahnsinn seiner Mutter erzeugt. Auf der anderen Seite möchte er seine Fantasiewelten nicht verlassen, um die Pflichten auf sich zu nehmen, die das Erwachsenenleben mit sich bringt. Die einfachste Lösung wäre es, selber wahnsinnig zu werden, und vielleicht wird er es auch eines Tages.

Max klettert weiter hinauf, und Johan schnaubt verächtlich. Soll Max doch zu einem langweiligen Erwachsenen werden, wenn er es unbedingt will. Johan jedenfalls würde ein kämpfender Uruk-hai bleiben, bis Aragorn kommt und ihm den Kopf abhackt.

Aragorn!

Vielleicht steckt dieser Schurke dort oben mit den Hobbits zusammen? Dann wäre die Stunde der Rache gekommen für das viele Orkblut, das dieser höllische Halbelfe vergeudet hat! Weiter, weiter!

Johans Fantasie hält fast den ganzen Weg. Er sieht nicht nach unten, er denkt nicht daran, wo er sich gerade befindet. Er sieht nur die Sprossen an seinen gelben Orkaugen vorbeiziehen und bewegt seine Hände und den Haken mechanisch, während er schlichten Gedanken über Rache und Blut nachhängt. Er hat noch etwa drei Meter bis zur Spitze vor sich, als Max über die Kante verschwindet und laut loslacht. Es ist kein Lachen des Entzückens über das Gelingen des Projekts, sondern es gilt etwas anderem. Was kann es denn dort oben geben, das so lustig ist? Diese Überlegungen schlagen einen Keil in Johans Fantasien und er spürt, wie sie zerspringen.

Ich bin ein kämpfender … ich bin … auf einer schmalen Sprosse, die jederzeit abbrechen kann.

Genau *hier* wird es passieren, kurz vor seinem Ziel, denn jetzt kann die Fliegenklatsche mit der größten vorstellbaren Kraft zuschlagen. Du großer Gott, man wird ihn mit dem Löffel einsammeln müssen. Die Hände zittern und die ganze Weite des Falls öffnet sich wie ein sägender Schmerz in seinem Bauch. Er kneift die

Hinterbacken zusammen. Wenn er schon so weit gekommen ist, kann er sich unmöglich noch in die Hose scheißen.

Oben sagt Max irgendetwas, aber Johan kann es nicht verstehen. Er holt tief Luft und denkt: *Drei Meter. Zehn Sprossen. Du schaffst es.* Irgendwie erreicht er auch das Ziel, aber als er über die Kante kommt, bleibt er erschöpft mit dem Bauch auf der herrlich waagerechten Fläche liegen. In seinem Kopf dreht sich alles, und in seiner Verwirrung meint er, eine weitere Stimme hören zu können, eine Stimme, die ihm entfernt bekannt vorkommt.

»Das ist ja noch mal eine gewisse Zugabe«, sagt Max. Was meint er damit? Johans Leistung war vielleicht etwas größer, weil er vorher mehr Angst hatte, aber für so etwas hat Max doch noch nie Verständnis gehabt. Johan hebt den Kopf.

Um die Außenkante des Silodachs läuft ein Metallgeländer, das noch rostiger ist als die Sprossen. Vor diesem Geländer sitzt Marko und lässt die Beine über die Kante hängen. Mit ihm hat Max geredet. Er ist die gewisse Zugabe.

Marko ist nach den Sommerferien in ihre Klasse gekommen und ist somit erst einen guten Monat dabei. Er stammt aus Bosnien und ist jetzt seit zwei Jahren in Schweden. Vor Kurzem ist seine Familie nach Norrtälje gezogen. Obwohl der Zufall es wollte, dass sie jetzt auch in Johans Mietshaus am Glasmästarbacken wohnten, nur ein paar Eingänge weiter, hat er nie mehr zu Marko gesagt als »Hi« und dessen Vater ein paarmal zugenickt, der oft auf dem Balkon steht und raucht. Aber jetzt sitzt Marko auf dem Dach des Silos und sieht so ruhig und gelassen aus, als würde er gerade auf den Bus warten.

»Hast du gehört?«, wendet sich Max an Johan. »Marko ist quasi *jeden Tag* hier oben. Er steigt einfach die Leiter hoch, während wir hier wie irgendwelche, wie heißt es, *Alpinisten* hinaufklettern.«

Max lacht erneut auf, und Marko lächelt. In der Theorie versteht Johan, dass es lustig ist, aber Lachen ist nicht gerade die Gefühlsäußerung, die ihm im Augenblick am nächsten liegt, und sie könnte auch schnell in ein Erbrechen übergehen, sodass er nur ermattet nickt. Er ist sich nicht sicher, ob er hier oben überhaupt auf die Füße kommt. Erst jetzt scheint Max zu merken, wie es ihm geht, und kniet sich neben ihn.

»Wie geht es dir?«, fragt er. »War es schlimm?«

»Ja«, sagt Johan. »Es war verdammt schlimm.«

»Fand ich auch. Ich hatte eine Heidenangst.«

»Das war dir gar nicht anzumerken.«

»Du kennst mich ja.«

Stimmt, Johan kennt ihn. Max hat ein passables Verhältnis zu seinen Eltern, sagt aber, er wolle auf keinen Fall so werden wie sein Vater. Trotzdem ist er ihm am ähnlichsten. Durch Selbstdisziplin und harte Arbeit – er liebt es, diese Worte zu sagen – ist der Vater von einem einfachen Gerüstbauer zum stellvertretenden Geschäftsführer eines mittelgroßen Bauunternehmens geworden und ist mittlerweile eine der zwanzig reichsten Personen in Norrtälje. Er steht jedes Jahr auf der Liste der *Norrtelje Tidning.*

Diese Selbstdisziplin kommt auch in seinen Gefühlsäußerungen zur Geltung, soweit es überhaupt welche gibt. Es muss schon einiges passieren, bevor man Max' Vater ansieht, was in seinem Inneren vor sich geht. Wenn er richtig wütend ist, rümpft er vielleicht die Nase, aber weiter geht es nicht. Max ist ihm in vieler Hinsicht ähnlich, aber im Gegensatz zu seinem Vater besitzt er immerhin die Fähigkeit zu lachen.

»Ja«, sagt Johan. »Ich kenne dich.«

»Kannst du aufstehen?«

»Ganz ehrlich, ich weiß es nicht.«

»Soll ich dir helfen? Es wäre ja schade, wenn du die schöne Aussicht verpasst.«

Gestützt von Max, kommt Johan auf die Beine. Der Boden unter ihren Füßen ist kreisrund und hat einen Durchmesser von ungefähr acht Metern. Gerade jetzt hat Johan die Formel vergessen, mit der man die Größe der Oberfläche ausrechnen kann. Er sieht Marko an und sagt: »Hi.«

»Hi«, sagt Marko und sieht ihn ausdruckslos an.

»Stimmt es, dass du jeden Tag hier bist?«

»Nicht jeden«, sagt Marko mit einem leichten Akzent. »Vielleicht ... jeden zweiten.«

»Hast du das Loch gemacht? Unter dem Zaun?«

Marko nickt. Johan erwidert das Nicken. Max geht zu Marko und stellt sich neben ihn. Er lehnt sich an das Geländer und breitet die Arme aus. »Scheiße, Mann«, sagt er. »Norrtälje! Das scheiß verdammte *Norrtälje*!«

Marko zieht ihn am Hosenbein und zeigt auf das Geländer. »Lehn dich nicht dagegen, sehr rostig. Du wirst Pfannkuchen.«

Max hebt die Hände und tritt einen Schritt zurück. Erst jetzt bemerkt Johan eine Besonderheit an Marko. In der Schule wirkt er sehr ordentlich, um nicht zu sagen steif. Gebügelte Hemden, die bis zum Hals zugeknöpft sind, und Chinohosen, die aussehen, als wären sie am selben Morgen aus der chemischen Reinigung gekommen. Wenn er jemand anderes gewesen wäre, hätte ihn das zum Ziel von Sticheleien gemacht, aber er ist nun einmal kein anderer. Marko umgibt eine Aura von Kraft, und niemand wagt es, sich mit ihm anzulegen.

Jetzt trägt er ein zerknittertes kariertes Hemd mit einem Loch am Ellenbogen und Jeans mit schmutzigen Knien. Johan kann seine Füße nicht sehen, weil sie über die Kante hängen, aber vermutlich trägt er nicht die polierten Schuhe, die er in der Schule anhat. Der Anblick von Markos baumelnden Beinen lässt Johan wieder schwindelig werden. Er stellt sich genau in die Mitte des Plateaus, so weit wie möglich entfernt von der Kante.

Ein Samhall-Bus rollt mit hoher Geschwindigkeit den Glasmästarbacken hinunter. Johan muss den Kopf nur ein kleines Stück drehen, dann sieht er seinen Balkon. Aus dieser Entfernung kann man nicht erkennen, dass er voller Müll ist, da sich seine Mutter gerade in einer Phase befindet, in der gar nichts weggeworfen werden darf. Johan wirft einen hastigen Blick auf seine Armbanduhr. 15.42 Uhr. Bald wird seine Mutter anfangen, in der Wohnung auf und ab zu gehen und sich zu fragen, wo er wohl abgeblieben sein könnte.

Johans Blick wandert nach links, zu den Bäumen im Sozietätspark. Aus dieser Perspektive sind ihre Kronen aufgeblähte Wolken, die im fallenden Sonnenlicht ins Gelbe spielen. Es ist wirklich unglaublich. Sie befinden sich hoch über den Baumkronen.

Der Samhall-Bus erreicht die Sozietätsbrücke und fährt hinauf in die Stadt. Max legt seine Hände um ein unsichtbares Gewehr und richtet es auf ein Paar, das Hand in Hand auf der anderen Seite des Hafenbeckens geht.

»Ein perfekter Ort für einen Heckenschützen«, sagt er und betätigt einen fiktiven Abzug.

Marko steht auf, legt den Kopf schief und sagt: »Heckenschütze?«

»Tja, also«, antwortet Max und sieht Johan an, der fast unmerklich den Kopf schüttelt. Max beißt sich auf die Zunge, schließt die Augen und sagt: »Ach, nichts Besonderes.«

»Aha«, erwidert Marko. »Du musst dir keine Sorgen machen. Aus meiner Familie ist niemand von einem … Heckenschützen angegriffen worden.«

»Schön zu hören«, antwortet Max lahm und scheint kurz davor zu stehen, eine Hand auf Markos Schulter zu legen. Johan rollt mit den Augen. Max kann ein richtiger Idiot sein. Jetzt lehnt er sich zum Beispiel an das Geländer, obwohl Marko gerade gesagt hat …

Irgendetwas stimmt nicht. Max' Augen sind verdreht, sodass man nur noch das Weiße sieht. Der Kopf zuckt von einer Seite zur anderen. Marko zieht die Augenbrauen zusammen und weicht einen halben Schritt zurück, bevor er fragt: »Max, was ist los? Pass auf …«

Johan weiß es bereits. Seit Max und er klein waren, hat Johan einige Male erlebt, wie Max einen Anfall bekam. Als er Dinge *sah*, von denen man am nächsten Tag in der *Norrtelje Tidning* lesen konnte. Unfälle, Brände, und einmal sogar einen Mord. Es waren ausnahmslos Ereignisse, bei denen es schwere Verletzungen oder sogar Todesfälle gab.

Johan weiß auch, dass Max mittlerweile die Kontrolle über seinen Körper verloren hat, weil er vollkommen entrückt ist. Er sollte jetzt zu ihm gehen und *etwas unternehmen*. Das Problem ist nur, dass seine Füße wie festgenagelt in der Mitte des Dachs stehen, er ist körperlich nicht in der Lage, sich dem Rand zu nähern.

Max lässt das Geländer los und fällt seitwärts darauf zu. Ein scharfes Knacken verrät, dass das rostige Metall bricht und sich die Stange unter dem Gewicht nach außen biegt. Obwohl der ganze Prozess wie in Zeitlupe verläuft, hat Johan nicht die geringste Chance, ihn rechtzeitig zu erreichen, selbst wenn er sich bewegen könnte. Sein Mund öffnet sich und er saugt Luft ein, während ein ohnmächtiger Schrei in seiner Brust heranwächst. Er wird hier stehen und seinen besten Freund sterben sehen.

Max' rechte Hand streckt sich nach Johan aus, während seine Pupillen in ihre normale Position zurückkehren, sodass er sehen und verstehen kann, was gerade geschieht. Ihre Blicke begegnen sich für eine Sekunde, dann kommt etwas ins Sichtfeld geflogen und unterbricht den Kontakt. Markos Arm. Er greift nach Max' Handgelenk und versucht seinen Fall aufzuhalten. Aber die Bewegung ist schon eingeleitet, und Max ist groß gewachsen, was seine Hebelkraft nach außen verstärkt.

Marko wird zum Rand gezogen, während er versucht, dagegen anzukämpfen. Er dreht den Kopf nach hinten, streckt seinen freien Arm nach Johan aus und ruft: »Hilfe!«

Sein ganzes Leben lang wird sich Johan für das verachten, was danach geschieht. Statt Marko die Hilfe zu geben, die er verdient, und die Unterstützung, die er braucht, unterwirft sich Johan dem Schrei, der in ihm brodelt. Er schreit und kreischt, weicht sogar eine Fußlänge zurück.

Marko ist kurz davor, zusammen mit Max über die Kante zu fallen. Das goldgelbe Licht über den Baumkronen verblasst, als die Sonne hinter dem Stallmästarberg versinkt, und es blinkt kurz, als die letzten Strahlen den Glockenturm auf dem Rathaus treffen. Dieser Augenblick wird für immer in Johan eingebrannt sein.

In einem letzten, verzweifelten Versuch packt Marko mit beiden Händen nach Max' Arm, sein rechter Fuß findet die Verankerung eines Geländerpfostens, und er wirft seinen eigenen Körper in dem Moment zurück, in dem sein linker Fuß über die Kante gleitet. Max' Oberkörper wird etwa zwanzig Zentimeter nach oben gerissen, und danach wiegen sie hin und her. Die beiden Jungen bilden ein V, das sich nicht entscheiden kann, in welche Richtung es fallen soll. Schließlich findet Markos linker Fuß eine Unebenheit in der Kante, die ihm den fehlenden Halt liefert. Er drückt sich noch einmal ab und fällt auf den Rücken. Einen Augenblick später taumelt Max heran und landet neben ihm auf dem Bauch.

Johans Schrei verstummt, als hätte jemand auf einen Schalter gedrückt. Seine Augen öffnen sich und schließen sich wieder, als die Scham in dunklen Wellen durch seine Brust spült.

Feigling. Du verdammter, mieser, kleiner Feigling.

Was hätte er nicht gegeben, um derjenige zu sein, der neben Max liegt und keucht und jetzt den Kopf schüttelt? Der ihn mit großer Gefahr für sein eigenes Leben gerettet hat. Das hätte sie für den Rest des Lebens zusammengeschweißt. Was würde er dafür geben? Aber er hat es nicht getan.

Auf den dunklen Wellen treiben dunkle Gedanken heran. Johan hasst Marko, der dort liegt und sich in seinem heldenhaften Einsatz suhlt, er will ihn am liebsten selbst über die Kante stoßen, ihn verschwinden lassen. Als Johan einsieht, was er da denkt, wird die Scham nur noch größer. Marko hat gerade seinen besten Freund gerettet. Falls sie jetzt noch beste Freunde sind.

Max und Marko sehen einander an. Und beginnen zu lachen. Sie lachen und lachen, bis Max die Handfläche auf den Zement klatscht und sich hinkniet. Er sieht Marko mit leuchtenden Augen an und sagt: »Du hast mich gerettet! Verdammt, du hast mir wirklich das Leben gerettet!«

»Ja, ja«, erwidert Marko. »Schon gut.«

Max zieht eine seltsame Miene, beinahe eine Grimasse. »Du kapierst das nicht!« Er zeigt auf die Kante. »Ich hätte tot dort unten gelegen, wenn du nicht gewesen wärst. In genau diesem Augenblick, jetzt, würde ich total zermatscht da unten liegen!«

»Ist mir schon klar«, erwidert Marko. »Aber so schwierig war es nicht.«

Max' Mund öffnet sich und klappt wieder zu, als könnte er nicht formulieren, was er sagen will. In der Stille, die daraufhin entsteht, bekommt Johan endlich ein Wort aus seiner zusammengeschnürten Kehle heraus, und das Wort lautet: »Entschuldigung.«

Max und Marko sehen Johan an, als hätten sie vergessen, dass er überhaupt existiert, und Johan würde am liebsten durch den Boden sinken, der eigentlich ein Dach ist, hinab in die dunklen Innereien des Silos, welchen Mist sie auch immer dort aufbewahren. Er zieht wie ein kleines Kind an seinem T-Shirt, und seine Wangen laufen rot an, als er erneut flüstert: »Verzeih mir, ich …«

Er bekommt die Worte nicht heraus, weil es zu viele sind. Max ist für ihn auf eine ganz grundlegende Art das Leben selbst, und der Schock, dieses Leben in einem Wimpernschlag verschwinden zu sehen, war so überwältigend, dass er ihn davon abgehalten hat, das Rettende zu tun. Er kann es nicht erklären, also starrt Johan auf seine Füße und hört, wie sich Schritte nähern. Max steht vor ihm.

»Du«, sagt Max. »Hör mir zu.« Johan hebt den Kopf, aber die Anklage, die er in Max' Blick erwartet hat, ist dort nicht zu finden. Stattdessen strahlt aus seinen Augen ein Licht, das er von seiner Mutter kennt, wenn sie eine ihrer Offenbarungen hat.

»Sieh mich an«, sagt Max und zeigt auf sich selbst. »Ich stehe hier. Ich bin nicht tot. Selbst wenn …« Max' Blick verschwindet nach innen, und Johan ist alles andere als begeistert davon. Für einen Moment befürchtet er, dass Max gleich schreien und mit den Armen rudern wird wie seine Mutter, aber Max holt seinen Blick zurück und fährt fort: »… Ich weiß nicht, wie ich reagiert hätte, okay? Vielleicht hätte ich es genauso gemacht wie du. Alles ist gut, Johan. Alles ist gut.«

Johan nickt, obwohl er nicht glaubt, dass Max genauso reagiert hätte wie er. Max' Grundgefühl ist nicht die Angst, Max ist kein Feigling. Trotzdem ist Johan dankbar dafür, dass sein Freund diese Dinge sagt. Es lindert die Scham ein bisschen. Max macht eine Armbewegung zu Marko hin. »Obwohl es ein verdammtes Glück war, dass Marko hier oben war. Ansonsten wäre ich, wie hast du es gesagt, ein Pfannkuchen.«

Zum ersten Mal wagt Johan es, den Blick auf Marko zu richten, der in den Schneidersitz gegangen ist und ihn ruhig und ohne Vorwürfe betrachtet. »Du bist ein Held, Marko«, sagt Johan vorsichtig.

Marko schüttelt den Kopf. »Mein Vater ist ein Held.«

Johan kann den Begriff Held nicht mit dem nervösen, kleinen Mann in Zusammenhang bringen, der ständig auf dem Balkon steht und raucht. Trotzdem nickt er, als verstünde er genau, was Marko gemeint hat. Vor ihm ist Max ein Stückchen zusammengesunken und der Glanz in seinen Augen verblichen.

»Was ist passiert?«, fragt Johan mit leiser Stimme. »Du hast etwas gesehen, stimmt's?«

Max nickt und Johan schielt zu Marko hinüber. Soweit Johan weiß, ist er der Einzige, der in das Geheimnis eingeweiht ist, und er weiß nicht, ob Max es auch mit Marko teilen will. Er selbst möchte um alles in der Welt vermeiden, dass Max es zulässt. Leider steht Marko jetzt auf und stellt dieselbe Frage. »Was ist denn mit dir passiert? Hast du Epilepsie oder so etwas?«

Max schüttelt den Kopf. »Manchmal sehe ich Dinge«, sagt er. »Dinge, die geschehen werden.«

Das war es dann, denkt Johan, sieht aber ein, dass Marko das Recht erworben hat, davon zu wissen. Alles in allem war das Projekt mit dem Silo eine richtige Scheißidee. Johan hat nur mitgemacht, um wieder näher an Max heranzukommen, aber stattdessen ist das genaue Gegenteil passiert.

»Du kannst also … in die Zukunft sehen?«, fragt Marko.

»Aber nur ein ganz kurzes Stück«, sagt Max. »Ein paar Sekunden, bevor es passiert. Manchmal ein bisschen mehr.«

Um seine Daseinsberechtigung nicht vollkommen zu verlieren, wirft Johan ein: »Das stimmt. Ich bin schon ein paarmal dabei gewesen, als es passiert ist. Max hat etwas gesehen, und am nächsten Tag stand es in der Zeitung.«

Marko nickt langsam und sagt: »Okay.«

Max zieht die Augenbrauen hoch. »Du glaubst mir?«

»Warum nicht? Was hast du denn gesehen?«

»Das habe ich doch gerade gefragt«, sagt Johan, und Marko wirft ihm einen langen Blick zu, woraufhin Johan sich wieder mehr für seine Schuhe interessiert. Wenn Johan allmählich merkt, dass Max älter ist als er, dann kommt ihm Marko eher wie ein *Erwachsener* vor.

»Ich sah …«, sagt Max und sieht in den Himmel, an dem die Wolken immer noch von der Sonne beleuchtet sind und das Licht auf sein Gesicht abstrahlt, sodass es einen seligen Schimmer bekommt, »… eine Treppe. Ein Kinderwagen rollte die Treppe hinunter. Und einen Bus. Von dieser Firma, die … Behinderten Arbeit gibt …«

»Samhall?«, fragt Johan. »Ich habe diesen Bus gesehen. Gerade eben.«

»Dann ist es ganz in der Nähe passiert, oder …« Max massiert sich die Schläfen und schließt die Augen. »Genau, ja. Ich sah den Kinderwagen vor den Bus rollen. Rums. Das Baby fliegt heraus und der Wagen kommt unter den Bus. Der Bus macht eine Notbremsung, kommt ins Schleudern und rollt über den Kopf des Babys. Das war alles.«

»Wie schrecklich«, sagt Johan. »Und du weiß nicht, wo es passiert ist?«

»Es könnte vor der Bibliothek gewesen sein, an der Treppe zur Straße, aber …« Max' Blick wandert von Marko zu Johan und zurück, als wollte er in ihren Gesichtern eine Erklärung finden. Er massiert sich erneut die Schläfen und sagt: »Also es ist so: *Es ist nicht passiert*. Fragt mich nicht, woher ich das weiß, aber ich weiß es genauso deutlich, wie ich gewusst habe, dass es passieren sollte. Es ist nicht passiert.«

»Aber … dann hast du ja nicht in die Zukunft gesehen?«, sagt Marko.

»Doch!«, erwidert Max und sieht beinahe wütend aus. »Das habe ich! Aber irgendetwas … kam dazwischen.«

»Aber das war doch gut«, sagt Johan.

»Ja, natürlich war das gut!«, antwortet Max, immer noch wütend. »Das war fantastisch! Aber es ist unbegreiflich. Als gäbe es dort etwas, das ich nicht sehen kann. Etwas, das irgendwie … *anders* ist.«

1
Entei

Der Wind hält eine Rede

Es gab eine Zeit, in der mich nichts aufhielt und ich wie ein göttlicher Geist in diesen nördlichen Gebieten über das Wasser fegte und weiter vordrang. Manchmal verwandelte ich mich in einen Sturm und ließ die Wellen steigen, manchmal ruhte ich mich aus und ließ das Meer spiegelblank daliegen, aber es war wie ein Baum, der im Wald fiel. Niemand sah, was ich tat, und niemand kommentierte es, weil es kein Land gab, auf dem Leben war. Es war eine langweilige Zeit, und sie währte lange.

Dann erhoben sich die Inseln langsam aus dem Meer, und ich war entzückt. Endlich etwas Neues zum Beobachten und zum Spielen, mageres Sanddorngestrüpp mit Blättern, die man schütteln konnte. Langsam hob sich das Land, nachdem die Eisdecke geschmolzen war, wie ein Mensch, der sich reckt, nachdem er eine Last abgeworfen hat. Die Inseln wurden immer zahlreicher und wuchsen zusammen, sie bildeten Landmassen. Ich hatte geschäftige Jahre, weil ich sie alle besuchen wollte, die Kronen der Laubbäume zum Zittern bringen und manchmal einen ganzen Stamm fällen, einfach nur zum Spaß.

Dann endlich kamen die Menschen. Oh, die Menschen! Ich spreche aus langjähriger Erfahrung, und ich kann euch verkünden: Kein Tier bereitet mir größeres Vergnügen als der Mensch. Mag sein, dass dies auf Eitelkeit beruht, da sich kein Tier so sehr für mich interessiert und so ausgiebig über mich diskutiert wie der Mensch, insbesondere diejenigen Exemplare, die an der Küste wohnen oder zur See fahren. Aber ich vermute, dass es eine andere Ursache hat, nämlich die Kombination aus Vernunft und Unvernunft, die diese Menschen so unendlich interessant macht.

Die anderen Tiere machen Dinge, zu denen sie der Instinkt oder ein schlichtes Denkvermögen treibt. Der Mensch wägt ab und überlegt, zögert vor Entscheidungen und verspürt anschließend gelegentlich Reue. Welches andere Tier hat das Vermögen, etwas zu bereuen? Der Mensch benutzt seine Vernunft, um zur besten Entscheidung zu gelangen, worauf seine Unvernunft ihn manchmal verleitet, genau das Gegenteil zu tun. Das gibt ein Drama! Es ist eine unerschöpfliche Quelle der Unterhaltung für eine überall gegenwärtige Kraft, wie ich es bin.

Aber ich schweife ab. Hier soll von Norrtälje die Rede sein. Vor langer Zeit war der See Lommaren der Teil einer tiefen Furche, die ins Land einschnitt und jetzt Norrtäljebucht genannt wird. Von dort stammt auch der Name, von *tälja*, schnitzen, weil die Bucht wie eine Kerbe in Schwedens Bauch geschnitten ist. Dann stieg das Land weiter und aus der Bucht wurde ein Fluss, der Norrtäljefluss, und aus dem Lommaren ein Binnensee.

Fischerboote liefen aus, und ich warf mich gegen ihre Segel, gab den Ruderern Gegenwind oder Rückenwind, ganz nach Laune. Die Menschen priesen mich oder verfluchten mich. Ich folgte ihrer Fahrt in die Bucht und sorgte dafür, dass sich der Heringsduft vom Markt weit ins Land verbreitete. Es herrschten volles Leben und lebhafter Verkehr nach Finnland, und meine wechselhaften Launen waren ein ständiges Gesprächsthema.

Nun, ich muss gestehen, dass ich eitel bin, und die Vergabe der Stadtrechte an Norrtälje im Jahr 1622 stellte sich als Fehler heraus. Es wurde eine Gewehrmanufaktur gegründet, und jede Menge deutscher Schmiede traf ein. So weit war alles gut, sie hatten lustige, breitkrempige Hüte, die ich ihnen von den Köpfen reißen konnte, aber die Aufmerksamkeit begann sich vom Meer zum Fluss hin zu verschieben, weil er die Manufaktur und auch etliche Mühlen antrieb.

Der Fluss! Man nannte ihn »Norrtäljes Herz und Schlagader« und »Gottes Segen für uns Norrtäljebürger«. Der Fluss! Was habe ich mit dem Fluss zu tun? Nichts! Ich kann seine Oberfläche kräuseln und das Laub von den Bäumen auf ihn regnen lassen, aber anders als das Meer ist der Fluss auf eine aufreizende Weise sich selbst genug. Die Fischerei und der Schiffsverkehr gingen weiter, und ich wurde auch nicht ganz vergessen, aber es wurden keine Messen mehr abgehalten, um mich zu besänftigen und um mir Achtung zu erweisen.

Vielleicht habe ich deswegen nichts getan, als im Jahr 1719 die Russen kamen. Ich hätte mich nach Osten wenden und ihre Flotte dorthin zurücktreiben können, woher sie gekommen war. Stattdessen schenkte ich ihr angenehmen Rückenwind, und nachdem sie die Stadt in Brand gesteckt hatten, trieb ich durch die Gassen und nährte die Flammen. Eine Rache, die meiner Natur entsprach.

Nach und nach wurde die Stadt wieder aufgebaut, und an der Wende vom neunzehnten zum zwanzigsten Jahrhundert war Norrtälje der vornehmste Badeort der Ostküste, auch wenn es unglaublich klingen mag.

Hui! Bei den Damen, die im Hafenbecken von Bord der S/S Rex und anderer Dampfboote stiegen, können wir fürwahr von breitkrempigen Hüten sprechen, in die man fahren konnte! Im Gänsemarsch schritten die elegant gekleideten Damen und Herren über die neu errichtete Sozietätsbrücke in den Sozietätspark, um das Sozietätshaus zu erreichen. Sozietät gab es in allen Richtungen! Sie nahmen ein Kaltbad, ein Warmbad und ein Schlammbad, und abends besuchten sie das Freiluftkonzert, wo ich die Notenblätter mit mir riss, unter die weiten Kleider der Damen fuhr und die gepflegten Bärte der Herren kitzelte. Das waren Zeiten!

Irgendwann geriet der wundertätige Schlamm Norrtäljes in Vergessenheit. Die Dampfboote kamen nicht mehr und das Sozietätshaus wurde abgerissen. Wenn ich jetzt durch den Sozietätspark brause, muss ich zwischen Menschen mit Kinderwagen und Alten und Jugendlichen kreuzen, deren Blicke auf Bildschirme geheftet sind. Der einzige Trost ist eine große Wetterfahne, die zu meinen Ehren errichtet wurde.

Aber neue Zeiten brechen an! Ein Schiff nähert sich über das Meer, ein Frachter mit einer nur schwer zu löschenden Ladung, die vieles verändern wird. Meine Natur ist flüchtig, und ich liebe Veränderung, um nicht zu sagen, das Chaos. Meine Zeit wird kommen.

Nichts passiert hier

1

Zwei Frauen gehen über die Rasenfläche, wo früher einmal Norrtäljes Flugplatz lag. Als sie sich dem Schützenbunker nähern, der gebaut worden ist, um selbigen Flugplatz zu bewachen, holt eine der Frauen ihr Handy heraus. Seht nur, es ist Siw, der wir zuletzt vor der Bibliothek begegnet sind, als sie eine vorausbestimmte Tragödie verhinderte. Dieselbe Hand, die sich vor sechzehn Jahren um einen Kinderwagengriff schloss, flattert jetzt geübt über das Display, als sie eine Art Fantasiefigur manipuliert. Siw ist runder als damals, ja, wir müssen sie eigentlich übergewichtig nennen. Den eigenwilligen Stil, den sie im Alter von zwölf Jahren zeigte, hat sie mittlerweile aufgegeben und trägt graue Jogginghosen und einen verblichenen Kapuzenpullover mit dem aufgedruckten Håkan-Hellström-Text »Ta mig till kärlek«, den man kaum noch entziffern kann. Ihre Füße stecken in Crocs. Ihr Haar ist schwarz gefärbt mit einem zentimeterlangen Ansatz ihrer ursprünglichen Haarfarbe.

Es ist eine gewisse Enttäuschung, Siw in dieser Form wiederzubegegnen. Anscheinend hat das Leben sie zurechtgestutzt. Nun gut, der Blick, mit dem sie das Handy betrachtet, ist munter und aufmerksam, ihre Körperhaltung sieht alles andere als gedrückt aus, und was weiß man schon über die Bestimmung eines Menschen! Die Zukunft kann immer noch große Aufgaben für unsere Siw bereithalten.

Die andere Frau heißt Anna. Sie ist genauso alt wie Siw und offensichtlich sehr unzufrieden mit dem Zeitvertreib ihrer Freundin. Sie rollt mit den Augen und zerrt irritiert am Riemen des kleinen Rucksacks, der an ihrer Schulter hängt. »Kannst du diesen Mist irgendwann auch einmal *weglegen*?«, fragt sie. »Mittlerweile bin ich wohl mit einem blöden Pokémon-Zombie befreundet.«

»Warte«, sagt Siw. »Ich muss nur noch.«

Siw scrollt in ihrer Liste hinunter, findet das feiste Relaxo und setzt es in die Arena des Schützenbunkers. Offensichtlich handelt es sich um Pokémon Go, und Siws Pokémon-Sammlung ist umfassend, da sie sich auf Level 35 befindet. Anna zeigt auf Relaxo und sagt: »Du weißt schon, dass wir dort landen werden, wenn wir uns nicht zusammenreißen.«

Genau wie die Jungen, die wir betrachtet haben, ähneln die beiden Freundinnen einander. Auch Anna ist übergewichtig, etwa zwanzig Kilo zu viel, die ungünstig verteilt sind. Auch Annas Haare sind schwarz gefärbt, aber sie arbeitet sorgfältiger als Siw, weil sie auch den Haaransatz in Schuss hält. Beide Frauen sind ungefähr gleich groß, oder eher gleich kurz, aber damit hören die offensichtlichen Ähnlichkeiten auch auf.

Annas Augen sind grün und stehen ein bisschen vor, was ihr einen herausfordernden, wenn nicht gar frechen Ausdruck verleiht, und ihr breiter Mund deutet in Ruhelage ein ironisches Lächeln an. Ihre Nase ist groß und zeigt ein bisschen nach oben, sodass man ihre Nasenlöcher sehen kann. Hübsch würde man sie vielleicht nicht nennen, aber ihr Aussehen hat etwas Ansprechendes. Anna hat viel von allem. Ihre Hüften sind breit und ihr Busen wippt, wenn sie geht. Sie ist unübersehbar.

Auch Siw trägt einen Rucksack mit Trainingskleidung, weil die beiden Freundinnen auf dem Weg zum Fitnessstudio Friskis & Svettis sind. Siw sieht, dass es bereits nach fünf ist, und sagt: »Heute geht es nur kurz. Ich muss Alva um sechs abholen.«

»Klar«, sagt Anna. »Wir checken nur die Lage. Ob es irgendwelche Honks in Tights gibt oder so.«

»Hoffentlich nicht.«

»Warum denn nicht?«

»Willst *du* das etwa? Dass da jede Menge von diesen, wie sagt man, definierten Männern herumsteht, und Mädchen natürlich auch, die uns anglotzen, wenn wir da … herumhüpfen?«

»Immer mit der Ruhe. Wir schaffen höchstens zehn Minuten, bis wir zusammenbrechen. Kurz wird es also auf jeden Fall.«

Siw kaut an einem Daumennagel, und ihre Augen beginnen ein wenig zu glänzen, als sie sagt: »Ich will das wirklich. Ich will es wagen.«

»Dann wag es doch«, sagt Anna, bevor sie plötzlich stehen bleibt und sich an die Stirn schlägt. »Verdammt!«

»Was ist denn?«

Anna zeigt auf den Parkplatz vor dem Friskis & Svettis, der mit Marktständen gefüllt ist, deren Lampen die Septemberdämmerung erhellen. »Ich hatte versprochen, meiner Schwester zu helfen. Was hast du gesagt, wie spät ist es? Fünf? Dann muss ich danach noch einspringen. Aber vorher sage ich kurz Hallo.«

Siw und Anna bewegen sich in die Duftwolke aus Zuckerwatte, heißen Würstchen und Karamellstangen, sie kommen an Ständen vorbei, die Handyhüllen, lustige T-Shirts und Schaffellpantoffeln anbieten, bis sie schließlich vor einem Stand mit Americana stehen bleiben.

Mit wahrem amerikanischem Überschwang hat Annas große Schwester Lotta den gesamten Platz mit Krimskrams vollgestopft, der an eine verschwundene USA erinnert. Es gibt Blechmodelle von Autos aus den Fünfzigerjahren, Bakelitbüsten von Elvis, Spardosen in Form von Jukeboxes, Brylcreem in der Dose und Taschenkämme. An der Hinterwand hängt eine große Südstaatenflagge, und aus zwei Lautsprechern schallt »I walk the Line« von Johnny Cash.

Mitten drin thront Lotta, die eins neunzig groß ist und kaum unter die Regenplane passt. Ihr von Natur aus schwarzes Haar ist zu einem Zopf geflochten, der über ihre Schulter hängt wie eine kampfbereite Mamba. Sie starrt Anna böse an, als diese auf sie zukommt.

»Wo hast du denn gesteckt, du dumme Kuh?«, fragt Lotta und gestikuliert mit der Hand, die für ihren großen Körper erstaunlich klein geraten ist. »Ich musste den ganzen Mist alleine auspacken. Hi, Siw.«

Siw nickt und lächelt vorsichtig. In ihrer Jugend war sie manchmal auf Annas Bauernhof bei Rimbo zu Gast gewesen, und stets hatte sie eine gewisse Angst vor der Begegnung mit der Familie ihrer Freundin verspürt. Anna hat zwei Brüder und zwei Schwestern, die alle genauso groß und stattlich sind wie ihr Vater. »An dem Tag, an dem er mich gezeugt hat, muss er krank gewesen sein«, erklärt sie Siw ihre Ausnahmestellung. Sie kommt eher nach ihrer Mutter, die von durchschnittlicher Größe ist, was sie allerdings mit einem Mundwerk kompensiert, das sich gewaschen hat und Siw in Angst und Schrecken versetzen konnte.

»Ich komme danach«, sagt Anna und nickt mit dem Kopf zum Friskis & Svettis hinüber. »Siw und ich wollen trainieren.«

»*Trainieren*«, erwidert Lotta. »Wofür willst du denn trainieren? Wenn du Sachen hochheben willst, habe ich hier genug davon.«

»Manche Leute interessieren sich vielleicht dafür, wie sie aussehen«, sagt Anna und mustert Lottas Bauch, der das nietenbesetzte Westernhemd ausbeult. Lotta stemmt die Hände in die Hüften und drückt den Bauch noch weiter nach vorn. »Was, willst du damit sagen, dass ich hässlich bin?«

»Nein, ich will damit sagen, dass du richtig scheiße aussiehst. Bis dann.«

»Leck mich.«

Vor ihrer eigenen Mutter hat Siw Annas Sprache damit entschuldigt, dass der Ton in deren Familie »roh, aber herzlich« sei, obwohl Siw nicht besonders viel Herz in den Ausdrücken entdecken konnte, die sie einander an den Kopf warfen. Trotz allem war Anna noch diejenige von ihnen, die die gepflegteste Sprache hatte, vielleicht weil sie so oft mit Siw zusammen war.

Seite an Seite gehen sie zum Eingang. Auf die Betonwand, die ein paar Meter rechts von der Tür verläuft, hat jemand »Fettballett« gesprüht.

2

»Mama, darf ich aufmachen?«

Siw holt den Schlüssel heraus, der an einer runden Holzscheibe mit der Aufschrift »Zuhause« befestigt ist, und gibt ihn Alva, die sich auf die Zehenspitzen stellen muss, damit sie ihn in das Schlüsselloch bugsieren kann. Siw zieht eine Grimasse, als Alva an dem Schlüssel herumzerrt, damit er sich dreht, aber sie lässt sie machen. Schließlich wird der Riegel zurückgezogen, und Siw kann durchatmen. Sie zieht den Schlüssel aus dem Schloss und kontrolliert verstohlen, dass Alva ihn nicht verbogen hat.

Der Duft, der *Zuhause* bedeutet, umfängt Siw, als sie in den Flur tritt. Sie schließt die Tür hinter sich, und eine gespannte Saite in ihrem Brustkorb löst sich. Sie hängt den Schlüssel an einen Haken, der für diesen Zweck vorgesehen ist, und zeigt auf die Schuhe, die Alva abgestreift hat, und dann auf das Schuhregal. Alva stellt die Schuhe an ihren Platz und fragt: »Warum müssen die Schuhe in das Schuhregal?«

»Das hört man doch schon am Namen, oder? Schuhregal.«

Alva zieht erst die Augenbrauen zusammen und nickt dann. Die Erklärung stimmt mit ihrer Art überein, die Welt zu verstehen, und ausnahmsweise gibt es auch keine Fragen nach tieferen Erklärungen. Stattdessen möchte sie wissen: »Was essen wir heute?«

»Köttbullar und Kartoffelbrei.«

»*Richtigen* Kartoffelbrei?«

»Ja. Und richtige Köttbullar.«

»Gut. Das ist in Ordnung.«

Alva hat eine feste Auffassung davon, wie Dinge zu sein haben. »Richtiger« Kartoffelbrei ist aus Pulver, weil selbst gemachter Brei Klumpen enthalten kann, was nicht in Ordnung ist. »Richtige« Köttbullar sind ebenfalls schwierig in der Herstellung, weil *richtige* Köttbullar klein und vollkommen rund sind. Senf ist nur Senf, wenn er aus der Tube kommt. Und so weiter.

Alva verschwindet in ihrem Zimmer, während Siw die Sporttasche auspackt. Die Feuchtigkeit in der Kleidung stammt ausschließlich vom feuchten Handtuch, weil sie sich nicht genug angestrengt hat, um ins Schwitzen zu kommen. Im Alltag bewältigen die Muskeln ihre Aufgaben, aber an die Kabelzüge gefesselt weigerten sie sich, Siws Befehle auszuführen. Siw hat starke Hände und Unterarme, weil sie stundenlang Waren über den Scanner zieht, mehr aber auch nicht.

Als sie das Handtuch im Badezimmer zum Trocknen aufhängt, entdeckt sie, dass sie trotz der Kürze der Trainingseinheit Schwierigkeiten hat, die Arme zu heben. Aber das ist bestimmt ein gutes Zeichen, oder? Jedenfalls passiert irgendetwas.

Auf dem Weg in die Küche bleibt sie für einen Moment im Wohnzimmer stehen. Sie liebt ihre Dreizimmerwohnung, aber vor allen Dingen liebt sie ihr Wohnzimmer. Über dem Sofa liegt eine Flickendecke aus farbigen Webstücken, auf dem Couchtisch stehen drei Teelichthalter und auf den Schränken und Regalbrettern sind noch weitere verteilt. Sie summt Håkan Hellströms »Brännö serenad«, als sie mit dem Stabfeuerzeug, das genau wie der Schlüsselhaken für diesen einen Zweck vorgesehen ist, die Kerzen auf dem Tisch anzündet. Wenn man Siws Wohnung mit einem Wort beschreiben sollte, dann wäre es *zweckmäßig*. Jedes Ding an seinem Ort und keine Extravaganzen.

Aber der Schaukelstuhl in der Ecke, was ist mit dem? Er ist mit einem Kurbitsgemälde dekoriert und scheint von Hand gefertigt zu sein. Tja, Siws Großmutter hat ihr das Stück vermacht, als sie in ein Seniorenheim gezogen ist, weil es der Lieblingsplatz der kleinen Siw war. Ein Strickkorb steht daneben auf dem Boden, und Siw nimmt sich vor, am Abend endlich weiter an Alvas Pullover zu arbeiten.

Sie sieht sich selbst zwischen vielen leuchtenden Teelichtern in dem Schaukelstuhl sitzen, und das einzige Geräusch, das man hört, ist das Klappern der Stricknadeln und Håkan in niedriger Lautstärke aus den Lautsprecherboxen. Ein wärmender Strahl aus Wohlbefinden durchströmt Siw, und sie lächelt und muss über sich selbst den Kopf schütteln.

Alva durchsucht den Kartoffelbrei nach Klümpchen. Als sie keine findet, pikst sie einen Köttbullar auf und betrachtet ihn aus unterschiedlichen Richtungen, bevor sie sagt: »Der ist tatsächlich nicht richtig rund.«

»Dann müssen wir reklamieren.«

»Was müssen wir?«

»Ihn in einen Umschlag stecken, einen Zettel dazu schreiben und alles an Iglo schicken: *Hier bekommen Sie Ihren schlechten Köttbulle zurück. Schicken Sie uns bitte einen neuen.* So etwas nennt man reklamieren.«

»Man kann einen Köttbulle nicht in einen Umschlag stecken. Das geht nicht.«

»Aha. Na, dann gibst du ihn eben mir.«

Alva streckt die Gabel aus und schüttelt den Kopf über die Einfalt ihrer Mutter. Als Siw gekaut und geschluckt hat, sagt sie: »Du hattest recht. Er war nicht ganz rund. Es war schrecklich.«

»Mama, sei nicht *ironisch.*«

»Sorry.«

Siw kann nicht behaupten, dass sie ihre Tochter in vollem Umfang versteht. Auf der einen Seite ist Alva unheimlich fantasievoll und inszeniert ausgeklügelte Rollenspiele mit ihren Kuscheltieren, auf der anderen Seite ist sie streng wie eine Pietistin und akzeptiert nicht die geringste Übertretung der Grenzen, die der Wirklichkeit gesetzt sind. Es ist ein Seiltanz, bei dem Siw manchmal stolpert.

Alva ist klein und schmächtig, die Schultern sind spröde Kugeln unter dem blauen *Eiskönigin*-T-Shirt, das sie trägt. Ihr braunes Haar ist zu zwei dünnen Zöpfen gebunden, die ein kleines Gesicht mit ausgeprägtem Kinn und spitzer Nase einrahmen. Ihre blauen Augen sind oft zusammengekniffen, und insgesamt vermittelt Alva den Eindruck, als könnte man sich an ihr verletzen, wenn man nicht aufpasst, so scharfkantig und eckig ist sie. Alva ist sieben Jahre alt.

»Ist heute etwas passiert?«, fragt Siw vorsichtig.

Alva wirft ihrer Mutter einen skeptischen Blick zu und scheint zu beschließen, dass ihr die Ironie von gerade eben verziehen werden kann, indem sie antwortet: »Millas Vater ist nicht zu Hause, weil er im Krankenhaus liegt. Er ist vom Dach gefallen.«

»Oje!«, sagt Siw. »Was hat er denn dort oben …«

»Lag mein Vater auch im Krankenhaus?«, wird sie von Alva unterbrochen.

Siw seufzt. Jetzt ist es wieder so weit. Sie sagt: »Nein. Das habe ich dir doch erzählt. Er ist verschwunden.«

»Aber *bevor* er verschwand?«

»Nein. Er verschwand einfach.«

»Aber wohin verschwand er?«

»Das weiß niemand.«

»Nicht einmal seine Mama und sein Papa, die meine Oma und mein Opa sind?«

»Nein. Das habe ich dir doch gesagt. Sie sind tot.«

Dieses Gespräch hat sich in vielen Variationen abgespielt, seit Alva groß genug ist, um zu verstehen, dass es etwas Besonderes ist, keinen Vater zu haben. Weil Siw dieselbe Frage schon vorher von Bekannten gestellt worden ist, hatte sie bereits eine ausgearbeitete Geschichte auf Lager, die sie Alva in kleinen Portionen auftischen konnte. In aller Kürze ging es um einen Finnen auf einer Überfahrt mit einer Fähre, einen Mann, der später unmöglich aufzufinden war.

Es stört sie, dass Alva manchmal voller Stolz behauptet, dass sie eine halbe Finnin sei, aber da kann man nichts machen. Es ist auf jeden Fall besser als die Wahrheit. Zu Siws Erleichterung scheint Alva das Thema für dieses Mal als erschöpft zu betrachten, weil sie ihr zunickt und fragt: »Warum hast du nasse Haare?«

»Ich war trainieren.«

»Was hast du trainiert?«

»Meine Muskeln.«

»Damit du stark wirst?«

»Ja. Und ein bisschen schlanker.«

Alva kneift die Augen zusammen, als würde sie Siw vermessen. Dann sagt sie: »Ist das nicht ziemlich … unnötig?«

Siw muss losprusten und spuckt beinahe den Bissen wieder aus, den sie im Mund hat. Es gelingt ihr, ihn herunterzuschlucken und durch die Nase auszuatmen. Als sie wieder aufsieht, wird sie von Alva böse angesehen. Sie mag es nicht, wenn man über sie lacht, obwohl sie keinen Witz gemacht hat.

»Entschuldige«, sagt Siw. »Tante Anna war auch mit.«

Alva mag Anna sehr, und Siw hofft, dass die Erwähnung ihres Namens die Situation verbessern kann, aber Alva ist nicht in der Laune, sich davon besänftigen zu lassen. Sie schiebt die Augenbrauen noch enger zusammen, verschränkt die Arme vor der Brust und fragt: »Warum machst du *alles* mit Tante Anna?«

»Weil sie meine beste Freundin ist.«

Alvas Miene entspannt sich ein wenig: »War sie das schon immer?«

»Nein, wir haben uns erst in der Mittelstufe kennengelernt.«

»Als ihr schon alt wart.«

»Nein, nicht so alt. Ich war dreizehn.«

»Wie war das? Als ihr euch getroffen habt?«

3

Siw hatte einen Lieblingsplatz in die Schulpausen. Eine Woche nach dem Ereignis vor der Bibliothek saß sie wie üblich in »ihrem« Sessel in einer Ecke des fensterlosen Aufenthaltsraums, der wie eine Kreuzung aus einem Bunker und einem Wartesaal aussah und in dessen Mitte drei Sitzgruppen mit wasserdichten Bezügen standen. An der Decke Neonröhren. An den Wänden Plakate über die Gefahren von Drogen und ungeschütztem Sex. Auf eines davon mit dem Bild eines sonnengebräunten Mädchens am Strand und dem Text: »Urlaubsflirt? Kondom nicht vergessen!«, hatte jemand, gar nicht mal ungeschickt, einen riesigen, steifen Penis mit Aufreißerfrisur gezeichnet, der dem Mädchen im Sonnenuntergang entgegenkam.

Siw hatte ein gebundenes Exemplar von *Verbrechen und Strafe* auf dem Schoß liegen, aber das war vor allem eine Pose. Siw wollte irgendwann zu dem Mädchen werden, das in den Pausen russische Klassiker las, aber bis jetzt war das Buch nur ein Vorwand dafür, in der Ecke zu sitzen und die anderen beobachten zu können. Hin und wieder las sie einen Abschnitt, ohne dass sie irgendeinen Zusammenhang herstellen konnte. Ihre Mutter hatte ihr das Buch aufgedrängt, und Siw hatte es genommen, weil ihr dessen physische *Masse* gefiel.

Sie war kein Mobbingopfer, obwohl sie hin und wieder Anspielungen auf ihr Gewicht ertragen musste, aber sie kannte auch nicht die sozialen Codes, die man brauchte, um einen Platz auf der Bühne zu bekommen, die von den drei Sitzgruppen gebildet wurde. Also blieb sie hinter den Kulissen und genoss die Vorstellungen der Leittiere. Wie jetzt bei dieser Anna.

Obwohl Anna erst vor einem Monat neu in die Klasse gekommen war, und zu allem Überfluss auch noch aus *Rimbo*, hatte sie sich bereits eine ganze Schar von Anhängern beschafft, die an ihren Lippen hingen, wenn sie sich über Lehrer, andere Schüler oder über sich selbst und Rimbo lustig machte. Siw fand sie gleichzeitig abstoßend und faszinierend. Sie hatten noch kein einziges Wort gewechselt.

Ausnahmsweise führte nicht Anna selbst das Wort, sondern Sofi, ein Mädchen mit lockigen, hochgeföhnten Haaren, die direkt aus einem Video der Achtzigerjahre zu kommen schien und Siws Ansicht nach die Intelligenzstufe eines Kokosballs besaß. Mit gekünstelt flatternden Händen und piepsender Stimme berichtete sie von etwas, das ihr am Wochenende am Busbahnhof zugestoßen war.

»Und da saß er einfach da, als wollte er mich abchecken und ich so *was is* und er dann …«

Unwillkürlich rollte Siw mit den Augen und schüttelte den Kopf, bevor sie sich wieder ihrem Buch zuwandte. Da klang eine Stimme von ganz anderem Kaliber durch den Raum.

»Du! Hallo!« Siw schaute auf und sah sich im Scheinwerferlicht von Annas Augen gefangen. Sie zog fragend die Augenbrauen hoch. »Ja, du!«, rief Anna. »Wie heißt du?«

»Siw«, sagte Siw und gab sich Mühe, dass ihre Stimme sich nicht überschlug.

»*Siw*«, wiederholte Anna, als würde der Name in ihrem Mund wehtun. »Hast du irgendetwas daran auszusetzen, wie wir uns hier unterhalten? Sind wir für dich zu *primitiiiv, Siiiw*?«

»Ihr könnt reden, wie ihr wollt.«

»Dürfen wir? Vielen Dank, liebe *Siiiw*, bei der noch nie was *liiief.*«

Die anderen Mädchen lachten laut auf, und Siw ließ ihr Gesicht mit leicht geröteten Wangen wieder in ihr Buch sinken. Sie war nicht die Erste, die von Anna schikaniert wurde, die ohnehin auf alles und jeden losging, doch bislang hatte sie sich erfolgreich im Hintergrund gehalten.

Zum Teil erklärte sich Annas rasend schnell steigender Stern damit, dass ihr ein Gerücht vorausgeeilt war, bevor sie in die Grind-Schule wechselte. Obwohl sie erst vierzehn war – sie hatte eine Klasse wiederholt –, hieß es, dass sie soff und vögelte und praktisch jeder in Rimbo, der unter achtzehn war, Angst vor ihr hatte. Unter anderem sollte sie einen Jungen umgenietet haben, der auf dem Moped an ihr vorbeigefahren war und dabei etwas Gemeines zu ihr gesagt hatte. Er war auf den Asphalt geknallt und hatte sich den Schädel gebrochen. Solche Sachen eben. Außerdem kam sie aus einer Familie, über die es ebenfalls gewisse Gerüchte gab, aber darüber wusste Siw nicht so genau Bescheid. Irgendetwas Kriminelles.

Siw wollte keinen weiteren Zornesausbruch riskieren und beschloss, für den Rest der Pause nicht mehr von dem Buch aufzusehen. Nach einer Weile gelang es ihr sogar, sich auf die Lektüre zu konzentrieren. Es gab einen Marmeladow, der sich über seine eigene Erbärmlichkeit ergoss. Dann gab es jemanden, der etwas zu dem sagte, der eigentlich Marmeladow sein sollte, aber jetzt plötzlich einen ganz anderen Namen hatte. So etwas geschah immer wieder und trug dazu bei, dass Siw nicht so richtig am Ball blieb. Jeder schien bis zu drei Namen zu haben.

Siw blätterte zu den ersten Seiten zurück, wo es ein Personenverzeichnis gab. Da hörte sie plötzlich eine andere Stimme über sich. Eine Jungenstimme.

»He, kannst du dich mal wegbewegen.«

Robert stand vor ihr, mit einem aufgeklappten Computer in den Händen. Er ging in ihre Parallelklasse, hatte jede Menge Pickel im Gesicht, einen Irokesenschnitt und ein T-Shirt, auf dem »Fuck the law« stand, obwohl Siw der Auffassung war, dass sein Vater bei der Polizei war. Vielleicht auch gerade deswegen. Siw sah ihn fragend an.

»He, Fatso, hörst du nicht zu?«, sagte Robert und hob den Computer demonstrativ an. »Ich brauche Platz. Beweg mal deinen fetten Arsch.«

Siw sah Robert weiter in die Augen, ohne ein Wort zu sagen. Plötzlich hörte sie Annas Stimme durch das Stimmengewirr schneiden. »Hey, Pizzagesicht!«

Das Stimmengewirr verstummte. Robert drehte sich langsam um, klappte den Computer zusammen und machte ein paar Schritte auf Anna zu. Er war fünfzehn Zentimeter größer und zwanzig Kilo schwerer als sie. »Meintest du etwa mich damit?«

Anna nickte und zeigte auf seinen Schritt: »Ich wollte nur sagen, dass dein Hosenstall offen steht.«

Robert versuchte, der Versuchung zu widerstehen, aber schließlich musste er doch an sich herunterschauen. Im selben Augenblick, in dem sich sein Nacken beugte, sagte Anna: »Hoppla! Jetzt ist er wieder zu! Was für einen heftigen Hosenstall du hast, Alter! Hast du den etwa selbst genäht?«

Roberts Kiefer mahlten, und er fauchte: »Du verdammte …«

Anna stand auf und befand sich nur einen Schritt vor Robert. Sie schob das Kinn vor und sagte: »Spuck's aus. Sag es schon. Sag das *Wort*. Wenn du es wagst.«

Es war mucksmäuschenstill im Aufenthaltsraum, und alle Blicke waren auf Robert gerichtet, um zu sehen, ob er es wagte, das Wort gegenüber Anna und damit auch gegenüber ihrer ganzen Familie auszusprechen. *Dieser* Familie. Robert wippte mit dem Kopf und machte eine Bewegung mit den Lippen, als würde er spucken, worauf er den Raum verließ, verfolgt von höhnischem Gelächter aus Annas Clique.

Anna warf Siw einen dunklen Blick zu, als diese sagte: »Danke, aber das war nicht nötig.«

»Was zum Teufel meinst du damit?«

»Ich komme alleine zurecht.«

»Klar, das merkt man ja.«

Anna kehrte zu ihrer Gruppe zurück, und Siw hörte Kommentare wie »Glaubt wohl, sie wäre was Besseres« oder »Klugscheißerin«. Siw kehrte zu Marmeladow zurück. Was war das überhaupt für ein dämlicher Name?

Es klingelte zur nächsten Stunde. Siw nahm sich eine halbe Minute Zeit, um den Abschnitt zu Ende zu lesen, den sie gerade angefangen hatte. Als sie den Kopf hob, war der Raum leer, bis auf Anna, die weiter an ihrem Platz saß und sie betrachtete. Als sie Augenkontakt bekamen, stand Anna auf, ging zu ihr und setzte sich auf die Armlehne des nächsten Sofas.

»Lass hören«, sagte Anna.

»Die Stunde fängt an.«

»Nee. Ich will es jetzt hören. Wie wärst du mit diesem Idioten fertiggeworden, wo du doch so gut alleine klarkommst. Lass hören.«

Siw seufzte und sah zum Flur, in dem sie sich jetzt befinden sollte. Dann sagte sie: »Ich wäre einfach sitzen geblieben. Dann hätte er gesagt: *Sitzt du auf deinen Ohren, du fette Kuh?* oder irgendetwas in der Art. Dann hätte ich gesagt: *Ich höre dich, aber ich verstehe nicht, was du sagen willst.* Dann hätte er irgendetwas anderes gesagt, und ich hätte wieder geantwortet, dass ich nicht verstanden hätte, was er von mir will. Bis er die Nase voll hat.«

Während Anna zuhörte, wurden ihre Augen immer größer. Als Siw fertig war, sage Anna: »Das war das Schlimmste, was ich je gehört habe.«

»Warum?«

»Du musst ihn plattmachen, das ist dir doch klar. Ansonsten kommt er immer wieder und macht das Gleiche noch mal.«

»Nicht so oft. Alle haben irgendwann die Nase voll.«

Anna beugte sich vor, stützte die Ellenbogen auf die Knie und musterte Siw so eingehend, dass diese sich nackt fühlte und nicht aufstehen wollte, damit sie ihren Körper nicht entblößte. Schließlich nickte Anna und sagte: »Bist du vielleicht so ein kleiner Psycho? Ein bisschen schon, oder?«

»Ja, das bin ich wohl.«

»Gut zu wissen. Was liest du da?«

Siw zeigte ihr den Umschlag. Sie folgte Annas Blick und konnte sehen, dass sie den Titel las, ohne Einwände zu haben. Dann erreichte sie den Verfassernamen, und ihre Lippen bewegten sich, als sie ihn entzifferte. *Fjodor Dostojewski.* Anna schüttelte den Kopf und sagte: »Was für ein Scheiß«, worauf sie aufstand und ging.

Trotzdem hatte sich etwas verändert. Nach diesem Tag nickten Siw und Anna einander zu, wenn sie sich begegneten, aber es sollte noch weitere zehn Tage dauern, bis sie erneut ein paar Worte miteinander wechselten. Siw befand sich in der Bibliothek, um für eine Mathearbeit zu büffeln, als Anna sich in einen Stuhl auf der anderen Seite des Tisches fallen ließ. Ein Hauch von Juicy Fruit wehte über Siws Gesicht, als Anna den Mund öffnete. »Hi. Was machst du?«

»Mathearbeit«, sagte Siw. »Da bin ich nicht so gut.«

»Nee«, sagte Anna. »Wer ist das schon? Cosinus und Fidibus.«

Anna bearbeitete ihr Kaugummi und schielte zu Siw herüber, als gehörte die nächste Replik ihr. Siw legte ihr Kinn auf die Hand und wartete. Anna trommelte mit den Fingern auf dem Tisch. Ihre kurzen Nägel waren mit einem abblätternden roten Lack bemalt, und sie war hastig und nachlässig geschminkt, eher eine Kriegsbemalung als eine Verschönerungsmaßnahme. Nachdem sie eine Weile getrommelt hatte, sagte sie: »Was ist eigentlich eine Buchrezension?«

»Wie meinst du das?«

»Genau wie ich es sage. In Schwedisch sollen wir eine Buchrezension schreiben. Was ist das?«

»Die Rezension eines Buchs.«

Anna starrte Siw an, während sie die Zunge über ihre Lippen wandern ließ. »Hier setzt es gleich was, so viel kann ich dir versprechen.«

Siw hob die Hände. Sie glaubte nicht, dass Anna sie wirklich schlagen würde, wählte aber einen pädagogischeren Tonfall und sagte: »In einer Rezension schreibt man, was man von einem Buch hält. Das man gelesen hat. Göran hat es doch lang und breit erklärt. Wie wir es machen sollen.«

Göran war ihr Schwedischlehrer, und er war gründlich durchgegangen, was ihre Rezensionen alles enthalten sollten. Anna schüttelte den Kopf. »Ich hab nicht zugehört. Es war so langweilig.«

»Okay. Hast du denn ein Buch?«

Anna wühlte in dem Hermès-Imitat mit Leopardenmuster, das sie als Schulranzen verwendete, und zog schließlich ein Taschenbuch heraus, das sie auf den Tisch warf. *Hummelhonig* von Torgny Lindgren. Siw blätterte darin herum und fand, dass es in einer altmodischen, abgehobenen Sprache geschrieben war.

»Warum hast du dir ausgerechnet das ausgesucht?«, fragte Siw.

»Es war kurz. Hast du es gelesen?«

»Nein. Du?«

»Ein bisschen. Aber es ist doch total verrückt. Nichts davon passiert in der Wirklichkeit. Und ich habe diese Konzentrationsprobleme.«

Anna nahm das kleine Buch und starrte feindselig auf den Einband, als wäre Torgny Lindgren höchstpersönlich für ihre Schwierigkeiten verantwortlich. Siw wartete ab. Schließlich legte Anna das Buch wieder hin und schielte auf eine unerwartet schüchterne Weise zu Siw herüber, bevor sie mit einer Geste, als würde sie jetzt alle Karten auf den Tisch legen, sagte: »Also es ist so. Ich habe beschlossen, mich ab jetzt … zusammenzureißen. In der Schule. Bis jetzt hab ich nur abgehangen, also. Einen Scheiß auf alles gegeben. Jetzt will ich zumindest versuchen, etwas zu machen.«

»Und damit kommst du zu mir.«

»Ja. Du bist ja die Psychobitch und liest diesen Fjoskodosko und so was. Wen soll ich denn sonst fragen? Keine meiner Freundinnen macht solche Sachen.«

»Ehrlich gesagt«, antwortete Siw, »habe ich von dem Fjoskodosko auch nicht so viel gelesen, der ist eher zum Angeben.«

»Ja, ja, aber du hast auf jeden Fall Bücher gelesen. Und du weißt, was so eine Buchrezension ist.«

»Stimmt.«

Siw war gerade mit ihrer Rezension von *Das Mädchen* von Stephen King fertig geworden, das sie sich ebenfalls ausgesucht hatte, weil es kurz war, das sie aber auch wirklich gut fand. Der Roman hätte Anna wahrscheinlich sehr viel besser gefallen als Torgny Lindgrens *Hummelhonig*.

Siw schrieb ein paar Punkte auf einen Zettel, die sie anschließend vorlas: 1) Fakten über das Buch, im Internet suchen. 2) Kurze Wiedergabe der Handlung. 3) Wie fandest du die Handlung und wie ist sie geschrieben? 4) Zusammenfassung und Schlusssatz.

Anna sackte immer tiefer in ihren Stuhl, je länger Siw redete. Als Siw fertig war, sagte sie: »Du bekommst hundert Tacken, wenn du sie für mich schreibst.«

»Nein.«

»Dann eben zweihundert.«

»Nein. Aber ich kann dir helfen.«

»Fuck. Warum habe ich vorher gewusst, dass du das sagen würdest?«

»Weil du mich als den netten und hilfsbereiten Menschen erkannt hast, der ich bin.«

Anna grinste. »Versuch es gar nicht. Du bist eine Psychobitch, so ist es einfach.«

»Dann verstehe ich das als etwas Positives.«

»Tu dir keinen Zwang an.«

Als Siw am folgenden Morgen vor ihrem Spind stand und ihre Sachen herausholte, hörte sie plötzlich Annas Stimme hinter sich. »He, Psychobitch.«

Siw drehte sich um und versuchte, das gleiche misstrauische passiv-aggressive Lächeln zu produzieren, das Robert De Niro in *Taxi Driver* aufsetzt, als er sagt: »You talkin' to me?«

Anna verlor den Faden und klatschte vergnügt in die Hände. »Hast du den gesehen? Der ist richtig fett, was?«

Siw hatte das neue Modewort noch nicht in ihren Mund genommen, außer in seiner ursprünglichen Bedeutung, aber jetzt sagte sie: »Ja, klar ist der fett. Warum hast du ihn gesehen?«

»Mein großer Bruder hat ihn geglotzt, das ist so eine Art Lieblingsfilm von ihm. Zusammen mit *Scarface*. Hast du den gesehen?«

»Nee, aber *Der Pate*.«

»Ich muss mich korrigieren. *Das* ist sein Lieblingsfilm.« Anna trat einen Schritt zurück und musterte Siw eingehend, als wäre sie ein Puzzle, bei dem neue Teile dazugekommen waren und die Beurteilung des Gesamtbilds aktualisiert werden musste. Glücklicherweise trug Siw an diesem Tag den alten Prachtmantel ihrer Großmutter und sah, wie sie selbst fand, ziemlich cool aus. Anna nickte langsam und sagte: »Von den Mädchen, die ich kenne, bist du bestimmt die Einzige, die *Taxi Driver* gesehen hat. Abgesehen von meiner großen Schwester natürlich.«

»Hast du viele Geschwister?«

Anna zog eine Grimasse und zählte an den Fingern ab: »Eine große Schwester und eine kleine Schwester. Einen großen Bruder und einen kleinen Bruder. Ich bin sozusagen in der Mitte. Hast du Geschwister?«

»Nein.«

»Du Glückskind. Also, das mit der Rezension, weißt du …«

»Ja?«

Eine Dosis der Aggressivität, die zu Annas Grundausstattung gehörte, kroch in ihre Haltung zurück, und sie musterte Siw mit demselben Blick, den sie Torgny Lindgren zugeworfen hatte. Siw ahnte, dass Anna eine Person war, der es sehr schwerfiel, um etwas zu bitten, ohne dabei zornig zu werden, also half sie ihr auf die Sprünge. »Wenn du Hilfe brauchst, kann ich dir helfen. Wie ich schon gesagt habe.«

Anna nickte verbissen, verfolgte die Frage aber nicht weiter, weil sie sie rein technisch gesehen ja nicht gestellt hatte, sodass Siw den Faden wieder aufnehmen musste. »Sie muss ja übermorgen abgegeben werden, also … wenn du nach der Schule zu mir kommst, können wir daran arbeiten.«

»Heute kann ich nicht. Morgen?«

»Klar. Morgen geht auch.«

»Du hast ja ohnehin kein Leben, oder?« Siw warf Anna einen Blick zu, der sie tatsächlich ein bisschen in die Defensive brachte und entschuldigend mit den Armen wedeln ließ. »Sorry. So habe ich es nicht gemeint. Ich kann *Scarface* mitbringen. Soll ich?«

»Mach das.«

*

Die Arme des Mannes bedeckt ein Gewirr aus Tätowierungen. Monster, Teufel und die Namen seiner Kinder. Der Rücken ist bewegte Leinwand einer gelungenen Kopie: Dorés Illustration des Totenbaums aus Dantes Inferno. Bevor er den Umkleideraum des Friskis & Svettis verlässt, dreht er sich zu den drei Fremden um, die sich gerade umkleiden. »Ich wünsche euch allen ein schönes Wochenende«, sagt er. Dann geht er.

Gewinner und Verlierer

1

Der Begriff *Nerds* drängt sich geradezu auf, wenn man die beiden jungen Männer auf der Minigolfbahn betrachtet. Sie haben eigene Schläger dabei, und jeder hat eine eigene Tasche, in der er Bälle mit unterschiedlichen Härtegraden und Sprunghöhen aufbewahrt. Sie stecken offensichtlich tief drin in der Materie, und über Minigolf kann man sagen, was man will, aber der Coolnessfaktor geht gegen null. Die beiden Männer sind jetzt knapp dreißig Jahre alt und haben derartige Bedenken längst hinter sich gelassen, sonst würden sie sich nicht an einem Samstagnachmittag im September auf der Minigolfbahn befinden. Während des Spielens brummeln beide vor sich hin, kommentieren die Schläge des jeweils anderen, und an ihnen ist kaum etwas zu finden, das unser Interesse wecken würde, wenn wir ihnen nicht zuvor schon einmal begegnet wären. Ja, es sind natürlich Max und Johan, sechzehn Jahre nach ihrer kühnen Aktion am Hafen und ein halbes Jahr, nachdem die Silos abgerissen worden sind, um Platz für die Hafenstadt von Norrtälje zu schaffen.

Man muss zugeben, dass sie tüchtig sind. Sie brauchen zwei bis höchstens drei Schläge pro Bahn, manchmal schaffen sie auch ein Ass. Sie scheinen häufig gespielt zu haben und wenn man ihnen dabei zusieht, kann man einiges über sie lernen.

Johan sieht verbissen aus und hat einen düsteren Gesichtsausdruck, als würde dieses Spiel ihn quälen. Er zielt lange vor seinen Schlägen, und wenn das Ergebnis schlecht ist, nickt er mit zusammengekniffenem Mund, als hätte er ohnehin nichts anderes erwartet. Wenn er den Ball vorantreibt, nimmt er den ganzen Körper zu Hilfe. Nicht einmal, wenn er auf einer schwierigen Bahn ein Ass hinbekommt, zeigt er größere Freude.

Max spielt eher ruckartig. Er legt nicht so wie Johan den ganzen Körper hinter den Schlag. Er zieht Grimassen und seufzt, wenn es schlecht läuft, ballt eine triumphierende Faust, wenn es klappt. Als er einen Schlag richtig vermurkst, wirft er fast seinen Schläger weg, obwohl er neuer und teurer aussieht als Johans.

Sie hier anzutreffen, überrascht. Nach dem, was wir damals über Max' Charakter gelernt und von seiner Familie gehört haben, durften wir davon ausgehen, dass er im Alter von neunundzwanzig Jahren in eine erfolgreiche Karriere startet. Dass sich die Wege von ihm und Johan nach der Schule rasch trennen würden, wie es so oft bei Kindheitsfreunden ist, deren Ausgangslage so verschieden ist. Aber jetzt sind sie hier, die einzigen Spieler auf dem Minigolfplatz von Norrtälje an einem schönen Samstagnachmittag, und man fragt sich, was sie zu diesem Punkt geführt hat.

Beide sind immer noch schlank und groß gewachsen. Ohne direkt muskulös zu wirken, scheint Max in guter körperlicher Verfassung zu sein, ein Eindruck, der von einer ordentlichen Sonnenbräune unterstützt wird. Johan ist noch genauso hager wie als Teenager, und darüber hinaus so blass, dass man es fast als besondere Leistung angesichts des überdurchschnittlich sonnigen Sommers betrachten könnte. Max' Haar ist kurz geschnitten, während Johan sein langes, schütteres Haar zu einem Pferdeschwanz gebunden hat.

Johans Blick wirkt desillusioniert, als hätte er schon alles gesehen und hinter sich gelassen. Wir dürfen keine überhasteten Schlussfolgerungen ziehen, aber statt Traurigkeit können wir in seinen Augen eher eine gewisse Verbitterung lesen. Sieht man sich Max genauer an, möchte man zurückschrecken. Seine großen, blauen Augen sind an und für sich sehr ansprechend, aber dieser Ausdruck! Er liegt wie eine dünne Haut über seinem Blick. Max hat nichts genommen, und trotzdem ist sein Blick verschleiert. Wir wagen keine Vermutungen anzustellen, aber in diesem Blick steckt ein Element von Wahnsinn oder vielleicht ein starker und unterdrückter Schmerz.

Max' Ball prallt von der hinteren Bande ab und bewegt sich auf das Loch zu. Als er es erreicht, dreht er eine Kurve an der Kante entlang, fällt fast hinein, um dann doch die Bewegung zu vollenden und nach links davonzurollen.

»Scheiße!«, ruft Max und zerteilt die Luft mit seinem Schläger.

»Hab ich doch gesagt«, meint Johan. »Du hättest den Zweier nehmen sollen.«

»Der Zweier hätte das Loch nicht erreicht.«

»Doch, hätte er.«

»Hätte er nicht.«

»Hätte er doch.«

»Mist! Ich hätte die Jahresbestleistung knacken können.«

»Wenn du den Zweier genommen hättest.«

Sie kabbeln sich weiter, bis Max die nächste Bahn mit einem Ass bewältigt und seine Stimmung sich aufhellt. Er legt den Schläger über die Schulter und blinzelt in die Sonne, die langsam hinter den Fichtenspitzen versinkt. »Hast du schon gehört, dass Marko nach Hause kommt?«

Johan, der gerade schlagen wollte, erstarrt mitten in der Bewegung und hebt den Kopf. »Nach Norrtälje?«

»Mhm. Am Wochenende.«

»Für … immer, oder was?«

Max prustet, als hätte Johan etwas Lustiges gesagt. »Nein. Das würde mich wundern. Er hilft seinen Eltern beim Umzug.«

»Wohin ziehen sie denn?«

»Er hat ihnen ein Haus gekauft. In der Nähe von meinen Eltern.«

»Großer Gott. Da muss es ja gut für ihn laufen.«

»Ein Bonus von einer halben Million. Bis jetzt in diesem Jahr.«

Johan denkt darüber nach, während er seinen Ball betrachtet, der auf dem Abschlagfeld liegt und wartet. »Woher weißt du das alles?«

»Er hat mich angerufen. Dich nicht?«

»Nein. Er hat mich nicht angerufen.«

Johan konzentriert sich auf den Abschlag, dreht den Körper zur Seite, federt leicht in den Knien und lässt den Schläger in einer fließenden Bewegung auf den Ball treffen. Er verfehlt die Rampe und der Ball knallt stumpf gegen die Kante. Das passiert so gut wie nie.

»*Du hättest den Zweier nehmen sollen*«, äfft Max ihn nach, und Johan spürt einen plötzlichen Impuls, ihm den Schläger über den Kopf zu hauen. Stattdessen holt er den Ball, um den Abschlag zu wiederholen.

2

Ein paar Tage nach dem Besteigen des Silos klingelte es nachmittags an Johans Wohnungstür, als er gerade *Wind Waker* auf seinem Gamecube spielte. Seine Mutter war nicht zu Hause, also hielt er das Spiel an und öffnete die Tür. Draußen stand Marko.

»Hi«, sagte Johan.

»Hi«, sagte Marko und wand verlegen den Körper. »Was machst du?«

»Wind Waker spielen.«

»Kann ich … zugucken?«

Markos zurückhaltende Art war ganz anders als das regungslose Stoneface, das er in der Schule trug. Johan drehte sich um und sah in die Wohnung, in der Stapel von Sachen herumlagen und Kleidung an allen Rückenlehnen hing. Staubmäuse scharten sich vor den Fußbodenleisten, und es fehlten nur noch ein paar fette Ratten, um das Elend komplett zu machen.

»Ich weiß nicht«, sagte Johan. »Wir wollten eigentlich … sauber machen.«

»Das macht nichts«, sagte Marko. »Ich habe in Kellern gewohnt.«

Seine Antwort war so entwaffnend, dass Johan gar nicht anders konnte, als ihn hereinzulassen. Marko zog die Schuhe aus und ging durch den Flur, ohne der Unordnung einen Blick zu widmen oder wegen des Geruchs, der aus der Küche drang, die Nase zu verziehen. Als er in das Wohnzimmer kam, sank er neben dem offenen Balkonfenster im Schneidersitz vor den Fernseher, die einzige

Stelle, wo weder Gerümpel noch Wäsche lag. Johan setzte sich neben ihn, nahm die Konsole in die Hand und nickte zum Pausenbildschirm.

»Hast du das schon gespielt?«

Marko schüttelte den Kopf. »In einem Lager hatten sie eine Playstation. Da habe ich ein bisschen gespielt.«

»Playstation zwei?«

»Nein. Einfach nur die Playstation.« Um den Eindruck der Bedürftigkeit ein wenig abzumildern, zeigte Marko in Richtung seiner Wohnung und sagte: »Wir haben einen Fernseher, aber keine …« Marko machte eine klopfende Bewegung mit dem Daumen zum Zeigefinger.

»Fernbedienung?«

»Genau. Fernbedienung. Also keine Fernbedienung.«

Johan nickte vielsagend zu den Haufen von Kleidung, Handtüchern und Laken, die auf dem Sofa, dem Tisch und den Sesseln herumlagen. »Wir haben eine Fernbedienung«, sagte er. »Da drunter irgendwo.«

Marko lächelte, und Johan startete das Spiel. Wenn er und Max spielten, riefen sie *Smash Bros* oder *Mario Kart* auf und kämpften gegeneinander. Es fühlte sich komisch an, wenn jemand anderes danebensaß und einfach zuguckte, aber Johan hatte sich schnell daran gewöhnt, und nach einer Weile gefiel es ihm sogar. Marko fragte hin und wieder, wie bestimmte Sachen funktionierten, und Johan erklärte es ihm. »Das hier ist eine Donnerblume. Man muss sie sehr schnell wieder absetzen, sonst explodiert sie und man wird verletzt.«

»Kann man sie aufbewahren?«

»Mhm, in der Bombentasche.«

»Eine Bombentasche?«

»Ja. Das ist ein bisschen verrückt.«

Nachdem sie eine Weile weitergespielt hatten, sagte Marko: »Ich habe gelogen. Vorhin. Also, nicht unbedingt gelogen, aber ich habe nicht die Wahrheit gesagt.«

»Worüber?«

»Ich wusste, was du hier machst. Ich habe es gehört, durch das Balkonfenster. Und dann bin ich hergekommen, weil ich es mir ansehen wollte.«

»Okay, kein Problem.«

»Ich wollte es dir trotzdem sagen.«

»Kein Problem. Du sprichst aber wirklich richtig gut Schwedisch.«

»Ich weiß nicht. Womit soll ich es vergleichen? Ich spreche besser als meine Mutter. Sehr viel besser als mein Vater. Genauso gut wie meine kleine Schwester. Oder besser, weil ich mehr Wörter kenne als sie. Aber sie hat die bessere Aussprache.«

»Deine Aussprache ist doch quasi perfekt.«

»Seerauberbraute.«

»Was hast du gesagt?«

»Seerauberbraute. Ich übertreibe jetzt ein bisschen. Seerauberbraute.«

»Keine Ahnung, was du meinst.«

Marko grinste und sprach übertrieben deutlich: »Seer*äu*berbr*äu*te. Ich muss mich immer noch anstrengen, um es hinzukriegen, es fällt mir nicht leicht. Aber bald.«

Johan schielte zu Marko hinüber: »In der Schule merkt man nicht viel davon, aber du bist immerhin … ziemlich lustig.«

»Danke«, sagte Marko und zeigte auf den blauen Würfel, in dem hinter einem Fenster im Deckel die MiniDVD des Spiels rotierte. »Ist das deiner?«

»Ja.«

»Geschenk?«

»Nee, selbst gekauft.«

»Wo hattest du das Geld her?«

Johan zögerte. Seit seine Mutter vor fünf Jahren in Frührente gegangen war, waren sie arm. Nicht so arm, dass sie Lebensmittel aus Mülltonnen fischen mussten, aber arm genug, dass es wie ein Schandfleck auf Johans Körper saß. Er bekam kein Taschengeld und musste sein Geld so verdienen, wie arme Leute es taten, sodass er nur ungern davon erzählte.

Als Johan jetzt darüber nachdachte, gestand er sich ein, dass dies vor allem gegenüber Max galt. Marko war anders. Zum einen war er geradeheraus und direkt, und zum anderen schien er in ähnlichen Umständen zu leben, also sagte Johan: »Ich sammle Pfandflaschen und gebe sie ab.«

»Wie denn?«

»Ich klingele bei den Leuten. Dann sage ich, dass ich von den Seepfadfindern komme und wir für ein neues Boot sammeln, und frage, ob sie Pfandflaschen hätten, die sie spenden könnten.«

»Seepfadfinder?«

»Ja, die sind so ähnlich wie gewöhnliche Pfadfinder, nur eben auf See. Zuerst habe ich es mit einer Fußballmannschaft versucht, aber die Leute scheinen Seepfadfinder mehr zu mögen. Warum auch immer.«

»Aber … du bist gar nicht bei den Seepfadfindern?«

Johan sah Marko an. In der Schule machte er einen intelligenten oder sogar sehr intelligenten Eindruck. Er war extrem gut in Mathe und schien in den anderen Fächern im Rekordtempo alles aufgeholt zu haben. Jetzt zeigte sich, dass er zumindest an irgendeiner Stelle doch nicht so helle im Kopf war.

»Nein«, sagte Johan, übertrieben deutlich. »Ich bin *nicht* bei den Seepfadfindern. Die sind vor allem ein Haufen reicher Jungen, glaube ich.«

»Du lügst also?«

»Ja. Ich lüge. Und dann geben sie mir die Flaschen.«

»Okay.«

Marko richtete seinen Blick wieder auf den Fernseher, wo der kleine Link über den blauen Ozean fuhr und sich einer Insel näherte. Johan korrigierte den Kurs ein wenig und sah Marko aus den Augenwinkeln an. Er hatte nicht erzählt, dass die Leute ihm manchmal, wenn sie keine Flaschen hatten, Geld gaben, das er gerne annahm. Manchmal hatte er sogar tatsächlich selbst in Mülleimern und Containern gewühlt, als der arme Schlucker, der er war, um sich die Konsole und die Spiele kaufen zu können.

»Du bist ziemlich ehrlich, oder?«, fragte er.

»Wie gesagt«, antwortete Marko. »Verglichen mit wem?«

»Mit … wem auch immer.«

Marko dachte eine Weile nach und sagte dann: »Ich sage oft die Wahrheit.«

»Das dachte ich mir.«

Die Insel, der Link sich näherte, wurde von einigen Booten bewacht, auf denen die Totenkopfflagge gehisst war. Johan holte die Kanone heraus, justierte das Ziel und schoss eine Salve ab. Während die Kugeln durch die Luft flogen, zeigte er auf eines der kleinen Boote und sagte: »Seerauberbraute.«

Die erste Kugel schlug ein und das feindliche Boot kenterte und sank. Marko nickte und sagte: »Die Seepfadfinder greifen an.«

Johan musste laut lachen und verfehlte mit der nächsten Salve das Ziel. So fing es an.

3

Johan schafft die letzte Bahn mit einem Ass und gewinnt die Runde mit vier Schlägen. Max gratuliert ihm. Er hat nicht so viel gegen das Verlieren wie gegen den *Prozess* des Verlierens, die abfallende Kurve. Wenn die Niederlage unabwendbar ist, kann er sie mittlerweile mit Gleichmut ertragen. Das war nicht immer so, aber zusammen mit den Lamictaltabletten dämpft das Älterwerden seinen Zorn auf sich selbst und die Welt. Sie packen ihre Bälle und Schläger ein und verlassen die Bahn mit einem Nicken in Lasses Richtung, der die Anlage für heute schließt.

»Wollen wir noch eine Runde über den Markt drehen?«, fragt Johan. »Ich habe ein paar Zehn-Kilometer-Eier, die schon fast fertig sind.«

Max ruft sein Pokémon Go auf. Er hat ein paar Fünf-Kilometer-Eier, die noch ausgebrütet werden müssen, allerdings erhofft er sich nicht viel davon, da er schon alles hat, was man auf diese Weise bekommen kann. Trotzdem zuckt er mit den Schultern und sagt okay. Er hat keine anderen Pläne für den Abend.

Die beiden Männer gehen den Gustav Adolfs Väg entlang, während es zu dämmern beginnt und die Lichter in den Häusern auf beiden Seiten der Straße eingeschaltet werden. Die Luft ist mild, weil das Wasser der Norrtäljebucht noch einen Teil der Spätsommerwärme gespeichert hat und sie in die Stadt verdampfen lässt. Ein schöner Abend mit nur einer Ahnung von Erdgeruch in der Abendbrise, eine Erinnerung daran, dass der Herbst bevorsteht.

Wie so oft erwischt Max sich dabei, dass er sich in die Kindheit und Jugend zurücksehnt. Wenn er damals im selben Abendlicht durch dieselbe Straße ging, erschien ihm alles so mystisch und erwartungsvoll, als sei er ständig auf dem Weg der Offenbarung. Die Düfte, die er jetzt wahrnimmt, sind keine echten Düfte, sondern nur noch Wegweiser in eine Zeit, in der er Düfte noch wirklich empfinden konnte.

Als ihm eine Psychiaterin Lamictal verschrieb, hatte sie die Wirkung so beschrieben, dass die Pillen die Spitzen und die Täler seiner Empfindungen abschneiden würden. Max würde nicht mehr so deprimiert werden, aber auch nicht mehr so gut gelaunt. Die Extreme des Spektrums würden gekappt, und aus Max würde eine MP3-Version seiner selbst.

Vielleicht sind es gerade diese Extreme, die er vermisst. Die wahnsinnige Lebenslust und die halsstarrigen Projekte wie das Besteigen des Silos. Die nachtschwarzen Stunden und Tage, in denen die Welt auf seiner Brust lag wie eine Bowlingkugel im Vogelnest und er nur noch sinken wollte. Aber nach dem, was ihm auf Kuba zugestoßen war, waren die Schwankungen so unkontrolliert geworden, dass er es nicht mehr wagte, auf das Medikament zu verzichten.

Max stellt sich das Lamictal als eine Figur vor: ein kleiner Troll in seinem Kopf, den er Micke nennt. Micke Minitroll. Micke hat eine Motorsäge, und sobald er einen Ausschlag sieht, ein Sinken oder Sichausdehnen und Wachsen, reißt er sie an und kappt die Krone der Welle.

Manchmal kann Max sogar spüren, wie es passiert. Er war einmal auf einem Konzert von Lars Winnerbäck und hörte die

Eröffnungsakkorde seines Lieblingslieds, »Söndermarken«. Eine jubelnde Freude stieg in ihm auf und wollte seinen Körper in Besitz nehmen, aber plötzlich war Micke mit der Säge da, und der Jubelchor wurde zu einem zurückhaltenden Ensemble gestutzt, das höflich mit den Händen klatschte und sagte: »Ach, wie hübsch.«

Die Ärztin hat ihm den Zustrom von Natrium zu den Neuronen und die Erhöhung des Schwellenwerts für sein Aktionspotenzial erläutert, aber im Endeffekt läuft Max herum und fühlt sich *lame*, obwohl er elf Stunden am Tag arbeitet. Im Übrigen wurde »Söndermarken« erst zu seinem Lieblingslied, nachdem er das Medikament verschrieben bekommen hatte. Es drückt die gleiche Sehnsucht nach einer Vergangenheit aus, in der alles bedeutender war, die gleiche bohrende Nostalgie, die ihn selbst quält. *Grauweiße Wolken, Zahnarztwetter.*

»Hast du das gesehen?« Johan zeigt auf ein Grundstück gegenüber der Kvisthamra-Schule, wo die beiden ihre Grundschuljahre zugebracht haben.

»Was?«, fragt Max und betrachtet das nichtssagende Stück Land mit einem roten Zaun und einem Subaru, der in der Auffahrt parkt. »Was ist denn da?«

»Die Frage ist eher, was da nicht ist«, sagt Johan. »Fällt es dir nicht auf? Neue Besitzer. Als Allererstes haben sie den Apfelbaum gefällt. Verdammte Idioten. Erinnerst du dich?«

Max erinnert sich. Wenn die Apfelzeit kam, hatten Johan und er in den Schulpausen oft in dem Baum gesessen. Die Eigentümer waren nicht zu Hause, und die beiden Jungen konnten sich mit so vielen Äpfel versorgen, wie sie wollten. Es war vor allem deswegen so attraktiv, weil es genauso verboten war, Äpfel zu stehlen, wie, das Schulgelände während der Pausen zu verlassen. Sie waren also richtige Gangster, wenn sie dort auf einem Ast saßen und die Beine baumeln ließen.

Jetzt beginnt bei Max das Sinken. Nicht so sehr, dass Micke seine Arbeit erledigen muss, aber er hätte gut auf die Information über den Apfelbaum verzichten können. Max verabscheut es, wenn Dinge sich ändern, und das Abreißen des Silos und der Anblick der Baustellen auf dem Hafengelände sind eine ständig schwärende Wunde. Johan ist genauso, aber nicht auf eine akute, sondern eher zähneknirschende Weise. *Verdammte Idioten* ist sein Lieblingsausdruck.

»Du darfst mir solche Informationen gerne ersparen«, sagt Max, als sie sich Hedlunds Tabakgeschäft nähern. »Das kommt ganz schlecht an.«

»Was«, sagt Johan. »Kriegst du jetzt einen Nervenzusammenbruch?«

»Nein«, erwidert Max. »Ich bekomme keinen Nervenzusammenbruch. Und kannst du mal aufhören, sauer zu sein? Es ist ja nicht meine Schuld, dass Marko dich nicht angerufen hat.«

Johan bläst die Luft zwischen den Zähnen nach draußen. »Was denn, Marko ist mir doch scheißegal.«

»Du hast ja außerdem auch die Nummer gewechselt.«

»Dann hättest du ihm ja die neue Nummer geben können.«

»Ich dachte, Marko ist dir scheißegal?«

»Ja, aber davon hast du zu der Zeit nichts gewusst, oder?«

Sie gehen schweigend den Hang zum Flugfeld hinauf.

Als der Friskis & Svettis und die Wellblechwände der Contiga-Halle hinter dem Kamm auftauchen, bleibt Johan stehen und holt sein Telefon heraus. Ein blau gesprenkeltes Ei erscheint auf dem Display mit dem Text »Oh?«. Er drückt auf das Ei, und es beginnt zu vibrieren und zu zerbrechen, bis eine fette, rosa Figur mit seinem eigenen Ei in den Armen daraus hervorspringt.

»Fuck!«, sagt Johan. »Eine blöde Chaneira.«

Max reibt sich die Augen. Vielleicht sind Johan und er einfach nicht erwachsen, obwohl sie arbeiten und eigene Wohnungen haben. Auf der anderen Seite gibt es jede Menge Rentnerinnen und Rentner in der Facebook-Gruppe Pokémon Go Roslagen, die gelegentlich auf den Raids auftauchen. Und die sollte man vernünftigerweise ja als erwachsen betrachten.

Johan lässt Chaneira bewerten, die nicht nur eine *blöde Chaneira* ist, sondern auch miserable Werte hat. Ein neues Ei und ein neues »Oh?« erscheinen auf dem Display, und Johan drückt unnötig hart darauf. In Wirklichkeit hat Max Johans Nummer ungebeten an Marko weitergegeben, aber das wird er bestimmt nicht erzählen. Das würde Johan eher traurig als wütend machen.

Max hebt den Blick und sieht den Markt auf dem Parkplatz vor der Sporthalle liegen und glitzern. Diese Art von Veranstaltungen sehen aus der Entfernung am besten aus. Er hat nicht die geringste Lust, sich hineinzubegeben und durch taiwanesische Plastikwaren zu drängeln.

»Yes!«, ruft Johan und ballt die Faust. »Endlich!«

Relaxo präsentiert sich auf dem Display, blau-weiß und noch fetter als Chaneira.

»Hattest du ihn noch nicht?«, fragt Max.

»Nee, ich *hatte ihn noch nicht*«, äfft Johan ihn nach. »Wie viele hast du denn? Sieben?«

»Vier.«

Johan schüttelt den Kopf. »Besorg dir ein Leben.«

Get a life. Das sind so Sprüche, die man einfach heraushaut, aber der Gedanke dahinter hat in den letzten Monaten ernsthaft angefangen, Max zu quälen. Er ist neunundzwanzig Jahre alt und hat immer mehr das Gefühl, dass er nur herumvegetiert, während er darauf wartet, dass das wahre Leben beginnt. Wie dieses wahre Leben aussehen soll, davon hat er keine Vorstellung.

Aber was heißt schon herumvegetieren. Er hat zwei Jobs, einen beim Grünflächenamt und einen als Zeitungsausträger. An Wochentagen steht er um vier Uhr auf und ist selten vor sechs zu Hause. Er hat eine eigene Wohnung und genug Geld, aber in letzter Zeit befällt ihn immer häufiger der Verdacht, dass er nur deswegen so viel arbeitet, um sich nicht mit *dem anderen* beschäftigen zu müssen, worum auch immer es sich dabei handelt.

Max' Leben besteht aus einem *Davor* und *Danach*. Bevor er mit zwanzig Jahren nach Kuba reiste, war sein Leben vorgezeichnet gewesen. Er musste nur der Spur folgen und ins Ziel gelangen. Dann aber schlug der Schrecken seine Klauen in ihn, und sein Weg wurde in einen Nebel gehüllt, in dem er nicht einmal die Hand vor Augen sah. Er hatte begonnen, sich von Tag zu Tag zu bewegen, ohne ein bestimmtes Ziel zu verfolgen, er konnte gar nicht anders.

Während sie weiter zum Markt gehen, sieht Max zu Johan hinüber, der sich eine Bewertung für Relaxo holt und es offensichtlich gut findet, weil sich ein kleines Lächeln auf seine Lippen verirrt. Wenn Max den Weg gegangen wäre, der ihm vorgezeichnet gewesen war, wären Johan und er jetzt zwei Fremde füreinander, statt sich beinahe jeden Tag zu treffen.

Johan steckt das Handy zurück in seine Hosentasche, und Max sagt: »Sag mal ...«

»Mhm?«

»Hast du irgendwie das Gefühl, dass ... das Leben dir wegläuft?«

»Ja. Ständig. Warum?«

»Sollte man nicht irgendetwas dagegen tun?«

»Wie denn? Das ist ja der natürliche Zustand. Man lebt das Leben, und gleichzeitig hat man das Gefühl, dass man es wegwirft. Wie hat John Lennon noch gesagt? *Das Leben vergeht, während wir uns mit anderen Dingen beschäftigen.*«

»Aber muss das so sein?«

»Was weiß ich«, sagt Johan, während sie die Grasfläche zwischen dem Carl Bondes Väg und dem Parkplatz überqueren. »Was ist denn die Alternative?«

Der Duft nach Essen und Süßigkeiten zog vom Markt bis in Max' Nase, er hört das Stimmengewirr und sieht, wie sich dunkle Körper unter den bunten Laternen bewegten. Ihm kommt der Gedanke, dass dies alles eine Inszenierung ist, eine Art von Vorstellung, die direkt vor seinen Augen aufgeführt wird mit der Absicht, die Wirklichkeit zu maskieren, als würde sich das wahre Leben dahinter oder mittendrin verstecken.

Sie kommen näher, und Max kann Myriaden von Farben in den Lampen und den Handelswaren erkennen. Er glaubt, dass etwas kurz bevorsteht. In einem Augenblick wird die Maske abgerissen und die nackte Wirklichkeit entblößt. Es rauscht in seinen Ohren, das Gefühl schwillt in seinem Körper an ... und sinkt schließlich zusammen wie ein Soufflé, das aus dem Ofen genommen wird. Micke ist seiner Aufgabe nachgekommen.

»Was ist los mit dir?«, fragt Johan. »Passiert irgendetwas?«

Max ist sich gar nicht bewusst, dass er mit offenem Mund stehen geblieben ist und die Fäuste geballt hat. Er lächelt Johan entschuldigend an und schüttelt den Kopf. »Nein, das war nur … etwas anderes.«

»Sicher? Normalerweise siehst du nur so aus, wenn etwas passiert.«

Es kommt immer noch vor, dass Max Vorzeichen sieht, das vorbeiflimmernde Bild eines Autos, das von der Straße abkommt, ein Bauarbeiter, der vom Gerüst fällt, ein Messer, das gezückt wird, aber seit er Lamictal nimmt, nehmen diese Erlebnisse seinen Körper nicht mehr in gleichem Ausmaß in Besitz, und die Bilder sind nicht mehr so deutlich. Das ist vor allem eine Erleichterung. Die Vorzeichenausbrüche, die einem epileptischen Anfall geglichen haben, hatten ihn einige Male in Gefahr gebracht, wie damals auf dem Silo. Lamictal ist ursprünglich als Medikament gegen Epilepsie entwickelt worden, wirkt aber auch dämpfend auf Max' unerklärliche Symptome.

Sie gehen weiter in Richtung Friskis & Svettis, und Johan muss grinsen, als er das Graffiti sieht: »Fettballett«. Im selben Augenblick kommen zwei übergewichtige, schwarzhaarige Mädchen aus dem Eingang. Ihre breiten Gesäße wackeln unter den Jogginghosen, und Johan zeigt vielsagend auf den Spruch an der Wand: »Word, was?«

Max sieht den jungen Frauen mit ihren nassen Haaren hinterher, die die Köpfe zusammenstecken, um sich zu unterhalten. Sie sind so weit von allem entfernt, was er attraktiv findet, aber trotzdem empfindet er etwas, auf das er nicht so richtig den Finger legen kann. Vielleicht einfach nur Neid, als hätten sie irgendetwas, das er niemals bekommen kann. Oder etwas ganz anderes.

*

Das ältere Paar geht langsam über den Markt, Hand in Hand. Sie bleiben vor einem Stand stehen, der Zuckerschnüre in siebenundzwanzig Geschmacksrichtungen verkauft. Der junge Mann an der Kasse holt sein Handy heraus und fragt, ob er ein Bild von ihnen machen darf. Seine Freundin glaubt nicht, dass eine Liebe für das ganze Leben existiert, aber er möchte um ihre Hand anhalten und … ja, Sie verstehen schon. Das Paar legt die Arme umeinander und lässt sich fotografieren.

Ein vorübergehender Besuch beim Tod

1

Max war sieben Jahre alt, als es das erste Mal passierte. Es war Ende August, er war gerade aus der Schule gekommen und lag in seinem Bett, um das neueste *Lustige Taschenbuch* zu lesen, das am selben Tag mit der Post gekommen war. Er war der Beste in seiner Klasse und konnte lange Texte laut vorlesen, ohne ins Stottern zu kommen. Donald Duck war also keine große Herausforderung.

Das Fenster in seinem großen Zimmer zeigte auf die Kvisthamrabucht und war geöffnet. Unten in der Küche bereitete seine Mutter das Mittagessen zu, Spaghetti Carbonara, eines seiner Lieblingsgerichte. Er hatte ein Kissen hinter seinen Rücken gesteckt und eine Decke über sich gezogen. Das machte es ein bisschen gemütlicher.

Er hatte gerade eine Geschichte zu Ende gelesen, in der Donald Duck ein Abenteuer im Wilden Westen erlebte. Er ließ das Buch sinken und sah aus dem Fenster, vor dem die spiegelblanke Bucht lag. Plötzlich nahm er einen ähnlichen Geruch wahr wie damals, als er einen Kurzschluss in einer Steckdose erzeugt hatte, indem er einen nassen Stecker hineinsteckte. *Brennt* es *irgendwo?*, dachte er noch. Dann verlor er das Bewusstsein.

Er befand sich nicht mehr in seinem Bett, sondern in einer Art riesiger Badewanne. Er konnte seinen Körper nicht kontrollieren, aber irgendwoher wusste er, dass er sich hier verbarg, weil er Verstecken spielte. Er saß zusammengekrümmt auf dem Boden der Badewanne neben einem großen Propeller mit scharfen Kanten. Jemand suchte nach ihm.

Mehr konnte Max nicht von dem fremden Bewusstsein aufnehmen, bevor er ein Klappern hörte und an der Oberkante seines Gesichtsfelds einen großen, runden Gegenstand sah, der auf ihn hinunterfiel. Instinktiv krümmte er sich noch mehr zusammen, und der Gegenstand, der ein zusammengepresster Ballen Heu war, landete direkt vor ihm. Max wusste nicht, warum, aber ein Anfall von Panik schoss durch sein Gehirn, und er öffnete den Mund, um zu schreien. Im selben Augenblick startete der Propeller.

Die scharfen Klingen trafen ihn an der Seite, nahmen ihm den Atem und rissen eine Wunde auf. Er versuchte sich hinzustellen, aber der Propeller schlug die Beine unter ihm weg und ließ ihn zu Boden fallen. Die Geschwindigkeit nahm zu. Wäre er geistesgegenwärtig genug gewesen, sich flach auf den Boden zu legen und den Propeller über sich hinweg drehen zu lassen, hätte es anders ausgehen können, aber so kam es nicht. Seine Kniescheiben wurden von dem rotierenden Messer weggeschlagen. Der Schmerz war so intensiv, dass er den Kopf hob, um zu sehen, wie schwer die Verletzung war. Plötzlich traf es ihn kräftig am Hinterkopf und dann war es vorbei.

Max war vom Kissen geglitten und hatte die Decke weggestrampelt. Er lag flach auf dem Rücken und schweißgebadet in seinem Bett. Seine Kiefer waren so fest zusammengebissen, dass es wehtat, als er sie wieder löste und den Mund öffnete, um keuchend ein paar hastige Atemzüge zu machen. Er öffnete seine fest geballten Fäuste, öffnete sie und schloss sie, öffnete sie und schloss sie.

Was? Wo? Wer?

Er hatte nie etwas so Schreckliches gesehen und erst recht nicht erlebt, nicht einmal in seinen schlimmsten Albträumen. Er hatte keine Ahnung, welche Art von Badewanne es war, in der er sich befunden hatte, oder wer er selbst dabei gewesen war. Als die Verkrampfung nachließ und sein Atem sich beruhigte, schloss Max die Augen und versuchte, sich genau an die Szene zu erinnern, von der er gerade eben noch ein Teil gewesen war.

Eines wusste er ganz sicher: Er war ein Kind gewesen, ungefähr in seinem eigenen Alter. Diese Schlussfolgerung zog Max allein aus der Größe seines eigenen Körpers und vor allem aus der Schmächtigkeit der Hände, die auf seinen dünnen zerschlagenen Kniescheiben gelegen hatten. Aber warum hatte man eine Badewanne mit einem scharfen Propeller am Boden? Wie konnte er von einem so plötzlichen Albtraum heimgesucht werden, der Dinge enthielt, die er selbst nicht einmal kannte? Max versuchte, zu seinem Comicheft zurückzukehren, aber seine Gedanken kreisten ständig um das Kind, das er vor einer Weile gewesen war. Wer? Was? Wo?

Am nächsten Tag bekam Max eine Antwort, ohne dass er eine Frage gestellt hatte. Nach dem Abendessen saßen seine Mutter und sein Vater mit einem Weinglas draußen auf der Terrasse. Ihre Liegestühle standen nur ein paar Meter unter Max' Zimmer, und als er durch das geöffnete Fenster die Worte »schreckliche Tragödie« hörte, kroch er zur Fensterspalte, um besser zuhören zu können.

Er verstand nicht alles, was sie sagten, aber genug, um ein unvollständiges Bild zu bekommen. Ein Kind war am Tag zuvor bei einem Unfall auf einem Bauernhof ums Leben gekommen. Das Kind war sechs Jahre alt und hatte sich in einem Futtermischer versteckt, was auch immer das war. Der Vater des Kindes hatte die Maschine gestartet, ohne zu wissen, dass sich das Kind darin befand. Der Vater hatte einen so schweren Schock erlitten, dass er ins Krankenhaus von Norrtälje gebracht wurde.

Die letzte Information, die Max aufschnappen konnte, war vielleicht die aufsehenerregendste: Das Ganze war im Dorf Björnö passiert, direkt auf der anderen Seite der Bucht, die vor seinem Fenster lag. Nur etwa einen Kilometer entfernt, Luftlinie. Aber wie hatte er es sehen können, wie hatte er *dort sein* können?

Max ging die Treppe hinunter und auf die Terrasse, wo seine Eltern saßen und mit einer subtilen Änderung ihrer Körperhaltung signalisierten, dass dies hier *ihre* Zeit war. Max konnte solche Zeichen sehr gut deuten, aber dieses Mal ignorierte er sie und sagte: »Mama? Papa? Der da gestorben ist. Worüber ihr gesprochen habt. Ich habe gesehen, wie es passiert ist.«

»Was sagst du da?«, fragte sein Vater und stellte sein Glas ab. »Du warst doch zu Hause.«

»Ja. Aber ich habe es gesehen. In meinem Kopf.«

»Was sind denn das für Spinnereien«, sagte seine Mutter, die ein sehr gutes Gespür für alles hatte, was als gesellschaftliche Abweichung empfunden werden konnte. In seinem Kopf Sachen zu sehen, gehörte definitiv dazu, aber Max gab nicht auf: »Gestern. Als es passierte. Ich wurde zu diesem Jungen, kurz bevor der Propeller ansprang …«

»Habt ihr euch darüber in der Schule unterhalten?«, wollte sein Vater wissen, mit dem unausgesprochenen Vorwurf, dass er so etwas für unangemessen hielt.

»Nein, nein. Niemand hat darüber gesprochen, aber ich wurde zu ihm, als wäre ich in seinem Kopf gelandet, und …«

Sein Vater hielt die Hand hoch, um ihn zum Schweigen zu bringen, und sagte: »Jetzt reicht es aber mit diesen Dummheiten. Deine Mutter und ich wollen hier draußen ein bisschen Zeit für uns haben, und ich will keine solchen Fantastereien hören.«

Am meisten wunderte sich Max, nachdem er in sein Zimmer zurückgekehrt war, darüber, dass er es überhaupt versucht hatte. Beide Eltern waren starke Gegner alternativer Haltungen, wozu für sie beispielsweise auch Religiosität zählte. Übernatürliche Fähigkeiten gab es nicht einmal als entfernte Möglichkeit an ihrem Horizont.

Falls es überhaupt eine übernatürliche Fähigkeit war. Max legte sich mit dem Rücken auf sein Bett und die Stimmen seiner Eltern verblassten zu einem Gemurmel. Er legte die Hand auf sein Herz und spürte, dass sein Puls raste. Er hatte einmal eine Donald-Duck-Geschichte gelesen, in der ein Zauberer vorkam, der in die Zukunft sehen konnte. Die Augen des Mannes wurden zu Spiralen, und danach konnte er sagen, was passieren wird.

Seine Eltern hatten gesagt, dass der Unfall sich *gestern Nachmittag* ereignet habe, also zur selben Zeit, in der Max es gesehen hatte. Aber das wusste er natürlich nicht genau, so ein Nachmittag dauerte ja mehrere Stunden, also … Irgendetwas stimmte bei der ganzen Sache nicht, und Max strengte sich wirklich an, um darauf zu kommen. Stimmt! Er musste *ein kleines bisschen* in die Zukunft gesehen haben, weil er ja zu diesem Sechsjährigen geworden war, kurz bevor es passierte. Er versuchte sich genau zu erinnern.

Er hatte Angst bekommen, als der Heuballen heruntergefallen war, das andere Kind hatte etwas begriffen, das Max selbst nicht verstand. Und als ihn der Propeller traf, hatte es wehgetan? Max grub in seiner Erinnerung. Ja, es hatte wehgetan, aber nicht so sehr, wie es wehtun müsste, wenn man seine Kniescheiben abgehackt bekam. Der Schmerz schien bei ihm nur im Kopf gesessen zu haben.

Max hielt die Hände vor die Augen und führte ein Experiment durch. Er dachte ganz intensiv an den Hackklotz, auf dem sein Vater das teilte, was er »Stimmungsholz« nannte. Er legte seine linke Hand auf den Hackklotz. Dann dachte er sich die Axt in seiner rechten Hand.

Nein. Nein, nein, nein.

Allein schon dieser Gedanke leistete Widerstand, aber er zwang sich selbst, die Axt in einem Bogen heruntersausen zu lassen, zwang sich, den Zeige- und den Mittelfinger der linken Hand abzutrennen, sah sie vom Hackklotz wegspritzen, sah das Blut aus den Stümpfen schießen.

Tat es weh? Ja, in gewisser Weise tat es das. Er hatte Pseudoschmerzen in der Pseudohand. Max nahm die Hände von den Augen und kontrollierte, dass seine linke Hand intakt war. Genau so hatte es sich auch angefühlt, als der Junge im Futtermischer von der Klinge getroffen wurde, also war es in Wirklichkeit nicht Max passiert. Er hatte Pseudoschmerzen gehabt und war pseudogestorben.

Max rollte sich auf die Seite und zog die Knie an die Brust, während er das Poster mit fleischfressenden Dinosauriern betrachtete, das an seiner Wand hing. *Das* wäre vorher sein schlimmster Albtraum gewesen, von einem T-Rex gerissen und zerkaut zu werden. Jetzt hatte er einen neuen.

2

In den folgenden Jahren passierten ähnliche Dinge in unterschiedlichen Abständen. Der brennende, elektrische Geruch von Kurzschlüssen füllte seine Nasenlöcher, ihm wurde schwarz vor Augen, und als die Sehkraft zurückkehrte, befand er sich an einem anderen Ort, in einem anderen Bewusstsein.

Beim dritten Mal war er neun Jahre alt und saß mit seinen Eltern auf dem Sofa und sah das Melodiefestival im Fernsehen. Nanne Grönvall mit ihren Trollohren hatte gerade den Refrain zu ihrem Eifersuchtsschlager »Avundsjuk« begonnen, als der Elektrogeruch und der Blackout kamen. Er sah sich auf dem Fußboden eines Wohnzimmers sitzen, in eine Ecke gedrückt. Auch in diesem Raum sang Nanne Grönvall im Fernsehen. In seinen Händen befand sich eine Schrotflinte, deren Kolben auf der Lehne eines Sessels lag. Er trug keine Strümpfe, und seine Hände umklammerten den Lauf, als die Mündung in seinen Mund geführt wurde.

»Eifersucht! Ich spür solche Eifersucht!«

Nein! Hör auf! Tu das nicht!

Er befand sich im Bewusstsein des anderen, in der dunklen Verzweiflung und Einsamkeit, aber er konnte es ebenso wenig beeinflussen, wie ein Fahrgast mit reiner Willensanstrengung eine voranrauschende Finnlandfähre anhalten konnte. Die Bewegung war unaufhaltsam, und er sah seinen nackten, großen Zeh nach dem Abzug suchen, dort einen Augenblick verweilen, bevor er sich nach unten und nach hinten schob.

Max hörte den Knall, und für den Bruchteil einer Sekunde spürte er sogar, wie der Geschmack von Pulverrauch die Mundhöhle füllte, bevor das Bild in die Dunkelheit fortgerissen wurde und er sich selbst auf dem Flickenteppich vor dem Fernseher wiederfand und auf Nanne Grönvall starrte, die ihren Haarschopf hin und her schwang.

»Liebling! Liebling! Was ist mit uns passiert?«

Seine Mutter war neben ihm in die Hocke gesunken und rüttelte vorsichtig an seiner Schulter. Max versuchte etwas zu sagen, aber wie auch früher schon waren seine Kiefer so fest zusammengebissen, dass seine Lippen keine Worte formen, sondern nur ein Stöhnen ausstoßen konnten.

»Was war das, Max?«

Sogar sein Vater war auf den Boden geglitten und kniete neben ihm, was Max trotz seines zersplitterten Bewusstseins zu schätzen wusste. Sein Vater ließ normalerweise nicht die Gefühle das Kommando übernehmen, aber jetzt hörte er eine unverkennbare Besorgnis in seiner Stimme. Max verweilte einen Augenblick in dieser Besorgnis, bevor er sich auf das Sofa stemmte und ermattet das Melodiefestival verfolgte, während seine Eltern Blicke miteinander austauschten.

Er wurde auf Epilepsie untersucht – ohne Resultat, obwohl seine Symptome im Großen und Ganzen identisch waren mit einem Grand mal-Anfall, allerdings deutlich kürzer. Die untersuchende Ärztin sagte, dass man abwarten und beobachten sollte, und wollte keine Behandlung beginnen, bevor es nicht ein zweites Mal auftrat. Max verschwieg seine früheren Vorfälle, zumal er selbst nicht glaubte, dass es sich um Epilepsie handelte.

Ein paar Tage später hörte er von einem Nachbarn, der fünf Häuser weiter wohnte und Selbstmord begangen hatte, mitten im Melodiefestival. Er brauchte nicht zu fragen, wie er es getan hatte.

Im Laufe der Zeit verstand Max immer besser, wie das, was er seine »Visionen« nannte, funktionierte. Sie waren um so stärker, je näher er sich an dem Ereignis befand, sowohl örtlich als auch emotional. Es kam selten vor, dass Kinder verunglückten, und seine erste Vision war deshalb so stark gewesen, weil sie einen gleichaltrigen Jungen betraf. Der Mann, der sich erschoss, hatte nicht so viel mit Max gemeinsam, befand sich stattdessen aber sehr nahe.

Die meisten Visionen betrafen tatsächlich Selbstmorde. Was Max wirklich erstaunte, war der Umstand, dass er niemals bei Selbstmord*versuchen* dabei war. Nein, nur wenn es dem Selbstmörder gelang, sein Ziel zu erreichen, wurde Max in seinen oder ihren Kopf gelassen. Als wäre es im Voraus bestimmt, wer sterben und wer überleben würde. Die Alternative war, dass seine Vision erst eintrat, wenn das Werk vollendet war, dass er also alles mit einer gewissen Verzögerung empfing.

Ganz egal, welches von beiden zutraf, es blieb die Frage: Warum? Warum war ihm diese Fähigkeit gegeben und wofür war sie gut? Als er sein Geheimnis nach einer Weile mit Johan teilte, spekulierten sie über Superkräfte, Mutationen oder Zeitreisen, aber nichts davon war wirklich plausibel, und sie landeten immer wieder in einem lakonischen *Darum*. Manche bekommen Diabetes, andere Visionen.

Als Max die Vision vom Kinderwagen bekam, der zur selben Zeit zerstört und gerettet wurde, war es die siebzehnte in seiner Geschichte, und die erste, die nicht in Dunkelheit und Tod endete. Obwohl, sie tat es schon, aber gleichzeitig auch nicht. Dieses Wissen, gepaart mit seiner eigenen Erfahrung, nur eine Handbreit vom Tod entfernt gewesen zu sein, versetzte ihn immer noch in eine verwirrte und aufgewühlte Stimmung, als er Ende September, eine Woche nach den Ereignissen oben auf dem Silo, den Rasenmäher aus dem Schuppen zog, um ein letztes Mal in dieser Saison den Rasen in Form zu bringen.

3

Max bekam jedes Mal einen Hunderter, wenn er die fünfzehnhundert Quadratmeter große Rasenfläche mähte, die bis nach unten zur Kvisthamrabucht reichte, an dessen Ufer ein Steg und ein Bootshaus lagen.

Er brauchte ungefähr zwei Stunden für die Arbeit, und sie machte ihm nichts aus, ganz im Gegenteil. Hinter der knatternden Maschine herzugehen und die Gedanken wandern zu lassen, war ebenso sehr Erholung wie Arbeit. Normalerweise jedenfalls. An diesem Tag wollte sich die Ruhe nicht einfinden.

Schon als er den Rasenmäher aus dem Geräteschuppen holen wollte, blieb er in einem Rechen hängen. Er ärgerte sich und zerrte daran herum, bis er beinahe den Stiel des Rechens zerbrach. Als der Rasenmäher später auch beim zehnten Anreißen noch nicht angesprungen war, war er so verzweifelt, dass er fast in Tränen ausbrach, bevor er sich erinnerte, dass er vergessen hatte, Treibstoff in den Vergaser zu pumpen, was er sonst automatisch tat.

Als er endlich mit dem Mähen angefangen hatte, kam ihm die Maschine zu langsam vor, sie vibrierte auf eine unangenehme Weise in den Händen und knatterte zu laut. Um den dunklen Kloß, der langsam in seiner Brust heranwuchs, zurückzudrängen, atmete er tief durch, während der Rasenmäher sich hinunter zum Wasser schnüffelte. Es lief alles genau so, wie er vorher beschlossen hatte, dass es nicht laufen sollte.

Die Entscheidung war ein paar Wochen vor Max' elftem Geburtstag gefallen. Er hatte zu der Zeit noch vier weitere Visionen seit dem Melodiefestival gehabt, und er zerbrach allmählich daran. Ihm graute davor, in Menschen hineingezwungen zu werden, die sich gerade eine Schlinge um den Hals legten oder mit hoher Geschwindigkeit von einer eisglatten Autobahn abgekommen waren und auf den Baum zurasten, der das Letzte sein sollte, was sie auf dieser Erde sahen. Ein Grauen.

Die geringste Spur von Brandgeruch, und er bekam Schwierigkeiten, sich auf die Hausaufgaben zu konzentrieren, sein liebster Rückzugsort waren die Rollenspiele, die sich Johan und er auf dem Hügel hinter Johans Haus ausdachten. Wenn Max in die Rolle von Spiderman oder Superman schlüpfte und ihre Superkräfte annahm, konnte er für einen Augenblick die Fähigkeit vergessen, die er tatsächlich besaß. Wenn das Spiel vorbei war, kehrte die Nervosität zurück.

Der Wendepunkt kam an einem Sommertag, bezeichnenderweise genau an dem Tag, an dem er zum ersten Mal in diesem Jahr den Rasen mähen sollte. Er hatte den Rasenmäher herausgeholt und die Startschnur gezogen. Max wusste es nicht, aber im Laufe des Winters war Treibstoff auf die Zündkerze gelaufen, und das Anreißen verursachte eine kleine Explosion in der Kammer, mit dazugehörigem Rauch. Als Max den Rauch roch, zuckte er zusammen und duckte sich, wobei er sich die Stirn am Handgriff des Rasenmähers stieß, das Gleichgewicht verlor und mit dem Rücken auf den Rasen fiel. Er öffnete die Augen, sah die Wolken über den Himmel treiben und dachte: *So geht das nicht mehr weiter.*

Er lebte in einem Limbo aus ängstlicher Erwartung der nächsten Vision, die sich auf ihn werfen würde, und konnte sich kaum auf das Hier und Jetzt konzentrieren. Er lag im Gras mit einer wachsenden Beule auf der Stirn, und ihm wurde klar, dass er nur zwei Möglichkeiten hatte. Entweder stieg er über die Grenze und umarmte die Furcht, die sein tägliches Brot war, was nichts anderes hieß, als auszuflippen und sich einliefern zu lassen, um sich mit Tabletten in irgendeine Art von Harmonie bringen zu lassen, oder er ignorierte das Ganze so weit wie möglich, betrachtete die Visionen als Angriffe, die er eben aushalten musste, und zeigte ihnen ansonsten den Mittelfinger, statt sich von ihnen lenken zu lassen. Er sah, wie sich eine Wolke zu einem sich aufbäumenden Elefanten verformte, und entschied sich für die zweite Möglichkeit.

Nachdem er den Beschluss gefasst hatte, stellte sich die Umsetzung als erstaunlich einfach heraus. Schon eine Woche später war er dabei, als jemand von einem Baugerüst fiel und auf dem Asphalt aufschlug. Den krampfartigen Anfall konnte er mit reiner Willenskraft nicht abwehren, aber als er wieder zur Besinnung kam und feststellte, dass er vor dem Computer auf dem Fußboden lag, stand er einfach auf und machte dort weiter, wo er bei *Civilisation* unterbrochen worden war, ohne weiter über die Sache nachzudenken.

Dass Max seine Willenskraft schärfte, hatte auch Folgen für sein normales Leben. Nachdem er beschlossen hatte, die schlimmsten Dinge zu ignorieren, die einem Menschen zustoßen konnten und die er selbst mit durchleben musste, verlor er in seinem alltäglichen Leben immer mehr seine Angst. Beim Fußball stieg er am härtesten in die Zweikämpfe, er stieg am höchsten in die Bäume und ließ sich von anderen nichts mehr gefallen. *So what*, wenn er einen auf die Fresse bekam oder auch zwei, er hatte schon wesentlich Schlimmeres erlebt.

Die Entscheidung, die er unter dem sich aufbäumenden Elefanten getroffen hatte, war vermutlich das Umwälzendste, was er in seinem Leben getan hatte. Die schulischen Leistungen erholten sich und er erkämpfte sich den Respekt seiner Klasse. Die Kurve stieg immer weiter bis zu dem Tag, an dem sie ihn auf den Silo hinauftrieb und etwas passierte.

Max schob den Rasenmäher mechanisch über die Rasenfläche, während er auf seine Hände starrte, die den vibrierenden Griff umklammerten, und dachte: *Diese Hände sollten nicht hier sein.*

Die Erkenntnis, die ihn oben auf dem Silo getroffen hatte, bekam immer mehr die Form einer Zwangsvorstellung. Seine Welt schien in zwei gespalten zu sein. In einer Version mähte er den Rasen wie ein ganz gewöhnlicher Teenager, während er in der anderen zerquetscht und tot in einem Kühlraum lag und auf seine Verbrennung wartete. Er bekam sie einfach nicht zusammen.

Er hatte versucht, es genau so zu machen wie bei seiner Entscheidung unter der Elefantenwolke und es einfach zu ignorieren, aber dieses Mal spielte sein Gehirn nicht mit. Immer wieder sah er Markos Hand, die sich ausstreckte, das Rutschen an die Kante und wie Marko einfach nicht losließ, obwohl nur ein einziger Zentimeter darüber entschied, ob sie sterben oder leben würden. Markos Hand. Die Schwerkraft in seinem Rücken, die Max in den Abgrund ziehen wollte. Markos Hand. Sein Griff. Die Entschlossenheit und der Mut. Wie er Max' Leben gerettet hatte. Es schmerzte in seiner Brust wie von einer Last und einem Dorn.

Als Max zum dritten Mal den Rasenmäher am Ufer wendete, sah er seinen Vater mit der Sonntagszeitung und einem Pripps-Bier auf die Terrasse kommen. Max musste lächeln. Obwohl sein Vater im Takt mit seinem steigenden Wohlstand die Gewohnheiten der Oberschicht angenommen hatte und Quastenslipper trug, einen riesigen Weinkühlschrank besaß und einen Maserati Spyder in der Garage stehen hatte, konnte er die Genussmittel aus seiner einfachen Vergangenheit nicht abschütteln, und dazu gehört ein kaltes Pripps Blå.

Sein Vater ließ sich auf den Baden-Baden-Stuhl fallen und faltete die Zeitung auseinander. Max ließ den Bremshebel los, damit der Rasenmäher stehen blieb, und ging zur Terrasse. Sein Vater sah nicht auf, als er sich näherte, und Max tat so, als würde er es nicht bemerken, sondern ließ sich im Liegestuhl direkt gegenüber nieder und sagte: »Papa?«

Ohne den Blick zu heben, antwortete sein Vater: »Mh?«

»Ich bräuchte deine Hilfe bei einer Sache.«

»Hm-mh?«

»Da ist ein neuer Junge in meiner Klasse. Marko. Aus Bosnien. Sein Vater hat keine Arbeit, und ich frage mich, ob du irgendetwas für ihn … organisieren könntest?«

Sein Vater ließ die Zeitung sinken und setzte die Lesebrille ab. »Eine Arbeit?«

»Ja. Johan hat erzählt, dass er keine hat und er irgendwie deprimiert ist. Er will ja arbeiten. Für die Familie und so.«

»Hat er denn Erfahrung in der Baubranche?«

»Ich weiß nicht. Aber selbst wenn er die nicht hat … irgendetwas müsste es doch für ihn geben, oder?«

Sein Vater saugte an einem Brillenbügel, eine Geste, die er sich in den vergangenen Jahren angewöhnt hatte, und sah Max eindringlich an, als wäre er ein optisches Rätsel, das er zu lösen hatte.

»Wie kommt es, dass du dich in dieser Frage so … engagierst?«

Max zuckte mit den Schultern. »Marko ist ein netter Junge. Es wäre ja schade, wenn sein Vater ständig deprimiert ist.«

»Wir brauchen gerade keine Leute.«

Sein Vater setzte die Brille wieder auf und wollte sich erneut der Zeitung zuwenden, als Max sagte: »Papa. Bitte. Das ist wirklich wichtig.«

Sein Vater ließ die Zeitung wieder sinken und schob die Brille auf die Nasenspitze hinunter, um Max beobachten zu können, als er seine Worte wiederholte: »Das ist *wichtig*?«

»Ja. Es ist wichtig. Für mich.«

Es gab vieles in dem reservierten Verhalten seines Vaters, das Max nicht mochte, aber eines musste er ihm zugestehen: Er begriff, wenn es ernst wurde, konnte das Gewicht einer Aussage messen, ohne nach Gründen zu suchen. Sein Vater starrte Max an, bevor er nickte und sagte: »Er kann ja mal herkommen. Dann kann ich sehen, was für ein Zeitgenosse er ist.«

Mit einer energischen Bewegung schob er die Brille wieder auf ihren Platz und hob die Zeitung so hoch an, dass sie eine Barriere zwischen ihm und seinem Sohn bildete. Max stand auf und sagte: »Danke.«

»Mhm.«

*

»Entschuldigen Sie, tut mir leid! Hallo, gnädige Frau!«

Die Kassiererin läuft aus dem ICA Kryddan, erreicht die ältere Dame und überreicht ihr die Tüte mit Safran, die sie an der Kasse vergessen hat. Die Frau bedankt sich herzlich. Ihre Tochter wird zu Besuch kommen und sie hat vor, ihr Lieblingsgericht zu kochen, Safranhühnchen. Man hört schon am Namen, dass dies ohne Safran nicht gelingen kann. Sie bedankt sich ein weiteres Mal und tätschelt der Kassiererin die Wange.

Die Tyrannei der guten Absichten

1

Johan saß auf der nackten Felsspitze vor seinem Hauseingang und versuchte, eine verrostete Konservendose mit Kiefernzapfen zu treffen, als Max auf seinem Fahrrad angeradelt kam. Achtzehn Gänge. Monark. Etwas ganz anderes als Johans Damenfahrrad ohne Gangschaltung, bei dem die Kette immer wieder absprang. Als Max anhielt und den Ständer herunterklappte, versuchte Johan sich eine Entschuldigung dafür auszudenken, warum sie nicht mit dem Gamecube spielen konnten. Eine andere Begründung als die, dass seine Mutter zwischen der Schmutzwäsche auf dem Sofa schlief.

»Hi«, sagte Max und kam zu ihm.

»Hi«, sagte Johan und warf einen Zapfen, der unglaublicherweise in der Dose landete.

»Shit«, sagte Max. »Hast du lange dafür geübt?«

»Das ganze Leben«, sagte Johan, worauf Max die Augenbrauen zusammenzog. Johan bereitete sich auf seine Entschuldigung vor, die darauf hinauslief, dass einer der Controller kaputtgegangen war. Bevor er sie ausspucken konnte, sagte Max: »Weißt du, ob Marko zu Hause ist?«

»Marko?«

»Ja, Marko. Seid ihr nicht so was wie Freunde?«

Nachdem sie *Wind Waker* gespielt hatten, war Marko noch ein weiteres Mal bei Johan gewesen, und sie hatten unter anderem über seinen arbeitslosen Vater gesprochen, eine Information, die Johan an Max weitervermittelt hatte.

»Wir haben uns ein paarmal gesehen«, sagte Johan, »aber das muss ja nicht heißen, dass ich immer genau weiß, wo er ist.«

»Können wir rübergehen und bei ihm klingeln?«

»Warum?«

»Ich habe da etwas für ihn. Vielleicht.«

Johan ließ sich vom Felsen rutschen, dankbar dafür, dass er nicht lügen musste. Gemeinsam gingen sie zum benachbarten Eingang und stiegen die Treppe in den zweiten Stock hinauf, in dem Max an der Tür klingelte, auf der »Kovac« stand. Leise Stimmen erklangen aus der Wohnung, und schließlich wurde die Tür von Marko geöffnet, der Max und Johan einen fragenden Blick zuwarf.

»Hallo«, sagte Max. »Ist dein Vater zu Hause?«

»Ja«, sagte Marko, als wäre es die normalste Frage der Welt. Mit einer blitzartigen Erkenntnis wurde Johan klar, worum es hier ging.

»Könnte ich mit ihm sprechen?«, fragte Max.

»Ja«, sagte Marko. »Aber dann müsste ich übersetzen.«

Max' Schultern sackten ein Stück nach unten. »Spricht er kein Schwedisch?«

»Doch«, sagte Marko. »Aber nicht so gut. Es wäre besser, wenn ich dabei bin.«

Johan glaubte zu begreifen, warum Marko sich so verhielt. Marko selbst war nicht nur schmerzhaft ehrlich und sagte immer alles so, wie es war, sondern er ging auch davon aus, dass andere Menschen ebenso ehrliche und einfache Motive für ihre Handlungen hatten. Max wollte seinen Vater treffen. Aha, dann würde er ihn eben treffen.

Max ging als Erster in die Wohnung, und Marko warf Johan einen schwer zu deutenden Blick zu. Vielleicht besagte er: *Was machst du hier?* oder *Schön, dass du da bist* oder eine Kombination aus beidem.

Die Wohnung war spartanisch eingerichtet, sehr gepflegt und roch nach einem Gewürz, das Johan nicht richtig einordnen konnte. Als sie auf dem Weg zum Wohnzimmer durch den Flur gingen, wurde eine Tür geöffnet und ein etwa zehnjähriges Mädchen steckte den Kopf heraus. Sie hatte langes, schwarzes Haar, das ein beinahe engelsgleiches Gesicht einrahmte, wenn man von ein paar

Augenbrauen absah, die so kräftig waren wie bei einem erwachsenen Menschen. Diese Augenbrauen zogen sich jetzt zusammen, und eine überraschend dunkle Stimme fragte: »Wer seid ihr?«

»Freunde aus der Schule«, sagte Marko.

Das Mädchen musste lachen. »Du hast doch keine Freunde!«

Markos Hand schnellte in Richtung des Mädchens, bevor er die Geste in eine Bewegung übergehen ließ, als wollte er eine Wespe verscheuchen. »Meine kleine Schwester«, sagte er. »Maria.«

Marias große, leuchtende Augen richteten sich auf Johan und Max, und sie musterte die beiden von oben nach unten, bevor sie fragte: »Seid ihr Trottel?«

Johan hatte Maria ein paarmal auf dem Hügel gesehen, aber nie mit ihr gesprochen. Ihre Lieblingsbeschäftigung schien es zu sein, mit Zweigen gegen Baumstämme zu schlagen, während sie vor sich hin murmelte, und er vermutete, dass nach ihren Maßstäben fast alle Menschen Trottel waren. Bevor ihm eine geistreiche Erwiderung einfiel, antwortete Max: »Absolut. Wir sind sogar Supertrottel.« Maria nickte knapp und verschwand wieder in ihrem Zimmer, in dem Johan noch ein paar bunte Tücher entdecken konnte, bevor die Tür zuschlug. Sie gingen weiter zum Wohnzimmer, wo Johan in der Tür stehen blieb und sich umsah.

Wo haben die ihre ganzen Sachen?

In der Größe und in der Form war das Wohnzimmer der Kovacs identisch mit seinem eigenen, aber da hörten die Ähnlichkeiten auch schon auf. Johans Wohnzimmer war verdreckt, verstaubt und überfüllt, während bei den Kovacs alles strahlend rein und im Großen und Ganzen leer war. Ein Sofa, zwei Sessel, ein Couchtisch, ein Teppich und ein Fernseher. Das war es. An der Wand hingen ein Kreuz sowie eine Zeichnung von jemandem, der wahrscheinlich Jesus war, da er so übermenschlich mild herabschaute und einen Lichtschein um seinen Kopf hatte. Unter dem Bild befand sich ein kleiner Haken, an dem ein altmodischer Schlüssel hing.

In einem der Sessel saß ein schmächtiger Mann und drehte Zigaretten, ohne dafür etwas anderes als seine Finger zu bewegen. Marko sagte: »Tata«, und er sah auf. Marko deutete mit einer Geste auf Max und Johan und sagte auf Schwedisch: »Das hier sind zwei meiner Freunde aus der Schule.« Er sprach so langsam und artikulierte so deutlich, dass es klang wie eine Festrede.

Der Mann sprang mit einem Ruck aus dem Sessel auf, streckte die rechte Hand aus und sagte mit starkem Akzent: »Hallo, hallo, willkommen. Mein Name ist Goran.« Johan ergriff Gorans Hand, die ebenso feingliedrig war wie der Mann, dem sie gehörte, aber einen überraschend festen Griff besaß, schüttelte sie und sagte: »Johan«, mit der Andeutung einer Verbeugung.

Als Max sich ebenfalls vorgestellt hatte, bot Goran ihnen an, unterhalb von Jesus auf dem Sofa Platz zu nehmen, während er selbst sich wieder seinen Zigaretten widmete. Es war, als würde man einem Zauberer zusehen. Flink verteilte er den Tabak auf dem Papier, rollte es zwischen den Fingern und versiegelte es, indem er daran leckte. Seine Bewegungen hatten etwas Fahriges, aber die Zigaretten, die am Ende herauskamen, waren nicht von denen aus einer Schachtel zu unterscheiden.

Marko setzte sich ganz vorne auf die Kante des anderen Sessels und betrachtete für ein paar Sekunden schweigend die magische Vorführung seines Vaters, bevor er etwas sagte, das mit »Tata« begann – was wohl Papa bedeutete – und in einem Vortrag endete, der abgesehen vom Wort »Max« vollkommen unbegreiflich war.

Auch das kam Johan wie eine Form von Übernatürlichkeit vor. Als würde in Marko eine andere Person wohnen, die sich in einer geheimen Sprache ausdrückte. Vor Marko hatte er noch nie engeren Kontakt mit einem Migranten gehabt und war auch nie in einem anderen Land als Schweden gewesen. Er schielte zu Max hinüber, der ganz cool neben ihm saß, aber er und seine Eltern reisten ja auch ein- oder zweimal im Jahr ins Ausland, manchmal in Länder, von denen Johan nicht einmal wusste, dass sie existierten.

»Worüber wolltest du mit meinem Vater sprechen?«, fragte Marko schließlich.

»Ja, also …«, sagte Max und faltete die Finger auf dem Knie zusammen. »Es ist so, dass Papa, also mein Vater …«

Gläser klirrten, und Markos Mutter kam mit einem Tablett aus der Küche, auf dem eine Karaffe mit Saft, Gläser und eine Schale mit Ballerina-Keksen standen. Sie stellte es auf den Tisch, zeigte auf sich selbst und sagte: »Laura. Markos Mutter.«

Laura war mindestens eine Handbreit größer als ihr Gatte und etwa zwanzig Kilo schwerer. Obwohl sie dunkle Ringe unter den Augen hatte, strahlte sie eine ganz andere Ruhe aus als ihr Mann oder auch Johans Mutter. Er fand sie gleich sympathisch.

Möglicherweise angelockt von dem Klang der Gläser kam Maria aus ihrem Zimmer. Sie hatte sich ein rosa Ballerinakleid aus Tüll über die Jeans gezogen, kroch auf die Armlehne des Sessels, in dem ihr Vater saß, und betrachtete Johan und Max mit Augen, die an Katzenaugen erinnerten, während Laura in die Küche zurückkehrte.

»Also«, setzte Max erneut an. »Mein Vater besitzt ein Bauunternehmen, und wenn es möglicherweise so ist … also, wenn Sie eine Arbeit suchen, dann kann er vielleicht etwas organisieren.«

Maria begann, für ihren Vater zu übersetzen, wurde aber von Marko zurückgepfiffen: »Du sagst es ganz falsch. Er meinte ein *Bauunternehmen*, kein Brauunternehmen. Sei jetzt still.«

Marko ignorierte Marias hässliche Grimassen und übersetzte für seinen Vater, der leise nickte, während Laura mit einem Holzstuhl aus der Küche kam und sich zwischen Marko und ihren Mann setzte. Goran begann Marko zu antworten, wurde aber von Laura gebremst, die irgendetwas mit »svedski« sagte und auf Max zeigte.

Goran konzentrierte sich, schloss einen Moment die Augen und sagte auf Schwedisch: »Dieser … Job. Wann kann ich … äh … anfangen?«

Johan sah Max an und stellte zu seiner Befriedigung fest, dass auch der Freund trotz seiner Weltgewandtheit angesichts dieser direkten Frage die Fassung verloren hatte. Max kratzte sich am Kopf und sagte: »Ja, also ich weiß nicht, was für eine Art von Job das sein könnte, aber mein … Vater wollte Sie auf jeden Fall kennenlernen.«

»Das ist bestimmt so ein Job für Trottel«, sagte Maria und griff nach einem Keks. Laura gab ihr einen Klaps auf die Hand und murmelte einen Tadel, der Maria die Nase rümpfen und noch griesgrämiger aussehen ließ, während Marko übersetzte.

Johans Blick wanderte zwischen den vier Mitgliedern der Familie Kovac hin und her. Er konnte nicht genau benennen, woran es lag, aber er mochte sie, sowohl als Gruppe, wie auch als Individuen. Sogar Maria. Unter ihrem mürrischen Äußeren ließ sich ein cleveres Mädchen mit einem eigenen Willen erahnen. Seine Zuneigung äußerte sich vor allem in dem starken Wunsch, von ihnen gemocht zu werden.

»Das ist aber nett mit Saft und Keksen!«, sagte er und schenkte sich ein Glas ein. Max schielte mit einem Ausdruck zu ihm hinüber, der eher nach Schrecken aussah. Doch, auch Johan fand, dass es ein bisschen nach den Kindern in Bullerbü klang, aber er wollte deutlich sein. Laura lächelte ihn an, während Marias Augen sich misstrauisch zusammenzogen. Sie schien kurz davor zu sein, etwas Herablassendes zu sagen, wurde aber von Goran unterbrochen, der sich aus dem Sessel erhob und sagte: »Wir gehen! Jetzt? Ja!«

Laura sagte etwas und deutete auf den Saft und die Kekse, was Goran mit einem Seufzen zurück in den Sessel sinken ließ.

»Ich bitte um Verzeihung«, sagte er. »Ich bin …«, seine Finger flatterten durch die Luft, als wollte er nach den richtigen Worten greifen.

»Begeistert«, sagte Laura. »Er ist sehr begeistert.«

2

Als Max, Johan, Marko und Goran sich die Schuhe anzogen, um zu Max nach Hause zu gehen, zog Maria am Hemd ihres Vaters und sagte etwas, das ihren Vater erst seufzen und dann müde mit den Schultern zucken ließ. Marko wandte sich an Max und fragte: »Ist es okay, wenn Maria mitkommt?« Er sperrte die Augen auf und seine Lippen formten die Worte: *Sag Nein.*

Max stutzte angesichts der doppelten Botschaft, also antwortete Johan an seiner Stelle: »Klar. Kein Problem.« Marko warf ihm einen Blick zu: *Verräter*, worauf er Maria ein kurzes Kommando zuwarf. Sie rollte mit den Augen und stieg aus dem rosa Ballerinakleid.

Als die kleine Gruppe auf dem Drottning Kristinas Väg durch die Eigenheimsiedlung ging, stellte Johan fest, dass er sich richtig wohlfühlte. Sein Körper wurde ruhig und entspannt in der Gesellschaft von Max, Marko, Goran und Maria, und er genoss Max' offensichtliche Nervosität bei seinen stockenden Versuchen, eine Unterhaltung mit Goran zu führen. Er selbst wandte sich an Maria und fragte: »Du gehst dann in die … Dritte, oder?«

»Ja. Und du bestimmt in die Fünfte, oder?«

Johan schluckte den Köder nicht, sondern antwortete: »Nee, in die Vierte.«

»Die Vierte?«

»Ja. Ich bin dreimal sitzen geblieben.« Johan zeigte einen halben Meter zwischen seinen Händen an. »Ich bin so viel länger als alle anderen in meiner Klasse. Ich passe noch nicht einmal hinter den Schultisch.«

Marias Augen zogen sich zusammen. »Du lügst.«

»Ja.«

»Denn du gehst in die *Siebte*.«

»Ja.«

Maria nickte, zufrieden mit sich selbst, und die Kühle zwischen ihnen schmolz, als sie Johan mit einer Andeutung frischer Anerkennung betrachtete.

»Marko lügt nie«, sagte sie.

»Nein, das habe ich gemerkt.«

»Er ist fett langweilig.«

»Und fett nett.«

»Und fett fett.«

So machten sie die ganze Zeit weiter, während alle anderen schwiegen, nachdem alle Gesprächsthemen, die auf der Hand gelegen hatten, erschöpft waren. Als sie Max' Haus erreicht hatten, öffnete er das mannshohe Tor und bat sie einzutreten. Nachdem Maria ein paar Schritte auf dem Kiesweg gegangen war, blieb sie stehen, stemmte die Hände in die Seite und betrachtete die von einem Architekten entworfene zweigeschossige Villa mit dreihundert Quadratmetern, bevor sie ausrief: »Oh, verdammt! Seid ihr vielleicht so etwas wie superreich?«

»Nee«, sagte Max und kratzte sich im Nacken. »Also, mein Vater, er arbeitet als …«

»Er hat als Gerüstbauer angefangen«, sagte Johan zu Goran, dem offensichtlich ziemlich unbehaglich war. Marko warf Johan einen fragenden Blick zu, und er verdeutlichte: »Gerüste. Auf denen man steht, wenn man baut.«

Marko übersetzte für seinen Vater, der nachdenklich nickte, während er musterte, was Johan schon immer als Inbegriff des Ausdrucks *Protzbau* betrachtet hatte.

»Ja«, sagte Max. »Er hat Baugerüste errichtet. Das stimmt.«

Goran lächelte nachsichtig, und Johan wurde klar, dass er genau verstand, wie sie Max' Vater auf eine gewisse Augenhöhe herunterholen wollten. Ihm wurde auch klar, dass es keinen Sinn hatte. Max' Vater hatte zwar als einfacher Arbeiter angefangen, aber das hier war eben sein Haus, das hatte er zustande gebracht, während Goran arbeitslos war.

Johan wurde von einem plötzlichen Zorn auf die herrschende Weltordnung erfasst. Als Kind hatte ihn der riesige Unterschied zwischen seinem und Max' Lebensstandard sehr gestört, aber er hatte diesen Widerwillen überwunden, damit er die Privilegien genießen konnte, die es mit sich brachte, einen Freund mit reicher Familie zu haben. Jetzt flammte dieser Widerwille erneut auf.

Als sie die Haustür aus massiver Eiche erreichten, bemerkte Johan, dass Gorans Schultern immer tiefer sanken. Obwohl Markos Vater ein erwachsener Mann und laut Markos Aussage sogar ein *Held* war, spürte Johan das Bedürfnis, einen Arm um seine Schultern zu legen, aber abgesehen davon, dass es ein Fehler wäre, war es auch absolut undenkbar.

Max öffnete die Haustür und forderte sie mit einer Geste zum Eintreten auf. Auch dieses Mal war Maria die Erste, verzichtete aber auf Kraftausdrücke, als sie sich um sich selbst drehte und mit den Augen all das einsaugte, was der Reichtum zu bieten hatte.

Es war schon eine Weile her, dass Johan sich Gedanken darüber gemacht hatte, wie es bei Max zu Hause aussah, aber als er sich jetzt vorstellte, wie es in den Augen der Kovacs erscheinen musste, wurde ihm bewusst, wie *groß* alles war. Nicht nur der Raum an sich, sondern auch die Dinge, die diesen Raum ausfüllten. Die Ästhetik unterschied sich nicht so sehr von der, die bei den Kovacs herrschte, mit Ausnahme der Größe.

Das Schuhregal im Flur hatte Platz für fünfzig Paare, und an den Kleiderbügeln hätte ein ganzes Regiment seine Garderobe aufhängen können. Der Kronleuchter, der von der sechs Meter hohen Decke baumelte, hätte auch in ein Opernhaus passen können. Die Treppe zum Obergeschoss war breit, ihr Geländer massiv, und sie war von einem dicken Läufer bedeckt. Alles in allem machte das Haus von Max' Eltern den Eindruck, für Menschen gebaut zu sein, die einen halben Meter größer waren als alle anderen und Freundeskreise in Kompaniestärke hatten.

»Kommt«, sagte Max. »Ich glaube, mein Vater sitzt auf dem Altan.«

Max hatte seine Schuhe bereits ausgezogen und ging voran. Als Johan und Marko sich bückten, um ihre ebenfalls auszuziehen, flüsterte Marko: »Der Altan?«

»Ach so … die Terrasse.«

»Aha. Und was ist der Unterschied?«

»Keine Ahnung.«

Auch Goran und Maria hatten ihre Schuhe ausgezogen, und mit Johan an der Spitze gingen sie durch das Wohnzimmer, das unter anderem den einzigen Plasmafernseher enthielt, den Johan außerhalb eines Fachgeschäfts je gesehen hatte. Zweiundvierzig Zoll, hatte Max gesagt.

Durch die Glastüren, die zur Kvisthamrabucht hinauszeigten, sahen sie Max neben seinem Vater stehen, der bequem in einem

Stuhl saß. Max sagte etwas und zeigte auf die Gruppe, deren Führung Johan übernommen hatte. Sein Vater drehte den Kopf in ihre Richtung und riss die Augen auf. Als die Gruppe auf die Terrasse gekommen war, stand er auf und musterte sie, bevor er sagte: »Was für eine … Delegation.«

Ein weiteres Mal machte Maria den Vorreiter und tat etwas ganz Unerwartetes. Sie ging zu Max' Vater, machte einen Knicks und sagte: »Maria«, worauf sie ein Lächeln abfeuerte, das so bezaubernd war, dass niemand auf dieser Welt es unerwidert lassen konnte.

»Göran Bergwall«, sagte Max' Vater. »Willkommen.«

»Göran?«, sagte Maria. »So heißt Papa auch!«

Als wäre es das Stichwort, auf das er gewartet hatte, trat Goran mit ausgestreckter Hand vor und sagte: »Goran Kovac.«

Die beiden Männer gaben einander die Hand, und danach stellte sich auch Marko vor. Johan begnügte sich damit, zur Begrüßung mit einer Hand zu winken. Göran bat sie, in den Korbstühlen Platz zu nehmen, während er selbst sich auf die Kante des Baden-Baden-Stuhls setzte, mit geradem Rücken und den Händen auf den Oberschenkeln.

»Tja … Herr Kovac. Sie suchen also Arbeit?«

»Ja«, sagte Goran. »Arbeit. Genau.«

»Welcher Art von Arbeit sind Sie denn in … Ihrem früheren Heimatland nachgegangen?«

Goran versuchte, etwas zu formulieren, bevor seine Schultern herabsanken und er zu Marko blickte.

»Mein Vater ist Ingenieur«, sagte Marko. »Er arbeitete mit der Programmierung von … Drehbänken. Drehmaschinen. Für die Möbelindustrie.«

»Oh, aha. Tja, das ist ja nichts, was ich direkt … brauche. Haben Sie schon einmal auf dem Bau oder in der Konstruktion gearbeitet?«

»Er hat Häuser gebaut«, sagte Marko. »Unser eigenes und das unserer Nachbarn.«

»Ja«, ergänzte Goran. »Großes Haus. Von Nachbarn.«

»Okay«, sagte Göran. »Entschuldigen Sie, dass ich frage, aber wie sieht es mit Ihrem Schwedisch aus?«

»Wie aussieht … mit Schwedisch?«

»Ja, also … Tja, das ist wohl Antwort genug.«

Göran schielte zu Max hinüber, der seine Hände fest um das Knie geballt hatte. Marko bemerkte den Blick und schielte seinerseits zu Johan hinüber, der sich vage schuldig fühlte und in einen hastigen Seitenblick auf Maria floh. Das Augenspiel hielt für einige Sekunden an, bis Maria erneut ihr gewinnendes Lächeln einsetzte und sagte: »Papa wird supergut in Schwedisch, wenn er erst mal eine Arbeit hat!«

Marko warf Göran einen erschrockenen Blick zu, was dieser gar nicht bemerkte, da er Goran musterte, um seine Fähigkeiten abzuschätzen. Die Stimmung auf der Terrasse hatte sich zum Schlechteren verändert, und der Einzige, der es nicht zu bemerken schien, war Göran, der in seiner Chefposition saß und den Frachter mit sicherer Hand steuerte.

»Ooookay …«, sagte Göran zögerlich, und Goran begann mit den Händen zu ringen. Johan sah, wie sich die Lippen von Marko aneinanderpressten, als er sich zu beherrschen versuchte. Es klatschte, als Göran seine Handflächen auf die Oberschenkel schlug und sagte: »Dann sagen wir mal so. Wir bauen gerade draußen in Görla für Samhall. Sie können einen Monat auf Probe arbeiten, so ein bisschen als Handlanger.«

Marko begann für Goran zu übersetzen, stockte aber und wandte sich mit großer Willensanstrengung an Göran. Seine Stimme war voller kalter Höflichkeit, als er fragte: »Entschuldigen Sie. Was ist ein Handlanger?«

»Ja, also, ein paar Hilfsarbeiten und so etwas. Meistens sauber machen, Restholz aufsammeln … äh, also das, was vom Bauholz übrig bleibt. Solche Dinge.«

Marko übersetzte, während sein Vater aufmerksam zuhörte. Johan bekam mit, dass das Wort »Test« ein paarmal hin und her flog, und Marko wandte sich erneut an Göran. »Was bedeutet … nein, was beinhaltet der Begriff ›auf Probe‹?«

»Ja, also, das ist dann eine Beschäftigung auf Probe. Wenn es gut läuft, dann arbeitet er weiter, und später können auch andere Arbeitsaufgaben hinzukommen, je nachdem, wie … kompetent er sich zeigt.«

»Mein Vater ist sehr kompetent.«

»Ja, aber das weiß ich ja noch nicht.«

Marko war kurz davor, noch eine Bemerkung zu machen, und sogar Max, der das Gespräch wie zu einer Salzsäule erstarrt verfolgt hatte, musste es bemerkt haben, denn er sprang von seinem Stuhl auf und rief: »Ist das gut, Herr Kovac? Können Sie damit leben?«

»Ja, ja«, sagte Goran. »Geht gut.« Er stand auf und streckte Göran die Hand entgegen, der sie im Sitzen ergriff. »Vielen Dank«, sagte Goran. »Vielen Dank. Ich arbeite hart.«

»Ja, ja«, sagte Göran. »Das wird schon klappen.«

Die Details zu dem Arbeitsplatz wurden hastig abgehandelt. Goran konnte schon am nächsten Tag anfangen, wenn er wollte, und der Lohn war niedrig, aber akzeptabel, weil er sich ja in der Zukunft noch ändern konnte. Goran verbeugte und bedankte sich und zog Maria mit sich nach draußen in den Flur.

Ganz formell streckte auch Marko Göran die Hand entgegen, der sich in seinem Stuhl wieder zurückgelehnt hatte. »Danke«, sagte Marko. »Das war sehr freundlich von Ihnen.«

»Bedank dich nicht bei mir«, sagte Göran und zeigte auf Max. »Bedank dich bei ihm.«

Marko legte die Arme an den Körper und verbeugte sich vor Max. »Ich bedanke mich und verbeuge mich.« Max wand sich vor Scham, und endlich schien auch Göran zu bemerken, dass sich unter der Oberfläche ganz andere Dinge abspielten. Mit einem amüsierten Lächeln fragte er Marko: »Nur aus reiner Neugier. Wie kommt es, dass Max sich in dieser Frage so engagiert hat?«

Marko sah Max in die Augen, bevor er sich an Göran wandte, und sagte: »Weil er eine sehr freundliche Person ist. Ein guter Mensch. Vielen Dank, nochmal.« Mit diesen Worten verabschiedete er sich von der Terrasse.

Die Begegnung hatte höchstens zehn Minuten gedauert, aber sie sollte in den kommenden Jahren die Richtung, die das Leben vieler Menschen nahm, bestimmen und verändern.

*

Der afghanische Junge soll zum ersten Mal einen Großeinkauf machen. Er bleibt ratlos vor der Reihe von Einkaufswagen stehen. Sie sind aneinander befestigt. So war es in Kabul nie gewesen. Er zieht vorsichtig am letzten Wagen, ohne Erfolg. Eine Frau kommt vorbei. »Hier«, sagt sie und steckt eine weiße Plastikscheibe in einen Schlitz, »du brauchst so etwas.« Als der Junge in gebrochenem Schwedisch fragt, wo man so ein Plastikteil herbekommt, sagt die Frau, dass er es behalten kann. Sie habe mehrere davon.

Ein Held zeigt sich

1

Marko war neun Jahre alt, als ihm in einer Flüchtlingsunterkunft außerhalb von Alvesta klar wurde, dass sein Vater ein Held war. Die Familie Kovac hatte sich zu diesem Zeitpunkt seit einem guten Jahr in Schweden aufgehalten. Vorher hatten sie in den Niederlanden und in Deutschland gewohnt, nachdem sie im April 1994 aus Bosnien geflohen waren, da war Marko vier und Maria zwei Jahre alt.

Ihr Hof hatte in einem Dorf wenige Kilometer östlich von Mostar gelegen, in einer Gegend, die von Bosniaken, also Muslimen, dominiert wurde. Die Familie Kovac gehörte zur kroatischen Minorität, die aus Katholiken bestand, aber vor dem Kriegsausbruch war das nie ein Problem gewesen, ganz im Gegenteil. Nachbarn und Freunde aus unterschiedlichen Regionen durften eine doppelte Anzahl von Festen feiern. Familie Kovac feierte das Ende des Ramadan, obwohl sie selbst nicht gefastet hatten, und ihre muslimischen Nachbarn kamen an Weihnachten zum Feiern vorbei, selbst wenn sie auf den Schweinebraten verzichteten.

Dann kam der Krieg. Bis zuletzt glaubten die Menschen in und um Mostar herum, dass es sie nicht betreffen würde, die so lange in Frieden und Eintracht gelebt hatten und bei denen es die höchste Anzahl von gemischten Ehen in ganz Jugoslawien gab. Man gab sich die Hand darauf, dass dieser nationalistische Wahnsinn hier niemals Fuß fassen würde, wo man doch vor allem Nachbar und Mostarer war.

Als die bosnischen Serben mit der Unterstützung Serbiens einen Krieg begannen, um eine Vergrößerung der Republika Srpska innerhalb von Bosnien zu erreichen, taten sich Bosniaken und Kroaten zusammen, um sie zu bekämpfen. Die Granaten, die von den umliegenden Anhöhen auf Mostar geschossen wurden, trafen die Anhänger von Jesus und Mohammed gleichermaßen, und die Scharfschützen kümmerten sich nicht darum, ob man auf das Kreuz oder den Halbmond schwor.

Die Belagerung dauerte lange, und etliche der städtischen Parks, in denen sich viele ihren ersten Kuss gestohlen hatten, wurden zu improvisierten Friedhöfen, da niemand es wagte, die Friedhöfe am Rande der Stadt zu betreten, auf die die Scharfschützen freie Sicht hatten und die Trauernden wie Bowlingkegel fällen konnten.

Goran gehörte nicht zu denjenigen, die sich freiwillig zum Marktplatz begeben hatten, wo zu Beginn der Belagerung Waffen ausgeteilt wurden, aber nach wenigen Monaten konnten sie nicht weiter auf dem Hof wohnen, da die Serben sich von Osten näherten. Die Familie wurde bei Lauras Cousin in der Innenstadt von Mostar untergebracht, westlich des Flusses. Man hoffte, dass es vorübergehend war.

Je länger die Belagerung dauerte, desto schlechter wurde die Lage, und der Hass auf die Angreifer wuchs. Der Strom war ausgefallen, Lebensmittel, Wasser und Hygieneartikel wurden knapp. Nur weil die verdammten Serben auf ihren Posten lagen und die Stadt isoliert hielten. Nach langem Druck und Drohungen sah sich Goran schließlich gezwungen, sich mit einer Kalaschnikow zu bewaffnen. Er nahm an Überraschungsangriffen und Ausbruchsversuchen teil, schoss aber immer über die Köpfe der Feinde hinweg. Ganz gleich, was er von Handlungen und Machtansprüchen der Serben hielt, er wollte nicht das Leben eines anderen Menschen auf dem Gewissen haben.

Bis dahin war alles mit knapper Not zu ertragen gewesen, auch wenn Goran es genauso hasste, Laura allein mit den beiden Kindern zu Hause zu lassen, wie den Umgang mit einem Gewehr. Aber dann folgte die nächste Stufe des Wahnsinns, als Kroaten und Bosniaken sich gegeneinander wandten. Der Hintergrund dessen liegt außerhalb des Rahmens dieser Geschichte, aber in nur wenigen Monaten waren aus den ehemals Alliierten verschworene Todfeinde geworden.

Die Muslime versammelten sich am östlichen Ufer der Neretva, während die Christen sich auf die westliche Seite zurückzogen. Die einzige Verbindung zwischen den beiden Lagern war die alte Brücke Stari Most, früher ein Symbol für den Zusammenhalt der Stadt, jetzt aber ein Ort, der so einladend war wie ein Minenfeld. Die Kugeln der Scharfschützen streckten jeden sofort zu Boden, der die Grenze überschreiten wollte.

Auf der westlichen Seite kursierten schreckliche Gerüchte über die Übergriffe, die Muslime an kroatischen Zivilisten begangen hätten, und genau anders herum war es an der östlichen Seite. In dieser Isolation erschienen die ehemaligen Nachbarn immer mehr wie Dämonen aus der Hölle. Goran gehörte zu den wenigen Menschen, die nicht von der Erregung mitgerissen wurden, sondern der Überzeugung waren, dass sie alle nur Menschen seien, Opfer machthungriger Politiker. Sollte er etwa glauben, dass der Bäcker Rashid oder der Automechaniker Ahmad aus dem Dorf sich plötzlich in Monster verwandelt hätten, nur weil ein paar hitzköpfige Demagogen es behaupteten?

Das Ereignis, das Goran in den Augen seines Sohns zu einem Helden werden ließ, begann mit einem Pick-up, der vor der Wohnung der Familie hielt, als Goran gerade von der Front beurlaubt war. Ein Feldwebel klopfte an die Tür und befahl Goran, ihn zu begleiten. Er sah sich gezwungen, seine Waffe zu holen und auf die Ladefläche zu klettern, wo schon zwei gemeine Soldaten saßen, worauf der Pick-up erst nach Norden fuhr und dann nach Osten abbog, in Gorans frühere Heimat.

Es war ein bewölkter Tag, und Regen lag in der Luft. Der Pick-up holperte über dieselbe Straße, die Goran Hunderte von Malen entlanggefahren war. Sie war mittlerweile pockennarbig von den Granateneinschlägen. Er klammerte sich an den Gewehrlauf und senkte den Kopf in einem stillen Gebet, dass sie nicht auf eine der vielen Landminen fahren würden, die seit dem Krieg gegen die Serben noch im Boden lagen. Als sie sich dem Hof der Familie Kovac näherten, konnte er nicht anders, als den Kopf zu heben, und wünschte sich sofort, dass er es nicht getan hätte. Die Kroaten hatten das Gebiet unlängst von den Bosniaken erobert, und es sah aus, als hätten harte Kämpfe genau an dem Ort stattgefunden, den er bis vor Kurzem als sein Zuhause bezeichnet hatte.

Als sie den Hof Hals über Kopf verlassen mussten, hatte Goran keine andere Lösung gesehen, als die Tiere freizulassen. Kühe, Schweine, Pferde und Hühner würden ohne menschliche Fürsorge wahrscheinlich nicht überleben, aber so war es immer noch besser, als in der Scheune, im Stall oder im Hühnerhaus zu verhungern.

Falls Goran die Hoffnung hatte, dass die Tiere wie durch ein Wunder zurückgekehrt wären und überlebt hätten, wurde sie jetzt erstickt. Von der Scheune war nichts anderes mehr übrig als ein paar verkohlte Balken, die wie ein teuflisches Mikado auf dem rußschwarzen Boden lagen. Das Hühnerhaus musste einen direkten Treffer abbekommen haben, weil nicht einmal die Zementblöcke, auf denen es gestanden hatte, noch zu sehen waren. Hühnerfedern tanzten auf den Überresten, also hatten sich die Hühner nicht für die Freiheit, sondern für das Gewohnte entschieden.

Im Wohnhaus war kein Fenster mehr heil. Die Fassade war übersät mit Einschusslöchern und ein Teil des Daches weggesprengt. Kaputte Möbel lagen verstreut auf dem Hof. Das Haus, das von Generation zu Generation vererbt worden war, war ein geschändeter Überrest seines früheren Ichs, und vielleicht war dies der Augenblick, in dem Goran die letzte Hoffnung aufgab, dass sein Leben irgendwann wieder so werden würde wie zuvor. Tränen stiegen ihm in die Augen, als er die Hand in die Tasche steckte und den Schlüssel der Haustür umklammerte.

Der Pick-up fuhr auf die Felder hinaus und hatte einen Heuhaufen ins Visier genommen, der vor zwei Jahren noch so groß wie ein Doppeldeckerbus war, jetzt aber verrottet und zu einem Viertel seiner ursprünglichen Größe zusammengesunken war. Durch den Dunst konnte Goran sechs Männer erkennen, die vor dem Haufen aufgestellt waren. Als sie näher kamen, sah er, dass es sich bei einem der Männer um Faisal handelte, der in einem benachbarten Dorf als Tierarzt arbeitete und beispielsweise Gorans Pferde behandelt hatte, wenn sie Hufabszesse hatten.

Der Pick-up bremste, und die Räder schlitterten durch den lehmigen, vernachlässigten Acker. Goran stieg zusammen mit den anderen Soldaten von der Ladefläche. Jetzt verstand er, warum die sechs Männer so seltsam vor dem Heuhaufen standen. Ihre Hände waren auf dem Rücken gefesselt, und ihre Gesichter wiesen Spuren von Misshandlungen auf. Als Gorans und Faisals Blicke sich trafen, nickten die beiden Männer einander zu.

Der Feldwebel konferierte mit den beiden Soldaten, die ihre Sturmgewehre auf die sechs Bosniaken gerichtet hatten, und befahl dann zwei der Soldaten, die auf der Ladefläche mitgefahren waren, die Wache zu übernehmen, während die bisherigen Wachkräfte auf ihre Posten zurückkehrten.

Der Feldwebel deutete auf die Männer vor dem Heuhaufen und sagte: »Diese Männer, die ich nur ungern Männer nenne, diese muslimischen Hunde sind für schuldig befunden worden, ein feiges Bombenattentat auf unsere Kommunikationszentrale geplant zu haben, und deswegen wurden sie zum Tode verurteilt. Ihr seid hier, um das Urteil zu vollstrecken, also … Ausführung.«

Goran und die beiden anderen Soldaten sahen einander an. Die Kommunikation des Feindes zu zerstören, war eine ganz normale Kriegshandlung. Seltsamerweise waren die sechs Männer auch nicht direkt vor Ort erschossen worden. Also war es sehr viel wahrscheinlicher, dass es nur sechs Personen mit der falschen Religion waren, die sich am falschen Platz befanden. Die systematische ethnische Reinigung, über die aus anderen Teilen des ehemaligen Jugoslawiens berichtet worden war, hatte Mostar noch nicht erreicht, aber vielleicht war das jetzt der Anfang. Menschen sollten getötet werden; nicht für das, was sie getan hatten, sondern dafür, wer sie waren.

»Kovac!«, schrie der Feldwebel. »Nimm deine Waffe und komm her!«

Die Kalaschnikow wog doppelt so viel wie sonst in Gorans Händen, als er sie hochhob und zu den anderen ging. Er schielte zu den Bosniaken hinüber, die ihre Augen so weit aufgerissen hatten, dass das Weiß vor dem dunkelbraunen verdorbenen Heu hinter ihnen aufleuchtete. Faisals geschwollener, verwundeter Mund verzog sich zu der Parodie eines Lächelns, als er Gorans Blick einfing und sagte: »Goran. Ich bin es. Faisal.«

Goran nickte. Natürlich war es Faisal, mit dem er sonst ein Glas Sliwowitz nach der geglückten Behandlung eines Nutztiers trank. Wie die meisten anderen Muslime der Gegend war er nicht besonders rechtgläubig. Und natürlich hatten auch die anderen einen Namen und hin und wieder ein Glas mit einem katholischen Bruder geteilt.

»Legt an!«, schrie der Feldwebel, und nachdem sie einander angesehen hatten, hoben die beiden anderen Soldaten ihre Gewehre. »Kovac! Du auch!«

Drei Sekunden lang stand Goran regungslos da. Er wusste, dass es sich unter diesem bedeckten Himmel, an diesem tristen Tag entschied, was er für den Rest seines Lebens sein würde. Wer er für Laura sein würde, für seine Kinder und für sich selbst. Wenn er überhaupt noch sein sollte. Er ließ das Sturmgewehr aus seinen Händen gleiten und mit einem Klappern auf den Boden fallen.

»Verweigerst du den Befehl?«, brüllte der Feldwebel, zog seine Pistole und richtete sie auf Goran. Das Schlangenauge, das die Mündung der Pistole des Feldwebels war, ließ ihn nicht aus dem Blick, als er zehn Schritte ging und sich vor Faisal stellte.

»Wenn ihr schießen wollt, dann müsst ihr mich auch erschießen«, sagte Goran. »Das hier kann nicht Gottes Wille sein.«

Der Feldwebel lachte heiser. »Was glaubst du, wer du bist, Kovac? Josef Schulz?«

Es ist nicht undenkbar, dass tatsächlich Josef Schulz das Vorbild für Gorans Verhalten war. Die Geschichte von dem deutschen Soldaten, der sich geweigert hatte, an einer Erschießung jugoslawischer Partisanen mitzuwirken, und sich stattdessen in die Reihe der Todgeweihten stellte, war im ganzen Land bekannt und wurde als historische Wahrheit betrachtet. Auch die beiden anderen Soldaten kannten die Geschichte vermutlich, weil sie einander nervöse Blicke zuwarfen und ihre Waffen ein wenig sinken ließen.

»Ich bin nicht Josef Schulz«, sagte Goran. »Ich bin Goran Kovac und handele in Übereinstimmung mit dem Gewissen, das Gott mir gegeben hat.«

In diesem Augenblick fühlte sich Goran tatsächlich göttlich inspiriert. Das war die einzige Erklärung dafür, dass klare und vernünftige Sätze aus seinem Mund kamen, obwohl er eine solche Angst hatte, dass die Beine unter ihm wegzubrechen drohten. Um Kraft zu sammeln, richtete er den Blick auf den Himmel. Und spürte Regentropfen.

»Legt an!«, schrie der Feldwebel, und die beiden anderen hoben erneut ihre Waffen.

Verzeih mir, Laura, dachte Goran, der den Blick immer noch in den Himmel gerichtet hatte, von dem immer mehr Tropfen fielen. *Aber du hättest auch keinen Mann mehr gehabt, wenn er diesen Befehl ausgeführt hätte. Nur noch ein Gespenst.*

»Zielen!«

Goran würde nie erfahren, was anschließend geschah. Göttliches Eingreifen oder einfach nur unheimliches Glück? Von einer Sekunde zur anderen öffneten sich die Schleusen des Himmels, und der Regen begann mit einer solchen Kraft auf sie hinabzustürzen, dass sie kaum noch atmen konnten. Die Soldaten und der Feldwebel wurden zu verschwommenen Silhouetten hinter einem nassen Vorhang. Ob der Feldwebel jemals den Befehl zum Feuern gab, wusste er nicht, seine Stimme wäre ohnehin von einem mächtigen Donnerschlag übertönt worden, der fast gleichzeitig mit einem phosphorweißen Schein, der den Regenschauer aufblitzen ließ, ihre Augen blendete und den Boden zum Erbeben brachte.

Goran erfuhr auch nie, was im Exekutionskommando, das acht Meter entfernt stand, gesagt und getan wurde. Vielleicht hatte der Aberglaube oder die Gottesfurcht nach dieser himmlischen Machtdemonstration ihre Klauen auch in den Feldwebel geschlagen. Nach einer längeren Diskussion, von der er wegen des Donnergrollens nichts verstehen konnte, zogen sich die Soldaten zum Pick-up zurück und fuhren davon.

Goran wandte sich an die sechs Männer, denen das Wasser über die Gesichter rann.

»Gott segne dich, Goran«, sagte Faisal. »Gott segne dich.«

Goran holte das Klappmesser heraus, das er immer in der Hosentasche trug, und schnitt die Seile durch, mit denen die Hände der Männer gefesselt waren. Anschließend standen alle sieben in einem Ring und umarmten einander. Das Wasser schoss ihre Rücken hinunter, während sie Dankgebete an ihre jeweiligen Götter richteten, die, wenn man alles in Betracht zog, vielleicht doch ein und derselbe waren.

2

Eine Woche später wurde Stari Most von einem Volltreffer eines kroatischen Panzers gesprengt, aber da war die Familie Kovac bereits auf der Flucht. Mit Faisals Unterstützung durchquerten sie das von Bosniaken kontrollierte Territorium, in dem Goran und Laura an einigen Straßensperren ihren Glauben an den einzigen Gott und an Mohammed als seinen alleinigen Propheten bezeugen mussten.

Schließlich erreichten sie Split, wo sie nach einer strategischen Bestechung kroatische Pässe erhielten und an Bord einer Fähre nach Ancona in Italien gehen konnten. Auch ihr langjähriges Irren durch Europa liegt außerhalb der Grenzen dieser Erzählung, aber fünf Jahre später finden wir sie in einer Flüchtlingsunterkunft außerhalb von Alvesta, wo sie untergebracht sind, bis der Bescheid über ihre permanente Aufenthaltserlaubnis ergangen ist oder das »Permament«, wie Goran es hartnäckig nennt.

Schon am Abend nach den Ereignissen auf den Feldern, nachdem Goran nach einem Fußmarsch von mehreren Kilometern vollkommen durchnässt in Mostar angekommen war, hatte er Laura erzählt, was passiert war. Nicht um sich mit seinem Heldenmut zu brüsten, sondern um ihr begreiflich zu machen, dass er Gefahr lief, als Deserteur hingerichtet zu werden, und dass sie fliehen mussten. Laura hatte ihm zugehört, und Tränen stiegen ihr in die Augen, als sie ihn abwechselnd lobte und verfluchte, weil er ein so guter Mensch und ein so schlechter Ehemann war.

Goran griff in seiner Erwiderung den Gedanken wieder auf, dass sie ihren Mann nicht zurückbekommen hätte, wenn er die Befehle befolgt hätte, sondern nur seinen Schatten oder ein Gespenst. Daraufhin hörten die Vorwürfe auf, und Laura drückte ihre Stirn gegen seine, bevor sie packen ging.

Möglicherweise hatte Goran seine unsterbliche Seele auf diesem Feld gerettet, aber fünf Jahre Heimatlosigkeit und ständige Wohnungswechsel hatten ihm trotzdem eine gewisse Gespenstigkeit ins Gesicht geschrieben. Das Auszehrendste war die Tatsache, keine Aufgabe zu haben. Laura übernahm den Großteil der Verantwortung für die Kinder und die Arbeit, die im Haushalt zu erledigen war, und lernte Schwedisch. Goran ging oft hinaus in den Wald, wo er je nach Saison Beeren pflückte oder Pilze sammelte. Außerhalb der Saison sammelte er Leergut. Von dem seine Familie selbst versorgenden Bauern war nur noch ein kläglicher Überrest geblieben.

Dann kam der nächste Tiefschlag. Der Antrag der Familie auf eine Aufenthaltserlaubnis wurde abgelehnt, und sie musste Schweden innerhalb von einer Woche verlassen. Die letzte Luft, die Goran und Laura noch zum Atmen geblieben war, wurde ihnen abgeschnürt. Mehrere Tage lang wanderten sie wie Zombies durch die Erstaufnahmeeinrichtung, nicht in der Lage, sich eine Alternative auszudenken. Sogar die Kinder wurden immer apathischer und hörten auf, zur Schule zu gehen.

Drei Tage, bevor der Ausweisungsbescheid vollzogen werden sollte, traf eine neue Familie im Lager ein. Goran saß zu der Zeit mit der fünften Tasse Kaffee des Tages in der gemeinsamen Küche, während Marko neben ihm saß und geistesabwesend an einem Mandelplätzchen saugte. Man hörte Lärm aus dem Flur, als die neue Familie ihre Habseligkeiten hereinschaffte, und nach einer Minute offenbarte sich ein Mann in der Küchentür. Goran hob den Blick, und der Mann riss die Augen auf. »Goran! Goran? Du bist hier?«

Goran zog die Augenbrauen zusammen und schüttelte müde den Kopf, nicht um seine Anwesenheit zu verneinen, sondern weil er den Mann nicht wiedererkannte, der mit eifrigen Bewegungen einen Holzstuhl hervorzog, sich Goran gegenübersetzte und seine Hände ergriff.

»Mansur«, sagte der Mann. »Mansur Babic, erinnerst du dich nicht? Du hast mein Leben gerettet. Auf diesem Feld.«

»Aha«, sagte Goran ohne Enthusiasmus. »Schön, dass du es geschafft hast.«

Das Gespräch wurde auf Bosnisch geführt, und jetzt mischte sich Marko ein: »Tata? Wovon redet er?«

Goran und Laura hatten den Kindern nie von den Ereignissen erzählt, weil sie ihre fragmentarischen Erinnerungen an die Grausamkeiten des Kriegs und die ethnischen Auseinandersetzungen nicht auch noch anreichern wollten. Also sagte Goran: »Mansur. Wir reden mit den Kindern nicht über den Krieg.«

Mansur zeigte auf Marko. »Soll dein Sohn nicht wissen, wer sein Vater ist?«

Bevor Goran mit Einwänden kommen konnte, erzählte Mansur die ganze Geschichte, der Marko mit immer weiter aufgerissenen Augen zuhörte. Als Mansur mit den Worten schloss: »Und dann standen wir dort im Regen und bedankten uns abwechselnd bei Goran und bei Gott«, schielte Marko zu Goran hinüber, der sich ein bisschen aufrechter hingesetzt hatte.

»Dein Vater ist ein Held«, sagte Mansur. »So groß, wie ein Held nur sein kann, vergiss das nie, mein Junge.«

»Du übertreibst«, sagte Goran und lächelte zum ersten Mal, seit der Abschiebungsbescheid gekommen war. »Aber trotzdem vielen Dank.«

Das Gespräch verlagerte sich zu den jeweiligen Asylprozessen der Familien. Familie Babic hatte sich bis vor Kurzem versteckt, aber da ihre Tochter an Diabetes erkrankt war, hatte ihr Anwalt eine Wiederaufnahme des Verfahrens durchsetzen können, und sie befanden sich erneut innerhalb des Systems. Als Goran die Lage der Familie Kovac schilderte, war Mansur vollkommen erschüttert. »Dass ein Mann wie du … dass ein Mann wie du …«, sagte er immer wieder.

Obwohl Gorans Rücken wieder zusammengesunken war, wurde Marko bewusst, dass er seinen Vater jetzt mit ganz anderen Augen sah. Vorher hatte er sich an nichts anderes mehr erinnern können als einen zusammenbrechenden Mann, der untertänig ihr Gepäck von einer vorübergehenden Wohnung zur anderen getragen hatte, der sich für jeden Krümel, der ihnen gegeben worden war, verneigt und bedankt hatte. Jetzt wurde ihm klar, dass es in dieser gekrümmten Gestalt einen anderen Mann gab, einen, der sich aufrecht hielt. Einen Helden. Sein Vater. Ein Held.

»Hör mir zu«, sagte Mansur.

Die Familie, die der Familie Babic einen Unterschlupf gewährt hatte, bestand aus guten Menschen, und Mansur hatte ihre Telefonnummer. Wenn sie selbst keinen Platz hatten, dann kannten sie andere. Mansur schlug sich an die Brust und sagte in einem Ton, als würde er ein heiliges Gelöbnis sprechen: »Goran, ich organisiere das für euch, so Gott will.« Mit einem entschuldigenden Blick an die Decke fügte er hinzu. »Ich organisiere es auch, wenn Gott es nicht will. Aber er muss es wollen.«

So geschah es auch. Die Familie Kovac hatte insoweit »Glück«, als sie bei einer Familie mit einer leer stehenden Kellerwohnung einquartiert wurde und Markos und Marias Lehrer bereit waren, den Gesetzen zu trotzen und ihnen Privatunterricht zu geben, bis die Asylgesetze geändert wurden und die Familie eine neue Chance bekam.

Im Herbst 1999 war es so weit. Mithilfe eines neuen Anwalts, eines verschlungenen Prozesses und eines Empfehlungsschreibens wurde der Familie im Dezember endlich das erhoffte »Permament« bewilligt, und sie konnte sich nach einer dauerhaften Wohnung umsehen und landete schließlich in Norrtälje.

Markos veränderter Blick blieb bestehen. Er drehte die heldenhafte Geschichte in seinem Kopf hin und her und fügte neue Details hinzu. Er erzählte sie Maria, die vor allem erschrocken war, weil Goran beinahe erschossen worden wäre. Das versetzte natürlich auch Marko in Schrecken, aber es verblasste hinter dem fantasieanregenden Bild der Männer auf dem Feld, Gorans, der sich vor sie stellte, der angehobenen Waffen, des Regens. Dass jemand einmal etwas Großes getan hatte. Und dass dieser jemand sein Vater war. Das würde er nie vergessen.

*

Eine Robbe war aus dem Norrtäljefluss an Land gekommen und hatte sich bis zum Kleinen Markt verirrt, wo sie um die Brunnenskulptur Havsstenen herumrutschte und vor Angst brüllte. Etliche Menschen blieben stehen und wollten ihr helfen. Die Polizei wurde herbeigerufen. Zwei Beamte erschienen, kratzten sich am Nacken und riefen einen Tierarzt hinzu. Mit der Unterstützung eines Fischers gelang es ihnen, die Robbe in einer Persenning zu fangen und zur Hafeneinfahrt zu tragen, gefolgt von Hunderten von Menschen. Als die Robbe endlich ins Wasser gleitet, bricht jubelnder Applaus aus.

Wie eine tick-tickende Bombe

1

Seit seiner Pensionierung vor drei Jahren hat Harry Boström Schlafstörungen. Er schläft zu spät ein, wacht zu früh auf. Als die Uhr an diesem Septembermorgen fünf schlägt, hat er bereits eine gute halbe Stunde mit kribbelnden Beinen wach gelegen, also steht er auf und geht nur mit der Unterhose bekleidet zum Küchenfenster und sieht nach draußen.

Die Dämmerung ist bislang nichts weiter als eine Andeutung, aber in der Dunkelheit kann er die Umrisse der Kräne entdecken, die unten am Wasser aufgerichtet worden sind. Wenn alles so läuft wie geplant, wird er in wenigen Jahren nicht einmal mehr diesen Bruchteil eines Seeblicks haben, den er bis jetzt noch genießen kann. Die Neubauten in Norrtälje werden den Ausblick von der Vegagatan zur Bucht unterbrechen. Andere Bewohner der Gegend haben sich bei Versammlungen und mit Protestlisten engagiert, aber Harry weiß, dass es keinen Sinn hat. Sollten sie den Bau von zweitausend Wohnungen stoppen, um den schmalen Seeblick einiger weniger Rentner zu retten? Wohl kaum. Man muss sich eben fügen.

Harry kann sich sehr gut fügen und den Tag mit solchem Gleichmut nehmen, wie er kommt, dass seine Spielpartner ihn manchmal aufziehen, wenn sie sich im Tabakladen am Kleinen Markt für eine Tipprunde treffen. Wenn sich die anderen alten Knaben über die Trabrennen aufregen, die man auf einem Fernsehschirm verfolgen kann, steht Harry meistens daneben und nickt melancholisch. Er wettet ganz selten erfolgreich, und die anderen behaupten, es fehle ihm eben an Engagement. Sie finden, dass er nur ins Blaue hineintippt, und sein Spitzname ist naturgemäß Harryboy.

»Tosse?«

Es knirscht von trockenen, geflochtenen Weiden im Flur, und kurz darauf kommt ein altersschwacher Labrador in die Küche getrottet. Tosse geht zu Harry und legt den Kopf auf seinen Oberschenkel, um ihre Freundschaftsbande für diesen neuen Tag wieder fester zu knüpfen. Harry streichelt ihm den Kopf, auf dem die Anzahl silberner Haare immer weiter anwächst.

»Wollen wir eine Runde gehen?«

Tosse blickt zu Harry auf, mit einem Blick, der anzudeuten scheint, dass es wohl kaum der Mühe wert sei, bevor er sich umdreht und in den Flur trottet, um sich zu setzen und auf die Hundeleine zu warten. Pinkeln muss man schließlich. Harry zieht sich dieselbe Kleidung an, die er am Tag zuvor getragen hat und einen Tag davor ebenfalls schon. Eine weiche Jeans, ein kurzärmeliges Hemd und eine Kapuzenjacke, die so ausgewaschen ist, dass die Beflockung »Norrtälje Elektroinstallation« schon seit Langem zusammen mit der blauen Farbe verschwunden ist. Er leint seinen Hund an und geht nach draußen, um der Welt zu begegnen.

Tosse wird munter, als er aus der Haustür tritt, und beginnt sein Revier mit einer gewissen Begeisterung zurückzuerobern. Harry wünscht sich, dass er es ebenso empfinden könnte, dass dieser Flecken Erde *seiner* wäre. Wenn er ein solches Gefühl jemals gehabt hat, dann haben die ständigen Abrisse und Neubauten auf dem Hafengelände es ihm endgültig genommen. Seine Aussicht verändert sich von Tag zu Tag.

Trotzdem kann er seinen Morgenspaziergang nicht anders als mit einem Schlenker zum Hafen einleiten, um zu sehen, was seit dem letzten Mal passiert ist, und möglicherweise die eine oder andere kleine Sabotageaktion als wirkungslosen Protest auszuführen. Ein vergessenes Werkzeug in das Hafenbecken zu kicken, einen Karton mit Verteilerdosen zu verstecken. Einfach aus Trotz.

Tosse kennt die Routinen, und nachdem er die notwendigen Markierungen auf dem Hof hinterlassen hat, strebt er zu dem Ort hinüber, auf dem der Bootsklub früher seine Boote aufgelegt hat, mittlerweile eine leere Fläche, die auf ihre Bebauung wartet.

Der Himmel über der Norrtäljebucht ist im Osten dunkelrot, mit einzelnen rosa Treibwolken, und Harry sagt zu sich selbst: *Es ist ein schöner Morgen*, um nicht auch diesen einfachen Glücksmoment in den Nebeln der Düsternis zu verlieren. Er ist zwar nicht gerade unglücklich, aber es ist auch lange her, dass er sich selbst glücklich nennen konnte, wenn es überhaupt einmal so war. Zu viel Einsamkeit.

Harry ist so tief in Gedanken versunken, dass er beinahe über den Hund stolpert, der vorwurfsvoll winselt, ohne sich von der Stelle zu rühren. Sein Körper steht unter Höchstspannung, der Schwanz ist aufgerichtet, und sein Fell zittert. Harry hebt den Blick, um zu sehen, worauf Tosse auf eine für ihn so untypische Art reagiert.

Ein Container.

Ganz draußen auf dem Kai steht ein gelber Container, der am Abend zuvor dort noch nicht gestanden hat. Harry überquert das Hafengelände, um ihn sich genauer anzusehen, und Tosse folgt ihm nur widerwillig und lässt ununterbrochen ein leises Knurren vernehmen.

Der Container scheint mit ziemlicher Hast abgeladen worden zu sein, weil eine seiner Ecken noch über die Kaikante hinausragt und er ein bisschen wie hingeworfen aussieht. Weder ein Frachtschiff noch ein Lkw sind irgendwo zu sehen, aber irgendwann im Laufe der Nacht oder am frühen Morgen muss ihn jemand hier abgestellt haben.

Harry geht näher an ihn heran und lässt die Hand über die glatte Oberfläche gleiten. Keine abblätternde Farbe, kein Rost. Der Container scheint so gut wie neu zu sein, und kein Frachtzettel oder Text zeigt an, woher er kommt oder wohin er auf dem Weg ist. Es ist nur ein anonymer gelber Container. Harry klopft auf das dicke Blech und bekommt ein gedämpftes Geräusch zurück. Der Container ist nicht leer.

Harry kann nicht sagen, welcher Impuls ihn dazu bringt, sein Ohr an die Oberfläche des Containers zu drücken. Tosse winselt und zerrt an der Leine, um möglichst schnell wegzukommen, und

Harry ermahnt ihn zur Ruhe. Er meint, etwas aus dem Container hören zu können. Eine Bewegung. Er klopft ein weiteres Mal und drückt das Ohr wieder fest gegen das Blech. Nichts. Er kann nicht beschwören, beim ersten Mal ein Geräusch gehört zu haben, geht aber auf die schmale Seite, um die Türen zu kontrollieren.

Ein grober Riegel mit einem ebenso groben Vorhängeschloss machen eine weitere Inspektion unmöglich. Harry kontrolliert, dass niemand ihn sehen kann, bevor er mit der Faust fest gegen die Tür schlägt und ruft: »Hallo? Ist dort jemand?« Keine Antwort, keine Bewegung. Harry tritt einen Schritt zurück und reibt sich den Hinterkopf. Sollte er jemanden anrufen? Die Polizei? Wie die meisten anderen Menschen auch hat er keine Lust, sich lächerlich zu machen, aber er meint, tatsächlich etwas gehört zu haben. Vielleicht nur ein Gegenstand, der die Lage geändert hat, aber wenn, wenn …

Harry starrt den Container noch ein paar Sekunden an. Dann dreht er sich auf dem Absatz um und geht nach Hause, um zu telefonieren. Tosse zerrt in dieselbe Richtung und gibt ihm Zughilfe. Er will die Gegend schnell verlassen.

Später wird aus Harry eine kleine Berühmtheit in Norrtälje werden, und er wird noch viele Male die Geschichte erzählen dürfen, die er an jenem Morgen erlebt hat. Er war der Erste, der es gesehen hatte, und er war der Einzige, der es hörte.

2

»Typisch Norrtälje.« Johan wirft die *Norrtelje Tidning* auf den Tisch und zeigt auf das Bild des gelben Containers, der die erste Seite schmückt. »Hast du schon gehört?«

Ove sieht von seiner Arbeit auf, die darin besteht, die Kugeln vor dem Firmenbowling am Abend nach Gewicht zu sortieren. Er sieht Johan verwirrt an und schüttelt den Kopf mit offenem Mund. Vor langer Zeit hat er in der Nationalmannschaft gespielt, aber schon damals war er begriffsstutzig, fast schon dämlich.

»Von dem Container«, sagt Johan. »Den sie gestern gefunden haben. Es hat sich jetzt herausgestellt, dass sie ihn nicht öffnen können, weil es bei dem Flecken Erde, auf dem er steht, offensichtlich unklare Besitzverhältnisse gibt.«

Wie so oft lässt Ove einen schwer fassbaren Begriff einfach zurückhallen. Ohne die rote Zwölf, die er in der Hand hält, zur Seite zu legen, erwidert er: »Un-klare Besitz-verhältnisse?«

»Ja. Sie wissen nicht, ob das Stück vom Kai, auf dem der Container steht, der Stadt, der Baufirma oder dem Bootsklub gehört. Wie zum Teufel kann man so etwas *nicht* wissen? Diese verdammte Kommunalverwaltung …«

Ove arbeitet in der Bowlinghalle, seit sie vor zwanzig Jahren gebaut wurde, seit den letzten sieben Jahren zusammen mit Johan. Sie kennen einander also gut genug, und Ove weiß, dass er sich wieder seiner Arbeit zuwenden kann, weil gleich eine von Johans Tiraden folgen wird, für die er Oves Mitwirkung nicht braucht. Tatsächlich steht Johan jetzt auf und beginnt hinter dem Tresen hin und her zu gehen und mit der Zeitung zu fuchteln.

»Sobald irgendetwas nicht so läuft wie geplant, fangen sie an, wie aufgescheuchte Hühner herumzurennen. Der Ausbau der Wasserversorgung scheitert, die Glasfaseranschlüsse auf dem Land werden immer wieder verschoben, und warum? Weil es niemanden gibt, der dafür verantwortlich ist. Als aus dem Neubaugebiet Norrteljeporten eine Ansammlung von Hangars wurde, vor denen Baumarktschilder wie Totempfähle aus dem Elend ragten, statt eine Siedlung von *Häusern mit Seebrisenstimmung*, wie sie es angepriesen hatten, wer ist für diesen Fehler verantwortlich? Niemand, denn niemand hatte irgendeine Ahnung, dass es so hässlich werden könnte. Aber fahr mal dorthin und sieh es dir an, verdammt noch mal! Ich verspreche dir, dass dieser Scheißcontainer dort stehen bleibt, bis er durchgerostet ist, weil niemand in der Kommunalverwaltung den Finger aus dem Arsch bekommt und sich der Sache annimmt. Verdammte Idioten!«

Im Laufe der Jahre hat Ove viele Varianten von Johans Monolog zu hören bekommen. Sein Hass auf die Kommunalverwaltung braucht nur einen kleinen Funken, um wieder aufzuflammen, und der übliche Abschluss lautet meistens *verdammte Idioten*. Ove hört es, ohne zuzuhören, als würde er neben einem Wasserfall arbeiten, an dessen Brausen man sich gewöhnt hat. Er sortiert die Kugeln und denkt an den Wettkampf von 1986 zurück, als er zweiundzwanzig Strikes in einer Reihe schaffte. Das waren noch Zeiten, damals.

3

»Es könnte sich ja was auch immer darin befinden.«

Maja von der Fleischtheke pocht mit dem Zeigefinger auf das Bild des Containers, als könnte sie ihm damit seine Geheimnisse entlocken. Sie, Siw und Ingela aus der Bäckerei haben eine frühe Mittagspause genommen, weil sie seit der Öffnung am Morgen gearbeitet haben, Ingela hat sogar schon ein paar Stunden früher angefangen. Sie sind allein in der Personalkantine des ICA Flygfyren und sitzen an einem Tisch vor einem vergitterten Fenster, von dem man auf ein Durcheinander aus Rohren und Leitungen sieht, die mehr an eine petrochemische Industrieanlage erinnern als an einen Lebensmittelmarkt.

In Übereinstimmung mit ihrem neuen, gesünderen Leben, zu dem auch Friskis & Svettis gehört, begnügt sich Siw mit einem Salat als Mittagessen. Dieser ist mittlerweile verzehrt, und sie fühlt sich exakt genauso hungrig wie zuvor. Sie schielt auf das Bild in der Zeitung, und ein Gefühl des Unbehagens kitzelt ihre Kehle. Der Container sieht so … *einsam* aus da draußen auf der Kaikante, und Einsamkeit ist gefährlich.

Seit Siw ganz klein war, hat sie die Tendenz, unbelebte Dinge zu beseelen, und zur Verärgerung ihrer Mutter brachte sie ständig irgendwelche Sachen mit nach Hause, immer mit der Begründung, dass sie so einsam ausgesehen hätten. Ein Spaten aus dem Wald, ein heruntergefallener Ast vom Parkplatz. Der Container weckt dasselbe Gefühl in ihr. Er hat alle seine Containerfreunde verloren und steht jetzt einsam im Hafen und brütet vor sich hin.

»Was auch immer«, wiederholt Maja. »Es könnten die Russen

sein, die hier ihren Atommüll abladen oder eines dieser Gifte, mit denen sie Leute umbringen.« Ingela muss lachen, und Maja zieht eine mitleidige Grimasse. »Ja, noch lachst du, aber wenn du eines Morgens aufwachst und dein Haar ausgefallen ist, lachst du bestimmt nicht mehr.«

Siw versucht ihr Lachen zu unterdrücken, möchte nicht, dass Maja sich noch mehr aufregt. Kraft ihrer zweiundfünfzig Jahre meint sie, ein Vorrecht auf die Deutung zeitgenössischer Ereignisse zu haben, und erträgt es nicht, von einem zweiundzwanzigjährigen Küken ins Lächerliche gezogen zu werden. Aber das Bild von Ingelas blondem Haarschopf, das am Morgen auf dem Kissen liegen bleibt, lässt Siw losprusten. Maja wirft ihr einen wütenden Blick zu, aber bevor sie losschimpfen kann, sagt Ingela schon: »Oder wir werden alle zusammen zu Superhelden. Ganz Norrtälje!«

Als Siw zur Kasse und dem monotonen Piepen der Waren am Scanner zurückgekehrt ist, hängt ihr der Gedanke nach. Sobald sie den Blick für ein angemessen höfliches Hallo zum nächsten Kunden hebt, versucht sie sich vorzustellen, welche Superkräfte genau dieser Kunde, egal ob Mann oder Frau, jung oder alt, wohl entwickeln könnte. Röntgenblick, Gedankenlesen, Riesenkräfte, die Fähigkeit, sich unsichtbar zu machen, oder noch etwas anderes?

Das Spiel hält sie beschäftigt, bis sie ihre Schicht beendet, und damit ist es ein guter Arbeitstag gewesen, ein Tag, der fast unbemerkt vergangen ist.

4

Max' Arbeitsfahrzeug ist ein Toro Workman, ein elektrisch angetriebener Pritschenwagen, in dem er sich immer ein bisschen lächerlich vorkommt, weil er seine langen Beine bis an die Brust hochziehen muss, wenn er im Fahrerhaus sitzt. »Nicht gerade ein Frauenmagnet«, wie Johan einmal sagte. Max hatte zwar nicht die Sehnsucht, auf der Jagd nach potenziellen Romanzen durch Norrtälje zu cruisen, aber ein kleines bisschen Würde wäre nie verkehrt.

Er rollt über die Sozietätsbrücke, biegt nach links ab in den Park. Als er die Freilichtbühne erreicht, hält er an und zückt sein Handy, sieht nach, ob jemand in der Facebook-Gruppe *Pokémon Go Roslagen* einen Beitrag über einen aktuellen oder kommenden Raid hinterlassen hat.

Es ist nicht seine Gewohnheit, während der Arbeitszeit zu spielen, aber Entei ist gerade zu einem möglichen Raid-Boss befördert worden, und er wollte ihn gerne noch vor Johan einfangen. Super lächerlich, aber so ist es eben. Der einzige Raid, der wartet, ist einen Stern wert, so was wie Karpador, und niemand ist daran interessiert, weil man ihn genauso gut auch allein fangen kann.

Max steckt das Handy wieder weg und fährt an der Kaikante entlang. Als er die Skulptur erreicht, die in Pokémon Go *Wind Thingie* genannt wird, bleibt er wieder stehen und sieht zum Kai auf der anderen Seite der Hafeneinfahrt hinüber.

Der Container leuchtet wie eine Feuerbake in der Nachmittagssonne. Mehrere Personen haben sich um ihn versammelt und klopfen auf die große Metallkiste, umkreisen sie wie die Affen den Monolithen in *2001*. Mit seiner leuchtend gelben Farbe und den geraden Linien ist er ein fremdartiger Gegenstand, ein Punkt, der mitten ins Dasein gesetzt worden ist. Soweit Max es verstanden hat, weiß niemand auch nur irgendetwas über ihn. Plötzlich stand er da, mit einem Inhalt, der infolge von Grundstücksstreitigkeiten noch unbekannt geblieben ist.

Es lässt sich nicht leugnen, dass es ein bisschen spannend ist, so wie bei Zauberern, die erst eine Erwartung aufbauen, bevor sie eine Kiste öffnen. Natürlich wird es eine Enttäuschung geben, wenn die Besitzverhältnisse des Grundstücks geklärt sind und das Schloss aufgebrochen wird. Ein paar Tonnen verrottetes Gemüse oder ein Haufen gestohlener Außenbordmotoren. Es ist allein der gelbe Container, der so suggestiv ist, was auch durch das große Interesse der Norrtäljer bewiesen wird.

Max wendet sich von dem gelben Quader ab und rollt weiter zum Fitnesspark. Während des trockenen Sommers war die Anlage so fleißig genutzt worden, dass einige Geräte repariert werden müssen. Nachdem er mit der Werkzeugkiste aus dem Wagen gestiegen ist, sieht er sich um, bevor er das Handy herausholt und an dem Pokestop dreht. Drei Nanabbeeren, wie schlecht soll es denn noch werden?

5

»Sitzt du gut so, Eira?«

Anna hat Eira Johansson mit ein paar Kissen stabilisiert, damit sie während des Fütterns nicht zur Seite wegrutscht. Oft schafft es Eira, selbständig zu essen, aber heute hat sie einen ihrer schlechten Tage, und ihre Hände zittern, als würden sie ununterbrochen von elektrischem Strom durchflossen.

Anna zieht den Teller mit Kartoffeln und Hackbraten, den sie in mundgerechte Teile zerschnitten hat, zu sich heran und füllt eine Portion auf den Löffel. Als sie ihn auf den Mund der alten Frau zubewegt, sind deren Lippen zusammengekniffen, und Eira starrt stur auf einen Punkt weiter hinten auf dem Tisch.

»Komm schon, Eira«, sagt Anna. »Du musst essen, sonst wird aus dir nie ein Fußballprofi.«

»Sieh mal!«, sagt Eira. Ihre zitternde Hand fährt in die Höhe, und ein Zeigefinger, der wie ein hysterisches Metronom wackelt, zeigt auf den Punkt, den sie anstarrt. »Sieh mal!«

Anna senkt den Löffel und sieht hin. Auf dem Tisch liegt die aktuelle Ausgabe der *Norrtelje Tidning*, und auf der Titelseite ist der gelbe Container abgebildet. Anna hebt die Zeitung auf und zeigt sie Eira.

»Der hier?«, fragt sie. »Der Container?«

»M-hm! Genau der! Der ist ein Teufelswerk! Ein verdammtes Teufelswerk!«

Ein paar der anderen Senioren im Speisesaal schielen missbilligend zu Eira hinüber, weil sie die Stimme erhoben hat. Ihre Zitteranfälle sind oft mit einem Trieb verbunden, Unflätigkeiten auszustoßen. Anna nimmt es ihr nicht übel, sie kennt viel Schlimmeres von zu Hause, aber um die anderen zu beruhigen, mahnt sie sanft: »Eira, du musst ein bisschen leiser sein. Sonst machst du dich unbeliebt, weißt du?«

Anna wird von allen Klienten im Seniorenheim Solgläntan vollkommen respektiert. Nahezu alle schätzen ihren direkten und manchmal etwas rauen Stil, und wer ihn nicht schätzt, bei dem lässt sie es ruhiger angehen. Lediglich Folke Gunnarsson mag sie nicht, nur mag der so gut wie gar nichts, am wenigsten aber »Migranten und Parasiten«.

Eira gehört zu Annas Fanklub, sodass die milde Ermahnung ihren Zweck erfüllt. Sie beugt sich zu Anna vor und flüstert konspiratorisch: »Alles wird zur Hölle fahren. Das wird ein Spaß.«

»Absolut«, erwidert Anna. »Darauf freuen wir uns schon. Aber jetzt musst du ein bisschen essen.«

Eiras Lippen sind immer noch zusammengekniffen, als Anna den Löffel hebt. Anna seufzt und sagt: »Jetzt mach die Klappe auf, Eira, du weißt ja, was sonst passiert. Fünf Schläge mit dem Rohrstock, und dann ab in die Besenkammer.«

Eira gluckert und ihr Körper wippt im Rollstuhl. Sie reißt den Mund weit auf, sodass die vergilbten dritten Zähne auftauchen. Sie kaut, schmatzt zufrieden und reißt den Mund auf, um mehr zu bekommen.

*

Es ist allgemein bekannt, dass sich die Kreuzung Tullportsgatan/Stockholmsvägen jederzeit beim Wettbewerb um Schwedens schlechtestes Verkehrskonzept bewerben kann. Provisorische Arrangements von blinkenden Lichtern oder Schilder, die Leute ermahnen, bei Rotlicht vorzufahren, haben nichts als Verwirrung gestiftet. Am Ende sah man ein, dass die beste Maßnahme darin besteht, keine Maßnahmen zu ergreifen. Viele Fahrer lassen anderen die Vorfahrt, obwohl sie es nicht müssen. Der Verkehr fließt.

Menschen stolpern durch die Stadt

1

Siw und Anna sitzen in der Dämmerung auf Siws Balkon. Es ist eine Eckwohnung an der Flygaregatan, sie haben die Beine auf das Sofa aus imitiertem Flechtwerk hochgezogen und genießen die Aussicht auf das alte Flugfeld, das mittlerweile ein Fußballplatz ist, sowie auf die Pizzeria mit dem kongenialen Namen »Pizzeria Flugfeld«, bei der Siw Stammkundin ist.

Auf dem Tisch vor ihnen stehen ein Tetrapak mit Wein, *Rawson's Retreat*, zwei Gläser und eine Schale mit Wasser, in dem drei angezündete Teelichter schwimmen. Es ist kurz vor acht, es wird dunkler, und die Mannschaft, die auf dem Fußballplatz trainiert hat, ist aufgebrochen. Dies ist die Zeit, die Siw am liebsten mag. Wenn die Aktivitäten des Tages aufhören und die Dunkelheit herangekrochen kommt. Eine Zwischenzeit, die keine Ansprüche stellt.

Siw und Anna haben schon viele Abende in dieser Weise auf Siws Balkon verbracht. Früher nannten sie es »Vorfest«, obwohl es selten dazu kam, dass sie danach ausgingen, weil Siw sich außerhalb der Arbeit nicht wohlfühlt, wenn sie viele Menschen um sich hat. Zu viele und zu starke Eindrücke. Anna hat resigniert und verbringt ihre Partys mit anderen und nicht so engen Freundinnen wie Siw.

Sie befinden sich mitten in einer Diskussion, mit welchem Charakter aus den *Herr-der-Ringe*-Filmen man am liebsten zusammenwohnen würde, als Siw eine SMS bekommt. »Sehen wir uns heute Abend? S.« Sie schreibt zurück: »Sorry. Keine Zeit. Ein anderes Mal.«

»War das Sören?«, fragt Anna.

»Ja. Er wollte mich sehen. Ich habe aber keine Lust.«

»Wie kannst du denn überhaupt irgendwann Lust haben?«

Siw trinkt einen Schluck Wein, und ihre Wangen laufen rot an, als sie sagt: »Er ist doch irgendwie nett.«

Anna richtet sich auf und schüttelt ungläubig den Kopf. »Nett? Ein Mann über vierzig, der euch beide Bumskumpel nennt und nichts anderes will, als deine Brüste zu kneten?«

Siw bereut, Anna jemals anvertraut zu haben, dass Sören dieses Wort verwendet, das sie selbst auch abstoßend findet, und dass er sich mit Vorliebe ihren Brüsten widmet. Sören arbeitet im Lager von ICA Flygfyren, und ihr Verhältnis dauert mittlerweile fast ein Jahr, ausgehend von einem alkoholbedingten Zwischenfall auf einem Personalfest.

»Außerdem«, sagt Anna und schenkt sich noch mehr Wein ein, obwohl sie bereits drei Gläser hinuntergestürzt hat, »lässt er immer nur von sich hören, wenn es kein wichtiges Fußballspiel gibt, wobei grundsätzlich jedes Fußballspiel wichtig ist. Vielleicht war er nur auf einen Quickie in der Halbzeitpause aus? Kneten und spritzen und dann nach Hause zur zweiten Hälfte.«

»Bitte, Anna, hör auf.«

Es stimmt schon, dass Sören sehr an Fußball interessiert ist. Sein Wohnzimmer ist nichts anderes als eine Verlängerung des fünfundsechzig Zoll großen Bildschirms, der eine der Wände dominiert, und er hat sämtliche Sportkanäle abonniert. Siw muss zugeben, dass Annas Bemerkung nicht vollkommen unberechtigt ist, aber sie mag es nicht, wenn ihr Leben auf diese Weise reduziert wird. Es tut weh.

Trotz ihrer Trunkenheit scheint Anna zu merken, dass sie zu weit gegangen ist. Sie seufzt und streichelt Siw die Wange. »Meine Liebe. Du hast etwas Besseres verdient.«

Siw zieht ihr Gesicht von Annas etwas linkischen Liebkosungen weg und sagt: »Man bekommt nur selten das, was man verdient hätte.«

In Siws neunundzwanzigjährigem Leben ist Sören die zweite, längere Beziehung, die sie hat, falls man es denn Beziehung nennen kann. Die erste war mit Niklas, einem Jungen aus dem Mechatronikerprogramm, mit dem sie im letzten Schuljahr und ein bisschen darüber hinaus zusammen war. Niklas war rothaarig, pickelig und beinahe zwei Meter lang. Siw verbrachte viel Zeit in seiner Werkstatt und sah ihm dabei zu, wie er an Autos herumschraubte. Sie haben nie miteinander gebrochen, das Ganze verrann einfach im Sand. Sie telefonierten weniger und trafen sich immer seltener und am Ende überhaupt nicht mehr. Rein theoretisch sind sie immer noch zusammen.

In beiden Fällen waren es Männer, die eher mit anderen Dingen als mit Siw beschäftigt waren, und ihr kam in etwa die Rolle eines vernachlässigten Haustiers zu. Wenn sie nicht so viele Filme darüber gesehen hätte, wäre »Liebe« ein sehr vages Konzept für sie, abgesehen natürlich von der Liebe zu Alva und in gewisser Weise zu ihrer Mutter und ihrer Großmutter.

Während einer kurzen Zeit auf dem Gymnasium hatte sie überlegt, ob sie vielleicht in Anna verliebt war, aber nach einem feuchtfröhlichen Abend, an dem sie eine Bruchlandung im selben Bett hatten und Anna im Halbschlaf begann, ihren Oberschenkel zu streicheln, sah Siw ein, dass sie nicht das Geringste dabei empfand, nicht einmal ein winziges Kribbeln. Bevor sie Anna gebeten hatte, damit aufzuhören, war die Freundin schon eingeschlafen. Es wiederholte sich niemals.

Siw nimmt ihr Handy in die Hand. Als Anna die Musik zu Pokémon Go hört, stöhnt sie auf und fällt mit dem Gesicht nach vorne in die Kissen.

»Es gibt einen Raid im Sozietätspark«, sagt Siw. »Er fängt in zwanzig Minuten an.«

»Nein«, sagt Anna mit erstickter Stimme. »Bitte nicht. Und wenn Alva aufwacht …«

»Es gibt ein schwarzes Ei. Vermutlich ein Entei. Und wenn Alva ganz unvermutet doch aufwachen würde, macht es ihr nichts aus, wenn ich eine Weile weg bin. Ich schreibe ihr einen Zettel.«

Anna richtet sich auf und massiert sich das Gesicht mit den Händen. »Wenn Chris Hemsworth in diesem Ei stecken würde und ich dürfte ihn dann mit nach Hause nehmen …« Anna blinzelt und bremst sich. »Dann würde ich natürlich sofort hingehen. Aber *Entei*? Was ist denn ein Entei?«

»Ein Pokémon, das ich noch nicht habe. Weil er neu ist.«

»Aber wofür willst du ihn haben?«

»Müssen wir schon wieder darüber diskutieren? Ich sammle sie eben. Und ich kann mit ihnen kämpfen.«

»Und warum solltest du das tun?«

»Warum macht man überhaupt irgendetwas? Ich gehe jetzt jedenfalls da hin. Du kannst hier sitzen bleiben und alleine saufen, wenn du willst, ich komme danach zurück.«

2

Max und Johan sind auf einem Pokémon-Spaziergang, sie gehen die übliche Runde, die den größten Teil von Norrtäljes Innenstadt und neunzehn Pokéstops umfasst. Sie haben gerade die Statue passiert, die an die erste Geldeinzahlung in Roslagens Sparbank erinnert, und gehen weiter zur Bibliothek.

Beide tragen klein karierte, kurzärmelige Hemden. Die Luft ist warm wie an einem Sommerabend, aber ohne Touristen. Die Leute, die an den Tischen vor der Sportbar Bier trinken, sind lokale Kräfte, und Johan grüßt ein paar von ihnen, die er aus der Bowlinghalle kennt.

Sie drehen am Pokéstop der Bibliothek und biegen in die Stora Brogatan ab. Es ist jetzt kurz vor acht, und im Thairestaurant Ran Mae packt man bereits für den Abend zusammen. Als sie das alte Posthaus erreichen, aus dem erst ein Lampenladen und dann die Pflegeeinrichtung Lugn&Ro geworden ist, und in einer synchronisierten Bewegung mit den Fingern über ihre Displays wischen, schüttelt Johan den Kopf und lässt sein Handy sinken.

»Also, was machen wir hier eigentlich?«

»Pokémon spielen«, sagt Max und fängt ein Taubsi mit einem fabelhaften Curveball.

»Aber in einer größeren Perspektive«, hakt Johan nach. »Wollen wir unsere Abende wirklich so verbringen? Du hast doch eben selbst gesagt, dass uns das Leben wegläuft.«

Max dreht den Pokéstop vor Nordea und ignoriert einen Karpador, der vor der Konditorei an der Ecke liegt und zappelt. Er hat schon vier Garados, von denen eines schillernd ist. Er lässt das Handy sinken und zuckt mit den Schultern. »Das ist vorhin so über mich gekommen. Aber im Grunde habe ich wohl aufgegeben. Diese großen, übergreifenden Ziele sind irgendwie nichts für mich. Ich halte mich an die kleinen und genau definierten, so was wie Level 40 in diesem Spiel zu erreichen.«

»Und dann? Wenn du Level 40 erreicht hast?«

»Irgendwann müssen sie ja höhere Level hinzufügen.«

Als sie in die Hantverkaregatan abbiegen, klingelt es in beiden Handys, und sie öffnen Facebook. Ein Beitrag von Pokémon Go Roslagen. Die Gruppe soll sich in einer halben Stunde für einen 5-Sterne-Raid am *Wind Thingie* im Sozietätspark versammeln.

»Yes!«, sagt Johan, als hätte er alle seine Vorbehalte vergessen. »Entei motherfucker!« Sie deuten einen High Five an, sehen einander an und beginnen zu lachen. Johan sagt: »Wie albern sind wir eigentlich, auf einer Skala?«

»Wir sind Nerds«, sagt Max. »Und wir wählen die Freude. So kann man es auch sehen.«

3

Obwohl sie fast eine ganze Flasche getrunken hat, ist Anna noch sicher auf den Beinen, als sie mit Siw zum Sozietätspark spaziert. Der einzig wahrnehmbare Effekt des Alkohols besteht darin, dass die Welt ihr etwas weicher erscheint. Alles Grüne und sämtliche Blätter bilden zusammengenommen ein Nest, das sie bald fürsorglich umschließen wird, und das Rascheln der Baumkronen ist behaglich eingebettet. Das ist die angenehmste Phase des Rausches, aber Anna ist nur selten in der Lage, es dabei zu belassen. Sie findet selbst, dass das schade ist.

Dieser Abend soll eine Ausnahme werden, zumindest für die nächste Stunde. Als Anna Wein in einer PET-Flasche als Wegzehrung abfüllen wollte, lehnte Siw dies kategorisch ab. Sie zankten eine Weile, aber am Ende gab Anna nach und tat so, als würde sie Siws Argument akzeptieren, dass sie keinen schlechten Eindruck auf die anderen Spieler machen sollten. Für sich selbst sah sie den Vorteil in dieser Regelung darin, dass sie ausnahmsweise viel länger in diesem angenehmen Rauschzustand herumwandeln durfte.

Siw hat Pokémon Go auf ihrem Handy gestartet und es dann wieder in ihre Tasche gesteckt, um die gegangenen Kilometer für das Ausbrüten der Eier zu nutzen. Anna hat ungefähr begriffen, wie es funktioniert, und findet es unbeschreiblich lächerlich, dass Siw sich von einer Bande unsichtbarer Fantasiewesen versklaven lässt. Sie selbst hat bislang nur Angry Birds getestet, aber schon nach der zweiten Banane aufgegeben, weil das Grunzen der Schweine sie in den Wahnsinn trieb.

Siw und sie sind bislang dreimal zum Friskis & Svettis gegangen, und Anna hat einen schrecklichen Muskelkater in den Oberschenkeln, die mittlerweile vom Alkohol ein bisschen aufgeweicht worden sind. Sie weiß, dass das Abnehmprojekt so gut wie gescheitert ist, weil Wein und Schnaps sehr viele Kalorien enthalten, aber da kann man eben nichts machen. Ohne einen regelmäßigen Schwips würde sie an Langeweile sterben, und ein kleines bisschen Fett wird sie wohl noch in Muskeln umwandeln können.

Sie erreichen den Kreisverkehr und biegen in den Bolkavägen ab, der von repräsentativen Einfamilienhäusern und Reihenhäusern gesäumt ist. Anna wünscht sich, dass sie einen Farbsprayer hätte, um die gepflegten Zäune und Mauern taggen zu können. Sie hasst solche Wohngebiete und kann sich nur aufmuntern, indem sie sich vorstellt, welche Perversitäten mit Sicherheit dort in den Kellern vor sich gehen. Sie hat gerade einen Mann in Chino-Hosen und Slippern zusammenfabriziert, der Katzen in einen Mikrowellenherd steckt, als Siw fragt: »Hast du in letzter Zeit Acke besucht?«

Anna wischt das Bild von einem mit Eingeweiden bespritzten Ofenfenster weg und antwortet: »Das war wohl so vorgestern. Oder am Tag davor. Oder gestern.«

Die Besuche beim drei Jahre jüngeren Bruder in der JVA Norrtälje sind so gleichförmig, dass sie zu einem unterschiedslosen Brei aus meist einsilbigen Antworten in einem haferbreifarbenen Besuchszimmer zusammenfließen. Der Bruder ist jetzt fast zwei Jahre hinter Gittern, und Anna hat ihn in dieser Zeit bestimmt hundert Mal besucht. Sie ärgert sich darüber, dass sie sich nicht erinnern kann, und antwortet unnötig bissig: »Warum?«

Siw zieht sich eine Handbreit zurück, als hätte Anna nach ihr geschlagen, und sagt: »Ich habe mich gerade gefragt, wie es ihm wohl geht.«

Anna hat ein schlechtes Gewissen wegen ihres aggressiven Tons, was sie noch mehr ärgert. »Er schraubt seine verdammten Fensterbänke zusammen und macht seine verdammten Liegestützen und spricht über sein verdammtes neues Leben, das anfangen wird, sobald er herauskommt.« Sie haben die schlimmste Eigenheimidylle hinter sich gelassen und den Parkplatz vor Janssons Tabakladen erreicht. Die Zerstörungswut in Annas Brust hat sich zur Ruhe gelegt. Sie stößt gegen Siws Schulter und sagt: »Entschuldigung. Ich bin seinetwegen immer so traurig.«

»Weil du ihn liebst.«

»Ja, ansonsten wäre es mir ja auch egal.«

Anders, genannt Acke, ist derjenige von Annas Brüdern, der ihr am nächsten steht. Sie hatte sich um ihn gekümmert, als er noch klein war, und ihn mit den Gangsterfilmen bekannt gemacht, die Annas und Siws erstes gemeinsames Interesse waren. Leider hatten diese Filme ihn auch dazu inspiriert, mit den Gebrüdern Djup gemeinsame Sache zu machen.

Nach ein paar erfolgreichen Jahren mit großen und kleinen Lieferungen jenes Produkts, das bei den Gebrüdern stets als »Heu« bezeichnet wurde, war Acke schließlich vom Zoll am Fährhafen Trelleborg angehalten worden. Die Polizisten, die hinzugerufen worden waren, nachdem Ackes Rucksack durchsucht worden war, teilten nicht die Ansicht, dass »Heu« die korrekte Bezeichnung für die drei Kilo getrocknetes Gras waren, die man bei ihm gefunden hatte, und »zum persönlichen Gebrauch« kam als Entlastung auch nicht infrage, also wurden zwei Jahre daraus.

Siw sieht auf die Uhr des Handys. Sie könnten zu spät zum Raid kommen, also sagt sie, als sie zum Glasmästarbacken hinunterkommen: »Wir sollten ein bisschen laufen, wenn wir es noch schaffen wollen.«

»Laufen kannst du allein, wie geht es übrigens deinen Oberschenkeln?«

»Na gut, aber wir könnten ein bisschen schneller gehen.«

Auch Siw hat einen schrecklichen Muskelkater, und als sie das Tempo erhöhen, beginnen beide zu humpeln. Anna findet, dass sie wie zwei unförmige Enten aussehen, die den Hang hinunterwackeln, und als sie deswegen lachen muss, kommt ihr ein wenig saurer Wein hochgeschossen und brennt in der Nasenhöhle. Sie hört auf zu lachen und watschelt weiter zum Sozietätspark.

4

Als sie sich dem *Wind Thingie* nähern, sehen sie dort bereits eine große Gruppe Menschen stehen. Anna war schon vorher mit Siw auf ein paar Raids gewesen und ist immer noch überrascht davon, wie unglaublich vielfältig die Gruppe Pokémon Go Roslagen ist.

Im Großen und Ganzen sind alle Altersstufen und Typen repräsentiert. Von zehnjährigen Jungen mit hektischen Bewegungen bis zu Rentnerinnen, die gelassen über ihre Displays wischen. Es gibt einen massigen Teenager, den Anna schon im Friskis & Svettis gesehen hat, und eine Frau in ihrem eigenen Alter, die aussieht, als hätte sie eine lange Drogenkarriere hinter sich. Nur kleine Mädchen fehlen.

Ein paar der Männer scheinen schwerste Nerds zu sein, die sich nur von ihrer Arbeitslosenexistenz vor den Bildschirmen losreißen, um Pokémon zu fangen, während andere aussehen wie korrekte Beamte der Sozialversicherungsanstalt. Wenn diese Gruppe sich ohne weitere Hinweise vor Anna aufgestellt hätte, wäre sie unmöglich in der Lage gewesen, ihre Gemeinsamkeit zu erraten, es sei denn, sie wären eine Familie. Und auf eine gewisse Weise sind sie das wohl. Leise Gespräche werden geführt und die Leute beugen sich über die Displays der anderen, zeigen auf etwas, hin und wieder lacht jemand. Ein Mann mittleren Alters erklärt einer Gruppe von kleinen Jungen etwas.

Schön, denkt Anna fast gegen ihren Willen. *So verdammt dumm. Aber schön.*

Es ist eine Minute nach der angekündigten Zeit, und als Siw sich der Gruppe nähert, ruft sie: »Habt ihr schon angefangen?«

»Nee«, antwortet ein schlaksiger Mann in Annas und Siws Alter. »Wir warten auf Christina. Und wenn man vom Teufel spricht …«

Eine Frau um die sechzig rollt in einem Elektrorollstuhl auf die Gruppe zu. An allen drei Raids, bei denen Anna schon dabei gewesen ist, hat diese Frau, von der sie weiß, dass sie sich »Mamas Frosch« nennt, teilgenommen, und sie ist eine echte Pokémon-Königin in Norrtälje. Level 39. Als Mamas Frosch die Versammlung erreicht, zerrt sie ihr Handy heraus und stellt die Frage, die in diesem Zusammenhang die Frage der Fragen zu sein scheint: »Habt ihr angefangen?«

»Nee«, sagt der schlaksige Mann. »Wie sollen wir es denn ohne dich schaffen, Christina?«

Christinas Miene verrät, dass es ein ebenso willkommener wie überflüssiger Kommentar ist. Man bewältigt einen 5-Sterne-Raid mit ungefähr sechs Personen, hat Siw ihr erklärt, und hier halten sich mindestens dreißig auf. Diese Tatsache verursacht eine Aktivität, deren Zeugin Anna vorher noch nicht geworden ist.

»Die Blauen zu mir!«, ruft der schlaksige Mann, der Siws Frage beantwortet hatte, und aus anderen Ecken der Gruppe hört man: »Die Gelben hierher!« und: »Hier sind die Roten!«

Siw geht zu dem Mann, und Anna flüstert: »Was passiert jetzt?«

»Bei einem Raid darf man höchstens zwanzig sein«, antwortet Siw. »Also teilen wir uns nach Farben auf.«

»Du gehörst also zu einem *Team*?«

»Ja. Team Mystic.«

»Du lieber Gott.«

Der Mann, der die Rolle als Koordinator auf sich genommen hat, hat ein relativ hübsches, kantiges Gesicht mit sonnengebräunter Haut und blassblauen Augen.

Als Siw sich neben ihn stellt, gleichen sie dem Komikerpaar Pat und Patachon. Er nickt Siw zu und wendet sich dann an seinen Freund, der neben ihm steht und wie eine schlechtere Version von ihm selbst aussieht.

Anna deutet mit der Hand auf die zwölf Personen, die sich um den Mann versammelt haben, und sagt: »Ihr zusammen seid also das Team Mystic?«

»Ja«, antwortet der Freund des Mannes. »Und was bist du?«

»Team Intersport.«

»Witzig«, sagt der Mann, ohne zu lächeln, und wendet sich wieder seinem Handy zu. Er hat genau das Aussehen, das Anna am wenigsten mag. Schmale, sparsame Lippen und verkniffene braune Augen in einem rattenähnlichen Gesicht.

Gib mir einen Grund, denkt Anna. *Gib mir einen Grund, damit ich dir einen fetten Haken verpassen kann.*

Sie wendet sich Siw zu, um ihr etwas Unvorteilhaftes über den Mann zuzuflüstern, aber Siw ist im Augenblick nicht zu Hause. Mit offenem Mund steht sie da und glotzt auf die andere Seite der Hafeneinfahrt und den gelben Container. Ihre Augen sind aufgerissen und ihre Unterlippe zittert ein wenig.

»Was ist?«, fragt Anna. »Siw, was ist los?«

Siw antwortet nicht. Auch der Anführer hat Siws Verhalten bemerkt und wirft ihr einen forschenden Blick zu, bevor er sich der Gruppe zuwendet und ruft: »Okay, wir gehen rein!«

Als Siw immer noch nicht reagiert, klopft er ihr auf die Schulter: »Hallo? Wir fangen jetzt an!«

Siws Blick kehrt zurück und sie fummelt an ihrem Handy herum, um mit in den Raid zu gehen. Sie lächelt den Mann schüchtern an und streckt den Daumen in die Höhe, als der Zähler anfängt, von siebenundneunzig auf null zu ticken. Der Mann sieht Siw an, dann den Container, dann wieder Siw.

»Entschuldige«, sagt er. »Aber … was war das gerade?«

»Nichts«, antwortet Siw. »Es ist nur dieser Container, ich weiß nicht, er ist …«

»Unheilschwanger?«

»Ja. Genau.«

Der Freund des Mannes sieht Anna auf eine Weise an, die sie als *wertend* empfindet. Er misst sie mit den Augen und stellt fest, dass sie nichts taugt. Vielleicht bildet sie es sich nur ein, aber sie muss sich anstrengen, um den Impuls zu unterdrücken, ihm die Zunge herauszustrecken. Stattdessen schnaubt sie verächtlich und wendet sich ab.

»Ich heiße Max«, sagt der Mann und streckt die Hand nach vorn und nach unten zu Siw aus.

»Siw«, sagt Siw, und Anna rollt mit den Augen, als sie eher spürt als sieht, dass Siw kurz davor ist, sich zu verneigen, als sie die Hand des Mannes ergreift. Gott sei Dank tut sie es nicht, und kurz darauf beginnt der Raid.

Anna tritt ein paar Schritte zurück und betrachtet die Gruppe, die sich um die Skulptur versammelt hat und mit den Fingern auf ihren Displays herumtippt. Ihr fällt ein weiterer Sammelbegriff neben Familie ein, nämlich »Sekte«, mit dem *Wind Thingie* als Objekt der Anbetung und den Handys als Gebetstafeln. *Tock, tock, tock, gib uns unseren täglichen Pokémon heute.*

»Und, wie läuft's?«, fragt Anna. Siw konzentriert sich auf das autistische Pochen des Zeigefingers auf dem Handy. Sie antwortet nicht und pocht weiter. Das Display ist zur Hälfte mit einem Wesen gefüllt, das wie ein mürrischer großer Hund mit Flügeln aussieht und das alle Menschen fangen wollen, die sich hier versammelt haben.

Schön, vielleicht, denkt Anna, *aber vor allem total geisteskrank.*

Ihr Blick wird auf den leuchtenden gelben Punkt des Containers gezogen. Ein paar Menschen haben sich um ihn versammelt, als tanzten sie um das Goldene Kalb. Anna begreift nicht, was Siw und dieser Max haben. Es ist ein Container wie alle anderen. Irgendetwas wird wohl drin sein. Aber nichts, worüber man sich aufregen müsste.

Der Raid ist in die nächste Phase übergegangen. Entei ist besiegt, und jetzt gilt es, ihn einzufangen. Die Leute starren verbissen auf ihre Displays und machen gerade oder gekrümmte Fingerbewegungen, um weiße Pokébälle loszuwerfen. Anna sieht, dass Siw Entei mit einem fabelhaften Wurf trifft, und sie murmelt: »Komm schon, komm schon«, während der Ball vor und zurück hüpft.

Ja, komm schon, Entei, denkt Anna. *Dann kommen wir endlich hier weg.*

»Du Biest!«, ruft Siw, als Entei sich aus dem Ball befreit und weghüpft, um weiter auf seiner comicgrünen Wiese zu schmollen. Siw hat nur noch einen Ball und kneift die Lippen zusammen, als sie kreiseln lässt, um einen letzten Curveball loszuschießen.

»Yes, yes, YES!«, ruft der Mann mit dem Rattengesicht und hebt sein Handy in einer Triumphgeste. »Entei motherfucker!«

Max hat offensichtlich nicht so viel Glück, weil er sein Handy sinken lässt und sich die Augen reibt. Anna kann förmlich sehen, wie die Augen des Rattengesichts vor Schadenfreude brennen, die er nicht einmal zu verstecken versucht. Wie heißt das Pokémon-Teufelchen, das genauso aussieht? *Rattfratz.*

Siw seufzt und ihre Schultern sinken. »Du auch nicht?«, fragt Max, und Siw schüttelt den Kopf.

»Ich habe ihn mit dem letzten Ball bekommen!«, sagt der Freund und zeigt sein Display, auf dem das Entei eingerahmt erscheint wie auf einem Gemälde. Anna ist kurz davor, »Wayne« zu erwidern, als Max auf den anderen zeigt und sagt: »Das ist übrigens Johan. Er ist vollkommen okay, obwohl es nicht den Anschein hat.«

Bevor Anna sie aufhalten kann, richtet sich Siws Zeigefinger auf sie. »Das ist Anna. Für sie gilt das Gleiche.«

Anna bleibt die Sprache weg, ihr fällt nicht einmal irgendetwas Gemeines ein, das sie auf Johans herablassendes Grinsen erwidern könnte. So läuft es sonst nicht in gesellschaftlichen Zusammenhängen. Normalerweise bricht Anna das Eis und räumt eine Kommunikationsrinne, in die Siw sich nach langem Abwarten wagen kann.

Johan steckt sein Handy weg und sagt: »Wollen wir rübergehen und diesen Container ansehen?«

Obwohl die Frage an Max gerichtet war, schütteln nicht nur er, sondern auch Siw, so synchronisiert ihre Köpfe, dass es fast komisch aussieht. Max schielt zu Siw hinüber und fragt: »Was spürst du?«

»Unbehagen, einfach nur«, antwortet Siw. »Als würde, ich weiß nicht, als würde etwas passieren, wenn sie ihn öffnen.«

»Ich spüre das Gleiche. Aber was wird es sein? Was wird passieren?«

»Keine Ahnung. Aber es wird sich etwas verändern.«

»Ja.«

Johan klatscht in die Hände, lacht auf und sagt: »Ihr solltet euch selbst hören. Ihr klingt wie Figuren aus einem alten Horrorfilm. *Ich habe dieses Gefühl, oh, ich muss …*«

»Siw weiß solche Dinge«, fällt ihm Anna ins Wort. »Seit sie klein ist, hat sie …«

»Sei still!«, sagt Siw so heftig, dass Anna zusammenzuckt. Das hier ist wahrlich ein Abend abseits des Gewohnten.

»Was für Dinge weißt du?«, fragt Max vorsichtig.

»Nichts«, sagt Siw und senkt den Blick. »Ich weiß gar nichts.«

Alle anderen von Pokémon Go Roslagen haben sich bereits verabschiedet, und die vier stehen einsam unter dem Scheinwerfer, der oben auf dem *Wind Thingie* angebracht ist. Die Frage, ob sie alle zusammen irgendwo hingehen sollen, hängt in der Luft, und um ihr zuvorzukommen, nimmt Anna Siws Hand und sagt: »Ja dann, vielen Dank und gute Nacht.« Sie nickt Johan zu und fügt hinzu: »Schön für dich, dass du den mürrischen Hund bekommen hast.«

Siw lässt sich wegschleppen. Als sie ein paar Meter weit gekommen sind, fragt Max: »Wie heißt du? In Pokémon Go?«

Siws Wangen laufen rot an, als sie antwortet: »ChaplinsMädchen.«

Max lächelt und erwidert: »Ich bin RoslagsBowser. Angenehm.«

Siw kaut auf der Lippe herum, während sie nach einer passenden Antwort sucht, und Anna fasst ihre Freundin an den Schultern und dreht sie herum, bevor sie noch etwas Peinliches ablässt. Sie überqueren die Rasenfläche in Richtung der Tennisplätze. Als sie die Skulptur erreichen, die von Bänken eingerahmt ist, macht Siw sich los und sagt: »Du bist die Einzige, der ich davon erzählt habe. Du kannst nicht einfach …«

»Sorry. Es hat mich provoziert, dass dieses Rattengesicht dir nicht glauben wollte. Aber was soll's? Dein Typ war ja genauso drauf wie du, hatte auch irgendwelche Feelings.«

»Was heißt hier *mein Typ*? Er ist nicht mein Typ.«

»Neee …«, sagt Anna gedehnt und pikst Siw in die Seite. »Aber du hättest bestimmt nichts dagegen, oder?«

»Hör auf, du bist echt nervig.«

Schweigend gehen sie nebeneinander weiter, bis sie die Freilichtbühne erreicht haben. Anna kann sich nicht mehr zusammenreißen. Sie lacht prustend, schüttelt den Kopf und sagt: »RoslagsBowser, ja, ja. You know how to pick them.«

»Schluss jetzt, Anna. Das ist nur noch peinlich. Er spielt nicht in meiner Liga.«

»Ach nee? Und in welcher Liga spielst du, deiner Meinung nach?«

»Betriebssport? Kneipenliga? Kreisklasse, was weiß ich? Ganz weit unten jedenfalls.«

Anna dirigiert Siw auf eine der Bänke vor der Bühne, setzt sich neben sie und sagt: »Ich weiß nicht, ob du hier nach Komplimenten fischst oder ob du wirklich so dumm bist. Du hast eine enorme Ausstrahlung, Siw. Allein deine Augen. Wenn du sie dazu einsetzen würdest, Leute festzunageln, statt ständig auf den Boden zu sehen. Und dein Lächeln. Wenn du es flashen würdest, statt nur auf den Lippen herumzukauen. Du hast etwas. Etwas verdammt Einnehmendes. Wenn du es nur zeigen würdest.«

»Du bist nett«, sagt Siw. »Sehr nett. Aber du weißt genauso gut wie ich …«

»Ich weiß gar nichts, wie gewisse andere Leute sagen. Und denk dran, ich versuche dich nicht zu ermuntern, mit diesem Typen zusammenzukommen, denn dann bekommen wir das Rattengesicht dazu.«

»Wir?«

»Ja, wir. Es geht doch um uns, oder? Und jetzt torkeln wir nach Hause und saufen und du wirst mir alle Fantasien erzählen, die du über dein süßes Leben zusammen mit RoslagsBowser hast.«

*

In der Einfahrt zum Hafen von Norrtälje begegnen sich zwei Boote. Das eine ist ein einfacher Außenborder aus Kunststoff, in dem ein alter Mann und seine Frau unterwegs sind. Das andere ist ein großes Buster aus Aluminium mit Steuerpult. Eine fünfköpfige Familie sitzt auf Stühlen und Bänken. Als die Boote einander passieren, heben beide Fahrer die Hand zum Gruß, obwohl sie einander nicht kennen. So macht man es auf See.

Beheimatet

1

Johan war zwanzig Jahre alt, als seine Mutter an dem Ort ankam, zu dem sie schon so lange unterwegs war, in der geschlossenen Psychiatrie in der Abteilung 142 des Krankenhauses Danderyd. Sie war schon einige Male in der offenen Station gewesen und wieder entlassen worden, aber nachdem sie während eines neuerlichen Anfalls auf dem Kleinen Markt Menschen mit einem Feuerlöscher gejagt hatte, um die Dämonen aus ihren Körpern zu vertreiben, war sie als Gefahr für sich selbst und für andere Personen eingestuft worden. Sie wurde in die geschlossene Abteilung überwiesen, in der nichts besser wurde, sondern eher schlechter. Ohne die Möglichkeit, zwischen sich und der Welt Schutzwälle aus Abfall zu bauen, verfiel sie in einen katatonischen Zustand und weigerte sich oft über längere Zeiträume, ihr Bett überhaupt zu verlassen.

Als Johan in die Wohnung an der Bergsgatan zurückkehrte, um aufzuräumen, kam er nicht weiter als bis zum Flur, wo er mit geballten Fäusten und einem Kloß im Hals stehen blieb. Kleidung, Zeitungen und Müll versperrten die Sicht aus den Fenstern, und die Wohnung stank nach allem, was die Fähigkeit zu stinken hatte.

Die Kommunalverwaltung. Diese scheiß verdammte Kommunalverwaltung. Wie war es möglich, dass ein Mensch so tief ins Elend sank, ohne dass jemand reagierte? Johan wusste, dass der Wahnsinn seiner Mutter in Schüben kam und dass sie mehrere Tage hintereinander auftreten konnte wie eine im Großen und Ganzen normale Person. Sie konnte einkaufen, Rechnungen bezahlen, sogar zum Friseur gehen. Aber am Ende war sie jeden Tag in diese Höhle zurückgekrochen, in der Gott weiß welche Tiere in Abfallhaufen kratzten und raschelten.

Johan hatte vorgehabt, alles sauber zu machen und ein paar Erinnerungen an früher mitzunehmen, aber als er im Flur stand und mit den Zähnen knirschte, wurde ihm klar, dass er nichts mehr mit seiner Kindheit zu tun haben wollte, dass sie zusammen mit allem anderen in dieser Wohnung verrotten sollte. Er drehte sich auf dem Absatz um und ging, fest entschlossen, nie wieder zurückzukommen.

Er blieb noch ein paar Tage in Norrtälje, um die Papiere und Bescheide zu sortieren, die die Zwangseinweisung seiner Mutter mit sich gebracht hatte, und während dieser Zeit wurde er ununterbrochen von einer Sorge gequält, die er nur dadurch lindern konnte, dass er in der Umgebung der Wohnung ein paar Runden drehte. Er ging die Bergsgatan hinauf und wieder hinunter, er hing in dem Waldstück auf dem Hügel herum, in dem Max und er ihren Rollenspielen nachgegangen waren, er schielte zu seinem Hauseingang hinüber, kratzte sich nervös an den Armen, und ihm graute bei dem Gedanken, er selbst sei vielleicht drauf und dran, den Verstand zu verlieren. Er spürte eine wimmernde, zerrende Sehnsucht, ohne zu wissen, wonach er sich eigentlich sehnte.

Nach ein paar Tagen glaubte er es zu wissen. Er benutzte die Hälfte seiner bescheidenen Ersparnisse, um eine Umzugsfirma zu mieten, die die ganze Wohnung ausräumen und so weit wie möglich in ihren ursprünglichen Zustand zurückversetzen sollte. Nach drei Tagen bekam er die Mitteilung, dass die Arbeit ausgeführt worden war, und als Johan langsam durch die kahlen Räume wanderte, die nach Putzmittel rochen, wusste er, dass er die richtige Entscheidung getroffen hatte.

Er wollte von vorne anfangen. Er wollte den Ort seiner Kindheit ausradieren und neu beschreiben, indem er genau dort ein neues Leben anfing. Lange saß er im Schneidersitz auf dem leeren Wohnzimmerboden und sah durch die frisch geputzten Fenster, sah die Dämmerung über die Silos im Hafen fallen.

Jetzt bin ich zu Hause.

In den folgenden Tagen bereute er in schwachen Stunden, dass er nicht beispielsweise den Küchentisch und ein paar Stühle behalten hatte. Die Wohnung, die er in Stockholm in zweiter Hand gemietet hatte, war möbliert, und während der ersten Zeit in Norrtälje schlief Johan im Schlafsack auf einer Isomatte in seinem alten Zimmer. Aber meistens fühlte er sich gut. Er wollte wieder bei null anfangen.

Mithilfe von Secondhandläden, Internetauktionen und Fundstücken aus Müllcontainern richtete er die Wohnung ein. Das Einzige, was ihm fehlte, war ein Fernseher, und als er seinen ersten Monatslohn von der Bowlinghalle bekam, fuhr er zum Elektrogroßmarkt am Knutby Torg und steckte seine letzten Ersparnisse in einen 47-Zöller von Samsung. Das Klicken, mit dem der Fernseher in das Wandstativ einrastete, war das Signal dafür, dass er fertig war. Jetzt begann das Leben von vorn.

2

»Du bist doch total verrückt«, sagt Johan, als er den Schlüssel in das Schloss steckt und umdreht. »Die waren doch so … fett, alle beide.«

»*Fett* ist doch etwas ganz anderes«, sagt Max und folgt Johan in die Wohnung. »Mollig, ja, aber fett …«

»Sie waren fett, sie waren richtig fett.« Johan schließt die Tür hinter sich und verriegelt sie. »Und diese andere, hast du gemerkt, wie sie mich angesehen hat?«

»Nein, mir ist nichts aufgefallen.«

»Sie hat mich *gehasst*. Als sie mich das erste Mal angesehen hat, hab ich gespürt … diese Frau hasst mich. Nicht, dass es mir etwas ausmacht, aber so ist es einfach.«

Max zieht seine Ecco-Slipper aus, stellt sie ordentlich in Johans so gut wie leeres Schuhregal und sagt: »Das liegt nur daran, dass sie deine wunderbare, tolerante Persönlichkeit noch nicht kennt.«

»Ich weiß, du nennst mich einen Zyniker, aber ich sage einfach nur, wie die Dinge sind, und ich sage *fett* und ich sage *hassen*.«

»Von mir aus kannst du sagen, was du willst, aber diese Siw hat etwas Besonderes. Etwas, das ich … wiedererkannt habe.«

»Ja, sie ist bestimmt ganz okay, obwohl Siw ein wirklich blöder Name ist, aber diese andere. Wie lautet noch dieses Wort, das du immer benutzt? *Angemessen.* Es ist nicht die Bohne *angemessen*, so verächtlich zu gucken, wenn man selbst so *fett* ist.«

Max ahnt, dass Johan gerade in einen Vortrag über die Existenzberechtigung fetter Menschen abzugleiten droht, und um ihn zu stoppen, sagt er: »Mario Kart, oder?«

Max und Johan haben sich im Laufe der Jahre durch mehr als hundert Spiele auf der Playstation, der Xbox oder auf Nintendos unterschiedlichen Konsolen gekämpft, aber wenn sie gegeneinander spielen, gibt es nur zwei Möglichkeiten: *Mario Kart* oder *Smash Bros*, und zwar die fünfzehn Jahre alten Gamecube-Versionen.

Johans Gamecube hatte bereits 2010 seinen letzten Atemzug getan und seine letzte MiniDisc rotiert, aber seine rückwärtskompatible Wii lebt und ist gesund, und glücklicherweise war Nintendo so freundlich, die Wii mit Anschlüssen für Gamecube-Controller auszustatten. Denn darum geht es schließlich: die Controller.

Wie viele andere Spieler sind Johan und Max davon überzeugt, dass die Entwicklung der Handcontroller mit dem Gamecube ihren Höhepunkt erreicht hatte. Weder Sony noch Microsoft waren mit ihren klobigen Geräten auch nur in der Nähe, und über den Wii-Controller durfte man nur leise reden, wenn Johan in der Nähe war. Seiner Ansicht nach taugt der schlanke, berührungsempfindliche Stick höchstens noch als Dildo in verzweifelten Lagen. Zumindest kann er vibrieren. Manchmal.

Aber der Gamecube-Controller! Ah! Angenehm fürs Auge, sitzt gut in der Hand, und Knöpfe und Hebel sind genau da, wo sie sein müssen, damit man intuitiv spielen kann. Der Gamecube-Controller ist ganz einfach der beste, und alle, die etwas anderes denken, sind verdammte Idioten, wenn man Johan fragt.

Max wischt mit Atemluft und einem Zipfel seines Unterhemds einen Fingerabdruck von der Mario-Kart-Disc, bevor er sie in die Konsole steckt, die sie mit einem zufriedenen Summen und Klicken einsaugt.

»Magst du ein Bier?«, fragt Johan und geht in die Küche.

»Nee, danke«, antwortet Max, während er den verhassten Wii-Controller benutzt, um das Spiel vom Startbildschirm zu laden. Er hört, wie Johan die Kühlschranktür öffnet und ein paar Schlucke von etwas trinkt, das seine Reflexe lähmen und ihm die Fähigkeit zum Sieg nehmen wird. Max überlegt, aus Sympathie ein Bier mitzutrinken und sich damit auf Johans Niveau zu begeben, entscheidet sich aber dagegen. Er hat genug von den sich ewig ziehenden Saufabenden mit Gequassel und Klageliedern. Ein paar Runden nur, dann wird er nach Hause gehen und schlafen. So ist der Plan.

»Mario Kart! Yo-hoo!«, ruft Mario vom Fernseher, während aus der Küche ein Zischen erklingt. Johan kommt mit einer Dose Carlsberg Sort Guld in der Hand ins Wohnzimmer, setzt sich neben Max auf den Boden und nimmt seinen Controller. Die Kabel sind nicht lang genug, um es sich auf dem Sofa bequem machen zu können. Mit verschränkten Beinen sitzen sie nebeneinander, so dicht, dass sich ihre Schultern berühren. Max wählt Koopa/Paratroopa wegen des roten Panzers, Johan entscheidet sich für Waluigi/Wario, weil er Waluigi mag, obwohl die schwer steuerbaren Bomben seine Spezialwaffe sind. Sie starten den *mushroom cup*.

Schon als der Countdown zu Luigis Piste beginnt, senkt sich diese seltsame Ruhe auf Max. Im Spiel ist es möglich, in die Landschaft der Kindheit zurückzukehren. Luigis Piste sieht genauso aus wie damals, als Max dreizehn war, er kennt jede Kurve und jede Abkürzung, und sein Gefühl dafür, wann er mit einem wohlplatzierten Schlag davonflitzen kann, ist das gleiche. Es kommt ihm vor, als wäre nicht die geringste Zeit vergangen, was seine rastlose Seele auf eine Weise beruhigt, wie kaum etwas anderes es kann.

Max und Johan kippen die Hebel und jagen mit funkensprühenden Reifen durch die Kurven. Johan liegt ein kleines Stück in Führung, weil sein Auto schneller ist, aber das wird sich ändern, sobald er das erste Mal von einem Panzer getroffen wird, weil dieser im Gegenzug heftig beschleunigen kann.

»Was war das für ein Gefühl, von dem du gesprochen hast?«, fragt Johan, während er einen roten Panzer abwehrt, indem er einen grünen hinter sich wirft. »Vorhin im Hafen, beim Container?«

»Ich weiß nicht«, antwortet Max. »Es ist einfach nur da. Ein Gefühl. Wie beim Terrarium im Museum Skansen. Man steht auf einem Podest und sieht durch die Glaswand hinein. Man sieht sie nicht, aber man weiß es. Irgendwo dort drinnen ist eine Schlange.«

»Ich war nie im Skansen«, sagt Johan und wirft eine Schwindel-Box hinter sich, der Max einfach ausweicht. »Aber du meinst das nicht wörtlich, also dass sich eine … Schlange in diesem Container befindet?«

»Nein. Aber *etwas* befindet sich darin. Das man nicht herauslassen sollte.«

»Das begreife ich nicht so richtig«, sagt Johan und flucht, als er vom Kettenhund getroffen wird und Max an ihm vorbeifährt. Johan benutzt einen Pilz, um schnell zu beschleunigen und an seine Seite zu kommen, bevor er fortfährt: »Du hast normalerweise ja nur ein Gefühl für den *Zeitpunkt*. Also, dass *jetzt* etwas passiert. Nicht, wo es passiert ist oder passieren wird.«

Johan nutzt sein schwereres Auto und schiebt Max' leichten Buggy in die Rasenkante, sodass er Geschwindigkeit verliert. Was auch immer Johan in der Küche getrunken hat, bislang hat es nicht gewirkt, und Max muss die Kurven schneiden, um an ihm dranzubleiben.

»Nein«, sagt Max. »Das ist seltsam. Vielleicht hängt es mit Siw zusammen, sie hatte ja …«

»Verdammt viel Holz vor der Hütte«, wirft Johan ein, und Max seufzt. Er kann diese Vorliebe für das Vulgäre und für kategorische Urteile überhaupt nicht teilen. Sie sorgen bei ihm eher dafür, dass die Welt ein Stückchen mehr auseinanderfällt.

»Sorry«, sagt Johan und schielt zu Max hinüber. »Tourette. Was wolltest du gerade sagen?«

Die Entschuldigung lässt den Riss in der Welt wieder schrumpfen. Sie befinden sich in der letzten Runde, und Johan liegt immer noch klar in Führung. Die Item-Box, in die Max fährt, belohnt ihn mit einem grünen Panzer, den er Johan hinterherwirft und der ihn nur um Haaresbreite verfehlt.

»Daneben!«, ruft Johan. »Komm schon, was wolltest du sagen?«

Johan pflegt auf Tourette zu verweisen, wenn ihm bewusst wird, dass ihm ein allzu unpassender Begriff herausgerutscht ist, aber er leidet an nichts anderem als guter, alter Verbitterung. Beim Zieleinlauf verpasst Max einen Beschleunigungsstreifen, und das Rennen ist verloren. Er kommt als Zweiter ins Ziel.

Auf der nächsten Strecke, *Peach Beach*, ist Max der Favorit. Seine Laune bessert sich und er beschließt, Johans unnötigen Kommentar zu vergessen. Als sie die erste Kurve hinter sich haben und zwischen den mutierten Riesenenten des Strands hindurchkurven, sagt er: »Es ist schwer zu beschreiben. Es kommt mir vor, als würde ich sie *wiedererkennen.*«

»Vielleicht tust du es auch«, sagt Johan. »Norrtälje ist ja nicht besonders groß. Vielleicht seid ihr euch ja schon irgendwo begegnet. So ein Scheiß!«

Johan wird von einem roten Panzer getroffen und sein Auto wirbelt in die Luft, wobei Wario und Waluigi mit den Armen fuchteln und an ihren Stühlen rütteln. Er braucht wertvolle Sekunden, um wieder Fahrt aufzunehmen, und er wird von ein paar KI-Fahrern überholt.

»Nicht in dem Sinne«, sagt Max. »Ich habe sie noch nie gesehen, da bin ich mir sicher. Weil ich vorher auch noch nie so gefühlt habe.«

»Hoppla!«, sagt Johan. »Das sind Worte! *Ich habe noch nie so gefühlt.* In welchen Zusammenhängen hört man denn so etwas?«

»Nein«, sagt Max. »So ist es nicht gemeint. Es ist wie … als würde man jemandem begegnen, den man viele Jahre nicht gesehen hat. Obwohl ich sie nie zuvor gesehen habe.«

»ChaplinsMädchen.«

»Ja.«

Johan schielt zu Max hinüber und grinst. »Sie hatte aber wirklich viel Holz vor der Hütte, da musst du mir recht geben.«

»Ja, Johan. Das hatte sie.«

»Da hat man ja einiges zu bearbeiten. Ansonsten, meine ich.«

Max hat keine Lust, in diesen Begriffen über Siw nachzudenken oder zu sprechen. Als er dieses Gefühl noch einmal genau unter die

Lupe nimmt, während er an den zuschnappenden Schnäbeln der Enten vorbeieiert, findet er ein anderes Wort für dieses Gefühl, ein Wort, das er Johan nie sagen würde. Als er neben Siw stand, dieser kleinen, übergewichtigen – so weit kann er sich strecken – Frau mit der strubbeligen Frisur und den schlecht sitzenden Klamotten, überkam ihn die Empfindung, dass er sich in der Nähe von etwas *Heiligem* befand. Er versteht selbst nicht, was genau er damit meint, aber so hat es sich angefühlt.

Max hat die Konzentration verloren und ist im Rennen zurückgefallen. Er reißt sich zusammen und kämpft sich mithilfe von ein paar Pilzen heran. In der letzten Runde wird Johan von einem blauen Panzer getroffen, und Max kann ihn genau vor der Ziellinie überholen. Johan wirft den Controller weg und gibt sich seinem Tourette hin.

3

Es ist schon fast zwölf Uhr, als es Siw gelingt, Anna zum Aufbruch zu bewegen. Die Tatsache, dass die Weinbox leer ist, hilft ihr dabei. Siw hat vielleicht drei Gläser getrunken, während Annas Konsum am besten in Litern gemessen wird. Am Ende lallte sie schon ziemlich, als sie sagte: »Also Siw … dieser Roslagsloser oder wie der hieß … hast du nicht … kannst du nicht … gibt es keinen … du weißt schon?«

»Nein, Anna. Ich weiß es nicht.«

»Aber … na! Na!« Anna hämmerte sich mit der Faust gegen die Stirn, als wollte sie einen Gedanken losschlagen, der in irgendeiner Ecke des Schädels feststeckte. »Na, du weißt schon, wie heißt es noch … Kontakt? Dass du Kontakt mit ihm herstellen kannst … auf Fejschbock?«

»So funktioniert das nicht.«

»Funktioniert nicht? Auf Fejschbock? Aber so läuft es doch. Kontakt!«

»Also, es ist jetzt echt spät, und ich fange morgen ganz früh an.«

»Oooooh, bist du *langweilig.*«

Das war eine ständig wiederkehrende Situation bei Siws und Annas Abenden. Von einem bestimmten Zeitpunkt an, oft schon ziemlich früh, trank Anna schneller als Siw, und anschließend war Siw *langweilig* und sie ließ Anna sich ganz allein um den Verstand trinken.

Siw wischt Aschekrümel von den Sitzkissen und seufzt, als sie ein frisches Brandloch findet. Anna ist eine »Partyraucherin«, und eine Party ist alles, woran Alkohol beteiligt ist. Als Siw das Kissen umdreht, findet sie ein älteres und größeres Brandloch, also dreht sie es wieder zurück.

Anna ist ihre älteste und beste Freundin, ja, eigentlich die einzige, die sie »Freundin« nennen kann, aber sie wünscht sich, dass diese Freundin es mit dem Alkohol ruhiger angehen lässt. Anna selbst behauptet, sie habe damit kein Problem, was schon allein dadurch bewiesen sei, dass sie ihre Arbeit nicht vernachlässigt. Siw sieht das nicht so. Man könne auch andere Dinge als die Arbeit vernachlässigen, und der Weg auf die schiefe Bahn sei kurz. Unabhängig davon, was Anna behauptet, hat Siw bemerkt, dass ihr Konsum im Laufe der Jahre angestiegen ist. Irgendwann erreicht man den Abgrund, und dann droht der freie Fall.

Siw lässt die Gläser auf der Spüle stehen, bevor sie die Bag-in-Box abbaut und zusammenfaltet. Sie will nicht das Risiko eingehen, dass Alva sie am Morgen untersucht und Fragen stellt. Einmal hat sie eine leere Wodkaflasche gefunden und danach ein Kreuzverhör gestartet, ob aus ihrer Mutter jetzt eine Schnapsdrossel würde.

Siw geht ins Wohnzimmer, klappt ihren Laptop auf und klickt auf das Facebook-Icon. Als die Seite erscheint, klickt sie sie wieder weg und reibt sich die Schläfen. Sie öffnet Spotify und startet Håkan Hellströms Album »Ett kolikbarns bekännelser« mit niedriger Lautstärke und in zufälliger Reihenfolge.

Es beginnt in ihren Augen zu stechen, als die Streicher »Brännö serenad« eröffnen, und als Håkan zu singen beginnt, wächst ein Kloß in Siws Hals.

»Was weißt du über das Mondlicht, bevor du darunter zusammengeschlagen wirst?«

Siw senkt die Lautstärke noch weiter und erhebt sich vom Sofa. Sie geht zu Alvas Zimmer und öffnet die Tür einen Spalt. Die Nachttischlampe in Form einer Rakete ist angeschaltet und beleuchtet das Mädchen, das zusammengerollt auf der Seite liegt und eine Hand um Poffe gelegt hat, einen Plüschfuchs, der nicht mehr als zehn Zentimeter lang ist.

Der Kloß in Siws Hals wächst noch weiter. Als Alva vier Jahre alt war, hat sie den Fuchs in einem Gebüsch vor dem Haus gefunden, in das ihn irgendwer geworfen hatte, und mit einer Logik, die Siw niemals widerlegen konnte, kam Alva zu dem Schluss, dass er ein Geschenk ihres Vaters aus dem Himmel sei. Er hatte ihn zu ihr hinuntergeworfen, dabei allerdings ihr Fenster verfehlt, sodass er im Gebüsch gelandet war. Seit dem Tag ist Poffe – der außerdem auch ein Engel war – ihr ständiger Schlafkamerad, und Alva weigert sich, ohne ihn ins Bett zu gehen.

Irgendwann, mein Liebling. Irgendwann wirst du es erfahren. Siw schließt Alvas Tür und reibt sich zornig die Augen, in denen sich Tränen gesammelt haben.

Sie setzt sich wieder vor den Computer –

»Du wirst deine Jugend vor dir verrotten sehen«

– öffnet erneut Facebook, scrollt aber nur eine Seite hinunter, ohne dort etwas zu finden, bevor sie das Fenster wieder schließt.

Was mache ich hier gerade?

»Was weißt du schon über die Liebe …«

Siw geht auf den Balkon, wo sie sich setzt und auf den verdunkelten Fußballplatz sieht. Genau hier hat sie an dem Tag gesessen, als sie Anna erzählte, was mit ihr los ist.

Siw hatte sich schon den ganzen Nachmittag über niedergeschlagen gefühlt und ein bis zwei Gläser zu viel getrunken, als sie dort den Tag ausklingen ließen. Aus Annas Blickwinkel war es einer der seltenen Abende, an denen Siw nicht *langweilig* war. Ganz spät am Abend platzte Siw plötzlich heraus: »Jetzt werde ich es dir erzählen. Was mit mir los ist.«

»Erzähl«, sagte Anna und schenkte ihr nach. »Ich habe mich schon immer gewundert.«

Siw trank einen großen Schluck und sagte schließlich: »Bei mir ist es so, dass ich die ganze Zeit warte, aber ich weiß nicht, worauf. Nein, sag nichts, es ist nicht ein Mann oder, wie nennst du es, ein greulicher Pfahl in der Muschi, sondern … etwas anderes. Etwas Ganzes. Grundlegendes. Andersartiges.«

»Und was soll das sein?«

»Ja, genau das weiß ich ja nicht! Wenn ich sage, etwas *Andersartiges*, dann meine ich etwas, das ich mir nicht vorstellen kann, gerade weil es ganz anders ist als alles, von dem ich annehmen könnte, dass ich es mir wünsche. Verstehst du, was ich meine?«

»Tja, also, ein bisschen wie bei einer Religion, oder so?«

»Vielleicht, ja. Etwas in dieser Art, aber ich glaube nicht, dass es dabei um Gott geht, sondern dass es … ich weiß nicht … wie eine Offenbarung … oder eine Berufung sein wird.«

»Etwa so wie die Eulen in *Harry Potter*, wenn sie mit den Briefen kommen?«

»Ja! Ja!« Siw war so eifrig geworden, dass sie Wein auf ihr hübsches Sitzkissen kleckerte, ohne es zu merken. »Genau so! Harry weiß ja noch nicht einmal, dass es Hogwarts gibt, bevor er die Briefe bekommt. Er weiß nicht, dass es dort auf ihn wartet und dass er dorthin soll.«

»Und bis dahin wohnst du in der Besenkammer unter der Treppe?«

Auch damals waren Tränen in Siws Augen gestiegen, und sie wusste nicht, ob das Selbstmitleid überwog oder das Glück darüber, dass jemand sie verstanden hatte.

»Ja«, sagte Siw. »Bis auf Weiteres wohne ich in der Besenkammer.«

»Du bist echt durchgeknallt. Darauf trinken wir.«

Siw sieht genauer hin, betrachtet den Fußballplatz, weil sie plötzlich den Eindruck hat, dass jemand ihn überquert, auf sie zukommt, und sie beginnt sich vorzustellen, dass es RoslagsBowser ist, der zu ihr will. Röte steigt ihr in die Wangen, obwohl es niemanden gibt, der sie oder ihre Fantasien sehen kann.

Mach es jetzt einfach.

Bevor sie es bereuen kann, steht Siw resolut auf und geht mit ruckartigen Bewegungen zum Computer, klappt ihn wieder auf und ruft Facebook auf. Sie scrollt so weit herunter, bis sie einen Beitrag von RoslagsBowser auf Pokémon Go Roslagen findet, und klickt seinen Namen an.

Na klar ...

Was hatte sie auch erwartet? Dass sie Zugang zu allen seinen Geheimnissen bekommen und Fotos finden würde, auf denen er mit dem Siegerzeichen vor irgendeinem Sonnenuntergang steht? Das Profil RoslagsBowser ist ausschließlich für Pokémon Go geschaffen worden und enthält nichts anderes als die Beiträge zu dieser Seite, nicht einmal ein Profilbild. Sie glotzt auf die nichtssagende Seite, während Håkan weitersingt.

»Ich träumte, dass ich singen könnte, aber das kann ich nicht.«

Damit wäre auch diese Sache geklärt.

Siw steht vom Sofa auf und reibt die Hände aneinander, als wollte sie etwas abwischen, das daran festhaftet. Dann setzt sie sich wieder und liest sämtliche Beiträge von RoslagsBowser bei Pokémon Go Roslagen durch.

*

Eine Frau steht vor dem Eingang des Krankenhauses von Norrtälje und weint. Eine Krankenschwester, die gerade ihre Schicht beendet hat, weiß nicht, warum die Frau weint. Es gibt tausend Gründe, vor einem Krankenhaus zu weinen, aber das ist an dieser Stelle nicht wichtig. Wichtig ist, dass die Krankenschwester zu der Frau hinübergeht und ihre Hand nimmt. Dann stehen sie vielleicht eine halbe Minute nebeneinander, bis das Weinen der Frau ein wenig nachgelassen hat. Sie sieht die Krankenschwester an und nickt. Die Krankenschwester erwidert das Nicken. Dann lässt sie behutsam die Hand der Frau los und geht nach Hause, um zu putzen.

Der Klang eines Autounfalls

1

Als Kind war Siw ein Mädchen von durchschnittlicher Gestalt, eher ein bisschen dünn. Erst im Alter von elf begannen sich die gröberen Formen durchzusetzen, ganz ohne eigenes Verschulden. Es passierte einfach. Nachdem sie sich als Mädchen mit Elfen und ätherischen Wesen identifiziert hatte, die federleicht durchs Leben glitten, musste sie als Zwölfjährige einsehen, dass die Erde und die Schwerkraft sie im Griff hatten.

Sie konnte die Person, die nackt vor ihr im Spiegel stand, einfach nicht auf sich beziehen. Abgesehen von dem milden Schrecken, den der Anblick ihrer Hüften und der beginnenden Rundung ihrer Brüste verursachte und mit dem jedes Mädchen umgehen muss, verspürte Siw Ekel vor dieser fremden *Grobheit*. Als hätte ein böser Geist ganz heimlich Stück für Stück ihres Vogelskeletts weggepflückt und sie mit dem eines erwachsenen Menschen ersetzt. Sie hasste, *hasste*, was sie sah, und sie würde viele Jahre mit sich selbst ringen, bis sie akzeptieren konnte, was mit ihr passiert war. Siws klein gewachsene und spindeldürre Mutter Anita sagte, dass es die Gene ihres Vaters seien, die sich darin zu erkennen gaben. Als wäre das irgendein Trost. Obwohl, ein kleiner Trost schon. Klein.

Anita war von Norrtälje weggezogen, um die Pädagogische Hochschule in Stockholm zu besuchen, und dort hatte sie Siws zukünftigen Vater Ulrik kennengelernt, einen Nordschweden, der beinahe zwei Meter groß war, eine breite Brust hatte und dessen Hände zu der Sorte gehörten, die man gemeinhin als Pranken zu bezeichnen pflegte. Wenn man noch den schwarzen Vollbart und die tief liegenden Augen dazunahm, landete man bei einem Mann, vor dem die meisten davonlaufen und sich verstecken würden. Was Anita allerdings nicht tat. Ganz im Gegenteil.

»Er war so *nett*«, hatte Siw so oft von ihrer Mutter gehört, dass sie es nicht mehr zählen konnte. »Der netteste Mann, den ich je getroffen habe.« Im erwachsenen Alter hatte Siw sich vorgestellt, dass der *Kontrast* ihre Mutter so angezogen hatte. Der ungehobelte Flößertyp mit dem Herzen aus Gold. Sie selbst hatte so etwas bei den Hardrockern erlebt. Diejenigen, die am schlimmsten gepierct und tätowiert waren, hatten oft den weichsten Kern.

Siw wurde ganz nach Plan konzipiert, als beide ihr Studium abgeschlossen und noch kein Jahr an der weiterführenden Schule unterrichtet hatten. Anita im Fach Schwedisch, Ulrik in den Naturwissenschaften. Als Siw geboren war, bekamen sie einen Mietvertrag für eine Dreizimmerwohnung im Stadtteil Bagarmossen. Alles verlief weiter nach Plan, der auch ein weiteres Kind innerhalb der nächsten drei Jahre und den darauffolgenden Umzug in ein Einfamilienhaus in einem Vorort umfasste.

Dann kam er. Der Bestatter aller Pläne, der stille Mörder. Als Ulrik mit der knapp einjährigen Siw in Elternzeit war, bekam er die Diagnose. Weit fortgeschrittener Blutkrebs. Ulrik hatte sich schon längere Zeit schlapp gefühlt und Schmerzen im Körper gehabt, aber er entstammte einem Geschlecht, in dem man sich nicht einmal beklagte, wenn einem ein Körperteil abhanden kam. Mit diffusen Symptomen zum Arzt zu gehen, war für ihn außerhalb jeder Vorstellung. Nachdem er irgendwann Blut im Urin hatte, dauerte es noch ein paar Monate, bis er Anita davon erzählte, die ihn sofort zum Krankenhaus fuhr, wo er sein Urteil entgegennahm.

Die Onkologen gaben Ulrik maximal zwei Monate. Er schaffte fünf, weil er nicht sterben wollte, bevor sein Mädchen das erste Mal »Papa« sagte. Als Siw fünfzehn Monate alt war, sagte sie das Wort. Eine Woche später war Ulrik tot.

Anita trug Siw von Raum zu Raum in der Dreizimmerwohnung in Bagarmossen, Räume, die jetzt bedeutungslos geworden waren. Im Wohnzimmer blieb sie mit der schlafenden Siw im Arm stehen. Sie betrachtete sich selbst. Sie stand einsam dort. Fünf Jahre später würde sie Siw erzählen, dass sie erst in diesem Augenblick den ganzen Umfang des Begriffs »alleinstehend« erfasste. An diesem Ort und in diesem Moment beschloss sie, zurück nach Norrtälje zu ziehen, wo sie zumindest ein paar Jugendfreunde und vor allem ihre eigene Mutter hatte.

So kam es, dass Siw einen Teil ihrer Kindheit mit ihrer Großmutter Berit verbrachte. Wenn es nötig war, sprang Berit ein. Als Siw älter wurde und Berit in die Altersteilzeit ging, kam es immer wieder vor, dass Siw die Nachmittagsbetreuung verließ und stattdessen zu ihrer Großmutter ging.

Bei Berit lernte sie Chaplin zu lieben. Wie oft hatten sie den Nachmittag damit verbracht, sich durch die großen Meisterwerke und die frühen Kurzfilme zu lachen, wobei es bei Letzteren meist darum ging, dass irgendwer umfiel. Siw musste erst elf Jahre alt werden, bis sie die tragische Dimension erfassen konnte und ihre ersten Tränen zu Chaplins *The Kid* vergoss. Anschließend weinte sie sich gemeinsam mit Berit durch *Die Lichter der Großstadt* und *Moderne Zeiten*. Manchmal saßen sie auf dem Sofa, umarmten einander und ließen die Tränen laufen.

Solche Ausschweifungen waren Anita vollkommen fremd, und als Siw älter wurde, begriff sie, dass es dabei um Selbstkontrolle ging, die ihre Mutter sich nach Ulriks Tod auferlegt hatte. Ihren Gefühlen freien Lauf zu lassen, hätte bedeutet, die Tür zum Löwenkäfig zu öffnen und direkt verschluckt zu werden. Keine Tränen für fiktive Charaktere, nein, überhaupt keine Tränen.

Dazu kam, dass Anita eine Frau der *Worte* war, während Berit, genau wie Siw, in Bildern dachte. Nach derselben, eine Generation überspringenden Logik hatte Alva schon in frühen Jahren, zur Freude *ihrer* Großmutter, ein großes Interesse an Büchern gezeigt und konnte bereits kurz nach ihrem fünften Geburtstag einigermaßen gut lesen.

Berit, Anita, Siw, Alva. Vier Generationen von Frauen, und alle waren Einzelkinder. Ein Zufall? Zu der Frage werden wir im weiteren Verlauf noch kommen. Jetzt ist es an der Zeit, sich um den Elefanten im Raum zu kümmern.

2

In der Zeit, in der sich die Geschichte vor der Stadtbibliothek abspielte, fand Siw ein Wort, mit dem sie die Fähigkeit bezeichnen konnte, die sie seit ihrem siebten Lebensjahr begleitet hatte. Sie nannte sie Gehör, als Substantiv in der unbestimmten Form. Sie konnte also »ein Gehör bekommen«, und während ihres Lebens hatte sie schon »mehrere Gehöre gehabt«. Es war die Ähnlichkeit zu dem Wort »Gesicht«, das sie zu dieser Entscheidung brachte.

Das erste Gehör trat eine Woche vor Siws siebtem Geburtstag auf. Sie war nach der Schule in den Kinderhort gegangen, um zu sehen, ob dort irgendetwas Spannendes passierte. Als sie festgestellt hatte, dass dies nicht der Fall war, beschloss sie, stattdessen zu Berit zu gehen, die damals halbtags arbeitete und nachmittags zu Hause war.

Sie war etwa zehn Meter auf dem Bürgersteig gegangen, als sie das Geräusch von bremsenden, kreischenden Reifen hinter sich hörte. Sie drehte sich nach dem Auto um, und im selben Augenblick ertönten ein dumpfer Aufprall und ein splitterndes Knirschen.

Sie dachte, dass sie selbst von dem Auto erfasst worden sei, aber den Schmerz noch nicht spürte, so wie man sich einen Zeh stößt und »aua« denkt, bevor es wirklich wehtut. Aber die Straße vor ihr war leer. Sie wusste, dass es idiotisch war, aber sie tastete trotzdem ihren Körper ab. Es war so nah gewesen. Sie fand nicht die kleinste Schramme.

Als sie zu ihrer Großmutter kam und von dem seltsamen Erlebnis erzählte, fand sie, dass diese ihr einen sehr forschenden Blick zuwarf, bevor sie sich aufrappelte und vorschlug: »Sag mal, Siw, wollen wir nicht mal zum Kinderhort gehen und uns dort umschauen, es ist schon ewig lange her, dass ich dort war!«

»So lange ist das doch gar nicht her, wir waren doch erst vor …«

»Aber ich habe gerade so viel Lust darauf, also komm, gehen wir einfach hin!«

Siw versuchte zu protestieren, sie wollte nicht zu der tristen Langeweile zurückkehren, der sie gerade entkommen war, aber Berit akzeptierte keine Widerrede. Als sie die Stelle erreichten, wo Siw das unsichtbare Auto gehört hatte, drückte Berit ihre Hand so fest, dass es wehtat.

»Au, Oma, lass mich los!«

»Oh, entschuldige, meine Süße, ich bin gerade nur so … angespannt.«

Als sie den Kinderhort erreichten, wurde alles noch viel seltsamer. Berit interessierte sich kaum für Siws Zeichnungen und Aufführungen, sie wollte lieber mit dem Personal über die Verkehrssicherheit reden. Sie habe so viel über die Straße nachdenken müssen, die draußen vorbeiführte, sollte man nicht lieber einen Zaun bauen und bis auf Weiteres einen Aufpasser dort abstellen?

Das Personal versicherte, dass die Kinder lernten, wie sie sich dort zu verhalten hätten, dass die Straße eine Spielstraße war und vor und hinter dem Eingang zum Kinderhort Bodenschwellen eingebaut waren. Siw konnte nicht verstehen, warum ihre Großmutter so lange darauf bestand, bis sie merkwürdig angesehen wurde und Siw sich ein bisschen schämte. Schließlich zog Siw die Großmutter an ihrer Hand aus dem Hort.

Zwei Tage später wurde Siws Klassenkamerad Wille von einem betrunkenen Autofahrer erfasst. Dieser hatte das Spielstraßenschild übersehen und traf nach einer kurzen Luftfahrt aufgrund der Begegnung mit der ersten Bodenschwelle auf Wille, der auf der Jagd nach einem Fußball auf die Straße gelaufen war. Wenn Wille größer gewesen wäre, wäre er vielleicht über die Motorhaube gerutscht, aber jetzt geriet er unter die Reifen und war sofort tot.

Am selben Abend kam Berit unangekündigt zu ihnen nach Hause und zog sich zusammen mit Anita in die Küche zurück. Siw, die nicht dabei sein durfte, verbrachte die erste halbe Stunde damit, ihr Ohr gegen das Schlüsselloch zu drücken. Die Frauen in der Küche sprachen leise, und Siw konnte kaum etwas verstehen, allerdings fiel häufiger das Wort »Verantwortung«. Es kam ihr so vor, als wollte ihre Großmutter Siw etwas erzählen, aber ihre Mutter war dagegen. Siw vermutete, dass es etwas mit Wille zu tun hatte.

Sie war schließlich nicht dumm. Sie war draußen im Hof gewesen, als Wille den Unfall hatte, sie hatte das Kreischen der bremsenden Reifen gehört, den dumpfen Aufprall, das Knacken, und die Geräusche waren identisch mit denen, die sie zwei Tage zuvor gehört hatte. Sie hatte also auf irgendeine Weise … in die Zukunft hineingehört.

Ihre Großmutter war sauer, als sie aus der Küche kam, und Siw ahnte, dass sie den Kampf darüber verloren hatte, was erzählt und was nicht erzählt werden sollte. Siw lief ihr bis in den Flur hinterher, und während Berit ihre Stiefel anzog, flüsterte sie: »Oma, es ist doch bestimmt so, dass ich, irgendwie …«

Berit strich ihr über das Haar und unterbrach sie mit den Worten: »Das hat noch Zeit, mein Schatz, das hat noch Zeit.«

»Was soll das heißen?«

»Das heißt, dass du erst ein bisschen größer werden musst«, sagte ihre Großmutter und fügte hinzu, mit einem Blick auf die Küchentür: »So ist es *beschlossen* worden.«

3

Es dauerte mehr als zwei Jahre, bis das nächste Gehör kam, und Siw hatte ihre etwaige Fähigkeit schon fast wieder vergessen. Die Sommerferien hatten begonnen, und sie und ihre beste Freundin Saga spielten im Sozietätspark Spione. Saga hatte ein paar Walkie-Talkies, die sie benutzten, um den Kontakt zueinander zu halten, während sie nach verdächtigen Typen Ausschau hielten. Der letzte zwielichtige Charakter hatte den Park gerade verlassen, und sie gingen an der Kaikante entlang nach Hause, während sie ihre Beobachtungen miteinander verglichen.

Plötzlich knallte es an Siws rechter Seite, sodass sie zur Seite sprang. Ein Mensch schrie gellend auf, und das laute Knistern eines heftigen Feuers war zu hören.

»Was ist los?«, fragte Saga und sah Siw erschrocken an, die mit weit aufgerissenen Augen auf die Hafeneinfahrt starrte, wo außer einer spiegelglatten Wasseroberfläche nichts zu sehen war.

»Hörst du das nicht?«, fragte Siw.

»Nein, was denn?«

»Da brennt irgendetwas. Ein Boot, glaube ich.«

»Wo denn?«

Erst in diesem Augenblick erinnerte sich Siw an das Ereignis zwei Jahre zuvor und sah ein, dass es keinen Sinn hatte. Ohne ein Wort des Abschieds verließ sie Saga und lief zu Berit, um ihr davon zu erzählen.

Ihre Großmutter, die im Garten ihres Reihenhauses gekniet und Unkraut gejätet hatte, tauschte nicht einmal ihre schmutzigen Hosen, bevor sie mit Siw zum Hafen ging. Siw war immer noch ganz außer Atem und bat ihre Großmutter, ein bisschen langsamer zu gehen. Sie sprach in kurzen Stößen, als sie fragte: »Oma. Kann-ich-in-die-Zukunft-sehen-oder-hören?«

Berit schielte zu ihr hinüber, zog den Mund zusammen und traf eine Entscheidung, bevor sie knapp antwortete: »Ja.«

»Warum kann ich das?«

»Das ist eine lange Geschichte.«

»Ich-will-sie-hören.«

»Das hat noch Zeit.«

Siw ballte die Fäuste und biss die Zähne zusammen. Obwohl sie das kurze Gespräch vergessen hatte, das sie zwei Jahre zuvor mit ihrer Großmutter im Flur geführt hatte, ahnte sie Anitas mahnenden, verbietenden Zeigefinger im Hintergrund. Plötzlich kam ihr eine schlaue Idee, und sie fragte: »Kannst-du-in-die-Zukunft-reinhören, Oma?«

»Ja.«

»Mama auch?«

»Ja. Aber nicht so gut.«

»Was heißt, nicht so gut?«

Sie hatten die Spitze des Glasmästarbacken erreicht. Ihre Großmutter wollte gerade etwas antworten, aber jetzt klappten ihre Kiefer zusammen, und sie blieb stehen. Unten aus dem Hafen stieg eine Säule aus dickem, schmutzig weißem Rauch in den Himmel.

»Aber …«, sagte Siw. »Aber …«

Ihre Großmutter atmete langsam ein und blies die Luft mit einem ausgedehnten Seufzen wieder aus, bevor sie sagte: »*Das hier* hätte deine Mutter beispielsweise hören können. Weil es näher in der Zeit ist. Aber nicht das mit deinem Klassenkameraden.«

Siw konnte ihren Blick nicht von der Rauchsäule losreißen. Aus der Entfernung hörte sie die Schreie im Hafen, und aus dem Zentrum näherten sich die Martinshörner.

»Aber … aber …«

»Es ist jedes Mal anders«, sagte Berit. »Man weiß es nie.«

Auch dieses Mal ließ Anita nicht zu, dass Siw in das eingeweiht wurde, was sie selbst mittlerweile als »das Geheimnis« bezeichnete. Die Information, dass sowohl ihre Mutter als auch ihre Großmutter über die gleiche Fähigkeit verfügten, wenn auch in unterschiedlichem Ausmaß, rückte die Angelegenheit in ein neues Licht. Es war eine naheliegende Vermutung, dass auch Großmutters Mutter sie besaß, und auch deren Mutter, bis zurück zu … ja, bis wann? Siw bekam Kopfschmerzen, als sie darüber nachzudenken begann. Beim Abendessen versuchte sie ihre Mutter auszuquetschen.

»*Warum* darf ich es nicht wissen?«

»Du wirst es erfahren, wenn du älter bist.«

»Aber ich weiß ja schon, dass ich in die Zukunft sehen … oder eher hören kann. Und dass Oma es auch kann. Und dass du es kannst.«

»Hat Großmutter das gesagt?«

»Ja.«

Die Lippen ihrer Mutter wurden zu zwei schmalen Strichen, bevor sie sagte: »Ja, aber dann bist du ja informiert.«

»Aber da gibt es noch *mehr*. Ich weiß, dass es *mehr* gibt.«

»Iss dein Essen, bevor es kalt wird.«

4

Der Vorfall, der Anita schließlich zum Erweichen brachte, ereignete sich ein gutes halbes Jahr danach. Im zweiten Halbjahr der dritten Klasse hatte Anita Siw in der Musikschule angemeldet, damit sie Querflöte lernte, und Siw war auf dem Weg zu ihrer dritten Stunde. Ihr Flötenkasten baumelte in der Hand, und sie versuchte sich eine Strategie auszudenken, wie sie möglichst wenig spielen musste, weil sie es unheimlich schwierig und total langweilig fand.

Sie kam an der Bibliothek vorbei und warf einen sehnsüchtigen Blick auf die Leseecke, in der sich mehrere Kinder auf Kissen und in Sesseln fläzten. Sie las nicht besonders gern, aber sie mochte es, in Bilderbüchern zu blättern, und einer ihre Traumberufe war es, Bilder für Kinderbücher zu zeichnen, und überhaupt würde *sie was auch immer* tun, um die Kindermelodie »Die kleine Schnecke« und Krämpfe in Armen und Lippen zu vermeiden.

Sie zog die Füße durch die frische dicke Schneedecke und blieb vor der Videothek stehen, um sich die Plakate anzusehen. *Gladiator* sah wirklich heftig aus, aber Anita würde sie den Film in einer Million Jahren nicht sehen lassen. »Warte, bis du alt genug bist«, flüsterte Siw vor sich hin und presste den Mund zusammen wie ihre Mutter. »Warte, bis du in Rente gehst.«

Sie riss sich von *Gladiator* los und ging weiter die Straße entlang, wobei sie Eisklumpen vor sich her kickte. Sie schaffte nur ein paar Schritte, als ein schweres, feuchtes Aufklatschen genau vor ihr erklang und sie zurückzuckte. Ihre Reaktion war instinktiv, aber weil kein Schnee aufgespritzt war und es nichts Besonderes zu sehen gab, war ihr klar, dass *das da* wieder passiert war. Aber was hatte sie eigentlich gehört? Da stieg ein leises Stöhnen zu ihr auf, das röchelnde Ausatmen eines sterbenden Menschen. Eine kalte Hand legte sich um Siws Herz, als sie es begriff.

Sie kontrollierte, dass keine Autos kamen, und ging auf die andere Seite der Straße, von wo aus sie auf das Dach des Gebäudes sah, in dessen Erdgeschoss die Videothek untergebracht war. Da oben war niemand, aber der Schnee lag dick auf den Dachplatten.

Irgendwann in der nächsten Zeit müsste jemand kommen und ihn wegschippen, und dann …

Siws erster Impuls war, zu Berit zu laufen, aber dann erinnerte sie sich an das letzte Mal, als *das da* passiert war. Damals war sie zu spät gekommen. Derjenige, der das Dach räumen sollte, war vielleicht schon auf dem Weg dorthin. Siw sah sich ratlos um, während sie fieberhaft überlegte, was sie machen sollte.

Da entdeckte sie sie. Zwei Männer mit Schippen befanden sich auf dem Dach des Gebäudes, das gegenüber der Bibliothek lag, etwa fünfzig Meter entfernt. Ohne sich umzusehen, lief Siw über die Straße und sah im Augenwinkel ein Auto mit angezogenen Bremsen auf sie zuschlittern. Sie warf sich nach vorn, und das Auto verpasste sie um Haaresbreite. Sie lief weiter.

Wenn ich …, dachte sie, während sie lief.

Wenn *ihr* etwas zustieß, würde sie es dann wissen, bevor es passierte? Würde sie mehrere Tage im Voraus hören, wie sie starb, oder … würde sie es dann hören, wenn sie sich an dem *Ort* befand, an dem es passieren würde? Und konnte sie es dann verhindern?

Siw erstarrte fast, als diese unlösbar verzwickte Frage in ihr auftauchte: Wenn sie Dinge hörte, die passieren würden, wie konnte sie bewirken, dass sie nicht passierten? In dem Fall hätte sie ja irgendwie … falsch gehört? Das war wirklich schwierig, schwieriger als Querflöte, und es pochte zwischen ihren Schläfen, als sie zu dem Gebäude lief. Aus diesem Winkel konnte sie die Männer auf dem Dach nicht mehr sehen, und sie würden sie wohl kaum hören, wenn sie rief.

In diesem Augenblick kam ein Mann aus einem Eingang, und Siw gelang es, durch die Tür hineinzuflitzen, bevor sie wieder ins Schloss fiel. Sie stand ganz unten im Treppenhaus und hörte entfernte Stimmen und kratzende Geräusche nach unten dringen. Sie lief die Treppen hinauf. Im obersten Stockwerk wurde sie mit dem Anblick einer Klappe belohnt, die offen stand und auf das Dach führte. Eine Leiter führte zu der Öffnung hinauf.

Als sie die Leiter halb hinaufgeklettert war und sich an einem Drahtseil festhalten musste, merkte sie, dass sie immer noch den

Flötenkasten in der Hand hielt. Sie zögerte, kletterte aber weiter nach oben. Wenn sie in eine Notsituation geriet, konnte sie die Flöte vielleicht als Alarmpfeife benutzen, um Aufmerksamkeit auf sich zu ziehen. So klang es normalerweise auch, wenn sie spielte.

»Kleine Schnecke, pass gut auf …«, summte Siw leise, während sie sich von der Leiter auf das Dach hochstemmte. Ein Laufgang aus Gitterrosten lief am Dachfirst entlang, und Siw robbte sich heran, damit sie sich daraufsetzen konnte. Aufzustehen wagte sie nicht.

Die beiden Männer befanden sich ganz unten auf dem Dach. Beide trugen Sicherheitsgurte, die mit Seilen an robusten Stahlösen weiter vorn am Laufgang befestigt waren. Siw hätte es nie gewagt, so zu arbeiten, aber es sah ziemlich sicher aus. Warum sollte einer von ihnen hinunterstürzen?

»Hallo …?«, flüsterte Siw und stellte fest, dass ihre Stimme nicht mehr trug. Sie war sehr weit oben, höher als jemals zuvor. Seit sie die Männer entdeckt hatte, war sie impulsiv vorgegangen, *einfach losgestürmt, ohne an die Folgen zu denken*, wie ihre Mutter es ausgedrückt hätte. Sie hatte keinen Plan, wie es weitergehen würde, wenn sie erst einmal auf dem Dach war. Was sie dann sagen würde, zum Beispiel.

»Hallo?«, krächzte Siw, und einer der Männer drehte sein Gesicht in Richtung ihrer Stimme. Als er sie entdeckte, begann er zu schreien.

»Du! Was machst du da?«

Er klang so laut und zornig, dass Siw zusammenzuckte und den Querflötenkasten verlor. Er rutschte das Dach hinunter und verschwand über die Kante. Ein paar Sekunden später hörte man einen entfernten Aufprall. Dankbar benutzte Siw ihre mittlerweile freie Hand, um sich an den Gitterrost zu krallen.

Der Mann, der sie angeschrien hatte, holte sein Seil mit einer Winsch ein, die er an seinem Gürtel trug, während er zum Landgang aufstieg. Siw hatte so viel Angst, dass sie zitterte. Sie mochte keine Höhen, sie wurde ungern ausgeschimpft und sie wollte nicht hören, was ihre Mutter nachher sagen würde. Das hier war wirklich eine ganz schlechte Idee.

Aber was hätte ich sonst tun sollen?

Vielleicht war es der Mann, der mit rot angelaufenem Gesicht auf den Landgang kletterte, der in einer Stunde, in zwei Stunden oder morgen sterben würde? Sie hatte es auf jeden Fall versuchen müssen, aber als sie zitternd dasaß und sich an das kalte Eisen klammerte, bis ihre Finger wehtaten, brachte sie ein wenig Verständnis für die Einstellung ihrer Mutter gegenüber *dem da* auf.

Mit Schritten, die den Landgang zum Beben brachten, ging der Mann auf Siw zu, die die Augen zukniff und den Kopf senkte. »Hör mal, Mädchen, du musst runter! Du darfst nicht hier sein!«

Siw schluckte einen Klumpen Speichel und setzte ihre ganze Willensstärke ein, um die Augen zu öffnen, ihr Gesicht dem Mann zuzuwenden und zu flüstern: »Ich muss Ihnen etwas sagen.«

»Was sagst du da?« Der Mann kniete sich neben sie, packte sie kräftig an der Schulter und schüttelte sie. »Komm jetzt, ich helfe dir runter.«

Siw begriff nicht, was gerade passierte, aber plötzlich fuhr ein roter Blitz durch ihren Körper. Sie entzog sich dem Griff des Mannes, sah ihm in die Augen und *schrie*: »Du wirst sterben! Du oder er!« Siw nickte zu dem anderen Mann hinüber, der unten am Rand des Daches stand und alles beobachtete. »Einer von euch wird sterben!«

Der Mann zog eine argwöhnische Grimasse. »Was sagst du da?«

»Heute oder morgen oder an einem anderen Tag wird einer von euch, oder ein anderer, der sich auf dem Dach befindet, herunterfallen«, Siw ließ den Gitterrost für einen Moment los, um auf die Videothek zeigen zu können, »da drüben. Jemand wird vom Dach fallen und sterben, und ich weiß nicht, ob es hilft, wenn ich es sage, aber jetzt habe ich es gesagt und ihr wisst es und jetzt will ich nach unten!«

Siw hatte gedacht, dass jetzt jede Menge Fragen kommen würden, warum sie etwas so Dummes gesagt hatte. Sie würden ihr niemals glauben. Aber der Mann saß einfach ganz ruhig da und betrachtete sie mit einem traurigen Gesicht. Er schüttelte schwermütig den Kopf und fragte: »Warum machst du so etwas?«

»Um euch zu warnen. Aber ihr glaubt mir ja nicht.«

»Findest du das etwa lustig?«

»Nein. Überhaupt nicht.«

»Nee, klar. Denn das, was du da beschreibst … und ich glaube, dass du davon weißt … ist vorgestern hier passiert. Mit unserem Freund.«

5

»Ich weiß nicht, was ich mit dir machen soll. Du bist ja offensichtlich ganz von Sinnen.«

Anita marschierte im Wohnzimmer hin und her. Siw saß auf dem Sofa, eingehüllt in eine Decke. Sie war die Fieberschauer nicht mehr losgeworden, die sie sich auf dem Dach zugezogen hatte.

Der Mann, der ihr die Stufen hinuntergeholfen hatte, wollte sie nicht gehen lassen, bevor sie ihm die Telefonnummer ihrer Mutter oder ihres Vaters gegeben hatte. In einem jämmerlichen Versuch, seine Sympathie zu wecken, hatte Siw erzählt, dass ihr Vater tot sei. Der Mann hatte das bedauert, aber nicht lockergelassen, bis Siw ihm die Nummer der Grind-Schule gab, wo Anita arbeitete.

Als Siw auf die Straße trat, folgte ihr der Mann und ging dann weiter um die Ecke. Als er zurückkam, trug er ihren Querflötenkasten in den Händen. Er war in zwei Teile gebrochen, und die Flöte war leicht verbogen und hatte zwei Klappen verloren.

»Hier«, sagte er und reichte Siw das ruinierte Instrument. »Dein Glück, dass sie niemand auf den Kopf bekommen hat.«

»Mhm«, sagte Siw, und eine Träne rann ihre Wange hinunter.

Der Mann erweichte ein wenig und sagte: »Also, ich verstehe wirklich nicht, was du hier vorhattest, aber … tu das bitte nicht noch mal, okay?«

»Okay.«

»Nie wieder?«

»Nein. Nie wieder.«

Ein paar Stunden später saßen Berit und Siw nebeneinander auf dem Sofa wie zwei Angeklagte in einem Gerichtssaal. Berit sagte: »Wenn ich es ihr hätte erzählen dürfen, dann …«

»Aha!« Anita blieb stehen und wedelte mit den Armen. »Dann ist das alles natürlich *mein* Fehler?«

»Das habe ich nicht gesagt, aber wenn Siw diese Fähigkeit nun einmal hat, und wir wissen davon, dann müssen wir ihr auch sagen, wie sie damit …«

»Sie muss einfach nur wissen, dass sie ihre Nase nicht in diese Angelegenheiten hineinstecken soll. Es gibt ja ohnehin nichts, was sie tun kann!«

»Dann muss sie eben das wissen«, sagte Berit. »Obwohl ich in diesem Punkt eine andere Meinung habe als du.«

»Ich will es wissen«, sagte Siw mürrisch. »Ich werde es immer und immer wieder tun, bis ich es erfahre.«

Berit wischte sich über den Mund, um ein Lächeln zu verbergen, während Anita mit dem gewohnten Zeigefinger auf Siw deutete. »Hast du diesem netten Mann nicht versprochen, so hast du es jedenfalls erzählt, dass du es ›nie wieder‹ tun würdest?«

»Ich habe gelogen.«

Anita ging die Luft aus. Sie machte eine Geste, als wollte sie eine Last von ihren Schultern werfen, und sagte zu Berit: »Sag, was du sagen willst, ich halte mich da raus«, worauf sie auf den Balkon stiefelte und etwas tat, das Siw die Kinnlade herunterklappen ließ: Sie holte eine Zigarette heraus und zündete sie an.

»Raucht Mama?«, flüsterte Siw.

»Ich bin genauso erstaunt wie du.«

»Glaubst du, dass sie *heimlich* raucht?« Siw hatte nur schwammige Vorstellungen darüber, wie man heimlich rauchte, aber sie wusste, dass es etwas Schlechtes war, und ihre Mutter selbst behauptete, nie schlimme Sachen zu machen.

»Also«, sagte Berit und griff nach Siws beiden Händen, die immer noch kalt und steif waren. »Jetzt werde ich dir etwas erzählen. Weißt du, was eine Sibylle ist?«

»Ein Würstchenstand, der Sybilla-Grill?«

Ihre Großmutter rieb sich die Augen. »Wir fangen noch einmal von vorne an. Vor vielen Tausend Jahren gab es Frauen, die in die Zukunft sehen konnten. Sie wurden respektiert und als heilig angesehen, aber man hatte auch Angst vor ihnen. Weil sie zum einen mehr über die Menschen wussten als diese über sich selbst, zum Beispiel, wie sie sterben würden, aber auch, weil dieser Blick in die Zukunft bedeutet, dass man seinem Schicksal nicht entkommen kann. Dass alles im Vorhinein bestimmt ist.«

»Ist das denn wirklich so?«

»Ich glaube es nicht, aber diese Frauen, die man Sibyllen nannte, konnten Dinge vorhersagen, die erst viele, viele Jahre später geschehen würden.«

»Oh!«

»Ja. Mit der Zeit hat dieses Vermögen immer mehr nachgelassen, als würde es verdünnt, verstehst du? Aber es ist im Grunde immer noch dieselbe Fähigkeit, und sie wird von Mutter zu Tochter weitergegeben. Wenn man sie hat, bekommt man nur ein Kind, und dieses Kind wird eine Tochter.«

»Ich bin also eine … Sibylle?«

»Ja.«

»Du hast gesagt, dass es mehrere gab. Vor langer Zeit. Gibt es heute auch noch mehrere?«

»Ich weiß nicht. Du und ich und deine Mutter sind die Einzigen, die ich kenne, und bei meiner Mutter war es auch nicht anders, so hat sie es mir erzählt. Ich weiß, dass es früher mehrere von uns gab, aber … du weißt doch, was eine Hexe ist?«

»Hänsel und Gretel und die Hexe und der Blocksberg und …«

Berit schüttelte den Kopf. »In früheren Zeiten wurden Frauen dafür angeklagt, Zauberei zu betreiben, wenn sie zum Beispiel in die Zukunft sahen. Man nannte sie Hexen und viele von ihnen wurden umgebracht.«

»Wie denn?«

»Willst du das wirklich wissen?«

»Ja.«

Siw sah, dass ihre Großmutter einen Blick auf den Balkon warf, wo ihre Mutter gerade die Zigarette am Geländer ausdrückte und den Stummel auf den Parkplatz warf. Das war ein wirklich seltsamer Tag. Ihre Großmutter senkte die Stimme und sagte: »Sie wurden auf dem Scheiterhaufen verbrannt.«

»Lebendig?«

»Ja. Lebendig.«

Anita kam wieder herein, und Siw wagte es nicht mehr, weitere Fragen zu stellen. Als sie später mit weit offenen Augen im Bett lag und nicht einschlafen konnte, hatte sie das Gefühl, dass sie auf dieses letzte Stückchen Information besser verzichtet hätte.

Die Erklärung ihrer Großmutter, wer sie eigentlich war, empfand Siw zwar als Angriff auf ihre Identität, aber einen, mit dem sie leben konnte. Sie las alles, was sie über Sibyllen und Hexen in der Schulbibliothek finden konnte, und es gelang ihr, diese beiden Märchenwesen – die in Wirklichkeit keine Märchenwesen waren – mit ihren eigenen Fantasien über Elfen und feingliedrige Waldwesen zu kombinieren. Das alles gehörte zum *Magischen.* Gerne war sie selbst Teil davon, wenn auch verdünnt.

Später, wenn Siw an diese Zeit zurückdachte, wusste sie nicht recht, ob es komisch oder tragisch war.

Dass ihre Sinne zum Teil in den Händen von Mächten waren, die außerhalb ihrer Kontrolle standen, und sie selbst eine der letzten Überlebenden einer mythischen Tradition, schluckte sie klaglos herunter, wie ein Stück gekochtes Ei, aber dass ihr Körper sich verwandelte, ohne dass sie es irgendwie beeinflussen konnte, war ein saurer Drops, an dem sie lange lutschen musste. In dieser verzwickten Lage entdeckte sie Håkan Hellström, und als er sang, dass er in das hässlichste Mädchen der Welt verliebt war, wusste sie, dass sie selbst gemeint war.

*

Es ist der erste Montag des Monats. Die Dunkelheit ist angebrochen, und auf dem Dach des Schwimmbads wird das alte Flugplatzleuchtfeuer angezündet. Menschen bleiben stehen und sehen zum Lichtkegel hinauf, der über Norrtälje schwebt. Viele erleben ein vages Gefühl von Trost. Da wird immer etwas sein, das uns durch die Nacht führt. Da ist Licht, wenn wir es brauchen.

Der Stachel des Befehls

1

Es gibt einen Gedanken, der Marko beschäftigt, seit er dreizehn ist, eine Idee, die sich mit vier Worten zusammenfassen lässt: *Kehr als Sieger zurück*. Unzählig sind die Szenarien, die er sich während der letzten sechzehn Jahre ausgemalt hat.

Die erste, kindliche Vorstellung holte er sich von Mario Kart, das er manchmal mit Johan spielte, die Siegesparade nach dem Rennen. Johan gewann immer, und weil seine Figuren Wario und Waluigi und sein Auto ein protziges, goldglänzendes Cabrio waren, musste Marko sich immer wieder ansehen, wie Wario mit seiner Angeberkarre der Kolonne voranfuhr und Siegesgesten machte, während die Einwohner der Stadt um ihn herum Hula-Hula in Baströcken tanzten.

So, hatte Marko gedacht. *Genau so.*

Später hatte er die Grundidee in realistischere Bahnen umgelenkt. Dass er die Stora Brogatan mit einem golden lackierten Mercedes hinuntercruisen würde, während die Norrtäljer die Hüften schwangen und ihm Blumen hinterherwarfen, war nicht besonders glaubwürdig, obwohl er es sich eigentlich genau so gewünscht hätte.

Als er auf die Handelshochschule ging, hatte er in Gedanken mit einem Helikopter gespielt, aber er hätte niemals eine Genehmigung dafür bekommen, unter dem Jubel des Volkes auf dem Großen Markt zu landen, es würde wohl eher ein Feld am Stadtrand werden, und damit wäre der ganze Spaß verdorben. Und warum sollten die Leute jubeln?

Vielleicht, weil Marko rein theoretisch einer der schlauesten Menschen in Norrtälje sein könnte. Trotz karger ökonomischer

Möglichkeiten hatte er sein Masterexamen an der Handelshochschule mit Bestnoten bestanden und danach noch ein weiteres Jahr angehängt und Finanzmarktanalyse studiert, auch das mit besten Ergebnissen. Wenn jemand fragte, hatte er mit Stolz davon erzählt, dass er ein Migrant der *ersten Generation* war. Auch wenn er zum größten Teil in Schweden aufgewachsen war, war er nicht dort geboren. Wenn jemand ihn Jugo nannte, hatte er nichts dagegen. Er war ein Jugo, und er steckte die meisten Schweden in die Tasche.

Nach der Handelshochschule machte er schnell Karriere. Nach ein paar kürzeren Aufenthalten bei kleineren Firmen landete er bei Carnegie, wo er bald als einer der hungrigsten und kompetentesten Vermögensverwalter galt. Mit immer höheren Monatslöhnen und Boni begann der Rubel ernsthaft zu rollen, und dieses Geld legte er in Technikfonds an.

Nach einer zweistündigen Trainingseinlage im SATS-Fitnessstudio, die er mit malträtiertem Körper und befreitem Hirn allein in der Dampfsauna abschloss, gönnte er sich einen kalten und klaren Blick auf das, was er eigentlich wollte.

Als Sieger zurückkehren, okay. An dieser Idee war im Prinzip nichts falsch, aber was beinhaltete das eigentlich? Und warum war es so wichtig für ihn? Marko massierte seinen schmerzenden Nacken.

Vor einiger Zeit hatte er das Buch *Masse und Macht* von Elias Canetti gelesen, weil er glaubte, darin ginge es um die Manipulation des Volkswillens. Das hatte sich als völlig falsch erwiesen, aber es gehörte zu Markos Persönlichkeit, dass er alles abschloss, was er angefangen hatte, und deshalb ackerte er sich durch die 800 Seiten und bekam eine gewisse Belohnung für die Mühe, vor allem im Kapitel »Der Stachel des Befehls«.

Dieses Kapitel war wie für ihn geschrieben, damit er sich selbst und seine Motive besser verstand. Jeder Befehl, den ein Mensch gezwungen wird auszuführen, hinterlässt in diesem Menschen einen Stachel, und die einzige Methode, diesen Stachel wieder loszuwerden, besteht darin, ihn auf einen anderen zu übertragen.

Markos Stachel war in sein Fleisch gedrückt worden, als er an jenem Nachmittag auf Max' Terrasse mit ansehen musste, wie sein Vater vor Max' Vater stand und zu einem Nichts reduziert wurde. Goran war ein Held, der freiwillig den Tod herausgefordert hatte, um andere Menschen zu retten. Dass dieser Mann, den Marko immer noch verehrte, vor einem aufgedunsenen Scheißunternehmer in einem Liegestuhl stehen und mit den Händen ringen musste … das stach und brannte, das bohrte in Marko und trieb ihn all die Jahre voran.

Marko war intelligent, ehrgeizig und charmant, und er hätte wahrscheinlich in jedem Fall Erfolg im Leben gehabt, aber der Stachel, der in seinem Fleisch bohrte, machte ihn dazu noch rücksichtslos. Er scherte sich nur wenig darum, über welche Leichen er gehen musste, als er sich auf seinem Einmann-Kreuzzug zur Ehrenrettung seines Vaters befand.

So viel zum *Warum*. Aber dann kam die Frage, welche Form es bekommen und wie es geschehen sollte. Marko legte sich vorsichtig auf die Bank und sah an die Decke, an die der Dampf wogende Muster malte. Plötzlich sah er es glasklar vor sich, und er setzte sich mit einem Ruck auf, der einen strahlenden Schmerzimpuls durch die Schulterblätter schickte. *Er würde Max' Haus kaufen und es seinen Eltern geben.*

Er duschte, zog sich schnell an und kehrte in seine Dreizimmerwohnung am Stureplan zurück, um zu kontrollieren, wie durchführbar dieses Projekt war. Die Preise für die Villen am Kärleksudden in Norrtälje waren nicht auf Stockholmniveau, aber überraschend hoch. Nachdem er eine Weile in den Objekten herumgeblättert hatte, die in den letzten Jahren verkauft worden waren, kam Marko zu dem Schluss, dass die Villa von Max' Eltern zwischen zwölf und vierzehn Millionen Kronen wert sein dürfte.

Er zoomte auf das Haus in Google Maps, auf dem auch der verhasste »Altan« zu erkennen war, und im tiefsten Inneren wusste er, dass dies *das Ding* war. Seinen eigenen Vater auf dieser Terrasse sitzen und an einem Sliwowitz schlürfen zu sehen, während er auf die Kvisthamrabucht hinaussah, würde den Stachel für immer auslöschen.

Zwölf bis vierzehn Millionen waren nicht unmöglich. Die Hälfte konnte er direkt bezahlen, indem er seine Indexfonds verkaufte, und allein die Ausschüttung seines schwersten Technikfonds konnte die Zinsen und Tilgungen für den Rest decken. Blieb nur das letzte kleine Problem: Wie bringt man sie zum Verkaufen?

Das Einfachste wäre natürlich, ihnen ein Angebot zu machen, das sie nicht ablehnen können, aber wie würde das aussehen? Zwanzig? Fünfundzwanzig? Das war viel, sogar für Marko. Dann blieb die ursprüngliche Bedeutung, wie beim *Paten*. Er hatte gewisse Kontakte aus dem Nachtleben, und ganz prinzipiell hätte er nichts dagegen, sie auf Göran anzusetzen, aber das käme ihm wie ein Scheitern vor. Sieh nur, der Kanake löst seine Probleme mit der Jugo-Mafia. Außerdem würde Goran sich weigern, das Geschenk anzunehmen, wenn er davon erfuhr.

Über eine Maklerfirma ließ Marko eine Anfrage schicken, ohne dass sein eigener Name genannt wurde, und bekam zur Antwort, dass der mögliche Klient nicht die geringsten Pläne hatte, es zu verkaufen. Marko knirschte mit den Zähnen, als er sich vorstellte, wie sich Göran in seinem verdammten Liegestuhl fläzte und den Makler fortwischte wie eine lästige Fliege.

Nein, guter Mann, kommt gar nicht infrage!

Nachdem er ein paar Tage lang mit seiner Wut und Enttäuschung gekämpft hatte, entschied er sich für die zweitbeste Lösung: ein *ähnliches* Haus direkt in der Nähe zu kaufen. Das würde fürs Erste ausreichen, und das Haus, das er eigentlich wollte, konnte er irgendwann in der Zukunft ja immer noch kaufen.

Erst in diesem Moment widmete er Max überhaupt einen ernsthaften Gedanken. Sie waren trotz allem Freunde, und es war nicht hundertprozentig korrekt, einem Freund das Elternhaus wegzuschnappen. Nachdem Marko sich beruhigt hatte, entschied er sich, die Situation so zu nehmen, wie sie war, und es als etwas Positives zu betrachten, dass er Max nicht verletzen musste.

Nachdem er eine Weile im Internet recherchiert hatte, war er auf ein attraktives Objekt gestoßen, das zum Verkauf stand, nur drei Häuser von Max' Villa entfernt. Genauso groß, mit demselben Meerblick und mit einem noch größeren Motherfucker von »Altan«. Marko kehrte zu der Anzeige zurück, studierte das Haus genauer und stieg in die Auktion ein. Sie hatte bei elf Millionen begonnen und lag jetzt bei zwölf Komma zwei. Marko machte kurzen Prozess und warf dreizehn in den Ring.

Ihn überkam ein schwebendes Gefühl, als mit einem Telefonanruf bekräftigt wurde, dass Marko Eigentümer einer zweistöckigen Villa mit 282 Quadratmetern am Strandvägen 13 in Norrtälje sein würde, sobald alle Formalien geklärt wären. Marko ließ den Hörer sinken, ballte die Faust und schrie: »Ich pisse auf deinen Altan, du alter Sack!«

Und der Stachel? Es war schließlich kein wirklicher Stachel und konnte deshalb nicht so einfach erforscht werden, aber im Augenblick hatte er das Gefühl, dass er an den lästigen Busch zurückgekehrt war, von dem er stammte.

2

Trotz Markos Traum von einer glorreichen Wiederkehr zieht niemand die Augenbrauen hoch, als er mit seinem kohlschwarzen Audi A6 vom Stockholmsvägen in den Kreisverkehr einbiegt, und wer sollte das auch tun? Zur linken Hand liegt die nackte, weiße Sichtmauer des Norrteljeportens, zur rechten das Betonfundament der neuen Feuerwache. Die Einfahrt nach Norrtälje ist genauso einladend wie die Empfangshalle eines Leichenhauses.

Lana del Rey heult aus allen elf versenkten Lautsprechern, und Marko trommelt den Takt zu »Summertime Sadness« auf dem lederverkleideten Lenkrad. Er ist nicht besonders begeistert von Lana del Rey, aber der tiefe, anschmeichelnde Sound im gut isolierten Innenraum der Limousine trägt dazu bei, dass sich alles *smooth* anfühlt.

Er trägt beige Chinos und ein weinrotes Hemd von Sand. Die beiden obersten Knöpfe stehen offen, aber es spannt trotzdem über dem Brustkorb, der beim Stemmen einhundertsechzig schafft. Er ist in perfekter körperlicher Verfassung, aber trotzdem sitzt er in einer unnatürlichen Stellung, weil er den Hintern zusammenkneift, um sich nicht in die Hose zu scheißen.

Die Situation ist kritisch. Als Marko zwischen Dogger und Circle K hindurchfährt, sticht es so heftig im Bauch, dass er die Nägel in das Leder am Lenkrad bohrt und sich wie ein Bogen spannt, um die Katastrophe abzuwehren. Beim nächsten Schub wird es vorbei sein.

Er blinkt nach rechts, ignoriert die Ampel, die auf Rot gesprungen ist, kreuzt lebensgefährlich zwischen anderen Autos hindurch auf dem Parkplatz von ICA Flygfyren hindurch und stellt sich schließlich auf einen Behindertenparkplatz ganz nahe am Eingang. Mal gebückt, mal hoppelnd schafft er es durch die Drehtür, kommt am Tabaktresen vorbei und stellt erleichtert fest, dass eine der Toiletten noch unbesetzt ist.

Der Durchfall spritzt bis auf die Schenkel, und er braucht eine ganze Weile, um sich mit aufgeweichtem Papier den Hintern abzuwischen. Er sieht auf die Patek-Philippe-Uhr, setzt sich schließlich auf den Toilettendeckel und senkt das Gesicht in die Hände.

Yeah! Wario wins!

Marko trägt noch genug von seiner katholischen Erziehung in sich, um den Gedanken zu streifen, dies sei Gottes Strafe für die Anmaßung, wie Jesus auf dem Esel einzureiten, aber im Grunde schiebt er es auf seine Nervosität. Marko ist wirklich gut darin, jede Unsicherheit zu ignorieren.

Wenn aber allzu viele Unsicherheitsmomente ignoriert werden, gerät er an einen Punkt, an dem sich alles zusammenballt und sich als somatische Beschwerden äußert. Er bekommt Migräne oder die Verdauung spielt verrückt. Einmal ist er sogar in Ohnmacht gefallen. Das war in einer besonders hektischen Phase auf der Arbeit, in der er viele schwere Entscheidungen treffen musste. Er war in der vierzehnten Arbeitsstunde des Tages und wollte aufstehen, um sich einen Kaffee zu holen, als er plötzlich auf dem Boden lag. Glücklicherweise war es spät am Abend und er war allein im Büro. Aber jetzt kommt der springende Punkt: Marko lag noch eine Weile auf dem Boden und betrachtete die Neonröhren an der Decke. Als er aufstand, war er wiederhergestellt. Die Unruhe hatte ihren Preis bekommen. Jetzt konnte er weitermachen.

Ganz so fühlt es sich nicht an, als er mit dem Gesicht in den Händen auf der stinkenden Toilette sitzt. Das Problem ist, dass er nicht weiß, *warum* er nervös ist. Er kommt wirklich wie ein Sieger in seinem Audi nach Hause, wird Max und Johan sehen und die Traumhütte begutachten, die er für seine Eltern gekauft hat. Warum fühlt er sich dann nicht wie ein Sieger?

Es muss an dieser Stadt liegen. In Stockholm schwebt er genauso selbstsicher durch das SATS-Studio wie durch die Klubs am Stureplan. Die ganze Stadt liegt ihm offen. So ist es nicht mit Norrtälje. Norrtälje liegt verschlossen da, blinzelt ihn mürrisch an und erinnert sich an den Jungen, der nachmittags auf den Silo geklettert ist, um etwas Großartiges aus seiner schäbigen Einsamkeit zu machen. Mach mir ja nichts vor.

Marko steht auf und betrachtet sich im Spiegel, fährt sich mit der Hand durch das Haar und rückt seinen Hemdkragen zurecht. Er lächelt sich selbst an und bekommt das Lächeln nicht hin, das ihm in so vielen Zusammenhängen geholfen hat. Er versucht es noch einmal, und jetzt geht es besser. *Let's do this.*

3

Wie zwei ungezogene Kinder auf der Jagd nach dem besten Apfelbaum, von dem man stehlen kann, spähen Max und Johan durch die Eisenstangen des Gittertors vor dem Haus, das Marko gekauft hat. Das Tor ist nicht abgeschlossen, aber sie wollen den Ereignissen nicht vorgreifen, es ist schließlich Markos Show.

»Was meinst du, wie viel könnte es gekostet haben?«, fragt Johan.

»Weiß nicht. Zwölf vielleicht?«

Johan pfeift. »Mann, er hat es echt geschafft. Könntest du nicht auch … du weißt schon?«

»Nee, was denn?«

»Du solltest doch wie er sein, im Prinzip. Das war doch der Plan, oder? Bevor es schiefging?«

»Ich wäre bestimmt nie wie Marko geworden. Auch sonst nicht.«

»Warum?«

»Ich hatte nicht denselben … Ich war nicht so unglücklich wie er.«

Johan zieht den Kopf zurück, sodass der Ansatz eines Doppelkinns hervortritt. »Wie? War Marko unglücklich?«

»Ja, das weißt du doch. Da kommt er.«

Der Audi gleitet so gut wie lautlos den Gustav Adolfs Väg herunter. Hinter dem Steuer sitzt Marko mit einer Sonnenbrille, die so schwarz ist wie das Fahrzeug, das er steuert. Als er sich nähert, lässt er die Seitenscheibe herunter und zeigt auf das Tor. »Könnt ihr es aufmachen?«

»Ja, ja. Wir wünschen dir auch einen guten Tag«, murmelt Johan und drückt die Klinke hinunter. Er und Max öffnen jeweils einen Flügel, und als der Audi auf den Kiesweg gleitet, machen sie höfische Gesten, als würden sie eine königliche Hoheit in seiner Residenz begrüßen. Das Auto hält an und Marko aalt sich heraus. Seine Körperform ist eher auf einen Ringkampf mit Berggorillas abgestimmt als auf das Aussteigen aus einem Autositz.

Max geht auf ihn zu und sie begegnen sich mit ausgebreiteten Armen. Als Marko ihn umarmt, keucht Max nur: »Bring mich nicht um!« Marko grinst, löst den Griff und legt die Hände auf Max' Schultern, packt fest zu.

»Du bist aber auch ganz gut dabei, wenn ich das richtig spüre. Viel zu tun auf der Arbeit, was?«

Marko lässt seinen Blick zu Johan wandern, der mit den Händen auf dem Rücken ein paar Meter entfernt steht. »Was stehst du da so rum? Komm her!«

»Komm doch selbst.«

Marko wirft Max einen Blick zu, zuckt mit den Schultern und geht zu Johan, wo er einen Augenblick zögert, als wäre Johan ein Gewicht, das er heben müsste. Marko breitet die Arme aus. »Was ist?«

»Nichts.«

»Warum stehst du denn da so rum? Hallo, ich bins, Marko. Erinnerst du dich?«

»Doch, vage.« Johan löst den Griff seiner Hände. »Ist es so besser?«

»Gut genug. Komm her.« Marko kommt auf ihn zu, und Johan verschwindet fast in seiner Umarmung, während er mit den Händen tollpatschig Markos Rücken tätschelt.

»Okay«, sagt Marko, lockert seinen Griff und reibt sich die Hände. »Sollen wir uns mal die Bruchbude ansehen, die ich gekauft habe?«

Die Bruchbude stellt sich als grundsolides Bauwerk aus den Sechzigerjahren heraus. Manche Details und Lösungen erinnern Max an das Haus seiner Eltern, und es ist nicht unwahrscheinlich, dass derselbe Architekt hinter den Plänen steht.

Marko geht durch die leeren Räume und beschreibt alles, was er verändern möchte. Die Küche soll herausgerissen und modernisiert werden, die schlichten Eigenheimfenster zur Kvisthamrabucht werden durch eine Glaswand ersetzt, der Linoleumfußboden mit Eichenparkett usw. Markos Homestylinglitanei hat etwas Manisches, und Max sieht ihn besorgt an.

Schon während der Jahre, die sie gemeinsam auf der Handelshochschule studierten, setzte bei Marko eine Veränderung ein. In der Schule galt sein Wettbewerbsinstinkt vor allem dem Ziel, besser zu sein als Max, und weil Max als der schlaueste Kopf in der Klasse galt, musste Marko sich bis zum Äußersten anstrengen. Obwohl Marko den Wettbewerb mit blutigem Ernst betrieb, gab es ein spielerisches Element, das über Umwege dazu führte, dass sie Freunde wurden. Es gab ja nur sie beide oben an der Spitze.

Marko war mit den besten Noten durch die Oberstufe gesegelt, obwohl es keinen Max mehr als Konkurrenten gab, aber als sie sich an der Handelshochschule wiederbegegneten, befand er sich im Wettbewerb mit allen anderen, und man kann über die Handelshochschule sagen, was man will, aber es sind keine Dummköpfe, die es bis dahin schaffen. Marko musste bis zur Belastungsgrenze gehen. Er hatte ständig dunkle Ringe unter den Augen, entwickelte Tics an den Augenlidern und eine Tendenz, am rechten Ohrläppchen zu fummeln. Wenn man sich mit ihm unterhielt, konnte sein Blick glasig werden, und man merkte, dass er sich eigentlich ganz woanders befand.

Die drei Jugendfreunde haben sich nur wenige Male getroffen, seit Marko die Handelshochschule verlassen und angefangen hat zu arbeiten, aber Max hat jedes Mal das Gefühl, dass er stabiler geworden sei, beinahe wie ein normaler Mensch, nicht ständig auf Hochspannung und mit einer gewissen Fähigkeit, auch Ruhepausen einzubauen. Heute bringt ihn allerdings irgendetwas dazu, etliche seiner alten Eigenheiten wieder zu zeigen.

»Scheiß die Wand an!«

Johan hat die Tür zur Terrasse geöffnet und ist nach draußen gegangen. Max und Marko folgen ihm. Die Terrasse ist ungelogen so groß wie ein Tennisplatz, man kann sich gar nicht vorstellen, wie die früheren Besitzer diesen Freiraum genutzt haben, der in Abwesenheit von Möbeln und anderen Einrichtungsgegenständen absurd groß wirkt.

»Jetzt mal ernsthaft«, sagt Max und lässt seinen Blick über die gut geölten Bretter gleiten. »Wofür haben die das gebraucht?«

»Für einen Pool«, sagt Marko. »Sie wollten einen Pool bauen, aber dann konnten sie es sich nicht mehr leisten. Also werde ich ihn jetzt bauen.«

»Du willst einen Pool bauen?«

»Mhm. Dann können Mama und Papa auf ihren Luftmatratzen darauf herumtreiben und chillen.«

»Wollen sie das denn?«

»Was meinst du?«

»Hast du sie gefragt? Wie sie es haben wollen?«

Marko fummelt am rechten Ohrläppchen und sieht auf die Kvisthamrabucht hinaus, als er antwortet: »Sie wissen noch gar nichts.«

»Was, du hast ihnen dieses Haus gekauft … und nichts davon erzählt?«

»Genau.«

Max sieht Johan an, der wegsieht. Max hat keine Ahnung, worin sein Problem besteht, warum er ihm so ausweicht. Geht es einfach nur darum, dass Marko ihn nicht angerufen hat? Marko macht ein paar Schritte auf ihn zu und sagt: »Ich will es erst fertig haben, weißt du? Damit es perfekt ist. Dann werden sie es sehen.«

Beinahe hat es etwas Bedrohliches, wie Marko sich vor ihm aufbaut, und Max beginnt sich unwohl zu fühlen. Er macht einen Schritt zur Seite, schaut auf den riesigen Dielenboden und fühlt sich noch unwohler. Er hebt den Blick und sieht auf die Bucht, und die Sonne, die sich auf dem Wasser spiegelt, sticht in seinen Augen, bevor die ganze Wasseroberfläche zu schwanken beginnt.

Nein … nein …

Ein kreischendes Quietschen von rohem Metall, heraus quillt eine schwarze Flut, keuchende Atemzüge und ein Kampf ums Überleben, Schreie werden laut und verzerrte Gesichter tauchen aus dem Schatten auf, es ist das reine Grauen, konzentriert in einem gelben Quader.

Der Container ist geöffnet worden.

Komm, Armageddon

1

Während der knappen Woche, die vergangen ist, seit der Container aufgefunden wurde, hat die Kommunalverwaltung von Norrtälje mit Unterstützung des Bootsklubs und des Bauunternehmens SBAB neue Rekorde gebrochen, was Ineffektivität und Verantwortungsvermeidung betrifft.

Die Haltung der Stadtverwaltung angesichts des Containers ähnelte dem Vorfall mit der kaputten Ampel am Vätövägen, die selbst nach drei Reparaturversuchen noch nicht wieder funktionstüchtig war. Der Verantwortliche hatte daraufhin in der *Norrtelje Tidning* behauptet, dass die kaputte Ampel eigentlich ganz gut sei, weil die Leute dann vorsichtiger führen. Das Ganze endete damit, dass einer dieser vorsichtigen Fahrer mit der Ampel selbst zusammenstieß.

Auf dieselbe Art hatte sich der Hafenmeister geäußert, der es gut fand, dass der Container dort stand, wo er stand, weil dessen Eigentümer dann genügend Zeit bleibe, wieder vorbeizukommen und ihn abzuholen. Als wäre ein Container etwas, das man einfach verlor wie einen Handschuh auf dem Spaziergang, und nicht etwas, von dem man sich willentlich trennte, aus welchem Grund auch immer.

Während die Angelegenheit zwischen den Instanzen hin und her geschoben wurde, deren Entscheidungsträger oft beim Mittagessen, im Urlaub oder schlicht unantreffbar waren, wuchs das Interesse der Öffentlichkeit an dem Gegenstand, der an und für sich nicht besonders mystisch war, nur ein gelber Container, der aber wie aus einer Laune Gottes heraus im Hafen aufgetaucht war.

Es wurde am Arbeitsplatz, in Pausenräumen und der *Norrtelje Tidning* munter über seinen Inhalt spekuliert. Höchstwahrscheinlich Schmuggelware oder Giftmüll. Jemand brachte die Theorie auf, dass es Flüchtlinge sein könnten, aber sie wurde als haltlos abgetan, da man es ja immerhin geschafft hatte, das Innenleben des Containers mit einem elektronischen Stethoskop abzuhören, ohne dabei den geringsten Laut zu registrieren. Da also kein akuter Rettungseinsatz vonnöten war, konnten die bürokratischen Mühlen ungestört mahlen.

Während der ganzen Zeit hielten sich tagsüber immer einige Neugierige in der Nähe des Containers auf, und ein Spaßvogel hatte eines Nachts auf dessen schmale Seite gesprüht: »STEHEN LASSEN!« Ein junger Mann war mit einer Feile auf das Vorhängeschloss losgegangen, wurde aber von den Umstehenden aufgehalten, weil man »ja nie wissen kann, was für ein Mist da drinsteckt«.

Ja, je mehr Tage vergingen, desto stärker wuchs der Verdacht in der Bevölkerung, dass die Stadt vielleicht etwas verbergen wollte. Es war ja vollkommen unplausibel, dass man die einfache Frage nicht klären konnte, wem ein Stückchen Land gehörte, da musste noch etwas anderes im Spiel sein, und die Theorien drehten sich immer häufiger um radioaktiven Abfall.

Es kam so weit, dass sich die Stadt schließlich gezwungen sah, einen Geigerzähler zu beschaffen mitsamt einer Person, die damit umgehen konnte, die in Begleitung einer Journalistin der *Norrtelje Tidning* Messungen am Container durchführte und feststellte, dass nicht mehr als natürliche Spuren von Radioaktivität erfasst werden konnten. Die Spekulationen mussten sich eine andere Richtung suchen, aber suspekt war es schon, wirklich suspekt.

Am Ende kam man zu einer Entscheidung, die sich in ihrer Verwirrtheit geradezu am Rande der Großartigkeit bewegte. Als alles darauf hindeutete, dass das Stück Land dem Bootsklub gehörte, durfte die Baugesellschaft es von ihnen für zehn Jahre pachten, worauf die Kommune die zehn Quadratmeter, auf denen der Container stand, wiederum von ihnen für ein Jahr zu einem Preis von dreißigtausend Kronen leaste und darüber hinaus die volle Verantwortung für den Inhalt des Containers übernahm.

Wenn sich der rechtmäßige Eigentümer nicht meldete oder mithilfe des Inhalts aufgespürt werden konnte, war der Container mitsamt seinem Inhalt nun im Besitz der Stadt. Die Entscheidung wurde mit Kaffee und Kuchen im Rathaus gefeiert, und auch dort nahmen die Spekulationen Fahrt auf, welche Art von Katze man wohl in diesem Sack gekauft habe. Es könnte ja auch etwas Wertvolles sein, vielleicht Hunderte von Laptops oder Tausende von Handys, und was sollte man in diesem Fall damit anfangen?

Die eher realistisch Veranlagten wiesen darauf hin, dass man am ehesten mit gestohlenen Bootsmotoren rechnen sollte. Etliche Bürgerinnen und Bürger seien im Laufe des Sommers ihre Außenborder losgeworden, und wenn die Stadt sie ihnen zurückgeben könnte, wäre das ja keine schlechte Werbeaktion für die rot-grüne Koalition. Man stieß mit Kaffee darauf an. Auf dass es die Außenborder werden. Am folgenden Tag würde man dafür sorgen, dass der Container geöffnet wurde.

2

Unten im Hafen herrscht geradezu ein kleines Volksfest, nicht zuletzt, da die Öffnung zufällig auf einen Samstag fällt. Niemand weiß, wie die Öffentlichkeit davon erfahren hat, man hat jedenfalls keine Annonce in die Zeitung gesetzt. Jemand aus der Kommunalverwaltung hat wohl jemand anderem Bescheid gesagt, der es wiederum an andere weitergegeben hat, usw. Norrtälje ist eine kleine Stadt, und Gerüchte verbreiten sich schnell.

Es ist ein ungemütlicher Herbsttag, und ein Nieselregen, der so fein ist, dass er wie Nebel aussieht, benässt die Haare und Kleidung der Versammelten, die in der kalten Meeresbrise von Osten bibbern. Etliche haben Thermoskannen mit Kaffee mitgebracht, einige sind sogar so weit gegangen, sich Klappstühle mitzubringen. Das große Gesprächsthema, abgesehen vom Container, ist die Umgestaltung des Hafens, der seltsam aussieht, seit die großen Silos verschwunden sind. Für die meisten ist es das erste Mal, dass sie das Hafengebiet aus dieser Perspektive betrachten, ohne dass das Bild von den für Norrtälje so charakteristischen Kolossen dominiert wird.

Mit einem nostalgischen Tonfall unterhält man sich über die Silos. Seit man sich erinnern kann, türmten sie sich hinter dem Restaurantschiff S/S Norrtälje auf, leer, unbrauchbar und im Verfall, aber trotzdem ein verdammtes Wahrzeichen, das bestätigte: Jetzt und hier war man in Norrtälje. Manche sahen bekümmert mit an, wie sie von oben nach unten abgebaut wurden, um Platz für die neue Hafenstadt zu schaffen. Etwas ging verloren. Eine Epoche war vorbei.

Die Gespräche kehren zurück zu dem Container, der selbst bei dem bedeckten Wetter so gelb leuchtet, als stünde eine Sonne über ihm. Man scherzt über die Trägheit der Verwaltung, wie das abgebrannte Restaurant auf Fejan nicht wiederaufgebaut werden konnte, weil es Schwierigkeiten bei der Genehmigung gab, wie das Glasfasernetz in bestimmten Bereichen der Stadt immer noch nicht verlegt ist, obwohl man seit vielen Jahren daran arbeitet, und von der Erneuerung der Wasserversorgung will man gar nicht reden. Niemand hätte sich gewundert, wenn der Container immer noch dort stehen würde, wo er steht, wenn die Hafenstadt schon fertig ist.

Jetzt soll er allerdings geöffnet werden. Bei der Spannung, die sich um den rätselhaften Kasten im Laufe einer Woche aufgebaut hat, wäre es wahrscheinlich zum Volksaufstand gekommen, wenn die Öffnung nicht für heute angekündigt worden wäre. Eier an den Fenstern der Kommunalverwaltung, solche Dinge eben.

Keine Sorge. Fünf Minuten vor der angekündigten Zeit trifft ein Kleintransporter von Janssons Klempnerei ein, mit der Aufschrift »Wir verbiegen uns für Sie«. Ein Mann in Warnschutzkleidung steigt aus, wirft einen Blick auf die Menschenmenge, schüttelt den Kopf, öffnet die Heckklappe und holt den größten Winkelschleifer heraus, den die meisten der Anwesenden je gesehen haben, mit einer Trennscheibe von der Größe einer Langspielplatte. Der Mann trägt sein Werkzeug auf die Menschenmenge zu, die sich respektvoll teilt. Er stellt den Winkelschleifer vor dem Container ab und zieht ein Verlängerungskabel zu einem der Stromverteiler des Bauunternehmens.

Erst jetzt scheint dem Mann bewusst zu werden, dass er im Zentrum der allgemeinen Aufmerksamkeit steht, dass er vielleicht etwas sagen sollte, bevor die Vorstellung beginnt, aber das Einzige, was er herausbringt, richtet sich an diejenigen, die am nächsten stehen: »Machen Sie Platz! Da fliegen Funken und Dreck!«

Als die Angesprochenen sich auf einen angemessenen Sicherheitsabstand zurückgezogen haben, brummelt der Mann etwas Unvorteilhaftes über die Norrtäljer, setzt sich die Schweißerbrille und den Gehörschutz auf und legt los.

Der Bügel des Vorhängeschlosses ist so dick wie ein Daumen, und die Funken spritzen auf den Boden, während ein ohrenbetäubender, gellender Schrei in den Himmel steigt. Manche halten sich die Ohren zu und schließen die Augen, während andere wie betäubt dastehen und die Vorführung menschlicher Zerstörungsfähigkeit betrachten. Nach einer Minute ist das Schloss durchgesägt und plumpst zu Boden. Der Mann stellt die Maschine aus und kickt den glühend heißen Bügel über die Kaikante, hinter der er mit einem Zischen verschwindet.

»Jetzt sind wir aber neugierig, was?«, ruft der Mann, der die Situation inzwischen unterhaltsam zu finden scheint, und er wedelt mit den Händen wie ein Zauberkünstler, bevor er nach dem befreiten Riegel greift. Der Trick misslingt. Der Riegel ist massiv und sitzt felsenfest, sodass der Mann ihn nur wenige Zentimeter bewegen kann, bevor er mit einem laut hallenden Knall zurückfällt. Der Mann tritt gegen den Container und flucht: »Was für ein Scheißding!«

»Brauchst du ein bisschen Hilfe, Tompa?«

Ein weiterer Mann in Warnschutzkleidung löst sich aus der Menschenmenge und schlendert auf Tompa zu, der irgendetwas brummelt und zur Seite geht, um Platz für den Neuankömmling zu schaffen. Der Zauberkünstler hat seinen Assistenten bekommen. Mit vereinten Kräften und vor Anstrengung rot angelaufenen Gesichtern können sie den Riegel zur Seite schieben, und die Türen klappen mit einem saugenden Geräusch auf.

Sowohl Tompa als auch sein Gehilfe reißen die Hände hoch, um sich Mund und Nase zu bedecken, und es dauert nur eine Sekunde, bevor der Ostwind es über die Menschenmenge treibt und sämtliche Hände ihre Bewegungen imitieren.

Der Gestank ist unbeschreiblich. Der ganze Kai wird in eine Wolke aus Verwesung, Exkrementen und Tod gehüllt. Ein paar Leute laufen zur Kaikante, um sich ins Wasser zu übergeben, manche erbrechen sich dort, wo sie stehen, während andere sich die Hände fest auf den Mund drücken und es zurückhalten können.

Nach dem Gestank kommt die Flüssigkeit, eine braunschwarze, dünnflüssige Brühe rinnt aus dem Container und plätschert auf das Pflaster des Kais, füllt Ritzen und Löcher und bewegt sich zur Kante, wo es überläuft und sie sich mit dem Wasser der Hafeneinfahrt vermischt.

Obwohl Tompa und der andere Mann sich am nächsten an der Quelle des Gestanks befinden, konnten sie das Erbrechen unterdrücken. Panisch starren sie in den Container. Tompa macht eine Geste mit der rechten Hand, er will irgendetwas anzeigen, aber die Hand erlahmt und fällt herunter. Er sieht den anderen Mann an und sie fassen einen stummen Beschluss. Tompa nimmt nicht einmal seinen Winkelschleifer mit, als sie sich von dem Container entfernen.

»Was war das? Was war da drin?«, fragt jemand aus der Menschenmenge mit erstickter Stimme.

Tompa sieht nach oben. In seinen Augen stehen Tränen. Er öffnet den Mund, um eine Antwort zu geben, aber dann verzieht er sich zu einer Grimasse. Er schluchzt und läuft zur Kaikante, von der er sich ins Wasser übergibt. Er erbricht sich noch einmal, als er sieht, wie sich sein gelber Mageninhalt mit der schmutzigen Flüssigkeit aus dem Container vermengt, die immer noch weiter rinnt.

ÜBER SCHWARZEN WASSERN 1

Wir sitzen in der Dunkelheit und warten. Die einzigen Gespräche, die geführt werden, finden flüsternd statt, den Mund am Ohr des anderen. Vor ein paar Stunden machte ich den Fehler, mit dem Display des Handys herumzuleuchten, in das ich gerade hineinspreche. Erschreckende Gesichter traten aus der Dunkelheit hervor. Hohläugig, ausgemergelt, verzweifelt. Als säße ich hier mit einer Armee Gespenster. Wir hätten vor langer Zeit in Trelleborg landen sollen, aber die Bewegungen des Containers deuten darauf hin, dass wir uns immer noch auf See befinden. Die Luft im Inneren ist verbraucht, und die Luftlöcher in der Decke lassen nicht genug Sauerstoff herein. Manchmal setzt sich einer auf die Schultern eines anderen, um mit dem Mund eines der Löcher zu erreichen und für einen kurzen Augenblick frische Luft zu atmen. Dann tauschen sie die Plätze. Abgesehen von dem Aufscheinen des einen oder anderen Displays sitzen wir in vollkommener Dunkelheit. Wir haben nichts zu essen oder zu trinken bekommen, seit die Türen vor zwei Tagen geschlossen wurden. Wir haben uns die Vorräte geteilt, die es noch gab, aber sie gehen langsam zur Neige. Manche behaupten, dass gewisse andere Nahrung und Wasser verstecken. Es verläuft in Wellen. Eine Welle des Zorns, wenn behauptet wird, dass jemand etwas weggenommen hat, das eigentlich allen gehören sollte. Eine Welle der Hoffnung, wenn ein Geräusch oder eine Bewegung darauf hindeutet, dass wir unser Ziel erreicht haben. Oder so wie jetzt: eine Welle der Apathie, in der alle regungslos herumsitzen und in die Dunkelheit starren. Man könnte verrückt werden. Ich hoffe, dass niemand verrückt wird. Es gibt keinen Platz für so etwas. Wir sind achtundzwanzig Menschen in diesem Raum. Vierzehn Männer, acht Frauen und sechs Kinder. Gott helfe uns allen.

Die, von denen ich herkomme

1

Marko kann gerade so Max auffangen, der haltlos zu Boden stürzt. Es zittert und zuckt in Max' Körper, und Marko wirft Johan einen erschrockenen Blick zu. »Was soll ich tun?«

»Leg ihn hin. Vorsichtig.«

Marko lässt Max langsam nach hinten kippen, bis er ausgestreckt auf den Dielen der Terrasse liegt. Seine Augen sind blind, aber die Zuckungen nehmen ab. Nur seine Hände flattern herum wie Flundern, die man an Land geworfen hat. Marko und Johan knien auf beiden Seiten neben ihm.

»Das ist das zweite Mal, dass ich es sehe«, sagt Marko. »Das erste Mal war auf dem Silo, erinnerst du dich?«

»Wie könnte ich mich *nicht* erinnern? Du hast sein Leben gerettet und ich habe abgememmt.«

Marko schüttelt den Kopf. »Du bist zu hart zu dir selbst.«

»Das ist einfach Faktum.«

»Dann suchst du dir zu harte Fakten zum Erinnern aus.«

Max' Hände fahren hoch, und er reibt sich das Gesicht und sieht sich verwirrt um. »Was ist passiert?«

»Du hast einen Golfball an den Kopf bekommen«, sagt Johan. »Was glaubst du denn? Was hast du gesehen?«

Max stemmt sich in eine sitzende Position hoch. Er sieht zur Kvisthamrabucht hinunter und bekommt einen gequälten Gesichtsausdruck. »Dieser Container. Er ist voller Leichen. Jede Menge Leichen. Männer, Frauen, Kinder, sie sind … verwest.«

Marko und Johan sehen einander an. Vielleicht ist es nur eine Einbildung, aber sie meinen, den Geruch von Verwesung in der Luft wahrzunehmen.

»Geflüchtete?«, fragt Marko.

»Ich weiß nicht. Es war dunkel darin, ich sah nur ... ich spürte ...« Max legt sich die Hände vor das Gesicht und seine Schultern zittern. Durch die Finger flüstert er: »Es war schrecklich.«

Marko und Johan legen ihre Hände auf Max' Schultern, und nach einer Weile hört das Zittern auf. Max atmet tief und bebend ein, nimmt die Hände vom Gesicht und sagt: »Da *rann* etwas. Aus dem Container heraus. Etwas Dunkles.«

»Das waren wohl Körperflüssigkeiten«, sagt Marko. »Stell dir vor, eingesperrt da drin zu sitzen, bis ... vielleicht mit deiner Familie, und zuzusehen, wie sie ...« Markos Blick verliert sich in der Ferne und vielleicht hat ihn eine Erinnerung an die Flucht der eigenen Familie gepackt.

»Ja«, sagt Max. »Aber da war auch etwas anderes. Das rann. Ich weiß nicht, wie ich es ausdrücken soll. Etwas ... Metaphysisches.«

»Metaphysisch?«, fragt Johan vorsichtig. »Wie kann denn etwas Metaphysisches rinnen? Das ist doch irgendwie nur ein ... Begriff?«

»Ich weiß nicht. Ich verstehe es selbst nicht. Aber das habe ich gesehen. Etwas rann aus dem Container und es roch schrecklich und bestimmt waren es Körperflüssigkeiten. Aber gleichzeitig war es auch etwas anderes.«

Männer, Frauen und Kinder. Sie sind verwest.

In den Zeitungen kann man täglich von Menschen lesen, die im Mittelmeer ertrinken, um dann irgendwo in Europa an Land gespült zu werden, identifizierbar oder bis zur Unkenntlichkeit aufgequollen. So etwas steht in der Zeitung. Rein theoretisch könnten es auch *fake news* sein, etwas, das nie passiert ist. Anders ist es mit diesem Container, hier, vor ihrer Haustür, in Norrtälje.

Johan bricht das Schweigen und sagt zu Max: »Eine Sache begreife ich nicht: Warum hast du das gesehen? Wenn sie schon tot sind und es auch schon länger waren? Du siehst doch sonst immer nur Dinge, die ... bald eintreffen? Aber das ist doch schon passiert.«

»Ich weiß es nicht«, sagt Max. »Ich verstehe es auch nicht. Vielleicht ist es … eine Folge. Eine Konsequenz davon. Aber ich weiß es nicht.«

»Verdammt«, sagt Marko und steht auf. »Ich muss ein Glas Wasser trinken. Sonst noch jemand?«

Die anderen schütteln den Kopf. Johan sieht Markos breiten Rücken durch die Terrassentür verschwinden, und die Erinnerung an ein fast identisches Bild taucht auf: ein dreizehn Jahre alter Johan …

2

… Marko durch die Tür folgte, während Max mit seinem Vater auf der Terrasse blieb. Vater und Tochter Kovac hatten sich bereits die Schuhe angezogen.

»Verdammt, Marko«, flüsterte Johan. »Echt gediegen.«

»Gediegen?«

»Ja, als du dich auf der Terrasse so verneigt hast. Gediegen.«

»Gediegen ist nicht das richtige Wort.«

Ohne zu erklären, welches Wort das richtige war, schnürte Marko sorgfältig seine weißen Turnschuhe zu. Johan sah unauffällig zu ihm hinüber, als er mit den Fingern einen schnellen Doppelknoten machte. Er war mächtig beeindruckt davon, wie Marko die Situation gemeistert hatte, wie er durch übertriebene Untertänigkeit das Schamgefühl auf den Absender zurückwarf. Johan hatte vorher noch nie über den Begriff *Würde* nachgedacht, weil er niemanden kannte, der eine solche besaß. Jetzt tat er es.

Er wusste, dass seine Loyalität bei Max liegen sollte, seinem ältesten und besten Freund, der von Marko so überfahren worden war, aber er konnte sie jetzt nicht empfinden, und das verwirrte ihn. Erst als er in Gesellschaft der Familie Kovac das Haus verlassen hatte und draußen auf der Straße stand, begriff er: Hier gingen sie in versammelter Mannschaft zurück nach Hause *in den Slum*, während Max weiter mit dem Meerblick im Rücken auf seinem protzigen *Altan* saß. Noch ein Begriff, über den Johan nie nachgedacht hatte: *Klasse*. Klar waren Max und er beste Freunde, aber wenn es drauf ankam, würde Johans Loyalität vielleicht doch woanders liegen. Bei seinen Leuten.

»Woran denkst du?«

Johan war ganz versunken in diese neuen Überlegungen und hatte kaum bemerkt, dass sie schon ein paar Hundert Meter von Max' Haus entfernt waren, und Markos Frage kam wie aus dem Nichts.

»Daran, wie wir … irgendwie … zusammengehören.«

»Du meinst … im Verhältnis zu Max? Sagt man das so? ›Im Verhältnis zu‹?«

»Ja. Und ja, ungefähr so.«

Johan hätte das Thema gerne noch ein bisschen vertieft, ließ es aber lieber sein. Er wollte mit der Familie Kovac und vor allem mit Marko zusammengehören, aber das war ja nichts, was er *sagen* konnte. Maria wurde langsamer, bis sie neben ihm landete, und fragte: »Kannst du Schach?«

»Ich kann die Regeln, ja.«

»Willst du mit mir spielen?«

Johan warf Marko einen fragenden Blick zu, der mit den Schultern zuckte und sagte: »Ich warne dich. Sie ist sehr viel schlauer, als sie aussieht. Besonders im Schach.«

»*Beim* Schach, heißt es«, sagte Maria. »Und du bist sehr viel dümmer, als du aussiehst, obwohl du dumm aussiehst.«

»Wie heißt es denn jetzt?«, fragte Marko. »Beim oder im, oder … mit?«

»Ich weiß nicht«, sagte Johan. »Vielleicht kann man alles sagen, aber *beim* passt wohl am besten.«

Maria klatschte in die Hände und drehte eine Pirouette, bevor sie sich wieder an Johan wandte. »Wollen wir spielen, wenn wir wieder zu Hause sind?« Marko sagte etwas Mahnendes auf Bosnisch zu Maria. Sie schüttelte den Kopf und zeigte auf Johan. »Er *will* doch! Klar willst du, oder?«

»Sicher, aber ich weiß ja nicht, wann es für euch am besten passt.«

»Komm heute Abend«, sagte Marko. »Nach sechs. Du wirst richtig Haue bekommen.«

Marias eifriges Nicken bekräftigte, dass dies der Fall sein würde. Sie gingen weiter nach Hause in ihren Slum. Johan schielte verstohlen auf die Familie, in deren Mitte er ging, ließ ihre Anwesenheit und seine eigene auf sich wirken. Er musste sich anstrengen, um nicht in Tränen auszubrechen.

Nachdem Johan festgestellt hatte, dass seine Mutter immer noch zwischen der Schmutzwäsche schlief, mischte er sich ein Glas O'boy-Kakao mit Milch, die nur einen Tag überfällig war, und ging zum Hügel.

Mit den Händen in den Taschen streunte er durch das Kieferwäldchen, an den Bänken vorbei und durch die Büsche, in denen Max und er einen großen Teil ihrer Kindheit verbracht hatten. Er erinnerte sich an verschiedene Spiele, an Dinge, die sie in diesem begrenzten Raum erlebt hatten, in diesem Gebiet, das eine Zeit lang ihre Welt gewesen war. Er wusste es selbst nicht, aber in einer gewissen Weise ging er dort herum und sagte Auf Wiedersehen.

Immer und immer wieder kam das Bild, wie Marko sich vor Max verbeugt, und die Erinnerung daran, wie sich in Johan etwas geöffnet hatte, was sich zuerst nach wilder Freude anfühlte, bis es sich wieder so eng zusammenzog, dass ihm das Atmen schwer wurde.

Marko

Sein Kinder-von-Bullerbü-Kommentar war ein möglicherweise fehlgerichteter Versuch gewesen, um die Sympathie der Familie Kovac zu betteln, aber als er seine Motive jetzt genauer betrachtete, begriff er, dass er vor allem von Marko gemocht werden wollte. Die anderen waren nett und er wollte gerne zu ihnen gehören, aber zu niemandem so sehr wie zu Marko.

Es würde ein paar Jahre dauern und viel Frustration und Verwirrung mit sich bringen, bis Johan es einsehen und sich selbst auch eingestehen würde: Er war verliebt.

3

Genau wie Marko es vorhergesagt hatte, war Goran kompetent, und nach der Probezeit bekam er eine feste Anstellung. Innerhalb eines Jahres war er auf gleichem Fuß wie die anderen Bauarbeiter und bekam immer komplexere Aufgaben anvertraut, je besser sein Schwedisch wurde, auch wenn es nie so *supergut* wurde, wie Maria es vorhergesagt hatte. Laura bekam eine Anstellung als Pflegehelferin im Krankenhaus, und nach einem Jahr war ihr Schwedisch fast auf demselben Niveau wie bei ihren Kindern. Das Leben der Familie Kovac kam in ruhigeres Fahrwasser.

Das einzige Sorgenkind war Maria. Sie geriet auf der Schule ständig in Konflikte, sowohl in der Klasse als auch auf dem Schulhof. Das grundlegende Problem bestand darin, dass sie alle anderen als wesentlich dümmer als sich selbst betrachtete und diese Meinung nicht verschwieg, im Gegenteil. Täglich forderte sie die anderen Kinder heraus, um sie anschließend mit ihrer Überlegenheit beim Rechnen, Lesen, historischem Wissen und allem anderen zu pulverisieren.

Natürlich wurde sie als Kanakin, Jugo oder mit anderen Begriffen beschimpft, die sie beleidigen sollten, aber Maria schlug direkt zurück, indem sie sagte: »Sieh mal, als Jugo weiß ich, was dieses Wort bedeutet, aber du als Schwedin nicht, wie bekloppt kann man eigentlich sein? Sieh mal, die Kanakin hat mit Bananen rechnen gelernt und schafft das locker, aber du nicht, bist du etwa vom Misthaufen gefallen, als du klein warst?«

Sie bekam reichlich Schläge und schlug in gleichem Ausmaß zurück. Ständig hatte sie Schrammen und Blutergüsse im Gesicht und an den Händen. Wenn sich auf dem Schulhof mehrere gegen sie zusammengetan hatten und Marko es entdeckte, versuchte er dazwischenzugehen, wurde aber von einer Flut von bosnischen und schwedischen Flüchen davon abgehalten, sich einzumischen.

Anders war es mit Johan. Er hatte nicht oft gemeinsam mit Maria Pause, aber wenn er ihr einmal zu Hilfe kam, dann nahm sie die Unterstützung mit offenen Armen in Empfang.

»Das hier ist Johan, mein Kumpel! Gleich wird er euch die Fresse polieren! Auf geht's, Johan!«

»Ich werde niemandem die Fresse polieren, aber warum geht ihr die ganze Zeit auf Maria los?«

»Sie ist *gemein*«, sagte ein sehr schwedisches Mädchen und ließ die Strähne von Marias Haar los, an der sie gerade ziehen wollte. »Sie sagt ständig fiese Sachen.«

»Stimmt das, Maria?«

»Ich sage nur, wie es ist! Dass sie alle Idioten sind!«

Johan warf einen Blick auf die drei Mädchen, die um Maria herumstanden und sie hohl anstarrten. Wenn man von ihrem stumpfsinnigen wütenden Blick unter schweren Augenlidern ausging, war es nicht unwahrscheinlich, dass Maria recht hatte, aber dieses Geschenk wollte er ihr nicht machen: »Mir ist es egal, was Maria sagt, ich sehe nur, dass ihr drei gegen eins seid, und das ist nicht fair. Ihr könnt eins gegen eins gegen sie kämpfen, wenn ihr wütend seid, dagegen habe ich nichts.«

Keines der Mädchen hatte Lust, Maria mit ihren gefährlichen grünen Augen allein gegenüberzutreten, und sie entfernten sich, nachdem eine von ihnen Johan noch ein »Schwuchtel« nachgeworfen hatte.

Das auch noch, ja. Johan war dreizehn Jahre alt, und die sanft ekstatische Nervosität, die sich bei ihm einstellte, wenn er mit Marko allein war, konnte er noch nicht als das benennen, was es war, Liebeskummer. Er wusste nur, dass er mit Marko zusammen sein wollte, ihm nahe sein wollte, mit ihm sprechen, ihn ansehen wollte. Weil er für keinen anderen Jungen so empfand und niemals einen Gedanken in die Richtung hatte, wenn es um Max ging, deutete er dieses dunkle, kohlensäurehaltige Gefühl als Faszination.

Er achtete sehr darauf, nicht anhänglich zu wirken, aber allein die Tatsache, dass Maria ihn manchmal zu sich nach Hause einlud, um ihn beim Schach gründlich dem Erdboden gleichzumachen, sorgte dafür, dass er Marko ziemlich oft begegnete.

Das Ereignis auf Max' Terrasse hatte ihr Verhältnis verändert. In der Schule hatten Max und Marko gelegentlich miteinander zu tun, weil sie sich gegenseitig zu Erzrivalen auserkoren hatten. In der Freizeit trafen sie einander nie, im Gegensatz zu Marko und Johan, die zusammen Videogames spielten. Max und Johan waren wiederum ein bisschen auseinandergeglitten, seit ihre Rollenspiele aufgehört hatten. Eine neue Ordnung war hergestellt worden, und sie würde im Großen und Ganzen noch die zwei Jahre bestehen bleiben, bis sie die neunte Klasse verließen.

4

Ein entscheidendes Ereignis fiel in die Skiferien der neunten Klasse. Johans Mutter, die im Herbst und zu Beginn des Winters ungewöhnlich klar und vernünftig gewesen war, wurde in einer Nacht zwischen Weihnachten und Neujahr von einer Offenbarung heimgesucht, worauf sie nach draußen lief und sich in eine Schneewehe legte, weil die Engel des Herrn sie dort aufheben und in die Herrlichkeit des Himmels bringen würden. Als Johan sie überreden wollte, zum Aufwärmen in die Wohnung zurückzukehren, glaubte sie, dass er vom Teufel geschickt worden sei, um sie zu versuchen und ihre Seligmachung zu verhindern, weshalb sie mit Eisstücken nach ihm warf.

Johan hatte sich mittlerweile ein billiges Handy zugelegt, und während er seine Mutter unter Beobachtung hielt, die sich heiser lachend durch den Schnee wälzte, rief er das Krankenhaus an. Als zwei Pfleger eintrafen und seine Mutter aus dem Schnee heben wollten, schrie sie gellend und kratzte nach ihren Gesichtern. Sie mussten sie auf einer Trage festspannen, um sie weiter nach Danderyd transportieren zu können.

Als der Rettungswagen rückwärts aus dem Hof rangierte, kam Laura aus dem Eingang, der zur Wohnung der Familie Kovac führte. Ohne ein Wort zu sagen, ging sie zu Johan und legte eine Hand auf seine Schulter. Johan fiel in ihre Arme und weinte, während Laura ihm sanft über den Kopf strich und flüsterte: »Pssst … pssst … du kommst jetzt zu uns. Du kannst bei uns bleiben. Solange du willst.«

So kam es, dass Johan die nächsten zwei Wochen bei der Familie Kovac wohnte, und kein Tag verging, ohne dass er ein kurzes Gebet an den Gott schickte, an den er nicht glaubte: »Lass Mama heute nicht nach Hause kommen.«

Er schlief auf einem Klappbett in Markos Zimmer, und bei langen geflüsterten Gesprächen kamen die beiden Jungen einander näher. Marko kam inzwischen ganz gut bei den Mädchen an und stellte sehr viele Überlegungen dazu an, während Johan auf diesem Gebiet nur theoretisieren konnte. Aber sie redeten. Und redeten.

Obwohl Johan es liebte, bei der Familie Kovac zu wohnen, war die Nähe zu Marko zweischneidig. Große Zufriedenheit mischte sich mit ebenso großer Frustration, aber trotzdem schaffte er es nicht, sich selbst darüber klar zu werden, was es mit alldem auf sich hatte. Es war wie etwas, das ihm auf der Zunge lag, aber sich weigerte, ausgesprochen zu werden.

Eines Nachmittags war die Familie ausgeflogen, und Johan blieb allein in der Wohnung zurück. Er drehte eine Runde durch das Wohnzimmer, wo er vor dem Schlüssel unter dem Jesus-Bild stehen blieb und ihn betrachtete. Dieser Schlüssel, das wusste er, gehörte zum ehemaligen Hof der Familie Kovac. Auch sie waren gezwungen gewesen, ihr Zuhause aufgrund des zunehmenden Wahnsinns zu verlassen.

Etwas trieb ihn an, Marias Zimmer aufzusuchen. Zwei wesentliche Dinge waren mit Maria im letzten halben Jahr passiert. Sie hatte sich beruhigt und sogar ein paar Freundinnen in der Klasse über ihr gewonnen, und die große Schönheit, die ihr Segen und ihr Fluch werden sollte, hatte sich zu erkennen gegeben. Obwohl sie erst in die sechste Klasse ging, warfen die Jungen aus der neunten ihr Blicke nach, was Johan ebenso wenig gefiel wie das vorherige Mobbing auf dem Schulhof. In gewisser Weise fühlte er sich wie ihr zweiter großer Bruder.

Je bewusster sich Maria über den Effekt wurde, den sie auf ihre Umgebung ausübte, desto koketter wurde sie. Sie hatte angefangen, sich zu schminken und sich mädchenhaft anzuziehen. Johan öffnete ihren Kleiderschrank und ließ die Finger über ihre kurzen

Kleider, Tights und Jumper gleiten. Bevor er selbst verstand, was er tat, hatte er das Kleid abgehängt, das am größten aussah, sich bis auf die Unterwäsche ausgezogen und es über den Kopf heruntergleiten lassen. Es saß eng, aber er war immer noch schmächtig gebaut, sodass es ging. Mit pochendem Herzen und mit einem Zittern, das durch den ganzen Körper lief, ging er zu dem hohen Spiegel, vor dem Maria stundenlang Kleidungsstile ausprobieren konnte. Wenn irgendjemand aus der Familie jetzt nach Hause kam, würde Johan auf der Stelle tot umfallen. Sein Gesicht lief rot an, als er sich im Spiegel betrachtete. Er stülpte die Lippen vor und stemmte die Hände in die Hüften.

Es war nicht im Geringsten erregend, sich in die Kleider der schönen Maria zu hüllen, vor diesem Umstand verspürte er beinahe Ekel, sie war schließlich ein Kind. Aber er akzeptierte endlich voll und ganz, was er im Grunde wollte. Er wollte, dass Marko ihn *so* sah, als eines der vielen Mädchen, über die er am Abend fantasierte. Er wollte begehrenswert für Marko sein. Der Groschen war gefallen, und das enge Kleid glitt über Johans Rücken, als er auf die Knie sank und die Stirn auf die geballten Hände stützte.

Bitte, betete er, *nimm es weg. Es wird niemals passieren, also bitte, nimm es weg.*

*

Auf dem Großen Markt steht eine Frau, die seit drei Tagen traurig ist, ohne den Grund dafür zu wissen. Sie sieht auf den Balkon oberhalb der Handelsbanken, betrachtet das Geländer, auf dem der Dichter Nils Ferlin angeblich einmal entlangbalanciert ist. Sie denkt an den Sturz aus großen Höhen, strömendes Blut und dünne Nylonseile. Ein fünfjähriges Mädchen steht vor ihr. »Hallo«, sagt das Mädchen. »Ich heiße Matilda. Wie heißt du?« Die Frau sagt ihren Namen, bevor die Mutter des Kindes eingreift und um Entschuldigung bittet. Das Mädchen winkt, als es weggeht, und die Frau winkt zurück. Sie denkt an ihren Namen, den Namen, den ihre Mutter ihr gegeben hat. Das darf nicht umsonst gewesen sein.

Kein Weg zurück

Harry Boström hat es bei der Polizei noch einmal gesagt, zur *Norrtelje Tidning* und allen, die es hören wollten: Er hat ein Geräusch aus dem Inneren des Containers gehört. Als sei dort etwas zu Boden gefallen. Man hat seiner Aussage so weit geglaubt, dass man mit einem elektronischen Stethoskop hineingehört hat, mehr aber nicht. Der Container blieb verschlossen, bis sämtliche Idioten ihre Meinung dazu äußern konnten. Und jetzt seht euch die Folgen an.

Zusammen mit etwa fünfzig anderen Norrtäljern steht Harry mit Tosse an der Leine vor den Absperrungen der Polizei und sieht, wie eine Trage nach der anderen vom Container in wartende Krankenwagen transportiert wird. Jede Menge Blitzlichter zucken durch das diesig trübe Licht und lassen die gelbe Oberfläche des Containers wie ein Warnsignal blinken. Jede Zeitung und jeder Nachrichtenkanal ist vor Ort, und Norrtälje steht im Augenblick im Zentrum der Aufmerksamkeit, nicht nur in Schweden, sondern womöglich in der ganzen Welt.

Harry schüttelt den Kopf, als eine weitere Trage vorbeikommt. Der in weißes Plastik gehüllte Körper ist so klein, dass er zu einem Kind gehören muss. Die Kameras klackern, die Blitze laufen Amok und die Szene wird wie mit einem Stroboskop beleuchtet. Tosse wimmert ängstlich zu Harrys Füßen. Er hat Angst vor Gewittern und wartet auf den Donner, der nach diesem Blitzeinschlag zu erwarten wäre. Harry krault ihn zwischen den Ohren und murmelt etwas Tröstendes.

Dass nicht mehr Menschen hier versammelt sind, um das hier mit anzusehen, hat einen einzigen Grund: den Gestank. Die gesamte Innenstadt ist in eine Wolke aus Verwesung und Tod gehüllt, aber am schlimmsten ist es im Hafen. Viele halten sich Taschentücher oder Schals vor das Gesicht und kneifen die Augen zusammen, als wollten sie verhindern, dass der Geruch in sie eindringt.

»Sind Sie Harry Boström?«

Ein verdächtig gut gekämmter Mann mit einem himmelblauen Hemd unter einem dunkelblauen Blazer drängt sich zu Harry vor. In der Hand hält er ein Mikrofon mit dem Logo von TV 4. Ein paar Schritte hinter ihm folgt ein weniger gut geföhnter Typ mit einer Kamera über der Schulter. Er zieht eine Grimasse wegen des Gestanks, der dem Himmelblauen nichts auszumachen scheint.

»Äh, ja«, sagt Harry.

»Sie haben doch den Container entdeckt, nicht wahr?« Auch das kann Harry nicht verneinen, und der Mann fährt fort: »Sie haben gesagt, dass sie ein Geräusch aus dem Inneren gehört hätten, aber soweit ich es verstanden habe, hat niemand auf Sie gehört. Vielleicht wäre es ja möglich gewesen, jemandem das Leben zu retten, wenn man es getan hätte. Möchten Sie das vielleicht kommentieren?«

Harry sieht von dem Mann zum Container und lässt dann den Blick zur Innenstadt wandern. Es geht nicht um Loyalität gegenüber den Kommunalpolitikern oder der Polizei, nein, eher um eine Loyalität gegenüber dieser Stadt, in der Harry sein ganzes Leben verbracht hat, als er antwortet: »Na ja, das weiß ich nicht so recht.«

Der Reporter zieht die Augenbrauen in übertriebener Verwunderung hoch. »Aber ich habe mir die *Norrtelje Tidning* auf dem Weg hierher im Internet angesehen, und dort wurden Sie wörtlich zitiert. Dass sie ein Geräusch gehört hätten.«

»Ja, ja«, sagt Harry, »das *Internet*. Und die Reporter. Heutzutage wird ja so viel verdreht.«

»Aber Sie können doch nicht leugnen ...«

Harry war so damit beschäftigt, sich des Reporters zu erwehren, dass er Tosse ganz vergessen hat, der jetzt so kräftig an der Leine zieht, dass sie Harry aus der Hand rutscht. Mit untypischem Eifer läuft der Hund auf den Container zu und die Leine tanzt hinter ihm her.

»Tosse!«, ruft Harry. »Tosse! Komm her!«

Der Reporter gestikuliert zum Kameramann, dass er diesen unerwarteten Auftritt anstelle des widerwilligen alten Knackers filmen soll. Harry eilt zur Absperrung, wird aber von einem Polizisten aufgehalten.

»Keine Unbefugten!«

»Aber mein Hund …«

»Mein Kollege kümmert sich darum.«

Tosse hat die Türen des Containers erreicht, wo er für eine gewisse Aufregung sorgt. Ein groß gewachsener Polizist mit einem Mundschutz ist auf dem Weg zum Hund, und für einen Moment glaubt Harry, dass Tosse erschossen werden soll. Bevor der Polizist oder jemand anderes Tosse aufhalten kann, legt er sich vor dem Container auf den Boden und beginnt sich in der Brühe zu suhlen, die sich dort gesammelt hat. Harry stöhnt und läuft rot an. Tosse liebt es, sich an Dingen zu reiben, die schlecht riechen, vor allem an verwesenden Tierkadavern. Harry hätte das hier ahnen können.

Der Polizist kann das Ende der Leine packen, und weil Tosse sich nicht aufrichten will, wird er wimmernd über die Hafenfläche geschleppt, wobei sein Fell eine Spur aus Brühe auf dem hellen Pflasterstein hinterlässt. Der eine oder andere lacht darüber und Harry schämt sich noch mehr, als hätte er unfreiwillig einen Sketch auf einem Friedhof aufgeführt.

Das Leinenende wird in seine Hand gedrückt, und ein paar zornige Augen glotzen ihn über den Mundschutz hinweg an. »Halten Sie den verdammten Hund fest!«

»Tut mir furchtbar leid, Herr Wachtmeister. Entschuldigen Sie bitte vielmals.«

Der Mann schnaubt »*Wachtmeister*« und entfernt sich mit raumgreifenden Schritten. Harry sieht sich schüchtern um und sieht den Grünschnabel von TV 4 herablassend lächeln, während sein Kollege dieselbe unveränderte Miene von Ekel zur Schau stellt. Tosse ist auf die Beine gekommen, und mit gesenktem Kopf zieht Harry den Hund mit nach Hause.

Er ist kaum hundert Schritte weit von dem Container weggekommen, als er bemerkt, dass der Gestank nach wie vor durchdringend ist, weil er Tosse mittlerweile an der Leine führt. Der sieht ihn hoffnungsvoll an, als würde er Lob erwarten oder zumindest einen Klaps auf den Kopf.

»Ich fasse dich nicht an, bevor du gebadet hast«, sagt Harry.

Tosse lässt die Ohren hängen. Er ist alt genug, um eine Anzahl von Wörtern zu verstehen, und »baden« ist eines davon. Tosse schüttelt sich, und ein paar Tropfen der Brühe fliegen aus dem Fell. Einer von ihnen landet auf Harrys Hand, und er bewegt sie langsam auf die Nase zu.

Du lieber Gott.

Wenn es wirklich das Geräusch eines Menschen war, das Harry gehört hat, muss dieser Mensch inmitten von verwesenden Leichen in dieser Brühe gelegen haben, von der weniger als ein Tropfen reicht, um ein tiefes Würgen auszulösen. Er will nicht mehr, dass er etwas gehört hat. Aber er hat es gehört. Er weiß, dass es so war.

ÜBER SCHWARZEN WASSERN 2

Wir befinden uns mittlerweile im dritten Tag. In dieser Dunkelheit ist der Verlauf der Stunden und Tage abstrakt. Wenn es kein Licht gibt und nichts passiert, bedeutet die Zeit nichts. Wir haben aufgehört, uns flüsternd zu unterhalten. Wir wollen nicht länger verborgen sein, wir wollen gefunden werden, von wem auch immer. Wir haben an die Wände des Containers geschlagen, wir haben geschrien. Außer dem Heulen des Winds ist nichts zu hören, und nichts passiert außer der schwankenden Bewegung von oben nach unten. Wären die Vibrationen des Motors nicht wahrzunehmen, könnte der Container genauso gut direkt auf der Wasseroberfläche treiben. Wir sind allein in einem schwarzen Universum. Die Latrinentonne in der Ecke ist voll. Es stinkt. Meine Frau klagt über schwere Kopfschmerzen. Ich habe sie hochgehoben, damit sie durch eines der Luftlöcher atmen kann, aber der Schmerz lässt nicht nach. Unsere Tochter liegt zusammengekrümmt da, mit den Händen auf den Ohren, zusammengepressten Lippen und fest geschlossenen Augen. Ich kann für keine von ihnen etwas tun. Ich bereue zutiefst, dass wir uns auf diese Reise begeben haben. Es gab nichts mehr für uns in unserem Heimatland, aber wir hatten zumindest unsere Körper, unser Leben. Jetzt bestimmen wir nicht einmal mehr darüber. Unser Schicksal liegt in unbekannten Händen, bei Menschen, deren Namen wir nicht einmal kennen. Für uns könnten sie ebenso gut Götter sein. Abgewandt, gleichgültig. Eine unangenehme Sache ist vor ein paar Stunden passiert. Ein kleiner Junge begann monoton zu wiederholen: »Ich habe Angst, ich habe Angst, ich habe Angst, ich habe Angst …« Ich kenne die anderen nicht, wir sind hier einfach nur zusammengepfercht worden, aber ich vermute, dass die Mutter versuchte, das Kind zum

Schweigen zu bewegen, aber es machte einfach weiter und wiederholte: »Ich habe Angst, ich habe Angst …« Viele Minuten vergingen auf diese Weise, und der Klagegesang des Kinds wurde zu einem Teil der verdorbenen Luft, die wir atmeten. Schließlich hörte man ein Brüllen, ich kann es nicht anders bezeichnen. Es klang nicht einmal menschlich, aber es musste ein Mann gewesen sein. Ein Urschrei, eine Drohung, die älter war als der Mensch und das Kind zum Einhalten brachte, noch tiefer erschreckt, aber jetzt in Angst verstummt. Welche Götter auch immer über uns herrschen, sie müssen uns herauslassen. Bald. Ich habe Angst davor, wie es sonst weitergehen könnte.

Von der JVA Norrtälje zum Kleinen Markt

1

Manchmal wünschte Anna, dass die Besucherregelung in der JVA Norrtälje wie in amerikanischen Filmen wäre, dass jeder auf seiner Seite einer Glasscheibe sitzt und in ein Telefon spricht. Die Finger am Glas, und nur die wichtigsten Worte werden ausgesprochen, oder gar keine. *You've got five minutes!*

Anna ist von Natur aus ein einigermaßen positiver Mensch, aber die halben Stunden, die sie mit Acke im Grützenzimmer verbringt, wie sie es wegen der Farbe an den Wänden nennt, zehren an ihrem Gemüt. Sie liebt ihren kleinen Bruder, aber die knappen zwei Jahre in der JVA haben etwas mit ihm gemacht. Ein neues Gesicht ist über sein altes gemalt worden, und sein Blick ist härter geworden oder vielmehr ausdruckslos. Nimmt man noch die neue Muskelmasse dazu, mindestens zehn Kilo, dann sieht ihr kleiner Bruder aus wie das, was er ist: ein Berufskrimineller.

»Ich habe gehört, dass sie diesen blöden Container geöffnet haben«, sagt Acke und folgt mit dem Finger einer Ader auf dem geschwollenen Bizeps. »Und dass jede Menge Afghanen oder so was da rausgepurzelt sind.«

»Sie sind nicht rausgepurzelt«, sagt Anna. »Und man weiß nicht, woher sie kamen.«

»Whatever.«

Anna weiß nicht, wie tief Ackes Scheißegal-Einstellung eigentlich reicht. Ob sie aufgesetzt ist, um ein Image aufrechtzuerhalten, oder Ausdruck echter Abstumpfung. Auch diesen selbstverständlichen Rassismus hat er sich im Gefängnis zugezogen. Um das Thema zu wechseln, sagt Anna: »Zehn Tage bis zur Entlassung. Weißt du, was du machen willst?«

Acke zuckt mit den Schultern und sagt: »Den ganzen Mist anpacken.«

»Welchen Mist genau?«

»Es gibt Dinge, die ich tun muss. Mist.«

»Ist das etwa … strafbarer Mist?«

Acke sieht Anna so lange und so hart in die Augen, dass sie mit dem Blick ausweicht, der jetzt auf Ackes Hände fällt. Eine ihrer ältesten Kindheitserinnerungen ist es, wie sie als Sechsjährige dem damals einjährigen Acke geholfen hatte, das Laufen zu lernen. Gebückt, mit krummem Rücken ging sie hinter ihm her, während seine winzigen Hände sich an ihre Zeigefinger klammerten, als er durch das Wohnzimmer stakste. Wie groß sie sich fühlte. Wie klein er war.

»Ich muss los«, sagt sie. »Bin mit Siw verabredet.«

»Was habt ihr vor?«

Es ist ungewöhnlich, dass Acke sich für etwas interessiert, was Anna tut, also antwortet sie ausführlicher, als eigentlich nötig ist: »Wir haben angefangen zu trainieren. Im Friskis & Svettis. Zwei-, dreimal in der Woche.«

»Okay. Ist sie immer noch so fett?«

Der kurze Gastauftritt des Wohlwollens ist vorbei. Anna verzieht den Mund und sagt: »Sie ist ungefähr so fett wie du dumm bist, aber Siw kann zumindest ein paar Kilo abnehmen, während dein IQ dort bleibt, wo er ist.«

Es zuckt um Ackes Mundwinkel. Er sagt: »Wham, bam«, und Anna ergänzt: »Thank you, ma'm«, und ihre Begegnung endet einigermaßen einträchtig.

Wie immer, wenn Anna die JVA Norrtälje verlässt, muss sie mehrere Hundert Meter gehen, bevor sie ihre mit Mauern bewehrte Dominanz nicht mehr im Rücken spürt. Sie denkt an die Menschen, hinter den Mauern. Jeder von ihnen hatte einmal kleine, dünne Finger, die sich vertrauensvoll an andere Hände klammerten. Dann wuchsen diese Finger und irgendwann wurden sie für dunkle Taten benutzt.

2

»Wie war es?«, fragt Siw, als sie mit den Sporttaschen auf dem Rücken am Zaun des Fußballplatzes entlangwandern.

»Das Übliche«, sagt Anna. »Der kleine Bruder eben. Er hat die Fähigkeit, mich richtig schön runterzuziehen. Sagt, dass er ein paar Dinge erledigen muss. Bestimmt irgendetwas, für das er direkt wieder hinter Gitter geht. Scheiß drauf. Hast du etwas von RoslagsBowser gehört?«

»Nichts«, sagt Siw. »Da ist auch nichts.«

»Warum läufst du dann so rot an wie eine Vierzehnjährige nach einem Überraschungscocktail?«

Siw macht den Mund auf und wieder zu, als würden die Worte an ihrem Gaumen festkleben. Ausnahmsweise erbarmt sich Anna ihrer und lässt sie ihre Geheimnisse für sich behalten. Sie kommen trotzdem irgendwann heraus, früher oder später.

Zwei Frauen, die ein paar Jahre älter sind als sie selbst, aber in bedeutend besserer Form, streifen sich ihre Leggings über, als Anna und Siw in den Umkleideraum kommen. Bevor Siw sich wieder zurückziehen kann, hat Anna schon ihre Tasche auf die Bank neben ihnen geworfen.

»Hi«, sagt Anna. »Wie läuft's?«

»Danke, bestens«, antwortet die eine und verzieht gekünstelt die Lippen, als ihr Blick flüchtig Annas Körper streift. »Und selbst?«

»Ja, sicher, alles prima«, sagt Anna und tätschelt sich den Bauch. »Ein bisschen viel Pommes mit Béarnaise.«

»Aha, jaja«, sagt die Frau und hat es plötzlich sehr eilig, sich in die zweite Haut zu zwängen. Siw hat den beiden den Rücken zugedreht und studiert die Schrankwand, als hätte sie Schwierigkeiten, sich für eines der vierzig identischen Schließfächer zu entscheiden. Als die Frauen gegangen sind, sagt sie: »Musste das sein?«

»Was denn?«, sagt Anna. »Ein bisschen Geplauder. Unters Volk mischen.«

»Du weißt, was ich meine.«

»Nein. Du wirst nicht unsichtbar, ganz egal, wie sehr du es versuchst. Dann kann man genauso gut … Du weißt schon.«

Sie ziehen sich schweigend um. Anna ist der einzige Mensch, vor dem sich Siw einigermaßen entspannt nackt zeigen kann, aber auch nicht so entspannt, dass sie dabei plaudern wollte. Wenn Sören und sie *es tun*, sorgt sie dafür, dass das Licht ausgeschaltet ist, und ihm ist es egal, denn er interessiert sich vor allem dafür, ihre Brüste zu kneten, bis sie sich so begehrenswert fühlt wie ein Hefeteig.

Als Siw und Anna in ihren Jogginghosen und Kapuzenpullis stecken und ihre Taschen in den Schränken eingeschlossen haben, gehen sie die Treppe hoch in den Trainingsraum. Die dreiundzwanzig Stufen reichen, um Siw zum Keuchen zu bringen. Es gibt einen Aufzug, aber irgendwo muss es eine Grenze geben.

Der Maschinenpark des Studios ist halb gefüllt. *Slimfit*-Frauen wie die beiden im Umkleideraum, Rentner in Reha-Maßnahmen, die mit desillusionierten Mienen die leichtesten Gewichte stemmen, Kerle im besten Alter, tätowiert wie alte Seeleute, und jugendliche Männer mit schwellenden Muskeln unter Hemden, die kaum mehr als Fäden sind.

Anna und Siw packen den Stier bei den Hörnern und fangen mit dem Anstrengendsten an. Nachdem sie zwanzig Kilo aufgelegt haben, lässt sich Siw in den Sitz fallen, der eine unangenehme Ähnlichkeit mit einem Gynäkologenstuhl hat. Sie fällt den Hebelarm herunter, der ihre Brüste einklemmt, sodass sie unter dem Stützkissen herausquellen und sich nach oben, hinten, oben, hinten bewegen, während sie vor Anstrengung keucht.

»Gut so, Siw!«, sagt Anna. »Drei schaffst du noch.«

Siw schafft die drei Stöße, bevor sie mit einem Stöhnen nach hinten fällt und die beiden Plätze tauschen und sie ihrerseits Anna anfeuert.

Nach Siws zweiter Runde im Gynäkologenstuhl ist sie so ausgepumpt, dass sie keuchend in der Maschine liegen bleibt. Ein junger Mann in einem dieser Fadenhemden und mit einer tief in die Stirn gezogenen Mütze kommt zu ihnen.

»Seid ihr fertig?«

Anna mustert seinen V-förmigen Oberkörper und sagt: »Eine Frage: Warum ziehst du so ein Hemd überhaupt an?«

Der junge Mann kaut ein paarmal mit leerem Blick auf einem wirklichen oder eingebildeten Kaugummi herum. Vermutlich wäre die Frage zu schwer für ihn gewesen, wenn es nicht schon eine fertige Antwort gegeben hätte. »Vorschrift«, sagt er. »Man darf nicht ohne.«

»Aber du würdest es gerne ohne machen, oder?«

Diese Frage hat offensichtlich keine fertige Antwort, weil der Junge seinen bemützten Schädel schüttelt, »äh« sagt und verschwindet.

»Bitte, Anna«, keucht Siw. »*Bitte.*«

»Was denn?«, sagt Anna. »Eine ganz normale, einfache Frage. Und ich habe auch eine Antwort bekommen.« Anna senkt die Stimme zu einem schleppenden Brummen und sagt: »*Vorschrift. Am liebsten wäre ich nackt, aber man* muss *ja. Verstehst du?*«

Nachdem sie geduscht haben und einsam im Umkleideraum sitzen und ihre Sachen packen, sagt Siw: »Okay, ich werde es dir erzählen. Und wenn du mich auslachst, stehe ich auf und gehe und du wirst mich nie wiedersehen.«

»Okay.«

»Ich meine es ernst.«

»Das tust du nicht, aber okay, ich reiße mich zusammen. Erzähl.«

Siw sieht sich um, als würde sie befürchten, dass sich ungesehen jemand in den Umkleideraum geschlichen hätte, bevor sie flüstert: »Ich bin seine Einträge durchgegangen. Bei Facebook.«

»Und? Hast du seine Seite gefunden?«

»Nee, nur die Seite, die er für Pokémon gemacht hat, wo er an die anderen in der Gruppe schreibt.«

»Und?«

»Er hat einen Ton, der … er ist witzig. Er ist sehr witzig. Und wenn ein kleiner Junge oder ein kleines Mädchen mit so einer Kinderrechtschreibung dabei ist und Fragen zu dem Spiel stellt, dann ist er oft der Erste, der antwortet, und er versucht es ihnen sehr freundlich und aufmunternd zu erklären. Und …«

»Ja?«, sagt Anna und ahnt, was gleich kommen wird, nachdem die Röte wieder in Siws Wangen geschossen ist.

»Es sieht so aus … also, er sagt es nicht direkt irgendwo, aber es ist ganz deutlich, also … ich glaube nicht, dass er eine Freundin hat.« Als wäre sie allzu forsch gewesen, rudert Siw zurück: »Also, ich glaube ja nicht, dass ich eine Chance … also, keine Chance, dass ich glaube, ich könnte …«

»Hör auf, so zu denken«, sagt Anna. »Du bist also jetzt quasi verliebt?«

»Nein, das würde ich nicht sagen. Aber er wirkt … sympathisch.«

Anna seufzt. »*Er wirkt sympathisch.* Mein Gott, Siw, wann wirst du dich endlich freischwimmen?«

Siw senkt den Kopf und sieht auf ihre Tasche, während sie kaum hörbar antwortet: »Wenn jemand kommt und mich vom Rand losreißt.«

3

Siw tippt auf ihrem Handy herum, während sie nach Hause gehen. Als sie den Parkplatz halb überquert haben, bleibt sie stehen und sagt: »Es gibt einen Raid auf dem Kleinen Markt in zwanzig Minuten.«

»Auf dem Kleinen Markt?«, sagt Anna. »Wir brauchen ungefähr zwanzig Minuten, um dorthin zu gehen, zumindest in unserem Zustand. Ich glaube kaum, dass ich es überhaupt nach Hause schaffe.«

»Okay. Ich gehe jedenfalls.«

Es zuckt in Siws Lippen, und Anna schielt sie misstrauisch an, bevor der Groschen fällt. »Aha!«, sagt sie. »*RoslagsBowser* wird auch kommen?«

»Vielleicht kommt er.«

»Du *weißt*, dass er kommt, er hat es geschrieben, oder?«

»Vielleicht hat er das.«

»Okay, ich bin dabei.«

»Du musst nicht.«

»*Willst* du mich nicht dabeihaben?«

Siws flackernder Blick ist Antwort genug. Anna lacht auf und klatscht ihr auf den Hintern. »Sorry, aber das will ich echt nicht verpassen. Ich schwöre, ich werde ein nettes Mädchen sein.«

»Du versprichst es?«

»Ja, solange das Rattengesicht nicht dabei ist.«

Sie nehmen den Weg an der Tullportsgatan entlang, weil es auf dieser Route mehr Pokéstops gibt und es Siw an Bällen mangelt. Annas Oberschenkel tun weh, als hätte jemand Stacheldraht darum gewickelt, aber heute konnte sie weitere fünf Kilo auf den Beinstrecker legen. Gewisse Fortschritte gibt es tatsächlich. *Aber zu welchem Preis*, denkt sie, als sie Siw hinterherwatschelt, die über ihr Display wischt und den Schmerz vergessen zu haben scheint, den sie ebenfalls spüren müsste.

Es ist ein paar Minuten vor drei, und einige Kunden laufen in den Eingang zum Alkoholgeschäft, voller Angst, die Samstagsabendbetäubung zu verpassen. Ein Bettler von etwa vierzig Jahren, der wie ein Kriegsopfer aussieht, sitzt auf dem Boden und sagt »Hallo!« zu Leuten, die mit klirrenden Tüten herauskommen, ohne sich weiter um ihn zu kümmern. Anna zieht ihre Geldbörse, legt einen Zwanziger in seinen Becher und bekommt einen kurzen Segensspruch als Belohnung.

»Nett«, sagt Siw.

Anna zuckt mit den Schultern. »Ich gebe fast nur den Kerlen was, denn die bekommen sonst von niemandem.« Sie gehen noch fünfzig Meter weiter, und als sie den Großen Markt erreichen, sagt Anna: »Können wir eine Minute Pause machen, meine Beine brennen wie im Fegefeuer.«

Siw zieht ihr Handy zurate und findet, dass sie trotz allem verhältnismäßig zügig gegangen sind. Sie setzen sich auf eine der Bänke vor dem Rathaus, wo Anna sich die Beine massiert und fragt: »Tut es dir nicht weh?«

»Doch. Ganz schön. Aber es ist irgendwie gerade nicht … aktuell.«

Nicht aktuell. Er wirkt sympathisch. Obwohl sie einander schon so lange kennen, gibt es Dinge in Siws Sprache, über die sich Anna wirklich aufregen kann. Wenn sie die Worte benutzt, um die Wirklichkeit von sich fernzuhalten. Vielleicht, um ein bisschen von der rauen Wirklichkeit einzubringen, antwortet Anna: »Und der Container? Was glaubst du?«

»Puuh. Ich weiß nicht. Es ist so schrecklich.«

»Aber du hattest da doch ein Feeling. Im Park. Und er auch. Dein Typ.«

»Er ist nicht mein …«, fängt Siw an, bevor sie einsieht, dass es ein sinnloser Protest wäre. Also sagt sie stattdessen: »Ich weiß nicht, was es war. Es war nur das Gefühl, dass … schlimme Dinge geschehen werden. Sonst nichts.«

»Also, dass achtundzwanzig Menschen tot sind und verwesen, kann man wirklich eine richtig schlimme Sache nennen.«

»Ja, das stimmt natürlich. Aber darum ging es nicht. Es … ging um das, was daraus folgen wird. Dass man ihn geöffnet hat.«

»Und was wird diese *Konsequenz* sein?«

»Ich weiß nicht. Ich glaube nicht, dass es schon passiert ist. Wir müssen jetzt gehen.«

Das kurze Sitzen hat gereicht, um Annas Muskeln steif werden zu lassen, und nur mit Mühe und Not schafft sie es, sich von der Bank zu erheben und auf Beinen, die sich wie Holzstämme anfühlen, weiter zum Kleinen Markt zu stolpern, und alle Pokémon sollen in der Hölle brennen, direkt neben ihrer Schenkelmuskulatur.

Die Anzahl der Pokémon-Jäger, die sich um die Skulptur auf dem Kleinen Markt versammelt haben, ist wesentlich geringer als beim Raid im Sozietätspark. Anna entdeckt sofort Max und … na, sieh mal an, auch das Rattengesicht ist vor Ort. Anna spürt förmlich, wie ihre Zunge scharf wird.

Max hebt den Kopf und entdeckt sie. »Hallo«, sagt er und lächelt. »Ist es wieder so weit?«

»Ja, doch«, sagt Siw, und ihre Wortgewandtheit flattert über das Kopfsteinpflaster davon.

»Siw und … Anna, oder?«, sagt Max und zeigt auf die Ratte, die unangenehm grinst. »Johan habt ihr ja schon getroffen. Das hier ist Marko.«

Ein großer, schwarzhaariger Mann, der bis jetzt abgewandt gestanden und die Fassade der Buchhandlung betrachtet hat, dreht sich um, und Anna muss beinahe die Hand zu Hilfe nehmen, um den Unterkiefer am Herunterfallen zu hindern. Die dunklen, braunen Augen. Die Haare, die jungenhaft nachlässig in die Stirn hängen. Die Jochbeine, an denen man Äxte schleifen könnte, und die fülligen Lippen, die sich öffnen und gleichmäßige weiße Zähne entblößen, als er lächelt und Anna die Hand entgegenstreckt. »Hallo. Marko.«

»Anna«, sagt Anna und hält die Stimme stabil, als ihre Hand in seiner Hand verschwindet. Der Typ ist zu allem Überfluss krankhaft gut definiert. Auch Siw darf Marko begrüßen, und sie tut es mit einem Seitenblick auf Anna, die spürt, wie eine Schweißperle aus der Achselhöhle entkommt und kitzelnd an ihrer Flanke herunterrinnt.

»Okay«, sagt Max. »Wir gehen rein!«

Die Gruppe ist nicht so groß, dass man sie in Teams aufteilen muss. Anna und Marko stehen nebeneinander und sehen zu, wie die anderen auf ihre Displays pochen und sich vor den Kämpfen in Position bringen.

»Du auch nicht?«, fragt Marko.

»Nee«, sagt Anna, die einen Teil ihres Gleichgewichts wiedererlangt hat. »Ich habe keine Lust, mir von so etwas die Zeit rauben zu lassen.«

»Ich auch nicht«, erwidert Marko. »Ich habe es eine Weile ausprobiert, fand es aber total langweilig. Ich konnte irgendwie keine Beziehung zu diesen Pokémon aufbauen.«

»Siw schon«, sagt Anna. »Aber das ist eher eine …« Anna zögert eine halbe Sekunde, bevor sie den Sprung wagt und fortfährt: »… eine erotische Beziehung.«

Marko wirft den Kopf zurück und bricht in ein lautes Lachen aus, worauf eine warme Welle durch Annas Leib spült. Das Lachen hört genauso schnell auf, wie es gekommen war, und er sagt: »Bei Max und Johan auch. Sie haben zu Hause bestimmt Nacktbilder von Pikachu hängen.«

»Ist der nicht sowieso immer nackt?«

»Stimmt. Jetzt, wo du es sagst.«

Wir haben so viel gemeinsam, denkt Anna und wagt einen Blick auf Marko, der ihr die Seite zugewandt hat. Kräftige Augenbrauen, eine markante Nase, ein leichter Bartschatten. Selten hat sie jemanden getroffen, der so unbekümmert *männlich* aussieht.

Der Kampf ist vorbei, und Anna sieht, dass Siw und Max sich bewusst oder unbewusst nebeneinandergestellt haben, während sie mit den Fingern auf den Displays herumwischen, um ein weiteres Mal zu versuchen, den mürrischen Hund zu fangen.

»Woher kennst du sie?«, fragt Anna, die gar nicht fassen kann, warum ein Typ wie Marko sich mit den anderen abgibt.

»Max und Johan? Wir sind Jugendfreunde, also … aus der Schule.«

»Siw und ich auch.«

»Welche Schule?«

»Grind.«

»Ah, wir sind in die Kvisthamra gegangen. Das erklärt, warum wir uns nie begegnet sind.«

Oder dass wir von unterschiedlichen Planeten stammen, denkt Anna, ohne es auszusprechen. *Hättest du mich in der Schule wahrgenommen? Ich glaube kaum.*

Beinahe gleichzeitig haben Siw und Max mit ihren Bemühungen Erfolg, und beinahe gleichzeitig ballen sie ihre Fäuste im Triumph, woraufhin sie einander ansehen, zu lachen anfangen und sich High Five geben. Ein paradoxaler Anflug von Traurigkeit durchströmt Anna.

Meine Süße, denkt sie. *Meine liebe, süße Freundin. Ich drücke dir sämtliche Daumen, aber das kann doch nie etwas werden. Oder?* Die Art, wie Siw und Max einander betrachten. *Oder?*

Die Gruppe beginnt sich aufzulösen. Nur Siw, Anna, Max, Marko und Johan stehen noch auf dem Marktplatz am Havsstenen. Marko guckt auf die Uhr, die aussieht, als würde man in bestimmten Ländern dafür getötet werden, und sagt: »Ich muss jetzt.« Er wendet sich an Anna und sagt: »Schön, dich kennengelernt zu haben.«

Mit energischen Schritten entfernt er sich vom Marktplatz, und Anna beobachtet nicht *besonders* lange, wie sich sein Hintern dabei unter den Chinohosen bewegt, sondern wendet sich mit großem Kraftaufwand dem Rattengesicht zu, das sie gerade seltsam ansieht.

»Was ist los?«, fragt sie.

Bevor Johan antworten kann, wirft Max ein: »Hört mal, wir drei wollen uns morgen treffen und Minigolf spielen. Habt ihr Lust, dabei zu sein?«

»Also, Minigolf …«, sagt Siw.

»Auf jeden Fall«, sagt Anna. »Wann?«

Als Ort und Zeit abgemacht und die Jungs davongezogen sind, lässt Anna sich auf eine der Bänke neben dem Havsstenen sinken. »Du lieber Gott«, sagt sie. »Du lieber, guter, süßer Gott.«

»Was sagst du da?«, fragt Siw.

»Also, jetzt mal im Ernst«, sagt Anna mit einer lahmen Geste zur Straße hin, in der Marko ein paar Minuten zuvor verschwunden ist. »Was-für-ein-Hinterteil.«

*

Es ist das zweite Jahr, in dem man sie sieht. Das ältere Paar, das am zwölften August die Picknickdecke neben der DC 3 auf der Asphaltfläche des Norrteljeporten ausbreitet. Dieses Jahr ist es eine junge Frau, die sich über die beiden wundert. Oh, nichts Außergewöhnliches. Es sei einfach so, dass sie sich vor genau siebenundvierzig Jahren in dieser DC 3 kennengelernt hätten. Wie? Ja, denn damals stand das Flugzeug im Sozietätspark und beherbergte ein Café, in dem sich die Blicke der beiden jungen Menschen das erste Mal begegneten. So etwas muss gefeiert werden. Es war bequemer, als das Flugzeug auf der Rasenfläche vor dem Hotel Roslagen stand, aber was tut man nicht für die Liebe? Die Sonne fällt auf den silberglänzenden Flugzeugrumpf, wird von dort in die Augen der jungen Frau gespiegelt und bringt ihre Tränen zum Glänzen.

Sieh dir diesen Clown an!

1

»Mama, warum ist der da?«

»Wer denn?«

»Der Kno… Kontr… Kront…«

»Der Container?«

»Mhm.«

Siw und Alva sind auf dem Weg zu Siws Mutter Anita, die nicht besonders entzückt klang, als Siw sie anrief und fragte, ob sie für ein paar Stunden als Babysitter einspringen könne. Alva und Anita verstehen sich gut, aber Anita hat bereits am Nachmittag des vorhergehenden Tages aufgepasst, als Siw »auf einem Samstagnachmittagzwutsch« war.

Minigolf ist für Siw nicht der optimale Rahmen, vor allem weil sie hundsmiserabel spielt, aber sie hat keine große Wahl, wenn sie Max wiedersehen möchte.

Ich mache mich selbst zum Gespött, auf sämtlichen Ebenen.

»Mama! Konzentrier dich ein bisschen!«

»Entschuldige, ja, also … das weiß keiner so richtig.«

»Aber diese Toten, die darin lagen. Woher kamen die?«

»Woher weißt du das?«

»Oma hat es erzählt.«

Anita ist nicht besonders erpicht darauf, Ereignisse aus der Vergangenheit zu erklären oder ihre Gefühle preiszugeben, aber über aktuelle Ereignisse lässt sie sich gerne lang und breit aus, auch gegenüber Alva. Einmal hat Siw sie dabei erwischt, wie sie der damals fünfjährigen Alva laut die Berichterstattung über einen schrecklichen Mordfall aus dem *Aftonbladet* vorlas. Als Siw die Angemessenheit dieser Handlung infrage stellte, antwortete Anita nur:

»Das Mädchen muss wissen, wie es in der Welt zugeht.« Alva hatte das alles superspannend gefunden, in der Nacht allerdings Albträume gehabt.

»Oma sagt, dass es Flüchtlinge sind. Dass sie vor Krieg und Elend geflohen sind.«

Siw muss lächeln. *Krieg und Elend* ist einer von Anitas Lieblingsausdrücken, zusammen mit *Die Leute sind verrückt* und *Die Handys sind an allem schuld.* Ihre Mutter ist der Auffassung, dass die Mobiltelefone den Menschen zuerst die Fähigkeit rauben, ihre Umgebung wahrzunehmen, dann ihr Konzentrationsvermögen abnagen und schließlich ihre Gehirne verstrahlen.

»Vermutlich ist es wohl so«, sagt Siw. »Es muss schon einen guten Grund dafür geben, dass man sich auf diese Weise einsperren lässt.«

»M-hm, es sei denn«, sagt Alva und streckt den Zeigefinger auf ihre altkluge Weise in die Luft, »dass sie Gefangene waren. Dass man sie als Sklaven verkaufen wollte. Oder …«, Alva krabbelt näher an Siw heran und senkt die Stimme, als würde sie ihr ein Geheimnis verraten wollen, »… sie sind ganz *aufgeschlitzt.* Weil sie keine Organe mehr haben. Weil sie verkauft wurden. Also von anderen. Und die haben sie auch aufgeschlitzt.«

»Hat das auch die Oma gesagt?«

»Mhm«, sagt Alva und macht ihren obligatorischen Abstecher zu der Schaukelanlage am Monsterzaun, wo sie fast zwangsweise, als wäre es ein Ritual, das sicherstellt, dass sich die Erde weiterdreht, dreimal schaukelt, bevor sie weitergehen kann.

Siw hat sich am Morgen ein bisschen Zeit genommen, um im Internet das Neueste über den Container zu lesen. Man weiß noch nicht, woher er kam oder was die Menschen darin durchgemacht haben. Die Leichen sollen obduziert werden, um die Todesursache festzustellen, und auch der Container selbst ist zur kriminaltechnischen Untersuchung transportiert worden. Nirgendwo stand etwas darüber, dass die Menschen *aufgeschlitzt* worden seien.

Auf der Homepage von TV 4 fand Siw kurze Clips mit Leuten, die weiter über den Container spekulierten, sich über den Gestank beklagten und in unterschiedliche Varianten von: »Wer hätte gedacht, dass so etwas *hier* passieren könnte?« ausbrachen, als wäre Norrtälje vom Elend der Welt abgeschottet. Wie ein kleiner Witz in all dem Grauen fand sich am Ende der Strecke ein Clip von einem Hund, der sich in der stinkenden Brühe suhlte, die aus dem Container geflossen war. Wie vorauszusehen war, hatten Menschen mit Angst vor Hunden das Kommentarfeld mit herabsetzenden Attributen für Hundebesitzer und überhaupt für alle Scheißköter überschwemmt.

Alva kommt herbeigelaufen und ihre dünnen Zöpfe schwingen neben ihrem Kopf. Weil die Luft kühl ist, trägt sie eine schwarze Wollmütze mit dem Text: »Janssons Klempnerei – Wir verbiegen uns für Sie«, von der Siw keine Ahnung hat, wo Alva sie gefunden hat, und die Anita verabscheut, weil sie so »hinterwäldlerisch« sei, worin vermutlich der Grund besteht, dass Alva sie sich ausgesucht hat.

»Fertig?«, fragt Siw.

»Mhm. Mama, triffst du dich mit einem Mann?«

»Warum glaubst du das?«

Alva zuckt herablassend mit den Schultern. »Ich vermute es einfach.«

»Was würdest du denn sagen, wenn ich mich mit einem Mann treffen würde?«

»Kommt drauf an, was es für ein Mann ist. Was für ein Mann ist es denn?«

»Es ist kein Mann.«

»Und warum sagst du es dann?«

»Ich habe es nicht gesagt.«

»Hast du doch!«

So machen sie weiter, bis sie ein paar Minuten später in den Fältvägen einbiegen und zu Anitas Haustür gehen. Nachdem Siws Großmutter Berit in das Seniorenheim Solgläntan gezogen ist, wohnen die vier Generationen von Frauen in einem rechtwinkligen Dreieck innerhalb eines Gebiets von weniger als einem Kilometer Durchmesser. Sie kommen sozusagen nicht voneinander los.

2

Das Erste, woran Anitas Blick hängen bleibt, nachdem sie die Tür geöffnet hat, ist die Mütze auf Alvas Kopf. »Mein liebes Kind«, sagt sie. »Warum musst du mit dieser Schabracke auf dem Kopf herumlaufen?«

»Was ist eine Schabracke?«, fragt Alva, während sie artig in den Flur tritt und sich die Stiefel von den Füßen schüttelt.

»Tja, eigentlich ist das eine Art Pferdedecke«, sagt Anita. »Aber umgangssprachlich bezeichnet es etwas, das furchtbar hässlich ist.«

»Aha«, sagt Alva, zieht sich die Jacke aus, belässt die Mütze aber auf dem Kopf. Als Siw hereinkommt, wird sie mit einem: »Ja, hallo, du schon wieder« empfangen.

»Tut mir leid, Mama«, sagt Siw mit gesenkter Stimme. »Aber gestern hat sich da etwas aufgetan, und erst wollte ich nicht, aber … ja, dann habe ich mich anders entschieden.«

»Was hat sich denn da aufgetan? Was hast du vor?«

Siw verflucht sich selbst, weil sie sich auf dem Weg hierher keine gute Erklärung zurechtgelegt hat. Wenn sie jetzt versuchen würde, eine zu konstruieren, würden die Röntgenaugen ihrer Mutter sie sofort durchschauen, also antwortet sie: »Minigolf spielen.«

Anitas Augenbrauen werden so hoch gezogen, wie es menschenmöglich ist: »*Minigolf* spielen?«, wiederholt sie ungläubig. »Du?«

»Mit einem Mann«, fügt Alva hilfreich hinzu.

»Stimmt das?«, fragt Anita und nagelt Siw mit ihrem Blick fest. »In dem Fall würde das ja einiges erklären.«

»Nein, so ist es nicht.«

»Ach nein? Mit wem wirst du denn dann spielen?«

Siw weiß nicht, warum sie sich so von ihrer Mutter behandeln lässt und warum es ihr so unter die Haut geht. Sobald Alva von diesem Mann anfing, kam diese verdammte Röte ins Gesicht gekrochen, zusammen mit dem gewohnten Schamgefühl. Als Siw nicht sofort antwortet, lässt Anita die Hände in einer Geste der Resignation nach unten fallen, bevor sie den Mund verzieht und sagt: »Olofsson! Aha, das hätte man ja *ahnen* können.«

Laut Anna hat Anita einen richtigen Stock im Arsch, ist steif und ungnädig. Berit dagegen gehört zu Annas absoluten Lieblingen im Seniorenheim, in dem sie arbeitet, und ihrer Ansicht nach ist es vollkommen unbegreiflich, dass eine so nette Frau eine derart missglückte Tochter zur Welt bringen konnte.

Siw weiß, dass Annas negatives Urteil vor allem mit Anitas noch negativerer Einstellung zu Anna zusammenhängt. Schon als sie von Siws und Annas frisch erblühender Freundschaft hörte, versuchte sie ihr mit allen Mitteln Einhalt zu gebieten.

Als Siw fünfzehn war, nahm sie all ihren Mut zusammen und stellte ihre Mutter zur Rede. Was hatte sie eigentlich für ein Problem mit Anna? Okay, sie hatte ein lockeres Mundwerk und war überhaupt … nachlässig, aber das konnte als Erklärung für den demonstrativen Widerwillen ihrer Mutter vom ersten Tag an nicht ausreichen. Jetzt kam an den Tag, dass der Grund dafür in Annas berüchtigter Familie lag. Die Olofssons aus Rimbo waren als eine Gruppe von Menschen bekannt, die ihre Finger in jedes erdenkliche verbotene Bonbonglas steckten, seit Annas Großvater Tore Olofsson seinerzeit als Heiratsschwindler Karriere gemacht hatte.

Nach allem, was als *allgemein bekannt* galt, handelten sie als Hehler für jegliches Diebesgut, das in der Gegend von Norrtälje zirkulierte. Sie lackierten gestohlene Autos um und schliffen die Seriennummern von Bootsmotoren und Fahrrädern. Wenn sie keinen geschmuggelten Schnaps oder Zigaretten unter die Leute brachten, brannten sie ihren Alkohol selbst und züchteten Marihuana. Und das war nur das, was *allgemein bekannt* war. Wahrscheinlich dealten sie auch mit härteren Drogen, besonders seit sie sich mit den Gebrüdern Djup zusammengetan hatten.

Das Argument kam bei Siw nicht an. Sie sagte, dass sie Annas Familie schon einige Male getroffen hatte und dass sie alle unglaublich nett waren – was im Großen und Ganzen gelogen war – und dass Anna nichts mit ihrer kriminellen Tätigkeit zu tun hatte – was im Großen und Ganzen stimmte, abgesehen davon, dass sie manchmal litauischen Fuselwodka an Vierzehnjährige verkaufte, die vor einer Party trocken gefallen waren. Wie auch immer, sie dachte gar nicht daran, sich von ihrer Mutter vorschreiben zu lassen, mit wem sie ihre Zeit verbrachte. Das war Siws erster wirklicher Aufruhr gegen ihre Mutter.

»Du triffst dich also immer noch so oft mit dieser Olofsson?«, sagt Anita und schüttelt den Kopf über das Unvermögen ihrer Tochter, sich besseren Umgang zu suchen.

»Wer ist denn *diese Olofsson*?«, fragt Alva.

»Niemand Besonderes«, antwortet Siw.

»Anna Olofsson«, sagt Anita mit einer Miene, als wollte sie einen Haarball ausspucken. »Und willst du nicht endlich diese unangenehme Mütze absetzen?«

»Tante Anna?«, sagt Alva und beginnt zu strahlen. »Sie ist *ständig* bei uns zu Hause. Sie ist superlustig. Aber manchmal trinkt sie ein bisschen zu viel.«

Siw kann förmlich spüren, wie ein Dynamo in ihrer Mutter zu summen beginnt, aber bevor er eine ganze Tirade lädt und startet, die Siw hoffnungslos zu spät kommen lassen wird, sagt sie: »Wir sehen uns um fünf. Küsschen«, und verschwindet durch die Tür. Bevor sie hinter ihr ins Schloss fällt, hört sie Alva sagen: »Im Übrigen liebe ich diese Mütze.«

Im Übrigen.

Wie schön, dass Alva so gut in Form ist. Wenn Siw sich nicht irrt, wird ihre Tochter heute Nachmittag eine harte Befragung zu Siws gesellschaftlichem Umgang ertragen müssen.

3

Sie treffen sich am gewohnten Ort, auf der Bank neben dem Schützenbunker. Schon von Weitem kann Siw sehen, dass Anna bis zu den Zähnen bewaffnet ist, wie vor einer Freitagabendschlacht in Mobergs Club, damals, als sie noch Teenager waren. Eine locker fallende weiße Bluse mit dazugehörigem Push-up, die ihren Bauch verbirgt, die Brüste betont und die Oberschenkel bedeckt. Die

Haare sind durchgekämmt und hochgeföhnt, das Gesicht so stark geschminkt, dass kaum mehr zu erkennen ist, wie sie wirklich aussieht. Siws erste Worte, als sie Anna erreicht, lauten: »Du lieber Gott, Anna.«

»Ja, gleichfalls lieber Gott, Siw. Alle hübschen Kleider in der Wäsche, oder was? Konntest du das Schminkkästchen nicht finden?«

Anna ist unnötig hart. Siw hat sich schlichte, aber einigermaßen elegante Leinenhosen angezogen, dazu ein weißes T-Shirt und ihre hübscheste Jeansjacke. Nie im Leben würde sie ihre Absichten so deutlich signalisieren wie Anna.

»Du scheinst vergessen zu haben, dass es sich hier um einen *lost cause* handelt«, sagt Siw.

»Bei dir vielleicht.«

»Meinst du das ernst? Wenn wir über unterschiedliche Ligen reden …«

»Dann spielt er in der höchsten, klar«, sagt Anna und deutet auf den Fußballplatz, als würde sie tatsächlich den Sport meinen, »aber das schließt einen Gnadenfick nicht aus.«

»Er kam mir nicht wie ein Typ vor, der sich mit Gnadenficks beschäftigt.«

»Was zum Teufel weißt du über Gnadenfick-Typen?«

»Nichts, aber …«

»Nee. Und deswegen hältst du die Klappe. Lass uns gehen.«

Sie gehen in die Straße, die durch die Eigenheimsiedlung zu Janssons Tabakladen führt. Heute verbreitet Anna keine Aussagen über die Perversitäten des Kleinbürgertums, sondern geht unerwartet still und konzentriert, als würde sie sich wirklich auf einen Kampf vorbereiten.

Es stimmt, dass Siw einige Male Zeugin war, wenn Anna Männer aus höheren Ligen aufriss, indem sie mit ihrem Körper, ihrem Mienenspiel und ihren Augen subtile Freuden versprach, die sie von einem Gastspiel in der Hinterhofliga überzeugten, aber auch da ging es nur um Norrtälje-Jungs. Kein böses Wort über diese Jungs, beziehungsweise, na ja, aber dieser Marko hatte die Aura der Großstadt, die Weltgewandtheit und das Geld, ganz abgesehen von der Tatsache, dass er eher wie die härtere Variante eines Fotomodells aussieht.

Bevor Siw etwas erwidern kann, um ihre Freundin von ihrem hoffnungslosen Projekt abzubringen, sagt Anna: »Aber mit diesem Bowser scheinst du es gestern ja hübsch gemütlich gehabt zu haben.«

»Wir haben beide ein Entei gefangen. Fast gleichzeitig«, sagt Siw und die Erinnerung lässt sie lächeln.

»Mhm, genau. Das war ja das Wichtige daran. Den Mürrischen Hund zu fangen.«

»Deswegen waren wir ja auch dort.«

»Der Rand, verdammt noch mal. Lass ihn los, Siw.«

»Aber um mehr ging es doch nicht. Wir waren beide froh, und klar, es war gemütlich. Aber darauf ziehe ich keinen Wechsel.«

»Aber du hast dich hübsch angezogen.«

»Das hörte sich eben noch anders an.«

»Du bist schön.«

»Danke.«

Sie überqueren den Platz vor Janssons Tabakladen und gehen in den Gustav Adolfs Väg. Als sie an der Kvisthamra-Schule vorbeikommen, an der die drei Männer, die sie gleich treffen werden, zu Freunden geworden sind, sagt Anna: »Scherz beiseite. Kannst du dir wirklich nicht eingestehen, dass dieser Typ dich scharfmacht? Dass er jemand ist, mit dem du gerne zusammen wärst?«

»Das kann ich schon«, sagt Siw, wirft einen Blick auf den Schulhof und versucht sich vorzustellen, wie ein vierzehn, fünfzehn Jahre jüngerer Max dort oben herumläuft oder mit einer Zigarette in der Raucherecke steht, sie weiß es nicht genau. Schließlich sagt sie: »Aber ich kann es einfach nicht über die Lippen bringen, denn dann käme ich mir vor, als würde ich … das Universum herausfordern, weil ich mich so überhebe.«

Anna seufzt, steckt ihren Arm unter Siws und lehnt den Kopf an ihre Schulter. »Was für Nieten wir sind«, sagt sie. »Jede auf ihre Weise.«

»Mhm«, sagt Siw. »Und jetzt sollen wir auch noch Minigolf spielen.«

Sie spürt, wie Annas Griff um ihren Arm fester wird, als hätte sie vergessen, wohin sie auf dem Weg sind.

»Du lieber Gott, ja«, sagt Anna, »kannst du das gut?«

»Soll das ein Witz sein?«, sagt Siw. »Ich bin grottenschlecht.«

»Ich auch«, sagt Anna. »Eine totale Flasche.«

Sie nähern sich dem Eingang zur Minigolfanlage, wo die drei Männer stehen und auf sie warten. Anna lässt Siw los, hebt die Hand zum Gruß und sagt: »Hallo zusammen! Das wird ein Spaß!«

*

Ein Mann, der gerade den wöchentlichen Besuch bei seiner Mutter im Seniorenheim beendet hat, hat plötzlich eine Idee. Er fragt eine Frau, die dort arbeitet, ob es hier jemanden gibt, der selten Besuch bekommt. Die Frau stammt aus Somalia und findet die Frage überhaupt nicht seltsam. Sie begleitet den Mann zu einem anderen Mann, der dreiundvierzig Jahre älter ist als er und keinerlei Familie hat. Und dann beginnt etwas.

Der Junge, der die Kommunalverwaltung hasst

1

Die Fassade der Bowlinghalle erscheint wenig einladend. Wenn das Schild mit der Aufschrift »Roslagsbowling« nicht neben dem Eingang hängen würde, könnte man glauben, dass man sich einem militärischen Restpostenlager nähert. Graues, rostiges und abblätterndes Blech und eine Gittertreppe mit dazugehöriger Rollstuhlrampe. Johan hat vorgeschlagen, einen Graffitikünstler zu engagieren, der eine Schärenlandschaft in derselben Art malen könnte, wie sie über den Bahnen zu sehen ist, aber Peter, der Geschäftsführer, hält das für Verschwendung, weil das ganze Gebäude bald renoviert oder sogar abgerissen werden muss. Die Isolierung taugt nichts und das Dach ist nicht mehr dicht.

Johan geht die Gittertreppe hinauf, schließt auf und schaltet die Alarmanlage ab. Der Innenraum ist dunkel, und nur das Licht von der Eistheke gibt ihm genug Licht, um zum Steuerpult zu gelangen, wo er die Hauptbeleuchtung einschaltet.

So, genau.

Im Gegensatz zur abstoßenden Fassade und dem baufälligen Zustand des Gebäudes ist die Inneneinrichtung des Lokals … ja, Johan würde sich so weit strecken, dass er es *gemütlich* nennen könnte. Von den Wänden ragen dekorative Baldachine im Badehausstil hinein, Stühle und Bänke sind unter schlauchförmigen Lampen in Sitzgruppen angeordnet, und der Tresen, hinter dem Johan steht, ist attraktiv mit Süßigkeiten, Erfrischungsgetränken, Kaffeemaschinen und goldgelb leuchtenden Nachowärmern ausgestattet, »Relax mit Snacks«. Die Bahnen glänzen matt unter den Leuchtröhren und warten auf ihr Öl.

Johan arbeitet seit sieben Jahren hier und fühlt sich in der Bowlinghalle weit mehr zu Hause als in der Wohnung, in der er aufgewachsen ist. Es scheint keine Rolle zu spielen, was er tut, in der Wohnung wird er das Gefühl der *Verlassenheit* niemals los, eine Verlassenheit, die er in der Bowlinghalle niemals wahrnimmt, obwohl sie so viel größer und, so wie jetzt, oft menschenleer ist. Hier fühlt er sich sicher.

Nachdem er Kaffee aufgesetzt hat, dreht Johan eine Runde und kontrolliert, ob am Samstagabend etwas kaputtgegangen ist. Zu dieser Zeit kann es ziemlich wild zugehen, vor allem, wenn es Firmenfeste gibt, aber alles scheint in Ordnung zu sein.

Er schlägt gegen den Boxautomaten, aber es klappert nichts, was nicht klappern sollte. Auch dieses Teil kann an Freitag- und Samstagabenden sehr viel Prügel abbekommen, wenn Männer sich in die Steinzeit zurücksaufen und wie Mammutjäger brüllen, wenn sie einen weiteren Schnaps nachkippen. Aber es bringt gutes Geld ein und trägt dazu bei, dass es selten handgreiflichen Streit gibt, da die Leute alles, was raus muss, am Boxball auslassen können.

Johan sieht auf dem Stundenplan, dass es um zwölf einen Kindergeburtstag gibt. Okay, das entscheidet die Sache. Er hat mit sich gerungen, ob er beim Minigolf mitmachen sollte, nachdem die beiden Dicken dazugeladen wurden, aber alles ist besser als ein Kindergeburtstag. Ein Kind als Einzelexemplar macht Johan nichts aus, im Gegenteil, aber ein Kindergeburtstag ist eine ganz andere Nummer. Das kann Ove übernehmen, zumal er stumpfsinnig genug ist, einen Kindergeburtstag lustig zu finden. Johan kann den schwierigeren Part übernehmen, wenn am Nachmittag und am Abend die Ligaspiele stattfinden. Soll Ove doch mit der Bowlingschiene von Bahn zu Bahn laufen und weinende Kinder trösten, denen ein Ball auf die Füße gefallen ist.

Johan zieht sich ein Paar saubere Schuhe an und geht an jeder Bahn entlang, um zu kontrollieren, dass an allen die Lichtschranke funktioniert. Erst zwei Wochen zuvor war ein Vierjähriger auf einem Kindergeburtstag auf die Idee gekommen, seinem Ball hinterherzulaufen, nachdem die Bowlingschiene gestartet war. Er war die Hälfte der Bahn entlanggelaufen, bevor überhaupt jemand etwas merkte, und wahrscheinlich hätte er das Pindeck erreicht und wäre von der Maschine mehr oder weniger zermatscht worden, wenn die Lichtschranke nicht funktioniert und sie ausgeschaltet hätte, bevor etwas passieren konnte.

Johan mag kein großer Fan von Kindern sein, die herumschreien und Senf und Ketchup auf die Bälle kleckern, aber er möchte sie auch nicht von einem Metallgestell zerdrücken lassen, erst recht nicht auf *seinen* Bahnen, wie er sie mittlerweile wohl nennen darf, nachdem der Geschäftsführer in den Urlaub gefahren ist.

Alles funktioniert so, wie es soll, und Johan kann sich in den Pausenraum zurückziehen und sich den ersten Kaffee des Tages gönnen, den ersten von vielen.

Ove kommt um Viertel nach acht, und Johan kann dazu nichts sagen, da er sich am Abend zuvor anscheinend gut geschlagen hat. Alles ist sauber und in Ordnung. Ove nickt zum Gruß, holt einen Becher Kaffee und setzt sich zu ihm.

»Alles ruhig gestern Abend?«, fragt Johan.

»Doch, ja«, sagt Ove und pustet auf seinen Kaffee. »Das übliche Geplänkel, Leute beschweren sich über die Ölbilder, wenn sie ein Bier zu viel getrunken haben. Bahn zwei hat sich eine Weile aufgehängt, aber wir haben sie wieder hinbekommen, und morgen kommt ja Carlos.«

Carlos Martinez ist Mechaniker und kommt zweimal in der Woche, um zu kontrollieren, ob die Maschinerie betriebsbereit ist. Er ölt und repariert sie, wenn nötig. Der Raum hinter den Pinsettern gleicht einer Zwergenwerkstatt und enthält unter anderem sechs auseinandergebaute Maschinen des gleichen, dreißig Jahre alten Modells, das sie selbst benutzen, eingekauft für einen Appel und ein Ei von einer inzwischen geschlossenen Halle in Göteborg.

»Viel Gerede über den Container natürlich«, sagt Ove. »Arme Schlucker.«

»Die sind doch selber schuld«, sagt Johan.

»Sag nicht so etwas.« Ove stellt den Kaffeebecher ab, ohne daraus getrunken zu haben. »Sag das nicht.«

»Aber was sind das denn für Menschen, die sich mit Frauen und Kindern freiwillig in einen Container einsperren lassen, um nach Schweden zu kommen und von Sozialhilfe zu leben?«

»Vielleicht war es nicht freiwillig?«

»Nein, wahrscheinlich aber schon. Natürlich ist so etwas schrecklich, aber das ändert nichts an der Tatsache, dass wir in den letzten Jahren überschwemmt worden sind, weil die Leute *was auch immer* tun, um zu uns zu kommen.«

»Du findest es also gut, dass sie gestorben sind?«

»Das finde ich natürlich nicht, aber an irgendeinem Punkt muss es mal genug sein. Wir können nicht der ganzen Welt helfen.«

»So etwas würdest du nicht sagen, wenn Peter hier wäre.«

»Nein, vielleicht nicht, aber er ist nun einmal nicht hier.«

Johan ist sich bewusst, dass seine Ansichten politisch unkorrekt sind, und er äußert sie nicht oft in der Öffentlichkeit, aber die Sache mit dem Container hat eine Saite in ihm angeschlagen. In allen nichtalternativen Medien werden die Toten abwechselnd als *Opfer* oder als *Helden* beschrieben, die den Sprung gewagt haben, aber dabei gestorben sind. Das Wort *Tragödie* taucht immer wieder auf.

Es sind achtundzwanzig tote Menschen, sonst nichts. Ein Vielfaches davon stirbt jeden Monat im Mittelmeer, und nur wenige trauern ihnen lange nach. Große Anstrengungen sind unternommen worden, um Menschen daran zu hindern, nach Europa zu kommen, und nur weil diese achtundzwanzig zufälligerweise in Norrtäljes Hafen an Land gespült wurden, sind sie plötzlich die Begehrtesten und Beweinenswertesten von allen.

Johan hat im Grunde nichts gegen Ausländer, er ist kein Rassist. Menschen wie Carlos oder die Familie Kovac sind bessere Leute als viele Schweden, die er kennt, aber sie sind zu einer Zeit nach Schweden gekommen, als es die *Voraussetzungen* dafür gab. Die gibt es jetzt nicht mehr, und Politiker und PC-Medien weigern sich, das zuzugeben. Die Situation hat sich in der letzten Zeit ein bisschen verbessert, und ungeachtet dessen, was die Regierungsparteien sagen, ist Johan der Ansicht, dass dies zum größten Teil an den Schwedendemokraten liegt. Deshalb hat er in der letzten Wahl für sie gestimmt und will es auch in der nächsten tun.

Das hat er noch nicht einmal Max erzählt, weil allein das Wort *Schwedendemokraten* jede Menge Ballast mit sich bringt, mit dem Johan nichts zu tun haben will. Er hat nichts übrig für die Hohlköpfe, die in gewissen Foren, denen er mittlerweile folgt, etwas von einer »Containerlösung« schreiben. Dass sämtliche Flüchtlinge so behandelt werden sollten. Bindet sie zusammen, werft sie hinein und lasst sie umkommen. Solche Ansichten sind Johan vollkommen fremd.

»Du musst mich schon richtig verstehen«, sagt Johan zu Ove, der es endlich wagt, an seinem heißen Kaffee zu nippen. »Ich würde alle Flüchtlinge mit offenen Armen willkommen heißen, wenn der *Apparat* funktionieren würde, also, dass sie selbst schuld seien, war vielleicht etwas übertrieben ...«

»Das ist ja schön zu hören«, sagt Ove.

»Ja. Aber der Apparat funktioniert nun einmal nicht. Es gibt keine Wohnungen, es gibt keine Arbeit, es gibt keinen vernünftigen Integrationsplan, und trotzdem sitzen sich diese verdammten Politiker und Beamten ihre Ärsche platt und tun so, als wäre nichts passiert. Und hier in Norrtälje, also man wagt es kaum zu sagen, weißt du, was diese Idioten sich hier geleistet haben ...?«

Ove nippt an seinem Kaffee und schließt die Augen, während Johan zu einer weiteren Tirade über die inkompetenten Dorftrottel ausholt, die in Norrtälje am Ruder sitzen. Er hat es vorher schon so viele Male gehört und er wird es noch so viele Male hören. Er versucht wirklich, so zu tun, als würde gar nichts passieren, als wären Johans Worte nur ein beruhigendes Prasseln auf einem Blechdach, aber es gelingt ihm nicht besonders gut.

So viel Hass, denkt Ove. *Woher kommt dieser Hass?*

2

Johan war neun Jahre alt, als er den entscheidenden Stoß erhielt, der ihn auf ein schwarzes Loch aus Ekel vor den herrschenden Kräften zurollen ließ.

Seine Mutter war schon eine ganze Weile in sehr schlechtem Zustand gewesen. Es kam selten vor, dass sie Essen kochte, und sooft es ihm möglich war, hing Johan so lange bei Max zu Hause herum, bis sie sich genötigt sahen, ihn zum Essen einzuladen. Nie erzählte er jemandem, wie es seiner Mutter ging, weil er sich so schrecklich schämte.

Die Dämmerung hatte begonnen, und Schnee lag in der Luft, als Johan an einem Nachmittag Anfang November widerwillig von der Schule nach Hause ging. Seine Mutter war am Morgen verwirrt gewesen und hatte beinahe in Zungen gesprochen. Er war gezwungen, bei ihr nach dem Rechten zu sehen, obwohl schon die Vorstellung Angst und Ekel in ihm weckte.

In dem Augenblick, als er die Tür aufschloss, war ihm klar, dass etwas vollkommen schiefgelaufen war. Die Wohnung war warm wie eine Sauna und die Luft ganz feucht. Ihm brach sofort der Schweiß auf der Stirn aus, und er hängte seine Jacke an den Haken, bevor er durch den Flur schlich. Er hörte das Geräusch von fließendem Wasser, und durch die geöffnete Badezimmertür konnte er sehen, dass der Warmwasserhahn der Badewanne voll aufgedreht war und Wolken von Dampf sich durch die Passage zwischen Flur und Badezimmer drängten.

In der Küche stand die Backofenklappe offen und atmete Hitze aus, die Herdplatten waren glühend rot. Johan schloss die Tür und schaltete die Herdplatten ab, bevor er in das Badezimmer ging und den Hahn zudrehte. In der Wohnung wurde es still, und in der Stille konnte er ein verzweifeltes Wimmern hören.

Ich schaffe es nicht. Ich will nicht.

Am liebsten hätte er die Wohnungstür geöffnet und wäre bis ans Ende der Welt gelaufen und dort über die Kante gefallen, für immer verschwunden. Stattdessen pirschte er auf Zehenspitzen zum

Wohnzimmer, aus dem das Wimmern kam. Er blieb in der Türöffnung stehen und lehnte die Stirn an den Türrahmen.

Seine Mutter stand mitten im Zimmer, splitterfasernackt, und kratzte sich mit spitzen, zerbissenen Fingernägeln die Haut. Sie blutete aus mehreren oberflächlichen Wunden an den Brüsten, auf dem Bauch und an den Armen.

Nackt. Warum musste sie immer nackt sein?

Bei allem, was an den Episoden seiner Mutter so schwer zu ertragen war, störte dieser Aspekt Johan am meisten; dass er sie fast immer nackt sehen musste. Der Ekel, den er empfand, ging oft in ein klebriges Schamgefühl über, als hätte *er* etwas Verbotenes getan, wenn ihm dieser Anblick aufgezwungen wurde.

»Mama …«, sagte er, ohne sie anzusehen.

»Ich friere«, wimmerte seine Mutter. »Warum ist es so kalt?«

»Vielleicht, weil du keine Kleider anhast?«, schlug Johan vor, der selbst so sehr schwitzte, dass es ihm den Rücken hinunterrann.

»Nein!«, schrie seine Mutter und schlug nach ihm. »Das ist die Kälte des Todes! Von innen! Von innen kommt sie! Sie muss nach drauuuußen!«

Johan wich zurück, als sie sich auf den Boden warf und ihr Geschlechtsteil kratzte, während sie gutturale Laute von Schmerz oder Lust ausstieß und der Teppich von ihrem Blut befleckt wurde. Johan brach zusammen. Er hielt es nicht mehr aus. Keine Sekunde länger konnte er hier stehen und sich das ansehen. Er stieß sich vom Türrahmen ab, und mit Tränen in den Augen lief er zur Wohnungstür, öffnete sie und knallte sie hinter sich zu, sprang die Treppen hinunter und hinaus auf den Hof.

Während der kurzen Zeit, die er in der Wohnung war, hatte es zu schneien begonnen. Winzige Kristalle trieben durch die Luft, und seine verschwitzte Haut wurde innerhalb weniger Sekunden kalt. Er trug nichts als ein dünnes Hemd, weil er die Jacke in der Wohnung gelassen hatte. Mit den Schlüsseln in der Tasche. Zum Glück hatte er sich nicht die Schuhe ausgezogen.

Zum Glück.

Er war wirklich ein Glückspilz. Er schluchzte, während er sich mit Armschwüngen aufzuwärmen versuchte und auf den Fersen hin und her schaukelte. Was sollte er tun? Wohin konnte er gehen? Seine übliche Lösung bestand darin, Max zu besuchen oder sich irgendwo zu verstecken, bis es vorbei war, aber dieses Mal *sah er plötzlich sich selbst.* Einen neunjährigen Jungen, der im Schnee stand und fror und nirgendwo hingehen konnte.

Hilfe. Ich brauche Hilfe.

Das Jugendamt war ein paarmal bei ihnen zu Hause gewesen, als seine Mutter zwei Jahre zuvor eingewiesen war. Frauen mit großen Gesäßen, die nach Parfum stanken und das Ganze einfach nur hinter sich bringen wollten. Das Jugendamt war ein abstrakter Begriff für Johan, aber nur einen Monat zuvor war seine Klasse zu einem Studienbesuch in der Kommunalverwaltung gewesen. Ihnen waren die unterschiedlichen Dienststellen gezeigt worden, und sie durften den Beamten Fragen stellen. *Die Kommunalverwaltung.* Zumindest wusste er jetzt, wo das Verwaltungsgebäude lag.

Johan brauchte eine Viertelstunde, um den guten Kilometer zur Rubingatan zurückzulegen, und als er ankam, war er durchgefroren. Hinter einem langen Empfangsschalter aus hellem Holz saß eine Frau, die ihr Gesicht in die eine Hand stützte, während sie etwas las, und mit der anderen Hand eine Locke um einen Bleistift drehte. Johan ging zu ihr, und sein Kinn reichte kaum über den Tresen, als er sagte: »Ich brauche Hilfe.«

»Wie bitte?«, sagte die Frau, die ihn gerade erst bemerkt zu haben schien.

»Ich brauche Hilfe, meine Mutter, sie …« Es fiel ihm schwer, auf diese Weise seine Mutter zu verpetzen, aber schließlich bekam er es heraus: »Sie tut sich weh.«

»Sie tut sich weh?«

»Ja. Sie zerkratzt sich, bis sie blutet.«

Die Frau zog den Stift aus dem Haar, sodass sie ihn benutzen konnte, um sich im Augenwinkel zu kratzen, und sagt: »Du weißt schon, dass wir die Kommunalverwaltung sind, wir können nicht … das klingt ja eher so, als müsste sie ins Krankenhaus.«

»Aber sie … sie … sie ist *verrückt.*«

»Ja, da ist ja auch das Krankenhaus zuständig. Da musst du …«

»Aber ich brauche Hilfe!«, schrie Johan, sodass die Frau die Augenbrauen runzelte. »Jetzt! Kann mir denn niemand helfen?«

Die Frau warf ihm einen misstrauischen Blick zu, bevor sie sich von ihrem Stuhl erhob und hinter einer Tür verschwand. Johan blieb mit geballten Fäusten und geröteten Wangen stehen. Er hatte das Allerverbotenste getan. Er hatte seine Mutter verraten, er hatte gesagt, dass sie verrückt war, und trotzdem hatte es nicht gereicht.

Eine Minute später kam die Frau in Begleitung eines rothaarigen Mannes zurück, der die buschigsten Augenbrauen hatte, die Johan jemals gesehen hatte. Ein stattlicher Bauch wölbte sich unter einem abgetragenen Sakko mit Ellenbogenschützern, und er roch nach kaltem Zigarettenrauch.

»Nun denn«, sagte der Mann. »Worum geht es hier?«

»Meine Mutter«, sagte Johan und fand es inzwischen etwas leichter als beim ersten Mal. »Sie ist verrückt.«

»Meinst du, dass sie böse auf dich ist oder dass sie …«

»Nein. Sie ist verrückt.« Als Johan es zum dritten Mal sagte, musste er an die Verleugnung Jesu denken. Es lief ihm kalt den Rücken herunter, und seine Beine fühlten sich wackelig an, als er flüsterte: »Sie kratzt sich.«

»Ja, also. Du weißt schon, dass das hier die Kommunalverwaltung ist und …«

Die Beine gaben unter Johan nach. Er fiel auf die Knie, ließ die Stirn auf den Boden sinken, faltete die Hände zum Gebet und jammerte: »Können Sie mir nicht einfach helfen, können Sie mir nicht einfach helfen …«

Eine zurückhaltende Konferenz entwickelte sich oberhalb seiner Kopfhöhe. Er hörte Worte wie *Jugendamt* und *Familienberatung* und *Jugendpsychiatrie*. Lange standen die Erwachsenen um ihn herum und diskutierten, während Johan mit Eiseskälte im Bauch auf dem Boden lag und seine Hände vor sich ausstreckte. Schließlich hörte er die Stimme des Mannes mit einem unüberhörbaren Misstrauen sagen: »Du, Junge, kannst du vielleicht aufstehen.«

Johan drückte sich erst auf die Knie, dann in den Stand hoch.

Er hatte keine Kraft mehr im Körper, und alle Glieder fühlten sich betäubt an.

»Könntest du bitte dort hinten warten?«, sagte der Mann und deutete auf ein straffes, grünes Besuchersofa neben einer Plastikpalme. »Wir rufen jetzt das Jugendamt an.«

Johan hatte keine Kraft mehr, um dagegen zu protestieren. Er schleppte sich bis zum Sofa und setzte sich. Es war genau so unbequem, wie es aussah. Er legte die Hände auf die Knie und wartete. Hin und wieder sah er in den Schneefall hinaus, der stärker geworden war. Dann wartete er weiter.

Es dauerte eine Stunde, bis eine der parfümierten Damen eintraf. Während der Zeit hatte niemand ein Wort zu Johan gesagt, ihn gefragt, ob er Durst oder Hunger hatte, was beides der Fall war. Er hatte ganz allein mit den Händen auf den Knien dagesessen und sechzig Minuten lang mit zunehmender Intensität die Kommunalverwaltung gehasst.

3

Während der Jahre, die seit diesem Vorfall vergangen sind, hat Johan begriffen, dass der Mann und die Frau, auf die er damals gestoßen war, nicht notwendigerweise repräsentativ waren. Er hatte einfach Pech gehabt und war zwei handlungsunfähigen Idioten zum Opfer gefallen, aber das spielte keine Rolle. Sobald die Kommunalverwaltung und ihre Ineffektivität zur Sprache kamen, flammte das Gefühl wieder auf, das er vor zwei herzlosen Erwachsenen auf dem Boden liegend empfunden hatte und das er auf dem Sofa gespürt hatte, als sich die Erniedrigung in seine Brust fraß. Er hatte gehasst und hasste weiter, aus reinem Instinkt.

Es gab noch einen Aspekt, der für die Schwedendemokraten sprach. Es hatte sie damals noch nicht gegeben, und sie konnten deshalb nicht einmal im übertragenen Sinne für seine Erniedrigung verantwortlich gemacht werden. *Nein, denn damals waren sie noch Nazis*, würde vielleicht jemand einwenden, aber man musste den Menschen doch die Chance geben, sich zu ändern. Solange sie nicht in der Kommunalverwaltung arbeiteten.

Johan verlässt die Bowlinghalle um halb zwölf, nachdem er eine rudimentäre Pflegeölung der Bahnen vorgenommen hat, schließlich würden die Kinder ihre Ergebnisse ja nicht auf die Ölbilder schieben, wenn sie ihre Kugeln noch nicht einmal mit Rotation spielten. Für die Ligaspiele des Nachmittags würde er die Bahnpflegemaschine auf professionelle Ölbilder einstellen und die vorhersehbaren Einwände einfach abwarten.

Mit den Händen in den Hosentaschen flaniert er durch ein herbstliches Norrtälje. Die Laubbäume beginnen unterschiedliche Farbe zu zeigen, es ist einigermaßen warm und es geht ihm im Großen und Ganzen gut. Er sammelt ein paar vereinzelte Pokémon ein, dreht an ein paar Pokéstops. Als er an der Skulptur Black Egg vorbeikommt, die im Augenblick Team Mystic gehört, sieht er, dass gerade ein Platz frei ist, und stellt sein Relaxo in der dortigen Arena auf, um Wache zu stehen und hoffentlich ein paar Coins zu verdienen.

Einer der Gründe dafür, dass Max ein paar Level höher steht, besteht darin, dass er Sachen für echtes Geld kauft. Vor allem Brutmaschinen, mit denen man mehrere Eier gleichzeitig ausbrüten und schlüpfen lassen kann. Er kann es sich leisten. Johan verwendet lediglich die Pokécoins, die er durch das Bewachen von Arenen verdient, und steigt daher langsamer auf. Auch die Pokémon-Welt ist kapitalistisch.

Ehrlicherweise muss man auch zugeben, dass Johans Arbeit weniger Ortswechsel mit sich bringt. Aber selbst wenn Johan so weit herumkommen würde wie sein Freund, hätte er nur einen oder möglicherweise zwei Brutmaschinen in Betrieb und würde deshalb immer noch verlieren. Johan denkt gerne in den Begriffen Siegen und Verlieren und findet sich selbst beinahe immer auf der Verliererseite.

Don't go there.

Er kommt an der Städtischen Musikschule vorbei und denkt daran zurück, wie er als Viertklässler das Gitarrespielen lernen wollte. Ungeschickterweise hatte er die Leihgitarre fallen lassen, wobei diese sich einen Sprung zugezogen hatte. Deshalb durfte er sich keine neue leihen, und eine neue zu kaufen, war selbstverständlich unmöglich, weil:

Don't go there.

Als er die Sozietätsbrücke erreicht, die für die feinen Damen und Herren erbaut worden ist, damit sie von den Dampfschiffen zu den Badeanlagen gelangen konnten, wirft er einen Blick in den Hafen. Die Stelle, an dem der Container stand, ist leer, und alles ist zur Normalität zurückgekehrt. Am Montag wird der Bau der Hafenstadt wieder aufgenommen, damit andere feine Damen und Herren aus der Überklasse im Sonnenturm und im Meeresturm wohnen und herabschauen können auf …

Don't …

Doch, *do*. Johan klammert sich an das Brückengeländer und wird von einer plötzlichen und unerklärlichen Angst vor all diesen hohläugigen Menschen befallen, die in den zukünftigen Paradestadtteil von Norrtälje ziehen und ihn bevölkern werden, vielleicht sogar Leute aus *Stockholm*. Die Angst verwandelt sich in Wut. Leute mit *Geld*, die zum *Steueraufkommen* beitragen, werden hier herumspazieren und einander an den geplanten *natürlichen Begegnungsstätten* mit einem Lächeln begrüßen, und Johan erwischt sich dabei, den Container zurückzuwünschen, als Nagel im Auge all dieser scheißvornehmen …

Beruhige dich.

Johan ist so wütend, dass er vor dem Brückengeländer steht und daran zerrt. Er lässt das Gitter los und wischt sich über die Augen. Er regt sich allzu leicht auf, aber das hier ist sogar für ihn außergewöhnlich. Während er über die Brücke geht, massiert er sich die Schläfen. Als er den Sozietätspark erreicht, lässt das Gefühl langsam nach, und er schielt zurück zu der leeren Fläche, wo bis zum vorhergehenden Tag der Container gestanden hat.

Darüber wird natürlich nicht in den Medien berichtet, aber ist dieser Container nicht ein leuchtendes Beispiel dafür, wie sehr man die *Hilfe vor Ort* braucht? Wenn diesen armen Schluckern – wie Ove es ausdrückt – geholfen worden wäre, in ihren Heimatländern zumindest einen minimalen Lebensstandard zu erreichen, hätten sie bestimmt nicht Frauen und Kinder mitgenommen und sich alle zusammen in einen Container einsperren lassen. Aber das kapiert natürlich kein Schwein, das darüber entscheiden könnte.

Verdammte Idioten.

Max sitzt auf einer Bank vor der Freilichtbühne und wartet auf ihn, und Johan versucht die düsteren Gedanken abzuschütteln, die ihn in Besitz genommen haben.

»Hi«, sagt Max und zeigt auf die Bühne. »Hier findet gerade ein Drei-Sterne-Raid statt. Alola Raichu. Wollen wir ihn holen?«

»Ich habe keinen Raid-Pass«, antwortet Johan und hält sein Handy hoch, als wollte er es beweisen.

»Kannst du nicht …«

»Nein, das kann ich nicht.«

Ein Raid-Pass kostet fünf Kronen in richtigem Geld, aber es ist eine Frage des Prinzips. Johan hat nicht die geringste Lust, sein sauer verdientes Geld in Nintendos gähnendes japanisches Maul zu werfen, um einen imaginären Gegenstand zugeteilt zu bekommen.

»Mann, bist du gerade schlecht gelaunt«, sagt Max und steckt sein Handy wieder ein.

»Nicht schlecht gelaunt«, sagt Johan. »Prinzipientreu.«

»Was oft dasselbe ist.«

Sie gehen gemeinsam durch den Park und lassen Pokémon Go in der Hosentasche laufen, um Kilometer für die Eier zu sammeln, aber sie drehen an keinen Stops, da sie beide genug Bälle haben. Johan zeigt mit dem Daumen auf die andere Seite des Hafenkanals und fragt: »Könntest du dir vorstellen, dort zu wohnen?«

»In der Hafenstadt? Ich weiß nicht. Warum?«

»Ach, ich wurde gerade von so einem riesigen Wutanfall auf das ganze Projekt gepackt, dass mir beinahe selbst mulmig zumute wurde.«

»Du bist oft wütend.«

Johan zuckt zusammen, als ein Tennisball in den Maschendraht neben seinem Ohr schlägt. Zwei Mädchen in den frühen Teenagerjahren schmettern die Bälle mit erstaunlicher Kraft aufeinander zu. Ihre Körper fliegen leicht und geschmeidig über den braunen Sand, und Johan fühlt sich plötzlich alt. Alt und wütend, also nimmt er die Gelegenheit wahr, ein weiteres Thema anzusprechen, das ihm auf der Seele brennt.

»Warum hast du die beiden Mädchen eingeladen?«

»Siw und Anna? Ich dachte einfach, es wäre eine gute Idee.«

»Das ist keine Antwort. Denkst du, dass du bei dieser Siw vielleicht landen könntest?«

»Das glaube ich eher nicht.«

»Aber gestern auf dem Raid, ihr wart ja wie … ich weiß nicht.«

»Ich habe es schon einmal gesagt. Da ist irgendetwas, das ich bei ihr … wiedererkenne.«

Johan stöhnt auf und macht eine ausbeulende Bewegung mit den Händen vor dem Bauch. »Aber sie ist doch so *fett*.«

Max macht ein paar schnelle Schritte, bis er einen Vorsprung hat, dreht sich um und sieht ihn mit einem strengen Blick an. »Johan, ganz im Ernst. Ich will, dass du aufhörst, so über sie zu reden.«

»Ich stelle nur Tatsachen fest.«

»Ja, aber dann kannst du dir vielleicht auch andere Tatsachen aussuchen, um sie festzustellen. Ich habe Augen, mit denen ich sehen kann, okay? Ich weiß, wie sie aussieht.«

»Ja, ja. Also, sie ist ja nicht direkt hässlich, aber …«

»Zum letzten Mal. Lass es.«

Max dreht sich um und geht weiter. Johan bleibt stehen und überlegt, ob er nicht umdrehen und weggehen sollte, aber das kommt ihm doch zu kindisch vor. Also holt er stattdessen das Handy heraus und folgt Max, während er Pokémon sammelt. Was *nicht* kindisch ist.

Als Johan aus der engen Passage zwischen Café und Felswand kommt, wartet Max auf ihn, bis sie nebeneinander weitergehen können. Johan konzentriert sich auf sein Display und wirft ein paar Bälle auf ein Enton, das sich als wertlos herausstellt.

Ab zum Professor mit dir. Soll er doch Entenbraten aus dir machen.

»Was hältst du eigentlich von der Sache mit dem Container?«, fragt Max. Bevor Johan etwas antworten kann, fügt er hinzu: »Wenn man vom Umgang der Kommunalverwaltung mit dem Vorfall absieht.«

»Da bist du doch der Experte, du hast ja quasi gesehen, wie es passierte, und, wie hast du es ausgedrückt, dieses Metaphysische. Ich verstehe immer noch nicht, was du damit gemeint hast.«

»Aber jetzt würde ich gerne wissen, was du darüber denkst.«

»Ich denke wohl dasselbe wie alle anderen. Eine Gruppe von Menschen versucht illegal einzureisen, und dann ging es auf irgendeine Weise schief.«

»Hm. Aber warum? Es sollte doch ganz einfach gewesen sein, sie herauszulassen. Warum blieben sie eingesperrt?«

»Vielleicht hatten sie nicht bezahlt?«

»Was, und deswegen stellen sie den Container als ein warnendes Beispiel in den Hafen? Seht her, so läuft es, wenn man nicht bezahlt?«

»Ja. Warum nicht?«

»Was für Menschen tun denn so etwas?«

An Knut Lindbergs Gedenkstein biegen sie ab und gehen den Hügel hinauf. Wenn es so ist, wie Max sagt, dass Johan nämlich ein übertrieben negatives Bild von der Welt hat, dann ist es bei Max übertrieben positiv. Zivilisation und Mitmenschlichkeit sind nichts als der Putz auf einem instabilen Gesellschaftsgebäude, wirf ein Erdbeben hinein, und der ganze Mist bröckelt ab und bricht zusammen.

Sie erreichen die Minigolfbahn um kurz vor zwölf, und nur eine Minute später steigt Marko aus dem Wohngebiet in Hanglage, in dem auch Max' Villa liegt, zu ihnen hinab. Max' *und* Markos *Villen*, korrigiert sich Johan.

Marko hat die Hände hinter dem Rücken verschränkt und zieht

die Augenbrauen bekümmert zusammen, und Johan kann nicht anders. Wie so viele Male zuvor würde er Marko am liebsten in den Arm nehmen, ihn küssen und liebkosen, bis alle seine Sorgen verschwunden sind. Die lange Zeit hat daran nichts geändert.

Als Marko sie entdeckt, beginnt er zu strahlen und zeigt sein breites Zlatan-Lächeln, das den Schmerz der Unmöglichkeit in Johans Brust aufsteigen lässt. Welcher Mensch, der von einer Frau geboren ist, kann diesem Lächeln widerstehen? Vielleicht kann den laborgezüchteten Kindern der Zukunft eine Resistenz dagegen einprogrammiert werden, aber bis auf Weiteres: niemand.

»Hallo«, sagt Max. »Wie geht's?«

»Ja, du weißt schon«, sagt Marko. »Man kann nicht klagen. Es ist, wie es ist.«

»Es muss ja«, ergänzt Johan.

»Genau.«

Es ist ein Spiel aus der Zeit, als sie Teenager waren: sich ausschließlich in Redewendungen zu unterhalten. Es amüsierte sie, sich über die Schweden lustig zu machen, und war gleichzeitig Teil von Markos Sprachlernprojekt. Er hörte aufmerksam zu, welche Ausdrücke okay waren und welche einfach nur idiotisch, und Johan antwortete nach bestem Gewissen.

Die Angespanntheit, die Johan empfunden hat, als sie Marko bei seiner neuen Villa getroffen haben, ist größtenteils von ihm abgefallen, obwohl der Schmerz noch da ist. Es sind Jahre vergangen, und viele Dinge sind gesagt worden und passiert, besonders in Stockholm, aber auf einer gewissen Ebene bleibt Marko Johans große Liebe, da ist nichts zu machen.

Zwei mollige Gestalten kommen über den Gjuterivägen auf sie zu, und Johan kann erst gar nicht glauben, was er sieht, aber als sie nah genug sind, muss er feststellen, dass er sich nicht geirrt hat. Siw sieht ganz okay aus, wenn man vom Übergewicht absieht, aber Anna ... du lieber Gott, Johan kann sich nicht erinnern, jemals eine so zugespachtelte Person diesseits des Clowns Peppe gesehen zu haben, den sie manchmal zu Kindergeburtstagen in der Bowlinghalle engagieren.

»Also jetzt mal im Ernst«, flüstert er den anderen zu. »Wie sieht dieses Menschenkind eigentlich aus?«

»Pah«, sagt Marko. »Wenn schon, denn schon. Hallo, Mädels!«

*

Ein siebenjähriges Mädchen steht auf der Sozietätsbrücke. Ihr Kinn ragt über das Geländer, als sie in das fließende Wasser hinunterschaut. Es blinkt wie Silber, wenn ein Sonnenstrahl auf einen Lachsrücken trifft. Das Mädchen denkt, dass überall auf der Welt Schätze versteckt sein könnten und dass die Menschen als Piraten und Abenteurer danach suchen. Dann denkt sie plötzlich, wie schrecklich Piraten mit ihren Haken und Schwertern sind und wie schrecklich Krokodile sind. Tränen steigen ihr in die Augen, und sie läuft weg.

Armut und Überfluss

1

Die Nacht von Samstag auf Sonntag verbringt Marko auf einem Feldbett mitten im leeren Wohnzimmer seiner neuen Villa. Johan, Max und auch seine Eltern haben ihm einen Schlafplatz angeboten, aber er braucht die Zeit, in Ruhe nachzudenken.

Bis zu dem Augenblick, an dem Max sagte, dass Marko vielleicht seine Eltern fragen sollte, wie sie es gerne hätten, war ihm dieser Gedanke nie gekommen. Er hatte nur vor sich gesehen, wie er alles *top notch* in Schuss brachte und dann den Vorhang fallen ließ: Ta-taa! Wie sein Vater und seine Mutter mit offenen Mündern dastehen würden, während sie begriffen, wie sehr ihr Sohn sie liebte.

Dabei hat Marko nicht die geringste Ahnung, ob seine Eltern einen Pool haben wollen, und als er in der Stille des leer geräumten Hauses liegt, muss er sich selbst gegenüber zugeben, dass er noch nicht einmal weiß, ob seine Eltern überhaupt eine Villa haben wollen.

Marko dreht sich auf dem Feldbett hin und her, und das Knarren des Gestänges hallt von den kahlen Wänden zurück. Er ist schon oft beschuldigt worden, ziemlich halsstarrig zu sein, dass er losstürmt und rein instinktiv handelt. Aber das stimmt nur zur Hälfte. Er hat ein solides Grundwissen über den Aktienmarkt, erworben durch fleißige Studien in Tausenden von unbezahlten Arbeitsstunden, nur, wenn es zum Kaufen und Verkaufen kommt … was kann man dazu sagen? Der Handel mit Optionen und Derivaten erfordert Schnelligkeit, und Marko kann viele Millionen aufgrund eines *Gefühls* für kommende Bewegungen in den Markt werfen, während die anderen immer noch hin und her überlegen, bis ihnen die Möglichkeit aus den Händen geglitten ist.

Tatsache ist, dass sein Instinkt ihn meistens richtig leitet, weil er auf tief gehendem Wissen und reifen Überlegungen beruht, die er allerdings schon im Vorhinein angestellt hat. Das Haus hat er auf dieselbe Art gekauft, aus einem Gefühl heraus. Dreizehn Mille, kein Problem, ab die Post.

Marko dreht und wendet sich im Bett und kann keine bequeme Lage finden. Das Knarren des Gestänges geht ihm auf die Nerven, ja, er hat das Gefühl, dass es seine Nerven *sind*, die quietschen und wimmern.

Es ist ein frustrierender Gedanke, dass er so eine Mordsahnung vom Aktienmarkt hat, der für die meisten Menschen ein undurchdringliches Dickicht aus Zahlen ist, während seine Eltern, die er seit beinahe dreißig Jahren kennt, weiterhin ein Mysterium für ihn bleiben. Er kann ihre Bewegungen und Reaktionen nicht vorhersagen.

Mama und Papa: 1, die Börse: 0. Verdammtes Scheißbett.

Marko erhebt sich von seinem quäkenden Lager und dreht eine Runde durch das dunkle Haus und stellt sich vor, wie es aussehen wird, wenn er es in Ordnung gebracht hat. Er trinkt direkt aus dem Wasserhahn an der Spüle und spritzt sich das Wasser ins Gesicht.

Befreit von dem Druck in Stockholm, wo Entscheidungen im Minuten- oder Sekundentakt getroffen werden müssen, vor einer leeren Küchenarbeitsplatte stehend, während das Wasser von seinem Gesicht tropft, beginnt Marko sich zu beruhigen. Er sieht ein, dass Max recht hat. Er muss es gemeinsam mit seinen Eltern angehen. Er weiß *ungefähr*, was sie mögen, aber wenn er beispielsweise dreißig Riesen für ein schickes Sofa im Wohnzimmer verbrennt und sich später herausstellt, dass sie ihr altes behalten wollen? Und so weiter. Er muss mit ihnen reden. Morgen.

Der Gedanke wirbelt eine neue Unruhe in seiner Brust auf, und er trinkt ein weiteres Glas Wasser. Es hilft nichts, also wirft er sich auf den Boden und macht einhundert Liegestütze. Dann hundert Sit-ups. Es bringt ihn kaum außer Atem, aber ein Teil der Unruhe legt sich. Er geht zurück ins Wohnzimmer und lässt sich auf das Bett fallen, das mit einem quietschenden Schrei reagiert.

Nie wieder Jysk.

Er überlegt, ob er Max schreiben und das Minigolf absagen soll, aber es könnte ja durchaus ein Vorteil sein, einen Vorwand in der Hand zu haben, mit dem er das Treffen mit seinen Eltern verkürzen kann. Sosehr er sie auch liebt, in ihrer Nähe fühlt er sich oft bedrängt. Er schreibt seinem Vater, dass er um neun Uhr morgens vorbeikommen wird und dass er ihnen etwas zeigen möchte.

Er legt sich ausgestreckt auf den Rücken und glotzt auf einen Lampenhaken an der Decke, überlegt, ob er sich aufhängen sollte, um dem ganzen Mist zu entgehen, aber das ist nur eine spontane Fantasie, der Gedanke an Selbstmord ist ihm vollkommen fremd. Stattdessen geht er mental den Inhalt seines Aktienportfolios durch. Die Spalten aus Ziffern, Graphen für Gewinn und Verlust, der verlässliche Fortschritt bei den Indexfonds, die er als Sicherheit hält, und irgendwann in dieser beruhigenden Beschäftigung schläft er ein.

2

Obwohl es verboten ist, parkt Marko auf dem Hof. Er möchte seine Eltern direkt von der Haustür zum Auto bringen und ihnen einen Platz anbieten können. Er steigt aus und tätschelt das Wagendach, bevor er gegen den Türgriff drückt, um den Wagen abzuschließen. Seit einem halben Jahr war er nicht mehr zu Hause, aber als er die Tür öffnet, ist der Duft exakt der gleiche wie zu seiner Kindheit, und als er die Treppen hinaufsteigt, scheint Marko sich zu verjüngen. Jeder Schritt nach oben ist ein Schritt zurück, und wenn man so will ist es ein kleiner Junge, der bei seinen Eltern klingelt.

Seine Mutter öffnet die Tür. Die Jahre sind ziemlich gnädig mit ihr umgegangen. Graue Strähnen in dem langen schwarzen Haar und ein paar neue Falten um die Augen, darunter wie immer halbmondförmige Schatten, aber ihr Blick ist munter und ihre Bewegungen sind fließend. Sie lässt Marko eintreten, bevor sie ihn umarmt und auf Bosnisch sagt: »Willkommen zu Hause, mein Schatz.«

»Danke, Mama«, sagt Marko auf Schwedisch und legt vorsichtig seine Arme um sie. Laura schnappt nach Luft und sagt auf Schwedisch mit gespielter Empörung: »Mein Schatz! Du bist ja so groß wie ein Haus!«

»Vielleicht wie ein Gartenhäuschen«, sagt Marko.

»Mhm«, sagt die Mutter. »Oder diese neuen, größeren, wie heißen sie noch gleich?«

»Mikrohäuser.«

»Ja, so eines bist du.«

Als Marko aufwuchs, war es durchaus möglich, sich mit seiner Mutter über wichtige Dinge zu unterhalten, aber grundsätzlich herrschte eher ein scherzhafter Ton zwischen ihnen, während das Verhältnis zwischen ihm und seinem Vater viel ernsthafter war. Bei Maria war es genau umgekehrt. Scherzhaft mit dem Vater, ernst und nicht selten konfliktvoll mit der Mutter. Beim gemeinsamen Abendessen herrschte eine bunte Mischung aus Gefühlszuständen rund um den Tisch, und die Gespräche konnten leicht in Geschrei oder Gelächter ausarten.

Als Marko ins Wohnzimmer kommt, sitzt sein Vater schon dort und blättert in einer Gebrauchsanweisung. Auf dem Boden liegen ein großer Karton und ein paar Styroporblöcke, und auf dem Fernsehschrank steht ein nigelnagelneuer 47-Zöller von Samsung. Marko hat den gleichen, allerdings in 55 Zoll.

»Hallo, Papa«, sagt Marko.

Sein Vater sieht von der Gebrauchsanweisung auf. Sein Haar ist ziemlich ausgedünnt und grau geworden, seit Marko ihn das letzte Mal gesehen hat, und sein Körper wirkt gekrümmt, wie er da im Sessel sitzt.

»Ah, mein Sohn«, sagt Goran auf Bosnisch und geht anschließend ins Schwedische über. »Kannst du mir damit helfen? Bei dieser Bedienungs...beschreibung, es gibt sie auf Finnisch, Deutsch, Französisch und ... was ist das hier? Holländisch. *Gebrauchsanweisung* heißt es, ja. Ich kann nicht ... oh, du lieber Gott ...«

Marko wühlt im Karton und findet die Gebrauchsanweisungen in den fehlenden Sprachen. Es wirkt ein bisschen verdächtig, dass sein Vater um neun Uhr morgens hier sitzt und den neuen Fernseher aufbauen will, und Marko ahnt, dass es ein *Setup* ist. Marko soll die Gebrauchsanweisung finden und dann helfen, den Fernseher richtig einzustellen, damit sie eine Weile ungezwungen an einem konkreten, gemeinsamen Projekt arbeiten können.

So kommt es auch. Marko braucht die Gebrauchsanweisung nicht, um die Kabel zwischen Fernseher, Blue-ray-Spieler und Receiver unter den bewundernden Zurufen seines Vaters korrekt einzustecken. Erst als sie fertig sind, breitet sein Vater die Arme aus und sagt: »Mein Sohn. Was würde ich ohne dich nur machen?«

»Bislang scheint es ja gut gegangen zu sein«, sagt Marko und umarmt seinen Vater, der klein, von sehniger Kraft und tatsächlich ein bisschen bucklig ist. Laura ist ins Wohnzimmer gekommen, um das verkabelte Wunderwerk zu bestaunen, und Marko wendet sich an sie beide und sagt: »Lasst uns eine Runde fahren. Ich möchte euch etwas zeigen.«

»Nicht vor dem Kaffee«, sagt Laura und verschwindet in der Küche. Marko sieht seinen Vater an, der mit den Schultern zuckt und die Hände ausbreitet, *was soll man machen?*

»Habt ihr in letzter Zeit etwas von Maria gehört?«, fragt Marko und nimmt sich noch ein Stück vom selbst zubereiteten Loukoumi. Er schleckt den Zucker von den Fingern und taucht das längliche Naschwerk in seinen Kaffee.

»Oh«, sagt Laura. »Sie ruft an. Regelmäßig. Mindestens einmal in der Woche.« Marko kann nicht deuten, ob es da einen versteckten Vorwurf gibt. Zwischen seinen eigenen Anrufen kann schon mal ein Monat vergehen, aber er hat vor, sich in dieser Frage zusammenzureißen.

»Wie geht es ihr?«

»Redet ihr nicht miteinander?«

»Es ist inzwischen eine Weile her.«

Sein Vater schüttelt düster den Kopf, als wäre es ein Verstoß gegen die Ordnung der Dinge, wenn Geschwister nicht miteinander in Kontakt bleiben.

Marko hat *versucht*, mit Maria in Kontakt zu bleiben, nachdem sie ihm mit achtzehn Jahren nach Stockholm gefolgt war, aber dort passierten einige Dinge, die für eine gewisse Distanz zwischen ihnen sorgten, und gleichzeitig kam Marias Karriere als Model in Fahrt und warf sie in die Welt hinaus. Wenn Marko sie anrief, war sie in der Regel sehr abwesend und sehr beschäftigt. Schließlich gab er auf.

»Ist sie zu Hause?«, erkundigt sich Marko.

»Du meinst … in Schweden?«, fragt Goran, der immer noch Schwierigkeiten hat, ein Gleichheitszeichen zwischen zu Hause und Schweden zu setzen, obwohl er schon zwanzig Jahre im Land ist. »Ja, sie ist zu Hause. Sucht eine Wohnung. Und eine Arbeit.«

»Als was?«

Seine Eltern tauschen Blicke aus, die schwer zu deuten sind. Leichter zu deuten ist Lauras kurzes Seufzen, bevor sie sagt: »Als Schauspielerin.«

»Was?!«, ruft Marko aus und lässt ein Stöhnen hören. »Ist sie schon wieder auf dem Trip?«

»Was soll das Mädchen denn machen?«, sagt Laura und lässt den Blick an die Decke wandern, als suchte sie himmlische Unterstützung. »Sie hat ja nichts anderes als ihr Aussehen.«

»Jetzt bist du aber ein bisschen hart«, sagt Goran.

»Ich meine die Ausbildung«, sagt Laura. »Was hat sie da? Nichts.«

Maria ist schon als kleines Mädchen smart gewesen, aber abgesehen vom Schachspielen hatte sie nicht die geringste Geduld, und als sie zum Teenager wurde, quälte sie sich meistens aus Langeweile und Rastlosigkeit, wenn sie in der Schule saß. Sie wechselte pflichtschuldigst auf die Hotel- und Restaurantlinie der Berufsschule, sprang aber sofort ab, als die ersten Modelagenturen sie ansprachen, und kehrte nie wieder zurück.

»Nur weil man hübsch ist, muss man noch keine gute Schauspielerin sein«, sagt Marko.

Laura rollt mit den Augen. »Das solltest du *ihr* sagen.«

»Okay«, sagt Marko und wischt sich die Krümel von den Händen. »Seid ihr bereit?«

»Nur noch ein kleiner Schluck.«

Markos Fuß wippt auf und ab, als seine Mutter mit sichtbarem Genuss eine weitere Tasse Kaffee trinkt. Seine Hände werden kalt, und er bemerkt, dass er nicht mehr nervös ist. Er hat Angst.

»Du lieber Himmel, was für ein Angeberauto!«, ruft Laura aus und schlägt die Hände zusammen. »Und du hast es in den Hof gestellt! Was werden die Nachbarn denken?«

»Seit wann interessiert es dich, was die Nachbarn denken?«

»Es interessiert mich sehr, was die Nachbarn denken.«

»Ja«, sagt der Vater und sieht an den Fassaden hoch. »Das war gar nicht gut, Marko.«

Scheiß auf die Nachbarn, würde Marko gerne sagen, *ihr wohnt hier sowieso nicht mehr lange*. Stattdessen schließt er das Auto auf und öffnet die Beifahrertür für seine Mutter, während sein Vater auf die Rückbank krabbelt. Während er wendet und aus dem Hof fährt, späht seine Mutter durch das Seitenfenster, als würde sie befürchten, dass ein Rotzklumpen oder etwas noch Schlimmeres angeflogen kommt. Erst als sie den Glasmästarbacken erreichen, setzt sie sich gerade hin.

»Wohin fahren wir?«, fragt sein Vater von der Rückbank.

»Es wird eine Überraschung«, antwortet Marko. »Eine ziemlich große Überraschung sogar.«

»Ich mag keine Überraschungen«, sagt Laura. »Je größer sie sind, desto schlimmer.«

»Diese hier wirst du bestimmt mögen«, sagt Marko und wehrt einen Impuls ab, das Kreuz zu schlagen.

Erst als Marko nach links in den Gustav Adolfs Väg einbiegt, fällt ihm ein, dass es *diese* Straße ist, durch die er in Zukunft fahren wird, wenn er seine Eltern besuchen möchte. Die Erkenntnis löst einen Nostalgie-Schub bei ihm aus. Geradeaus, statt auf der Kreuzung bei Janssons Tabakladen nach links abzubiegen. Zwei ganz unterschiedliche Welten.

Sie kommen an der Minigolfbahn vorbei, wo er die anderen in einer guten Stunde treffen wird. Soweit er sich erinnern kann, hat er noch nie Minigolf gespielt, aber wie schwer kann es schon sein? Ein Ball muss in ein Loch. Normalerweise lernt er sehr schnell, und es ist auch die kleinste seiner Sorgen, als sie sich jetzt dem Haus nähern. Er bremst mit der Spitze eine Handbreit vor dem Tor und dreht sich zu seinem Vater um.

»Papa, kannst du aussteigen und das Tor öffnen, bitte?«

»Hier? Warum denn? Wer wohnt denn hier?«

»Machst du einfach auf, bitte?«

Während Marko darauf wartet, dass sein Vater öffnet, betrachtet Laura ihn mit schmaler werdenden Augen. »Was machen wir hier, Marko?«

»Gleich, Mama. Gleich.«

Mit besorgten Blicken auf das Haus hat der Vater das Tor aufbekommen, und Marko kann hineinrollen und auf der Auffahrt parken. Er holt tief Luft und steigt aus dem Wagen. Laura ist schon ausgestiegen, bevor er ihr die Tür öffnen kann.

»Was denkt ihr?«, fragt Marko.

Seine Eltern haben sich mit dem Rücken zum Haus aufgestellt, und ihre Körperhaltung deutet darauf hin, dass sie bereit sind, sofort wieder zu gehen, sobald jemand herauskommt und etwas sagt. Widerwillig drehen sie sich um.

»Es ist ein Haus«, sagt sein Vater. »Oder eher eine Villa. Hier wohnt jemand mit sehr viel Geld.«

»Nein«, sagt Marko. »Das stimmt nicht.«

»Hör jetzt auf mit dem Theater, Marko«, sagt seine Mutter. »Wer wohnt jetzt hier?«

»Ihr. Ihr wohnt hier.«

Erneut werden die Augen seiner Mutter enger, und sie legt den Kopf schief.

Etwas in ihrem Blick sagt Marko, dass sie es verstanden hat. Im Gegensatz zu seinem Vater. Der schüttelt sich und sagt: »Können wir jetzt nach Hause fahren? Das fühlt sich nicht richtig an.«

Er macht sich auf den Weg zum Auto, aber Marko hält ihn auf

und legt einen Schlüsselbund mit vier Schlüsseln in seine Hand. Marko zeigt auf die Schlüssel und benennt sie einen nach dem anderen: »Haustür. Keller. Garage. Und das Gartenhaus, das als Gästeunterkunft eingerichtet ist.«

Nach wie vor verständnislos sieht sein Vater ihn an. »Warum hast du diese Schlüssel?«

»Weil ich dieses Haus gekauft habe. Für euch.«

Goran wirft Laura einen beinahe erschrockenen Blick zu, die mit einem leisen Nicken bestätigt: *Doch, Marko ist durchaus dazu in der Lage.* Von ihr gleitet der Blick des Vaters weiter zum Haus. Er steht mit offenem Mund davor und betrachtet es, wobei er langsam den Kopf schüttelt und Marko die Schlüssel wieder zurückgibt.

»Das geht nicht«, sagt er. »Das geht nicht.«

»Was soll daran nicht gehen?«

»Das hier. Wir können *hier* nicht wohnen, das verstehst du doch.«

»Warum?«

»Weil es nicht *geht*.«

Sein Vater ist auf dem Weg zum Auto, und Laura sagt auf Bosnisch: »Goran, beruhige dich. Lass den Jungen reden.«

Nach einigem Hin und Her kann Marko seine Eltern schließlich überreden, mit ihm ins Haus zu kommen. Sie schleichen durch die Räume, als hätten sie Angst, irgendwelche Gespenster aufzuscheuchen, und scheinen vor allem schnell wieder aufbrechen zu wollen. Laura kommentiert nicht einmal Markos klapperiges Feldbett im Wohnzimmer. Das Einzige, was ein bisschen Interesse bei ihr weckt, ist die Küche. Marko sieht, wie sie stehen bleibt und den Blick über die Arbeitsflächen wandern lässt, den großen Kühlschrank und den Induktionsherd. Wie leicht würde die Arbeit in einer solchen Küche sein.

»Marko, Marko …«, sagt sie.

»Wartet«, sagt Marko. »Ihr habt das Beste noch gar nicht gesehen.« Er führt sie an dem Feldbett vorbei und weiter zu den Terrassentüren, öffnet sie und führt die Eltern nach draußen. Er breitet die Arme aus und zeigt den riesigen Dielenboden und die Aussicht auf die Kvisthamrabucht. »Gar nicht schlecht, was?«

Sein Vater schüttelt den Kopf und verfällt in leises Jammern, so als wäre ihm gerade außerordentlich schlecht.

»Ta-ta«, sagt Marko. »Jetzt stellt euch hier ein paar Liegestühle vor, in denen ihr sitzen und ein Glas Wein trinken könnt. Hier ein Grill, du liebst es ja zu grillen, und dort … dort …«, Marko zeigt auf ein Gebiet in der entferntesten Ecke, »dort könnte man einen Swimmingpool bauen, wenn man Lust hat«.

Der Vater schlägt mit der Hand gegen die Stirn, als wäre diese letzte Information der Tropfen, der das Fass zum Überlaufen bringt. »Mein Sohn«, sagt er. »Du hast den Verstand verloren. Ein Pool? Ein solches Haus … Du musst doch verstehen … allein die Möbel … wenn man nur an die Möbel denkt.«

»Papa, du verstehst es nicht.«

»Was verstehe ich nicht?«

»Ich will nicht angeben, aber du verstehst nicht, wie viel Geld ich tatsächlich besitze. Ihr braucht nur zu sagen, welche Möbel ihr haben wollt, dann kaufe ich sie für euch. Und wenn es eine halbe Million wird, kein Problem. Und *wenn* ihr einen Pool haben wollt, dann lasse ich einen für euch bauen. Verstehst du das nicht? Ich möchte euch das hier geben.«

Goran ist immer noch in der Leugnungsphase, während Laura, ganz egal, ob sie es mag oder nicht, die Tatsache akzeptiert zu haben scheint. »Wie viel hat es gekostet?«, fragt sie.

»Dreizehn Millionen.«

Ein weiteres Jammern entfährt Goran, und er bekreuzigt sich, als wollte er Gott um Vergebung für diese Vermessenheit seines Sohns bitten, während sich Laura mit einem kurzen Durchatmen begnügt und sagt: »Du hast ein Haus für uns gekauft. Für dreizehn Millionen Kronen?«

»Nein«, sagt Marko. »Euro.« Bevor die Eltern in Ohnmacht fallen, sagt er: »War nur Spaß. Kronen, natürlich.«

»Ich frage dich noch einmal«, sagt Laura. »Warum hast du das getan?«

»Weil ihr es verdient habt. Weil ich euch liebe. Weil ich will, dass es euch gut geht. Und wenn ich ehrlich sein soll … weil es ein Ziel ist, das ich mein ganzes Leben angesteuert habe. Euch das hier geben zu dürfen.«

Laura nickt auf eine Weise, die Marko als unnötig düster empfindet, und sagt: »Aha.«

»Was heißt *aha*?«

»Einfach nur aha. Ich verstehe.«

»Was verstehst du?«

»Ich verstehe, Marko. Gut so.«

»Also …«

Laura sieht Goran an und dann wandert ihr Blick zu der Stelle, wo Marko sich einen zukünftigen Pool ausgemalt hat. »Dein Vater und ich müssen darüber sprechen«, sagt sie.

»Was gibt es denn da zu besprechen?«

»Es gibt *vieles*, das besprochen werden muss. Ich möchte nicht undankbar wirken, mein Schatz, aber du musst verstehen, dass wir jetzt ziemlich viel … wie sagt man?, *verarbeiten* müssen. Wir müssen sehr viel gleichzeitig verarbeiten.«

»Du musst es zurückgeben«, sagt Goran.

»Papa, ein Haus zu kaufen ist nicht dasselbe, wie einen Fernseher zu kaufen, das weißt du auch. Gut übrigens, dass du diesen Fernseher gekauft hast, der passt hier gut rein. Serie A, oder?«

Zum ersten Mal, seit sie beim Haus eingetroffen sind, entzündet sich ein kleiner Funke in den Augen seines Vaters, als er nickt und antwortet: »Serie A.«

Solange Marko sich erinnern kann, nährt der Vater ein leidenschaftliches Interesse am italienischen Ligafußball, und aus Gründen, die Marko unbekannt sind, ist Lazio seine Mannschaft, und er verpasst kein einziges Spiel, wenn er nicht dazu gezwungen ist.

»Stell dir vor«, sagt Marko und zeigt auf das Wohnzimmer. »Ich organisiere ein fettes Sofa, in dem du sitzen und es dir mit einem Bier gemütlich machen kannst, während du zusiehst, wie Lazio die Meisterschaft holt.«

»Oh, mein Schöpfer«, sagt der Vater und bekreuzigt sich ein weiteres Mal als Schutz für seinen Sohn, dessen Vermessenheit anscheinend keine Grenzen kennt.

Die Eltern entscheiden sich, zu Fuß nach Hause zu gehen, und Marko bleibt auf der Eingangstreppe stehen und lehnt sich an eine der Säulen, die den Balkon vor dem großen Schlafzimmer abstützen, eines der vielen Details, von denen er hoffte, dass es ihre Begeisterung wecken würde, allerdings vergeblich.

Es lief ganz anders, als er es erhofft hatte, nein, es lief sogar noch schlechter, als er sich überhaupt vorstellen konnte. Trotzdem glaubt er, dass es zu einem guten Ende kommen wird, wenn Laura erst einmal mit Goran gesprochen und ihn dazu gebracht hat, den Stand der Dinge zu akzeptieren, denn Marko ist fest davon überzeugt, dass dort das Problem liegt. Sein Vater kann sich einfach nicht *vorstellen*, in einem solchen Haus zu wohnen, und deshalb bockt er und behauptet, dass es unmöglich ist, und auf einer entscheidenden Ebene ist es das ja auch. Für ihn.

Ein bisschen anders verhält es sich mit Laura. Dieser abmessende Blick, den sie der Küche gönnte, und auch, wie sie sich auf der Terrasse umgesehen hat … Als würde sie schon anfangen, sich ein Bild davon zu machen, wie ein Leben in diesem Haus aussehen könnte. Sie wird Goran auf ihre Seite holen.

Trotzdem hat sich Marko verrechnet. Dieser »Ta-taa!«-Moment, von dem er geträumt hat, ist nicht einmal ansatzweise Wirklichkeit geworden. Obwohl es ein Geschenk war, haben seine Eltern ihn dazu gebracht, sich wie ein lästiger Verkäufer zu fühlen, der ihnen etwas aufschwatzen wollte, was sie nicht gebrauchen können.

Verdammte bosnische Hinterwäldler.

Es knackt in Markos Hand, als er zu einer Bekreuzigung ansetzt. Er glaubt fest an das Gebot, dass man seinen Vater und seine Mutter ehren soll, aber in seinem verbotenen Gedanken steckt auch eine Wahrheit. Zu Hause in Bosnien waren Goran und Laura Bauern gewesen, bevor Laura sich weiterbildete und Krankenschwester wurde, und diese Bauern sitzen immer noch fest in ihren Schädeln. Sich nichts anmaßen, nicht nach zu viel streben, ein einfaches Leben in Frieden und Eintracht. Dann kam der Krieg und zerriss alles und vertrieb sie von ihrem Boden, aber die Bauern konnte er nicht aus ihrem Inneren vertreiben.

Aber das gibt sich, denkt Marko. *Das gibt sich. Irgendwann werden sie mir danken.*

Er sieht auf die Uhr und stellt fest, dass es bereits fünf vor zwölf ist. Er schließt die Terrassentür und die Haustür ab, bevor er sich zur Minigolfbahn begibt.

Ein Ball ins Loch. Wie schwer kann das sein?

Max und Johan stehen am Zaun der Minigolfanlage und warten auf ihn. Sie begrüßen ihn, und Marko wird ein bisschen aufgeheitert, als Johan die Nummer mit den Floskeln herausholt, die sie erfunden haben, als Johan eine Zeit lang bei ihnen zu Hause gewohnt hat.

Dann kommen die Frauen. Schon von Weitem erkennt Marko, dass diejenige, mit der er am Abend zuvor ein paar Worte gewechselt hat, schlimmer bemalt ist als ein Indianer auf dem Kriegspfad, und er muss breit lächeln. So sahen die Mädchen in Norrtälje aus, als er der König im Knutschcamp war. Die Mädchen in den teuren Klubs um den Stureplan in Stockholm, mit denen er heutzutage abhängt, sind kühl, unterschminkt und künstlich desinteressiert, aber hier kommt – und er denkt mit großem Respekt an das Wort zurück – eine echte *Norrtälje-Schlampe*.

Nicht, dass sie jemand wäre, mit der er irgendwann zusammenkommen könnte, aber er schätzt es, die Bekanntschaft mit diesem Frauentyp erneuern zu dürfen, und als Johan etwas Abschätziges über Annas Aussehen sagt, geht Marko auf die beiden Frauen zu und begrüßt sie mit einem aufrichtigen: »Hallo, Mädels.«

Wie schwer kann das sein

1

Johan und Max haben ihre eigenen Schläger und Bälle nicht mitgenommen, weil es ein ungerechtfertigter Vorteil wäre, und deshalb müssen sie den vollen Preis bezahlen. Weil der Monat fast vorbei ist, hat Johan nicht mehr viel Geld, und die fünfzig Kronen Eintritt tun ein bisschen weh. Aber keine Sorge. Marko spendiert die Runde, sofern ihn nachher jemand zu einem Eis einlädt.

Annas tief geschwärzte Augen glitzern, als sie Marko dabei zusieht, wie er seine überdimensionierte Brieftasche herausholt und sich eine seiner Karten aussucht. Man muss ihr zugutehalten, dass sie sich mehr für seine Physiognomie interessiert als für das Neureichenzubehör in seinen Händen, aber was glaubt diese Frau? Hat sie sich in der letzten Zeit einmal im Spiegel betrachtet?

Sie suchen sich jeweils einen Schläger aus, und Johan nimmt Marko den leicht verbogenen ab, den er ausgewählt hat, und gibt ihm einen geraden. Sie gehen zur Bahn 1, wo sie in alphabetischer Reihenfolge abschlagen. Zu Johans Überraschung ist Annas erster Schlag schnurgerade und rollt direkt aufs Green. Anna scheint seine Überraschung zu teilen. Sie wirft Siw einen *Hast-du-das-gesehen?*-Blick zu, bevor sie zu Marko hinüberschielt und zum Green geht.

»Nicht auf den Bahnen gehen«, ermahnt Johan. Es tut ihm förmlich weh, als er sieht, wie Annas spitze Absätze Abdrücke im Filz hinterlassen.

»Was?«, sagt Anna und dreht sich um, sodass der Abdruck unter ihrem rechten Fuß sich vertieft.

»Man darf nicht auf den Bahnen gehen«, sagt Johan. »Dadurch werden sie zerstört. Hast du noch nie Minigolf gespielt?«

»Doch«, sagt Anna. »Mein Vater hatte für eine Weile ein paar Bahnen zu Hause, als ich klein war.«

»Was sagst du da?«

»Ach, vergiss es«, sagt Anna und steigt aus der Bahn. Ihr Ball liegt nur eine Handbreit vom Loch entfernt, und als sie zum Green geht, breitet sie die Hände aus und wendet sich an Johan: »Und jetzt, *Herr Sturmbannführer*, wie mache ich weiter?«

»Jetzt darfst du auf die Bahn gehen, wenn du vorsichtig bist.«

»*Jawohl!*«, antwortet Anna auf Deutsch und stellt sich vor den Ball. Auf eine ebenso erstaunliche Weise, mit der ihr der erste Schlag geglückt ist, versemmelt sie den babyleichten Putt. Der Ball gleitet am Loch vorbei und bleibt am Rand liegen. Anna hebt drohend den Schläger und schreit: »Schwanzlutscher! Schwanzlutscher!«

Johan dreht sich zu Max und Marko um, um mit einem Blick zu bekräftigen, wie unterirdisch diese Frau ist, aber das Einzige, was er als Antwort bekommt, ist Siws schüchterner Blick zu Max, der amüsiert nickt, und Marko, der grinst wie Ibrahimović nach einem vollendeten Hattrick.

Johan schüttelt den Kopf, wendet sich an Anna und erklärt, dass sie den Ball eine Schlägerlänge vom Rand weglegen kann, wofür er mit einem militärischen Gruß belohnt wird.

2

Manchmal kommt es vor, dass Siw sich in sozialen Zusammenhängen für Anna schämt, weil sie so ein deftiges Mundwerk hat. Es kommen noch ein paar »Schwanzlutscher!« hinzu, bis es ihr schließlich gelingt, den Ball ins Loch zu schieben. Glücklicherweise scheinen die Männer nichts dagegen zu haben, wenn man von Johan absieht. Siw muss Anna recht geben: Er betrachtet sie wirklich mit unverhohlener Verachtung, was Siws Beschützerinstinkt weckt.

Als Anna den Ball eingelocht hat und zum Abschlag geht, sagt Johan: »Hol den Ball aus dem Loch! Hast du denn gar keine Ahnung?«

»Hör mal«, sagt Siw, bevor Anna mit einer Gegenreplik kommt, »wir kennen das Spiel nicht gut genug. Du musst ein bisschen Geduld mit uns haben.«

»Genau«, sagt Max. »Komm mal ein bisschen runter.«

Ein Funken Wärme in Siws Brust, direkt am Herzen. Max hat sich in der Auseinandersetzung mit seinem Freund auf ihre Seite geschlagen, wobei sie gar nicht verstehen kann, was die beiden verbindet. Aber das könnte man auch über sie und Anna denken. Siw würde sich lieber ihren kleinen Finger abschneiden lassen, als in der Öffentlichkeit sexuell aufgeladene Schimpfwörter herauszuschreien.

Johan sieht von weiteren Kommentaren ab und legt seinen Ball auf das Abschlagfeld, worauf er einen ebenso geraden Schlag wie Anna abfeuert, aber im Unterschied zu ihr versenkt er den Ball mit dem ersten Putt. Siw wäre ebenso zufrieden wie erstaunt, wenn ihr das Gleiche gelingen würde, aber Johan verzieht den Mund nicht einmal zu einem Lächeln, als er seinen Ball einsammelt.

Jetzt ist Marko an der Reihe.

Er zielt und schmettert so kräftig gegen den Ball, dass er eine Handbreit über dem Filz schwebt, über den Rand fliegt und im hohen Gras verschwindet. Er dreht sich um und sieht die anderen mit einer *Was-ist-denn-das-hier-für-ein-Mist-*Miene an.

»Das ist kein richtiges Golf«, sagt Max. »Du hast da auch keinen Driver in der Hand.«

»Nee«, sagt Johan. »Aber er ist trotzdem im Rough gelandet.«

Max lacht, und Siw fängt ebenfalls vorsichtig an zu lachen, obwohl sie den Witz nicht verstanden hat. Sie bemerkt Annas spöttischen Blick aus den Augenwinkeln und vermeidet es, in ihre Richtung zu sehen.

»Schwanzlutscher!«, ruft Marko, was wiederum Anna zu einem übertriebenen Lachen veranlasst, und Siw kann diesen Blick erwidern.

3

»Schwanzlutscher!«

Anna könnte vor Verzückung in die Hände klatschen, zum einen, weil Marko ihren Ausdruck aufgegriffen hat, zum anderen, weil sie ihn dieses Wort sagen hört, das, oh mein Gott, sie will wirklich diesen Gürtel aufschnallen und mit der Hand hineingreifen und … aber sie klatscht nicht in die Hände, sie lacht nur trillernd, worauf Marko sie ansieht, die Augenbrauen hochzieht und dieses Lächeln abfeuert. *Oh-mein-Gott.*

Nachdem er schon eine Weile mit hochgestrecktem Hintern das Gras durchsucht, ertappt sich Anna dabei, dass sie wie gebannt auf seinen Po starrt. Fehlt nur noch, dass ihr die Zunge aus dem Mund hängt. Sie zwingt sich, ihren Blick in eine andere Richtung zu lenken, und er landet auf dem *Herrn Sturmbannführer*, der ebenfalls zu Marko rüber glotzt. Als Johan Annas Blick bemerkt, zieht er eine Grimasse und sieht in das Spielprotokoll, dessen Bearbeitung er in seiner Eigenschaft als Aufsichtsperson selbstverständlich übernommen hat.

Marko findet seinen Ball, geht zurück zur Bahn und schlägt ein weiteres Mal ab, ein bisschen ruhiger, aber immer noch so kräftig, dass er lautstark gegen das erste Hindernis knallt und wieder zurückrollt. Marko schlägt ein weiteres Mal, genauso hart und genauso schräg. Der Ball macht nicht einmal den Ansatz, an dem Hindernis vorbeizurollen.

»Schwachmatenspiel!«

Markos Lippen pressen sich immer härter zusammen, während er einen Schlag nach dem anderen versucht, immer wieder schräg, mal nach rechts, mal nach links. »Ich glaube, du hast jetzt acht Schläge«, sagt Johan schließlich, und Marko reagiert darauf, indem er den Schläger in den Wald wirft.

»Also«, sagt Johan. »Die Schläger …«

»Schnauze«, sagt Marko und stolpert zum Waldrand. »Ich kaufe ihnen neue Schläger. *Richtige* Schläger.«

Ein Lächeln schleicht sich auf Annas Lippen. Gut zu wissen,

dass der Kerl nicht *durchgehend* perfekt ist. Es gibt Risse, und wie geht noch Siws Spruch? Durch die Risse dringt das Licht.

4

Es kocht in Markos Brust, als er zwischen den Fichtenstämmen herumirrt und nach seinem Schläger sucht. Er hasst es zu verlieren, und wenn Max nur halb so gut wie Johan ist, stehen die Zeichen auf Abreibung. *Warum will dieser Scheißball nicht gerade rollen, wenn ich ihn gerade schlage?*

Marko findet den Schläger, der von seiner Luftfahrt keinen Schaden genommen zu haben scheint. Er lehnt sich gegen einen Baum und versucht, sich ein wenig zu beruhigen. Wenn diese Sache mit Laura und Goran nicht wäre, hätte er es vielleicht besser verarbeitet. Er ist heute nicht stabil.

Das einzig Lustige am Minigolf ist diese Anna. Sie benimmt sich exakt so wie die Mädchen in seiner Jugend, diese neckische, offene Flirterei, die er gerne beantwortet, ohne Verpflichtungen einzugehen. Sie bewegt sich weit unterhalb der Grenze des Akzeptablen, und er bräuchte eine Art einsame Insel und eine ganze Flasche Schnaps, um so etwas zu tun.

In der Hauptstadt hat er zwei Fickbekanntschaften, Mädchen, mit denen er sich in irgendeinem Klub verabredet, an ein paar Drinks nippt und dann mit nach Hause nimmt für eine Viertelstunde Hochleistungssex mit ständigen Stellungswechseln in seinem Hästens-Bett. Die beiden Mädchen sehen im Großen und Ganzen gleich aus. Beide sind fünfundzwanzig, haben langes mittelblondes Haar und sind wohl Achten auf einer Zehnerskala, auf der Anna maximal auf eine Vier kommt, also … nein.

Marko legt den Schläger wie ein Gewehr auf seine Schulter und schließt die Augen. Im Augenblick fallen ihm die Namen dieser Mädchen aus Stockholm nicht ein. Er verlässt den Baum, immer noch mit dem Schläger auf der Schulter. Max holt gerade den Ball aus dem Loch.

»Was hast du?«, fragt Marko.

»Ass.«

»Was?«

»Mit einem Schlag.«

Marko massiert sich die Augen. Noch siebzehn Bahnen.

5

Als er Markos geplagten Blick sieht, nachdem er sein Ass verkündet hat, wünscht Max sich einen Moment lang, dass er etwas tun könnte. Er wusste nicht, dass Marko *so* schlecht spielt, dass es nicht einmal helfen würde, aus Barmherzigkeit ein paar Schläge zu verschenken, und überhaupt …

Die tiefe Befriedigung nach dem Ass bringt Max zu der Erkenntnis, dass er Siw gerne ein bisschen imponieren will. Was für eine Idiotie. Wann ist ein Mädchen zuletzt einem Mann verfallen, weil er so ein Hecht mit dem Minigolfschläger war?

Jetzt warte mal …

Möchte er, dass Siw ihm verfällt? Obwohl er Johan gerade noch wegen seiner Gehässigkeit verflucht hat, kann er es sich selbst kaum vorstellen, diesen runden bebenden Leib zu umarmen. Aber vielleicht können sie ja einfach Freunde werden?

»Du bist ja richtig gut«, sagt Siw.

»Glück«, antwortet Max.

»Das glaube ich nicht«, sagt sie und lächelt vorsichtig. Er lächelt zurück und denkt, dass Marko schließlich ein verdammter Multimillionär ist und eine Abreibung vertragen kann, hier wird auf Sieg gespielt!

»Du bist dran«, sagt er. Siw seufzt und sagt »Duliebergott«, bevor sie ihren Ball auf der Bahn platziert. Sie schlägt weniger hart, aber genauso schräg wie Marko, der Schlägerkopf beginnt zu flattern, kurz bevor er auf den Ball trifft, und immer wieder schlägt er gegen das Hindernis.

Nach dem vierten Schlag geht Max zu ihr und sagt: »Du kannst eine Sache ausprobieren. Stell dich mal so hin. Bei manchen hilft es.« Er zeigt ihr, wie sie sich auf der anderen Seite des Balls positionieren und ihn mit der Rückhand schlagen soll. Er berührt sie vorsichtig an den Schultern und bewegt sie eine Fußlänge näher an den Ball heran. »Jetzt versuch es mal. Und zieh die Bewegung mit dem Schläger durch.«

Siw wischt sich eine Haarsträhne aus dem Gesicht und schlägt. Der Ball trifft den Rand der Öffnung, die durch das Hindernis führt, und Siw sieht Max an und nickt. Beim nächsten Schlag geht der Ball hindurch, verfehlt das Loch aber um Haaresbreite, trifft den Rand und rollt anschließend hinein. Siw breitet die Arme aus und sperrt die Augen auf, bevor sie mit einem Lächeln, das er noch nie an ihr gesehen hat, herausquäkt: »Yay!«

»Du magst *Friends* auch?«, fragt Max.

»Ich liebe *Friends.*«

»Was haben wir jetzt?«, fragt Johan und lässt den Stift über dem Spielprotokoll schweben.

»Sechs«, sagt Max, und Johan schreibt es auf.

Vollkommen vorhersagbar und beinahe zwanghaft sagt Anna. »Siw hat sechs.«

6

Das Endresultat: Max: 35 (zweitbeste Jahresleistung), Johan: 37, Siw: 63, Anna: 72, Marko: 88. Nachdem sich Marko auf zwei weiteren Bahnen blamiert hatte, hatte er nur noch rumgealbert und mit einer Hand geschlagen, hinter dem Rücken, mit geschlossenen Augen und sich allgemein geweigert, am Wettbewerb teilzunehmen. Jetzt sitzen sie an einem der Tische vor dem Clubhouse und essen Eis.

»Das war wirklich lustig«, sagt Siw zu Max und knabbert an ihrem GB-Sandwich. »Nachdem du mir das mit der Rückhand gezeigt hast … weiß ich jetzt, wie es geht.«

»Scheißspiel«, sagt Marko. »Total sinnlos.«

»Und welche Spiele würdest du als sinnerfüllt bezeichnen?«, fragt Johan, der sein Piggelin schon aufgegessen hat.

»Bezeichnen«, äfft Marko nach und fuchtelt mit seiner Daimwaffel. »Ich würde Mikado als sinnerfüllt *bezeichnen*. Schweinerei, Fischquartett, was auch immer, nur nicht das hier.«

»Und du bist natürlich eine echte Kanone beim Fischquartett?«, sagt Anna.

»Beim Fischquartett gehören eure Ärsche mir, aber jetzt muss ich gehen«, sagt Marko und verschlingt den Rest der Waffel. »Ich bleibe noch ein paar Tage hier, also wir hören noch voneinander. Mädels, was haltet ihr von Dienstag?«

Irgendwann während des Spiels hatte Anna erwähnt, dass sie und Siw beim Friskis & Svettis trainieren würden, worauf Marko fragte, welche Art von Programm sie dort fahren, eine Frage, auf die Anna keine Antwort hatte. Na ja, also welche Muskelgruppen sprechen sie denn in welcher Reihenfolge an? Hier galt dasselbe. Marko hatte sich daraufhin angeboten, sie einmal zu begleiten, ihr PT zu sein und ein paar Übungen zu demonstrieren, die man gut miteinander kombinieren kann, ein Angebot, das Anna ganz entzückt annahm, bevor Siw protestieren konnte.

Max sieht auf sein Handy und sagt: »Es gibt einen Raid beim Frans-Lundman-Gedenkstein, sie fangen in zehn Minuten an. Kommt jemand mit?«

»Ich muss zur Halle«, sagt Johan. »Ligaspiele. Ich habe auch keinen Raid-Pass, wie du dich sicher erinnerst.«

»Ich kann mitkommen«, sagt Siw. »Wenn es okay ist.«

»Natürlich. Perfekt. Aber dann müssen wir jetzt gehen.«

Siw wirft Anna einen warnenden Blick zu, aber dort gibt es keine Probleme. Anna bleibt ruhig sitzen, leckt an ihrem Eis und sagt: »Viel Spaß.«

Max und Siw eilen in Richtung Sozietätspark davon, und Anna und Johan bleiben allein zurück. Anna lehnt sich träge an einen der Pfeiler, die das Dach aus korrodiertem Plastik stützen, und sagt: »Aha. Du bist also auch scharf auf Marko.«

Johan betrachtet Anna, die ihr Eis am Stiel durch die Lippen ein-

und ausführt. Er zieht eine argwöhnische Grimasse. »Was sagst du da?«

»Komm schon, das sieht man doch von Weitem.«

»Du hast gut reden.« Johan zeigt einen Zentimeter zwischen Daumen und Zeigefinger an. »Du bist ungefähr so nah daran, sein Bein zu rammeln.«

»Ach, wenn es nur so wäre«, sagt Anna und spielt die Hingerissene mit der Hand auf dem Herzen. »Aber anders wie du versuche ich es wenigstens nicht zu verstecken.«

»Anders *als* du, heißt das, du kannst ja nicht einmal richtig sprechen.«

»Nee, das kann ich vielleicht nicht, aber ich weiß zumindest, worüber ich spreche, dass du nämlich rattenscharf auf diesen Typen bist. Oder? Weißt du das nicht einmal selbst?«

Johan starrt Anna bedrohlich an, die das mittlerweile ganz schmale Eis durch die Lippen schiebt, während ein dünner, flüssiger Strang aus ihrem Mundwinkel rinnt. Er schüttelt den Kopf und sagt: »Du bist ja vollkommen absurd. Ich gehe.«

»Mhm«, sagt Anna und zwinkert. »Genau, geh wichsen.«

Johan hat es so eilig, von der Bank aufzustehen, dass er mit einem Fuß hängen bleibt und er beinahe auf die Nase fällt. Annas spöttisches Lachen folgt ihm bis auf die Straße und hallt in seinem Schädel weiter, während er zur Bowlinghalle geht. Was für eine *bitch*.

*

In den letzten Tagen hat sich eine kompakte Dunkelheit auf Harry Boström gesenkt. Obwohl er Tosse gebadet hat, ist dieser widerliche Gestank nicht aus seinem Fell verschwunden. Harry hat das Gefühl beschlichen, dass dieser Gestank die Essenz seines eigenen einsamen und verschwendeten Lebens ist. Als er den Versuch unternommen hat, Tosse ein weiteres Mal zu baden, schnappte der Hund nach ihm und knurrte, was vorher noch nie passiert war. Seitdem hat Tosse sich zurückgezogen und knurrt sofort, wenn Harry sich ihm nähert.

Die Grenze des Erträglichen ist erreicht, und Harry wundert sich darüber, wie wenig er zögert, als er eine Plastiktüte vom Flygfyren und eine Rolle Panzerband hervorholt. Er setzt sich in den Sessel, zieht die Tüte über den Kopf und klebt sie fest um den Hals. Kurz bevor sich die Bewusstlosigkeit über ihn senkt, erinnert er sich daran, dass er vergessen hat, Futter für Tosse herauszustellen. Aber da ist es zu spät.

Fahr nicht nach Stockholm

1

Als Max und Marko nach Stockholm zogen, um ein Studium an der Handelshochschule zu beginnen, blieb Johan allein in Norrtälje zurück. Ein paar Monate arbeitete er in einem Kinderhort, bis ihn die kreischenden, fordernden Kleinen in den Wahnsinn trieben. Anschließend jobbte er als Reinigungskraft im Krankenhaus von Norrtälje, bis ihn die einsamen und Hilfe suchenden alten Leute in den Wahnsinn trieben. Er verbrachte viel Zeit im Netz, und in diesem Zusammenhang lernte er die alternativen Medien zu schätzen.

Er war neunzehn Jahre alt und hatte keine Ahnung, was er mit seinem Leben machen wollte. Dazu kam, dass seine Mutter auf dem Weg in eine ihrer schlimmeren Perioden war und nur wenig Hilfe bekam. Johans tief sitzender Hass auf die Kommunalverwaltung wurde wieder geweckt, und er lief mit einer ständig köchelnden Wut durch die Gegend.

Sein Vater hatte seit der Scheidung von seiner Mutter eine Wohnungskarriere gemacht und lebte jetzt mit seiner Lebensgefährtin und dem gemeinsamen siebenjährigen Sohn in einer Vierzimmerwohnung in der Skånegatan in Stockholm. Johan war einige Male dort zu Besuch gewesen und wusste, dass sie ein Zimmer hatten, das lediglich dazu diente, die Sammlung von Eishockeyspielen seines Vaters aufzubewahren.

Er rief an und erklärte die Lage. Sein Vater klang nicht überglücklich, sagte aber, dass man es ja mal ausprobieren könne, und so kam es, dass Johan im Frühling 2009 Norrtälje verließ und in den Stadtteil Södermalm in Stockholm zog. Seine Mutter verfiel in Verzweiflung, als er es ihr sagte, aber Johan machte sich hart und ignorierte ihr Gejammer. Er musste aus Norrtälje weg, sonst würde er in einem See aus Verbitterung ertrinken.

Er bekam einen Job als Postsortierer im Tomtebodaterminal, wo niemand etwas anderes von ihm verlangte, als den richtigen Brief in das richtige Fach zu legen. Es war ein einsamer und gedankenbefreiter Job, der ihm ausgezeichnet passte.

Sobald er sich in der Skånegatan installiert hatte, nahm er Kontakt zu Max und Marko auf, um von seinem Umzug zu erzählen. Marko musste pauken, aber Max und er trafen sich bei Hellströms für ein paar billige Runden Bier.

»Und was hast du für Ziele?«, fragte Max und nippte an seinem vierten Glas. »In deinem Leben?«

»Das wird sich schon ergeben.«

»Aber *irgendetwas* wirst du doch vorhaben, oder?«

Max' Art zu sprechen hatte sich während des guten Halbjahrs verändert, das er mittlerweile auf die Handelshochschule ging. Der Roslagsdialekt war immer noch hörbar, aber er sprach die Worte aus, als würde er einen Text vorlesen, sagte *irgendetwas* statt *irgendwas, meinst du* statt *meinste* und aus *fürs* wurde *für das*.

Johan sah ein, dass sich zwischen Max und ihm ein Spalt aufgetan hatte, der schwer zu überbrücken war. Zwar gab es etwas, das Johan gern machen wollte, aber es erschien ihm so unrealistisch, dass er nicht darüber reden wollte. Jetzt sah er sich gezwungen, es zu tun, damit Max nicht glaubte, dass er mit so einem Dasein als Qualle zufrieden war.

»Ich würde gerne schreiben.«

»Was schreiben?«

»Ja, du weißt schon. Geschichten.«

»Romane?«

Johan hatte dieses unmögliche Wort nicht über die Lippen gebracht, aber als Max es jetzt für ihn tat, sagte er: »Mhm.«

Max begann zu strahlen. »Davon hast du nie etwas erzählt.«

»Das ist ja auch erst später aufgekommen.«

Als er Beiträge für alternative Foren schrieb, hatte Johan bemerkt, dass er ein Talent hatte, Dinge in Worte zu fassen. Urkomische Vergleiche und elegante Sätze gingen ihm leicht von der Hand, und er bekam des Öfteren Applaus-Smileys, und wenn er über Integrationspolitik und Flüchtlingsaufnahme schrieb, wurden seine Beiträge oft geteilt.

Er hatte auch ein paar kürzere Geschichten geschrieben, okay, *Novellen*, und festgestellt, dass es schwieriger war, wenn er kein vorgegebenes Thema hatte, an dem er sich abarbeiten konnte. Mit einer von ihnen war er richtig zufrieden, es ging darin um einen geistig Behinderten, der erst den Beamten der Kommunalverwaltung umbringt, der für ihn zuständig ist, und sich anschließend im Norrtäljefluss ertränkt.

Deshalb schätzte Johan die Arbeit im Tomteboda. Keine Kinder, Alten oder anderen Menschen, die seine seelischen Kräfte beanspruchten. Solange er seine Arbeit erledigte, blieb er sich selbst und seiner Vorstellungswelt überlassen, einem wesentlich spannenderen Ort als die blaugraue Sortierhalle. Am Ende des Arbeitstages pflegte er die Ideen aufzuschreiben, die ihm gekommen waren, und manchmal wandelte er sie in Erzählungen um. Die er nie jemandem gezeigt hatte.

»Und was machst du dann damit?«, fragte Max.

»Nichts«, sagte Johan. »Ich schreibe einfach nur.«

»Aber du musst doch … also, ich weiß ja nicht, was man damit macht, aber du musst doch wenigstens …«

Johan sah auf den Fatburs-Park hinaus und schüttelte den Kopf. Max würde das niemals verstehen. Max war darauf programmiert, das Leben als eine Treppe zu betrachten, die stetig nach oben führte. Er setzte Etappenziele und hakte sie ab, bis man dorthin gekommen wäre, wo er hinwollte. Für Johan war das Leben eher ein Fahrstuhl, bei dem man nie wusste, in welchem Stockwerk er einen abliefern würde. Man konnte auf den obersten Knopf drücken und trotzdem im Keller landen. Man stieg einfach ein und hoffte das Beste.

»Nee, das muss ich nicht«, sagte Johan. »Ich schreibe einfach nur immer weiter.«

Max nickte, aber hinter seinem leicht berauschten Blick ahnte Johan eine Enttäuschung oder eine schwindende Achtung, die Max niemals formulieren würde. In diesem Moment sah Johan endgültig ein, dass sich ihre Wege unweigerlich trennen würden.

2

Eine Woche später brachte Johan eine Verabredung zum Kaffeetrinken mit dem ständig ausgebuchten Marko zustande. Sie wollten sich im Espresso House am Sveavägen treffen, nachdem Johans Schicht beendet war, nur einen Steinwurf von der Handelshochschule entfernt, sodass Marko zurückeilen konnte, sobald die Tasse ausgetrunken war. Johan kam zuerst und konnte ein paar gute Plätze in bequemen Sesseln sichern.

Als Marko eintraf, hatte er zu Johans Enttäuschung eine junge Frau dabei, die quasi das Schönste war, was er jemals gesehen hatte. Johan brauchte ein paar Sekunden, bis er Maria wiedererkannte, die er seit einem halben Jahr nicht mehr gesehen hatte. Auch damals sah sie schon gut aus, aber jetzt hatte sie die Frisur und das Make-up geändert, sodass sie so gut wie perfekt wirkte. Johan bemerkte, wie sie die Blicke der Leute anzog.

Er hatte mittlerweile seine sexuelle Veranlagung akzeptiert und auch einige Male danach gehandelt, aber Schönheit blieb Schönheit mit ihrer ebenso zerstörenden wie erhebenden Wirkung, und er spürte einen Sog in seinem Bauch, als er aufstand, um sie zu begrüßen.

»Ja, du kennst ja Maria«, sagte Marko in einem entschuldigenden Tonfall, den er immer benutzte, wenn er über seine Schwester sprach.

»Na, klar«, sagte Johan und wusste nicht, wie er sich verhalten sollte. Es wäre ihm vermessen vorgekommen, sich selbst das Recht zuzusprechen, dieses Sublime berühren zu dürfen, Maria auf die Schulter zu klopfen und zu sagen: »How you doin'?« Glücklicherweise kam ihm Maria zu Hilfe, indem sie ihn fest umarmte und sagte: »Hallo, Bruder.«

Johan erwiderte die Umarmung, und das Unangenehme verflüchtigte sich. Für ein paar Jahre war Johan Marias einziger Spielkamerad gewesen. Sie hatten Schach gespielt und Geschichten über Drachen, Kannibalenprinzessinnen und sadistische Prinzen erfunden, in denen am Ende alle starben. Wenn Marko nicht zu Hause war, konnte sich Johan sogar erdreisten, mit Puppen zu spielen. Auch diese Spiele arteten oft in Gewaltfantasien aus, für die Johan nicht verantwortlich war.

»Was machst du hier?«, fragte er Maria, die sich in einen Sessel setzte und die Beine mit raffinierter Eleganz übereinanderschlug.

»Sie ist hierhergezogen«, sagte Marko, bevor seine Schwester antworten konnte. »Sie meint, sie könnte Schauspielerin werden.«

Maria spießte ihn mit ihrem giftgrünen Blick auf und sagte schleppend: »Marko. Ich nehme einen Cappuccino.«

Marko wandte sich an Johan und hob fragend die Augenbrauen. Johan meinte, er würde das Gleiche nehmen, und Marko entfernte sich zum Tresen.

»Schauspielerin?«, sagte Johan zu Maria, die Marko mit ihrem Zerstörerblick folgte. Sie schüttelte den Kopf und wandte sich Johan zu.

»Ja«, sagte sie alles andere als schleppend, »ich habe eine sehr gute Chance, eine ziemlich große Rolle in einem Film zu bekommen.«

»Aber … hast du denn eine Ausbildung oder so etwas?«

»Nee«, sagte Maria und feuerte ein Lächeln ab, das für sich allein schon eine Antwort darauf war, warum es so gekommen war. »I'm a natural. Sagen sie jedenfalls.«

»Aber … wow. Gratuliere. Ich hoffe, dass alles klappt.«

Maria nickte und senkte die Stimme. »Marko glaubt, dass ich total naiv und hohl im Kopf bin. Aber ich *weiß*, dass es jede Menge Arbeit bedeutet und nichts sicher ist. Man muss eine Chance doch ergreifen, wenn sie sich bietet, oder?«

»Natürlich. Gib Vollgas.«

»Was machst du?«

Johan erzählte von seinem Job, und Maria war wesentlich mehr interessiert als Max und fragte, wie es mit den Postleitzahlen, den

Abschnitten im Sortierprozess und der Zugfracht funktionierte. Sie hörte zu, lachte, erzählte ein paar eigene Geschichten, und als Marko mit dem Kaffee kam, waren Johan und Maria bereits auf dem Sprung, die Geschichte von der Prinzessin weiterzuspinnen, die morgens, mittags und abends Säuglinge verzehrte. Markos Anblick war genug, um beide lauthals auflachen zu lassen.

Marko seufzte und fragte müde: »Was ist denn jetzt schon wieder?«

»Nichts«, sagte Maria. »Jedenfalls nichts, was man auf der Handelshochschule lernt.«

Das Gespräch wurde steifer, als Marko wieder bei ihnen saß, und als Maria fragte, ob Johan und sie sich nicht an einem Abend verabreden könnten, akzeptierte er es glücklich. Markos Blick wurde eine Stufe düsterer.

»Du trinkst doch wohl nicht?«, fragte er Maria.

»Doch«, sagte Maria. »Ich trinke Blubberlutsch. Und Himbeersaft.«

Sie trafen sich eine Woche später im Cliff Barnes an der Norrtullsgatan. Das Lokal ließ nur Leute über zwanzig ein, und der Türsteher wollte Marias Ausweis sehen. Sie überfuhr ihn mit einem Lächeln und einem »Hallo-o!«, als wäre er ihr furchtbar ans Herz gewachsen, und in der anschließenden Verwirrung glitten sie hinein.

Johan bestellte ein Bier und Maria einen Mojito, und ihre Aussprache verriet, dass es nicht ihr erster war. Es gab keine freien Plätze an den Tischen, also stellten sie sich an den ausgedehnten Bartresen und setzten das Gespräch dort fort, wo sie es abgebrochen hatten.

Maria erzählte von den Modeljobs, die sie übernommen hatte, und von dem Film, in dem sie möglicherweise mitspielen würde. Es war ein Krimi, der auf Büchern beruhte, von denen Johan noch nie gehört hatte. Maria sollte die Tochter des verwitweten Ermittlers spielen, der im Zentrum stand. Das Interessante an dem Angebot war, dass es fünf Bücher gab, und wenn der Film gut lief, würden weitere gedreht werden. Im letzten der fünf Teile wurde die Geschichte der Tochter wichtiger als die des Vaters.

»Hast du sie gelesen?«, fragte Johan.

»Das letzte«, sagte Maria und lachte. »In dem ich die Hauptperson bin. Aber ich werde auch die anderen lesen, wenn ich Zeit habe. Ich leide ein bisschen unter Dyslexie.«

»Darunter leidest du überhaupt nicht. Du bist einfach nur ungeduldig. Versuch es doch mit den Hörbüchern.«

»Gute Idee.«

Von der Seite mischte sich die Stimme eines Mannes ein: »Entschuldigung, ich muss das einfach fragen. Du bist doch bestimmt ein Fotomodell?«

Ohne ihn anzusehen, antwortete Maria: »Nein. Aber mein Typ hier ist eines. Und wir haben gerade etwas zu besprechen, also …«

Auch Johan blickte nicht zur Seite, aber er konnte den argwöhnischen und eifersüchtigen Blick ahnen, den der Mann ihm zuwarf, bevor er sich entfernte.

Es war insgesamt nicht leicht, ein Gespräch mit Maria am Laufen zu halten, weil ständig Männer ankamen, die um ihre Aufmerksamkeit buhlten. Sobald sich Johan im Lokal umsah, entdeckte er Blicke, die sich von Maria abwendeten oder schamlos weiter an ihr festhielten, wie Speichen an einem Rad aus hoffnungslosem Begehren.

Nach dem siebten Anmachversuch beugte sich Maria zu Johan vor und sagte: »Küss mich.«

Johan befeuchtete die Lippen und näherte sich ihrem Gesicht, bevor er zurückzuckte und sagte: »Sorry. Also, das geht nicht.«

Maria lächelte und wippte mit den Augenbrauen. »Das ist nicht die Antwort, die ich gewohnt bin, so viel kann ich sagen. Aber okay.« Sie blickte unauffällig in das Lokal, in dem sich unzählige männliche Augenpaare auf sie geheftet hatten. »Dann streichel mir zumindest die Wange.«

»Kein Problem«, sagte Johan, bevor er ihr Gesicht sacht mit der Rückseite seiner Hand streichelte, seine Finger über ihre hohen Wangen gleiten ließ. Schließlich drehte er die Hand um und ließ die Innenfläche auf ihrer Wange ruhen. Sie drückte das Gesicht in seine Hand und schloss die Augen.

»Ich liebe dich«, sagte Johan.

Maria nickte. Ohne die Augen zu öffnen, antwortete sie: »Ich dich auch, Bruder.«

3

Die Monate vergingen. Johan sortierte weiter seine Briefe und Versandtaschen, während die Gedanken auf abgelegenen Pfaden wanderten. Eine Anzahl von Ideen hatte begonnen, sich aufeinander zuzubewegen, und er spürte, dass daraus ein Roman werden konnte. Eine Geschichte über den Untergang von Norrtälje. Vereinzelt schrieb er Szenen auf, die für sich genommen ganz okay waren, aber weit entfernt, etwas Zusammenhängendes zu ergeben, geschweige denn ein ganzes Buch.

Das Zusammenleben mit seinem Vater und dessen Lebensgefährtin Kristina funktionierte relativ gut, obwohl er sich eher wie ein Untermieter fühlte und nicht wie ein Familienmitglied. Er bezahlte dreitausend pro Monat für das Essen und den Wohnraum und konnte sich zumindest damit trösten, dass er bestimmt das beste Geschäft der Welt gemacht hätte, wenn er tatsächlich ein Untermieter wäre.

Er und sein Halbbruder Henry kamen einigermaßen miteinander zurecht. Der Junge gehörte nicht zu denjenigen, die Johans Paradedisziplin schätzten, das Erfinden von Geschichten, stattdessen baute er lieber mit Lego. Henry besaß ganze Burgen und Piratenschiffe mit *Bauanleitungen*. Nicht ohne eine gewisse Bitterkeit saß Johan mit Henry zusammen und baute Modelle, die ihm selbst verweigert worden waren, während sie Allan Edwall lauschten, der »Pu der Bär« vorlas.

Kurz vor dem Sommer wurde Johan zwanzig, und sie feierten es mit einem Picknick auf Djurgården, zusammen mit Max, Marko und Maria. Gegrilltes Hähnchen, Kartoffelsalat und eine Box

Weißwein. Marko tat so, als würde er nicht sehen, dass Maria sich den Plastikbecher füllte. Sie stießen auf Johan an, auf den Sommer und auf die Zukunft. Marias Filmrolle hing immer noch in der Luft, aber nach dem Sommer würde sie definitiv Bescheid bekommen. Es wurde ein schöner Tag, an dem sogar Marko ein bisschen auftaute, als sie sich an das, was war, erinnerten und in die Zukunft träumten. Es war der letzte schöne Tag, den sie auf lange Zeit miteinander verbringen würden.

Dann kam der Sommer, und Johan war wieder allein. Sowohl Max als auch Marko zogen über die Ferien zurück nach Norrtälje. Maria hatte einen Job als Kellnerin bekommen, und ihre gesamte freie Zeit brauchte sie, um sich auf die Aufnahmeprüfung der Schauspielschule im Herbst vorzubereiten. Johan lungerte in Stockholm herum, ging nach Långholmen zum Baden und hatte eine kurze Beziehung mit einem zehn Jahre älteren Mann, den er dort kennengelernt hatte. Der Sommer verging langsam, mit klebrigen Tagen im Terminal, in dem die Klimaanlage zu spinnen begonnen hatte und gelegentlich warme anstelle von kalter Luft ausspuckte. Johan stand im Unterhemd da und sortierte Post, während ihm der Schweiß aus den Achselhöhlen rann. Er zählte die Tage, bis Max und Marko zurückkehren würden. Er hätte tagsüber nach Norrtälje fahren können, hatte aber Angst davor, mit seiner Mutter zusammenzutreffen und sich anhören zu müssen, zu welcher Hölle ihr Leben geworden sei, nachdem er beschlossen habe, *sie im Stich zu lassen.*

Mitte August bekam er eine Ansichtskarte aus Kuba, wo Max zusammen mit einem Mädchen namens Linda tauchte, von der Johan noch nie gehört hatte. Der Poststempel war sechs Wochen alt, also war entweder Kubas Postwesen rekordlangsam oder die Karte war aus eigener Kraft über den Atlantik geschwommen.

Das Herbstsemester begann auf der Handelshochschule und Johan schrieb eine SMS an Max, ohne eine Antwort zu bekommen. Als er irgendwann Marko erwischte, stellte sich heraus, dass Max zum Semesterbeginn erschienen war, aber vollkommen in sich selbst zurückgezogen schien. Marko bekam nicht mehr aus ihm heraus, als dass er in eine Art Tauchunfall auf Kuba verwickelt worden war. Am Tag nach dem Semesterauftakt war Max nicht zum Unterricht gekommen, und auch Marko war es nicht gelungen, ihn zu erreichen.

Johan rief an, schrieb SMS und sogar einen richtigen Brief, ohne eine Antwort zu bekommen. Am Ende sah er beim Auskunftsdienst Eniro nach, fand die Nummer von Max' Vater heraus und rief an. Der Vater ging nach dem ersten Klingeln an den Apparat.

»Göran Bergwall!«, dröhnte die befehlsgewohnte Stimme durch den Hörer.

»Ja, hallo, hier ist Johan. Johan Andersson, wenn Sie sich erinnern, Max' Freund aus …«

»Ich weiß, wer du bist.«

Der Tonfall in der Stimme des Vaters deutete an, dass er aus Höflichkeit ein *schon noch* ausließ, zwischen *weiß* und *wer*, aber Johan ignorierte es, weil er die Information brauchte, und fragte: »Ich wollte nur fragen, ob Sie etwas über Max wissen, ich konnte keinen Kontakt zu …«

»Er ist zu Hause. In Norrtälje. Hier.«

»Okay? Und wie geht es ihm?«

Ein Stück des befehlsgewohnten Tons bröckelte ab, als Max' Vater ein unterdrücktes Seufzen hören ließ, bevor er sagte: »Er liegt im Bett. In seinem Zimmer. Er will mit niemandem sprechen.«

»Was ist denn passiert?«

»Das sagt er nicht.«

»Aber es gab doch einen Unfall?«

»Da weißt du mehr als ich. Ein Unfall?«

»Ja. Beim Tauchen.«

»Er liegt im Bett. Apathisch. Das ist alles, was ich weiß.«

»Und das Studium? Die Handelshochschule?«

Göran Bergwall unternahm nicht einmal den Versuch, seine Enttäuschung zu verbergen, als er sagte: »Er will nicht dorthin zurückkehren, sagt er. Also, wenn es jetzt weiter nichts war, dann …«

Johan ging in seinem Zimmer auf und ab und überlegte, was er tun könnte. Max war einer der wenigen Menschen, die er auf dieser Welt hatte. Sollte er zu ihm fahren? Irgendetwas sagte ihm, dass er nicht einmal ins Haus eingelassen würde.

Die folgenden Tage verflossen in einem Zustand der Sorge, in der Johan sich handlungsunfähig fühlte. Er erledigte seine Arbeit, aber die Gedanken, die sich ansonsten auf spannende Irrfahrten begaben, kreisten fortwährend um Max. Kuba? Tauchunfall? Die einzige Art von Tauchunfall, von der Johan gehört hatte, bestand darin, dass man zu schnell zur Oberfläche aufstieg und die Lunge von der sich ausdehnenden Luft beschädigt wurde, aber davon wurde man doch nicht apathisch? Oder?

Max' Ansichtskarte aus Maria la Gorda hatte einen ironischen Tonfall mit schablonenhaften Adjektiven, bei dem Max sicher sein konnte, dass er Johan gefiel. Formulierungen wie »herrlicher Sandstrand«, »supergemütliches Restaurant« und »wunderbare Menschen«. Das Bild auf der Vorderseite zeigte das Hotel, eine Anzahl zusammenhängender Bungalows, und das Pünktchen auf dem i: »Hier wohnen wir!« Nichts, was auf Unfälle oder Apathie hindeutete, also musste es später passiert sein.

Johan schrieb weiter eine SMS pro Tag an Max, nur um zu zeigen, dass er an ihn dachte, bekam aber nie eine Antwort. So verging eine ganze Woche, bis Johan sich um etwas anderes kümmern musste.

Eines Abends, nachdem er gegen zehn ins Bett gegangen war, weil er am nächsten Tag die Frühschicht hatte, klingelte es an der Tür. Johan hörte die Schritte seines Vaters durch den Flur, das Öffnen der Tür und anschließend gedämpfte Stimmen.

Es klopfte an seine Tür, und Johan sagte: »Herein?«, während er die Decke bis zum Kinn hochzog. Die Tür wurde geöffnet, und eine groß gewachsene Gestalt füllte die Öffnung, bevor die Tür wieder geschlossen wurde und Johan seine Nachttischlampe anschaltete.

»Marko?«

Marko stand mitten im Zimmer mit geballten Fäusten an den herunterhängenden Armen und kaute auf den Lippen. Seine Augen waren schwarz, als er Johan ansah, der Angst bekam und keine

Vorstellung hatte, was er getan haben könnte, um Markos Wut auf sich zu ziehen.

»Was ist denn?«, fragte Johan und konnte nicht vermeiden, dass seine Stimme auf halber Strecke brach. Zu seiner Erleichterung setzte Marko sich auf die Bettkante, anstatt sich auf ihn zu stürzen.

»Maria«, sagte Marko mit zusammengebissenen Zähnen. »Der alte Wichser, der ihren Vater spielen sollte, hat sie vergewaltigt.«

»Was?! Wann ist das passiert?«

Ein Teil von Markos Zorn richtete sich auf Johan. »Was spielt denn das für eine Rolle? Hörst du nicht, was ich sage? Sie ist *siebzehn* Jahre alt. Und er hat sie vergewaltigt.«

»Großer Gott«, sagte Johan.

»Mhm, genau. Großer Gott.« Eine Furcht einflößende Ruhe fiel auf Markos Gesicht, als er sich näher zu Johan beugte und fragte: »Machst du mit?«

»Wo… wobei?«

»Ihn umzubringen.«

4

Früher am selben Abend war Marko zu Marias Einzimmerapartment in Vårby Gård gekommen, das sie in dritter Hand mietete, und hatte sie dort sternhagelvoll vorgefunden. Als ihm klar wurde, dass sie sich einsam betrunken hatte, ließ er nicht locker, bis sie ihm erzählt hatte, was mit ihr geschehen war.

Knapp zwei Wochen zuvor war sie zu Hause bei Hans Roos gewesen, dem Schauspieler, der im Film ihren Vater spielen sollte, um ein paar Repliken zu üben und sich in bestimmte Szenen »einzufühlen«. Weil Maria für die Schauspielschule trainierte, nahm sie diese Möglichkeit dankbar an. Der Coach, den sie dafür gebucht hatte, war ein siebzigjähriger ehemaliger Lehrer von der Calle-Flygare-Theaterschule, der ständig angeheitert war und jede Gelegenheit nutzte, um »zufällig« zu stolpern und sich bei ihr »abzustützen«.

Der siebenundvierzigjährige Schauspieler hatte bereits eine ordentliche Karriere hinter sich. Er hatte große Rollen am Dramatischen Theater und in zahlreichen Filmen übernommen, hatte einen Guldbagge-Preis gewonnen und sogar einen Abstecher in die USA unternommen, wo er sowohl in Fernsehserien als auch in Filmen spielte.

Maria wusste, dass ihm der Ruf vorauseilte, ein richtiger Frauenheld zu sein, um nicht zu sagen ein Schürzenjäger oder schlicht und ergreifend ein Schwein, aber immerhin sollte er ja ihren *Vater* spielen, und wenn er sie anbaggerte, musste sie ihn wohl daran erinnern.

Maria besuchte den Schauspieler in dessen Dreizimmerwohnung in der Nähe des Östermalmstorgs, die er über ein Arrangement mit dem Dramatischen Theater mieten konnte. Es fing gut an, sie lasen ihre Repliken und machten sich mit den Szenen vertraut. Dann wurde es plötzlich so schrecklich *warm* in der Wohnung – Maria wurde später klar, dass er die Heizkörper aufgedreht hatte – und *leider* konnte man die Fenster nicht öffnen. Der Schauspieler zog sich obenrum bis auf das Unterhemd aus, und Maria sah sich genötigt, im T-Shirt zu spielen.

An einer bestimmten Stelle packte er sie an der Schulter, und erst in diesem Moment wurde Maria klar, wie ausgeliefert sie ihm war. Der Mann war fast dreißig Zentimeter größer als sie selbst, wog mindestens doppelt so viel, und ein großer Teil dieser Kilos bestand aus Muskeln, was er vermutlich demonstrieren wollte, indem er sich im Unterhemd zeigte. Die Hand, die an ihre Schulter griff, war so groß wie ihr Gesicht.

Als hätte der Mann dieselbe Erkenntnis gehabt, begann seine Haut in der Hitze immer roter zu werden. Er leckte sich den Schweiß von der Oberlippe und machte erste Andeutungen. Wie gut es für Maria in der Filmbranche laufen könnte, wenn sie freundlich zu den wichtigen Personen wäre und ihnen gewisse Gefallen tun würde. Davon wisse der Mann aus eigener Erfahrung, er habe schon vielen Mädchen gewisse Türen geöffnet, war ihr zum Beispiel klar, dass …

Der Mann nannte einen Namen, und Maria sagte, dass sie jetzt besser gehen würde. Davon wollte der Mann nichts hören, sie hätten doch gerade erst angefangen, wollte sie nicht ein Glas Wein haben? Maria hatte nicht die Absicht, betrunken oder berauscht zu werden, also lehnte sie höflich ab und griff nach ihrem Pullover. Bevor sie in ihn hineingeschlüpft war, machte der Mann eine spielerische Bewegung, um sie daran zu hindern, und Maria zog kräftiger an dem Pullover, um ihn bis zur Taille herunterzubekommen, aber da griff auch der Mann fester zu, und danach ging alles schnell.

Innerhalb von drei Sekunden verwandelte sich der Mann von einem schlüpfrigen Grabscher in ein Biest, das nur noch ein Ziel im Blick hatte. Er riss ihr die Kleider vom Leib, und als sie Luft holte, um zu schreien, drückte er seine Hand so fest auf ihren Mund, dass ihre Lippe aufplatzte. Er warf sie mit dem Bauch nach unten auf das Sofa, drückte ihr Gesicht in ein Kissen und drang in sie ein. Marias Mund schmeckte Blut, sie konnte nicht atmen, und es fühlte sich an, als würde sie in der Mitte auseinanderbrechen.

Für eine gute Minute glaubte Maria, dass sie vor Schmerz, Sauerstoffmangel oder Erniedrigung sterben würde. Dann grunzte der Mann kurz auf, die Schmutzbrühe lief durch Marias Unterleib ab und der Griff an ihrem Hinterkopf wurde lockerer, sodass sie das Gesicht drehen und ein paar keuchende Atemzüge nehmen konnte. Mit geschlossenen Augen blieb sie liegen und atmete und ihr Geschlecht brannte vor Ekel.

Dann nahm sie plötzlich Rauch wahr. Der Mann saß nackt in einem Sessel und rauchte eine Zigarette, während er Maria mit halb geschlossenen Augenlidern ansah.

»Du hast es begriffen, oder?«, sagte er. »Du weißt, dass du niemandem davon erzählen darfst, denn dann ist deine Filmkarriere beendet, bevor sie überhaupt begonnen hat. Du bist ein schlaues Mädchen, du weißt, wie es läuft. Wenn du dagegen den Mund hältst und dir vielleicht sogar vorstellen kannst, es noch einmal unter eher … einvernehmlichen Formen zu machen, dann …«

Der Mann machte eine aufwärts zeigende Bewegung mit der

Hand, in der er die Zigarette hielt, um anzudeuten, dass Marias Karriere wie eine Rakete abgehen würde, die zu den Sternen aufsteigt. Er blieb sitzen, während sie sich anzog, und er saß immer noch da, als sie sich gebückt aus der Tür herausschlich.

Marko hatte zwei Stunden gebraucht, der weinenden Maria die ganze Geschichte aus der Nase zu ziehen, wobei er ihr vier große Gläser Wasser aufzwang. Danach hatte er ihr ins Bett geholfen. Sie war in dieser Phase wieder nüchtern genug, dass sie seine Hand nehmen und sagen konnte: »Marko, du darfst auf keinen Fall etwas unternehmen.«

»Was sollte ich denn unternehmen?«

»Tu einfach nichts, versprich es mir.«

Marko hatte es versprochen und ihre Wohnung verlassen. Als er nach draußen auf den Hof gekommen war, schlug er die Faust so fest gegen einen Baumstamm, dass er sich den kleinen Finger brach.

5

Marko zeigte seine rechte Hand, an der der kleine Finger genauso dick war wie der Daumen und sich in einem unnatürlichen Winkel beugte.

»Okay«, sagte Johan. »Ich bin dabei.«

Marko nickte ruhig und sagte: »Es gibt sonst niemanden, den ich fragen könnte, denn du weißt ja, Maria … sie …« Marko senkte den Kopf. Sein Rücken zuckte und Johan begriff, dass er weinte. Johan zog sich in eine sitzende Stellung hoch, legte den Arm um Markos Schulter und legte die Stirn gegen seine Wange.

»Was für ein Scheiß«, flüsterte Marko und weinte leise.

»Ja«, sagte Johan. »Was für ein Scheiß.«

Markos Tränen rannen über Johans Stirn, liefen weiter seine Wange hinunter und landeten schließlich in seinem Mund, und der Geschmack ließ ihn selbst auch mit dem Weinen anfangen. Er sah die Bilder vor sich, er sah Maria. Die kleine Schwester. Johan richtete den Kopf auf und wischte sich die Tränen aus den Augen, bevor er sagte: »Unter einer Bedingung. Wir bringen ihn nicht um. Ich will kein Mörder werden.«

»Nicht einmal für Maria?«

»Vielleicht, wenn ich es müsste. Aber jetzt muss ich es nicht.«

»Ich habe aber das verdammte Gefühl, dass ich es tun muss.«

»Ja. Aber dann kann ich nicht mitmachen.«

Marko starrte auf den Boden und seine Kiefer mahlten. Schließlich sagte er: »Du hast recht. Dann würde er ja auch nicht leiden. Also, wenn er tot ist.«

»Wir stürzen ihn einfach ins Chaos.«

»Mhm.«

»Wie?«

»Was meinst du mit *wie*?«

»Ich habe dieses Arschloch in Filmen gesehen. Er ist wirklich groß, also müssen wir uns eine Art … Vorteil verschaffen.«

Obwohl Marko auch damals schon groß gewachsen war, war er noch lange nicht so ein Schrank, wie er später werden würde, und Johan war genauso schmächtig, wie er es schon immer gewesen war. Wenn sie einfach so auf diesen Mann losgingen, bestand das Risiko, dass am Ende sie selbst verprügelt würden.

»Du meinst Waffen?«, stellte Marko fest.

»Ja, ich meine Waffen. Nicht Schusswaffen, sondern … Waffen.«

Johan glitt aus dem Bett und machte ein paar schnelle Schritte in die Ecke, in der sein Morgenrock hing. Er fühlte sich unsicher in seiner Nacktheit und beeilte sich, den Gürtel zuzubinden, bevor er zum Bett zurückkehrte und sich neben Marko setzte, der plötzlich etwas tat, das ihn überrumpelte. Er sah ihm in die Augen und fragte: »Bist du scharf auf sie?«

»Was? Nein, natürlich nicht.«

»Alle scheinen scharf auf sie zu sein.«

»Ich nicht. Aber ich liebe sie.«

Marko nickte und schien mit der Antwort zufrieden. Johan hatte eine weitere Bedingung, um bei der Zerstörung des Teufels mitzumachen, der sich an Maria vergriffen hatte: dass sie Masken tragen sollten. Marko akzeptierte widerwillig und gestand nach einer Weile, dass Johan auch in dieser Frage recht hatte. Das Schwein sollte nicht die Befriedigung bekommen, ihr Leben zu zerstören, indem er sie ins Gefängnis schickte.

Sie fingen an, einen Plan zu entwerfen. Zeit, Ort, Waffen. Markos ursprünglicher Impuls war es, direkt zu dem Mann nach Hause zu laufen und kurzen Prozess zu machen, aber irgendetwas hatte ihn dazu bewegt, zuerst zu Johan zu gehen. Jetzt, wo aus seinem lodernden Zorn eine stete Flamme des Hasses geworden war, sah er ein, dass dies ein guter Gedanke war. Die Chance, ein ordentliches Chaos anzurichten, war größer, wenn die Ausführung selbst nicht ins Chaos entglitt.

Während sie nebeneinandersaßen und die Vor- und Nachteile der unterschiedlichen Methoden abwogen, ergriff Johann ein Schamgefühl, als er bemerkte, dass er sich gerade sehr wohlfühlte. Trotz des Schrecklichen, das Maria zugestoßen war, fand er es angenehm, neben Marko zu sitzen und auf dieselbe Art eine Fantasie zu stricken, wie er es mit Max getan hatte, als sie klein waren. Der Wohlfühlfaktor senkte sich merklich, als Johan sich selbst daran erinnerte, dass dies alles echt war und sie es wirklich tun wollten. Und Maria. Ihr Gesicht ins Kissen gedrückt. Die kleine Schwester. Das Wohlbefinden verschwand.

Nach einer halben Stunde hatten sie einen rudimentären Plan, den sie drei Tage später in die Wirklichkeit umsetzen wollten. Sie erhoben sich vom Bett. Bevor Marko ging, breitete er die Arme aus und umarmte Johan fest und lange. Johan entspannte sich und erlaubte sich, Markos Umarmung ein wenig zu genießen.

»Für unsere Schwester«, murmelte Marko.

»Ja«, sagte Johan. »Für unsere Schwester.«

6

In den nächsten Tagen wuchs in Johan das Verständnis für Raskolnikow in *Verbrechen und Strafe.* Er lief in einem leichten, aber anhaltenden Schwindelzustand herum, als er einübte, was sie machen wollten, er spielte es aus unterschiedlichen Perspektiven und mit unterschiedlichen Ergebnissen durch. Während er ganz mechanisch die Post sortierte, verschwanden seine üblichen Fantasievorstellungen, und er stellte sich das Gesicht und den Körper des Mannes vor, die Geräusche, die entstehen würden, und das Gefühl in den Händen. Als er wieder zu Hause war und im Bett lag, rollten diese Bilder immer weiter und hinderten ihn am Einschlafen, was den nächsten Tag umso unwirklicher machte. Und so weiter.

An dem Tag, an dem es passieren sollte, war er komplett im Raskolnikow-Modus und begann teils an seiner Fähigkeit zu zweifeln, diese Handlungen auszuführen, teils an der *Rechtfertigung* dieser Handlungen. Was den letzteren Punkt betraf, konnte er leichter an seiner Überzeugung festhalten als Rodion Romanowitsch, weil der Schauspieler im Gegensatz zur Pfandleiherin wirklich verdiente, was auf ihn zukam, aber was seine eigenen Fähigkeiten betraf, hatte er größere Probleme. Er hatte noch nie einen anderen Menschen geschlagen, um ihm einen ernsthaften Schaden zuzufügen. Er verließ sich nicht darauf, dass er tatsächlich seinen Teil dazu beitragen könnte, wenn es darauf ankam.

Er sehnte sich danach, Maria zu begegnen, und er hatte Angst davor, Maria zu begegnen. Er fürchtete sich vor dem, was die Vergewaltigung aus ihr gemacht hatte, er hatte Angst, Markos und seinen Plan zu verraten, sobald er ihr in die Augen sah. Nachdem er so weit in seiner Selbstbetrachtung gekommen war, begann er auch seine Motive zu erforschen. Tat er es tatsächlich nur für Maria, obwohl er es eigentlich gar nicht wollte? Oder eher für sich? Oder für Marko? Genau wie Marko nährte er einen brennenden Hass auf den Schweinehund, der das Verbrechen begangen hatte, aber wäre es nicht besser gewesen, Maria dazu zu überreden, ihn anzuzeigen?

Als der Abend näherkam, hatte Johan die schreckliche Wahrheit akzeptiert: Das entscheidende Motiv dafür, eine mehrjährige Gefängnisstrafe zu riskieren, war sein Wunsch, *etwas Großes* zusammen mit Marko zu machen. Es wäre besser, wenn sie gemeinsam ein Haus bauen würden und darin glücklich bis an ihr Lebensende wohnen, aber da es ein solches Projekt nicht gab, musste eben grobe Körperverletzung dafür herhalten.

Marko und Johan trafen sich um neun Uhr unter dem Pilz auf dem Stureplan. Sie hatten herausgefunden, dass der Mann beim *Sommernachtstraum* im Dramatischen Theater mitspielte und dass das Stück etwa um zehn Uhr endete. Seite an Seite gingen sie den Anstieg zur Sibyllegatan hinauf. Markos Arme hingen steif an seinen Seiten herunter, als würde er marschieren. Sein rechter kleiner Finger war verbunden. »Was hast du besorgt?«, fragte Johan.

Es war beinahe schon stockdunkel an dem späten Augustabend, und kein Mensch war in ihrer Nähe. Marko schüttelte einen Arm und ein langer, schmaler Gegenstand glitt aus seinem Jackenärmel. Johan nahm ihn entgegen und musterte ihn ungläubig.

»*Brennball*schläger? Haben wir nicht *Baseball*schläger gesagt?«

»Zu groß«, sagte Marko. »Schwer zu verstecken. Und wir sind in Schweden. Hier regiert Brennball.«

Johan schwang den knapp einen Meter langen Schläger und fand, dass er mehr wog als diejenigen, die sie in der Schule hatten, aber ein Baseballschläger war er bei Weitem nicht.

»Aha«, sagte er. »Und du nimmst den Mädchenschläger?«

»Mädchenschläger? Den Begriff habe ich noch nie gehört.«

»Den abgeflachten.«

»Ach so, nein, die habe ich weggeworfen. Ich hatte zwei Doppelpacks gekauft.«

»Und die Bälle?«, fragte Johan und schob den Brennballschläger in seinen Ärmel, während sie weitergingen.

Marko sagte: »Die Bälle habe ich aufgehoben. Für den Wäschetrockner.«

Das Gelächter, das Johan ausstieß, klang stark nach Hysterie.

Sie hatten das Gebiet um die Wohnung des Schauspielers herum im Vorhinein erkundet und eine gute Stelle gefunden, wo sie ihm auflauern konnten, hinter einem Gebüsch in einem kleinen Park. Von dort hatten sie Sicht auf den Hauseingang, konnten aber von der Straße nicht entdeckt werden. Der einzige Nachteil des Verstecks war der Gestank nach Pisse und Hundekacke. Sie hockten sich gegen eine Mauer, Marko holte eine Dose Schuhcreme heraus, und sie schmierten sich um die Augen ein, bevor sie die Sturmhauben über die Köpfe zogen.

Marko sah ziemlich angsteinflößend aus, als das schwarz umrahmte Weiße in seinen Augen im Licht einer Straßenlaterne aufleuchtete. Johan nahm an, dass er selbst den gleichen Eindruck machte, fragte aber trotzdem: »Wie sehe ich aus?«

»Wie ein verdammtes Monster«, sagte Marko, und es war seltsam, die vertraute Stimme aus dieser dunklen, bedrohlichen Masse strömen zu hören. »Verdammt, Johan. Dass wir am Ende hier landen würden.«

»Weißt du, was ich glaube?«, sagte Johan. »Wenn wir diese Sache hier durchziehen wollen, dann reden wir am besten nicht. Wenn wir nämlich anfangen zu reden, wird uns umso schneller klar, wie absurd das Ganze ist, und dann fangen wir an zu zweifeln, und dann …«

»Verstehe«, sagte Marko. »Aber ich würde niemals zweifeln. Dieses Arschloch hat Maria *vergewaltigt*. Denk immer daran. Du musst es immer vor Augen haben. *Vergewaltigt*.«

»Ich weiß. Aber trotzdem.«

»Ich halte jetzt den Mund.«

Sie zogen sich die dünnen Handschuhe über, die sie für diesen Zweck beschafft hatten. Gegen zehn kam eine ältere Dame vorbei, die einen minimalen Hund aus der Tasche zog und ihn neben dem Gebüsch auf den Boden stellte. Der Hund trippelte auf Johan und Marko zu und hob ein Bein, bevor er sie plötzlich entdeckte und sich winselnd zurückzog. Die Dame tröstete und tätschelte ihn, stopfte den Hund zurück in die Tasche und ging wieder weg.

Autos fuhren vorbei, Leute gingen in immer größer werdenden Abständen vorbei. Johan und Marko änderten die Körperhaltung, damit sie nicht verkrampften, gähnten und sahen auf die Uhren auf ihren Handys. Johan saß im Schneidersitz auf dem Boden und stellte sich den Ablauf ein weiteres Mal vor. Marko würde dem Schwein einen Schlag auf den Hinterkopf verpassen, und wenn er ins Taumeln kam, würde Johan auf seine Knie hämmern, damit er dann hoffentlich auf der Straße zusammenbrach, wo sie ihn systematischer bearbeiten konnten.

Es war kurz vor eins, als der Mann die Straße herunterkam. Er schwankte ein wenig. Vermutlich kam er aus der *Teaterbaren* oder irgendeinem anderen Drecksloch, wo er sich mit seinen widerlichen Kollegen betrunken hatte. Das Herz begann in Johans Brust zu galoppieren, als er den Brennballschläger umklammerte und dachte: *Die Grenze. Jetzt werde ich die Grenze überschreiten.* Der Gedanke traf ihn erst jetzt, als die Lage ernst wurde. Dass er im Begriff stand, eine Handlung auszuführen, die ihn zu einem anderen machen würde. Einem Gewalttäter. Falls er es überhaupt schaffte.

Der Mann hatte seine Haustür fast erreicht. Kein anderer Mensch war zu sehen. Marko und Johan sahen einander an und nickten. Johan glaubte, dass sein Herzschlag noch auf der anderen Seite der Straße zu hören war und das Opfer warnen könnte. Gebückt verließen sie die Deckung des Gebüschs und liefen auf den Mann zu, der vor dem Türöffner stand und den Code eingeben wollte, während er sich selbst etwas zumurmelte. Er war tatsächlich außerordentlich groß.

Als sie sich der Haustür näherten, sah Johan etwas, das Marko vermutlich verpasst hatte. Der Mann hatte den Code eingegeben und wandte sich der Tür zu, als Markos Silhouette sich im Glas spiegelte. Das muss der Grund dafür gewesen sein, dass der Mann sich duckte, als Marko den Schläger schwang, der über seinen Kopf hinwegfegte und die Gegensprechanlage traf, auf der eine Lampe zu blinken begann.

Als wäre der Mann für eine Sekunde nüchtern geworden, brüllte er »Was zum Teufel!« und riss Marko mit erstaunlichem Geschick den Schläger aus der Hand, hob ihn an und schrie: »Willst du sterben, du Idiot?«

Es gab keine Zeit zum Nachdenken. Der Mann war ein paar Handbreit größer als Johan, und ein Kopftreffer kam gar nicht in Frage. Als der Mann einen Schritt auf Marko zuging, stürzte Johan auf ihn zu, holte bis weit hinter der Schulter aus und schmetterte das Schlaggerät auf den verhassten Schwanz des Mannes.

Er war beim Brennball nie besonders gut gewesen, aber es kam vor, dass er einen Volltreffer landete, der zu einem Homerun führte. Dieser hier war auch so einer.

In derselben kurzen Sekunde, in der der Mann kampfbereit geworden war, ging seine Kampflust wieder flöten, als er ein Stöhnen hören ließ, den Schläger aus den Händen verlor und gekrümmt auf der Straße zusammensackte. Marko hob seinen Schläger wieder auf und erhob ihn über dem Mann, der sich wand wie eine Schlange in einer Grillpfanne.

»Hallo?«

Marko hielt inne und sah sich um. Wer hatte gesprochen, und warum sagte die Person ausgerechnet *Hallo* in einer solchen Situation?

»Hallo? Ist dort jemand?«

Die Stimme kam aus der Gegensprechanlage und könnte durchaus zu der Dame gehören, die zuvor ihren Hund herausgebracht hatte. Johan und Marko sahen einander an. Sie hatten beschlossen, nicht einen einzigen Laut zu sagen, damit sie später nicht an ihrer Stimme identifiziert werden konnten, und deshalb schlug Marko unter Schweigen die Kniescheibe des Mannes kaputt.

»Hallo? Was machen Sie da unten?«

Johan stand immer noch unter Endorphineinfluss, nachdem er Marko gerettet hatte, und ließ einen Schlag nach dem anderen auf eine Schulter des Mannes herunterregnen, bis er ein Knacken hörte. Der Mann schützte seinen Kopf mit den Händen und schrie: »Hilfe! Sie schlagen mich tot!«

Hinter einem Fenster im ersten Stock erschien eine Silhouette und verschwand dann wieder. Jemand würde die Polizei anrufen, und sie hatten nur noch wenig Zeit. Marko verpasste dem Mann ein paar Hiebe auf die Handrücken, bis sich eine der Hände vom Kopf löste und Marko auf seine Finger treten konnte, bis sie sich in alle Richtungen streckten. Der Mann hörte nicht auf zu schreien, manchmal unartikuliert, manchmal mit Worten. *Bitte, tötet mich nicht* und *Wisst ihr nicht, wer ich bin?*

Doch, dachte Johan. *Das wissen wir ganz genau.*

Marko richtete eine Hand auf Johan und zeigte dann auf sein eigenes Gesicht. Johan breitete die Arme aus. *Was meinst du?* Marko zeigte erneut auf sein Gesicht, dann auf den Mann. *Ah*, dachte Johan, der in diesem Moment das Gefühl hatte, vollständig den Verstand verloren zu haben, dass er auf der anderen Seite der Grenze war, zusammen mit dem Hutmacher und den Hells Angels. *Das wertvollste Werkzeug eines Schauspielers und so weiter.*

Mit der paradoxen Ruhe des Wahnsinnigen drückte er die andere Hand des Mannes vom Kopf weg, und mit vereinten Kräften drehten Marko und er ihn auf den Rücken.

Hundert Kilo. Mindestens.

Marko starrte dem Mann hasserfüllt in die Augen und zielte mit seinem Schläger. Der Mann winselte: »Nein, nein …«, und hob die Hand, um sich zu schützen. Marko schlug sie zur Seite und schmetterte das Holz auf seinen Mund. Es knirschte und klirrte, als die Zähne sich lösten oder abbrachen, und Blut begann zwischen den Lippen herauszuströmen. Marko schlug ihm die Nase entzwei. Noch mehr Blut. Als Marko den Schläger noch einmal hob, sahen sie Blaulicht am Ende der Straße.

Marko schien auf dem Weg zu sein, das Ganze mit einem potenziell tödlichen Schlag auf die Stirn abzuschließen, aber unglaublicherweise besann er sich, als Johan warnend einen Zeigefinger hob. Sie warfen die Brennballschläger weg und liefen los.

Sie flohen die Sibyllegatan entlang und bogen in die Kommendörsgatan ab, wobei sie die Sturmhauben abzogen und sich damit die Augen abwischten. Erst als sie den Humlegården erreicht hatten, senkten sie den Takt und ließen sich schließlich im Schatten des Linné-Denkmals zu Boden sinken.

Sie sahen einander an. Marko hatte noch ein bisschen Schwarz um die Augen herum, und sein schweißnasses Haar stand in alle Richtungen ab, sodass er wie ein schlecht geschminkter Emo aussah. Johan lachte ihn wie wahnsinnig an und Marko lächelte ebenso wahnsinnig zurück. Alles rauschte in Johans Körper, er war auf der anderen Seite der Grenze, wo alles möglich war, also nahm er Markos Gesicht zwischen seine Hände und küsste ihn. Marko erwiderte den Kuss.

Ein Begehren, das so stark war, dass er dessen Existenz gar nicht für möglich gehalten hatte, ergriff von Johan Besitz. Er wurde in Nullkommanichts steinhart und begann unter Markos Kleidung zu fummeln, während er mit der Zunge in dessen Mund herumwühlte. Markos Lippen wurden starr, und er schob Johan weg.

»Hör auf! Was machst du da?«

»Aber … ich dachte … du hast doch geküsst …«

»In der Hitze des Augenblicks, Mann. Reiß dich zusammen, was hattest du denn vor?«

»Ich wollte nur … ich dachte …«

»Da hast du *falsch* gedacht. Komm mal ein bisschen runter.«

Alles Aufbrausen, alles Flackernde und Schöne in Johans Innerem erlosch und versank wie ein Meteorit im Ozean. Er senkte den Kopf und lehnte sich mit dem Rücken gegen den Denkmalsockel. Sie saßen eine Weile still nebeneinander, bis Marko sich an Johan wandte und sagte: »Danke. Du hast meinen Arsch gerettet. Aber das heißt nicht, dass du ihn bekommst, okay? Einen richtig großen Dank. Du bist mein Bruder. Aber von jetzt an reden wir nie wieder über das, was heute Nacht passiert ist. Es hat nie stattgefunden. *Nichts* davon. Okay?«

7

Sie kamen davon. Die Misshandlung von Hans Roos kam groß in den Zeitungen heraus, und es wurde breit über die *unbekannten Täter* spekuliert. Eine Zeugin hatte angegeben, dass einer der Täter groß und kräftig war, der andere eher schmächtig, aber das war kaum ausreichend, um Marko und Johan einzukreisen, und selbst wenn Hans Roos den Zusammenhang zwischen dem, was ihm passiert war, und seiner Tat an Maria herstellen würde, könnte er ja kaum sagen: »Tja, Herr Wachtmeister, also vor ein paar Wochen habe ich ein Mädchen vergewaltigt, und …«

Wer dagegen einen Zusammenhang herstellte, war Maria. Schon am Tag danach, als die Nachricht in den Medien war, rief sie Johan an. Er hatte kaum Hallo gesagt, bevor sie ihn fragte: »Wart ihr das?«

»Ob wir was waren?«

»Stell dich nicht so dämlich an. Wart ihr das?«

»Ich weiß nicht, wovon du sprichst.«

»Ihr wart es. Ich weiß, dass ihr es wart.«

»Wenn du es sagst. Aber ich weiß ehrlich gesagt nicht, was du meinst.«

Es wurde still, und Maria keuchte ein paar Atemzüge durch die Nase, bevor sie sagte: »Der Teufel soll euch holen. Jetzt gibt es keinen Film.«

»Weil …?«

»Ich sollte euch wirklich anzeigen.«

»Wirst du das wirklich tun?«

»Nein, natürlich nicht. Ihr verdammten Idioten.«

Sie legte auf. Johan saß auf seinem Bett und warf das Handy von einer Hand in die andere. Die fieberhafte Begeisterung, die ihn ergriffen hatte, nachdem er sich auf die andere Seite der Grenze geworfen und das Undenkbare getan hatte, war erloschen, sobald Marko ihn abgewiesen hatte. Schon als er mit dem Rücken am Linné-Denkmal lehnte und seine Wangen heiß vor Scham waren, begann die Leere langsam heranzukriechen, und jetzt hatte sie ihn in ihrer Gewalt.

Die Fantasiebilder, mit denen er sich in den Tagen zuvor auf die Tat vorbereitet hatte, waren jetzt durch Erinnerungsbilder ersetzt, die ihm seltsamerweise weniger real erschienen als die Fantasien.

Es war beinahe schon lustig. Er war an der schweren Körperverletzung eines anderen Menschen beteiligt gewesen, empfand aber nicht die geringste Scham oder Reue. Dass er allerdings geküsst und anschließend versucht hatte … mit Marko … schon den Gedanken konnte er kaum ertragen, so sehr schämte er sich dafür.

Am vorhergehenden Abend war nicht mehr viel gesagt worden. Nachdem sie sich sorgfältig die Augen sauber gewischt und die Sturmhauben und die Handschuhe unter einem Strauch vergraben hatten, waren sie zur U-Bahn-Station Hötorget gegangen, wo sie sich mit einer Umarmung voneinander verabschiedeten, die Johan als eher verkrampft empfand.

Sosehr sie sich auch einredeten, dass die Ereignisse des Abends gar nicht stattgefunden hatten, ahnte und fürchtete Johan doch, dass sie der Beziehung zwischen ihm und Marko noch für sehr lange Zeit ihren Stempel aufdrücken würden. Vielleicht für immer.

*

Ein Mann hat gerade seine Schuhe beim Schuhmacher an der Kleinen Brücke abgegeben, um sie neu besohlen zu lassen. Nachdem er den Laden verlassen hat, bleibt er eine Weile stehen, die Hände auf dem Brückengeländer. Er denkt an die Unordnung, die in der Werkstatt des Schuhmachers geherrscht hat, und kommt zu dem Schluss, dass der Mann nichts anderes tun wird, als seine Lieblingsschuhe zu ruinieren. Er geht zurück und sagt, er habe es sich anders überlegt.

Wenn ich neben dir gehe

Es ist natürlich angenehm, allein mit Max zu sein, auf dem Weg zu einem Pokémon-Raid neben ihm zu gehen, als wäre es die natürlichste Sache der Welt. Weniger angenehm ist, dass Siw dabei so deutlich bewusst wird, welches Bild sie abgibt. Sie spürt, wie ihr Bauch sich über den Hosenbund wölbt, sie hört das Rascheln, wenn ihre Oberschenkel gegeneinander reiben, und sie sieht permanent ihre Brüste am Rand ihres Gesichtsfelds wogen.

Pulver, denkt sie. *Jetzt muss das verdammte Pulver ran.*

Sie glaubt zwar nicht, dass sie eine Chance bei Max hat, aber vielleicht hilft ihr die hoffnungslose Schwärmerei dabei, sich mithilfe des Pulvers endlich Pfunde abzuquälen. Vor einem halben Jahr schon hat sie eine ordentliche Portion kalorienarme Pulvernahrung im Internet bestellt, und seitdem liegen die Kartons im Besenschrank und warten auf die richtige Inspiration.

Pulver. Morgens, mittags und abends Pulver. Und trainieren. Uff.

»Woran denkst du?«

Siw ist eine Weile stumm neben ihm hergegangen, und Max' Frage kommt so unerwartet, dass sie, ohne nachzudenken, ausplaudert: »Pulver.«

»Pulver?«

»Ja. Pulver.«

»Was für Pulver?«

»Einfach nur Pulver. Es ist ein seltsames Wort.«

»Pulver … Ja, jetzt wo du es sagst. Pulver.«

»Obwohl, na ja, beinahe alle Wörter klingen komisch, wenn man sie nur oft genug sagt. Pulver, Pulver.«

Siw ist erleichtert darüber, dass sie sich aus dieser Klemme befreien konnte, in die sie ihre spontane Aufrichtigkeit gebracht hat, aber gleichzeitig ist das Gespräch auf einem peinlich niedrigen Niveau angelangt. Um diesen Pulverloop zu brechen, fragt Siw: »Und was machst du beruflich?«

»Ich bin beim Grünflächenamt. Du weißt schon, die Pflege von Bäumen, Büschen und Parkflächen, so etwas. Und morgens trage ich noch die *Norrtelje Tidning* aus.«

»Oh. Ist das dann nur Teilzeit, diese Parkgeschichte?«

»Nee. Vollzeit.«

»Du arbeitest viel.«

»Ja. Ich arbeite viel.«

Vom Granliden kürzen sie durch die Waldfläche ab, um die Badstugatan zu erreichen, über die sie nach unten zum Park gelangen. Siw betrachtet einen der Büsche und findet es schön, allerdings auch unerwartet, dass Max sich damit beschäftigt, Pflanzen zu pflegen.

»Darf ich etwas sagen?«, fragt Siw und würde sich am liebsten sofort auf die Zunge beißen. Natürlich darf sie etwas sagen, schließlich gehen sie hier nebeneinander und unterhalten sich.

Max murmelt zustimmend, und Siw sagt: »Als wir uns das erste Mal gesehen haben … da dachte ich, dass du einen eher, wie sagt man, *intellektuellen* Beruf hast. Versteh mich nicht falsch, ich finde nicht, dass es etwas Schlechtes ist, als Parkverwalter zu arbeiten, mein Gott, ich sitze an der Kasse im Flygfyren, aber du weißt schon …« *Hör jetzt auf.*

»Mhm«, sagt Max und scheint es ihr nicht übel zu nehmen. »Erst bin ich ein Jahr auf die Handelshochschule in Stockholm gegangen, aber dann … Es sind ein paar Sachen passiert, und deshalb musste ich abbrechen.«

Ganz offensichtlich will er dieses Thema nicht vertiefen, und Siw gehört nicht zu den Leuten, die weiter nachbohren würden. Außerdem sind sie schon fast unten beim Frans-Lundman-Gedenkstein, wo schon ein paar Leute aus der Pokémon-Gruppe warten.

»Darf *ich* auch etwas sagen?«, fragt Max, und es wird ganz warm in Siws Bauch, als sie nickt und Max fortfährt: »Als ich dich das erste Mal gesehen habe, dachte ich, du würdest etwas Künstlerisches machen. Vielleicht nicht als Arbeit, aber dass es eine wichtige Sache für dich wäre.«

»Oh«, sagt Siw und muss den Kopf wegdrehen, weil sie spürt, wie die Röte in ihre Wangen schießt. Max hat über sie nachgedacht, und er hat sie tatsächlich für eine Künstlerin gehalten. Bleibt nur das Problem, dass sie keine ist. »Eher nicht«, sagt sie. »Ich stricke. Zählt das?«

»Absolut. Unter der Voraussetzung, dass du darunter leidest.«

»Oh, ganz bestimmt.«

Sie haben die Gruppe unten am Ufer erreicht, in der zwei Jungen von etwa zehn Jahren »Max! Max!« rufen und zu ihm hinlaufen, um ihm ein paar Pokémon mit perfekten IVs zu zeigen, die sie gefangen haben. Siw beobachtet ihn verstohlen, als er sich zu den Jungen hinunterbeugt, deren Augen strahlen, als er sie lobt und ihnen erklärt, welchen Angriff sie unter Umständen damit ändern könnten. Ein trauriges Lächeln kräuselt Siws Lippen. *Er ist großartig*, denkt sie. *Ein großartiger Junge. Oder Mann. Aber es wird nie passieren.*

Der Raid beginnt. Entei steht auf seiner Grasfläche und bockt, während es mit Attacken aus allen Richtungen überhäuft wird. Siw bemerkt, dass jemand unbegreiflicherweise mit einem Taubsi angreift. Vielleicht jemand, der noch nicht lange dabei ist. Entei fällt und das Fangen beginnt. Geballte Fäuste des Triumphs oder ein Seufzen, wenn Entei sich aus dem letzten Ball befreit. Siw verbrennt eine ganze Bande aus Goldenen Himmihbeeren und kann Entei mit dem sechsten Ball einfangen, nach drei fabelhaften Curveballs. Max scheitert. Die Gruppe zerstreut sich mit vereinzelten »Danke fürs Kommen« und »Bis demnächst« und »Macht es gut«. Max und Siw bleiben stehen.

»Das ist eine tolle Gruppe«, sagt Siw. »Gute Stimmung.«

»Mhm«, sagt Max. »Wenn die ganze Welt wie Pokémon Go Roslagen wäre, hätten wir keine Probleme.«

Sie wandern durch die Passage zur westlichen Seite des Parks und weiter zum Kai hinunter, während Max von ein paar echten *misfits* erzählt, die zu den ersten Raids gekommen waren und immer etwas abseits der Gruppe standen und mit niemandem sprachen.

Nach etlichen Raids fiel trotzdem hier mal ein Wort, da mal ein Satz, und ganz allmählich wurden daraus ganze Gespräche, aus denen hervorging, dass der eine ein Ex-Heroinjunkie war, der beim Entzug seinen gesamten Bekanntenkreis verloren hatte, abgesehen von denen, die ohnehin schon gestorben waren. Der andere war ein extremes Mobbingopfer an der Schule und hatte nicht einen einzigen Freund. Tag für Tag, Raid für Raid und Woche für Woche blühten diese beiden immer mehr auf, weil sie als Pokémon-Go-Spieler respektiert wurden. Jetzt konnte man sie nicht mehr von den anderen der Gruppe unterscheiden, und sie hatten sich sogar miteinander angefreundet.

»Also, ja«, sagt Max und stellt sich mit den Händen in den Hosentaschen an die Kaikante: »Ehre sei dem Pikachu in der Höhe.«

Siw folgt seinem Blick und bemerkt, dass er auf die leere Fläche blickt, dahin, wo sich vorher der Container befunden hat. »Woran denkst du?«, fragt sie.

»An den Container. Was sich darin befunden hat.«

»Menschen. Tote Menschen.«

»Ja, aber da war noch mehr.« Max dreht den Kopf und sieht Siw forschend an. »Oder?«

ÜBER SCHWARZEN WASSERN 3

Die Latrinentonne ist übergelaufen und eine Brühe aus Urin und Exkrementen schwappt im Takt mit dem Seegang über den Boden. Was für ein Glück, dass das Wasser verbraucht und damit die Menge des Urins begrenzt ist, das aus uns herausläuft, was für ein Geschenk. Schlimmer ist es, dass einige von uns das kleine bisschen Flüssigkeit erbrechen, das sie noch haben, wenn sie vom Gestank überwältigt werden. Es herrscht Krieg, wenn man zum Luftloch hinaufkommen und ein kleines bisschen Seeluft einatmen will. Ständig lässt sich jemand zu den kleinen Öffnungen heben und atmet keuchend ein, während die anderen drängeln, um selbst nach oben zu kommen. Dies hier ist die Hölle. Alles, was zum Dasein in einer wirklichen Welt gehört, Erde, Luft, Licht, Wasser, ist uns weggenommen worden. Wir sind nichts anderes als gesichtslose Körper, die auf einen Ort warten, den es nicht gibt. Jeder von uns würde einen Arm oder ein Bein geben, wenn wir dafür in den Limbus kommen, den Dante beschreibt … *Beide* Arme. Und die Beine. Großer Gott, um einfach nur atmen zu können mit einem Kopf auf einem gevierteilten Leib. Wir müssen uns einen Funken Zuversicht erhalten. Ich flüstere es meiner Frau und meiner Tochter zu: Wir dürfen nicht jede Hoffnung aufgeben, denn dann wird nichts von uns übrig sein, wenn wir irgendwann einmal herauskommen. Ich weiß nicht, ob sie mich hören. Sie antworten nicht, aber ich höre, wie sie atmen. Sie leben. Solange wir leben, gibt es Hoffnung.

Ich bin mittlerweile immer mehr davon überzeugt, dass wir nicht allein sind. Hier gibt es noch etwas *außer* den achtundzwanzig Menschen, die vor vier Tagen in diesen Container gesperrt wurden. Ich weiß nicht, was es ist, aber ich weiß von dessen Wirkung. Es geschah vor ein paar Stunden. Ich saß wie gewöhnlich mit dem Rücken an der Containerwand und hatte die Knie angezogen. Die Arme an der Seite und die Handrücken auf dem Boden. Hier drin gibt es keinen Unterschied zwischen schlafen und wach sein, aber ich glaube, ich war eingeschlafen und wachte von einer Bewegung auf. Das Schiff musste eine Welle hinauf- oder hinabgefahren sein. Der Container war in meine Richtung gekippt, was dazu führte, dass die Brühe auf dem Boden jetzt meine Handflächen bedeckte. Ich wollte sie gerade anheben, als ich sie spürte. Die Bewegung. Ein nässendes, geleeartiges Streicheln über meine linke Handfläche, wie eine Qualle, die vorbeitrieb. Es ist schwer zu beschreiben und natürlich konnte ich in der Dunkelheit nichts sehen, aber ich kann mit hundertprozentiger Sicherheit sagen, dass es etwas *Lebendiges* war.

Im selben Augenblick, in dem dieses Lebendige über meine Handfläche glitt, senkte sich die Nacht über mich. Die dunkle Nacht der Seele. Die unterdrückte, flackernde Flamme der Hoffnung, von der ich eben noch gesprochen hatte, wurde ausgeblasen, und an ihre Stelle trat ein Grauen, wie ich es nie zuvor erlebt habe. Alles, was ich über das Leben in diesem Container berichtet habe, dürfte für die meisten Menschen als ein Zustand äußersten Grauens erscheinen, und in vielerlei Hinsicht ist es auch so. Körperlich, seelisch, viel schlimmer kann es nicht werden. Und dennoch. Als es mich berührte, erlebte ich ein Grauen, für das mir die Ausbildung am Priesterseminar keine Worte gegeben hat, um es zu beschreiben. Es war tiefer und schwerer als alles, was in meinem Körper oder in meinem Bewusstsein Platz finden konnte, es war die Einsicht, dass alles nur äußerste Leere ist, es war der Anblick eines gutherzigen Gottes, der vor Todesangst brüllt, es war der gesamte Kosmos, verwandelt in ein höhnisches Lachen, es war das *Grauen* innerhalb und jenseits von allem.

Ich schlug meinen Hinterkopf gegen das dicke Blech des Containers, ich kratzte mit den Nägeln über meine Wangen, bis das Blut kam, ich wollte schreien, laufen, irgendetwas oder irgendjemanden kaputt schlagen, aber mein geschwächter Körper sank stattdessen hinab in einen Brunnen der Apathie, aus dem ich stundenlang nicht mehr herausfand. Ein wesentlicher Teil von mir steckt immer noch in diesem Brunnenschacht. Wir sind nicht allein hier. Wir sind verloren.

Die Wahrheit über mich

1

Max kann sehen, wie Siw mit sich kämpft. Da gibt es offenbar etwas, das kaum über ihre Lippen will. Schließlich blickt sie ihn schüchtern an und breitet die Hände aus, als wollte sie sich ergeben und sich allem ausliefern, was nun auf sie zukommen mag.

»Seit ich klein war«, sagt Siw, »habe ich dieses … ich nenne es ein Gehör. Ich bekomme eine Vorahnung von dem, was an einem Ort passieren wird oder dass es bereits passiert ist, ich weiß nie, welches von beiden. Ich kann es im Vorhinein *hören*. Oder im Nachhinein. Ich weiß, das klingt geisteskrank.«

»Nein, ganz und gar nicht«, sagt Max.

»Wie auch immer«, fährt Siw fort, »dieser Container … Es ist schwer zu erklären … aber ich habe gehört, wie er geöffnet wurde, und es ging nicht direkt um dieses Geschehen, sondern um etwas, das aus diesem Geschehen *folgen* würde. Das habe ich gehört. Und wenn es in meiner Macht gestanden hätte, hätte ich auf jeden Fall versucht, das Öffnen zu verhindern. Um dieses Etwas abzuwehren.«

»Ist es dir schon einmal gelungen … etwas abzuwehren?«

»Nur ein einziges Mal. Als ich dreizehn war.«

»Was ist passiert?«

Siws Augen werden schmaler, als sie Max ansieht und misstrauisch fragt: »Glaubst du mir etwa?«

»Ja, ich glaube dir. Was ist damals passiert?«

Siw sieht auf ihr Handy und sagt: »Ich muss gleich gehen.« Max kann ihr ansehen, dass sie ihren Mut zusammennehmen muss, bevor sie fortfährt: »Zum Babysitter.«

»Du hast Kinder?«

»Mhm. Eine Tochter. Sieben Jahre. Alva.«

»Was für ein schöner Name.« Max' Blick flattert zu Siws linker Hand. »Und … einen Mann?«

»Keinen Mann.«

»Aber … Alvas Vater?«

Siw räuspert sich und steckt das Handy weg, bevor sie sagt: »Wie auch immer. Ich war dreizehn. Und ich hörte, wie sich draußen vor der Stadtbibliothek eine Art Zusammenstoß ereignete. Ein großer Gegenstand, der in einen kleineren hineinfuhr. Eine Frau schrie. Das war es. Also ging ich dorthin und wartete und war schon kurz davor aufzugeben. Aber dann war da dieser Kinderwagen, der … was ist? Was machst du denn für ein Gesicht?«

Im Verlauf von Siws Geschichte hat Max seine Augen immer weiter aufgerissen, und mittlerweile muss er richtig dumm aussehen. Der Unterkiefer hängt herunter und verstärkt vermutlich den Ausdruck der Geistesschwäche, aber er kann es nicht ändern. Siebzehn Jahre lang hat er nach einer Erklärung für diesen Vorfall gesucht, und jetzt steht sie vor ihm. Mit einem erstickten Flüstern sagt er: »Und der Kinderwagen rollte auf die Straße, und dann kam der Samhall-Bus und überrollte ihn.«

»Ja. Aber ich konnte ihn einfangen. Deswegen ist es nicht passiert. Woher weißt du das alles?«

»Weil ich es … gesehen habe.«

»Warst du dort?«

»Nein. Ich war oben auf dem Silo. Mit Johan und Marko.«

»Konnte man es von dort sehen?«

»Nein. Beziehungsweise …«

Max fühlt sich unsicher auf den Beinen. Er deutet auf die Bank unter dem *Wind Thingie* und sagt: »Wollen wir uns einen Moment setzen?«

Siw sieht auf ihr Handy. »Ich würde es wirklich gerne … aber Mama wird mir eine Viertelstunde lang ein schlechtes Gewissen einreden, weil ich Alva vernachlässige, wenn ich jetzt nicht gehe.«

»Ah, so eine ist sie.«

»Genau so eine.«

»Aber könnten wir nicht … sollten wir nicht … an einem anderen Tag vielleicht? Dass wir uns sehen könnten? Auf einen Kaffee oder so?«

»Natürlich. Das wäre schön. Bis dann.«

Siw nickt ein paarmal hastig, bevor sie sich abwendet und mit schnellen Schritten davoneilt. Max ist immer noch so paralysiert von seiner neuen Erkenntnis, dass Siw schon zehn Schritte zurückgelegt hat, bevor er ihr hinterherrufen kann: »Vielleicht sollten wir unsere Nummern austauschen? Wenn wir uns verabreden wollen?«

Siw legt sofort eine Einhundertachtzig-Grad-Drehung ein, indem sie sich nach hinten lehnt, bevor sie auf der Stelle rotiert, eine Bewegung, die Max irgendwie wiedererkennt. Siw ist schon fast wieder bei ihm, als es ihm einfällt: *Chaplin*. Sie ist zweifellos ganz unterhaltsam.

»Wir müssen ja nicht auf den nächsten Raid warten«, sagt Max. Er gibt Siw seine Nummer, und sie tippt sie ein und ruft ihn an. Ihre Nummer taucht auf seinem Display auf. Er speichert sie unter seinen Kontakten und hebt das Handy, um ein Bild von Siw zu machen.

Siw hält die Hand vor das Gesicht, wie der Facehugger in *Alien*, und sagt: »Noo! Noo!!«, bevor sie sich wieder auf der Stelle dreht und davongeht.

Doch. Sie ist schon ziemlich unterhaltsam.

2

Max bleibt noch eine ganze Weile auf der Bank unter dem *Wind Thingie* sitzen. Er hätte nicht gedacht, dass er jemals erfahren würde, was damals eigentlich vorgefallen war, als irgendetwas in den Lauf der Dinge eingriff, und er wäre nie darauf gekommen, dass dieses andere in Gestalt eines Menschen daherkommen würde.

Er ist sich nicht im Klaren darüber, was er von Siw hält. Schön ist sie nicht, aber sie hat etwas Schönes. Sie hat keine umwerfende Ausstrahlung, aber da ist dieses Glühen, wie bei einer dimmbaren Lampe. Sie ist nicht besonders wortgewandt, aber sie findet die richtigen Worte, wenn sie sich etwas mehr öffnet.

Ja. Das ist es. Da ist dieses Potenzial, eine Menge Fähigkeiten, die noch nicht entfaltet sind. Wenn sie erwachten und sichtbar würden, könnte Siw eine ganz andere Person sein. Und über all das hinaus verfügt sie über das, was sie ein Gehör nennt, etwas, das auf dieselbe Art funktioniert wie die Visionen, die er hat. Gehör und Gesicht.

Max hat im Internet von Menschen gelesen, die von sich behaupten, übernatürliche Kräfte zu besitzen, aber er hat noch nie einen von ihnen getroffen. Hatte er deshalb dieses Gefühl, Siw *bereits zu kennen*, als er ihr das erste Mal begegnete? Ein geteiltes Gespür für Signale aus einer Welt, die andere nicht empfangen können?

»Sie und ich«, murmelt er vor sich hin. Die Worte überhaupt zu denken. Max ist seit Linda, damals auf Kuba, mit niemandem mehr zusammen gewesen. Er wagt es nicht. Mit der Hilfe von Lamictal ist er im Großen und Ganzen funktionstüchtig, aber er verlässt sich nicht mehr auf sich selbst. Wenn er mit anderen Menschen zusammen ist, fühlt er sich meistens bedrängt, er wird nervös und oft auch müde.

Als er die Frauen zum Minigolf einlud, bereute er es praktisch sofort. Aber es ging gut. Als Siw sagte, dass sie zum Raid mitkommen wollte, stand er kurz davor zu sagen, dass er es sich anders überlegt habe. Aber es ging gut. Bis jetzt.

Obwohl er sich für sie interessiert, vor allem aufgrund ihrer besonderen Fähigkeit, ist er sich nicht sicher, ob er wirklich anrufen wird. Sie hat eine Tochter, und dahinter steckt bestimmt eine komplizierte Geschichte, eine anstrengende Mutter und vermutlich eine dazugehörige schwierige Kindheit. Er schafft es nicht, einen anderen Menschen wirklich an sich heranzulassen. Die Gemeinschaft mit den Leuten von Pokémon Go Roslagen befindet sich für ihn genau auf dem richtigen Niveau.

Max geht an der Kaikante entlang und wie von einer magnetischen Kraft wird sein Blick dorthin gezogen, wo der Container gestanden hat, sodass er den Kopf wendet. Er erinnert sich an das schreckliche Erlebnis auf Markos Terrasse, als der Container geöffnet wurde. Die Schreie, das Quietschen, die Stimmen. *Das Grauen konzentriert in einem gelben Quader*. Ein Grund dafür, dass es ihn so hart getroffen hat, ist, dass er dieses Grauen wiedererkannt hat. Er ist selbst *dort* gewesen.

Tiefer, tiefer

1

Max hatte seinen Taucherschein auf Mauritius gemacht, als er zwölf Jahre alt war. Seine Mutter war skeptisch gewesen, aber die deutsche Trainerin hatte ihr versichert, sie habe schon einige Kinder in seinem Alter ausgebildet. Sein Vater hatte keine Einwände.

Vier Tage lang ging Max zum *Sea Urchin Diving Center* in Flic en Flac und lernte die Theorie, machte sich mit der Ausrüstung bekannt und begann dann mit dem Tauchen. Zuerst in der Nähe des Strands, um sich die grundlegenden Fertigkeiten beibringen zu lassen, und dann in immer tieferen Wassern, bis er am letzten Tag zwei Tauchgänge bis zur maximalen Tiefe von 25 Metern unternahm.

Er liebte es. Die Korallenfische und die Unterwasserwelt waren eine Sache, aber ihn packte vor allem das physische Erlebnis. Als der Sauerstoff in der Tarierweste so kalibriert war, dass er weder stieg oder sank, sondern einfach in das große Blaue hineinschwebte. Langsam mit dem Flossenschlag voranzukommen und die vertikalen Bewegungen durch das Riff einfach nur über die Atmung zu steuern. Die Lunge zu füllen, damit der Oberkörper nach oben steigt, und auszuatmen, um zu sinken. Während der guten halben Stunde, die ein Tauchgang dauerte, entdeckte er eine Art zu existieren, die ihm bis dahin unbekannt gewesen war.

Er wurde gelobt, weil er trotz seiner Jugend nicht hektisch wurde und weniger Sauerstoff verbrauchte, als es bei Teenagern sonst der Fall war. Die Tauchlehrerin sagte, dass er »the right mindset« hätte, um zu einem guten Taucher zu werden, und das Zeugnis, das ihm am letzten Tag ausgestellt wurde, war der wertvollste Besitz, den er von einem Urlaub mit nach Hause gebracht hatte.

Als seine Eltern in der Folgezeit diskutierten, in welchen Teil der

Welt sie reisen sollten, versuchte Max sie so zu beeinflussen, dass sie zumindest ein paar Tage an einem Ort verbrachten, an dem man tauchen konnte. Meistens erfüllten sie ihm seinen Wunsch, und er hatte in Thailand, Malaysia, Indonesien und Ägypten getaucht. Unter anderem.

Die ursprüngliche Faszination nahm im Laufe der Zeit ab, ging aber nie verloren. Sobald er rückwärts von einer Bootsreling rollte, einen *giant step* von einer Badeplattform machte oder an einem Strand mit einer Sauerstoffflasche auf dem Rücken ins Wasser ging, begann die Vorfreude in ihm zu prickeln. Die Unterwasserwelt wiederzusehen, die still und unsichtbar dalag und auf ihn wartete; in den Zustand der Schwerelosigkeit einzutreten, die alles, was an der Oberfläche wichtig oder schwierig erschien, zum Verschwinden brachte. Dreißig, vierzig Minuten reine Konzentration und *Frieden*.

2

Als Max während der Sommerferien nach dem ersten Jahr auf der Handelshochschule entschied, nach Kuba zu reisen, hatte er seit zwei Jahren nicht mehr getaucht. Er hatte aufgehört, mit seinen Eltern zu verreisen, und deshalb kam er nicht dazu.

Seit drei Monaten war er mit Linda zusammen. Auch sie ging auf die Handelshochschule, und sie hatten sich auf einer Studentenparty kennengelernt. Keine himmelstürmende Liebe, aber sie fühlten sich wohl miteinander und stellten keine großen Ansprüche. Wenn das, was zwischen ihnen war, weiter wachsen sollte, dann durfte es gerne geschehen. Linda war ebenfalls Taucherin und hatte wie er Kuba im Auge, vor allem Maria la Gorda, den westlichsten Punkt der Insel. Dort gab es angeblich das beste Tauchrevier, vor allem wegen der seltenen Korallenriffformation, die *La Pared* genannt wurde. Die Wand.

Die Reise von Havanna über Viñales wurde zu einem kleinen Abenteuer, das zu diesem Wachsen zwischen Max und Linda beitrug. Sie blieben guten Mutes und lachten nur, als sie sich mit einem anderen Paar die zerknautschte Rückbank eines *taxi colectivo* teilen mussten, während das Gepäck gefährlich auf dem überlasteten Dachgepäckträger schaukelte. Als sie nach drei Stunden an einem wunderschönen Strand abgesetzt wurden, war es die Belohnung für ausgestandene Qualen.

Abgesehen vom Baden, am Strand herumhängen und sich von photoshopperfekten Sonnenuntergängen überwältigen lassen, war Tauchen das Einzige, was man hier machen konnte. Also tauchten sie, oft zweimal am Tag, und hakten sämtliche *diving sites* ab. Sie tauchten dreimal an der Wand, die wirklich etwas ganz Besonderes war, da sie senkrecht mehrere Hundert Meter in die Tiefe abfiel.

Linda kam aus Lidingö und war unter ungefähr den gleichen ökonomischen Bedingungen aufgewachsen wie Max, aber in einer Familie mit altem Geld. Wo Max' Vater sich einige Verhaltensweisen der Oberklasse zugelegt hatte, ohne dass es allzu sehr auf Max abfärbte, waren sie in Lindas Familie seit Generationen verinnerlicht. Obwohl Linda sich nicht über die einfachen Bedingungen beklagte, strahlte sie anfangs eine Zurückhaltung aus, schien unwillig, sich richtig darauf einzulassen.

Schwer zu sagen, ob es an der allgemeinen Stimmung lag, am Tauchen oder an den Cuba Libre, die sie sich an den Abenden reinzogen, jedenfalls begann sie nach einigen Tagen lockerer zu werden, sie lachte lauter und häufiger, machte idiotische Witze und war sehr viel schärfer auf Sex als zu Hause in Schweden. Am vorletzten Abend trieben sie es in einem Liegestuhl am Strand, im Schutz der Dunkelheit. Anschließend liefen sie schreiend ins Wasser, wobei sie mit den Armen ruderte. Max begann allmählich zu glauben, dass diese Beziehung dauerhaft werden konnte.

Am Tag danach ging es Linda nicht besonders gut. Sie hatten in der Nacht eine Flasche Rum mit an den Strand genommen, sich hingesetzt und geredet und die Flasche hin und her gereicht, bis sie leer war. Sie hatten den Plan, einen letzten Tauchgang an der Wand zu unternehmen, aber Linda wollte nicht riskieren, sich in den Atemregler zu erbrechen, also machte Max sich allein auf den Weg.

3

Max wurde einem anderen einsamen Taucher als *buddy* zugeteilt, einem blassen, fetten Engländer, der sich als Suggs vorstellte. Eigentlich hieß er Rupert, aber alle nannten ihn Suggs: »Like, you know, the guy from *Madness*.«

Schon als sie die Ausrüstung anlegten, begriff Max, dass Suggs ein ungeübter Taucher war. Er hatte Probleme, sich den Nassanzug überzuziehen, und fiel beinahe hin, als das Schnellboot durch die Wellen pflügte. Er taumelte hin und her und stieß gegen andere Taucher und murmelte ständig »Pardon, mate« und »Pardon, love«.

Als es so weit war, die Druckluftflasche, die Weste und den Atemregler zusammenzumontieren, saß Suggs nur da und hantierte planlos mit den Einzelteilen. Wenn er überhaupt vorher schon getaucht hatte, war ihm vermutlich alles ohne seine Mitwirkung vormontiert und an den Leib gehängt worden. Max erbarmte sich seiner und kontrollierte sogar die Regler und den Flaschendruck, »cheers, mate«.

»But you've done this before, I assume?«, fragte Max.

Suggs schielte auf die anderen und senkte die Stimme. »Yeah, sure, but just like you know … in a pool.«

Great, dachte Max. Wenn irgendetwas passieren würde, wäre sein *buddy* jedenfalls keine große Hilfe, während Max die Aufgabe bekam, über seinen Gefährten zu wachen, statt seinen letzten Tauchgang zu genießen. Na ja, er hatte die Wand immerhin schon dreimal gesehen. Damit musste er jetzt leben.

Das Boot senkte die Geschwindigkeit und Suggs wurde immer nervöser. Max versuchte, beruhigend auf ihn einzureden, um genau das zu vermeiden, was sonst so sicher wie ein Brief mit der Post kommen würde.

Und richtig. Sobald alle anderen ihren *giant step* von der Plattform gemacht hatten und mit aufgeblasenen Westen im Wasser lagen und herumtrieben, begann Suggs zu hyperventilieren. Der *dive master* schwamm zu ihm und sagte ein paar Worte auf Spanisch, worauf Suggs sich erschrocken an Max wandte: »What's he sayin', mate?«

Max fand, dass Suggs das Wort *inexperiencia* durchaus selbst deuten könnte, aber er schwamm zu ihm und fuhr mit dem Therapiegespräch fort, das er auf dem Boot begonnen hatte. Die übrigen Taucher trieben herum und warfen schräge Blicke zu ihnen hinüber, sodass er am liebsten gerufen hätte: »He's my *buddy*, not my fucking *friend*!«, was er allerdings nicht tat. Na ja, immerhin hätte er Linda etwas zu erzählen, wenn er wieder zurück war.

Nach ein paar Minuten begann sich Suggs' Atmung zu beruhigen, und der *dive master* gab das Zeichen zum Abtauchen. Natürlich mussten sie lange Pausen am Tauchseil einlegen, weil Suggs Schwierigkeiten hatte, den Druck auszugleichen. Er kniff die Nase zu und drückte, bis seine Augen blutunterlaufen waren, bevor er den Daumen nach oben streckte und das Zeichen zum Aufstieg gab. Max machte daraufhin das fragende »Okay?«-Zeichen mit dem Daumen und dem Zeigefinger, und Suggs antwortete mit einem doppelten nach oben gestreckten Daumen. Sie sanken weiter nach unten.

Zuerst hatten sie etwa dreißig Meter über glattem Boden. Max verschränkte die Arme vor der Brust und entspannte sich, ließ sich schweben, während er Suggs im Auge behielt, der ein paar Meter nach oben aufstieg, dann wieder sank und mit Armen und Beinen ruderte, um zu steuern. Sie näherten sich der Phase des Tauchgangs, über den sich Max hinsichtlich seines *buddy* die meisten Sorgen gemacht hatte, die enge Passage von etwa zwanzig Metern, wo das Riff direkt über dem Kopf einem die Möglichkeit nahm, nach oben aufzusteigen. Max hielt sich dicht hinter Suggs, um eingreifen zu können, falls etwas passierte.

Suggs trieb gegen die Wände der Passage und fuchtelte wie wild mit den Flossen. Sand wurde vom Boden aufgewühlt und beschränkte Max' Sicht auf weniger als einen Meter. Er kam dichter heran und wurde mit einem Tritt in das Gesicht belohnt, der ihm die Tauchmaske wegriss. Es gelang ihm, sie beim Fallen aufzufangen, er zog sie wieder über den Kopf und blies sie aus, während er über *Mad Dogs and Englishmen* nachdachte.

Dann waren sie endlich durch. Obwohl es bereits das vierte Mal war, spürte Max erneut diesen Sog im Bauch, als er durch die Öffnung in der Wand kam und in den Abgrund sah, in das tiefe, große Blau, und er hatte das Gefühl, als würde er *fallen*. Die Tarierweste hielt ihn in der Schwebe, und wenn sie versagen sollte, hätte er die Flossen und die Tragkraft des Nassanzugs, aber sag das einem Reptiliengehirn, wenn es über einem *Abgrund* hängt.

Max betrachtete Suggs, den das schwindelerregende Erlebnis vollkommen wild gemacht hatte. Er zappelte schlimmer als je zuvor und wedelte Max mit den Daumen zu, was dieser mit dem »Perfekt«-Zeichen beantwortete. Das würde ein ziemlich kurzer Tauchgang werden, sie könnten froh sein, wenn Suggs' Sauerstoff für zwanzig Minuten reichen würde, so wie er sich gerade verhielt. Max sah nach den anderen, die sich in größerer Entfernung weiter oben an der Wand bewegten. Die Sichttiefe betrug dreißig Meter, aber wenn er nicht dranblieb, wären sie bald nicht mehr zu sehen. Suggs befand sich ein paar Meter unterhalb von Max, und er kontrollierte den Tiefenmesser. Shit. Er war so abgelenkt gewesen, dass er ganz unbemerkt auf achtundzwanzig Meter gesunken war. Fünfundzwanzig Meter waren keine absolute Grenze, aber er hielt sich gerne oberhalb auf.

Als Max den Tiefenmesser losließ, sah er, dass Suggs noch ein paar Meter weiter gesunken war, vielleicht auf fünfunddreißig. Max war gezwungen, zu ihm zu schwimmen und ihn nach oben zu holen. Er glich den Druck aus und drehte den Körper. Suggs sank immer weiter. War etwas passiert? Max machte ein fragendes Zeichen und bekam einen hochgestreckten Daumen als Antwort.

Wenn Max sich durch die Tauchmaske über die Augen wischen könnte, hätte er es getan. Wenn er das richtige Zeichen für Aufstieg machen würde – Daumen hoch –, würde Suggs einfach glauben, dass er ihn anfeuerte. Die einzige Möglichkeit, die ihm blieb, war, selbst in eine Tiefe zu schwimmen, in der er noch nie war, und den Engländer mit sich nach oben zu ziehen.

Max atmete aus und ließ den Oberkörper sinken, bis seine Flossen zur Wasseroberfläche zeigten, und schwamm anschließend ein paar Züge nach unten. Dreiunddreißig Meter. Vierunddreißig. So wie es aussah, hatte Suggs endlich aufgehört zu sinken und lag jetzt bei etwa vierzig Metern. Fünfunddreißig. Sechsunddreißig. Max sah etwas *unter* Suggs und hörte auf zu paddeln.

Ein weißer Fleck, der immer größer wurde und die immer deutlichere Kontur eines Hais bekam. Max schnappte nach Luft. Seine Handflächen flogen an die Schläfen und er schrie durch das Mundstück, ein einziger, gellender Ton, der Suggs zum Aufschauen bewegte. Max hatte die Kontrolle über seinen Körper verloren, und aus einer zeigenden Bewegung *unter dir, unter dir* wurde ein zielloses Fuchteln, während der Weiße Hai wie ein einziger, gespannter Muskel aus der Tiefe heraufschoss.

Max hatte Weiße Haie in Dokumentarfilmen gesehen und versucht sich vorzustellen, wie er reagieren würde, wenn er irgendwann das Unglück haben sollte, auf ein Exemplar zu stoßen. Das Risiko war eins zu einer Million, hieß es, und falls es passierte, war das Risiko eins zu hundert, dass er angreifen würde. Solche Zahlen wurden sinnlos, als Max sich nur wenige Meter entfernt von dieser Mördermaschine befand und die schwarzen, kalten Augen, den aufgerissenen Schlund und die entblößte Batterie aus scharfen Zähnen sah.

Nie in seinem Leben hatte er eine solche Angst gehabt, nicht einmal, als er kurz davor war, vom Silo zu stürzen. Der Körper, das Bewusstsein, alles wurde zu einem harten Knoten aus reinem Schrecken, als die Zähne des Weißen Hais sich um Suggs Schulter und Brust schlossen. Der Biss ließ den Engländer so heftig zucken, als wäre er von einem Stromschlag getroffen.

Der Atemregler flog aus Suggs Mund und fiel mit dem abgebissenen Schlauch nach unten, während ein Strom von Sauerstoffblasen aus dem zerfetzten Schlauchende drang. Der Hai knickte den Kopf zur Seite und Suggs wurde hin und her geworfen wie eine Stoffpuppe, während die steigende Sauerstoffwolke sich mit Blutfäden vermischte. Suggs freie Hand kratzte an der Wand, als würde sie nach einem festen Punkt suchen, an dem er sich vom Tod wegziehen könnte. Dünne Streifen aus Blut stiegen von den Fingerspitzen auf, die sich an Korallen schnitten, und die ganze Zeit sein Schrei, ein einziger, zitternder Ton, der sich durch das Wasser fortpflanzte und aus allen Richtungen zu kommen schien.

Alles, was Max gelernt hatte, wurde aus seinem Bewusstsein weggewischt, wo es keinen Platz mehr gab außer für ein einziges Kommando: *Hau ab! Nichts wie weg! Nach oben!* Er holte tief Luft, um den Körper aufzurichten, und seine Beine begannen frenetisch zu paddeln, *Weg! Weg!* Als Letztes sah er noch, wie der Hai Suggs losließ, der mit kraftlos schwingenden Armen und Beinen durch einen wogenden roten Vorhang nach unten sank.

Die Welt war auf zwei Variablen reduziert. Der Hai und die Oberfläche. Die hellblaue, schimmernde Wasseroberfläche dort oben war der Ort, den Max erreichen musste, um zu überleben, doch obwohl er die Beine so kräftig schwang, dass die Oberschenkelmuskulatur schmerzte, schien sie sich nicht zu nähern.

Max hatte es gelernt, er hatte für einen Notaufstieg trainiert, falls der Atemregler blockiert war. Am wichtigsten war es, immer daran zu denken, dass der Sauerstoff sich ausdehnte, wenn man aufsteigt, und der Druck nachlässt. Die Sauerstoffblasen in der Weste expandieren, sodass sie einen stärkeren Auftrieb bekommt, was dazu führt, dass man immer schneller aufsteigt. Gleichzeitig dehnt sich der Sauerstoff in der Lunge aus, was zu schweren Schäden führen kann. Daher muss man darauf achten, dass man die Luft langsam aus der Lunge ausstößt, während man aufsteigt.

Max konnte das, aber alles Wissen, was es in ihm gab, war ausradiert und durch *Oberfläche, Oberfläche, Oberfläche* ersetzt worden, die sich jetzt tatsächlich mit hoher Geschwindigkeit näherte, während die übervolle Weste ihn wie einen Korken nach oben warf.

Er war vielleicht noch zehn Meter entfernt, als er einen intensiven Schmerz in der Brust spürte. Jetzt hatte der Hai ihn auch erwischt! Er zuckte zusammen, um sich herauszuwinden, aber nichts hielt ihn fest, der Schmerz kam von innen. Erst da leuchtete eine Lampe im Gehirn auf, ein Warnlicht, unter dem geschrieben stand: *LUFT.*

Er atmete einen Strom aus Blasen aus, aber als er ein paar Sekunden später durch die Oberfläche stieß, war ihm klar, dass es zu spät war. Der Mund schmeckte nach Eisen, als Blut aus den geplatzten Lungenarterien sickerte. Er zog das Mundstück ab und kniff die Lippen zusammen, als ein kleines Stück seines Verstands zurückkehrte. *Blut. Wasser. Hai.*

Mit dem Verstand kam auch die Einsicht, dass die eben noch so erstrebenswerte Wasseroberfläche alles andere als seine Rettung war. Den Hai gab es immer noch dort unten, und vielleicht war er gerade auf dem Weg nach oben, um ihm die Beine abzureißen. Die Angst umklammerte erneut sein Herz, spülte durch den Körper und verbreitete Eiseskälte. Er wagte es nicht, den Kopf zu senken, um durch die Maske nach unten zu sehen. Wenn er dann den Hai zu sich heraufschnellen sah …

Er riss sich die Maske ab, um besser sehen zu können, und scherte sich nicht darum, dass sie hinabsank. Das Boot lag dreißig Meter entfernt. Er versuchte zu schwimmen, bekam aber nur ein paar kraftlose Züge zustande. Die Brust platzte vor Schmerz, und der Rest des Körpers war steif und paralysiert.

Die Sauerstoffblasen im Blut …

Auch sie dehnten sich bei einem hastigen Aufstieg aus und brachten die Gliedmaßen zum Erstarren. Der Kapitän des Boots hing an der Reling, aber Max wagte es nicht zu schreien. Sein Mund war mit Blut gefüllt, und wenn er ihn öffnete, würde das Blut hinausrinnen und dem Hai seine Witterung liefern. Er wedelte mit den Armen, machte das Signal für Hilfe!, und der Kapitän richtete sich hastig auf, bevor er den Motor anließ und das Boot wendete.

Die Zeit, in der Max im Wasser trieb, Messer durch seine Brust schnitten, während er durch die Nase atmete und sein Mund so voll Blut war, dass er sich am liebsten übergeben hätte, war die längste seines Lebens. Auch bei dem Ereignis auf dem Silo hatte sich die Zeit verlangsamt und gedehnt, aber damals ging es um Sekunden. Dieses Mal war es mindestens eine *Minute*, in der jede einzelne der sechzig Sekunden die Sekunde hätte sein können, in der der weiße Schatten zu ihm heraufschoss und sein Leben mit sich in die Tiefe riss.

Aber der Schatten verschonte ihn. Eine Minute später konnte der Kapitän seinen kraftlosen, schmerzenden Körper auf die Plattform zerren, und das Erste, was er tat, war, das Blut auszuspucken, das sich in Fächerform über das Deck verteilte. Max lag mit dem Ohr an die Bohlen gedrückt und sah, wie sich das Blut mit dem Wasser vereinte, das aus seiner Weste und seinem Anzug lief. Dann verlor er das Bewusstsein.

4

Als er aus der Dunkelheit zurückkam, war da dieses Geräusch, das er nicht identifizieren konnte, es klang wie ein gigantischer Schneebesen. Das Dunkle verdünnte sich und wurde zu einer dunkelroten Haut. Durch die Haut fiel ein rundlicher Körper mit einem Umhang aus Luftblasen und ein weißer Schatten schoss auf ihn zu. Ein Zucken ergriff Max' Körper und er klappte die rote Haut auf, die sein Augenlid war.

Er lag auf einem Liegestuhl, unter einem Sonnenschirm. Der Nassanzug war ihm ausgezogen worden und er lag jetzt unter einer dünnen Decke. Im Sand kniete neben ihm Linda. Ihre Augen waren rot geweint, und geschwollen. Als Max die Augen öffnete, griff sie nach seiner Hand und sagte: »Oh! Oh! Wie geht es dir?«

Max ließ seinen Blick wandern. Ein paar Kubaner standen neben dem Liegestuhl und machten besorgte Mienen. Etwas weiter entfernt standen ein paar Touristen in einer Gruppe zusammen und schauten zu ihm herüber.

»Ich …«, hob Max an, aber die Schmerzen in der Brust machten das Sprechen sehr schwierig, und obwohl er am Strand unter einer Decke lag, fühlte sich sein Körper immer noch kalt und steif an.

Bin ich gelähmt?

Er betrachtete seine Hand und versuchte die Finger zu bewegen. Sie wackelten. Er sah auf seinen Fuß und stellte fest, dass er auch die Zehen krümmen konnte. Das quirlende, dröhnende Geräusch wurde stärker. Einer der Kubaner beugte sich zu Max hinunter und fragte: »Disculpe, pero tu *buddy*, qué pasó con el?«

Sein *buddy*. Suggs. Sie wollten wissen, was mit Suggs passiert war. Max hob den Kopf kaum merklich und blinzelte in das Sonnenlicht. Er zeigte matt auf das Meer und sagte: »Ti ... Tiburón. Blanco. Tiburón blanco.« Der Weiße Hai.

Die Kubaner, von denen Max jetzt einen als den *dive master* erkannte, sahen einander an und fragten dann, ob er sich sicher sei. *Seguro?* Max nickte, und die kleine Bewegung reichte aus, um ihm einen Strahl aus Schmerzen durch die Brust zu schicken. Max' Schulspanisch reichte nicht aus, um zu beschreiben, was er erlebt hatte, und seine Gedanken bewegten sich ebenso träge durch seinen Kopf wie das Blut durch seinen Körper. Das Einzige, was er herausbekam, war: »Matar. Suggs. El Tiburón matar.« Er wusste, dass es grammatikalisch falsch war, aber vermutlich trotzdem begreiflich. *Töten. Suggs. Der Hai töten.*

Plötzlich hatte Max den Eindruck, dass an der Oberkante seines Gesichtsfelds ein gigantischer Raubvogel auftauchte, der ihn holen wollte. Er hatte die Gefahr aus der Tiefe überlebt, jetzt kam sie vom Himmel. Er brauchte ein paar Sekunden, um einen Hubschrauber zu erkennen, und sein einziger müder Gedanke war: *Hubschrauber? Haben sie so etwas auf Kuba?*, bevor er in die Dunkelheit zurücksank.

Dieses Mal war er nicht so lange bewusstlos. Als er wieder zur Besinnung kam, lag er auf einer Bahre, die in den Hubschrauber gehoben wurde, und er hörte Stimmen, die von *La Habana* sprachen und von *Decompresión*. Seine Gedanken waren schon etwas beweglicher und er begriff, dass er nach Havanna transportiert und in eine Dekompressionskammer gesteckt werden sollte. Da kam der Gedanke erneut: *Haben sie hier so etwas?*

Linda diskutierte mit jemandem, dessen Englisch ebenso schlecht war wie Max' Spanisch. Es lief darauf hinaus, dass sie ihn im Hubschrauber begleiten könne, aber das Gepäck hier lassen müsse. Dafür gab es keinen Platz. Nach ein bisschen Hin und Her ging Linda zu Max und sagte: »Vielleicht ist es besser, wenn ich ein Taxi nehme und das Gepäck mitbringe und dafür etwas später zum Krankenhaus komme.«

Max schluckte eine Klumpen Speichel, der nach Rost schmeckte, und sagte: »Du … musst nicht …« Linda konnte wegen der rotierenden Rotorblätter augenscheinlich nicht verstehen, was er sagte. Sie beugte sich hinunter, bis ihr Ohr beinahe seine Lippen berührte, und Max flüsterte: »Ich werde. Weg sein. Du musst nicht.«

»Was meinst du damit?«, fragte Linda und ein Anflug von Besorgnis legte sich in ihren Blick. »Was heißt denn weg sein?«

»In der Kammer. Ich muss. Eingesperrt. In der Kammer.«

»Ja. Für zwei Tage, sagen sie. Aber ich will dort sein, im Krankenhaus, wenn du herauskommst. Großer Gott, Max. Großer Gott, wie furchtbar.«

Max konnte nur nicken. *Großer Gott, wie furchtbar* war nur der Vorname des Grauens. Der erste Buchstabe des Vornamens.

5

Max konnte seinen ersten Hubschrauberflug nicht genießen. Die Schmerzen in der Brust wurden so unerträglich, dass sie ihm eine Morphinspritze geben mussten, um sie zu dämpfen, und anschließend eine Adrenalinspritze, um die Wirkungen des Morphins zu dämpfen, damit er nicht aufhörte, mit seiner zerstörten Lunge zu atmen. Es war nur sein Körper, der den Hubschrauber brauchte, sein Bewusstsein schwebte hoch oben auf den Schwingen der Injektionen.

Auch was nach der Ankunft auf dem Hubschrauberlandeplatz des CIMEQ-Krankenhauses passierte, sollte in seiner Erinnerung für immer verschwommen bleiben. Die Lunge wurde geröntgt und ein Arzt zeigte Max die Aufnahmen, zeigte und erklärte in einem passablen Englisch, aber das meiste ging an ihm vorbei. Blutgefäße in den Lungenwänden waren geplatzt und er müsste vermutlich operiert werden, aber das würde erst passieren, nachdem er heimgeflogen war, in Schweden. Max machte eine müde Geste des Protests in dem Rollstuhl, in den sie ihn gesetzt hatten.

»No fly«, sagte er. »Peligroso. Dangerous. Bubbles. Blood.«

Der Arzt beruhigte Max damit, dass er die Flugreise natürlich erst antreten werde, wenn die Dekompression durchgeführt worden sei, dass also kein Risiko bestehe, sich aufgrund des niedrigeren Luftdrucks in einer Höhe von zehntausend Metern weitere Risiken durch den expandierenden Sauerstoff in seinem Blut zuzuziehen, *we know these things. No es peligroso.*

Nachdem ihm eine Mahlzeit mit Hähnchen, Reis und *frijoles negros* angeboten worden war, von der er nur einen kleinen Bissen herunterbekam, fuhren sie ihn zur Kammer. Bislang hatte Max eine Dekompressionskammer nur auf einem Bild gesehen, und in dem Fall ging es um eine moderne Anlage, die eingerichtet war wie ein kleines Hotelzimmer und beinahe erholsam aussah.

Das hier war etwas ganz anderes. Eine Röhre aus dickem dunklem Eisen mit einem einzigen runden Fenster von der Größe eines Handballs in der Tür, die mit einer großen Kurbel verschlossen wurde. Die Tür stand offen, und im Innenraum befanden sich lediglich eine Pritsche mit einer Matratze, und an der Decke hing eine nackte Glühlampe. Es sah aus wie eine Folterzelle. An der Seite der Kammer sah Max ein paar Druckmesser sowie eine rostige Plakette mit kyrillischen Buchstaben. Die Dekompressionskammer stammte also aus der Zeit, in der Kuba und die Sowjetunion beste Freunde waren.

Der Arzt bat um Entschuldigung für die Kammer, die, soweit Max es verstanden hatte, aus den Sechzigerjahren stammte, aber eine andere hatten sie nicht zu bieten. Max versicherte ihm lallend, dass er für jede Hilfe dankbar sei. Dann wurde er hineingeführt. Er musste sich auf die Pritsche legen, und die Tür wurde mit einem tiefen, metallischen Klacken und einem saugenden Geräusch geschlossen. Er war allein.

Draußen startete eine Maschine, und er vermutete, dass der Druck bei ihm im Innenraum jetzt erhöht wurde, um die Sauerstoffblasen zu komprimieren, die seinen Körper quälten. Danach würde man den Druck langsam, Stufe für Stufe reduzieren, bis er das Normalniveau erreicht hatte und der Sauerstoff assimiliert war. *We know these things.*

Achtundvierzig Stunden. Max blickte zur gewölbten Metalldecke, die so mattschwarz war, dass sie kaum etwas von dem Licht der Glühbirne reflektierte. Achtundvierzig Stunden. Wenn er wenigstens die Geistesgegenwart besessen hätte, um etwas zu lesen zu bitten, oder einen Gameboy, was auch immer.

Haben sie Gameboys auf Kuba? Nintendo?

Sinnlose Gedanken dieser Art beschäftigten Max in dieser ersten Stunde, bis der Morphinrausch abgeklungen war und die Gedanken klarer wurden. Das hätten sie wohl besser bleiben gelassen, denn jetzt wurde wieder und wieder der Film abgespielt, der Film mit dem Titel *Suggs' Tod*, hundert und tausend Mal.

Jedes quälende Detail wurde gezeigt, wurde herangezoomt, in Zeitlupe wiederholt, manchmal in der Stille des Meeres, manchmal begleitet von Suggs' Schrei, der so verstärkt wurde, als hätte Max einen Surroundlautsprecher in der Kammer.

Nach einer weiteren Stunde hielt er es nicht mehr aus. Er stand auf und wanderte hin und her wie ein Tiger mit Hospitalismus in einem allzu kleinen Käfig. Er drückte die Handballen gegen die Augenhöhlen, um die Bilder in ihr Meeresgrab zurückzuzwingen, aber sie kamen immer wieder.

Jetzt war es nicht mehr Suggs, sondern der Weiße Hai im Vollbild, der sich auf seiner inneren Leinwand bewegte, er schwamm um ihn herum und maß ihn mit seinen schwarzen Augen, spielte mit ihm und zeigte seinen muskulösen Körper, gegen den Max ebenso wenig eine Chance hätte wie eine Spitzmaus gegen einen Luchs.

Jeden Augenblick würden die scharfen Zähne in sein Fleisch eindringen, um ihn zu zermahlen. Er sah vor sich, wie er immer tiefer sank, einsam, zu Tode gequält, in einem fremden Element. Und niemand war Zeuge.

Und noch einmal. Der Hai näherte sich. Er konnte seine Konturen schon in weiter Ferne erkennen. Die Sichttiefe war gut. Er sah ihn. Er wusste, dass es keine Möglichkeit zur Flucht gab …

Eine Runde nach der anderen in seinem sowjetischen Gefängnis, eine Runde nach der anderen lief Max in seinen Gedanken und spürte, dass der Wahnsinn nicht mehr weit entfernt war. Er kratzte sich im Haar, er massierte sich das Gesicht, er wedelte mit den Händen. Mit der rechten traf er zufällig die Glühbirne, die an die Wand pendelte und zersprang. Max ließ die Arme fallen und stand still.

Was habe ich getan?

Das einzige Licht in der Kammer fiel jetzt durch das winzige Fenster herein, und es reichte kaum aus, um zu sehen, wohin er seinen Fuß setzte. Die Kammer war in Dunkelheit versunken. Max begann zu hyperventilieren, was dazu führte, dass der Schmerz in seiner Lunge explodierte. Er krabbelte zum Fenster, zog sich an der Tür hoch und drückte auf den Alarmknopf.

Nach einer Minute kam der Arzt in den Raum. Max machte ein Zeichen, dass er herausgelassen werden wollte. Der Arzt erklärte mit einer Pantomime, dass dies undenkbar sei, es sei denn, er würde gerade sterben. Der Arzt zeigte auf die Uhr, machte eine entschuldigende Geste und zeigte erneut auf die Uhr.

Max ging zur Pritsche und setzte sich, starrte in die Dunkelheit. Jetzt kam erneut der Hai, er kam direkt auf ihn zu. Seine Brust zog sich vor Angst zusammen, sein Körper wurde eiskalt und er schrie innerlich vor Todesangst. Noch sechsundvierzig Stunden.

6

Die beiden Tage in der Kammer sollten Max' Leben in eine neue Richtung lenken. Achtundvierzig schlaflose Stunden in Gesellschaft mit dem Grauen hatten ihn zu einem anderen Menschen gemacht, der es nicht schaffte, sein Studium wieder aufzunehmen, und der noch viele Monate nach dem Ereignis keine anderen Gedanken als die der Angst denken konnte. Als er sich schließlich von dem Bett in seinem Kinderzimmer erhob, war er eine Person ohne weltliche Ambitionen, allein darauf ausgerichtet zu überleben, ohne dabei den Verstand zu verlieren.

Er hatte auf dem Flug nach Hause kaum ein Wort mit Linda gewechselt, weil alles, was er selbst war, stumm geworden war, er hatte sogar Schwierigkeiten, sich zu bewegen oder zu essen, weil ihm alles, wirklich alles, außer zu sitzen oder ganz still zu liegen, weh tat.

Nachdem er über einen Monat lang nicht auf Lindas Anrufe und SMS reagiert hatte, machte sie Schluss. Das spielte keine Rolle für ihn, weil sie ohnehin zu einer Umgebung gehörte, mit der er sich nicht mehr auseinandersetzen konnte.

Als Max jetzt an der Kaikante steht und den Ort betrachtet, an dem der Container abgeladen worden ist, weiß er besser als die meisten, wie es den eingesperrten Menschen gegangen sein muss. Anders als er in der Dekompressionskammer wussten sie nicht, wann sie der Hölle wieder entkommen würden, und doch war es vergleichbar. Das Grauen, die Dunkelheit, der drohende Wahnsinn.

Max steckt die Hände in die Hosentaschen und sieht Siws schrumpfender Gestalt hinterher, während sie an der Freilichtbühne vorbeigeht. Er denkt an ihre Chaplin-Drehung, die Geste mit der Hand vor dem Gesicht. Er lächelt. Eine Möglichkeit? Ein Licht? Ja, vielleicht.

*

Der Mann auf einer der Bänke neben dem Nils-Ferlin-Denkmal ist betrunken. Vor langer Zeit hat er Philosophie studiert, und als er das vorbeiziehende Wasser des Flusses betrachtet, denkt er Panta rhei. Heraklit. Alles fließt. Dieser einfache Gedanke lässt ihn vor Schreck erstarren. Er sieht sich selbst und sein Leben in der Dunkelheit verrinnen und trinkt einen großen Schluck Koskenkorva, um die Angst zu dämpfen, die in seiner Brust auflodert.

Das Pulver hat mir wirklich geholfen

1

»Mama, was ist das denn?«

»Essen.«

»Ist es gar nicht. Es sieht aus wie O'boy, aber es ist kein O'boy, also was ist es dann?«

»Essen.«

»Darf ich probieren?«

Siw reicht Alva den Shaker, in dem das Nahrungspulver mit Wasser vermischt wird, die misstrauisch schnuppert und sagt: »Es riecht nach Schokolade, aber eher wie seltsame Schokolade.«

Siw hat mittlerweile den dritten Tag ihrer Pulverdiät erreicht, der nach allem, was sie gelesen hat, der schlimmste sein soll, und dem muss sie beipflichten. Am vierten oder fünften Tag setzt die ketogene Phase ein und der Körper beginnt aus Mangel an ausreichender Nahrung sein eigenes Fett zu verbrennen. So weit ist sie noch nicht, und der Hunger nagt an ihr, verfolgt sie.

Als Alva den Shaker an den Mund führt, hofft Siw inständig, dass sie den Geschmack abstoßend findet. Sie möchte nicht einen Zentiliter oder eine Kalorie von den sechshundert verlieren, die sie sich jeden Tag gestattet.

Halleluja. Alva nippt vorsichtig daran, zieht eine Grimasse und dreht den Kopf zur Seite, bevor sie zur Spüle läuft, das Zeug ausspuckt und ruft: »Quack! Spuck! Fauch! Das schmeckt ja scheußlich!«

Siw trinkt einen herrlichen Schluck von der feinkörnigen Flüssigkeit, und spürt, wie die quälende Leere in ihrem Magen gelindert wird. Alva schüttelt den Kopf. »Wie kannst du das nur trinken?«

»Ich habe es doch schon erklärt. Es ist das Einzige, was ich esse.«

Alva macht eine theatralische Geste der Verzweiflung und fragt: »Aber warum, Mama? *Warum*?«

»Weil ich schlanker werden möchte.«

»*Aber warum?*«

Die Entertainerin, die in Alva steckt, drängt sich immer mehr in den Vordergrund. Sie reißt die Augen auf und schlägt die Hände vor den Mund, bevor sie keucht: »Es liegt an dem *Mann*! Oh! Natürlich! Nicht wahr, Mama, es liegt an dem Mann! Sieht er gut aus?«

»Alva, iss jetzt deine Cornflakes auf. Wir müssen los.«

»Oh! Der Mann!«

Stehend schaufelt sich Alva die letzten Löffel Cornflakes mit Milch in den Mund. Während sie sich anzieht, bombardiert sie Siw weiter mit Fragen. Wie heißt der Mann? Wo wohnt er? Was arbeitet er? Hat er ein Auto? Mag er Kaninchen?

»Warum fragst du das?«, erkundigt sich Siw, als sie aus der Haustür kommen.

»Wenn ich bald mein Kaninchen bekomme, dann wäre es doch gut, wenn er es auch mag.«

»Alva, ich habe nie gesagt …«

»Jetzt reden wir nicht weiter darüber. Hat er Geschwister?«

Als sie sich Alvas Schule nähern, legt Siw vorsichtig eine Hand auf ihre Schulter, geht in die Hocke und sagt: »Alva. Dieser Mann, von dem du anscheinend glaubst, dass ich ihn habe, ich wäre dir dankbar, wenn du mit deinen Freundinnen nicht darüber sprichst.«

Alva wirft Siw einen mitleidigen Blick zu und sagt: »Mama. Ich bin ja nicht doof.«

Nein, das bist du ganz gewiss nicht, denkt Siw, als sie Alva zum Abschied winkt, die sich in das Fenster ihres Klassenraums gestellt hat. Die Tochter steckt eine Hand unter das T-Shirt und wedelt damit, als würde ihr Herz versuchen, sich aus der Brust zu befreien, während sie mit den Augen klimpert wie jemand, der vor lauter Verliebtheit bald in Ohnmacht fällt.

Siw muss einfach darüber lachen. Vielleicht lässt der Hunger ihr ja noch ein paar Minuten, bevor er wieder mit dem Nagen anfängt. Das wird ein richtig harter Tag werden. Zu allem Überfluss will sie am Nachmittag noch mit Anna ins Friskis & Svettis und *verdammte Scheiße,* sie haben sich für heute ja auch noch mit Marko verabredet. Er soll den Personal Trainer spielen, damit Anna ein bisschen weiter an ihm rumbaggern kann. Sie *könnte* natürlich auch wieder nach Hause gehen, sich krankmelden, *Friends* gucken und Eis essen. Aber sie weiß, dass sie es nicht tun wird.

Siw kommt an einer Reihe von Läden vorbei, die das Einkaufszentrum am alten Flugfeld ausmachen. Franks Farben, Happy Homes, Svanefors. Vor Cervera unterbreitet eine Werbetafel das Angebot von »Servietten für alle Gelegenheiten, 25,– pro Stück«. Aus der Zoohandlung sickert ein Geruch, der auf Streicheltiere hinweist, eine Mischung aus Einstreu, Heu, Futter und Ausscheidungen. Dort hat sich Alva auch das Kaninchen ausgesucht, das sie niemals bekommen wird. Bulgur hat sie es getauft.

Sportring, Gant, KappAhl. Siw hat das Einkaufszentrum am alten Flugfeld früher für die hässlichste Stelle in ganz Norrtälje gehalten. Das war, bevor der Norrteljeporten eröffnet wurde. Sie geht um die Ecke und wirft einen Blick auf das große Wandplakat. Das gesamte fest angestellte Personal, sie selbst eingeschlossen, mitten in einem Herzen, und darunter der Text: »Mit dem Herz am rechten Fleck – für ein lebendiges Roslagen.«

Sie mag ihren Arbeitsplatz, tut sich aber schwer, mit Begriffen wie *Liebe*, *Wärme* und *Herzen* vermarktet zu werden, als wäre Flygfyren ein Liebhaber und kein Ort, an dem Sachen vertickt werden. Lustiger ist da schon das andere Plakat: »Wir führen Spezialitäten aus dem Umfeld«, was genauso gut andeuten könnte, dass sie hier Drogen verkaufen.

Der Personaleingang liegt neben dem Pfandautomaten. Siw zieht ihre Karte, betritt den knallroten Korridor und wird von dem Wort »Willkommen« begrüßt.

Danke, aber es ist nur meine Arbeit, klar?

Sie kommt an der Bäckerei vorbei, wo der Duft nach frisch gebackenem Brot ihren Bauch so laut knurren lässt, als hätte sie eine Katze verschluckt. *Die Zähne in ein frisch gebackenes Brötchen hauen zu dürfen. Mit Butter. Und Käse. Das Brötchen immer noch warm, sodass die Butter geschmolzen ist und der Käse weich und …* Siw schluckt ein paar Tropfen Speichel und geht an dem Plakat vorbei, das Aufschluss über »Unsere Werte« gibt.

Sie läuft die Treppe zu den Umkleideräumen hinauf und passiert einen Korridor, in dem eine Zeittafel zur glorreichen Geschichte des Flygfyren angebracht ist. Sie kontrolliert ihr Fach und ist enttäuscht, dass es leer ist. Enttäuscht? Weil keine Bekanntmachung oder Dienstplanänderung darin lag? Nein, voller Scham muss sie sich eingestehen, dass sie auf eine Nachricht von Max gehofft hat. Vollkommen unbegründet, da die Brieffächer lediglich für interne Vorgänge verwendet werden.

Drei Tage sind vergangen. Er hat gesagt, dass er anrufen würde, und er hat nicht angerufen. Immer dieselbe Geschichte. Siw hat auch nicht angerufen, aufgrund der folgenden Logik: Sie war zum Raid am Kleinen Markt gegangen, weil sie gesehen hatte, dass RoslagsBowser kommen würde. Auch wenn er nichts davon weiß, hat sie diesen Schritt gemacht. Jetzt muss er den nächsten machen.

Und was ist mit der Einladung zum Minigolf? Und der Einladung zum Raid bei Frans Lundman? Und mit der Initiative, die Telefonnummern auszutauschen?

Das sind … andere Dinge. Sie haben nicht denselben Charakter wie die Tatsache, dass Siw mit schmerzenden Oberschenkeln zum Kleinen Markt geeilt war, nur um ihn zu treffen. Sie hat lange über die letzten Tage nachgebrütet, aber jetzt muss sie es hinter sich lassen. Es ging ihr vor Max gut, und jetzt geht es ihr auch gut.

Ihr Spind befindet sich im kleineren der Umkleideräume, und sie zieht sich ihre Dienstkleidung an, ein kariertes Hemd und schwarze Hosen, während sie aus dem Fenster sieht, das auf das Dach hinauszeigt. Eine einsame Möwe sitzt auf einem Lüftungskasten mitten in der großen, schwarzen Leere. Die Möwe sieht sich orientierungslos um, und Siw beschleicht das Gefühl, dass dort ihre Seele sitzt.

Als sie umgezogen ist, geht sie über die Treppe in den Laden hinunter, steckt ihre Karte in das Terminal, um zu bestätigen, dass sie anwesend ist, und geht weiter nach unten.

Sie nickt ihren Kolleginnen und Kollegen an der Fleischtheke und der Käseabteilung zu, bevor sie die Kassen erreicht und den Dienstplan studieren kann. Heute hat sie zuerst eine Kasse links, dann eine Kasse rechts und abschließend eine Schicht in der Gartenabteilung. Sie begrüßt die Kolleginnen an den anderen offenen Kassen, bevor sie an Kasse 5 Platz nimmt. Sie loggt sich ein und nimmt das Schild weg, auf dem steht, dass die Kasse geschlossen ist. Ein weiterer Arbeitstag hat begonnen.

Die Mittagspause, die oft der Höhepunkt des Tages ist, stellt heute dessen Tiefpunkt dar. Siw verrührt ihr Pulver mit dem Wasser, das sie im Wasserkocher aufgewärmt hat. Laut der Verpackung soll es Hähnchensuppe mit Curry sein, aber das Einzige, wonach es schmeckt, ist … Pulver. Sie betrachtet sehnsüchtig die Körbe mit frischem Obst, *eine Banane, und sei es nur eine Banane*, reißt sich aber zusammen und setzt sich zu Tanja, die in ihrem Alter ist und genauso lange bei Flygfyren gearbeitet hat wie sie selbst.

Tanja rümpft die Nase, als Siw ihren Teller hinstellt. »Großer Gott, was ist das denn?«

»Pulver«, sagt Siw und schlürft einen Löffel, der zumindest ein Gefühl von Wärme in ihrem leeren Bauch erzeugt.

»Nimmst du ab?«

»Mhm.«

Tanja wedelt mit der Hand vor der Nase herum und sagt: »Wäre es nicht besser, wenn du so eine 5:2 oder LCHF machst oder was auch immer, jedenfalls etwas anderes als *das da*?«

»Dafür habe ich nicht die Disziplin. Es muss irgendwie mit einem Bruch einhergehen. Ich muss da ganz reingehen, sonst funktioniert es nicht.«

So ist es einfach. Für jemanden wie Tanja mit ihrer sommersprossigen Nase in einem Gesicht, das in der Schule vermutlich sehr viel süßer war, jetzt aber wabbelig geworden ist und fünf Kilo weniger gut vertragen könnte, würde bestimmt auch eine andere Diät funktionieren, in der man es sanfter angehen lässt. Aber Siw musste direkt rein in den Dreck und den harten Aufschlag ertragen, wenn sie überhaupt eine Chance haben wollte. Ein Projekt daraus machen.

Tanja beugt sich vor und studiert die blassgelbe, schleimige Suppe in Siws Teller. »Ich finde, du hast eine verdammt gute Disziplin, wenn du dieses eklige Zeug herunterschlingen kannst. Wie schaffst du das nur?«

»Immerhin tut es nicht weh.«

»Hm?«

»Ach nichts.«

Nachdem Siw ihren Teller gespült und eine Weile draußen auf der Dachterrasse gesessen und sich das Gesicht in der untergehenden Sonne aufgewärmt hat, macht sie sich bereit, zur Arbeit zurückzukehren. Es wird schön sein, an eine rechte Kasse zu wechseln. Ihr linker Unterarm tut weh, nachdem sie die Waren über den Scanner gezogen hat, und sie möchte nicht mit neunundzwanzig schon eine Karpaltunneltante werden.

Siw hat den Speisesaal verlassen und ist auf dem Weg zu dem Korridor, in dem die Porträts aller Angestellten hängen, als sie von rechts eine Stimme hört.

»Hallo, grüß dich.«

Sören steht bei den Personalkühlschränken in der Nische rechts vom Speisesaal. Er hat eine Plastikschale herausgeholt, die er jetzt abstellt. Siw nickt ihm zu, und Sören fordert sie auf, näher heranzukommen, während er sich tiefer in die Nische zurückzieht. Siw geht zu ihm. »Hallo. Was ist denn?«

Sören kontrolliert über Siws Schulter hinweg, dass sich niemand im Korridor aufhält, bevor er mit einer Hand fest ihren Hintern packt und mit der anderen beginnt, ihre rechte Brust zu kneten. Siw windet sich heraus. »Hör auf.«

»Jetzt komm schon«, sagt Sören und greift nach ihrem Hosenbund, damit er sie an sich ziehen kann. »Kannst du nicht, du weißt schon …« Sören drückt die Zunge in die Wange, sodass eine Beule entsteht, und nickt vielsagend zu den Toiletten hinüber, in denen er also gerne einen Blowjob bekommen möchte.

Ein absurder Gedanke geht Siw durch den Kopf, als Sören erneut nach ihrer Brust greift: es einfach zu tun, weil sie so verdammt *hungrig* ist. Nur um für einen Moment feste Nahrung im Mund zu haben. Wie viele Kalorien hat denn so eine Ladung? Lohnt sich die Mühe überhaupt? Das Gedankenspiel lässt sie kichern.

»Was ist denn?«, fragt Sören.

Siw schiebt die Hand weg, die nach ihr greift, und sagt: »Sören. Du bist ein dummer August.«

Die Antwort klingt härter, als Siw es wollte, und trifft empfindlicher, als sie erwartet hat. Sören lässt sie los, zieht sich bis zur Wand zurück und schmollt, sodass er jetzt wirklich wie ein trauriger Clown aussieht. Du lieber Gott, wie wenig attraktiv sie ihn findet. Die buschigen Augenbrauen, die geschwollenen Lippen und der kleine Bierbauch. Bevor sie sich überhaupt entschieden hat, es zu sagen, fährt es schon aus ihr heraus: »Ruf mich nicht mehr an.«

Zum schmollenden Clown gesellt sich jetzt noch eine Portion Trübsal. Sörens Augen sind blank, als er sagt: »Aber meine Kleine, versteh mich nicht falsch, ich wollte doch nur …«

»Ich weiß, was du willst, Sören, aber *ich* will es nicht mehr. Der Drops ist jetzt gelutscht.«

Bevor Sören mit weiteren Einwänden kommen kann oder, Gott helfe uns, gar zu weinen beginnt, hat Siw die Nische verlassen und geht den Porträtkorridor hinunter, in dem Hunderte von Gesichtern ihren Abmarsch verfolgen. Hört sie da vielleicht Applaus?

2

»Haj Fajeff!«

Anna formuliert die Replik in Borat-Manier mit fakekasachischem Akzent, während sie die Handfläche in die Luft hält. Siw schwingt ihre eigene Handfläche dagegen und es wird ein ordentlicher Knall. Sie sind auf dem Weg zum Friskis & Svettis, und Siw hat gerade von dem Zwischenfall mit Sören erzählt.

»Oh, verdammt«, sagt Anna. »*Dieser Drops ist gelutscht*, ist es nicht schön, wenn man den richtigen Spruch zur richtigen Zeit auf der Zunge hat und nicht irgendwann später?«

Siw nickt. Erst nachdem sie die Tatsache geschaffen hat, ist ihr klar geworden, wie erleichtert sie über Sörens Verschwinden ist. Schon seit langer Zeit hat sie seine Anrufe als eher lästig empfunden.

»Okay«, sagt Anna. »Jetzt liegt der Acker also brach und wartet, bis RoslagsBowser zum Pflügen kommt?«

»Bitte, Anna. *Bitte.*«

»Ich bin richtig nett und sage nur, wie es ist.«

»Das sind zwei unvereinbare Größen.«

»Was soll das denn heißen?«

»Dass du *nicht* nett bist. Okay, ich gebe zu, dass ich ihn anziehend finde, aber er ist alles andere als angezogen von mir. Er hat gesagt, dass er mich anruft, aber er hat nicht angerufen. End of Story. Und es macht mich traurig, wenn du so redest.«

Anna zieht Siw an sich heran und legt ihren Kopf auf ihre Schulter. »Entschuldige, bitte. Du weißt ja, wie ich bin. Aber wo ist das Problem? Er kann doch noch anrufen?«

»Ich habe mir verboten, darauf zu hoffen.«

»Entschuldige bitte, meine Liebe, aber das ist dann dein Problem. Dass du dir Dinge nicht *erlaubst.*«

Sie kommen am Eingang zur Contigahalle vorbei, an dem ein paar Jugendliche stehen und einen Handball zwischen sich hin und her werfen, und gehen den Abhang zum Parkplatz hinunter. Siw entdeckt Marko, der auf der Bank vor dem Friskis & Svettis sitzt und in sein Handy tippt. Er hat sie noch nicht gesehen.

Siw greift nach Annas Arm und sagt: »Also, ich glaube nicht, dass ich das schaffe.«

»Was schaffst du daran nicht?«

»Ich fühle mich so ungeschickt, und außerdem … ich bin so hungrig, dass ich jetzt schon das Gefühl habe, jederzeit in Ohnmacht fallen zu können.«

»Sorry«, sagt Anna. »Aber jetzt musst du mir wirklich dabei helfen, dass ich mir diese Sache *erlauben* kann. Es wäre falsch, wenn ich alleine kommen würde. Und überhaupt, was wäre denn schlecht daran, wenn er uns etwas beibringt? Komm schon. Augen zu und durch. Ich verspreche dir, dass ich dich zur Dusche schleppe, wenn du ohnmächtig wirst.«

Marko hebt den Kopf und entdeckt sie. Sogar aus zwanzig Metern Abstand durchbricht das Zlatan-Lächeln das Dämmerlicht auf dem Parkplatz wie eine Miniatursonne.

»Und außerdem«, flüstert Anna, »weiß er vielleicht etwas über Max.«

»Du fragst ihn auf keinen Fall«, flüstert Siw erschrocken zurück. »Du *darfst* nicht fragen.«

»Keine Panik. Ich bin subtil.«

Viele Eigenschaften kann man Anna zuschreiben, denkt Siw, aber *subtil* gehört auf gar keinen Fall dazu, und mit einer sanften Furcht im Herzen geht sie auf Marko zu. Er begrüßt sie mit einer Umarmung und einem Wangenkuss, der Anna ausrufen lässt: »Wow! Wie kontinental!«

3

Als Marko Anna und Siw herumführt und ihnen die unterschiedlichen Maschinen präsentiert, schielen die Muskelprotze aus dem Fitnessstudio zu ihm hinüber und nicken zur Begrüßung kurz mit dem Kopf, wenn sich ihre Wege kreuzen, als wären sie durch die Muskelprotzerei verbrüdert. Marko flasht seine Pectorales nicht durch ein Netzhemd, wie es die Frischlinge tun, sondern trägt ein einfaches, schwarzes T-Shirt, auf dessen Rücken in weißen Buchstaben SATS steht.

»Das Wichtigste ist, den Rücken gerade zu halten, nicht irgendwelche anderen Muskelgruppen zu belasten als diejenigen, für die die Maschine gemacht ist.«

Marko sitzt in der Brustmaschine, während Siw und Anna links und rechts von ihm stehen wie zwei bewundernde Hühner neben einem aufgeplusterten Hahn. Marko beugt sich mit dem Körper nach vorn, während er die Schenkel zusammenpresst.

»*Nicht* so, zum Beispiel. Dann schlägt es auf den Rücken, und es kann Abnutzungserscheinungen geben. Am besten einfach nur ganz ruhig und entspannt.«

Er lehnt sich zurück und drückt die Schenkel langsam gegeneinander. Hundert Kilo sind aufgehängt, aber Markos ruhige Bewegungen lassen einen glauben, dass sich am Ende des Stahlseils überhaupt kein Gewicht befindet. Er lässt die Schenkel wieder zurückgleiten und steht auf.

»Jetzt seid ihr dran.«

Anna setzt sich fröhlich in die Maschine. Aus ihrem Verhalten wird deutlich, dass sie sich durch Markos Anwesenheit und Interesse schöner fühlt als normalerweise, während es für Siw genau andersherum ist. Sie nimmt sich selbst als Anomalie wahr, als etwas, das nicht ins Bild gehört und wegretuschiert werden sollte.

Anna drückt die Schenkel zusammen, und natürlich gelingt es ihr nicht, sie auch nur einen Millimeter zu bewegen, was sie zum Lachen bringt. Es ist bereits die dritte Maschine, an der sie diese Nummer wiederholt, und Siw schämt sich ein bisschen für ihre Freundin.

»Was nimmst du denn normalerweise?«, fragt Marko und greift nach den Clips, mit denen das Gewicht bestimmt wird.

»Fünfzehn«, sagt Anna, die ansonsten zehn nimmt, und Siw wendet sich ab, damit sie das Resultat von Annas Hybris nicht ansehen muss. Was glaubt sie denn? Dass Marko sie für *Wonder Woman* hält, weil sie fünfzehn Kilo in der Brustmaschine schafft? Was sie im Übrigen nicht schafft, wenn man von den stöhnenden, gequälten Geräuschen ausgeht. Aus dem Augenwinkel sieht Siw Annas Füße zittern und treten. »Immer ganz ruhig und entspannt«, sagt Marko.

»Schwanzlutscher«, sagt Anna.

Als Siw an der Reihe ist, kann sie es nicht lassen, ein Zeichen zu setzen. Sie begnügt sich mit fünf Kilo und schafft mit Leichtigkeit zehn Durchgänge mit weichen, fließenden Bewegungen und einem geraden Rücken, was ihr großes Lob von Marko einbringt. Anna wirft Siw einen bösen Blick zu, den diese erwidert.

Sie brauchen eine Stunde, um diese Übungsrunde zu absolvieren, die etwas anspruchsvoller ist als sonst. Marko erklärt, dass man sich bei einer Runde normalerweise auf einen bestimmten Teil des Körpers konzentriert, den Rücken, die Beine oder die Brust, aber in diesem Fall habe er es für besser gehalten, einen eher übergreifenden Parcours zusammenzustellen, da sie ja nicht darauf bedacht sind, ihre Muskulatur zu vergrößern.

»Bist du da sicher?«, sagt Anna. »Vielleicht will ich ja eine echte Muskelprotzin werden.«

»Ist das so? In dem Fall könnten wir …«

»Das war ein Witz«, sagt Siw. Obwohl sie es mit den Gewichten ruhig angehen lassen hat, würde sie sich übergeben oder das Bewusstsein verlieren, wenn sie jetzt noch eine Maschine mehr machen müsste. Der Hunger schreit, und im Kopf dreht sich alles.

»Und du?«, sagt Anna zu Marko. »Du hast ja selbst kaum trainiert?«

»Ich arbeite in der Regel mit freien Gewichten, also …«

»Na, dann zeig doch mal, was du kannst.«

»Anna …«, sagt Siw, für die diese Vorstellung schon lange genug gedauert hat. Okay, klar, es war schön, Anweisungen von jemandem zu bekommen, der es kann, und Marko ist Ansporn und Freundlichkeit in Person, aber Siw hält die ganze Angelegenheit für konstruiert. Als wäre sie gezwungen, an einer Theateraufführung teilzunehmen, deren Sinn sie nicht versteht. Leider zuckt Marko mit den Schultern und schlendert hinüber zu den Anlagen, an denen die Stangen und die Gewichte hängen.

Letzter Akt. Danach werden wir entlassen.

Marko hängt vier Zwanzig-Kilo-Scheiben an jeweils eine Seite der Stange und fixiert sie mit einer Klammer, bevor er sich auf die Bank legt. Hundertsechzig Kilo. Trotz ihres Widerwillens erliegt Siw der Faszination. So viel kann doch ein Mensch nicht heben?

Anna hat die Arme über der Brust verschränkt und betrachtet Markos ausgestreckten Körper mit einem Blick, der verrät, wie sehr sie dem Impuls widerstehen muss, um nicht auf ihn zu klettern und ihn zu reiten.

Marko löst die Stange von der Halterung, und Siws Augen weiten sich, als sie sieht, wie sich die Stange aufgrund der Gewichte an ihren Enden *beugt*, während Marko sie mit geraden Armen hält. Sie gehört nicht zu denjenigen, die sich generell von Muskeln oder Kraftübungen imponieren lassen, aber das hier kratzt schon am Übernatürlichen, und sie starrt fasziniert hin, als Marko die Stange zur Brust sinken lässt, eine Sekunde innehält und sie dann wieder hebt. Anna applaudiert und Siw schüttelt den Kopf.

»Er hat ihn genau so erwischt, weißt du? Direkt auf den Schädel und dann musste der Rettungswagen kommen und so.«

»Aber was hat er denn gemacht?«

Siw schielt zur Seite und sieht zwei Männer, die vor der Anlage mit den Hanteln stehen und sich unterhalten. Der eine trägt ein T-Shirt mit dem Schriftzug der Baufirma »Skanska«, und der andere seltsamerweise eine Warnschutzhose in der Shortsvariante, wie ein Straßenarbeiter im Sommer.

»Das ist ja das Verrückte, weißt du? Erst legt er einen Zweihunderter in diesen Becher …«

»Einen *Zweihunderter*?«

»Ja, und dieser Bettler flippt total aus und will ihm quasi die Hand küssen, weißt du? Aber er marschiert einfach weg mit seiner Schnapstüte, und eine halbe Stunde später ist er wieder zurück, weißt du?«

Vermutlich reden sie über denselben Bettler, dem Anna ein paar Tage zuvor einen Zwanziger gegeben hat und der immer vor dem Alkoholgeschäft gesessen hat.

»… eine leere Viertelflasche Explorer in der Hand, die er ihm einfach … bäng, über den Schädel zieht, und der Bettler fällt um und dann Blut und die ganze Scheiße. Und Conny und ich standen dabei, du kennst ja Conny. Wir schnappten ihn und hielten ihn fest, weil es so aussah, als wollte er einfach … weitermachen.«

»Aber warum hat er das gemacht?«

»Ja, das haben wir ihn auch gefragt. Was zum Teufel machst du da? Und weißt du, was er geantwortet hat? Dieser Bettler hätte ihn so *deprimiert*, stell dir das mal vor.«

»Also das klingt ja echt seltsam.«

»Ja. Und Conny hat sich noch eine Schnittwunde an der Hand geholt. Du kennst ja Conny.«

»Conny Andersson?«

»Nein, *Gerhardsson* natürlich, seid ihr nicht zusammen zur Berufsschule gegangen?«

Siw wendet ihre Aufmerksamkeit wieder Marko zu, der die Stange gerade wieder ins Gestell sinken lässt, während Anna ihm mit den Händen vor der Brust kokett Beifall klatscht. Marko erhebt sich von der Bank und deutet eine Verbeugung an, bevor er die Gewichte wieder entfernt.

Keine Zugabe, bitte.

»Okay, Mädels. Ich hoffe, das Ganze hat euch ein bisschen geholfen.«

Geduscht und gerädert stehen Siw und Anna neben Markos Auto. Siw kennt sich damit nicht besonders aus, aber ihr erster Freund hat immer behauptet, bei Serienwagen zähle eigentlich nur Audi, und den müsse man sich erst mal leisten können.

Marko konnte es sich offensichtlich leisten. Der Wagen sieht aus, als wäre er am Morgen erst aus der Fabrik gerollt.

»Absolut«, sagt Anna und tätschelt Marko den Bizeps, »besonders … wie sagt man, Siw? Visuell?«

Dieses Spiel will Siw nicht spielen und antwortet daher: »Vielen, vielen Dank. Es war sehr hilfreich. Nett von dir.«

»De nada«, antwortet Marko und schnipst mit den Fingern. »Übrigens. Am Samstag. Ich habe ein Haus für meine Eltern gekauft und wollte eine kleine Party geben. Max und Johan kommen. Auch ein paar Kumpel aus Stockholm. Ihr seid ebenfalls eingeladen. Also, wenn ihr Lust habt.«

»Wir kommen«, sagt Anna.

Anna und Marko tauschen ihre Telefonnummern aus, damit er ihr die Adresse schicken kann, bevor Marko in das Auto steigt, das mit einem Schnurren startet und vom Parkplatz gleitet. Marko wirft einen letzten Handkuss, den Anna mit einer ausgreifenden Bewegung beantwortet. Siw begnügt sich mit einem kurzen Winken.

»Aah«, sagt Anna, drückt ihre geballten Hände auf das Herz und rollt mit den Augen, sodass sie fast aussieht wie Alva, als Siw sich von ihr am Morgen verabschiedet hat.

»Du hast gar nicht nach Max gefragt«, sagt Siw.

»Ich durfte ja nicht. Und du triffst ihn ja am Freitag.«

»Ich weiß nicht …«

Anna steckt ihren Arm unter Siws, und sie gehen über den Parkplatz. Anna klemmt ein bisschen fester zu und sagt: »Du *weißt* es. Und weißt du auch, warum?«

»Nein.«

»Weil du dir es selbst *erlaubst*, Siw. Dieses Mal machst du das nämlich.«

*

Eine alte Frau mit Rollator überquert die Elverksbrücke. Das Straßencafé auf der Insel mitten im Fluss ist voller Menschen, und es ist eng zwischen den Stühlen. Zwischen zwei breiten Männerrücken ist kein Durchkommen. Normalerweise bewegen die Leute sich sofort zur Seite, aber jetzt muss sie stehen bleiben.

»Entschuldigen Sie, bitte«, sagt sie.

Die beiden Männer hören sie nicht, oder tun zumindest so. Als ihr zweiter Versuch, ihre Aufmerksamkeit zu erregen, ebenso ungehört verhallt, nimmt sie Anlauf und pflügt mit dem Rollator zwischen die Stühle, was die Männer zum Aufspringen bewegt.

Für einen Moment sieht es so aus, als würde sie sich Schläge einfangen. Dann bemerken die Männer ihr Alter und besinnen sich.

Das Gesicht nach außen

1

Als Marko auf den Carl Bondes Väg hinausgleitet, findet er es ganz okay, wie er die letzten anderthalb Stunden verbracht hat, auch wenn Annas Gestarre und die ständigen Anspielungen ein bisschen viel werden können. Na ja, im Grunde ist er selbst schuld. Die Katastrophe beim Minigolf hat in ihm das Bedürfnis geweckt, seinen Ruf wiederherzustellen, und wenn man so eitel ist, muss man mit den Nebenwirkungen leben.

Ist es übereilt gewesen, die beiden auch zu dem Fest einzuladen? Er schämt sich nicht für sie, ist eher stolz auf seine Rückkehr zu den Wurzeln, die sie für ihn darstellen, aber er ist sich nicht sicher, wie sie mit seinen Stockholmer Kumpeln klarkommen werden.

Er wird es nehmen, wie es kommt, jetzt hat er an andere Dinge zu denken. Wenn er seine Eltern nicht falsch verstanden hat, wollten sie ihm eigentlich jetzt Bescheid geben, ob sie sein Geschenk annehmen oder nicht. Wenn sie es nicht tun, dann muss er sich nach dem Samstag eben um den Verkauf des Hauses kümmern und den vermutlich saftigen Verlust als neuen Weltrekord für die Miete eines Festlokals betrachten. Wenn er ohnehin schon auf diesem Trip ist, könnte er auch gleich ganz den Ölscheich geben und für ein paar Millionen Taylor Swift einfliegen lassen.

Er parkt auf dem vorgesehenen Parkplatz und geht zuerst auf den Hügel mit der besten Aussicht über die Stadt. Hier hat er mit Johan gesessen und sie haben ein paar Dosen Bier geteilt, bevor sie auf unterschiedliche Schulen gegangen sind.

Verdammt, Johan.

Marko ist ein Experte, wenn es darum geht, seine Gedanken zu disziplinieren. Im Großen und Ganzen ist es für ihn so, als sei diese

Sache mit Hans Roos tatsächlich nie passiert. In der Regel denkt er nicht daran. Aber er weiß nicht, ob es an ihm oder an Johan liegt, dass sie sich seit diesem Abend auseinanderentwickelt haben. Vermutlich eine Kombination, eine Spiegelgalerie, in der Worte und Sätze oder die Abwesenheit davon hin und her reflektiert und verstärkt werden, bis die Kälte eine Tatsache ist. Er wünscht sich, es wäre anders gewesen.

Marko sitzt mit geradem Rücken auf der Bank und blickt über die Dächer von Norrtälje, die Kirchtürme, die Laternen, die an der Tullportsgatan gerade anspringen, und die Scheinwerfer, die auf den Glockenturm des Rathauses gerichtet sind. Er denkt an Johan und diese Bierdosen, die sie miteinander geteilt haben, die Zigarette, an der sie abwechselnd zogen, während sie sich eine mögliche Zukunft ausmalten, die niemals eine gemeinsame werden würde. Marko hebt den Blick zu den Sternen, und es kitzelt an seinem rechten Ohrläppchen. Eine einsame Träne rinnt über seine Wange. Marko wischt sie energisch weg und steht auf. Jetzt geht er nach unten, um auf sein Urteil zu warten.

2

Ungewohnterweise ist es sein Vater, der die Tür öffnet. Er trägt ein frisch gebügeltes Hemd, das er bis zum Hals zugeknöpft hat, und Marko weiß nicht, wie er es deuten soll.

»Tata?«, sagt Marko. »Willst du auf das Nobelfest?«

»Mein Sohn«, sagt sein Vater. »Dies ist ein feierlicher Abend.«

»Warum?«

»Komm mit in die Küche.«

Marko schnürt sich die Schuhe auf und sieht sich um. Laura hält die Wohnung stets sauber und aufgeräumt, aber heute Abend hat sie noch ein paar Vasen mit Schnittblumen aufgestellt. Das kann wohl kaum ein Zeichen dafür sein, dass sie Nein sagen werden, sondern eher für eine feierliche Begrüßung ihres neuen Hauses. Hofft er.

Auf Socken geht er zur Küche, wo er in der Türöffnung stehen bleibt. Sein Vater lehnt sich an die Spüle und richtet seine Arme auf den Küchentisch, wie ein Zirkusdirektor, der eine neue Attraktion anpreist. Am Küchentisch sitzt Laura in Festgarderobe. Und neben ihr Maria.

»Die Familie ist vereint!«, sagt Goran. »Wie lange ist es jetzt her seit dem letzten Mal? Vier Jahre?«

»Maria?«, sagt Marko. »Was machst du hier?«

Maria steht auf und geht zu ihm. »Begrüßt man so seine lang vermisste Schwester?«

»Nee, also, ich dachte nur …«

»Komm her.«

Maria drückt sich an seine Brust, und Marko legt vorsichtig die Arme um sie und tätschelt ihr ungeschickt die Schulter.

»Shit!«, sagt Maria. »Bruderherz! Du bist ja so groß wie ein Haus!«

»Genau das habe ich auch gesagt!«, ruft Laura aus. »Genau dasselbe, und weißt du, was er darauf geantwortet hat?«

Maria ignoriert ihre Mutter und trommelt auf Markos Brustmuskeln herum, die immer noch gespannt sind nach dem Besuch im Fitnessstudio. »Wie viel drückst du?«

»Hundertsechzig. In Serie.«

»Mama!«, sagt Maria. »Du hast ein *Monster* großgezogen.«

Nach ein paar weiteren Wortwechseln vergleichbarer Art versammeln sie sich um den Küchentisch, und Goran hat recht. Das Ganze hat etwas Feierliches, was auch von dem Ständer mit sechs leuchtenden Kerzen unterstrichen wird, der auf dem Tisch steht. Marko ist sich über seine Gefühle angesichts dieser Situation nicht im Klaren. Als Maria und er sich zuletzt unterhielten, war es im Grunde nichts anderes als ein langer Streit über ihren verschwenderischen Lebensstil. Überall liegen glühende Konfliktherde und warten darauf, dass sie angefacht werden, aber jetzt muss Marko eine Antwort auf eine noch brennendere Frage haben.

»Habt ihr euch entschieden?«, fragt er und sieht abwechselnd Laura und Goran an.

»Wir haben uns entschieden«, sagt Laura.

»Mein Sohn«, sagt Goran und nimmt eine straffe Haltung an. »Wir danken dir aus unseren so stolzen Herzen und wollen dein Geschenk mit Freude annehmen.«

»Ihr wollt das Haus haben?«

Goran nickt und verliert seine feierliche Pose. »Wir wollen das Haus haben.«

»Was hat euch dazu bewogen?«

Einige Blicke, die Marko nicht deuten kann, gehen zwischen seinen Eltern und seiner Schwester hin und her, bevor Laura antwortet: »Es war vielleicht nicht der einzige Grund, aber … Maria möchte jetzt bei uns einziehen.«

»*Was?*«, sagt Marko und richtet seinen Blick auf Maria. »*Du* willst … in *Norrtälje* wohnen?«

»Ich bin hier aufgewachsen, wie du dich vielleicht erinnerst.«

»Aber … aber …«

Obwohl die Jahre nicht ganz spurlos an Maria vorbeigezogen und ein paar deutliche Falten in ihren Augenwinkeln zu erkennen sind, ist sie immer noch sehr, sehr schön. Mit ihrem Gesicht, mit ihrer Haltung und mit ihrem ganzen Wesen passt sie so gut nach Norrtälje wie ein Schwan in einen Hühnerstall.

»Aber … was willst du denn hier *machen*?«

»Ich habe einen Job bekommen«, sagt Maria. »In einem Café.«

»Du willst in einem Café arbeiten?«

»M-hm.«

Marko kann nichts daran ändern. Einer der Lieblingsausdrücke seines Vaters blinkt in seinem Gehirn auf, und nur einen Moment später kommt er über seine Lippen: »Gott helfe uns allen.«

Maria wirft Marko einen gefährlichen Blick zu, und ein Konflikt glimmt auf. Goran kann ihn unbeabsichtigt ersticken, indem er sein ewiges Steckenpferd reitet und sie fragt: »Und wann werdet ihr heiraten?«

Sowohl Goran als auch Laura betrachten es als einen Verstoß gegen die Naturgesetze, dass keines ihrer Kinder in einer festen Beziehung ist. Unabhängig davon, was sie ansonsten erreichen können, ist dies eine stete Quelle der Enttäuschung. Maria wirft Marko einen Blick zu und deutet ein Augenrollen an. Marko begnügt sich damit, die Augenbrauen zur Bestätigung hochzuziehen, und der Frieden ist wiederhergestellt.

Marko ist davon überzeugt, dass es bei Goran weniger darum geht, seine Kinder in stabilen Verhältnissen zu wissen, als um eine starke Sehnsucht nach Enkelkindern. Spricht oder spielt Goran mit den Kindern aus der Verwandtschaft, ist es für eine Weile so, als habe es nie Krieg gegeben, dann ist er wie verwandelt, und er träumt von einem Enkelkind, das er grenzenlos verwöhnen kann.

»Tata«, sagt Maria. »Nicht jetzt. Bitte nicht jetzt.«

Aus früheren Gesprächen mit seiner Schwester und aus den Dingen, die sie im Laufe des Abends erzählt, gelingt es Marko, ihre Geschichte zu rekonstruieren und ihre Ansichten zu deuten.

Sie hat nicht vor, für immer nach Norrtälje zu ziehen, braucht aber – wie sie es ausdrückt – eine *krasse, fette Pause*, um sich zu sammeln. Sich einfach nur zu sammeln. Rein praktisch gesehen liegt ein Großteil ihres Eigentums überall auf der Welt verstreut, aber auch seelisch fühlt sie sich zersplittert. Sie hat keine feste Wohnung gehabt, seit sie als Siebzehnjährige zu Hause ausgezogen ist. Ihre Erinnerungen und Erfahrungen sind mit so vielen verschiedenen Orten auf etlichen Kontinenten verbunden, dass man sie unmöglich auseinanderhalten kann. Ein Leben, das auf Außenstehende wie eine Reihe farbenfroher Explosionen wirken kann, ist für Maria nur noch eine graue Grütze aus provisorischen Unterkünften, Hotelzimmern, Catwalks, Fotostudios und Gesichtern, Gesichtern, Gesichtern, alle ebenso schön wie nichtssagend.

Natürlich war es manchmal lustig und stellenweise sogar euphorisierend gewesen, aber da ist nichts, woran sie sich jetzt halten kann, kein Geländer auf dem Weg durch die Dunkelheit, auf das sie zeigen und sagen könnte: *Das war meine Linie*. Ein Mensch ist die Summe seiner Erfahrungen, und da Marias Erfahrungen unzusammenhängend und abstrakt sind, fühlt sie sich auch seelisch disparat, und deshalb muss sie sich nun *sammeln*.

Nach ihrer Rückkehr nach Stockholm hat sie sich auf Film- und

Fernsehrollen beworben und wurde, auch dank ihres Renommees als internationales Fotomodell, zu dem einen oder anderen Vorsprechen eingeladen. Nach ebenso vielen halben Versprechungen und hohlen Ermunterungen wurde sie abgeworfen, das Karussell drehte sich ohne sie weiter, und sie landete auf dem Sofa einer Freundin, bei der sie vorübergehend wohnte. In dem Moment fiel der Vorhang. Die Freundin war verreist, und Maria verbrachte drei Tage mit heruntergelassenen Jalousien in einer inneren und äußeren Dunkelheit. Sie aß nichts, trank kaum einen Schluck Wasser und ging nicht ans Telefon.

Als sie sich von dem Sofa erhob, war sie leer, aber der entscheidende Unterschied bestand darin, dass sie es jetzt auch *wusste*. Bis zu diesem Augenblick hatte sie die Leere mit Aktivismus überspielt. War von einem Vorspielen zum nächsten gehetzt, von einer großen Chance zur anderen. Immer erreichbar, immer auf der Suche, immer in Bewegung. Irgendwann war es genug.

3

»Und das Geld?«, fragt Marko und folgt mit dem Blick der Schlinge aus Rauch, die von Marias Zigarette zum Dach des Balkons aufsteigt. Laura deckt gerade den Essenstisch ab, und Goran muss unbedingt die Nachrichten sehen, selbst wenn heimkehrende Kinder im Haus sind.

»Welches Geld?«

»Stell dich nicht dümmer, als du … Du musst doch in all diesen Jahren Geld verdient haben. Und nicht zu wenig.«

Maria zuckt mit den Schultern. »Du weißt ja …«

»Jetzt mal im Ernst. Du warst sogar auf dem Titelblatt der *Vogue*, da muss doch irgendetwas …«

Maria klopft Asche über das Balkongeländer und hebt ihre sorgfältig gezupften Augenbrauen. »Das hast du also mitbekommen?«

»Du hast es *erzählt*. Mehrere Male sogar.«

»Und hast du die Zeitschrift gekauft?«

»Ja. Und das habe *ich* dir erzählt, kannst du dich nicht …«

»Und wie fandest du es?«

»Fischst du jetzt nach Komplimenten?«

»Reine Neugier.«

Im Laufe der Jahre hat Marias Gesicht mehrere Titelblätter und Doppelseiten in Modemagazinen und Damenzeitschriften geziert, mit der *Vogue* an der Spitze. Es kam immer wieder vor, dass Marko an einem Zeitschriftenstand vorbeiging und plötzlich seine kleine Schwester entdeckte, die mit perfektem Make-up ihre weißen, regelmäßigen Zähne und ihre glitzernden grünen Augen zeigte.

Vielleicht hätte Marko stolz sein sollen, aber Marias Anblick verursachte eher ein Gefühl zwischen Nichtfassenkönnen und Unbehagen. Maria befand sich vielleicht gerade in einer ganz anderen Gegend der Welt, sie hatten monatelang nichts voneinander gehört, und jetzt war sie hier, scheinbar nahe. Von den Covern der Illustrierten herab schien ihr Blick ihn zu verfolgen, und er musste an eine misstrauische Göttin denken.

»Was soll ich sagen?«, sagt Marko. »Du warst hübsch, vermute ich.«

»Du *vermutest* es? Weißt du, wer das Make-up gemacht hat, weißt du, wer fotografiert hat? Ich habe nie …«

»Maria? Hallo? Ich bin dein Bruder. Ich sabbere nicht vor deinen Fotos. Und wie läuft das Projekt, endlich ein bisschen zu landen?«

Maria schweigt und konzentriert sich auf die Zigarette. Marko meint fast, ein herausgehauchtes *Sorry* hören zu können, also verändert sich vielleicht gerade doch etwas.

»Noch einmal«, sagt Marko. »Was ist mit dem Geld? Du musst doch irgendwo etwas zurückgelegt haben, sonst weiß ich echt nicht, was ich …«

»Das Geld, das Geld«, äfft Maria ihn nach. »Das ist *deine* Welt. Immer das Geld.« Sie schnipst die Kippe auf den Parkplatz und verfolgt den glühenden Bogen mit dem Blick, bevor sie sich die Nase reibt und sagt: »Es ist weg.«

Marias unbewusste Bewegung sorgt dafür, dass Marko die Augen zusammenzieht und sagt: »Drogen.«

»Drogen?«

»Du hast es für Drogen herausgeworfen, oder?«

Maria lässt ein kurzes Lachen vernehmen, das eher wie ein Husten klingt. »Wer bist du denn, der nette Wachtmeister? Wer zum Teufel sagt denn Drogen? Schnee, Pulver, Packings, Koks, Meth, sogar Narkotika klingt besser, aber *Drogen*?«

»Also stimmt es?«

»Das habe ich nicht gesagt.«

»Aber es ist so.«

Maria fischt eine weitere Zigarette aus ihrer gelben Camel-Schachtel. Ihre Finger zittern und die Flamme ist unsicher, als sie sie anzündet. Es blitzt in ihren Augenwinkeln auf, und sie schluckt, bevor sie aggressiv inhaliert. Sie schielt zum Wohnzimmer hinüber, in dem Goran, überschwemmt vom blauen Fernsehlicht, auf dem Sofa sitzt, bevor sie die Stimme senkt und antwortet: »Wenn du es unbedingt wissen willst, bin ich seit zwei Monaten clean. Und es ist die Hölle …«

»Aber vorher …?«

»Vorher …«, sagt Maria und sieht Marko aus zusammengekniffenen Augen durch den Rauch an. »Es gibt Länder, in denen ich mich aufgehalten habe. Eine Woche oder länger. Und ich habe nicht die *geringste* Erinnerung daran. In den letzten sechs Jahren … also, wenn ich mich wirklich anstrenge, kann ich die Hälfte von ihnen wieder zusammenpuzzeln. Höchstens.«

»Du lieber Gott.«

»Man muss. Um klarzukommen. Mit dem Tempo. Und um schlank zu bleiben.«

»Aber es gibt doch jede Menge Fotomodelle, die reich sind und nach der Karriere ein Unternehmen aufgebaut haben.«

»Mhm. Aber ich bin keine von ihnen.«

»Scheiße, Maria … das ist ganz furchtbar.«

»M-hm«, sagt Maria, und es glitzert in ihren Augen, als sie hinzufügt: »Das finden wir schwulig.«

Die strenge Miene fällt von Markos Gesicht ab, als er den Kopf nach hinten wirft und lacht. Als sie beide so zwischen zehn und zwölf Jahre alt waren, waren sie wie besessen von dem, was heute Turkhits genannt wird, vor allem von arabischen Liedern mit schwedischen Untertexten, die so klingen wie das, was gesungen wird.

Die Familie Kovac hatte sich gerade ihren ersten Computer angeschafft, und die beiden Geschwister blieben sofort an »Gesichtsdose« hängen und wie darin ihre neue Sprache verdreht wurde, aber ihr Favorit war »Der Hut ist deiner«, und sie konnten sich so lange totlachen über »Der Hut ist deiner, Hutbaby«, bis Laura und Goran sich die Ohren zuhielten. In dem Song kam unter anderem auch die Zeile vor: »Das ist ganz furchtbar, das finden wir schwulig.«

Obwohl Marko seit vielen Jahren nicht mehr an diese Songs gedacht hatte, kann er sie noch immer auswendig.

»Ich bin jetzt clean und nehme einen Tag nach dem anderen, wie man so schön sagt.« Maria mustert ihre Zigarette mit einem skeptischen Blick, als würde sie einen Joint rauchen. »Das ist einer der Gründe dafür, dass ich eine Weile hier wohnen möchte. Damit ich aus diesen Kreisen herauskomme. Verstehst du?«

Marko nickt, und sie stehen schweigend nebeneinander. Außer dem knisternden Glühen von Marias Zigarette und den gedämpften Geräuschen des Fernsehers ist nichts zu hören. Schließlich schnipst Maria die Kippe weg, lehnt sich gegen das Balkongeländer und betrachtet Marko ein paar Sekunden, bevor sie sagt: »Das wart ihr, nicht wahr? Hans Roos?«

»Nein.«

»Es ist jetzt acht Jahre her. Du kannst es sagen.«

»Das waren wir nicht.«

Maria seufzt und schaut auf die Hafeneinfahrt. »Ich habe mich manchmal gefragt, wie mein Leben verlaufen wäre, wenn es mit diesem Film geklappt hätte. Ich bin zu dem Ergebnis gekommen, dass vermutlich genau das Gleiche herausgekommen wäre wie jetzt. Man kann nicht vor sich selbst weglaufen. Man findet Wege, um das zu tun, was man tun will, egal, ob es gut oder schlecht ist. Also spielt es keine Rolle.«

Maria senkt das Kinn, damit sie es auf den Händen ruhen lassen kann, die das Geländer umklammern. Marko trägt nur ein T-Shirt am Oberkörper, und er reibt sich über die Arme, die in der kühlen Brise eine Gänsehaut bekommen haben. Aus dem Wohnzimmer erklingt die Stimme des Nachrichtensprechers.

»... die technische Untersuchung hat gezeigt, dass mehrere Personen infolge von Gewaltanwendung gestorben sind, in einigen Fällen auch durch Gewalt gegen sich selbst. Flüssigkeits- und Sauerstoffmangel gehören ebenfalls zu den Todesursachen. Die Polizei äußert sich noch nicht zur Herkunft des Containers und verweist auf ...«

»Verdammt!«, ruft Maria aus und deutet zum Hafen. »Dieser Scheißcontainer! Was ist aus dem eigentlich geworden?«

»Ich weiß nicht«, sagt Marko. »Lass uns reingehen und zuhören.«

Der Container

Bei den Toten im Container wurden weder Pässe noch Ausweisdokumente gefunden, aber andere Papiere und Gegenstände, die man unter den wenigen Gepäckstücken entdeckte, deuten darauf hin, dass die Toten aus Syrien stammen, einige wenige auch aus Afghanistan.

Die Todeszeitpunkte variieren. Die ersten Opfer verstarben bis zu 48 Stunden vor dem Abladen des Containers, die letzten erst kurz vor oder kurz nach dem Auffinden des Containers. Es ist schwer, den genauen Zeitpunkt festzustellen, weil sich die Körper nach einer Woche in dem geschlossenen Raum bereits in einem fortgeschrittenen Verwesungszustand befanden, aber mithilfe der Lebenszyklen gewisser Mikroorganismen ist es gelungen, eine provisorische Chronologie herzustellen.

Die ID-Nummer, die in den Container eingraviert ist, legt nahe, dass der Container vor mehr als drei Jahren in Rotterdam beladen wurde, aber seitdem kann er mehrere Male um den Planeten gereist sein. Unter dem Radar, sozusagen.

Noch immer hat das Ermittlungsteam nicht herausgefunden, welches Schiff den Container transportiert hat. Eine Person, die sich zu dem Zeitpunkt auf der Halbinsel Kärleksudden befand, konnte nicht mehr bezeugen als das Motorengeräusch des Frachters, weil die Nacht sehr dunkel war und das Schiff mit ausgeschalteten Laternen fuhr. Der Zeitpunkt, zu dem es in den Hafenkanal eingelaufen war, wird auf kurz nach drei Uhr am Morgen geschätzt.

Über Motive kann nur spekuliert werden. Eine Erklärung ist, dass der Container eigentlich irgendwo anders abgeliefert werden sollte, möglicherweise in Kapellskär, was der nächstgelegene größere Hafen ist, aber der Plan schlug fehl, und man musste unverrichteter Dinge auslaufen, um die Ladung schließlich im Schutz der Nacht woanders loszuwerden.

Bei der Rekonstruktion der Route hat ein Handy geholfen, das im Container aufgefunden wurde. Es lag in der Flüssigkeit, die den Boden des Containers bedeckte, aber den Technikern der Polizei ist es gelungen, die gespeicherten Daten wiederherzustellen. Dabei fanden sie Aufnahmen eines Zeugen.

Vieles ist noch immer unklar, und die Ermittlungen werden mit kräftig aufgestockten Ressourcen fortgesetzt, aber eines lässt sich schon jetzt mit Sicherheit sagen: Was die Menschen in diesem Container erlebt haben, ist jenseits der Grenzen des Vorstellbaren.

ÜBER SCHWARZEN WASSERN 4

Meine Frau ist tot. Meine Tochter ist tot. Ich habe sie mit meinen eigenen Händen getötet. Als sie schliefen oder weggedämmert waren, habe ich ihnen Nase und Mund verschlossen, erst der einen, dann der anderen. Zuerst meiner Tochter. Dann meiner Frau. Sie haben sich kaum gewehrt. Sie hatten keine Kraft für Widerstand. Oder vielleicht war es auch ihr Wunsch. Ich tat es, um sie vor einem noch schlimmeren Schicksal zu bewahren. Danach versuchte ich mich selbst umzubringen, indem ich die Stirn so hart wie möglich gegen die Containerwand schlug. Ich war lange bewusstlos. Dann bin ich zurückgekehrt. Glaube ich. Seit zwei Tagen erwäge ich die Möglichkeit, dass ich bereits tot bin. Dass der Tod genauso ist, wie das hier.

Es begann ungefähr zu derselben Zeit, als etwas Wesenhaftes meine Hand berührte. Kurz nachdem ich wieder zur Besinnung gekommen war, hörte ich einen zerrenden, reißenden Laut. Ich opferte ein Stück meiner kostbaren Batterie, um die Quelle des Geräusches beleuchten zu können. Ein Mann hatte mit den Zähnen die Pulsadern an seinen Handgelenken aufgerissen und saß dort und trank das eigene Blut mit den Augen eines Wahnsinnigen. Ich schaltete die Lampe aus.

Etwas später begann der Container zu scheppern und zu dröhnen. Einen Moment dachte ich an das Läuten einer Glocke. Ich schaltete die Lampe an. Ein Mann stand neben einem anderen und schlug dessen Kopf an die Wand des Containers, immer und immer wieder. Ich schaltete die Lampe aus.

Später hörte ich ein klägliches Geräusch, wie von einem Katzenjungen, anschließend Grunzen und dumpfe Schläge. Ich schaltete die Lampe an. Ein Mann war dabei, eines der jungen Mädchen zu vergewaltigen. Ihr Kopf wurde gegen die Wand des Containers gedrückt, und ihr Nacken krümmte sich in einem unnatürlichen Winkel. Vielleicht war sie bereits tot. In derselben kurzen Phase sah ich auch, dass es einer der Frauen gelungen war, sich am Belüftungsgitter zu erhängen. Ihr Körper schaukelte im Takt mit den Bewegungen des Schiffs. Ich schaltete die Lampe aus.

In dem Moment entschied ich, dass etwas Vergleichbares niemals mit meiner Familie geschehen durfte, auch wenn es bedeutete, dass ich es mit meinen eigenen Händen tun musste. Ich leuchtete sie noch einmal an, studierte ihre gequälten Gesichter, ihre geschlossenen Augen. Dann schaltete ich es wieder aus und tastete mich in der Dunkelheit heran, bis ich ihre Atemwege gefunden hatte und sie verschloss.

Wir sind nicht mehr viele Überlebende. Ich und noch zwei weitere Männer. Der eine hat sich tief in eine Ecke gedrückt. Als ich ihn eine Weile beleuchtete, waren seine Augen tot, aber ich sah, dass seine Brust sich hob. Der andere Mann liegt auf dem Rücken im Bodenschlamm und flüstert unaufhörlich: »Satan ist die Ewigkeit und die Ewigkeit ist Satan, Satan ist die Ewigkeit und die Ewigkeit …« Hört her. So klingt er.

Die Motoren des Schiffs drosseln herunter. Der Container wackelt. Es spielt keine Rolle. Ob wir da sind. Ob wir jetzt herausgelassen werden. Ich bin nicht mehr am Leben.

Eine Olofsson zu sein

1

»Den kannte ich!«

Berit zeigt auf eine kurze Notiz in der *Norrtelje Tidning* über einen Mann, der in einer Wohnung in der Nähe des Hafens tot aufgefunden worden war. In der Wohnung befand sich auch der Hund des Mannes, der später vor Ort eingeschläfert werden musste. Berit klopft auf den Artikel und fügt hinzu: »Hat die Leitungen in der Sommerhütte verlegt. Hübscher Kerl.«

»Woher weißt du, wer er ist?«, fragt Anna, während sie die alte Bettwäsche von Berits Bett abzieht. Im Unterschied zu vielen anderen Pflegebedürftigen macht Berit nachts nicht ins Bett und braucht noch nicht einmal eine Windel.

»Aber meine Liebe«, sagt Berit. »Hast du noch nie vom *Internet* gehört?«

»Ist es dort schon zu lesen?«, fragt Anna und schält den Bezug von einem Kissen.

»Es ist immer alles schon dort«, sagt Berit mit einer Geste zu dem halb antiken Notebook, das auf ihrem Nachttisch steht. »Man muss nur wissen, wo man suchen muss.«

»Hast du etwa das System der Polizei gehackt?«

»Wenn es nur so wäre. Willst du es wirklich wissen? Er ist ja gewissermaßen prominent. Schließlich hat er den Container gefunden, wie du dich vielleicht erinnerst.«

»Ja«, sagt Anna und breitet ein frisch gewaschenes Laken aus. »Spuck es aus.«

»Also, dieser Mann. Harry Boström. Gut aussehend, in seiner Blütezeit. Als er für ein paar Tage nicht im Tabakladen aufgetaucht war, begann sich einer seiner Freunde zu wundern. Geht zu ihm nach Hause und klingelt. Niemand macht die Tür auf. Er sieht in den Briefschlitz und nimmt den Geruch wahr. Ruft die Polizei an. Sie kommen und öffnen die Tür. Im Übrigen war es auch dieser Freund, der es in dieses Internetportal geschrieben hat. Den *Roslagsporten.* Liest du den?«

»Nee. Heißt so nicht das neue Einkaufszentrum?«

»Das heißt *Norrteljeporten.* Du musst besser am Ball bleiben, Mädchen.«

»Wenn ich nicht den ganzen Tag volle Windeln wechseln müsste, wäre ich bestimmt genauso up to date wie du«, sagt Anna und schlägt die letzte Ecke des Lakens unter.

»Hier wird jedenfalls keine Windel gewechselt«, sagt Berit. »Da musst du mich zuerst erschießen.«

»Na klar«, sagt Anna. »Ich gehe doch gerne zehn bis fünfzehn Jahre hinter Gitter, damit du deine Scheide nicht zeigen musst.«

»Willst du jetzt den Rest hören oder lieber herumstehen und schlüpfrige Reden führen?«

»Lass hören«, sagt Anna und beginnt das Kopfkissen zu beziehen.

»Na also. Sie kommen also in die Wohnung, und dort sitzt der Mann auf seinem Sofa und sein Kopf steckt in einer Plastiktüte, die mit Klebeband am Hals festgeschnürt ist. Vom Flygfyren, wo Siw arbeitet.«

»Das Klebeband?«

»Nein, die Tüte, Dummerchen. ›Iss und trink und sei vergnügt!‹, stand darauf. Nettes Detail, nicht wahr?«

»Tatsächlich. Was mich davon überzeugt, dass du es dir nur ausgedacht hast, du alte Schachtel.«

Berit gluckst zufrieden. Sie liebt es, mit den Leuten Schabernack zu treiben, und Anna macht es genauso gerne, und am zufriedensten sind die beiden, wenn sie sich gegenseitig an der Nase herumführen können, denn dann wissen sie genau, wie hoch die Latte liegt, und sie liegt *sehr* hoch. Anna kommen die Stunden bei Siws Großmutter eher wie Unterhaltung als wie Arbeit vor.

Berit ist einundachtzig Jahre alt und hat eine degenerative Muskelkrankheit, die es ihr unmöglich macht, ohne Rollator voranzukommen oder Gegenstände zu heben, die schwerer sind als ein Teller. Sie kann noch gerade so den Schirm ihres Notebooks hochklappen, an dem sie den Großteil ihrer Zeit verbringt. Aber sie ist kristallklar im Kopf und flink mit den Fingern. Sie *hasst* ihre Krankheit, die es ihr unmöglich macht, sich selbst zu versorgen, und mit einer Paraphrase von Bodil Malmsten hat sie einmal sehr bestimmt gesagt: »An dem Tag, an dem der Schließmuskel aufgibt, bin ich weit weg von hier.« Berit ist vielleicht der Mensch auf dieser Welt, den Anna am liebsten mag, abgesehen von Siw, und an jedem Morgen, an dem sie zu Berit kommt, betet sie leise, dass in der Nacht nichts passiert ist, sodass sie ihre Freundin nicht *weit weg von hier* finden würde.

»Um zum Schluss zu kommen«, sagt Berit und faltet die Hände auf den Knien. »Der Mann hatte zum letzten Mal gegessen, getrunken und war vergnügt gewesen. Der Hund dagegen ...«

»Nein«, sagt Anna und schüttelt die Kissen auf, die jetzt frisch bezogen sind.

»Doch. Die Finger und ein Stück von einem der Oberschenkel. Das *Fleisch* an den Fingern, um genau zu sein. Der Hund musste es also abgeschält haben ...«

»Ich verstehe dich schon«, sagt Anna. »Ich verstehe es, danke.«

»Ich wusste gar nicht, dass du so dünnhäutig bist, junge Dame. Wie auch immer. Der Hund war anscheinend vollkommen wild, rabiat. Ihm stand der Schaum vor dem Mund und er schoss auf die Polizisten los. Also diese Sache mit dem *Einschläfern am Ort*, na ja. Sie haben ihn schlicht und ergreifend erschossen.«

Anna reibt die Hände aneinander und stemmt sie in die Taille. »Wir hatten auch so einen Hund«, sagt sie. »Zu Hause auf dem Hof. Er wurde total verrückt und biss meinen kleinen Bruder Acke. Papa hatte gerade kein Schießeisen zu Hause, also steckte er den Hund in einen Müllsack und tötete ihn schließlich am Auspuff irgendeines Schrottautos. Es dauerte verdammt lange, und der Hund zappelte im Sack herum und heulte, bis ... ja, bis er nicht mehr heulte.«

Anna macht sich bereit zum Aufbruch. Berit legt die Wange in die Hand und sieht sie mit glitzernden Augen an.

»Gerade kein Schießeisen zu Hause«, wiederholte sie. »Irgendwann, meine Liebe, vielleicht an einem Tag, an dem du frei hast, solltest du hierherkommen und mir erzählen, wie es war, als eine Olofsson aufzuwachsen. Ich kann auch dafür bezahlen.«

»Ich brauche kein Geld«, sagt Anna. »Aber glaub mir, du willst es nicht wissen.«

»Oh, das will ich ganz bestimmt.«

2

Annas Vater, der berüchtigte Stig Olofsson, pflegte zu sagen, es sei keine höhere Kunst, erfolgreich einen Hehlereibetrieb zu führen. Es gehe um *Lagerungsmöglichkeiten*, sonst nichts. Selbstverständlich brauche man für die Lieferung und die Abgabe der Ware die richtigen Kontakte, aber fast immer müsse man sie irgendwo unterbringen, bis sie abkühlte, und deshalb sei die Lagerung das A und O.

Anna geht davon aus, dass sie nicht einmal die Hälfte der Räumlichkeiten gesehen hat, über die ihr Vater verfügte. Er nutzte einfach alles, von verlassenen Höfen draußen im Wald bis zu Lagerhallen in Görla, von einem Schrank in Rimbos koreanischem Restaurant bis zu einem ehemaligen Elektrofachmarkt in Finsta.

Auch auf dem Hof zwei Kilometer entfernt von Rimbo gab es jede Menge Platz. Es war ein renovierungsbedürftiger alter Landwirtschaftsbetrieb mit Stall, Scheune, Schweinestall und Holzschuppen. Abgesehen von einer versteckten Scheune hinter dem Schweinetrog, gab es auf dem Hof keine Räume, in dem heiße Ware gelagert werden konnte, dagegen standen überall Autos und Traktoren mit dazugehörigen Reifen und Anhängern sowie etliche Möbel, mit denen Stig Olofsson ganz legal Handel trieb. Wenn man ein Fahrrad oder ein Moped kaufen wollte, konnte man zwischen einem Modell mit intakter und einem mit abgeschliffener Seriennummer wählen, das Stig zum halben Preis anbot. Entschied man sich für Letzteres, musste man sich eine Stunde gedulden, während die Ware geholt wurde. Oft standen Leute auf dem Hof und warteten, während Stig oder Annas älterer Bruder Gustav eines der Lager aufsuchten.

Manchmal kam auch die Polizei zu Besuch. In dem Fall wurden die Beamten zu einem Kaffee und einer kleinen Plauderstunde eingeladen, bevor sie pflichtschuldig eine Runde durch die Nebengebäude drehten und die Kennzeichen der Fahrzeuge notierten, die überall verstreut herumstanden. Daraufhin fuhren sie wieder ab, ohne etwas gefunden zu haben, gegen das sie Einwände erheben konnten, wenn man einmal von der Profiltiefe der Reifen an Stigs privatem Auto absah. Anna begriff nie, warum sie sich überhaupt die Mühe machten.

Dazu kam die Schmuggelware. Der Schnaps und die Zigaretten, die in dem verlassenen Bauernhof gelagert wurden, ein Spaziergang von zehn Minuten durch den Wald. Stig begleitete den Kunden bis zum Hof und schloss auf, half aber nicht etwa beim Tragen. Stig bezeichnete den Verkauf der Schmuggelware als »Hobbytätigkeit«. Der Hauptteil seiner Einkünfte stammte aus dem Verkauf der Autos, Motorräder und Bootsmotoren, die sie über Kapellskär in den Osten exportierten.

Obwohl es gegenteilige Gerüchte gab, hatte sich die Familie Olofsson nie damit befasst, Drogen herzustellen oder zu verkaufen. Dieser Umstand war nicht etwa einer etwaigen Moral geschuldet, sondern der Tatsache, dass Drogen zum Bereich der Gebrüder Djup gehörten. Und wer sich mit denen anlegte, riskierte eine »Gratis-Rundfahrt«, gefesselt an die Anhängerkupplung ihres Volvo 740, den sie allein zu diesem Zweck behalten hatten.

Abgesehen davon unterhielten die Familie Olofsson und die Gebrüder Djup gute, langfristige Geschäftsbeziehungen, die nicht gefährdet werden sollten. Bei gewissen Ein- und Ausfuhren von Gütern hatte man sich die Risiken geteilt und sogar Kontakte an die jeweils anderen vermittelt. Beim Schmuggelgeschäft der Gebrüder Djup mit Schnaps und Zigaretten ging es um eine andere Größenordnung, und solange Stig nicht nach Norrtälje expandierte, ließen sie ihn gern gewähren. Aber sollte sich das jemals ändern, dann gute Nacht.

Als Anna klein war, konnte sie gar nicht verstehen, warum ihre Eltern sie und ihre Geschwister bekommen hatten. Sie interessierten sich nicht für ihre Kinder, die sie gern sich selber überließen. Als sie älter wurde, beschlich sie der Verdacht, dass ihr Vater und ihre Mutter nur dann nicht miteinander zankten, wenn sie miteinander schliefen, und in dem Fall wären die Kinder ein unwillkommenes Nebenprodukt ihrer Bemühungen, einen Hauch von Ehefrieden zu schaffen.

Erst als sie im Alter von achtzehn Jahren von zu Hause auszog und ihre Eltern aufrichtig bestürzt waren, meinte sie endlich zu verstehen, dass sie schon deshalb wichtig war, weil sie zum »Clan« gehörte, der den Hof besiedelte. Sie und ihre Geschwister waren auf die Welt gesetzt worden, um dem Begriff »Die Olofssons« Gestalt zu verleihen.

Aus ihren ersten Jahren hat Anna kaum eine Erinnerung an ihre Eltern. Wenn ihr jemand gesagt hätte, dass sie verreist waren, bis sie sieben Jahre alt war, würde sie es für unwahrscheinlich, aber nicht für unmöglich halten. Ihre frühesten Erinnerungen betreffen in erster Linie ihre beiden älteren Geschwister, Gustav und Lotta.

Der fünf Jahre ältere Bruder hatte die Aufgabe, Anna zu beaufsichtigen, damit sie sich nicht im Wald verirrte oder vom Heuhaufen fiel, sowie dafür zu sorgen, dass sie hin und wieder etwas zu essen bekam. Lotta, drei Jahre älter als Anna, assistierte ihm widerwillig mit versteckten Gemeinheiten und ekligen Bemerkungen. Anna kann ihre größere Schwester immer noch nicht richtig ausstehen.

Als die jüngeren Geschwister dazukamen, war Anna an der Reihe, die Ersatzmutter zu spielen, vor allem für Anders, genannt Acke, den Jüngsten. Als er noch ganz klein war, war er hyperaktiv. Es kam vor, dass Anna so müde war vom ständigen Hinterherlaufen, dass sie ein Band um seine Taille schnürte und es an dem Pfahl befestigte, an dem sonst die Pferde angekoppelt wurden. Sie ließ es wie ein Spiel wirken, indem sie sagte, dass Acke laufen sollte, immer weiter herum, bis sich das Seil um den Pfahl wickelte, und dann in die andere Richtung, immer herum, bis das Seil wieder die volle Länge hatte, und damit war er die Erde, die sich einmal um die Sonne gedreht hatte und wieder freigelassen werden konnte. Unter großem Geschrei setzte sich der Erdball in Bewegung, und Anna bekam eine Pause von sieben, acht Minuten.

Na ja. Es war durchaus vorgekommen, dass sie einen gemütlichen Moment miteinander verbrachten, wenn Acke nach einer halben Stunde Herumgehampel im Bett lag und sie bat, eine Donald-Geschichte zu erzählen. Weil Anna die Begabung fehlte, Geschichten zu erfinden, erzählte sie einfach die Handlung einer Donald-Duck-Geschichte nach, durch die sie sich durchbuchstabiert hatte. Manchmal schlief er ein, während sie erzählte, und wenn sie seinen kleinen Kopf auf dem Kissen ruhen sah und sein leises Schnarchen hörte, konnte sie einen zärtlichen Schmerz in der Brust spüren. *Kleiner Bruder, was soll nur aus dir werden?*

Mit der Zeit wurden eine ADHS-Diagnose und eine frühkriminelle Karriere daraus, in der Acke ohne den Segen des Vaters begann, Zigarettenstangen für die Gebrüder Djup auszuliefern. Ganz allmählich stieg Acke in der Hierarchie auf, bis ihm große Mengen von Bargeld anvertraut wurden, um die Einfuhr schwererer Substanzen zu finanzieren. Diese Geschäfte waren so lange lukrativ, bis die Reise abrupt am Zoll in Trelleborg endete.

3

Annas Mutter Sylvia verdient ein eigenes Kapitel. Das Wort »Mama« kam nie über ihre Lippen, es sei denn, sie bezog sich auf ihre eigene Mutter, *diese Scheißfregatte*, oder auf Stigs Mutter, *diese verdammte Schabracke*, weshalb die Kinder damit aufwuchsen, sie Sylvia zu nennen oder kurz und knapp *Silly*, ein Spitzname, den sie sich bereits in der Grundschule zugezogen hatte. Wenn eines der

Kinder, vielleicht inspiriert von einem Schulkameraden, Silly versuchsweise »Mama« nannte, konnte es sich eine Ohrfeige zuziehen. »Ich bin keine verdammte Mama, von niemandem, kümmer dich um deinen eigenen Scheiß, Mistbalg.«

Die Folge war eine gewisse Verwirrung. Im Haus lief jetzt diese Silly herum, die schrie und krakeelte und sich manchmal dazu herabließ, Essen zu kochen oder gar ein bisschen zu putzen, bevor sie gegen sieben ihr erstes Bier trank, dunkles Bock musste es sein, nichts anderes. Davon konnte sie zehn Stück an einem Abend trinken, machte aber nie einen betrunkenen Eindruck, und sie wurde auch nicht gemeiner, als sie ohnehin schon war, was vielleicht auch gar nicht möglich war. Wer war also diese Frau? Einmal, als Anna fünf Jahre alt war, erdreistete sie sich, direkt zu fragen: »Wer ist meine Mama?«

»Was weiß ich. Vermutlich irgendeine Trollfrau, so hässlich, wie du aussiehst.«

»Aber wer bist *du* dann?«

»Weißt du das nicht, du Missgeburt? Ich bin Silly.«

Das Detail, das die Puzzleteile auf die richtigen Plätze fallen ließ, war die Tatsache, dass Annas Mutter ausgesprochen hübsch war. Als Stig sich im Alter von 18 Jahren in sie verliebte, hatte sie bereits Rimbos dreckigstes Mundwerk, aber wie dieses Mundwerk aussah! Und alles, was sich um das Mundwerk herum gruppierte! Sie war die heißeste Braut der Stadt, aber die Jungen benahmen sich, als wäre sie *kochend heiß*, und wagten sich nicht in ihre Nähe, damit sie sich nicht an ihr verbrannten.

Stig, der aus einer Familie von kleinkriminellen Mannsbildern stammte, gehörte jedoch nicht zu denen, die sich von so etwas abschrecken ließen. Stück für Stück näherte er sich diesem Mundwerk an, bis er schließlich einen ersten Kuss auf ihm platzieren konnte, und was für einen Kuss! Nach verdeckten Anspielungen ihres Vaters und nach den Geräuschen zu urteilen, die man manchmal aus dem elterlichen Schlafzimmer vernahm, ahnte Anna bereits früh, dass ihre Mama etwas ganz Besonderes war, wenn es um Bettgeschichten und alles ging, was dazugehörte.

Dazu kam, dass sie eine wertvolle Partnerin war, wenn man über Geld verhandeln musste. Sogar die Gebrüder Djup hatten Angst vor ihr. Wenn sie zu Besuch kamen, um zukünftige Geschäfte zu diskutieren, und ihr Vater sie zu einem Drink ins Haus einladen wollte, kam stets die Frage: »Ist Silly zu Hause?« Wenn das der Fall war, konnte man die Diskussion genauso gut draußen auf dem Hof führen. Aber meistens half es nichts. Nach ein paar Minuten kam Silly herausgestürmt: »Was steht ihr hier draußen und flüstert, ihr verdammten Arschlöcher?«

Ewert und Albert, so lauteten die Vornamen der Gebrüder Djup, sahen daraufhin verschämt zu Boden und murmelten: »Wir wollten keine Umstände machen …«

»Umstände? Es macht mir mehr Umstände, mir den Arsch abzuwischen, als euch versoffenen Schmeißfliegen einen Schnaps einzuschenken. Kommt rein und sauft und benehmt euch wie anständige Leute, ihr Bauerntölpel.«

Im darauf folgenden Meinungsaustausch konnte Silly Beleidigungen ausstoßen, die für mehr als fünfzig andere Personen auf dieser Welt gereicht hätten, aber die Gebrüder Djup saßen nur da und grinsten verlegen. Wenn es dann endlich um Geschäfte ging, waren sie ausreichend weich gekocht.

Als sie einmal aufbrechen wollten, hatte Anna gehört, wie Ewert Stig fragte: »Ich begreife nicht, wie du das aushältst.«

»Oh«, hatte Stig daraufhin geantwortet. »Sie hat auch ihre guten Seiten. Vorne wie hinten.«

»Ja, bestimmt. Aber irgendwo muss es doch eine Grenze geben.«

Eine mildernde Eigenschaft besaß Sylvia. Wenn die Kinder krank wurden, schien sie sich in jemand anderen zu verwandeln. Ihre Flüche stieß sie dann mit sanfterer Stimme aus, und sie bezogen sich nicht auf das kranke Kind, sondern auf die Krankheit selbst oder den »verlausten Zigeunerjungen«, der die Seuche übertragen habe. Erst als Anna sieben Jahre alt war, wurde sie das erste Mal wirklich krank und durfte dieser Verwandlung beiwohnen. Danach sorgte sie dafür, so oft wie möglich krank zu sein. Lief mit zu dünner Kleidung herum und teilte ihre Kaugummis in der Schule immer mit dem Mädchen, das gerade auffällig hustete.

Die Schule, ja. Anna hatte es dort nicht leicht, und später im Leben legte sie sich den Spruch zu: »Ich bin nicht dumm, ich habe nur Pech beim Denken«, denn ungefähr so verhielt es sich auch. Wenn es Anna einmal gelang, sich auf das zu konzentrieren, was sie zu tun hatte, konnte das Ergebnis sehr gelungen sein, aber meistens hatte sie nicht das Glück. Die Gedanken sprangen hin und her und hefteten sich nur sporadisch an die Aufgabe, die sie vor sich hatte.

Aufgrund ihrer fehlenden Geduld hatte sie ein Problem mit Mustererkennung und daher auch Schwierigkeiten, das Lesen zu lernen. Mit kürzeren Stücken ging es ganz gut, wie etwa den Sprechblasen in den Donald-Duck-Heften, aber sobald es um längere Texte ging, flogen ihre Gedanken davon und sie musste dieselbe Passage viele Male lesen, bevor sie den *Inhalt* in der zufällig wirkenden Zusammenstellung der Wörter erkannte.

Damit sie nicht unbeholfen hinterherhinkte, bekam sie in der dritten Klasse Unterstützung durch eine Speziallehrerin, Cecilia. Sie war vierundzwanzig Jahre alt und frisch examiniert von der Pädagogischen Hochschule. Sie und Anna fanden sofort zusammen. Cecilia kam aus einem ähnlichen Milieu wie Anna, nennen wir es *white trash*, und abgesehen davon, dass sie Anna unterstützte, war sie in Annas Augen der Beweis dafür, dass ein anderes Leben möglich war.

Cecilia wurde zu Annas Idol, und während der vier Stunden, die sie gemeinsam verbrachten, lernte Anna mehr als im ganzen Rest der Woche. Der entscheidende Punkt war, dass Anna Cecilia so sehr mochte, dass sie einen Grund hatte, sich zu konzentrieren und Leistung zu zeigen. Dazu kam, dass Cecilia trotz ihrer jungen Jahre auch eine gute Pädagogin war.

Und nicht zuletzt war es ihrer Anwesenheit auf dem Hof zu verdanken, dass Anna etwas Wichtiges über ihre Mutter lernte.

4

Nachdem Anna ein halbes Jahr lang Förderunterricht bekommen hatte, war die Zeit für die Elternsprechstunde gekommen. Normalerweise kümmerte sich Stig um solche Angelegenheiten, weil er Sylvia nicht auf die Lehrer der Kinder loslassen wollte, aber dieses Mal begleitete ihn Sylvia, weil sie »einen Blick auf dieses Wunderwesen namens Cecilia werfen« wollte.

Anna sah diesem Gespräch mit Zittern entgegen und fürchtete, dass Cecilia nie mehr nett zu ihr sein würde, nachdem sie von ihrer Mutter in die Mangel genommen worden war. Aber Sylvia blieb ganz ruhig, während Cecilia von Annas Fortschritten und den Methoden berichtete, die zur Anwendung kamen. Einmal – man höre und staune! – stieß Sylvia sogar einen beifälligen Laut aus. Dann ging Cecilia zum nächsten Termin und Annas eigentliche Klassenlehrerin Ann-Katrin übernahm das Gespräch. Jetzt lief es eher nach Annas Befürchtungen, die eigentlich keine Befürchtungen waren, denn was scherte sie schon Ann-Katrin, und was ging es sie an, wenn Sylvia ihr bescheinigte, dass sie »komplett leer zwischen beiden Ohren« war?

Auf das Problem, das nachher kam, war Anna hingegen nicht gefasst gewesen. Auf der Heimfahrt im Auto kommentierte Sylvia Cecilias Aussehen, und Stig beging den Fehler, zu bemerken: »Ja, man muss da nicht direkt weggucken.« Anna war es gewohnt, dass ihre Eltern sich zankten, aber als Sylvia Annas geliebte Lehrerin als »Fotzenluder« und »Schwanzlutscherin« bezeichnete, steckte sie die Finger in die Ohren, um das nicht länger mit anhören zu müssen. Ein paar Kilometer vor dem Hof hielt Stig den Wagen an, stieg aus und marschierte in den Wald. Anna sah ihn zwischen den Fichtenstämmen verschwinden und fragte: »Wohin geht Papa?«

Sylvia glitt in den Fahrersitz hinüber und legte den ersten Gang ein, sodass es im Getriebekasten kreischte und das Auto nach vorne sprang. »Erst soll er die Waldelfen ficken, dann kann er sich meinetwegen ertränken.«

Ein paar Stunden später kam Stig aus dem Wald herausgewackelt, vermutlich hatte er dem verlassenen Hof einen Besuch abgestattet. Sylvia begrüßte ihn mit den vorhersehbaren Flüchen und Anna meinte, eine Spur Erleichterung herauszuhören.

Nach diesem Tag hatte Sylvia einen neuen Lieblingsknüppel, den sie auf Stigs Kopf herabsausen lassen konnte. Cecilia, oder »das kleine Lehrerluder«, war ihrer Ansicht nach das Einzige, was er noch vor Augen hatte. Wenn er in einen Schuppen ging, war es nur, um »sich dort einen runterzuholen und an Fotzilia zu denken«, und wenn er ein Stück Holz in den Herd legte, träumte er davon, die »Latte in das Feuer von Fräulein Fotze zu schieben«. Wenn Sylvia das nächste Mal auf Cecilia traf, würde sie ihr die Zähne so tief in den Schlund treten, dass sie sie direkt wieder ausscheißen könnte.

Eines Tages kam Anna nach Hause und war traurig. Sie schloss sich in ihrem Zimmer ein und gab sich einem so verzweifelten Weinen hin, dass Sylvia ausnahmsweise sogar darauf reagierte. Sie riss Annas Tür auf und fragte: »Warum zum Teufel heulst du hier rum?«

»Geh weg!«, schrie Anna und drehte sich mit dem Gesicht zur Wand.

»In meinem eigenen Haus gehe ich hin, wohin ich will«, sagte Sylvia, und setzte sich auf die Bettkante und packte Anna an der Schulter: »Jetzt spuck's schon aus.«

In einem Atemzug stieß Anna aus: »Cecilia soll aufhören weil die Schule kein Geld mehr hat und das findest du bestimmt gut weil du sie hasst und ich hasse dich weil du sie hasst!«

Trotz ihrer Verzweiflung war Anna selbst entsetzt über das, was sie gesagt hatte, und wartete auf den Knall, der jetzt kommen musste, mit Worten oder körperlich. Aber ihre Mutter stand nur vom Bett auf und verließ das Zimmer.

Am nächsten Tag, als Anna auf dem Weg nach Hause über den Schulhof ging, kam Sylvia aus der entgegengesetzten Richtung anmarschiert. Sie hatte sich geschminkt und das Haar hochgesteckt und trug das Kleid, das sie selbst »muschikurz« nannte. Anna wusste nicht, was das zu bedeuten hatte, aber das Kleid entblößte Sylvias wohlgeformte Beine in ihrer ganzen Länge.

Anna hatte die Sprechweise ihrer Mutter angenommen, also fragte sie: »Was zum Teufel machst du hier?«, während sie versuchte, einen trotzigen Ausdruck beizubehalten, obwohl die Nähe ihrer Mutter immer etwas Angsteinflößendes hatte.

»Ich werde mit dem Rektor sprechen«, sagte Sylvia. »Komm mit, verdammt. Das wird nützlich für dich sein.«

Der Rektor war für Anna eine entlegene und beinahe mythologische Gestalt mit dem Namen Per Hallberg. Es war ihr selbst nie passiert, aber ein paar der Jungen in ihrer Klasse waren einmal *ins Büro des Rektors gerufen* worden, und in dem Fall befand man sich in einer ganz schlechten Lage.

»Mit dem Rektor?«, fragte Anna und änderte die Richtung, um ihrer Mutter mit einem Meter Abstand zu folgen. »Wie kannst du denn mit ihm sprechen?«

»Ich kenne ihn von früher«, sagte Sylvia. »Ein alter Bekannter aus der Scheißzeit.«

Eine Tür mit gefrostetem Glas führte in das Büro des Rektors, und Sylvia öffnete sie, ohne anzuklopfen. Als wäre er bei etwas Verbotenem ertappt worden, fuhr der Rektor hinter seinem Schreibtisch auf und kam mit ausgestreckter Hand auf sie zu. »Willkommen, Frau Olofsson.«

Sylvia ignorierte seine Hand und ließ sich in einen Besuchersessel fallen, in dem sie ihre volle Länge ausstreckte. Der Rektor beugte sich zu Anna herunter und sagte: »Und das hier ist … Anna, nicht wahr?«

Anna nickte und folgte dem Blick des Rektors, der zu Sylvias lasziv ausgestrecktem Körper hinüberflatterte. Anna vermutete, dass er ungefähr derselbe Jahrgang war wie ihre Mutter, allerdings vorzeitig gealtert war. Er hatte dünnes Haar, Falten um die Augen und trug einen Anzug, der verstaubt wirkte. Der Rektor setzte sich wieder hinter seinen Schreibtisch und Anna auf einen Hocker in der Nähe der Tür, wie immer, wenn ihre Mutter beteiligt war, in ständiger Fluchtbereitschaft.

»Tja, Frau Olofsson«, sagte der Rektor. »Wenn ich richtig informiert bin …«

»Du kannst mich Sylvia nennen«, sagte Annas Mutter. »Oder Silly, und ich nenne dich Pelle. Pelle mit dem Pimmel. Gehst du immer noch herum und steckst ihn überall rein, wo man dich lässt?«

Die Augen des Rektors weiteten sich und seine Wangen liefen rot an, während er planlos mit Akten herumhantierte, die vor ihm auf dem Tisch lagen, und er sagte: »Vielleicht sollten wir bei der Sache …«

»Erinnerst du dich an diese Party, auf der du so besoffen warst, dass du mir an den Arsch gegrapscht hast? Und was ist dann mit deiner Nase passiert?« Sylvia beugte sich vor und studierte das anlaufende Gesicht des Rektors. »Ein bisschen schief ist sie immer noch. Pfui Teufel, wie hässlich du bist.«

Der Rektor versuchte, Haltung anzunehmen und die Würde zurückzuerobern, die seine Position forderte. Ein jüngerer Mann offenbarte sich in seinem Blick, als er sagte: »Sylvia, du kannst nicht einfach hierherkommen und …«

»Ich komme aber her und mache verdammt noch mal, was ich will, und jetzt hörst du mir zu.« Sylvia stand auf und beugte sich über den Schreibtisch, sodass Pelle mit dem Penis ihren aggressiven Ausschnitt betrachten konnte. »Meine Tochter hat in dieser Scheißschule keinen Furz gelernt, bis Cecilia ins Bild kam.«

Anna staunte. Im selben Satz hatte Sylvia sie selbst ihre Tochter genannt und Cecilia bei ihrem richtigen Namen, was seit dem Elternsprechtag kein einziges Mal passiert war, sofern Fotzilia nicht zählte.

»Unsere Ressourcen …«, sagte der Rektor und deutete auf die Papiere, die vor ihm lagen.

»Mit euren Ressourcen könnt ihr euch die Ärsche abwischen. Meine Tochter braucht sie, und soweit ich es sehe, ist sie die einzige verdammte Lehrerin hier, die etwas anderes als Luft zwischen den Ohren hat, sie wirkt ja fast schon kompetent.«

Der Blick des Rektors glitt zu Anna hinüber, die mit weit geöffnetem Mund dasaß und glotzte. Er runzelte bekümmert die Stirn, bevor er sagte: »Wir haben nicht die Mittel, so einfach ist das. Als wir Cecilia einstellten …«

»Dann kauft eben noch ekligeres Schulessen, senk deinen eigenen Lohn, setz deinen Arsch einfach in Bewegung, du verdammter Schürzenjäger.«

Anna wusste nicht, was ein *Schürzenjäger* sein sollte, aber es musste etwas Schlechtes sein, weil der Rektor sich erhob, bis sein Gesicht auf derselben Höhe war wie Sylvias, und entgegnete: »Kannst du mir vielleicht eine Minute zuhören, Sylvia oder Silly oder wie ich dich jetzt nennen soll. Als wir Cecilia einstellten, sah die finanzielle Situation der Schule ganz anders aus. Ich bedaure es wirklich, dass Kinder nicht mehr so gefördert werden können, aber das Geld ist einfach nicht da. Tut mir leid, aber so ist es.«

Um seine letzte Bemerkung zu unterstreichen, klopfte der Rektor kräftig auf den Tisch, bevor er sich wieder setzte. Auch Sylvia glitt weiter in ihren Sessel hinein und legte langsam ihre Beine übereinander.

»Okay, Pelle«, sagte Sylvia mit einer bedrohlichen Ruhe in der Stimme. »Dann kommen wir jetzt direkt zur Sache. Du weißt, wer ich bin und wer der Vater dieses Mädchens ist. Du weißt, über welche Ressourcen wir verfügen. Wenn Cecilia geht, wird das zu einer *ernsthaften* Verschlechterung deiner Lebensqualität führen.«

Ein weiteres Mal verirrte sich der mittlerweile noch gestresstere Blick des Rektors zu Anna, und ein weiteres Mal merkte sie, dass sie einfach nur glotzte. Ihre Mutter hatte mehrere Sätze hintereinander ausgesprochen, ohne auch nur einmal zu fluchen. Die Lippen des Rektors zitterten, als er sagte: »Ich weiß ganz genau, wer du bist, und es wird dir nicht helfen, mir mit Drohungen zu kommen. Wenn es kein Geld gibt, dann gibt es kein Geld. Ich kann ja nicht persönlich …«

»Geld gibt es *immer*, man muss es einfach nur finden. Okay, du weißt also, wer ich bin, aber weißt du auch, wer der Taufpate dieses Mädchens ist? Ewert Djup. Er ist immer sehr um ihr Wohlergehen bemüht, und weißt du, was er sagte, als ich ihm erzählte, dass ihr die Speziallehrerin weggenommen werden sollte? ›Vielleicht sollte ich mit diesem Rektor mal eine kleine Rundfahrt machen.‹ Tja, *ich* weiß ja nicht, was er damit gemeint hat, aber es klingt eigentlich ganz angenehm, oder?«

Es gab keinen Menschen, der in Norrtälje oder Rimbo aufgewachsen war, ohne von den Methoden gehört zu haben, die die Gebrüder Djup gegen diejenigen anwendeten, die ihnen in die Quere kamen. Etliche Rücken und Hintern waren bis auf die Knochen gehäutet worden, und wenn einer der Misshandelten eine Aussage machen wollte, dann erfreuten sich die Brüder eines wasserdichten Alibis.

Dieses letzte Argument zeigte endlich Wirkung. In das rot angelaufene Gesicht des Rektors schlich sich ein blasser Unterton. Der Schweiß brach ihm unter dem Haaransatz aus und seine Lippen zitterten, als er mit größerem Eifer in den Papieren blätterte.

»Vielleicht findest du dort ja irgendwas«, sagte Sylvia.

Der Rektor räusperte sich und setzte zufällig einen Finger auf eine Reihe von Zahlen. »Ja, tatsächlich habe ich hier etwas. Es gibt hier einen Posten, der …«

Sylvia stand auf und fiel ihm ins Wort. »Das hatte ich mir doch gleich gedacht.« Sie streckte die Hand über den Schreibtisch aus und sagte: »Schön, dass wir uns mal wiedergesehen haben, Pelle. Und halt den Schwanz jetzt schön im Zaum.« Der Rektor nahm Sylvias Hand und sah aus, als würde er gleich anfangen zu weinen.

Als Anna und ihre Mutter auf den Schulhof kamen, fragte Anna: »Ist Onkel Ewert mein Patenonkel?«

»Bist du verrückt? Der Arsch kann Kinder nicht ausstehen.«

Anna setzte sich in den Beifahrersitz des Autos. Die Szene aus dem Büro des Rektors hatte viel von dem, was sie bis dahin zu wissen geglaubt hatte, auf den Kopf gestellt. Aber Cecilia würde bleiben, das war das Wichtigste. Nachdem sie ein paar Minuten gefahren waren, traute Anna sich zu fragen: »Warum hast du das gemacht? Ich dachte, du würdest Cecilia hassen?«

»Das tue ich auch. Aber nicht du. Du brauchst sie. Und ich bin loyal zu dir. Du bist meine Tochter. Du bist meine Familie. Also bin ich loyal zu dir.«

»Danke, Mama.«

Sylvia riss den Blick von der Straße los, um Anna in die Augen sehen zu können. »Bettelst du etwa um eine fette Ohrfeige?«

5

Wie Sylvia vorhergesehen hatte, hatte Anna an jenem Tag im Rektorenbüro etwas gelernt. Sie lernte, wie viel Macht in der Angst steckte. Weil sie so klein gewachsen war, hatten ihre Klassenkameraden versucht, sie zu unterdrücken, allerdings ohne Erfolg, denn Anna war bereit, sich zu schlagen. Schon am Ende der zweiten Klasse war sie selbst für ältere Schüler unantastbar geworden.

Aber jemandem auf die Fresse zu hauen, bis das Blut spritzte, war eine Handlung, die eine aktuelle Auseinandersetzung entschied und zugleich in die Zukunft wies und sagte, *wenn du irgendetwas versuchst, gibt es mehr davon*. Die Angst funktionierte anders. Es ging um ein unausgesprochenes Versprechen, das vielleicht eingelöst werden würde. Es ging nicht um die harten Fäuste, die man besaß, sondern darum, was man den anderen glauben machen konnte, weniger um Fakten als um die Einstellung.

Also veränderte Anna ihre Einstellung. Sie war nicht mehr das giftige Mädchen, mit der sich ein Streit nicht lohnte, sondern sie benahm sich so, als würde ihr die ganze verdammte Schule gehören. Schon mit elf Jahren war sie damit so erfolgreich, dass das, was ihre Haltung andeutete, zu einer Tatsache wurde. Wenn sie auf dem Schulhof herumzog mit einem Hof von Hangarounds, wagte ihr kaum jemand unaufgefordert in die Augen zu sehen, und niemand träumte auch nur davon, sich auf ihren Platz im Speisesaal zu setzen. Auf den schönen Platz am Fenster.

Sie regierte mit einer Mischung aus Drohungen und Belohnungen. Das Gewaltkapital, das mit der Familie kam, war auf dem Schulhof nicht viel wert, also baute sie sich selbst eines auf. Ein freches Mädchen aus der fünften Klasse wurde am Zopf gepackt und mit dem Gesicht gegen einen Baum gedrückt, ein Junge aus der Vierten, der Anna einen Stein hinterhergeworfen hatte, wurde mit Sand eingeseift, bis er sich übergeben musste. Danach war im Grunde alles klar. Den Rest erledigte die Angst zusammen mit den Legenden, die sie über sich verbreiten ließ.

Zu beiden Anlässen wurde sie zum Rektorenbüro bestellt, wo sie Grüße vom Patenonkel ausrichtete und nach einer sanften Ermahnung wieder entlassen wurde. Die Angst ist eine angenehme Sache, wenn man sie kontrolliert.

Das Zweite, was Anna an diesem Tag lernte, war eher abstrakter Natur, und es sollte ein paar Jahre dauern, bis sie dessen Bedeutung in vollem Ausmaß verstand. Es hing zusammen mit der Loyalität. Auf eigene Wünsche zu verzichten, um ein höheres Ziel zu erreichen, stand oft im Zeichen der Familie. Einer gemeinsamen Herkunft und eines gemeinsamen Schicksals.

Ihre große Schwester Lotta konnte unendlich gemein zu ihr sein, sie kneifen oder an ihren Haaren ziehen, aber Gott möge demjenigen außerhalb der Familie gnädig sein, der Anna angriff, wenn Lotta in der Nähe war. Mit Anna Streit anzufangen, bedeutete, mit der ganzen Familie Olofsson Streit anzufangen, und das konnte nicht toleriert werden. Später hatte Anna keine Probleme, die Familie Soprano oder die Familie Lannister zu verstehen. Es ging nicht um Macht, sondern ganz im Gegenteil um das Ausgesetztsein. In einer ausgesetzten Position kann man nicht überleben, ohne dass einer oder mehrere, denen man vollkommen vertrauen kann, einem beistehen.

Ob Anna es wollte oder nicht, diese Loyalität gegenüber der Familie wurde ihr bis auf die Knochen eingebrannt. Sie war der Grund, dass sie Acke immer noch im Gefängnis besuchte, dass sie mit anpackte, wenn Lotta Hilfe brauchte, und dass sie bei ihrer kleinen Schwester Lena saß, wenn sie in eine ihrer Depressionen gefallen war, die ebenso trist waren wie Lena selbst. Nicht weil Anna es wollte, sondern weil die Zugehörigkeit zu einem Clan sie dazu zwang, der größer war als sie selbst. *So* war es, als eine Olofsson aufzuwachsen, und so würde sie es auch Berit erzählen, falls dieses Gespräch irgendwann geführt wurde.

Anna manövriert den Wagen mit den sauberen Laken und den Bettbezügen zur Zwölf, Folke Gunnarssons Zimmer, und unterdrückt ein Seufzen. Wenn sie Glück hat, ist die Windel nicht so voll, dass sie übergelaufen ist, und wenn sie noch mehr Glück hat, muss sie sich dieses Mal nicht seine Auslassungen über Einwanderer und Parasiten anhören. Der Hauptgewinn wäre, wenn er in der Nacht gestorben wäre, an seiner eigenen Verbitterung erstickt.

Johan, denkt Anna.

Genau so wird Johan werden, wenn er alt ist. Ein menschenhassendes Pflegeobjekt, das sich an nichts anderes als Kränkungen erinnert, an eine Lebensgeschichte, die sich aus alledem zusammensetzt, was *nicht* zustande kam.

Anna schiebt die Tür auf und sagt: »Horrido, Folke.«

Das Zimmer stinkt nach Exkrementen, insofern kein Glück. Auch nicht beim zweiten Punkt. Folke liegt auf der Seite, hat beide Hände zu Fäusten geballt und zieht eine gehässige Grimasse. »Dieser verdammte Container«, sagt er. »Ein Ansteckungsherd, lass dir das gesagt sein. Wer weiß, welches Teufelszeug er aus diesen Scheißländern bei uns eingeschleppt hat …«

Komm, blasser Tod.

*

Im Urlaub in Gambia hat eine Frau einen Mann kennengelernt. Jetzt ist er zum ersten Mal zu Besuch in Norrtälje. Er ist nett und sieht gut aus und die Frau ist glücklich und stolz. Sie möchte ihm die schönste Seite ihrer Stadt zeigen, also machen sie einen langen Spaziergang am Fluss entlang. Auf der Höhe von Brodds sten, der Replik eines Runensteins, kommt ihnen ein Schwede entgegen. Er zieht eine Grimasse, als er den Mann erblickt, und sagt: »Wie viele Kilo Bananen hast du denn für den bezahlt?« Die Frau spürt einen Kloß im Hals, und Tränen schießen ihr in die Augen. Wenn sie eine Waffe gehabt hätte, hätte sie ihn getötet.

Die Liebe und der Hass

1

Die Freitagabende sind die lukrativsten in der Bowlinghalle. Zum einen kommen Leute, die mit ein paar Runden Bowling die Arbeitswoche abschließen wollen, zum anderen größere oder kleinere Gruppen, die hier ein bisschen vorglühen, bevor sie in der Stadt weiterfeiern. Sie haben die vollständige Schanklizenz, aber es kommt selten zu körperlichen Auseinandersetzungen, da die Leute etwas zu tun haben und sich mit Kugeln und Kegeln oder am Boxautomaten miteinander messen können. Hinter dem Tresen kann Johan die Schläge, das Stöhnen, das Schreien aus Triumph oder Enttäuschung, plumpsende Kugeln, knallende Kegel und klirrende Gläser hören. Für ihn ist es eine akustische Wand aus Harmonie und Sicherheit, eine warme Oberfläche, an die er die Stirn legen kann.

Oh, es gibt noch eine dritte Kategorie. *Los Locos.* Sie kommen am Nachmittag herein und arbeiten sich einsam oder in Pärchen durch fünf, sechs, sieben Runden. Männer, denn es sind immer Männer, die drei oder vier eigene Urethanekugeln mitbringen, sowohl symmetrische als auch asymmetrische, abhängig vom Ölbild, sowie Fingereinsätze, um mit dem Anschwellen des Daumens im Verlauf einer langen Partie zurechtzukommen.

Es geht auf sieben Uhr zu, und einer dieser einschlägigen Männer, Åke, kommt zum Tresen, nachdem er ein Spiel beendet hat. Er dehnt die Finger, bis sie knacken.

»Das Übliche?«, fragt Johan.

»Na klar«, antwortet Åke.

Das Übliche besteht aus einem doppelten Famous Grouse, einem IPA und einem Bauernfrühstück. Johan schickt die Bestellung weiter an Lollo, der heute die Küche macht.

»Was hast du gespielt?«, fragt Johan.

»Dritter Pfeil«, sagt Åke und schüttelt den Kopf. »Verdammt noch mal, es hätte ein Bourbon sein sollen, aber ich habe es eher für die Rache des Hallenbesitzers gehalten.«

Das Gejammer über die Ölbilder ist sozusagen obligatorisch, sofern man nicht ein paar Dreihunderter gespielt hat, und selbst dann bleiben die Klagen kaum aus. Johan weiß, dass Ove ein Ölbild mit hoher Ratio aufgetragen hat, also im Prinzip die Einladung zu einem leichten Spiel, aber das sagt er natürlich nicht.

»Eher Oves Rache«, sagt er stattdessen. »Er hat heute die Maschine bedient.«

»Ja, ja. Das hätte man sich ja auch denken können.«

Johan bedauert fast, dass er sich den Begriff *Rache des Hallenbesitzers* ausgedacht hat, eine zufällige Verteilung der Ölbilder, bei der gelegentlich auch die Routiniers eine harte Nuss zu knacken haben. Wenn das Spiel schlecht lief, berief man sich früher darauf, dass man Scheiße am Ball hatte, aber jetzt liegt das Problem in der *Rache des Hallenbesitzers.* Wenn nicht die Schuhe, der Pinsetter, Murphys Gesetz oder die allgemeine Schlechtigkeit der Dinge schuld waren.

»Und sonst?«, fragt Johan, während er den Whisky in einen Messbecher schüttet.

»Wie immer«, sagt Åke. »Obwohl, hast du von diesem Mist gehört, der heute Nachmittag passiert ist?«

»Was für ein Mist?«, fragt Johan und stellt das Glas auf den Tisch. Åke trinkt einen Schluck, bevor er fortfährt.

»Aah, das tut gut. Also, da waren zwei Typen, also Penner, sozusagen, die saßen auf dieser Terrasse unterhalb der Faktoribrücke und diskutierten. Also auf den Bänken dort. Eine Flasche Fusel in einer Tüte, alles ganz gemütlich. Plötzlich hat der eine so eine Art Anfall, und schwuppdiwupp, fliegt der andere in den Fluss.«

»Oje.«

»Ja, aber damit hört es noch nicht auf. Also, was passiert danach? Tja, der eine, der den anderen hineingeworfen hat, wirft sich selbst hinterher. Springt hinein mit Klamotten und allem. Da ist es ja nur einen Meter tief oder so. Dann fängt er an, den anderen zu ertränken, stell dir vor. Packt ihn am Nacken und drückt ihn runter. Und der andere zappelt und versucht sich loszureißen, aber er hat nicht so viel Kraft, und am Ende zappelt er nicht mehr. Der andere.«

»Was für ein Scheiß«, sagt Johan und zieht ein »Ship full of IPA« aus dem Kühlschrank, öffnet es und stellt es zusammen mit einem Glas auf den Tresen. »Er ist also gestorben?«

»Unklar«, sagt Åke. »Die Polizeiwache liegt ja auf der anderen Seite der Straße und, ich weiß nicht, vielleicht hat jemand aus dem Fenster geguckt, jedenfalls taucht ein Bulle auf und trennt sie voneinander und zieht den anderen hoch, ich weiß nicht, wie es dann endete, aber ich habe gehört, dass er mehr oder weniger lebte, als der Krankenwagen kam.«

»Aber warum hat er es denn getan, also derjenige, der ihn ertränken wollte?«

»Das erzählt die Geschichte nicht.«

Lollo kommt mit einem Teller mit Bratkartoffeln und Roter Bete aus der Küche und stellt ihn auf dem Tresen vor Åke ab, der sich die Hände reibt.

Johan kann gerade noch *Wasser im Munde* denken, bevor Åke sagt: »Da läuft einem das Wasser im Munde zusammen.« Er stellt seinen Teller und seine Gläser auf ein Tablett und trägt es zu einem der Tische, an dem er dann über die Bratkartoffeln herfällt.

Irgendetwas ist faul in Norrtälje, denkt Johan, und das ist gewiss kein neuer Gedanke. Eher ist es der Gedanke aller Gedanken, derjenige, zu dem alle anderen sich verhalten müssen. Er kann sich nicht in den gewohnten Gedankengängen verlieren, weil ein junger Mann mit verschwommenem Blick zu ihm kommt und sich beklagt, dass der Pinsetter nicht so funktioniert, wie er funktionieren sollte.

»Was genau stimmt denn damit nicht?«, fragt Johan und bekommt eine erhellende Analyse als Antwort: »Da ist irgendetwas kaputt.«

Er kontrolliert die Maschine und findet heraus, dass Ove ein bisschen zu großzügig Öl aufgetragen hat, worauf das Öl sich an die Bälle geheftet hat, die es wiederum auf die Pins spritzen, sodass es der Maschine schwerfällt, sie zu greifen.

Johan putzt die Pins und die Greifer ab, bevor er die Maschine erneut startet.

Als er zu dem jungen Mann und seinen beiden Freunden zurückkehrt, alle drei sind etwas angeheitert, sagt derjenige, der sich bei ihm beschwert hat: »Jetzt ist ja alles durcheinander, mit diesen Punkten und so.«

»Ich spendiere eine Runde.«

»Oh, yeah«, sagt der junge Mann und der Ball entgleitet ihm. Hier gibt es heute kein Bier mehr.

Gegen neun beginnt sich alles zu beruhigen. Diejenigen, die nur zum Aufwärmen hier waren, gehen weiter zu den eigentlichen Partys, die Erholungsspieler haben sich fertig erholt, und nur wenige Enthusiasten sind noch geblieben, unter ihnen Micke Stridh, ein ehemaliger Nationalspieler, der so viel gespielt hat, dass sein rechter Arm ein paar Zentimeter länger ist als der linke und sein Körper in einer chronischen Ausholbewegung gekrümmt ist. Johan kann an seinem Scoreboard sehen, dass er nur zwei Strikes von einem Dreihunderter entfernt ist. Schön für ihn.

»Hallo.«

Johan reißt den Blick von der Anzeigetafel los und sieht, dass Marko auf der anderen Seite des Tresens steht. Ohne zu wissen warum, wischt er die Hände an den Hosen ab, bevor er »Hi« sagt und die rechte Marko entgegenstreckt, der sie ergreift und Johan zu einer unbeholfenen Halbumarmung über den Tresen zieht.

»Was machst du hier?«, fragt Johan.

Marko lässt seinen Blick über die Bahnen gleiten, auf denen Micke Stridh einen weiteren Strike einfährt. »Wollte einfach mal sehen, wie du es hier so hast«, sagt er. »Netter Laden.«

»Findest du?«

»Ja. Es wirkt irgendwie … eingespielt. Gemütlich, oder wie man es nennen soll.«

»Cozywouzy«, sagt Johan und verwendet einen ihrer albernen

Ausdrücke aus der Jugend, was Marko zum Lächeln bringt. »Spielst du?«

Marko hebt die Hände in einer abwehrenden Geste. »Ich habe ein paarmal gespielt, aber lieber nicht. Für diese Woche habe ich genug Schläge bekommen.«

Micke Stridh gelingt der entscheidende Strike, und er ballt eine Faust und zieht sie nach unten, als würde er an einem Glockenseil ziehen. »Way to go!«, ruft Johan, und Micke macht die Andeutung einer Verbeugung.

»Stammgast?«, fragt Marko.

»Das ist nur der Vorname. Bowling hat diesen schönen Körper geformt«, sagt Johan und nickt Micke Stridh zu, der zum Computerpult watschelt und eine weitere Runde startet.

»Du kommst morgen, oder?«, fragt Marko.

»Na klar. Soll ich etwas mitbringen?«

»Gute Laune und einen leeren Magen.«

»Das Zweite kann ich versprechen, aber das Erste …«

Sie tauschen ein paar sinnlose Repliken aus, und Johan bekommt das Gefühl, dass Marko ihm irgendetwas sagen möchte. Als eine Pause entsteht, fragt er also: »Wolltest du noch etwas Bestimmtes, oder?«

»Nee, oder … nee. Wollte nur sehen, was du so machst. Also, wo du dich befindest.«

»Warum wolltest du das?«

»Ja, wir sind ja immer noch Freunde, oder? Und wenn ich irgendwann mal denke, *Johan ist auf der Arbeit*, dann weiß ich jetzt, wo du dich aufhältst, wie es um dich herum aussieht.«

Das war nicht die liebevollste Antwort der Welt, aber ihr Inhalt ist gefühlvoll genug, dass sie Johan an den Rand des Weinens bringt. Um sich eine solche Peinlichkeit zu ersparen, geht er um den Tresen herum und zeigt Marko den Boxautomaten.

»Das ist vielleicht eher dein Stil«, sagt Johan und wirft einen Zehner ein, damit der Ball nach unten klappt.

»Was muss man machen?«

»Einfach zuschlagen.«

Marko zuckt mit den Schultern und verpasst dem Boxball eine kräftige Gerade, sodass er mit einem dumpfen Knall an die Decke fliegt und die Punktetafel eine Ziffer präsentiert, die so dicht am Höchstwert liegt, wie es menschenmöglich ist.

»Gut?«, fragt Marko.

»Rekordverdächtig.«

»Fett. Dann sehen wir uns morgen.«

Marko legt die Hand, die gerade noch den Boxball malträtiert hat, auf Johans Schulter und klemmt sie kurz zusammen, bevor er geht. Johan folgt ihm mit dem Blick, bis er zur Tür hinaus ist. Dann betrachtet er den Boxball, der nach Markos Schlag immer noch leise zittert. *Ach, mein Herz.*

2

Als Johan um halb elf nach Hause kommt, geht er auf das Onlineforum Flashback und ruft den Thread auf, in dem es um den Container geht, den gewisse Leute auch »Kanackenkiste« nennen.

Johan hat nichts für eine solche Haltung übrig. Es ist einfach nur tragisch, was dort passiert ist, und Johan hat nichts gegen die Flüchtlinge persönlich. Er mag die *Masse* nicht. Er fand zum Beispiel die Bilder, die eine große Menge junger afghanischer Männer bei einer Demonstration auf dem Medborgarplatsen in Stockholm zeigten, geradezu abstoßend. Das war sie. Die Menge, die Masse, die Drohung, dass alles Schwedische aufgelöst wird. Kinder mit Vollbärten.

Obwohl Johan alle Politiker abgrundtief hasst, verabscheut er Schweden nicht als Vorstellung. Ganz im Gegenteil. Er liebt die Idee von Schweden und ist stolz darauf, dass er ein Schwede ist, und genau deswegen will er nicht, dass das Schwedische in einer Art Multikulti verschwindet. Die Angriffe auf die schwedische Identität sind in ihrer Verlängerung ein Angriff auf seine eigene. Man braucht nur einen Tropfen Tinte in einem Glas Wasser, damit es verdorben ist.

Die Leute im Forum spekulieren darüber, ob der Container der Bestandteil eines biologischen Kriegs ist, darüber, dass so viele darin als Folge von Misshandlungen gestorben sind, und über die Gewaltbereitschaft und die allgemeine Unterlegenheit anderer Rassen.

Nicht einmal dieses Geschwätz nimmt Johan ihnen ab. Afghanen und Syrer können so tolle Menschen sein, wie man sie sich nur vorstellen kann, aber *sie sollen nicht hier sein.* Und wenn sie schon hier sind, dann sollte man verlangen, dass sie sich assimilieren. Schweden sollte sich nicht eine Handbreit beugen, um sich anderen Kulturen anzupassen. Wenn du als Gast zu jemandem nach Hause kommst, hast du keine Forderungen zu stellen, wie das Essen aussehen soll und dass alle Allahu akbar sagen sollen, bevor zum Besteck gegriffen wird. Nein, man ist dankbar und nimmt das entgegen, was einem geboten wird.

Johan beginnt einen Beitrag zu schreiben, der darauf hinausläuft, den Container als einen Bremsklotz für einen irrwitzigen Systemfehler zu betrachten, und amüsiert sich über seine eigene Beschreibung des Containers als eine »gelbe Eiterbeule im Arsch der Politiker«. Dann verliert er die Motivation und löscht den Beitrag, anstatt ihn abzuschicken. Die Verbitterung, die er ansonsten gerne aufpeitscht, während er schreibt, will sich nicht einfinden.

Wie es um dich herum aussieht.

Marko wollte kommen und sich seine Arbeit ansehen, damit er leichter an ihn denken kann. Was also bedeutet, dass Marko manchmal an ihn denkt. Johan stellt sich Marko vor, wie er auf einem Stuhl an *seinem* Arbeitsplatz sitzt – von dem Johan nicht weiß, wie er aussieht – und an Johan denkt.

Wir sind ja immer noch Freunde.

Es ist einfach nur so verdammt schwierig, mit jemandem befreundet zu sein, den man am liebsten nur mit Küssen überdecken würde. Johan konnte in der Zeit, als er vorübergehend bei Familie Kovac untergebracht war, am Esstisch sitzen und Marko heimlich beobachten. Wie er dabei Fantomvorstellungen von Küssen auf den Lippen hatte. Wie sehr er es wollte.

Die Familie Kovac war ganz gewiss nicht vollkommen assimiliert. Sie hatten ihr jugoslawisches Essen und ihre katholische Religion und noch vieles mehr. Sie begingen die Feste auf eine andere Weise. Würde Johan sie rausschmeißen wollen? Nein, das würde er nicht, und Johan hat diese Inkonsequenz in seinem Denken akzeptiert. Genau *diese* Familie darf bleiben und sich benehmen, wie sie will, *weil sie sind, wer sie sind.*

Er weiß, dass es schief ist und dass andere Menschen andere ausländische Familien kennen, über die sie dasselbe sagen würden, aber das müssen sie mit sich selber ausmachen. Johans privates Asyl gilt nur für die Familie Kovac, ganz egal, wie selbstwidersprüchlich es ansonsten ist.

Johan schließt den Browser und öffnet den Ordner mit dem Titel »Erzählungen«. In den vergangenen zwei Jahren hat er an einem Roman gearbeitet, aber er weigert sich, auch nur mit diesem Begriff daran zu denken. Es ist eine längere Erzählung. Ein Roman wird erst daraus, wenn der Text veröffentlicht wird, und das wird nie passieren, weil er nicht daran denkt, den Text jemals einzuschicken.

Es geht um einen Jungen, der bei seiner psychisch kranken Mutter in Norrtälje aufwächst. Das ist der äußere Rahmen, aber das eigentliche Thema der Erzählung sind parallele Welten. Wie sowohl der Junge als auch die Mutter aus ihrem ärmlichen Dasein Zuflucht in Wahnvorstellungen beziehungsweise Fantasien suchen und in Welten leben, die sie in ihren Gehirnen gebaut haben. Die Erzählung endet, als der Sohn in erwachsenem Alter nach Norrtälje zurückkehrt, nachdem die Mutter gestorben ist. Er steht in einer ausgeräumten Wohnung und sieht ein, dass ihm jetzt nur noch der kalte, dürftige Realismus bleibt. Ist das überhaupt erstrebenswert?

Die letzten Sätze der Erzählung lauten: »Er stand am Fenster und betrachtete die geraden, nichtssagenden Kiefernstämme mit ihren blassgrünen Kronen. Da entdeckte er eine Bewegung zwischen den Zweigen. Ein Engel oder Teufel streckte sein Gesicht heraus und machte eine Bewegung in seine Richtung. *Komm.*« Es wird angedeutet, dass der Junge von derselben Krankheit befallen wird wie die Mutter und sein Leben in einer parallelen Wirklichkeit fortsetzen wird.

Die Erzählung gibt so viel aus seiner Autobiografie preis, um sie allein deswegen nicht aus der Hand zu geben. Aber das ist nicht der wichtigste Grund. Johan hat im Internet recherchiert und herausgefunden, dass maximal zwei Prozent aller unaufgefordert zugesandten Manuskripte von einem Verlag angenommen werden, der Rest wird abgelehnt.

Allein das Wort. *Abgelehnt*. Bei all dem, was in Johans Leben schiefgelaufen ist, muss er nicht auch noch *abgelehnt* werden … es gibt viele Metaphern. Der Tropfen, der Strich. Das Fass, die Rechnung. Solange er seine Erzählung an niemanden schickt, wird er nicht abgelehnt und kann weiter glauben, dass er etwas Großartiges geschrieben hat.

Johan liest die ersten Kapitel zum hundertsten Mal durch. Ändert ein paar Worte, streicht ein Komma. Es gibt eigentlich nichts mehr, was er noch tun kann, die Erzählung ist fertig.

Wenn ich an dich denke.

Gab es da vielleicht eine kleine Andeutung, das Aufblitzen einer Möglichkeit? Nein, Johan wagt es nicht einmal, sich einen solchen Gedanken zu erlauben. Was damals am Linné-Denkmal passiert ist, war die schlimmste Ablehnung, die Johan in seinem Leben erfahren hat, und er hat nicht die Absicht, so etwas noch einmal zuzulassen.

Wie ein aufprallender Ball

Es ist Samstag, und Siw und Alva spielen Fußball auf dem Rasen vor ihrem Haus. Na ja, *spielen* ist vielleicht übertrieben. Siw passt den Ball zu Alva, die versucht, ihn mit dem Fuß zu treffen. Sie hat sich fürs Training angemeldet. Nachdem sie ein paar Wochen hin und her überlegt hatte, teilte Alva am Freitag mit, dass sie der Fußballmannschaft mit gleichaltrigen Mädchen beitreten wollte, die sie auf dem Fußballplatz spielen gesehen hatte.

Siw hatte keine Einwände. Zum einen ist es gut, wenn Alva einer körperlichen Aktivität nachgeht, zum anderen passt es auch Siw ausgezeichnet. Das Training findet montags und donnerstags zwischen sechs und sieben Uhr statt, und der Platz liegt zwischen ihrer Wohnung und Friskis & Svettis, sodass sie selbst in der Zeit ebenfalls trainieren kann.

Die Pulverdiät hat das ketogene Stadium erreicht, und Siw hat keinen Hunger mehr, obwohl sie sich hin und wieder immer noch nahe einer Ohnmacht fühlt. Die Badezimmerwaage zeigt an, dass sie drei Kilo verloren hat. Nicht *the Biggest Loser*, aber ein Anfang. Am schlimmsten ist, dass dieses Pulver so abgrundtief langweilig ist. Siw hat sich nie besonders auf das Essen gefreut, aber jetzt, wo es ihr verboten ist, scheint nichts so verlockend zu sein wie eine richtige Mahlzeit.

Alles, was sie dazu bringt, nicht an Essen zu denken, ist ihr willkommen, und als Alva sagte, dass sie *trainieren wollte, um das Training zu schaffen*, war Siw sofort mit dabei. Alva beherrscht die Siegergesten und -posen besser, als den Ball tatsächlich mit dem Fuß zu treffen, aber soweit Siw es gesehen hat, besteht das Training der anderen Siebenjährigen ebenso sehr aus Laufen und Spielen wie aus dem Umgang mit dem Ball.

Siw schießt den Ball vorsichtig in Richtung Alva, die anläuft, als wollte sie eine Tür eintreten, und nach ein paar Schritten das Bein schwingt. Sie verfehlt den Ball, aber die Pendelbewegung des Fußes setzt sich fort und sie fällt rücklings zu Boden. Es sieht schrecklich komisch aus, und nachdem sie sich vergewissert hat, dass Alva nichts passiert ist, dreht Siw den Kopf zum Schützenbunker und wischt sich ein Lächeln aus dem Gesicht, das sich ihr auf die Lippen gestohlen hat.

»Ooh!«, sagt Alva. »Wie macht man es denn?«

»Ich bin keine Expertin«, sagt Siw, die den Lachimpuls unterdrücken kann, »aber ich glaube, du solltest den Ball im Auge behalten.«

»Was heißt denn *im Auge behalten*«, fragt Alva und kommt auf die Beine, bevor sie ihre Hände zu Klauen formt und so tut, als würde sie in die Augen greifen. »Wie kann man etwas *in den Augen behalten*?«

»Also, man sieht es einfach an.«

»Ich sehe ja! Was glaubst du denn, wo ich hinsehe?«

»Manchmal glaube ich, du siehst auf deine Füße.«

»Ich sehe *nie* auf meine Füße!«

Von der Contigahalle hinter Siws Rücken nähert sich ein Motorengeräusch. Sie rollt den Ball zu Alva, die ihn wild anstarrt, während sie zielt, tritt und einen Volltreffer landet, sodass er weit an Siw vorbeirollt.

»Großartig! Super!«, sagt Siw und Alva fällt in eine Torschützengeste, die einem Ronaldo würdig wäre, und scheint kurz davor zu stehen, sich das Hemd vom Leib zu reißen, während Siw sich umdreht, um den Ball zu holen.

Ein Aufsitzrasenmäher kommt über die Rasenfläche angefahren, und als Siw den Fahrer erkennt, steigt ihr die verdammte Röte in die Wangen.

Max entdeckt sie, hebt die Hand zum Gruß und fährt zu ihr. Er trägt eine Warnschutzweste und eine grüne Schirmmütze auf dem Kopf, auf der folgerichtig »Green« steht. Seine langen Beine sind angezogen, sodass die knochigen Knie auf Höhe des Lenkrads abstehen. Max schaltet den Motor aus, und Siw fragt: »Arbeitest du auch an Samstagen?«

»Eigentlich nicht, aber heute Nachmittag gibt es ein Spiel, und der Platz musste gemäht werden, also …« Max legt die Hände auf das Lenkrad und senkt das Kinn auf sie, während er Siw ansieht. »Siw …«, beginnt er, wird aber von Alva unterbrochen, die zu ihm kommt und ihn fragt: »Wer bist du?«

»Ich heiße Max«, sagt er. »Bist du vielleicht … Alva?«

Alva reißt die Augen auf und sieht Siw an. »Er weiß, wie ich heiße!« Sie wendet sich erneut an Max. »Woher weißt du, wie ich heiße?«

»Deine Mutter hat es mir erzählt. Und du spielst Fußball, wie ich sehe. Wie läuft es?«

»Ziemlich schlecht. Aber manchmal klappt es auch ganz gut.« Alva klatscht in die Hände und zeigt mit etwas anklagender Miene auf Max. »Bist du vielleicht dieser *Mann*?«

»Ich weiß nicht. Was gehört denn dazu, wenn man dieser *Mann* sein soll?«

»Dass man mit Mama zusammen ist.«

»Bitte, Alva«, sagt Siw, während die Wärmeplatten in ihren Wangen ein paar Grad höher gedreht werden. »Du hast dir die ganze Sache selbst ausgedacht. Es gibt keinen Mann.«

Um ihr rotes Gesicht zu verbergen, beugt sich Siw vor und hebt den Ball auf. Als sie sich aufrichtet, ist sie ein bisschen zu schnell. Ihr wird schwindelig. Sie macht ein paar unsichere Schritte und muss sich am Rasenmäher abstützen, um nicht umzukippen.

»Siehst du!«, sagt Alva zu Max. »Sie wird beinahe *ohnmächtig*, wenn du in der Nähe bist.«

»Wie geht es dir?«, fragt Max.

»Ich fange jeden Tag mit einer Pulle an. Nein, ich habe mich einfach nur zu schnell aufgerichtet.«

»Beinahe ohnmächtig!«, wiederholt Alva und torkelt wie eine Betrunkene über den Rasen, bevor sie sich mit ausgebreiteten Armen und Beinen fallen lässt.

»Siw«, sagt Max. »Tut mir leid, dass ich nicht angerufen habe, es war, es ist … schwierig. Für mich. Weil ich … also, das ist eine lange Geschichte. Aber es liegt nicht daran, dass ich dich nicht mag. Denn ich mag dich wirklich.«

»Oh Gott!«, ruft Alva und drückt die Hände auf das Herz. »Oh, mein Gott!« Max lacht, und auch Siw kann ein Lächeln nicht unterdrücken, obwohl es, gelinde gesagt, unangenehm ist, das eigene Gefühlsleben von einem siebenjährigen Körper so feilgeboten zu sehen.

»Aber …«, sagt Max. »Du kommst ja heute Abend zu Marko, oder? Wir können uns dort weiter unterhalten, okay?«

»Okay«, sagt Siw und wiederholt die Geste, mit der sie so tut, als würde sie sich über das Gesicht wischen, in Wirklichkeit aber die Mundwinkel mit Gewalt nach unten zwingt.

»Tschüs, Alva«, sagt Max. »Es war schön, dich kennenzulernen. Vielleicht sehen wir uns mal wieder.«

»Oh, ja! Oh, ja!«, ruft Alva mit gespielter Ekstase, während Max den Rasenmäher wieder anlässt und weiter über die Wiese fährt. Siw bleibt *nicht* stehen und sieht ihm nach, sondern rollt den Ball zu Alva, die ihn annimmt, ohne zu treten.

»Es gibt kein Gesetz, das vorschreibt, dass man ständig den Clown spielen muss«, sagt Siw.

»Doch. Sonst kommt man nämlich ins Gefängnis. Mama?«

»Ja?«

Alva sieht Max hinterher, der in einer geraden Linie über die Wiese fährt. »Er ist ziemlich hübsch«, sagt sie mit Kennermiene. »Und nett ist er anscheinend auch. Wollt ihr heute Abend auf eine Party?«

»Ja.«

Alva nickt ernst und sagt dann einen dieser Sätze, von denen Siw nie weiß, wo sie sie aufschnappt, ob es von Anna ist oder von Donald Duck oder von Gott weiß woher. Mit Max fest im Blick flüstert sie theatralisch: »Gib ihm den Rest.«

*

Ein zehnjähriges Mädchen überquert von Süden die alte Sozietätsbrücke. In der Hand hält sie ein Handy, mit dem sie ein nachlässiges Selfie aufnimmt und es massenhaft auf Snapchat ausschickt, um ihre Flammen zu retten. Von Norden kommt ein älterer Mann auf sie zu, der einen Einkaufstrolley zieht, der folgerichtig mit Waren aus dem ICA Kryddan gefüllt ist.

Sie betreten die Brücke gleichzeitig, aber weil das Mädchen wesentlich schneller geht, ist sie weit früher oben als der Mann. Dort stolpert sie über ein hervorstehendes Holzbrett und verliert das Handy. Es gleitet über die glatte, abfallende Unterlage auf die Ritze unter dem Geländer zu.

Der Mann sieht es passieren. Das Handy rutscht direkt auf ihn zu, und er müsste nur den Fuß ausstrecken, um es anzuhalten. Der Anblick des Mädchens hat ihn allerdings dran erinnert, dass seine Enkelkinder ihn nie besuchen kommen, und an all das Schreckliche, das diese neue Technik mitbringt. Er bleibt stehen und folgt dem Handy mit dem Blick, als es zehn Zentimeter vor seinem Fuß über die Kante gleitet.

»Nein, nein! Neeein!«, schreit das Mädchen und hämmert sich aus lauter Frust gegen die Schläfen. »Warum haben Sie nichts getan?«

Der Mann sieht sie an. Und lächelt.

Markos Fest

1

»Daran könnte man sich glatt gewöhnen.«

Lukas zeigt mit der Bierflasche auf die Kvisthamrabucht, die in der Nachmittagssonne glitzert. Er, Markus und Amanda sind eine Stunde vor der verabredeten Zeit mit dem Auto aus Stockholm gekommen, um die »Besitztümer zu inspizieren«, wie sie es ausdrückten. Sie haben eine Runde durch das Haus und den Garten gedreht und waren schließlich auf der Terrasse gelandet, auf der Marko genug Schnaps, Wein und Bier aufgestellt hat, um selbst eine doppelte Anzahl der geladenen Gäste betrunken machen zu können.

»Was hast du gesagt?«, fragt Markus. »Zwölf Mille?«

»Dreizehn«, sagt Marko, während er einen Screwdriver für Amanda mixt.

»Shit. Und du willst es einfach nur deinen Eltern *geben*?«

»Yep.«

Amanda nimmt den Drink entgegen, den Marko ihr reicht, und sagt: »Danke. Also, bei mir ist es eher so, dass ich meinen Eltern gar nichts geben *kann*, weil sie schon alles haben. Es ist so langweilig.«

»Mhm«, sagt Lukas. »Obwohl, ich würde meinen nicht einmal eine Hundehütte überlassen, sie waren immer so knauserig mit ihrem Geld.«

Soweit Marko sich an die Zeit an der Handelshochschule erinnert, musste Lukas kaum Not leiden, er musste keinen Handschlag tun für die Markenklamotten, in denen er herumlief, während Marko an den Wochenenden in einem Imbiss arbeitete, um einen halbwegs akzeptablen Standard halten zu können.

Markus schüttelt den Kopf und sagt: »Ich erinnere mich, dass ich einmal einen Wein mit nach Hause brachte, als sie ein Abendessen gaben, und das war wirklich nicht irgendein billiger Fusel. Und mein Vater sagt nur: ›Wie aufmerksam‹, und stellt ihn in die Kühlschranktür, nicht einmal in den Weinkühler, als wäre ich mit Kochwein gekommen.«

Marko hat nichts hinzuzufügen, seine Erfahrungen unterscheiden sich so radikal von denen seiner Freunde aus der Hauptstadt. An der Hochschule sind sie sich nie besonders nah gewesen und haben erst mehr miteinander zu tun, seit sie herausgefunden haben, dass sie dieselben Klubs am Stureplan besuchen, ähnliche Jobs haben und dass sie aus freien Stücken Singles sind.

»Ich glaube, ich habe noch nie so ein verdammt riesiges Holzdeck gesehen«, sagt Lukas und macht eine Kreisbewegung mit seiner Flasche. »Ich war einmal zu Hause bei Johan Persson, und das war … Nee, nicht mal da war es so groß wie hier, also.«

»Bei *dem* Johan Persson?«, fragt Amanda.

»Ja, welchen Johan Persson gibt es denn sonst noch?«

»Ich dachte, ich könnte einen Pool bauen«, sagt Marko. »Wenn Mama und Papa es wollen.«

»Ah, großartig!«, sagt Markus. »Dann brauchst du ja auch jemanden, der ihn wartet.«

»So weit habe ich noch gar nicht gedacht.«

»Ich gebe dir eine Nummer. Die sind erstklassig. Ziemlich teuer, aber richtig *crisp*.«

»Okay.«

»Na dann, Prost«, sagt Markus und hält die Flasche hoch, sodass Marko mit seiner dagegenstoßen kann. Markus imitiert das, was er als Tonfall der schwedischen Unterschicht auffasst, und sagt: »Ab ins Koma!«

2

Maria trifft eine halbe Stunde später ein, und Marko weiß nicht, ob es ein Versuch von Ironie ist, dass sie zwei Maxitüten Kartoffelchips dabeihat. Marko stellt sie seinen Freunden vor, und die Stimmung auf der Terrasse ändert sich auf die vorhersehbare Weise. Lukas und Markus blasen sich auf, und Amanda benimmt sich besonders entzückend, um ihren Neid zu überspielen. Alles wird ein bisschen steif und künstlich, bis Maria mit ihren Tüten raschelt und sagt: »Hast du eine Schale? Sieben Jahre Hungerkur, aber jetzt gibt es Chips satt.«

»Schalen gehören nicht zu den Dingen, die ich bislang angeschafft habe«, sagt Marko.

»Ein Eimer vielleicht?«

»Du willst die Chips in einen Eimer kippen?«

»Egal«, sagt Maria und reißt eine der Tüten auf, drückt sich eine Handvoll Chips in den Mund und wackelt mit dem Finger in Richtung Bartisch. »Und mach mir einen GT. Stark.«

Marko wird aus Marias Verhalten nicht schlau. Er weiß, dass sie auch kühle Eleganz beherrscht, aber sie scheint beschlossen zu haben, eine andere Rolle zu spielen, etwas im Stil von Markus' *Ab ins Koma*, aber wesentlich überzeugender. Sie scheint nicht ganz nüchtern zu sein, und ganz im Gegensatz zu ihren Anweisungen schenkt er nur ein paar Zentiliter in das Glas. Hinter sich hört er Lukas mit der Standardphrase: »Bist du vielleicht Fotomodell?«

»Nee«, grunzt Maria durch den Chipsbrei in ihrem Mund. »Ich arbeite im Café.«

»Aber … ich meine, Marko hätte gesagt, dass …«

»Marko lügt gerne. Einmal hat er gesagt, unser Vater sei Goran Bregović.«

»Wer ist das denn?«

»Genau. Welcher Bioschwede schert sich schon um Goran Bregović? Und blöd ist er auch noch.«

Während Marko Tonic in die Ginpfütze gießt, erinnert er sich daran, dass es einen guten Grund dafür gab, warum er in den letzten Jahren nicht so viel Kontakt mit seiner Schwester hatte. Sie geht ihm nicht nur auf die Nerven, sie hüpft auf ihnen herum. Mit Spikes.

3

»Heute habe ich Siw getroffen. Ganz zufällig, auf dem Fußballplatz.«

Max ist stehen geblieben, nachdem er entdeckt hat, dass sein rechter Schnürsenkel aufgegangen ist, und drückt Johan die Flasche Valpolicella in die Hand. Johan studiert das Etikett, bevor er fragt: »Du wolltest sie doch anrufen, oder wie war das?«

»Doch, aber … da ist nichts draus geworden«, sagt Max und bindet seine Ausgehschuhe mit einer Doppelschleife. Die Schnürsenkel sind glatt und haben die Tendenz, sich zu lösen.

»Warum?«, fragt Johan mit einem ungewohnten Interesse, und Max weiß, dass ihn das Fest, wie alle sozialen Ereignisse außerhalb der Bowlinghalle, nervös macht und er ihre Ankunft gerne verzögern würde.

Max richtet sich auf, und statt sich die Flasche zurückgeben zu lassen, sagt er: »Ach, du kannst sie auch übergeben.«

Johan hat kein Gastgeschenk dabei, vermutlich weil seine finanzielle Situation es nicht zulässt, und Max überlässt ihm gerne die Dreihundert-Kronen-Flasche, wenn er damit seine Nerven beruhigen kann. Johan betrachtet ein weiteres Mal das Etikett, als wäre jetzt ein neues Licht auf die Flasche gefallen, nachdem es ihm zugefallen ist, sie zu übergeben, bevor er sagt: »Danke. Und warum?«

»Die Flasche?«

»Nein. Das mit dieser Siw.«

Johan hat die Tendenz, Siw und Anna als »diese Siw« und »diese Anna« zu bezeichnen, um zu betonen, dass sie ihm fremd sind. Sie sind zwanzig Meter vor Markos Gartentor stehen geblieben, und Max denkt eine Weile nach, bevor er antwortet: »Das ist schwer zu erklären. Ich glaube, im Grunde habe ich Angst.«

Max rechnet mit einer Antwort im Stil von *weil sie dich erdrückt, wenn sie sich auf dich legt?*, aber Johan fragt einfach nur: »Angst wovor?«

Max hätte Johans übliche Ironie beinahe vorgezogen. Es fällt ihm schwer, an diese Dinge zu denken, aber er macht einen Versuch: »Sie durchdringt mich. Auf eine Art und Weise, die ich nicht verstehe. Und ich weiß nicht, ob ich es zulassen soll. Dass sie mich durchdringt.«

Johan nickt. In seinem Blick schlägt etwas um und er sagt: »Dazu kommt natürlich, dass es unbequem ist, in einen Fettwanst verliebt zu sein.«

Jetzt ist alles wieder wie gewohnt. Schweigend gehen sie zum Tor, und erst als Max es aufgeschoben hat, sagt Johan: »Ach, entschuldige. Tourette, du weißt schon. Lass es einfach laufen. Wenn es kommt, dann kommt es. Denk nicht so viel nach. Oder wie Marko und ich es in diesem Plattitüdenspiel gesagt hätten: *Hör auf dein Herz.*«

Stimmen klingen von der Terrasse herüber, und sie ignorieren die Haustür und klettern stattdessen auf den Abschnitt des Holzdecks, der an der schmalen Seite des Hauses entlangläuft. Max schielt zu Johan hinüber, der seine Lippen zusammenkneift, und der Griff um den Flaschenhals ist so fest, dass seine Knöchel weiß geworden sind.

Als sie um die Ecke gehen, sehen sie Marko und Maria mit drei anderen Personen sprechen, die Johan vermutlich als *Großkotze* bezeichnen würde. Halblanges, nach hinten gekämmtes und gewachstes Haar bei den Männern, eine aschblonde Pagenfrisur bei der Frau. Hemden in hellen Pastellfarben mit einer Tendenz zu Rosa, respektive eine cremefarbene und locker hängende Designerbluse.

Von den Stockholmern kennt Max nur Lukas, der mit ihm zusammen im ersten Semester auf der Handelshochschule war. Lukas ist auch derjenige, der sie zuerst entdeckt. »Max!«, ruft er aus. »My man! How's it hanging?« Max macht eine zu nichts verpflichtende Geste, *Comme ci, comme ça.*

Maria dreht sich um. Sie trägt Bluejeans und ein schwarzes T-Shirt. In der Hand hält sie eine Tüte Chips. Es dauert nur eine Sekunde, die Lage richtig einzuschätzen. Zu sehen, wie die Männer der geringsten Bewegung ihres Körpers folgen.

Als Max und Johan sich nähern, breitet sie die Arme aus, macht ein paar Schritte auf Johan zu und sagt »Knutschgurke!«, bevor sie einen schmatzenden Kuss mit Chipsaroma auf seine Lippen setzt.

Lukas und Markus werfen einander Blicke zu. Ein beinahe unmerkliches Zusammenziehen der Augenbrauen und ein ebenso subtiles Schulterzucken: *Was zur Hölle?*

4

»Bäh«, sagt Siw. »Bäh, bäh, *bäh.*«

»Was ist denn hier so bäh?«, fragt Anna und nimmt einen weiteren Schluck aus dem Flachmann.

»Na, das hier«, sagt Siw und zeigt auf das protzige Haus, das sich vor ihnen auftürmt, als sie in der Auffahrt neben Markos Audi stehen. Daneben steht ein anderer Audi, ebenso schwarz und fast genauso neu. Man könnte glauben, in dem Haus findet ein Diplomatenempfang statt.

»Was ist denn mit dem hier?«, fragt Anna, und glücklicherweise hört man kein Lallen in ihrer Stimme, obwohl sie bereits drei Gläser Wein auf Siws Balkon getrunken und anschließend mit Wodka aus dem Flachmann nachgebessert hat.

»Du weißt schon«, sagt Siw. »Leute. Fremde Leute, vor denen man auftreten muss. Von denen man beurteilt wird. Ich kann nicht … sollten wir nicht besser nach Hause gehen?«

»Meine Liebe«, sagt Anna und reicht ihr den Flachmann. »Jetzt fangen wir einfach mal damit an, dass du dich hier mit einem Schöppchen stärkst.«

Siw trinkt einen Schluck der körperwarmen Flüssigkeit, und die Hitze breitet sich in ihrer Kehle aus. Purer Schnaps ist nicht so ihre Sache, aber in diesem Moment … Vermutlich ist es Autosuggestion, aber es fühlt sich so an, als würde diese Flüssigkeit den Klumpen in ihrem Bauch einweichen und auflösen.

»We're at war, ist dir das klar?«, sagt Anna und schraubt den Deckel auf den Flachmann, bevor sie ihn in die Hintertasche steckt. »Wir sind im *Krieg*. Du hast gesagt, was Max zu dir gesagt hat … jetzt herrscht Krieg. Der gewonnen werden muss.«

»Er hat nur gesagt, dass er mich mag.«

»Und damit ist es ein *Krieg*. Um neues Land zu gewinnen. Voranzukommen. Vorwärts, Männer! Und so weiter. Was hat Alva gesagt?«

»Gib ihm den Rest.«

Anna prustet los und ein Tröpfchen Spucke landet auf Siws Wange. »Was für eine Göre! Ich liebe sie! Was kann man denn mehr dazu sagen? Gib ihm einfach! Den Rest!«

Zwar stehen auf der Terrasse weniger Personen, als Siw befürchtet hat, im Gespräch zusammen, aber die Männer aus Stockholm sehen andererseits *genau so* aus, wie sie befürchtet hat. Schon als Siw und Anna um die Ecke kommen, mustern die Männer sie nur kurz, bevor sie einen fragenden Blick in Markos Richtung werfen: *Die gehören doch wohl nicht hierher?*

Siw sucht Zuflucht in Max' Augen. Er sieht sie mit einem warmen Blick an, und ihr Herz kann sich nicht entscheiden, ob es noch schneller schlagen oder sich beruhigen soll.

»Anna!«, sagt Marko. »Siw! Willkommen!«

Eine junge Frau, die ihnen bislang den Rücken zugewandt hat, dreht sich um. Rabenschwarzes Haar und leuchtend grüne Augen, die sie interessiert betrachten. Weil Anna am nächsten steht, streckt sie ihr zuerst die Hand entgegen und sagt: »Hallo. Ich bin Maria. Markos Schwester.«

Anna ergreift die Hand und schüttelt gleichzeitig sie und den eigenen Kopf. »Ernsthaft?«, sagt sie. »Oder ist das so eine Art Witz?«

»Was?«, fragt Maria.

»Ja, so verdammt hübsch darf man doch gar nicht sein? Das ist doch gemein.«

Der offenherzige Kommentar scheint Maria aus dem Gleichgewicht zu bringen. Weil ihr keine Antwort darauf einfällt, streckt sie die Chipstüte aus und sagt: »Chips?«

»Auf jeden Fall«, sagt Anna und nimmt eine ordentliche Handvoll.

5

Marko steht am Grill und wendet die T-Bone-Steaks. Es ist eine Stunde vergangen, seit alle eingetroffen sind, und bis jetzt läuft alles gut. Zwar stehen seine Freunde aus Stockholm eher für sich und reden miteinander, aber den einen oder anderen Abstecher in Marias Richtung hat es schon gegeben, allerdings mit wenig Erfolg, weil seine Schwester – und das hat Marko nicht vorhergesehen – vor allem daran interessiert ist, sich mit Anna zu unterhalten.

Vielleicht hängt diese Faszination damit zusammen, dass Anna genau das *ist*, was Maria gerade *darzustellen* versucht. Außerdem teilen sie ein verhängnisvolles Interesse am Konsum von Alkohol und statten dem Bartisch regelmäßige Besuche ab, wo sie lautstark darüber diskutieren, was sie sich als Nächstes mixen sollen.

Siw, Max und Johan stehen in einer eigenen Gruppe und unterhalten sich. Johan scheint sich wie das dritte Rad zu fühlen, weil er sich ständig windet und lange Blicke zum Meer hinüberwirft, als wäre der Ertrinkungstod eine mögliche Alternative. Marko sollte eigentlich zu ihm gehen und ihn retten, aber er hat bis über beide Ohren mit dem Fleisch zu tun. Die Steaks haben nach Gorans Rezept in der Marinade gelegen, und allein vom Duft, der vom Webergrill aufsteigt, den er für diesen Anlass gekauft hat, läuft ihm das Wasser im Mund zusammen.

Lukas schlendert mit einer Hand in der Hosentasche auf ihn zu, die andere ist mit einer Flasche Modus Hoperandi besetzt. Er senkt die Stimme und sagt: »Über Max und Johan weiß ich ja Bescheid, aber diese beiden Mädchen? Wer sind die denn? Auch Kindheitsfreundinnen?«

»Nee«, sagt Marko und benutzt die Grillzange, um die Unterseite eines Fleischstücks zu inspizieren. »Die kenne ich erst eine Woche.«

»O-kay«, sagt Lukas. »Und was ist jetzt der Punkt?«

»Was für ein Punkt?«

»Also, du weißt schon.«

»Nein. Erklär es mir?«

Lukas hält die Hände hoch, als würde er sich ergeben, und tritt einen Schritt zurück: »O-kay. Have it your way.«

Marko sieht Lukas nach, der sich umgedreht hat und sich Markus zu einer neuen Attacke auf Maria an die Seite holt. Natürlich versteht er, was Lukas meint. Max kann auftreten und reden, wie man es *sollte*, während Siw, Anna und Johan zu einem anderen Menschenschlag gehören, den *Norrtäljern*.

Aber sie befinden sich nun einmal in Norrtälje, auf ihrem Territorium, das im Wesentlichen auch Markos ist, und deshalb denkt er gar nicht daran, ihnen von Lukas das Heimrecht absprechen zu lassen. Er versteht die Frage, aber er billigt ihm nicht das Recht zu, sie zu stellen.

6

Anna amüsiert sich wie Bolle. Zum einen hält sie Maria für ein umwerfendes Mädchen, zum anderen ist es krass, sich mit jemandem zu unterhalten, den man normalerweise nur als Bild sieht, im wahrsten Sinne des Wortes. Es kommt gelegentlich vor, dass Anna sich eine Frauen- oder Modezeitschrift gönnt, um sich eine Weile wegzuträumen, und sie hat begriffen, dass Maria wirklich diejenige ist, die sie auf einigen Titelblättern gesehen hat. Es ist, als würde sie mit einer gutmütigen Außerirdischen verkehren.

Noch dazu darf sie ausnahmsweise mit jemandem feiern, der genauso scharf aufs Trinken ist wie sie selbst. Siw ist todlangweilig auf diesem Feld, während Maria sich fröhlich einen Drink nach dem anderen reinkippt, ohne unangenehm betrunken zu werden.

Es ist ganz unglaublich, aber Anna hat einen Punkt erreicht, an dem sie das Tempo drosseln muss, wenn sie an diesem Abend noch länger durchhalten möchte. Maria! Was für eine Braut!

Anna hat begriffen, dass auch noch andere Menschen so denken wie sie. Jetzt nähern sich diese hochvornehmen Hauptstädter mit ihren schmierigen Frisuren und ihrem schmallippigen Pseudolächeln, das die ganze Zeit anscheinend sagen will: *Ist das waaahr?* Die Männer stellen sich neben Maria, und bevor sie überhaupt irgendeine Standardphrase ausgespuckt haben, sagt Anna: »Lukas und Markus? Was habt ihr denn mit Matthäus und Johannes gemacht?«, was Maria dazu bringt, einen Schluck Cola-Rum auszuspucken.

Markus' Lächeln wird noch ein bisschen schiefer, als er sagt: »Den haben wir schon gehört.«

»Okay«, sagt Anna. »Ihr kommt also immer zu zweit? Wie Dick und Doof oder so?«

Maria hält die Hand hoch und Anna gibt ihr einen High Five und trinkt einen so tiefen Schluck aus ihrem Glas, dass sie sich beinahe verschluckt. *Immer mit der Ruhe jetzt. Nicht vollkommen die Kontrolle verlieren.* Markus und Lukas ziehen sich zurück, und zu ihrer Zufriedenheit kann Anna feststellen, dass es ihr *fast* gelungen ist, dieses selbstzufriedene Lächeln auszulöschen.

Norrtälje: 1 Stockholm: 0

»Lukas und Markus«, sagt Maria und schüttelt den Kopf. »Verdammt, dass ich daran nicht gedacht habe.«

»Scheißegal«, sagt Anna und imitiert das schleppende Stockholmerisch der beiden Männer, »*Sie haaben es schon gehöört.* Hast du einen … religiösen Hintergrund?«

»Katholisch«, sagt Maria. »Mit den Heiligen und dem ganzen Programm.«

»Nihilisten. Mütterlicherseits. Mangel an Lebensfreude und das ganze Programm.«

»Nihi…? Was glauben die denn?«

»Scheiß drauf. Wollen wir noch einen nehmen?«

Maria schielt in die Richtung, in der Max und Siw stehen und mit Johan reden, der den passiven Zuhörer spielt, und sagt: »Ich glaube, ich muss mich ein bisschen um Johan kümmern.«

»*Johan?* Derjenige, der …? Ihr seid irgendwie tight?«

»Er war einer der wichtigsten Menschen in meinem Leben.«

Jetzt dreht Anna den Körper, um Johan mit diesen neuen Informationen im Hinterkopf eingehend mustern zu können. Sie findet, dass er genauso kantig und miserabel aussieht wie sonst, aber sie muss zugeben, dass seine Arroganz leichter auszuhalten ist als die von Lukas und Markus. Und dass er offensichtlich *sehr wichtig* für diese überirdische Maria war.

»Oh, verdammt«, sagt Anna. »Was man alles zu hören bekommt.«

7

Der Schlammträger …

Johan sieht auf die Kvisthamrabucht hinaus, während Max und Siw sich neben ihm weiter unterhalten. Er hat irgendwo gelesen, dass während der Zeit, als Norrtälje der Badeort der Ostküste war, vor allem der angeblich heilkräftige Schlamm aus der Kvisthamrabucht die Gäste anzog. Die Leute kamen massenweise mit den Dampfbooten angereist, um sich darin zu wälzen, und es war der Schlammträger, der ihn jeden Morgen mit einer langschaftigen Schaufel herausholte.

Der Schlammträger. Das klingt wie der Titel einer Erzählung. Johan sieht den alten Mann vor sich, unten in der Bucht, wie er in seinem Ruderboot schaukelt. Er hat auch einen Hund dabei. Einen … Labrador? Nein, einen Mischling, einen undefinierbaren Hund, der auf einem Auge blind ist. Die Schnauze ragt über die Reling.

Meistens geschieht es spontan, aber jetzt gleitet Johan mit vollem Bewusstsein fort, um sich den Bildern hinzugeben, die eine Erzählung ergeben können, wenn man sie zusammenlegt. Max und Siw vergleichen die Erinnerungen aus ihrer Jugend in Norrtälje, und es gibt einen Ton in ihrem Gespräch, an den Johan sich nicht anpassen kann. Einen positiven, nostalgischen Ton, den er einfach mit seiner Ironie kaputt schneiden und beschmutzen möchte, aber er ist klug und nüchtern genug, um einzusehen, dass er es besser lassen sollte. Also hält er den Mund und denkt an den Schlammträger.

Was ist das Problem? Der Konflikt? Hieß es damals nicht, dass der Schlamm radioaktiv sei, was als heilsam und wunderwirkend galt? Wenn man davon ausging, dass es so war, dann wären der alte Mann und sein Hund großen Dosen von Radioaktivität ausgesetzt gewesen und ... Johan lächelt still vor sich hin. *Toxic Avenger* in Norrtälje, na ja ...

»Was grinst du da vor dich hin?«

Maria drückt ihre Stirn gegen seine Wange. Ihr Atem ist mit reichlich Alkohol vermengt. Johan legt den Arm auf ihre Schultern und küsst ihren Haaransatz. »Wie geht es dir?«

»Hmm«, sagt Maria. »Gut. Diese Anna ist verdammt lustig.« Maria ignoriert, dass Max und Siw in ein Gespräch darüber vertieft sind, dass sie sich irgendwann im Sozietätspark einfach begegnet sein *müssen*. Ohne den Kontakt mit Johans Wange zu verlieren, tippt sie Siw an die Schulter und sagt: »Du. Deine Freundin. Sie ist verdammt lustig.«

»Aha?«, sagt Siw. »Schön, dass du das denkst.«

»Findest du das *nicht*? Da musst du ja scheißlangweilig sein.«

»Lass sie in Ruhe«, sagt Johan und dreht sie sanft weg. »Sie müssen sich über viele Dinge unterhalten.«

Maria entfernt ihre Stirn von seiner Wange und atmet warm und flüsternd in sein Ohr: »Natürlich. Denn Max ist ja auch scheißlangweilig.«

»Maria«, sagt Johan und schiebt sie einen Meter weg. »Willst du nicht mal ein bisschen langsamer machen? Mit dem Trinken?«

»Ich?«, sagt Maria und befreit sich aus seinem Griff. Sie dreht sich einen Viertelkreis, worauf sie mit sicheren Schritten ein paar Meter weit die Spalte zwischen zwei Dielen entlanggeht, ohne auch nur eine Handbreit abzuweichen. »Guck hin. *I walk the line*. Kein Problem.«

»Hör mal, das ist nicht ganz wasserdicht. Normalerweise ...«

»Pschsch«, sagt Maria. »Komm. Wir gehen eine Runde. Ich will ein bisschen mit dir reden.«

Johan ist drauf und dran, ihr nachzugeben, als Marko ruft, dass das Essen fertig ist.

»Später«, sagt Johan.

8

Das Abendessen ist eine spartanische Geschichte. Das T-Bone-Steak und der Kartoffelsalat, die im Schneidersitz mit Plastikbesteck von Papptellern auf der Terrasse gegessen werden. Dazu Wein aus dem Tetrapak in Plastikbechern. Die Gespräche sind lebendiger geworden, nachdem die Stimmbänder vom Alkohol aufgeweicht worden sind, und Max sieht, dass Johan sowohl mit Lukas als auch mit Amanda spricht. Schön, dann muss er sich nicht für seine gesellschaftliche Integration verantwortlich fühlen.

Es ist amüsant, wie Markus, Lukas und Amanda, die schon im ersten Semester auf der Handelshochschule ihren Lunch im Sturehof verzehren wollten, nicht das geringste Problem damit haben, wie auf einem Rockfestival zu essen. Während seines Jahrs in Stockholm konnte Max einiges über die Codes lernen, mit denen das Statusspiel betrieben wird. Es kann schlimmer sein, die falschen Schuhe zu tragen, als auf die besagten Schuhe zu kotzen. Und überhaupt: Was alle machen, ist fast immer okay, Hauptsache, es machen wirklich *alle*.

Nach dem Abendessen startet Marko eine Spotify-Liste mit Tanzmusik auf einem Bluetoothlautsprecher und lässt ein paar Lichtschläuche aufleuchten, die er frisch aus den Verpackungen geholt hat. Nicht gerade Ibiza, aber es schleicht sich eine Partystimmung ein, die ähnlich spartanisch ist wie das Essen.

Max geht die Treppe zum Garten hinunter und setzt sich auf die unterste Stufe. Er sieht auf die Rasenfläche und muss daran denken, was für eine Arbeit auf Goran zukommt, wenn er sie mähen will. Sein Blick bewegt sich von den schlecht gepflegten Beerensträuchern zu den Bäumen, die beschnitten werden müssen, während seine Gedanken sich zu Siw bewegen.

Er findet es wirklich angenehm, sich mit ihr zu unterhalten, und je entspannter sie wird und je mehr sie lächelt, findet er sie tatsächlich immer hübscher. Unbewusst legt er ein Passepartout über sie und schält alles Überflüssige weg, um allein das Schöne in ihrem Gesicht zu sehen, das sich innerhalb des Rahmens befindet. Ja, richtig hübsch. Schön.

Trotzdem scheint sich ihr Gespräch auf einem höflich interessierten Niveau zu halten, wie bei gut erzogenen Cousins und Cousinen, die einander zwar nicht kennen, aber am Tisch zusammengesetzt werden, weil sie gleichaltrig sind, und irgendetwas finden müssen, worüber sie reden können. Vielleicht liegt es daran, dass sie nicht über *dasjenige* reden, was sie vereint, vielleicht ist das der aufgeblasene Elefant im Raum, den sie anstechen müssen, bevor sie sich ernsthaft einander nähern können. Aber *will* er das überhaupt? Selbst wenn sie noch so freundlich und hübsch wäre …

Ein paar große Hände klemmen sich über seinen Schulterblättern zusammen und massieren ihn eine Weile.

»Hallo, Marko«, sagt Max, ohne sich umzudrehen. Nur eine Person in dieser Gesellschaft hat solche Hände.

»Hallo«, sagt Marko und setzt sich neben ihn. »Worüber grübelst du nach?«

»Über die Rasenfläche.« Max gestikuliert mit dem Weinbecher über die grüne Fläche. »Das wird ziemlich viel Arbeit für Goran, wenn er ihn pflegen will.«

Marko lacht und schüttelt den Kopf. »Du hast ja wirklich einen Arbeitsschaden.«

»Und die Sträucher müssen beschnitten werden, und diese Apfelbäume …«

»Skål«, sagt Marko und stößt seinen Becher an Max'. »Und halt bloß den Mund. Das regelt sich schon. Schlimmstenfalls müssen wir dich anstellen.« Marko zuckt zusammen und sieht Max an, als hätte er etwas ganz Neues entdeckt. »Stimmt! Wärst du daran interessiert?«

»Ich habe so schon genug zu tun.«

»Aber im Winter vielleicht? Da habt ihr doch nicht so viel um die Ohren?«

»Im Winter kann man nicht beschneiden. Mal sehen. Vielleicht.«

Marko nickt und scheint zufrieden mit der Entdeckung eines Gärtners in seinem Bekanntenkreis. Er legt die Hand auf Max' Nacken und drückt zu, als wollte er ihn in Besitz nehmen. »Und sonst? Du und Siw, ihr scheint euch ja hier richtig zu finden.«

»Ja. Sie ist sympathisch. Und sie ist hübsch.«

»Aber ein bisschen wählerisch, oder? Sie hat ja gar nicht gegessen.«

»Sie ist auf Pulver.«

»Sie ist *was*?«

»Sie nimmt Pulver. Du weißt schon …«

»Ah«, sagt Marko, hebt den rechten Bizeps und spannt ihn an, »das habe ich zeitweise auch gemacht. Mit Anabolika und so einem Scheiß habe ich nie gearbeitet, aber …«

Er wird von Marias Stimme unterbrochen, die von hinten zu ihnen kommt: »Sitzt du hier und spannst die Muskeln, wie üblich? Platz da für die Nummer eins.« Max dreht den Kopf und sieht, wie Maria die Treppe herunterkommt, sie stützt sich auf Johan ab, der entschuldigend lächelt, als wäre Marias Trunkenheit sein Fehler.

Max hat immer das Gefühl gehabt, dass Maria eine schlecht verborgene Antipathie gegen ihn hegt, die es bereits vom ersten Tag an gab. Nein, falsch. Seit dem Tag, an dem Max' Vater Goran einen Job gegeben hat. Seitdem hat ihm Maria immer schiefe Blicke zugeworfen und nur ungern mit ihm gesprochen, nicht einmal in der Stockholmer Zeit wurde es besser. Da ist anscheinend nichts zu machen.

Max und Marko rutschen zur Seite, um ihnen Platz zu machen. Erst kommt Johan, dann Maria mit einer Hand auf seiner Schulter. Die andere benutzt sie, um Max' Haare auf eine herablassende Art zu kraulen, während sie sagt: »Windbeutelchen.«

»Maria«, sagt Marko. »Du darfst jetzt nichts mehr trinken.«

Maria hebt die Hand aus Max' Haar und zeigt Marko hinter dem

Rücken den Mittelfinger. Sie verschluckt den ersten Teil eines Satzes, der mit den Worten endet: »… *nicht* mein Vater.«

»Keine Sorge«, sagt Johan. »Ich passe auf sie auf.«

Marko wirft Maria einen ungnädigen Blick hinterher, als sie auf Johan gestützt weitertaumelt und zwanzig Meter weiter schließlich mit dem Rücken an einem struppigen Apfelbaum auf den Rasen plumpst. Er schüttelt sich, als wollte er unwillkommene Gedanken abwerfen, bevor er sich an Max wendet und fragt: »Was würdest du denn als Gehalt nehmen? Also rein hypothetisch?«

9

Johan und Maria sitzen mitten im Fallobst. Der Boden unter den Bäumen ist dicht bestreut mit Äpfeln, die zu niemandes Freude heruntergefallen sind und in der Dunkelheit nur wie runde Klumpen aussehen.

»Apfel«, sagt Maria, hebt einen auf und beißt hinein, nur um eine Sekunde später alles auszuspucken. »Oh, verdammt! Alles faul!« Sie schleudert die Frucht weg, die über die Rasenfläche davonrollt wie der abgelehnte Entwurf eines Apple-Logos. »Bääh!«

Sie lässt sich wieder gegen den Stamm fallen, wo sie weiter spuckt und Geräusche des Ekels von sich gibt, die langsam in ein Jammern übergehen.

»Wie geht es dir eigentlich?«, fragt Johan.

»Fittasafiddle.«

»Was hast du gesagt?«

»Fit … assa … scheiß drauf. Jetzt will ich dich etwas fragen. Und du wirst antworten. Ehrlich.«

Maria richtet sich auf, und ihre Augen glitzern in der Dunkelheit, als sie den Widerschein der Lichtschläuche auf der Terrasse einfangen, von wo der Basslauf eines Avicii-Songs herüberschallt. Sie beugt sich zu Johan vor und fragt: »Wart ihr es?«

»Was denn?«

»Ganz ehrlich. *Wart* ihr es?«

Johan hat nicht übertrieben viel getrunken, sondern hat genau den Grad der Berauschung erreicht, in dem ihm alles noch nicht verschwommen, sondern eher *schärfer* als gewohnt vorkommt. Marias Frage geht in seinen Kopf wie durch ein Vakuum, isoliert von allem anderen. Eine direkte Frage, die eine direkte Antwort fordert. Johan sagt: »Ja.«

Maria schmettert die Hand auf den Boden und trifft einen halb vergammelten Apfel, der zermatscht wird und ihre Handfläche verschmiert. Während sie sie am Stamm abwischt, versucht Johan die Konsequenzen dessen zu durchdenken, was er gerade gestanden hat. Er findet keine.

»Ich wusste es«, sagt Maria. »Ich wusste es einfach. Wie?«

»Mit einem Brennballschläger.«

Es ist erstaunlich, wie einfach es zu erzählen ist, wenn man einmal angefangen hat. Und wie befreiend. Obwohl Marko gesagt hat, dass es *nie passiert* sei, hat es in Johans Seele ganz anders ausgesehen. Wie ein rostiger Nagel hat es in ihm gesessen, ganz unabhängig davon, wie gerechtfertigt ihr Handeln war.

»Also, das mit Marko verstehe ich ja«, sagt Maria. »Aber du? Wie konntest du so etwas tun?«

»Ich liebe dich, das weißt du.«

»Schön und … super, aber … aah!«, sagt Maria und schlägt sich an die Stirn, als würde sie wie Newton unter einem anderen Apfelbaum sitzen und plötzlich alles verstehen. »Liebe! Natürlich! Wie immer! Aah!«

»Wovon redest du?«

Maria knufft Johan an die Schulter, mit der spontanen Brutalität einer Betrunkenen. »Wir haben ehrlich gesagt. Und du bist natürlich verliebt in Marko, oder du warst es damals zumindest. Aber das wusste ich ja seit, ja … immer schon, ich hatte nur nicht gedacht, dass … aah. Was ist es denn jetzt?«

»Was ist was?«

»*Warst* du oder *bist* du?«

Im selben schlichten und befreienden Geist antwortet Johan: »Ich bin.«

»Oooh!«, ruft Maria aus und fällt eher auf Johan, als dass sie ihn umarmt, und benetzt seine Wange mit feuchten Küssen. »Dieser Mistkerl«, sagt sie und fuchtelt mit der Hand in die Richtung ihres Bruders, der gerade die Treppe hinaufgeht. »Der ist so straight wie ein verdammtes Lineal.«

»Ja. Das habe ich auch begriffen.«

»The hard way?«

»Definitiv the hard way.«

»Oooh …«

»Es reicht jetzt mit Küssen, danke«, sagt Johan und wischt sich über die Wange, die feucht von Marias Speichel ist.

»Und du warst es auch«, sagt Maria und begnügt sich damit, ihm ungeschickt auf den Rücken zu klopfen, »der an meinen Klamotten war. Was hast du getan? Sie anprobiert?«

»Ja.«

»Hmm, hmm.« Maria lässt sich wieder gegen den Baum fallen, als wäre sie erschöpft von den vielen Bekenntnissen und Geständnissen. Johan fragt sich, ob er das alles morgen bereuen wird, aber im Augenblick fühlt es sich gut an, seine Geheimnisse mit jemandem geteilt zu haben, und dass dieser jemand Maria ist. Er fühlt sich auf eine Weise *rein*, wie er es lange nicht mehr erlebt hat.

»Hey, Brother« beginnt auf der Terrasse zu laufen, während Marias Atemzüge schwerer werden. Der Gesang vermischt sich mit Jubel und Gelächter und Applaus. Johan vergewissert sich, dass Maria gut sitzt, und geht nach oben, um zu sehen, was dort los ist.

10

Anna tanzt, oder besser gesagt, sie unterwirft sich der Musik so sehr, wie es in ihrem Zustand möglich ist. Sie hat die Strümpfe, die Schuhe und die Bluse ausgezogen und tanzt nur in einem dünnen Unterhemd. Ihr Oberkörper wallt und wackelt, während die Füße unrhythmische Tanzbewegungen auf die Dielen der Terrasse legen, und sie grölt: »There's nothing in this world I wouldn't do!«

In einem Dreieck um sie herum sitzen Markus, Lukas und Amanda und feuern sie an, während sie sie mit ihren Handys filmen.

»Beweg dein Fleisch, shake that booty, baby!«

Der Drop kommt, und Anna schüttelt ihren breiten Hintern, während sie wackelt und hüpft, bis sie beinahe umfällt, und der Jubel erreicht ganz neue Höhen. Marko ist gerade auf die Terrasse gekommen, und wenn er im Laufe des Abends einen wachsenden Widerwillen gegen seine Stockholmer Kumpel entwickelt hat, erreicht dieses Gefühl jetzt eher einen Zustand, der *Hass* ähnelt.

Er geht zu Anna, um das erniedrigende Spektakel zu beenden. Als Anna ihn sieht, breitet sie die Arme aus und weicht ein paar Schritte zurück, während sie weitertanzt und ihm zuruft: »Marko! Dance with me, baby!«

Marko wirft einen vernichtenden Blick auf seine Studiengenossen, die immer noch filmen, als wären sie gelangweilte Touristen, die endlich die Ureinwohner bei etwas *Genuinem* entdeckt haben. Es gibt nur eine Methode, den Grad von Annas Erniedrigung zu mindern. Marko geht auf sie zu. Und beginnt zu tanzen. In den Augenwinkeln sieht er, wie Lukas und Markus ihre Telefone senken und einander vielsagende Blicke zuwerfen.

»Yeah!«, ruft Anna, die vollkommen ahnungslos von dem Stadt-gegen-Land-Drama ist, in dessen Zentrum sie steht. Marko hat eigentlich keine Lust zu tanzen, aber er zieht sein Repertoire von Standardmoves durch, die Anna mit ihren schlingernden Gliedmaßen, die sich in alle Richtungen gleichzeitig bewegen wollen, verzückt imitiert. Ihr Blick ist unfokussiert, und der Schweiß rinnt ihr durch das Gesicht.

Marko tanzt näher heran und kann Anna auffangen, als sie einen Fehltritt macht, stolpert und nach vorne fällt. Ihr Körper ist schwer und glatt in seinen Armen. Sie drückt ihre Wange gegen seinen Bauch und sagt: »Oh, Marko. Hmm … Marko.«

»Komm, Anna«, sagt er. »Ich denke, du solltest dich eine Weile hinlegen.«

»Was immer du willst«, murmelt Anna. »Was immer du willst.«

Mit dem Arm auf Markos Schultern lässt sie sich in das Haus führen. Sie stinkt nach Schweiß und Alkohol und Marko zieht eine angewiderte Grimasse. Er führt sie zu seinem Feldbett, und als sie sich setzt, ertönt ein heulendes Knirschen. Als er sie zur Seite drücken will, damit sie endlich liegt, greift sie nach seinem Hemd und versucht, ihn zu sich heranzuziehen.

»Anna, hör auf.«

Anna spitzt ihre Lippen und fährt mit der Zunge darüber. »Ich bin so schrecklich verliebt in dich, Marko.«

»Mhm, leg dich jetzt hin.«

Marko startet einen neuen Versuch, sie ins Bett zu drücken, und Anna gelingt es, mit erstaunlicher Schnelligkeit seinen Nacken zu packen und ihre Lippen gegen seine zu drücken. Dieses Mal muss Marko mehr Gewalt benutzen, um sie von sich wegzuschieben. »Anna, verdammt noch mal, hör auf!«

Anna wimmert: »Aber ich bin doch *so verliebt.*«

»Ja, aber ich bin nicht in dich verliebt und werde es auch niemals sein, also *hör auf.*«

»Niemals? Nicht mal ein kleines bisschen?«, jammert Anna.

»Nein. Ich mag dich, wenn du vernünftig bist, aber ich werde dich niemals auf diese Weise mögen, das musst du begreifen.«

Endlich gehorcht Anna seiner Ermahnung, sich auf das Bett zu legen, aber sie tut es, indem sie sich zur Seite wirft, die Knie zur Brust hochzieht und hemmungslos zu weinen beginnt. Marko breitet die Arme in einer hilflosen Geste aus, gerichtet an ein göttliches Wesen, das ihn vielleicht jetzt sieht. *Ich habe getan, was ich konnte, okay?*

Er vermutet, dass es noch beschwerlicher und peinlicher werden würde, wenn er versucht, sie zu trösten, also verlässt Marko den Raum, um nach Siw zu suchen. Als er auf die Terrasse kommt, signalisiert er ein doppeltes *Fuck you* an Markus und Amanda, die auf ihre Handydisplays glotzen. Er sieht sich nach Lukas um, findet ihn aber nicht. Er will sie alle drei zusammenhaben, damit sie sich anhören können, was sie für verdammte Arschgeigen sind.

11

»Psst. Hej? Du?«

Maria hebt den Kopf, und anstelle des erwarteten Johan hockt dort Lukas oder Markus oder Matthäus oder Johannes vor ihr, *es sind so verdammt viele Leute.* Sie will die Augen wieder zufallen lassen, aber jemand, wer auch immer es ist, greift nach ihren Schultern und schüttelt sie.

»Ich bin es, Lukas. Ich habe da was, wenn du willst.«

Lukas hat was. Was ist die natürliche Gegenfrage? Stimmt, genau.

»Wie? Was denn genau?«

»Na, du weißt schon. Du wirkst ein bisschen müde, also … etwas, das munter macht.«

Maria weiß, dass sie versteht, was er meint, aber die Gedanken finden nicht zusammen. Vor sich sieht sie ein schneebedecktes Feld. Schnee ist aufmunternd. Will er mit ihr Ski fahren?«

»Dann fahn wa ebn los«, sagt Maria.

»Was?«

»Na, dieser … wie heißt er noch … Das ist doch euer, unser Nationalhel… wie heißt er noch? Bergmark? Bergsten?«

»Urban Bergsten?«

»Neeein!«, faucht Maria und will in Ruhe gelassen werden, aber Lukas greift nach ihrer Hand und zieht sie hoch. Mit einem wachenden Auge auf das Haus leitet er sie in Richtung Hofeinfahrt, und Maria fragt: »Fahren wir jetzt … in die Berge?«

Lukas lacht gluckernd. »So könnte man es vielleicht sagen. Im Tiefschnee, was? Pulverschnee. Das reinste Chamonix. Warst du mal da?«

»Immer. Stenmark, heißt er. Ingemar Stenmark. Verheiratet mit … Björn Borg.«

»Du laberst einen Mist. Hier. Steig ein.«

Lukas hält die Autotür auf, und Maria weiß, dass es falsch ist, irgendetwas stimmt an dieser Situation nicht, aber sie ist so müde vom *Gehen und Gehen und Gehen*, dass die Verlockung dieses lederbezogenen schwarzen Sitzes geradezu übermächtig wird. Sie lässt sich ins Auto gleiten und fällt in das Weiche, Schwarze hinein.

Der Klick, mit dem die Tür geschlossen wird, lässt sie ein Stückchen aus ihrem Dämmerzustand auftauchen. Sie stellt fest, dass sie sich auf dem Beifahrersitz eines teuren Autos befindet. Das ist auch früher schon vorgekommen, oft. Durch die Windschutzscheibe kann sie dieses Haus sehen, das ihr durchgedrehter Bruder Marko gekauft hat. Wie passt das zusammen? Jemand muss …

Die Tür an der Fahrerseite wird geöffnet und Lukas gleitet hinein. Ah, der war das. Er. Fuckas. Maria muss kichern. Männer mit teuren Autos, immer dasselbe. Fuckas.

»Was ist?«, fragt Lukas und gräbt in der Innentasche seines Jacketts.

»Hat dich schon einmal jemand … Fuckas genannt?«

Lukas sieht ehrlich verletzt aus, also hat es vielleicht wirklich schon jemand getan, möglicherweise sogar für eine lange Zeit. »Das ist schon vorgekommen«, sagt er und holt einen kleinen Zipbeutel heraus, in dem sich weißes Pulver befindet. »Warum?«

»Ich dachte nur«, sagt Maria, die sich jetzt vollkommen klar über die Situation ist. Sie hat sich schon früher darin befunden. Zwei-, nein dreimal. Paris, Mailand und … Dubai? Nachtklub, Parkplatz, Auto, Koks. Nicht Dubai. Rom?

Das ist nicht wichtig.

Lukas schüttet einen Haufen auf einen rechteckigen Eiskratzer aus Plastik, auf dem *Biltema* steht, und beginnt den Haufen mithilfe einer Kreditkarte in Linien aufzuteilen. American Express. So muss es sein. *Biltema* dagegen, war jemand wie Fuckas jemals in einem *Biltema*-Baumarkt?

Das ist nicht wichtig.

Ich werde nicht. So war es. Sie wird es hier nicht tun. Sie hat es früher getan, viele Male, aber jetzt wird sie es nicht mehr tun. Es gibt eine Entscheidung und einen Vorsatz. Ja. Das hier ist *schlecht* für sie. Sie ist … was ist sie? *Sauber*. Sie ist sauber. Maria zeigt auf den Eiskratzer und sagt: »Nee. Ich will nicht. Ich bin sauber. Zwei Monate.«

»Du weißt gar nicht, was für ein fettes Zeug das hier ist«, sagt Lukas. »Und auch sehr sauber, könnte man sagen. Du *musst* es probieren.«

Marias Mund ist trocken, und es zieht ein Sog durch ihren Schädel, als würde sie an einem Abgrund stehen und jemand ruft von ganz unten nach ihr. Jemand, nach dem sie sich gesehnt hat. Ein lieber Freund, der allerliebste Freund.

»Eine Line nur«, drängt Lukas und hält den Eiskratzer hoch, auf dem das Koks in vier Linien verteilt ist. In der anderen Hand hält er einen abgeschnittenen Strohhalm.

Es hatte mit Geld zu tun, so war es. Sie hatte so viel Geld für das weiße Pulver verbrannt. Darum geht es hier nicht. Hier ist sie eingeladen. Die Stimme aus dem Abgrund wird flehend, und es prickelt in Marias Schritt. Es ist nicht ihr Freund, der ruft, sondern ihr Liebhaber, der beste, den sie jemals hatte. Sie beugt sich über den Kratzer, steckt den Strohhalm in ein Nasenloch, drückt das andere zu und zieht sich zwei Linien rein.

Tiefschnee motherfucker!

Es ist genau, wie Lukas gesagt hat, erstklassige Qualität und hoher Reinheitsgrad. Weil sich ihre Gedanken schon in diesen Bahnen bewegen, verbindet der Kopf diese plötzliche Klarheit mit dem Schnee, und sie fährt mit rasender Geschwindigkeit einen Berg herunter, der mit Pulverschnee bedeckt ist, und der Körper ist so leicht, dass sie über den lockeren Schaumzucker hinwegfliegt.

Als wären die Lines, die sie sich reingezogen hat, Pianosaiten gewesen, wird sie in zwei Personen gespalten. Eine verwischte und verschwommene, die in einem Trog aus halben Gedanken herumtreibt, und eine glasklare, die schneller und besser denken kann als sonst. Im Augenblick sitzt diese Zweite am Ruder. Sie sieht Lukas an, der zurückstarrt, während er sich gehetzt über die Nase wischt und sagt: »Mmh! Gutes Zeug!«

Maria sagt: »Dann fahn wa ebn los.«

»Hast du was im Mund?«, sagt Lukas und ein raffiniertes Funkeln entzündet sich in seinen weit aufgerissenen Augen, als er hinzufügt: »Nimmst du was in den Mund?«

»Immer«, sagt Maria und öffnet die Autotür. »Aber heute habe ich Urlaub. In *Chàmonix.*«

»Ernsthaft jetzt«, sagt Lukas und schüttelt den Kopf, wobei eine starre Strähne seines gewachsten Haars über sein Auge fällt. »Eine kleine, verdammte Gegenleistung? Ein bisschen touchy-feely oder so etwas?«

Maria hält beim Aussteigen inne. Sie dreht sich zu Lukas um und sagt: »Du«, sagt sie. »Einmal hat mir ein Ölprinz eine Million Dollar für eine Nacht angeboten, und ich habe abgelehnt.« Sie nickt zu dem Eiskratzer, auf dem die Reste vom Koks zu sehen sind. »Also, nein, ich glaube nicht. Aber trotzdem vielen Dank. Fuckas.«

Maria gleitet wesentlich geschmeidiger aus dem Auto, als sie eingestiegen ist, und knallt die Tür hinter sich zu. *Touchy-feely?* Wer zum Henker benutzt einen solchen Ausdruck? Maria muss lachen und ihr Körper platzt vor Energie. Hier wird nicht in irgendeinem zweitklassigen Protzauto an ihr rumgegrabscht. Hier wird getanzt!

12

Als Anna aufwacht, weiß sie zuerst nicht, wo sie sich befindet. Das Zimmer ist ihr fremd, und ihre Kehle zieht sich vor Angst zusammen, das Gefühl, *in der Welt verloren* zu sein und nie wieder nach Hause zu finden. Als sie sich auf die Seite dreht, knirscht das Bett, auf dem sie liegt. Da erinnert sie sich, und statt Angst spürt sie jetzt die Reue.

Die Tür zur Terrasse wird geöffnet und der Klang von *The sun is shining and so are you* wird lauter, um wieder abzunehmen, als die Tür geschlossen wird. *Diese Sonne scheint gerade verdammt überhaupt nicht.*

Siws breite Silhouette nähert sich, und Anna hört ein Flüstern. »Bist du wach?«

»Mhm, leider«, sagt Anna.

»Wie geht es dir?«

»Beschissen.«

»Marko hat gesagt …«

»Was hat er gesagt?«

»Dass es dir nicht gut ging.«

Anna zieht sich in eine sitzende Position hoch und legt das Gesicht in die Hände. Sie ist immer noch sturzbetrunken, und die Dunkelheit hinter ihren Augenlidern schaukelt. Sie weiß nicht genau, was vor Kurzem passiert ist, aber sie sieht Bruchstücke, und die reichen aus, damit sie am liebsten den Kopf durch den Boden rammen würde.

»Ich habe mich total zum Affen gemacht«, sagt sie.

»Wie denn?«

»Auf jede Weise, die möglich ist.«

»Bist du das nicht gewohnt?«

Anna gackert etwas heraus, was ein Lachen sein könnte. Siw hat recht. Solche Dinge sind auch früher schon passiert, aber das hier war wohl etwas ganz Besonderes, das muss sie zugeben. Im Gegensatz zu Siw hat Anna nicht die Neigung, sich für irgendetwas zu schämen, getan ist getan, aber man kann ja trotzdem der Meinung sein, dass etwas peinlich war, zumindest, wenn man sich immer noch an dem Ort befindet, an dem man sich so unmöglich benommen hat.

»Doch«, sagt Anna. »Aber …«

»Aber was?«

Siws Stimme hat etwas Gehetztes, und als Anna zu ihr hochsieht, bemerkt sie, dass sie ihre Zeigefinger gegeneinander trommelt, wie sie es immer macht, wenn sie ungeduldig ist. *Max.* Heute Abend scheint alles gut für Siw zu laufen, und sie ist natürlich ganz scharf darauf, zu ihrem Typen zurückzukehren, statt hier bei ihrer pathetischen Freundin zu sitzen und zu plaudern.

»Aber was?«, wiederholt Siw, und man hört förmlich, dass sie gar keine lange Antwort haben will.

»Nichts aber«, sagt Anna. »Hau ab. Geh. Verzieh dich. Ich komme zurecht. Will einfach nur in Ruhe meine Wunden lecken. Alles ist gut.«

»Sicher?«

Die Wahrheit ist, dass Anna liebend gerne eine ganze Tirade über ihre eigene Erbärmlichkeit ausstoßen würde, über das, was Marko ihr gesagt hat und wie weh es ihr getan hat, aber Siw ist vermutlich frisch verliebt und nicht die Person, der man irgendetwas erzählen sollte. Abgesehen davon, dass sie ungeduldig ist. Anna wedelt zur Tür.

»Zisch ab. Schöne Grüße an Max mit dem Schnuller.«

Als Siw gegangen ist, kann Anna trotz ihres ganzen Elends ein kleines Lachen nicht unterdrücken. Max mit dem Schnuller. Der war gut. In der Zukunft, wenn es denn eine Zukunft geben wird, kann sie ihn Max mit dem Töpfchen nennen, Max mit dem Keks und so weiter. *Oh, verdammt.* Diese vorübergehende Aufhellung zieht vorbei und die Dunkelheit senkt sich wieder. Der Raum um Anna herum schrumpft zusammen und sie hat das Gefühl, dass sie erstickt wird. Sie muss raus hier. Luft schnappen.

Sie eilt über die Terrasse, auf der die Affen aus Stockholm damit beschäftigt sind, miteinander zu tanzen. Sie geht weiter zur Treppe, und erst, als sie das Gras unter den Füßen spürt, bemerkt sie, dass sie keine Schuhe anhat und nichts als ein Unterhemd trägt. Scheiß drauf. Sie kann die Kälte ertragen, und es ist noch nicht einmal kalt.

Wo kann sie hingehen, um in Frieden zu leiden? Eine Mondspiegelung zieht sich über die Kvisthamrabucht wie eine *via dolorosa*, und Anna wird dorthin gezogen. Sie überquert die abfallende Rasenfläche und kommt zum Ufer, an dem ein Steg fast perfekt in das Lichtspiel des Mondes führt. Sie geht hinauf, und ihre taunassen Füße hinterlassen dunkle Abdrücke. Ganz am Ende des Stegs sinkt sie nieder. Sie streckt den Kopf über die Kante und spritzt sich Wasser ins Gesicht, was sie noch ein bisschen nüchterner macht. Sie legt sich auf die Seite und lässt sich vom Mondlicht überfluten.

Ich werde dich niemals auf diese Weise mögen.

Die Reue macht Platz für die Trauer. Sie wusste vorher, dass sie keine Chance bei Marko hat, aber es schwarz auf weiß zu bekommen, tut weh.

Ich werde mich niemals in dich verlieben.

Es tut weh, weh, weh, wenn man von einem anderen Menschen so angezogen ist und alle Hoffnungen so deutlich und endgültig zerstört werden. So weh, so weh. Anna betrachtet das romantische Lichtspiel des Mondes, und auch das tut ihr weh. Sie hält die Hände vor die Augen wie ein kleines Mädchen und beginnt zu weinen.

13

Marko lässt Max auf der Gartenbank zurück, als Siw zurückkehrt, weil oben auf der Terrasse etwas los zu sein scheint. Wieder. Er kommt sich weniger wie ein Gastgeber vor, sondern eher wie ein Kindergärtner, der eine Horde überdrehter Blagen überwachen muss, und er nimmt die Treppe in Zweistufenschritten.

Aus dem Lautsprecher klingt »Wake Me Up« von Avicii. Er mag den Song nicht, er mag nicht einmal Avicii, und der Grund für die Überrepräsentation dieses Typen auf seiner Liste ist sein tragischer Tod. Darauf springen die Leute normalerweise an.

Fürwahr. Es herrscht voller Betrieb auf der Terrasse, wo Maria mit Markus und Amanda tanzt. Im Unterschied zu Anna *kann* Maria tanzen, aber sie spielt ein bisschen verrückt, indem sie gutturale Laute zum Takt der Musik ausstößt und in die Luft tritt oder boxt, als würde der Tanz allein nicht ausreichen, um ihre Ekstase auszudrücken.

Amanda tanzt kontrolliert und zögernd, während Markus im siebten Himmel ist, wenn Maria sich gelegentlich in seine Nähe bewegt und ihn um ihre Hüfte fassen lässt. Bald beginnt der Mistkerl bestimmt auch noch zu filmen. Als Marko zu Maria geht, greift sie nach seinen Händen und ruft: »Tanz mit mir, Bruderherz! Yiiiääh!«

»Danke, ich habe für heute Abend genug getanzt«, sagt Marko und betrachtet ihre Augen, in denen die Pupillen kräftig geweitet sind. Er hält ihre Hände fest und fragt: »Hast du was genommen?«

»Und *wenn* ich etwas genommen habe?«, fragt Maria und versucht sich aus seinem Griff zu befreien, aber Marko lässt sie nicht los.

»Du hast gesagt, dass du sauber bist.«

»Ach, lass mich los. Eine letzte kleine Lebwohl-Nase, und dein Kumpel Lukas hat so gute Sachen dabeigehabt.«

Marko lässt ihre Hände los und sagt: »*Lukas?*«

»Mhm«, sagt Maria und hüpft auf und ab, »Fuckas.«

14

Johan hat eine lange Runde am Ufer zurückgelegt, saß eine Weile auf einem Stein, hat ein paar Steine übers Wasser springen lassen, wo der Mond sich spiegelte. Partys sind nicht so seine Sache. Das einzig Gute daran sind die tiefen Gespräche, die zustande kommen können, wie das mit Maria unter dem Apfelbaum. Es sitzt noch als eine warme Stelle in seiner Brust. Jetzt haben sie keine Geheimnisse mehr voreinander, und er freut sich darauf, dass sie in der nächsten Zeit in Norrtälje wohnen wird.

Als er zu Markos Grundstück zurückkehrt, hört er, dass auf der Terrasse großer Betrieb herrscht. »Wake Me Up« wird gespielt, und er kann Maria vor Entzückung kreischen hören. Schön, dass sie sich amüsiert, aber für ihn ist das nichts. Er geht weiter zum Steg. Als er näher kommt, sieht er, dass an dessen Ende etwas liegt. Vor dem Schein des Mondes im Wasser erkennt er eine Silhouette. Es könnte ein Haufen Erde sein oder ein Kleiderbündel. Ein Netz? Erst als Johan noch ein paar Schritte weitergeht, sieht er, dass der Haufen sich bewegt, und er hört, dass er weint.

Annas Weinen ist so verzweifelt, dass Johan angerührt ist, obwohl er sie nicht mag. Es ist das Weinen von jemandem, dem alles kaputtgegangen ist, ein Weinen aus der Tiefe dessen, was man ist oder sein will. Johan setzt sich still einen Meter entfernt hin, lehnt sich mit dem Rücken gegen einen Poller.

»Hallo«, sagt er. »Was ist los?«

Anna schluchzt und dreht sich zu ihm um. Das Mondlicht sorgt dafür, dass er ihr Gesicht nicht erkennen kann, sondern nur die weiß glänzenden Lichtreflexe der Tränen, die ihr über die Wangen laufen. »Oh«, sagt sie. »Bist *du* das?«

»Ja«, sagt Johan. »Möchtest du, dass ich gehe?«

»Bleib ruhig sitzen«, sagt Anna und trocknet sich die Augen. »Ich bin quasi fertig.« Der Klang ihrer Stimme verrät, dass es noch lange nicht vorbei ist.

»Was ist los?«, fragt Johan erneut. »Warum bist du traurig?«

»Als würde es dich interessieren.«

»Dann tun wir einfach so, als würde es das.«

Anna atmet ein, blickt ins dunkle Wasser und lässt die Luft in einem zitternden Seufzer wieder heraus. »Ich weiß, dass ich eine Idiotin bin«, sagt sie. »Aber ich bin so verdammt verliebt in Marko, und gerade hat er gesagt, dass … dass ich keine Chance habe. Klar und deutlich.«

»Ja«, sagt Johan. »Ich weiß, wie sich das anfühlt.«

Anna legt den Kopf in den Nacken, und der Mond leuchtet in ihren linken Augenwinkel. »Du meinst … auch bei Marko?«

»Ja.«

»Ich habe es nur geraten. Damals beim Minigolf. Du bist also auch … abgelehnt worden?«

»Ja. Mit Nachdruck.«

Sie sitzen schweigend da und lauschen den sanften Wellen, die an die Holzpfähle des Stegs klatschen. Auf der anderen Seite der Bucht bellt ein Hund. »Ich fühle mich einfach nur so verdammt dumm«, sagt Anna. »Ich bin über ihn hergefallen, wollte ihn zwingen, mich zu wollen, ich … öffnete mich total, und er einfach: nein danke, und auch später nicht. So verdammt idiotisch von mir.«

»Du solltest mal wissen, was ich unternommen habe«, sagt Johan. »Aber im Nachhinein betrachtet, verdammt, man musste es doch *versuchen*, oder? Obwohl es sich in dem Moment unheimlich belastend anfühlt, bereut man es später vielleicht noch mehr und auch noch länger, wenn man nicht einmal versucht hat, sich zu … öffnen. Vielleicht.«

Anna wischt sich das Gesicht sorgfältiger mit einer Ecke ihres Hemds ab, und ihre Stimme klingt nicht mehr so, als würde sie jeden Augenblick ins Weinen zurückfallen, als sie sagt: »Das ist ein Punkt. Ein guter Punkt. Danke dafür.«

Erneut sitzen sie schweigend nebeneinander, während der Krach hinten am Haus immer stärker wird. Johan krabbelt einen halben Meter näher an Anna heran und sagt: »Wollen wir noch einmal von vorne anfangen?« Er streckt die Hand aus. »Hallo. Ich bin Johan. Ein Nerd aus Norrtälje.«

Anna wischt sich ein letztes Mal über die Augen, bevor sie seine Hand nimmt und sagt: »Hallo. Ich bin Anna. Tussi aus Rimbo.«

Mehr können sie nicht sagen, bevor der Krawall unmöglich zu ignorieren ist. Schreien und Kreischen, das sich nähert, und Johan stellt zu seiner Zufriedenheit fest, dass die Geräusche von den Stockholmern kommen. Es donnert, als schwere Füße auf den Steg treten, und in dem milchigen Licht können sie Marko sehen, der einen der Großkotze trägt. Es ist derjenige, der Lukas heißt.

»Marko, verdammt«, heult Lukas. »Das Handy, Marko, das Handy, ich habe *alles* darauf.«

Genauso unbelastet, als würde er eine Katze auf dem Arm tragen, geht Marko mit langen Schritten den Steg hinunter, bis er Johan und Anna erreicht, dann hebt er Lukas über seinen Kopf und wirft ihn drei Meter weit ins Wasser. Noch während er durch die Luft fliegt, stößt er ein letztes »das Haaandy« aus, bevor er in die Mondspiegelung klatscht, die in Tausende von glitzernden Tropfen zerspringt. Nach ein paar Sekunden stößt Lukas' Kopf wieder durch die Wasseroberfläche, und dieser Mensch muss wirklich monoman sein, weil er direkt weiter über das Handy jammert.

»Wenn du an Land kommst, schlage ich dich tot«, brüllt Marko.

»Klasse Wurf«, sagt Johan.

»Zehn Punkte von zehn«, fügt Anna hinzu.

Marko sieht vom einen zur anderen und sagt: »Ich dachte, ihr beiden wärt so etwas wie Hund und Katze?«

»Stimmt«, sagt Johan. »Aber wir haben entdeckt, dass wir … gemeinsame Interessen haben.«

15

Max und Siw stehen nebeneinander, lehnen sich gegen das Geländer der Veranda. Unten am Meer wird es immer geschäftiger. Markus und Amanda sind Marko hinterhergelaufen und versuchen ihn zu bewegen, Lukas an Land kommen zu lassen, während Lukas weiter im Wasser zappelt, als wollte er auf die Spiegelung des Mondlichts klettern, um darauf bis zur anderen Seite der Bucht laufen zu können.

Neben ihnen tanzt Maria zu »Despacito«. Sie hat ihre frenetische Phase hinter sich gelassen und bewegt sich mit um den eigenen Körper geflochtenen Armen, träumend und … ja, *despacito*. Sie hat nicht einmal mitbekommen, was am Ufer los war, sondern tanzt mit einem Lächeln, als würde sie sich selbst lieben, und *this is how we do it down in Puerto Rico*.

»Nee«, sagt Max und lässt das Geländer los. »Was sagst du? Wollen wir einen Spaziergang machen?«

»Können wir gerne«, antwortet Siw. »Wohin?«

»Sagen wir einfach … überallhin?«

»Dann machen wir das.«

*

Es ist Samstagabend, und die Außengastronomie des Gasthauses Åtellet direkt am Fluss ist voller Leute. Irgendwie ist die Stimmung seltsam. Die Leute reden lauter als sonst und gestikulieren heftiger. Ein Bierglas wird ausgekippt, und jemand bekommt einen Knuff, was zu einem noch kräftigeren Knuff führt. Es hagelt Beleidigungen. Eine Faust fliegt durch die Luft, ein Körper fällt und zieht einen Tisch mit sich. Die Leute vom Personal versuchen, den Frieden wieder herzustellen, aber auch sie haben einen wilden Blick.

Bring mich weg von allem Morgen

1

Als Max und Siw das Haus verlassen haben, ziehen sie beide ihre Handys heraus und starten Pokémon Go mit einer Synchronizität, die sie zum Lächeln bringt.

»Wie viele Eier brütest du gerade aus?«, fragt Max.

»Drei. Und du?«

»Sieben.«

»*Sieben?* Wie viel Geld investierst du in dieses Spiel?«

»Frag nicht.«

Sie gehen den Gustav Adolfs Väg entlang und unterhalten sich über Pokémon Go, bis sie die Kreuzung vor Janssons Tabakladen erreichen. Es ist kurz nach zwölf, und Siw sollte nach Hause gehen. Wenn sie geradeaus weitergehen, können sie sich in einer Viertelstunde vor ihrem Haus voneinander verabschieden, wenn sie nach rechts den Glasmästarbacken hinuntergehen, kann es noch wer weiß wie lange dauern, bis sie zu Hause ist. *Morgen ist auch noch ein Tag*, und sie muss Alva bei ihrer Mutter abholen. Bevor Max für sie beide entscheiden kann, biegt Siw nach rechts ab.

»Da wohnt Johan«, sagt Max und zeigt auf die lange Schachtel von einem Haus, das aussieht, als wäre es direkt aus einer Stockholmer Problemvorstadt importiert worden, »und dort Marko. Als wir klein waren. Wir haben immer auf dem Hügel hinter dem Haus gespielt. Aber das war vor Marko.«

Am Abend haben Max und Siw einander von ihrer Kindheit und Jugend in Norrtälje erzählt. Sie haben Erlebnisse verglichen, wie das Schlittenfahren am Kvisthamrahügel und den Schwimmunterricht im kalten Wasser des alten Schwimmbads, haben über Episoden aus der Schulzeit gelacht oder den Auflauf, als die Postlotterie zum Großen Markt kam, sich darüber gewundert, dass sie sich beide an den *sehr* lokalen Schulkabaretthit *Grindgangster* erinnerten. Sie haben einen sehr ähnlichen Humor und ein ordentliches Erinnerungsvermögen, und der Abend ist wie ein plätschernder Bach an ihnen vorbeigerauscht.

Beide haben *einen* dunklen oder eher radioaktiven Punkt. Sobald das Gespräch auch nur in die Nähe dieses Punktes kommt, wechseln sie rasch das Thema. Bei Siw betrifft es ihren Vater, bei Max die Entscheidung, die Handelshochschule zu verlassen und dem Leben eine andere Richtung als die vorgesehene zu geben.

Sie kommen am Sozietätspark vorbei und gehen über die Brücke, die die Grenze zwischen dem Hafenkanal und dem Norrtäljefluss bildet. Lampen glitzern über der Außengastronomie des Ätellet, und hinter dem Zaun hört man laute, wütende Stimmen und Gläser, die zerspringen.

»Ich dachte, das wäre ein ruhiges Lokal«, sagt Siw.

»Dachte ich auch.«

»Wollten Markos Freunde nicht dort übernachten?«

»Das passt doch. Dann bekommen sie noch mehr Schläge.«

»Warst du nicht mit diesem Lukas befreundet?«

»Eine andere Zeit, ein anderes Leben.«

Siw hat das vage Gefühl, dass die letzte Antwort ein Zitat war, und sie wünscht sich, dass sie mehr gelesen hätte. Das Einzige, was sie spontan zitieren kann, sind Håkan-Hellström-Texte, und sie hat Lust, etwas über »Schläge von einem Fremden« in *Man måste dö några gånger innan man kan leva* zu sagen, hält sich aber zurück.

Der Kran im Hafen streckt sich in den Himmel, und an seiner Spitze leuchtet sein einziges, rotes Auge, als wäre der Bau von Norrtäljes Hafenstadt ein Projekt von Sauron. Max und Siw gehen weiter den Hang hinauf, und Siw zeigt auf das Gebäude an der rechten Seite und fragt: »Bist du zur Musikschule gegangen?«

»Nein. Du?«

»Mhm. Querflöte. Einmal, auf dem Weg zum Unterricht …« Sie bleibt stehen und sieht Max an. »Wollen wir jetzt darüber reden?«

»Ja«, sagt Max. »Jetzt reden wir darüber.«

Während sie weiter hinauf zum Vätövägen gehen, erzählt Siw davon, wie sie ein Gehör bekam, das damit endete, dass sie auf ein Dach kletterte, von dem ihre Flöte auf den Boden fiel und zersprang. Zu keinem Nutzen, denn das, wovor sie warnen wollte, war schon geschehen.

»Du hörst auch Sachen, die schon passiert sind?«

»Mhm. Ist es bei deinen, wie nennst du es, Visionen nicht so?«

»Nee. Das sind fast immer Dinge, die in ganz naher Zukunft passieren werden. Manchmal auch ein bisschen später. Aber wie kann es, ich meine …«

»Ich denke mir das so«, sagt Siw, während sie an der geschlossenen Pizzeria Norrtälje vorbeikommen. »Manche Ereignisse durchbrechen den Fluss der Zeit, und dann verliert sie ihre Bedeutung. Als würde ich alles aus einer so unendlich großen zeitlichen Entfernung sehen, dass … du verstehst schon? Wenn man, sagen wir, eine Milliarde Jahre mit in die Berechnung nimmt, da sind ein Tag oder eine Woche quasi bedeutungslos.«

»Du meinst also, dass du die Dinge aus dieser Perspektive siehst?«

»In gewisser Weise, ja. Ich verstehe es selbst ja auch nicht. Oder, ja, es ist auch so, dass ich …«

»Dass du was?«

Siw bleibt erneut stehen und schaut zu Boden. Jetzt müsste sie nur noch an ihrem Kleidersaum ziehen, damit sie wie ein verlegenes kleines Mädchen aussieht. Siw zieht an ihrem Kleidersaum und wirft Max einen scheuen Blick zu. »Das habe ich noch niemals jemandem gesagt. Nicht einmal Anna. Du darfst nicht lachen oder glauben, dass ich verrückt bin.«

»Ich glaube nicht, dass du verrückt bist.«

»Es ist also so, dass ich eine Sibylle bin.«

»Eine *was*?«

»Weißt du nicht, was das ist?«

»Doch, natürlich, aber …« *Jetzt ist es gelaufen*, denkt Siw. Jetzt kommt *aber das klingt doch total verrückt*, oder er glaubt, dass ich irgendeinem irren Größenwahn verfallen bin.

Max beendet den Satz mit: »Aber das erklärt die Sache ja.«

»Du *glaubst* mir?«

»Warum nicht? Denk daran, dass du mit jemandem sprichst, der in die Zukunft blicken kann.«

Siw erzählt von dem, was ihre Großmutter ihr erklärt hat. Wie sich die Fähigkeit im Laufe der Jahrtausende verdünnt, wie sie von der Mutter zur Tochter vererbt wird und wie jede Tochter nur *eine* Tochter zur Welt bringt. Als sie so weit gekommen ist, hält sie inne. Wenn Max das glaubt, was sie sagt, dann dürfte er jetzt begreifen, was es zu bedeuten hat. Max muss verstanden haben, warum sie aufgehört hat zu sprechen, denn er sagt: »Ich mag Kinder, aber ich habe mich selbst nie als Vater sehen können.«

»Das kann sich ja ändern.«

»Nicht bei mir. Ich habe ein … Trauma. Das ich nicht an jemand andern weitergeben möchte.«

Siw ahnt, dass sie sich dem radioaktiven Punkt nähern, und fragt nicht weiter. Ein Schmerz huscht durch Max' Blick, so stark, dass Siw den Eindruck hat, als würden seine Augen die Farbe ändern. Mit erstickter Stimme sagt er. »Ich werde es irgendwann erzählen. Aber nicht jetzt.«

Sie gehen weiter. Während des Abends hat Max bei einigen Gelegenheiten Sachen herausrutschen lassen wie »irgendwann in der Zukunft« oder »wenn wir uns das nächste Mal sehen«, und jedes Mal hat das Herz einen Satz in Siws Brust gemacht, weil diese unbewussten Andeutungen eine Zukunft versprachen.

»Darf ich eine Sache fragen?«, fragt Siw und beißt sich in gewohnter Manier auf die Lippe. *Frag nicht, ob du fragen darfst.*

»Natürlich.«

»Das mit dem Kinderwagen. Vor der Bibliothek. Du hast es also *gesehen*? Direkt, bevor es passierte?«

»Ja. Aber ich habe dich nicht gesehen. Das ist das Seltsame daran.«

Bevor sie den Vätövägen erreichen, biegen sie nach links ab und gehen am Roden-Gymnasium vorbei, während Max von dem Ereignis auf dem Silo sechzehn Jahre zuvor berichtet. Er wedelt abwehrend mit der Hand, als Siw mehr davon hören will, wie er beinahe gestürzt wäre und Marko ihn gerettet hat. Er lässt auch das Detail mit Johan aus und schließt mit den Worten: »Es ist *niemals* vorgekommen, dass etwas, das ich gesehen habe, nicht eingetroffen ist. Nur dieses eine Mal, weil du ins Bild gekommen bist. Beziehungsweise, du warst ja *nicht* im Bild, aber du weißt schon, was ich meine.«

Siw geht eine Weile schweigend weiter und sieht düster aus, sodass Max fragt, wie es ihr geht.

»Jetzt wird es wieder ein bisschen verrückt«, sagt Siw. »Aber ich glaube, dass ich … kein Mensch bin.«

»Ich finde, du siehst sehr menschlich aus. Auf eine angenehme Weise.«

Siw ist so tief in ihre Gedanken versunken, dass sie gar nicht bemerkt, wie Max gerade mit ihr flirtet: »Ich habe eine menschliche Schale und mache genau die Dinge, die auch Menschen tun, aber auf eine wesentliche Art … ist meine Gegenwart in der Welt keine menschliche Gegenwart.«

»Jetzt komme ich nicht mehr mit. Du gehst hier neben mir, du sprichst, ich kann dir übers Haar streichen, so wie jetzt. Du bist hier.«

Max' Berührung bemerkt Siw allerdings, aber sie kann sie nicht genießen, weil sie versucht, ihre ebenso große wie unscharfe Sorge zu erklären.

»Über genau das habe ich ja nachgedacht«, sagt sie. »Diese … Ungenauigkeit. Wie kann ich voraushören, dass etwas passieren wird, und dann eingreifen und verhindern, dass es dazu kommt? Das passt nicht zusammen, und ich finde keine andere Erklärung dafür, als dass mein Eingreifen nicht menschlich ist, sondern eher … göttlich. Versteh mich nicht falsch, aber ich befinde mich sozusagen, genau wie du es auch geschildert hast, außerhalb des Bilds. Wie eine unsichtbare Kraft oder … ein Sturm aus dem Nirgendwo.«

Siw hofft, dass Max das abschließende Håkan-Hellström-Zitat erkennt, sodass sie sich anderen Dingen zuwenden können, aber

Max möchte das Thema nicht fallen lassen, über das er so viel nachgedacht hat.

»Entschuldige«, sagt Max, »aber diese Sache scheint dich zu plagen. Warum?«

Sie haben die Baldersgatan erreicht und kommen am Discountwarenhaus Öob vorbei.

»Weil sie dafür sorgt, dass meine Existenz mir *unwirklich* vorkommt. Als wäre ich eigentlich nicht hier und könnte mich jederzeit auflösen. Einfach aufhören zu existieren, wie eine Seifenblase.«

»Aber so etwas fühle ich auch. Seit … ja, darauf will ich jetzt nicht eingehen, aber ich habe in Kuba etwas erlebt. Und seitdem spüre ich eine alles durchdringende Angst vor … vor dem Leben selbst. Weil es so unwirklich ist, so flüchtig, und ich trage dieses Gefühl mit mir herum, dass ich eigentlich gar nicht da bin.«

»Ich glaube trotzdem nicht, dass es dasselbe ist.«

»Vielleicht aber doch.« Max hebt an, zögert und entscheidet sich schließlich, es zu sagen. »Ich nehme übrigens Medikamente.«

»Welche?«, fragt Siw schlicht.

»Lamictal.«

»Mhm. Das hatte ich auch. Als ich fünfzehn war.«

»Das hier ist eher … chronisch.«

Siw zuckt mit den Schultern. »Entschuldige, das ist für dich kein leichtes Thema, aber praktisch jeder zweite Mensch schluckt ja heute irgendwas.«

Obwohl Siw es gut meint, fühlt Max sich verletzt und missverstanden. Siw verharmlost damit die Angst, die ihn so lähmt. Als wäre das *Grauen*, das das Lamictal dämpft, so was wie eine Mandelentzündung, die mit ein bisschen Nasenspray besiegt wird. Er steckt die Hände in die Hosentaschen und senkt den Blick. Sie erreichen den Kamm des Hügels und gehen hinunter zum Busbahnhof. Auch Siw ist in eigene Gedanken versunken, und es dauert, bis sie die Fahrradgarage am Busbahnhof erreicht haben, wo sie sich räuspert und fragt: »Magst du Håkan Hellström?«

»Nee«, antwortet Max. »Überhaupt nicht.«

Man hört ein tiefes Durchatmen, bevor Siw fragt: »Warum?«

»Braucht man einen Grund? Okay, in dem Fall. Er kann nicht singen, er wirkt total durchgeknallt, und seine Texte sind entweder schwülstig oder unbegreiflich, und in den letzten Jahren scheint er von einer Art Größenwahn befallen zu sein.«

Jetzt hört man ein Schluchzen, bevor Siw mit Tränen in den Augen sagt: »Aha.«

»Jetzt im Ernst, du kannst doch nicht … Lars Winnerbäck dagegen. Da hast du jemanden, der Texte schreiben kann. Okay, er ist nicht der lustigste Sänger der Welt, aber die Texte! Er *könnte* der beste Songschreiber sein, den Schweden jemals gehabt hat, und außerdem ist er krass an der Gitarre. Kann Håkan überhaupt Gitarre spielen?«

Siw scheint gar nicht zuzuhören, während sie einen Schritt vor ihm geht und langsam den Kopf schüttelt. Sie kommen an Brodds sten vorbei und gehen zum Fluss hinunter. Siw beschleunigt ihre Schritte, und Max sagt: »Bitte, sei nicht so kindisch.«

»Ich gehe jetzt nach Hause«, sagt Siw und beginnt zu laufen.

»Ist das dein Ernst?«, sagt Max und bleibt zehn Meter hinter der Brücke stehen. »Nur weil …«

»Ja«, schluchzt Siw. »Nur deswegen.«

Max hebt resigniert die Arme. Okay, vielleicht hat er ein bisschen übertrieben, weil er sauer nach dieser Sache mit dem Lamictal war, aber den Abend einfach zur Hölle fahren zu lassen, weil Max diesen Idioten aus Göteborg nicht mochte – okay, da hat sie wirklich einen Knall, allerdings nicht auf die Weise, die sie selbst befürchtet. Furchtbar traurig, aber nichts zu machen.

2

Siw ist halb über die Brücke, als sie stehen bleibt und sich umsieht. Sie dreht sich zu Max um und ruft: »Hier! Hier irgendwo! Da ist jemand …«

Max will sich gerade hinsetzen, aber jetzt fällt er seitwärts ins Gras. Die Brücke und der Fluss verschwinden, und er sieht sich selbst in einem Baum sitzen. Seine Hände klammern sich links und rechts an einen Ast, am Hals spürt er ein Schaben, eine Schlinge hat sich um ihn gelegt. Er sieht zum Fluss, der an seiner rechten Seite vorbeifließt, die Brücke ist zehn Meter entfernt. Dann löst er den Griff und lässt sich nach vorne fallen. Das Seil hat Spiel, und es dauert eine halbe Sekunde, bis es sich zusammenzieht, sein Kopf knickt nach vorne und …

Max reißt die Augen auf und sieht, dass Siw sich mit erschrockenem Blick über ihn gebeugt hat.

»Ein Baum!«, keucht er. »Auf dieser Seite des Flusses, etwa zehn Meter von der Brücke entfernt.« Max drückt sich auf den Ellenbogen hoch und zeigt: »In diese Richtung.«

Siw springt zum Flussufer, während Max sich auf die Füße stemmt und lostaumelt. Er streicht sich über den Hals, um dieses Gefühl loszuwerden, dass dort immer noch eine Schlinge sitzt und ihn würgt. Dann läuft auch er los. Siw steht unter einem Baum und ruft nach oben: »Hallo! Tu das nicht!«

Ein Mann sitzt in dem Baum, fünf Meter über dem Boden. Er ist um die fünfzig, und seine tief verschatteten Augen sind Brunnen der Verzweiflung. Er trägt schmutzige Jeans und ein ausgebleichtes T-Shirt mit der Aufschrift »Kenn dein Limit«, und er sieht aus, als hätte er seit Wochen nicht geschlafen. Sein Hals steckt in einer Schlinge, und das Seil ist schlaff, weil es an denselben Ast gebunden ist, auf dem er sitzt. Er ist also darauf aus, sich den Nacken zu brechen, statt langsam zu ersticken.

»Warum nicht?«, sagt der Mann. »Das alles ist doch einfach nur eine verdammt stille und leere und schwarze Hölle. Geht weg und lasst mich in Ruhe sterben.«

»Das geht nicht«, sagt Max. »Wir sind jetzt hier.«

»Aber dieser ganze Mist ist doch vollkommen sinnlos. Warum um alles in der Welt soll man sich durch einen weiteren Tag schleppen, wenn es keinen verdammten Sinn gibt und kein Schwein sich um einen schert?«

»Wir scheren uns um dich«, sagt Siw. »Deswegen sind wir gekommen.«

»Was heißt *deswegen seid ihr gekommen*?«, fragt der Mann. »Woher wusstet ihr, dass ich … Ich sitze hier seit einer halben Stunde, und jetzt habe ich mich endlich entschieden.«

»Wir wussten es«, sagt Max. »Und deshalb sind wir gekommen. Und du willst doch wohl nicht, dass wir hier stehen und zugucken, wenn du … *Ich* will das jedenfalls nicht, du etwa, Siw?«

»Nein, ganz und gar nicht«, sagt Siw. »Komm jetzt runter. Du sollst das nicht hier machen.«

Es dauert eine Minute, aber schließlich löst der Mann die Schlinge von seinem Hals. Es gelingt ihnen sogar, ihn davon zu überzeugen, das Seil abzuknoten, damit er nicht auf die Idee kommt, später zurückzukommen. Als der Mann den Boden erreicht hat, nimmt Max ihm das Seil ab und wirft es in den Fluss. Der Mann sieht ihm düster hinterher, während es fliegt.

»Das war ein gutes Seil«, sagt er. »Ich hatte es auf dem Boot.«

Gemeinsam mit dem Mann gehen sie zur Tullportsgatan hinauf, und bei jedem Schritt richtet er sich ein Stück weiter auf.

»Du hast also ein Boot?«, sagt Max. »Bist du öfter draußen in den Schären?«

»Ja«, sagt der Mann. »In der Umgebung von Söderarm.«

»Das ist die beste Gegend«, sagt Max. »Und Röder. Diese gestreiften, weichen Klippen.«

»Und die Norruddarna«, sagt der Mann. »Warst du schon auf den Norruddarna?«

»Natürlich«, sagt Max. »Glatte Felsen …«

»Und der Regenwasserpool. Und die vielen Erdbeeren.«

Die Stimme des Mannes hat einen ganz anderen Klang bekommen, seit er sich von seinem Ast entfernt hat, und sein Blick hat etwas Träumerisches. Als sie die Ulme vor dem Alkoholgeschäft erreichen, sagt er: »Ich weiß nicht, was ich mir eben gedacht habe. Mir bleibt ja immer noch der Schärengarten. Schade nur, dass die Saison so kurz ist.«

»Für eine letzte Tour in diesem Jahr ist es wohl noch nicht zu spät.«

Der Mann schmettert die Faust in die Handfläche und sagt: »Da hast du verdammt recht. Ich war die ganze Woche so verdammt durch, aber morgen mach ich einen Sonntagsausflug. Einfach raus und ein bisschen rumfahren. Die Seeluft spüren. Wollt ihr mitkommen? Ich habe Platz.«

»Morgen kann ich nicht«, sagt Siw. »Vielleicht ein anderes Mal.« Sie hört, dass es wie eine Standardausrede klingt, und fügt hinzu: »Also, das möchte ich wirklich gerne. Ich bin bislang kaum im Schärengarten gewesen.«

»Ah, da kannst du dich auf etwas freuen«, sagt der Mann und streckt die Hand aus. »Charles Karlsson. Aber alle nennen mich Charlie, ja, also diejenigen, die überhaupt mit mir sprechen.«

Max und Siw stellen sich ebenfalls vor, und sie tauschen Telefonnummern aus, was Charlie zusätzlich aufmuntert. Er ist kaum noch als der Mensch erkennbar, den sie zehn Minuten zuvor in dem Baum entdeckt haben, nur die Kleidung ist gleich geblieben, und sogar die Schatten unter den Augen scheinen zu verblassen. Er greift nach Max' und Siws Händen und sagt: »Gott segne euch, ihr jungen Leute. Ich bin eigentlich nicht religiös, aber trotzdem: Gott segne euch. Wenn ihr nicht gewesen wärt … ich wünsche euch alles Gute, und ihr sollt den Rest eures Lebens in glücklicher Zweisamkeit verbringen.«

Charlie geht über die Tullportsgatan davon. Er dreht sich noch ein paarmal um und winkt.

Max und Siw sinken auf die Bank an der niedrigen Mauer unter der Ulme. Sie schweigen und blicken dem Menschen nach, der jetzt tot wäre, wenn es sie und ihre kombinierten Fähigkeiten nicht gegeben hätte. Als Charlie verschwunden ist, sagt Max: »Dieser Segen hatte es in sich.«

»Allerdings«, sagt Siw. »Aber er war vielleicht etwas fehlgerichtet.«

»Warum?«

Siw kneift die Lippen zusammen und betrachtet das Schaufenster von H&M, in dem ein spindeldürres Mädchen in einem Herbstmantel wie ein Hai in eine Kamera lächelt und mindestens acht Zähne mehr zu haben scheint als ein normaler Mensch.

»Das war ja vollkommen unglaublich«, sagt Max. »Wir haben einem Menschen das Leben gerettet. *Charlie*. Ich bin total aufgewühlt. Wie geht es dir?«

»Ja«, sagt Siw. »Ich auch. Das war … überwältigend.« Siw kratzt an ihren Nagelrändern und klopft die Zeigefinger gegeneinander, bevor sie Max in die Augen sieht und sagt: »Du kannst mich gerne für so albern halten, wie du willst, das ist mir egal, aber eines steht fest: Du darfst nie mehr solche Sachen über Håkan sagen.«

»Daran denkst du jetzt, wo wir gerade …«

Siw hält die Handfläche hoch und mahnt ihn zum Schweigen.

»Ja. Genau daran denke ich, was dich betrifft. Håkan bedeutet mir so viel, dass es sich anfühlt, als würdest du auf etwas Heiliges pissen. Wenn du willst, kannst du mich gerne für eine Art Fanatikerin halten, und Håkan ist meine Bibel, mit der du dir den Hintern abwischst. Damit du die Dimension begreifst. Okay?«

»Okay. Ich habe es verstanden. Ich werde nicht …«

»*Und!*«, sagt Siw und die Handfläche fährt wieder hoch. »Natürlich kann Håkan Gitarre spielen. Vielleicht nicht genauso gut wie …« Siws Lippen ziehen sich zusammen, während sie fortfährt: »*Lasse*, aber er kann spielen, ziemlich gut sogar.«

»Okay, ich …«

»*Und*! Im Übrigen. Lars Winnerbäck?« Siw senkt die Stimme um eine Oktave und macht sie rau und monoton, während sie eine ebenso monotone Melodie singt: »*Das Laub liegt auf der Straße und ich zweifle und es nagt / wenn ich hier im Park verweile und in meinen Nabel seh* … Ernsthaft?«

»Ganz vorsichtig jetzt«, sagt Max. »Bei mir ist es zwar nicht ganz so wie bei dir und Håkan, aber … ein bisschen mehr Vorsicht, danke.«

»Ich kenne ihn zumindest ausreichend gut, um ihn zum Narren zu halten, aber was weißt du über Håkan? Im Übrigen halte ich *Söndermarken* für ein großartiges Lied.«

»Nicht wahr? Mein Lieblingssong. Und es gibt *tatsächlich* ein Lied von Håkan, das ich mag, sogar sehr.«

»Welches denn?«, fragt Siw voller Misstrauen.

»Rate.«

Siw lässt ihren Blick über ihn wandern, als wollte sie seinen Håkan-Gehalt abschätzen, bevor sie antwortet: »*För sent för Edelweiss.*«

»Ja. Woher wusstest du das?«

»Weil es auch mein Lieblingssong ist. Aber jetzt lügst du, oder? Du kennst doch nichts außer *Lena* oder *Göteborg*.

Max räuspert sich und singt: »*Du sagst, dass die Liebe nie für dich geschaffen war …*« Er schielt zu Siw hinüber, deren Lippen wieder zu wachsen scheinen, und fährt fort: »*Dass du niemals den Wind hoch über den Wipfeln spürtest …*«

Siw ergänzt mit einer passablen zweiten Stimme, und gemeinsam singen sie: »*Du sagst, dass er sich an der Wange teilt und hinter dir wieder ganz wird …*«

Max will gerade weitersingen mit »*jede Wolke ist kaputt*«, bremst sich aber, als er Tränen in Siws Augen glitzern sieht. Er zögert einen Augenblick, als sich eine einsame Träne löst und ihre Wange hinunterläuft. Dann beugt er sich vor und küsst sie.

3

Der erste Kuss. Das ist ein Begriff: *Der erste Kuss.* Eine physische Grenze, die überschritten wird, ein Versprechen für die Zukunft, eine bleibende Erinnerung und ein Punkt, der für immer in der Zeit fixiert bleibt: Der erste Kuss.

Es ist bei Siw schon vorgekommen, dass der erste Kuss auch der letzte war. Rumgeknutsche auf einem Fest, ein besoffener Typ, der nichts Besseres gefunden hatte, auf das er seinen Mund drücken konnte, ein bisschen Geschlabber mit der Zunge und das ewige Rumkneten an den Brüsten, bevor er das Interesse verlor oder einschlief. Siw erinnert sich, dass es *vorgekommen* ist, aber nicht an Einzelheiten oder an Gesichter, nur an ein Gemisch aus Speichel, Schweiß, Beschwernis und einem menschlichen Verlangen, das nichts mit Liebe zu tun hatte.

Der Kuss mit Max ist anders. Schon als seine Lippen auf ihre treffen, flattert der Gedanke vorbei: *der erste Kuss*. Obwohl sie sich danach gesehnt hat, ist sie überrumpelt, als es passiert. Ja, es hat sich zwischen ihnen etwas geändert, als sie sangen, aber sie wusste nicht, ob er das Gleiche empfand, und als sich Max' Lippen auf ihre senken, dauert es eine Sekunde, bevor sie sie öffnet, und Max hält inne und fragt sich, ob er einen Fehler gemacht hat. Dann öffnet sie sich. Sie nimmt ihn an, als wollte sie ihn verschlucken. Es ist ein Wunder, sie denkt nicht *wie* und *vielleicht* und *möglicherweise*, ob sie richtig sitzt, wie sie aussieht und was ein angemessenes Verhalten mit der Zunge ist, sie küsst einfach nur und küsst.

Es gibt eine andere wichtige Sache über den ersten Kuss zu sagen. Wenn diejenigen, die einander küssen, zu einem Paar werden, wird die Zukunft eine Menge Küsse enthalten, also will man, dass es *gut* wird. Natürlich ist es möglich, mit jemandem zusammen zu sein, der verkrampft und langweilig küsst, aber ein Teil der Lust, die das Leben schenkt, geht dabei verloren.

Siw hat sich Max als intellektuelle und zurückhaltende Person vorgestellt. Nicht als leidenschaftlichen Küsser. Es stellt sich heraus, dass sie sich geirrt hat. Intellektuell vielleicht, aber du lieber Himmel, wie er ihren Hunger beantwortet. Seine Lippen sind weich und er knabbert vorsichtig, umschließt und saugt, schleckt vorsichtig an ihrer Zunge, verteilt kleine und tiefe Küsse, bis Siw schwindelig wird.

Für ein paar Minuten erforschen sie die Lippen und die Zunge des anderen. Max hält Siw an den Schläfen fest und streichelt ihren Hinterkopf, Siw liebkost seine Wangen und greift um seinen Nacken. Niemand kann wissen, wie lange es dauern oder was es bedeuten wird, aber *der erste Kuss*, oh! Der saß, wo er hinsollte!

Am Ende wird es doch zu feucht und zu verschwitzt und zu empfindlich und geradezu langatmig. Sie trennen ihre Gesichter und sehen einander in die Augen.

»Yay«, sagt Siw.

Max nickt. »Yay.«

Bevor die vorhersehbare Verlegenheit und Wortlosigkeit sich

einstellen kann – was kann man nach einem solchen Kuss schon sagen? –, steht Max auf und streckt ihr die Hand entgegen.

Siw ergreift seine Hand, und weil sie glaubt, dass er ihr nur aufhelfen will, lässt sie los, sobald sie auf ihren Füßen steht, aber er hält sie fest, und auch sie greift wieder fester zu. Sie gehen. Und halten einander an der Hand. Siw spürt einen Kloß im Hals wachsen und räuspert sich.

Wenn du jetzt anfängst zu weinen, dann bringe ich dich um!

Siw weiß nicht, wen oder was sie dann töten wird. Sie stellt sich einen kleinen Maschinisten vor, wie in diesem Pixarfilm, der die Weinmaschine immer wieder zur falschen Zeit anwirft. Dieses Mal kann sie den Maschinisten allerdings aufhalten, bevor er – oder sie, es muss eine sie sein –, bevor die Maschinistin sie anwerfen kann. Siws Augen bleiben trocken.

Sie gehen Galles Gränd hinauf und kommen am Haus der Arbeiterbewegung vorbei und an der Kunsthalle, die wie ein Bügeleisen aussieht, das in den Fels gesprengt wurde. Als sie den Stockholmsvägen erreichen, biegen sie nach links ab und schlendern an einem ehemaligen Möbelgeschäft vorbei, das jetzt leer steht, an der Montessorischule und an dem Chinarestaurant, in dem Siw noch nie gegessen hat, weil es einen leicht schmuddeligen Eindruck macht.

Seit fünf Minuten gehen sie Hand in Hand, und sie haben kein Wort gesagt seit ihrem gemeinsamen »Yay«. Vielleicht wäre es an der Zeit, irgendetwas zu äußern? Siw zeigt auf das hangarähnliche Gebäude auf der anderen Straßenseite und sagt: »Da arbeite ich.«

»Genau«, sagt Max und betrachtet den Flygfyren, bei dem nur das Schild mit den großzügigen Öffnungszeiten beleuchtet ist. »Wie ist es dort?«

»Doch. Ganz gut.«

Wie kann es sein, dass sie an diesem Abend so viel miteinander geredet und geteilt haben, und nach dem Kuss sind sie wie stumm geworden? Siw hat nichts dagegen, schweigend spazieren zu gehen und seine Hand zu halten, aber trotzdem findet sie es seltsam. Sie sollten jetzt doch eigentlich *mehr* haben, über das sie sich unterhalten könnten.

Sie gehen weiter am Friedhof entlang und kommen an der Kapelle vorbei, wo der Spielehersteller Niantic, vielleicht etwas unsensibel, eine Pokémon-Arena platziert hat. Manchmal können zwanzig Leute hier stehen und zwischen den Grabsteinen ihre Raids spielen. Der Gedanke erinnert Siw daran, ihr Handy herauszuholen, und sie wird von einem Ei und einem »Oh?« begrüßt.

»Natürlich, klar«, sagt Max und holt auch seins heraus. Dasselbe bei ihm. Siw hat zwei Eier, die sie ausbrüten muss, Max fünf. Nur ein paar Zehnkilometereier sind nach ihrem langen Spaziergang noch ungeschlüpft. Sie stehen eine Weile an der Friedhofspforte und sortieren alles, bevor sie weitergehen. Siw unternimmt einen Versuch, das Gespräch wieder in Gang zu bringen. Es gibt eine Sache, über die sie sprechen möchte.

»Dieser Charlie«, sagt sie.

»Mhm.«

»Was er da sagte. Als er im Baum saß. Hast du nicht das Gefühl, dass die Menschen … dass sich etwas verändert hat. In sehr kurzer Zeit?«

»Ja, vielleicht. Etwas Grundlegendes.«

»Genau. Grundlegend. Ich habe bis jetzt noch nicht so richtig darüber nachgedacht, aber es kommt mir vor, als würden alle so empfinden wie Charlie, allerdings nicht in so hohem Grad. Es geht in Richtung *niedergeschlagen.*«

»Oder unfreundlich. Die Leute sind nicht mehr so freundlich.«

»Ja. Und das liegt vielleicht daran, dass sie sich so fühlen. Oder dieser Vorfall im Åtellet. Und in der *Norrtelje Tidning* gab es mehr Berichte als üblich über Leute, die … auf irgendeine Weise böse zueinander waren. Grundlegend.«

»Und was meinst du, woran liegt das?«

»Es ist nur eine Idee, aber ich dachte, dass es etwas mit dem Container zu tun haben könnte. Wir beide haben ja gespürt, dass ihm irgendetwas innewohnte. Etwas Schlechtes, das nicht nur mit den Toten zu tun hatte, die sie gefunden haben.«

»Ja. So war es. Aber was könnte das genau sein?«

»Keine Ahnung. Aber … da ist *etwas.*«

Sie kommen an der Reifenwerkstatt vorbei, die Niantic hartnäckig »Auto auf dem Dach« nennt, obwohl der Käfer, der früher das Dach geschmückt hat, seit Jahren schon abgebaut ist. Der Thaiimbiss ist geschlossen und verriegelt, und aus den Recyclingbehältern strömt ein ungewöhnlich ekliger Geruch, als hätte sich jemand vorgenommen, eine Leiche weiterzuverwerten.

Sie gehen weiter den Hang hinauf, den Siw fast jeden Tag auf dem Heimweg von der Arbeit zurücklegt, und jetzt beginnt die Nervosität in ihr zu wachsen. Sie sind bald bei ihrem Haus angekommen, und was passiert dann? Die Maschinistin weiß nicht, auf welche Knöpfe sie drücken soll, aber sie lässt zum Glück den fürs Weinen und den großen roten in Ruhe, auf dem »Panik!« steht. Aber das Pedal für Nervosität kann sie nicht in Ruhe lassen. Siws Hand wird schwitzig und beginnt in Max' Griff zu rutschen.

Sie bleiben auf der Straße vor ihrer Wohnung stehen, und *eine* gute Sache daran ist, dass sie einen Grund hat, Max' Hand loszulassen und ihre eigene diskret abzuwischen, indem sie sie lässig in die Hosentasche steckt.

»Hier wohne ich«, sagt sie und zeigt mit dem Finger. »Und das ist mein Balkon.«

»Okay«, sagt Max. »Darf man eine Weile darauf sitzen?«

So einfach kann es manchmal sein.

4

Siw bittet Max herein und kann sich selbst gerade noch bremsen, sich für die Unordnung zu entschuldigen, weil sie weiß, dass es im Grunde nur an ihrem übertriebenen Ordnungssinn liegt, dass sie eine Zeitung auf dem Tisch und zwei benutzte Weingläser im Spülbecken für Unordnung hält.

»Hübsch hast du es hier«, sagt Max, als er in ihrem Wohnzimmer steht und sich umsieht. Mit einem Nicken deutet er auf den Strickkorb und sagt: »Das Leiden.«

Siw wird überwältigt von der Verwunderung darüber, dass er

sich an eine Antwort aus einem ihrer ersten Gespräche erinnert … *obwohl, was ist daran schon seltsam, sie selbst erinnert sich ja auch, und warum muss sie immer …*

Ruhig bleiben. Vor allem ruhig bleiben.

Siw versucht Mut zu fassen und das Kommando zu übernehmen, immerhin ist sie in ihrer eigenen Wohnung. »Jetzt machen wir es so«, sagt sie und zeigt auf das Sofa. »Du setzt dich dorthin, und ich hole ein Glas Wein und werde dann ein paar Håkan-Songs für dich spielen, die deine Meinung über ihn ändern werden.«

»Nein«, sagt Max ruhig. »Das werden wir nicht tun.«

»Ach nein? Was sollen wir denn sonst machen?«

»Das hier werden wir machen«, sagt er und geht auf sie zu, nimmt behutsam ihren Kopf in die Hände und küsst sie erneut. Der unmotivierte Gedanke, der in Siws Kopf auftaucht, heißt *Oh, verdammt!*, und für einen Augenblick sieht sie die Maschinistin gierig auf den Panikknopf starren. Dann gibt sie sich hin.

Dieser Kuss ist womöglich noch besser als der erste, weil ihre Münder jetzt miteinander bekannt sind. Jetzt, wo sie nicht an einem öffentlichen Ort sind, dürfen auch die Hände ins Spiel kommen. Siw streichelt Max' Rücken, seine Hüfte und seinen Bauch und kann feststellen, dass er am Körper genauso sehnig und muskulös ist wie an den Armen.

Wie kann ich mit so jemandem zusammen sein?

Max' Hände bewegen sich über Siws Körper, und in diesem Punkt ist die Hingabe schwieriger, weil Siw jede Menge mentale Energie aufwenden muss, um sich nicht zu schämen. Ja, sie hat drei Kilo abgenommen, und ja, ihre Schritte auf dem Erdball fühlen sich minimal leichter an, aber unter den Händen eines anderen Menschen spürt sie jedes einzelne Kilo, das sie zu viel hat, unter Max' Fingern wird jede Delle zu einer Abscheulichkeit, und irgendetwas in ihr möchte schreien: *Fass mich nicht an! Mach mir nicht bewusst, wie hässlich ich bin!*

Aber Max scheint nicht zu denken, dass sie hässlich ist. Seine Liebkosungen auf ihrer Haut sind leicht und flink – nichts im Stile von Sören-Geknete – und er gibt wollüstige Laute von sich, als schenkten ihm die Impulse von seinen Fingerspitzen größten Genuss. Siw beginnt sich zu entspannen, und als Max ihre Hand nimmt und sie ins Schlafzimmer führt, kann sie durch die dunklen Schleier der Selbstvorwürfe hindurch sogar *Lust* spüren. Sie *will* das jetzt.

Sie beginnen, einander zu entkleiden. Als Siw nur noch in Unterhose und BH dasteht, geht sie zum Nachttisch und schaltet die Lampe aus, sodass das Zimmer dunkel wird. Max schaltet sie wieder an, und sie bleibt es auch. Sie beginnen, neu entdeckte Gebiete zu streicheln, und die Schleier fallen, während die Lust immer stärker wird und Siw aufhört zu denken. Sie ist nur noch ihr Körper, und ganz egal, wie dieser Körper jetzt aussieht, es ist ihrer, und er ist hier und *Oh, verdammt.*

»Oh, verdammt«, sagt Siw.

»Nicht wahr?«, sagt Max und lässt sie vorsichtig nach hinten auf das Bett sinken. »Soll ich …?«

»Ich habe eine Spirale.«

»Und außerdem …«

»Genau.«

Es mag so sein, dass Generationen von Frauen in Siws Geschlecht jeweils nur ein Kind, eine Tochter, zur Welt gebracht haben, aber sie geht kein Risiko ein.

Siw keucht auf, als Max in sie eindringt. Er flattert mit den Händen über ihre Haut, und es strahlt ein solches Kribbeln von ihrem Unterleib aus, dass sie zu zittern beginnt. Um sich zu stabilisieren, schlingt sie die Beine um seine Hüfte, wirft den Kopf nach hinten, schließt die Augen und schwingt. Ja. *Oh verdammt.*

Danach liegen sie einander im milden Licht der Nachttischlampe gegenüber und berühren dankbar ihre Körper, durch die sie erleben durften, was sie gerade erlebt haben. *So schön*, denkt Siw immer wieder, wie bei einem Zwangsgedanken. *So schön, so schön.*

»So schön«, sagt Max.

»Mhm.«

»Jetzt bin ich bereit für diese Lektion. Mit Håkan.«

»Er soll jetzt nicht hier sein«, sagt Siw. »Noch nicht. Später vielleicht.«

Es ist die pure Lüge, dass morgen auch noch ein Tag ist. Keine Chance. Jetzt gilt nur noch diese Nacht, und so wird es für immer bleiben. Sie liegen mit ihren Gesichtern dicht beieinander, streicheln einander über die Wangen und suchen nach der Ewigkeit in den Augen des anderen. Für immer.

»Sibylle«, sagt Max und streicht vorsichtig eine Haarsträhne aus Siws Auge. »Du bist das Schönste, das ich je gesehen habe.«

Jetzt kann Siw nicht mehr widerstehen, der Knopf wird gedrückt und der Hahn geöffnet. Ohne dass sie es irgendwie verhindern könnte, beginnen die Tränen zu strömen. Siw verbirgt ihr Gesicht an Max' Brust und drückt ihn fest an sich.

»Du musst blind sein«, flüstert sie. »Blind.«

2
Suicune

Auf allen Titelblättern

Eine Pressekonferenz war für den Sonntagmorgen anberaumt worden, um zehn Uhr. Die hiesige Polizei würde zusammen mit Kollegen aus der Hauptstadt sowie einigen Experten über die Ermittlungen zu dem Container berichten, der im Hafen von Norrtälje aufgefunden worden war, in seinem Inneren achtundzwanzig Leichen.

Aufgrund des großen Interesses musste man sie vom Konferenzsaal des Polizeigebäudes in den Ratssaal der Kommunalverwaltung verlegen. Vertreter sämtlicher lokaler Medien waren vor Ort und eine relativ große Anzahl internationaler. Das Schwedische Fernsehen übertrug live. Der Neuigkeitswert war noch gestiegen, seit Donald Trump zwei Tage zuvor auf Twitter ein Bild des Containers gepostet hatte: »Sweden's open borders kills 28 people. So tragic.«

Zunächst hatte ein Forensiker vom Nationalen Forensischen Zentrum in Linköping das Wort, der die ersten Analysen bekräftigen konnte. Die meisten Personen waren aufgrund von umfassender Mangelversorgung gestorben. Flüssigkeit, Sauerstoff, Nahrung. Einige hatten einen Herzstillstand erlitten, vermutlich von extremem Stress verursacht. Weitere fielen äußerer Gewalt zum Opfer. Ihre Leichen wiesen schwere Kopfverletzungen auf.

Eine Sprecherin der Einwanderungsbehörde erläuterte, wie mit den sterblichen Überresten weiter verfahren werde. Man lasse nichts unversucht, um Angehörige zu finden, und das Ziel sei, die Verstorbenen zur Bestattung in ihre jeweiligen Heimatländer zurückzuschicken. Auf die Frage, ob die Opfer in Schweden hätten bleiben dürfen, wenn sie nicht verstorben wären, antwortete die Sprecherin, dass es nicht möglich sei, darüber eine gemeingültige Aussage zu machen.

Die Polizei von Norrtälje hatte nicht viel hinzuzufügen. Im Prinzip sei man nur der Gastgeber dieser Pressekonferenz, nachdem die Ermittlungen von der Nationalen Operativen Abteilung übernommen worden seien. Das Einzige, was die lokale Polizeibehörde machen könne, sei, zur Ruhe und zur Besonnenheit zu mahnen, weil in den letzten Tagen vermehrt Körperverletzungen und Selbstmorde gemeldet worden seien. Unbekannte hätten Brandbomben auf die Flüchtlingsunterkunft an der Albert Engströms gata geworfen.

Am Ende schließlich das Wesentliche: die Ermittlungslage. Der Pressesprecher der NOA warf einen Ehrfurcht gebietenden Blick auf die gut einhundertköpfige Versammlung, bevor er die Bombe platzen ließ: Man habe das Schiff gefunden, das den Container abgeladen habe. Sowohl das Schiff als auch die Besatzung und der Kapitän befänden sich zur Zeit in sicherer Verwahrung in Ålborg, Dänemark.

Die schwedische Polizei hatte nach Auswertung der Zeugenaussagen von der Küste rekonstruieren können, um welches Schiff es sich handelte. Es war ein kleineres Frachtschiff namens Ambrosia, das in den Niederlanden registriert war. Eine internationale Fahndung wurde eingeleitet, und fünf Tage nach der Anlandung des Containers war die dänische Küstenwache fündig geworden.

Sowohl der spanische Kapitän als auch die acht philippinischen Besatzungsmitglieder leugneten, etwas von einem Container an Bord oder Menschenschmuggel gewusst zu haben. Erst als man einen Dolmetscher gefunden hatte, der des Chabacano kundig war, des kreolischen Dialekts, den die Besatzungsmitglieder sprachen, und sie mit Bildbeweisen, Zeugenaussagen und sogar dem Fragment eines Handyfilms konfrontierte, das zeigte, wie der Container in Algeciras in Spanien an Bord genommen worden war, brachen die Dämme und sämtliche Besatzungsmitglieder beschuldigten mit einander widersprechenden Aussagen den Kapitän. Daraufhin löste sich auch bei dem Kapitän die Zunge, und seine Zeugenaussage wurde als verlässlicher beurteilt.

Irgendwann, nachdem man den Öresund passiert hatte, war die

Besatzung immer unruhiger geworden. Der Kapitän wusste nicht, wie dieser Gedanke Fuß gefasst hatte, aber seine Männer waren in unterschiedlichem Ausmaß davon überzeugt, dass sich *Multo* im Container befand. Nachdem er gefragt wurde, was Multo zu bedeuten habe, fehlten dem Kapitän die Worte dafür, und der chabacanokundige Dolmetscher wurde einberufen. Er erklärte, dass Multo wie viele andere Motive aus dem Volksglauben verschiedene Deutungen zulasse. Der Begriff stamme von dem spanischen Wort für Tod ab, *Muerto*, sodass Multo sowohl als eine tote Person, ein Gespenst, aber auch als der Tod selbst in der Form des äußersten Grauens gedeutet werden könne.

Als das Schiff die Südküste Schwedens erreichte, weigerte sich die Besatzung, sich weiter mit dem Container zu befassen, dessen vorgesehene Destination der Hafen von Sundsvall war. Auch dem Kapitän gestatteten sie nicht, die Türen zu öffnen, um die unglücklichen Gefangenen, die von innen gegen die Wände schlugen, mit Nahrung und Wasser zu versorgen. Wenn Multo herauskäme, wären sie alle dem Tod geweiht, sowohl die Besatzung wie auch die blinden Passagiere. Da war es doch besser, wenn es nur die Passagiere erwischte.

Die Paranoia wuchs, während man weiter nach Norden fuhr. Auf der Höhe von Stockholm forderte die Besatzung, den Container über Bord zu werfen und damit auch Multo zum Meeresgrund hinabsinken zu lassen. Als sich der Kapitän weigerte, wurde er in Ketten gelegt, und der erste Steuermann übernahm das Kommando.

Während sie sich darauf vorbereiteten, den Container mit dem Ladekran über die Reling zu hieven, entdeckte der nervöse Steuermann am Horizont eines der Überwachungsschiffe der Küstenwache, was ihn dazu veranlasste, in die Norrtäljebucht einzufahren.

Als sich die schlimmste Panik gelegt hatte, konnte sich der Kapitän zu einem Kompromiss durchverhandeln. Anstatt den Container im Meer zu versenken, sollten sie ihn an Land absetzen, sobald man einen Hafen gefunden hatte, der tief genug war, um dort anlegen zu können. Die Hoffnung des Kapitäns bestand darin, dass dort jemand den Container finden und den Notleidenden helfen würde. Die Besatzung war skeptisch, weil man das Grauen auf die Menschen losließ, die den Container öffneten, aber das wäre dann ja *ihr* Problem. Also das der Schweden.

So kam es, dass der Container in einer frühen Septembernacht draußen im Hafen von Norrtälje gelöscht wurde, um wenige Stunden später von Harry Boström und dessen Hund Tosse gefunden zu werden.

Post festum

1

»Oma, wo liegt Fillipinien?«

»Die Philippinen, heißt es. Die liegen in ... warum willst du das überhaupt wissen?«

»Weil die, die in dieser Kiste waren, von dort kamen.«

»Welche Kiste?«

»Dieser Kon... kontäj?«

»Der Container?«

»Mhm. Die waren aus Fillipinien.«

»Ich dachte, du siehst dir das Kinderprogramm an?«

»Das hier war interessanter.«

Anita steht vom Küchentisch auf, an dem sie in das Sonntagsrätsel von *Dagens Nyheter* versunken war, und geht ins Wohnzimmer. Im Fernseher bestätigt ein Mann mit stahlgrauem, kurz geschnittenem Haar, dass auch einige Kinder Opfer äußerer Gewalt geworden seien. Anita findet die Fernbedienung und schaltet aus.

»Oma, ›äußere Gewalt‹ bedeutet, dass man jemandem so fest auf den Kopf haut, dass er stirbt, oder?«

Anita ignoriert die Frage und holt vorsichtig den Globus vom Fensterbrett herunter. Er sitzt locker in seinen Befestigungen, seit Alva versucht hat, ihn mit siebenhundert Kilometern pro Stunde rotieren zu lassen, weil Anita berichtet hatte, dass dies die Umdrehungsgeschwindigkeit der wirklichen Erde sei.

»Hier«, sagt Anita und zeigt auf eine Inselgruppe im Stillen Ozean. »Das sind die Philippinen.«

Alva studiert das Durcheinander von Inseln, als wären sie ein Code, den sie knacken müsste, bevor sie die Erdkugel eine halbe Runde dreht und zeigt: »Und das ist Spanien?«

»Mhm.«

»Und Öre... Öresund, wo liegt das?«

Als Anita auf die Meerenge in der Ostsee zeigt, sitzt Alva daneben und lässt ihren Blick zwischen den drei Punkten hin und her wandern, Spanien, Philippinen und Öresund, bevor sie lakonisch feststellt: »Die waren aber weit von zu Hause weg.« Mit den Fingern zieht sie eine Linie vom Öresund zu den Philippinen und fügt hinzu: »Weiter geht es beinahe nicht. Vielleicht wurden sie deswegen so komisch im Kopf.«

Anita seufzt. »Die Leute müssen nicht komisch im Kopf werden, um sich gegenseitig totzuschlagen. Das machen sie auch normalerweise sehr gerne.«

Alva rümpft die Nase und wirft Anita einen Blick zu, der einem warnenden Finger entspricht, bevor sie sagt: »Mama mag es nicht, wenn du so sprichst.«

»Aber es ist die Wahrheit.«

»Nee, sie haben nämlich niemanden totgeschlagen. Sie haben nur geglaubt, dass ein Gespenst in der Kiste ist, und wollten sie deswegen nicht öffnen. Also, die aus Fillipinien.«

»Philippinos heißen sie. Und was war das jetzt mit der äußeren Gewalt?«

Alva seufzt theatralisch über das Unvermögen ihrer Großmutter. »Das waren die *in* der Kiste.«

»Dem Container.«

»Ja, ja.« Alva hält die Hand hoch, und eine Konzentrationsfurche tritt auf ihrer Stirn hervor, als sie mit dem Daumen und dem Zeigefinger abzählt. »Und die. Die kommen aus *Syrien* und *Afghanien.* Sie waren Flüchtlinge. Sie tun mir leid.«

»Afghanistan.«

»Ach, Mensch!«, sagt Alva und breitet die Arme aus. »Du weißt doch, was ich meine! Hör auf, mich die ganze Zeit zu korrigieren! Zeig mir lieber, wo Syrian und Afghanienstan liegen.«

Anita zeigt es, und Alva hat offensichtlich zwei weitere Punkte, die sie zu ihren bisherigen drei legen kann. Sie dreht den Globus und gleitet mit dem Finger zwischen den Ländern hin und her, zieht Fahrtwege über die Erdkugel, während ihre Lippen sich bewegen. Schließlich schüttelt sie düster den Kopf und sagt: »Das ist eine seltsame Welt.«

Anita hat keine Einwände.

Eine halbe Stunde später will Alva nach Hause gehen. Anita sieht auf die Uhr und sagt: »Wir haben zwölf Uhr abgemacht. Jetzt ist es erst elf.«

»Was spielt denn das für eine Rolle?«, fragt Alva. »Eine Stunde hin oder her.«

Anita muss darüber lächeln, wie Alva einen Ausdruck verwendet, der ursprünglich ihr eigener war. Im Moment befindet sich Alva in einer sprachlichen Experimentierphase, in der sie Wörter und Begriffe aufschnappt, ihre Anwendbarkeit und ihre Effekte überprüft, worauf sie sie entweder verwirft oder für eine kürzere oder längere Zeit behält.

»Jaa«, sagt Anita. »Was ist schon eine Stunde hin oder her.«

2

Der Jalousie in Siws Schlafzimmer fehlt eine Lamelle, was es der Vormittagssonne erlaubt, einen glühenden Strich quer durch den Raum zu malen. Siws nackte linke Schulter liegt in einer solchen Position, dass der Strich genau die oberste Rundung trifft und die Haut rosa schimmern lässt.

Max liegt auf der Seite, hat den Arm unter das Kissen geschoben und betrachtet diesen Sonnenaufgang in Miniatur, während er versucht, ein Gefühl zu erhaschen, egal welches. Es ist, als würde er auf dem Jahrmarkt mit einem Roboterarm nach Spielsachen oder Stofftieren fischen. Als er glaubt, etwas gepackt zu haben, und es aus der verhedderten Masse ziehen will, löst es sich und verschwindet wieder darin.

Ist er froh, traurig, verliebt, reuevoll, befriedigt oder sehnsüchtig? Er weiß es nicht. Nur eins kann er mit Sicherheit sagen: Er liegt in einem fremden Bett, und mit dem Rücken zu ihm gewandt liegt

Siw, mit der er in der vergangenen Nacht zusammen war. Er spürt kein Verlangen, von hier fortzugehen, aber auch keine größere Lust zu bleiben.

Wie anders es in der Nacht war. Viel Zeit ist vergangen, an die er sich kaum erinnern kann, weil er einfach nur da war, ohne zu reflektieren, zu wiegen und zu messen. Er war am Leben, ohne zu fragen warum. Jetzt im Morgenlicht ist es anders, in Erwartung eines Gefühls. Wie Conor Oberst sagt: *It was so simple in the moonlight, now it's so complicated.*

Siw atmet aus, und eine subtile Veränderung ihrer Körperhaltung, die Andeutung einer Anspannung der Nackenmuskeln, lässt Max verstehen, dass sie aufgewacht ist. Trotzdem dreht sie sich nicht um. Vielleicht versucht sie, genau wie er, die Fragmente der Nacht zu sammeln, um sie im Licht des neuen Tages zu betrachten.

Max liegt still und schaut den glühenden Hügel ihrer Schulter an, der sich senkt und verschwindet, als sie sich auf den Rücken dreht. Siw zieht die Decke bis zum Kinn hoch, sieht ihm hastig in die Augen und sagt: »Hallo.«

»Hallo«, sagt Max. »Guten Morgen. Hast du gut geschlafen?«

»Mhm. Und du?«

»Ja. Gut.«

Siw nickt, und Max nickt zurück. Beide haben gut geschlafen, ein Minimum an Bestätigung. Zumindest hat niemand angstgetränkt und voller Reue wach gelegen und *was habe ich getan?* gedacht. Siw wirft einen Blick auf den Wecker, der kurz nach elf anzeigt. »Ich muss noch eine Sache sagen.«

»Sag es.«

»Meine Tochter. Alva. Sie kommt um zwölf. Versteh das bitte nicht falsch, aber … ich möchte nicht, dass du dann noch hier bist. Das würde sie nur verwirren.«

Das war nicht das, was Max erwartet hat. Er hat keinen ernsthaften Versuch unternommen, die jetzige Situation mit dem übrigen Leben in Zusammenhang zu bringen. Er befindet sich in einem gefühlsbefreiten Moment ohne Grenzen. Anscheinend verhält es sich bei Siw anders, und vielleicht ist Grenzenlosigkeit auch etwas, das nur den Kinderlosen zukommt.

»Okay«, sagt Max und schwingt die Beine über die Bettkante. »Natürlich.«

»Du bist nicht enttäuscht?«

»Nein, nein. Natürlich nicht.«

Er hat die Unterhosen bereits angezogen und beginnt nach den Strümpfen zu suchen, als ein Schlüssel in die Wohnungstür gesteckt wird. Er und Siw schauen einander mit aufgerissenen Augen an. Bevor Siw irgendetwas sagen kann, hat Max seine Kleidung zusammengerafft und ist unter das Bett gekrochen. Alvas Füße tauchen in der Türöffnung auf, bevor sie zum Bett läuft und hinaufhüpft. »Mama!«

Max drückt sich so dicht wie möglich an die Wand, formt seine Kleidung zu einem Bündel und legt seinen Kopf darauf ab. Er ist sich nie sicher gewesen, ob sein Leben eine Tragödie oder eine Komödie ist. Im Augenblick ist es eine Schlafzimmerfarce.

3

Von hinten betrachtet kann die Figur, die auf einer der Holzbänke am Flussufer unterhalb des Roslagsmuseums sitzt, leicht mit einer Pennerin verwechselt werden. Das Haar ist zerzaust und verfilzt, die Haltung nachlässig, und zwei Bierdosen stehen neben ihr auf der Bank. Von vorne betrachtet ist es nur Anna Olofsson, die ein Wiederherstellungsbier trinkt.

Jetzt ist es aber verdammt noch mal gut.

Anna trinkt einen ordentlichen Schluck aus einer der beiden Falcon-Bayerskt-Flaschen, die sie beim ICA Kryddan gekauft hat. Das lauwarme Bier überspült den Kleister in ihrer Kehle und schenkt ihr eine leichte Linderung für die verspannten Gliedmaßen.

Nach dem befriedigenden Auftritt auf dem Steg – hinein ins Wasser mit dem miesen Großkotz inklusive Handy und allem Drum und Dran – war Anna zusammen mit Johan auf den harten

Dielen sitzen geblieben, während Marko lautstark verkündete, dass seine Verbindung mit den Freunden aus der Großstadt beendet sei. Lukas durfte schließlich wieder aus dem Wasser klettern, um weiter über sein zerstörtes Handy zu jammern, bis alle drei ins Åtellet abzogen und Marko ins Haus ging, um sich um seine Schwester zu kümmern. Anna und Johan holten sich ein Tetrapak Wein und kehrten zum Steg zurück.

Worüber haben sie sich eigentlich unterhalten? Anna trinkt einen weiteren Schluck und blinzelt in das Sonnenlicht, das vom trägen Wasser des Flusses reflektiert wird. Sie kann sich nur mühsam erinnern, aber *irgendetwas* muss es ja gewesen sein, weil sie sitzen blieben, bis die ersten dunkelrosa Wolken an der Kvisthamrabucht über den Himmel tanzten. Es knackte und knirschte in ihren Knochen, als sie aufstanden und den leeren Tetrapak mit zum Haus zurücknahmen, das ruhig und still dalag. Sie sagten *Tschüs* und *Bis dann* auf Markos Terrasse, und auf dem Heimweg musste Anna den Lockrufen eines jeden Gebüschs widerstehen, an dem sie vorbeikam: *koooomm … weiiich … schlaaafen.* Sie trotzte dem raschelnden Sirenengesang und fiel gegen sechs Uhr in das eigene Bett, um vier Stunden später mit einem hämmernden Schädel, einem juckenden Körper und dem Wort *Bier,* festgeklebt auf der Zunge, wieder aufzuwachen.

Sie hatten sich wohl mehr oder weniger über das Leben unterhalten. Anna erinnerte sich, dass Johan etwas über die Bowlinghalle sagte, sie sei wie ein Kokon für ihn, auch wenn er sich nicht über das Puppenstadium hinaus entwickeln und zu einem Schmetterling werden würde. Anna hatte angemerkt, dass nach dem »Puppenstadium« vermutlich nahtlos das »Verfallsstadium« käme, worauf sie miteinander anstießen. Sie hatten sehr viel angestoßen. Quatsch erzählt. *Damit* hatte Anna keine Probleme.

Es war eher das *andere*, was sie getan hatte. Die Tanzeinlage und die MeToo-Nummer sind ihr nur sehr verschwommen in Erinnerung, beides sieht sie gewissermaßen von außen, aber sie weiß genau, dass sie es war ….

Jetzt ist es aber mal gut.

Noch ein Schluck Bier, noch ein bisschen mehr alles Scharfe in ihrem Körper abstumpfen lassen. Wie oft hat sie diesen Gedanken schon gedacht, seit sie im Alter von vierzehn Jahren angefangen hat, ernsthaft zu trinken? Das heißt, am Tag danach. Hundert Mal? Zweihundert Mal? Tage, die mit Bier, Pizza und Binge Watching verschwendet wurden. Mit fünfzehn, achtzehn konnte man sich noch so gehen lassen, aber jetzt ist sie verdammte *neunundzwanzig*, und da kann es auch mal gut sein.

Anna betrachtet den verbissenen Falken, der die Bierdose ziert, während der Verkehr draußen auf dem Stockholmsvägen vorbeirauscht und die Birken mit ihrem sommertrockenen Laub rascheln. »Blääk, blääk!«, machen die Enten im Fluss. Wird sie in dreißig Jahren noch auf dieser Bank sitzen und dasselbe denken? Eine triefäugige Alte mit schwächelnder Leber, vielleicht in Gesellschaft eines zahnlosen Alten, der sie für einen Schluck Fusel mit den Fingern ficken darf.

Anna lässt das Gesicht in die Hände sinken und stöhnt. Sie hat noch nie eine längere Beziehung gehabt oder überhaupt eine Art von Beziehung, um ehrlich zu sein. Sie hat immer Jungs gehabt, seit sie ihre Jungfräulichkeit in dem Zeitraum verloren hat, in dem sie auch zu trinken begann, manchmal sogar drei. Nicht gleichzeitig, Gott bewahre, aber sie hat mit ihnen herumjongliert und sie gegeneinander ausgespielt.

Schon in der achten Klasse wurde über sie geredet. Nicht wenn sie dabei war, das hätte niemand gewagt, aber es kursierten wilde Gerüchte über ihre Taten, und auf den Toiletten fand man ihre Telefonnummer neben den Diensten, die sie angeblich anzubieten hatte. *Blasen und Schlucken, fröhliches Jucken.* Ein paarmal hatte tatsächlich jemand angerufen.

Als Anna an diesem Sonntagmorgen mit einer Betonmütze auf dem Kopf in ihr verstummtes Herz zu blicken versucht, sieht sie ein weiteres Mal die ebenso einfache wie paradoxe Wahrheit: Der Grund dafür, dass sie keine Beziehungen aushalten kann, ist ihre alles überschattende Angst vor der *Einsamkeit.* Lass dir das auf der Zunge zergehen. So viel Angst, dass man mit niemandem zusammen sein darf, dass man mit niemandem zusammen sein kann.

»Blääk, blääk!«, rufen die Enten. Aufgebracht, so wie es sich anhört. Sogar die Vögel sind sauer auf sie.

Einsam ist man erst, wenn man verlassen worden ist. Bis dahin ist man nur man selbst, wie in »selbstzufrieden« oder »sich selbst genug«, aber wenn man eine längere Beziehung mit einem anderen Menschen eingeht, läuft man immer Gefahr, dass man eines Tages selbst verworfen, verlassen und verschmäht wird. Einsam.

Es gibt eine Szene, die Anna verfolgt. Im Seniorenheim, in dem sie arbeitet, lebt eine einundneunzigjährige Frau namens Greta Gustafsson, die natürlich Garbo genannt wird. Als Garbo neunzig Jahre alt wurde, fragte das Personal, ob sie sich etwas Besonderes wünsche, vielleicht könne man den Speisesaal für eine kleine Feier nutzen? Aber nein, nichts dergleichen, *keine Umstände wegen meiner Person.*

Niemand kam und besuchte Greta Gustafsson an ihrem großen Tag, und als sie zum Mittagessen nicht auftauchte, begann Anna sich Sorgen zu machen und ging nachsehen, ob etwas mit ihr los war. Die Tür zum Raum der alten Dame war nur angelehnt, und Anna schaute vorsichtig hinein und sah ein Bild, das sie nicht mehr vergessen kann.

Garbo hatte ihren kleinen Küchentisch hübsch gedeckt und sich ihr festlichstes Kleid angezogen. Jemand anderes aus dem Personal musste ihr beim Einkaufen geholfen haben, weil ein Fertiggericht für eine Person auf dem Tisch stand. Brennende Kerzen, eine kleine Flasche Wein. So weit alles gut. Was ihr einen Kloß im Hals wachsen ließ, war das, was auf der anderen Seite des Tisches stand.

Die gerahmten Fotografien von Garbos Kindern, ihrer Schwestern und ihres verstorbenen Mannes, die normalerweise an der Wand hingen, standen jetzt aufgereiht an der Tischkante, alle Gesichter waren auf die einsame Frau gerichtet, die ihr Glas zu einem kleinen Skål hob, etwas murmelte und an ihrem Weinglas nippte.

Anna hatte nie ein deutlicheres Bild der Einsamkeit gesehen und blieb mit der Stirn an den Türrahmen gelehnt stehen. *Alles wird uns weggenommen. Kann man wirklich von Erinnerungen leben?* Sie bekam die Antwort, als sie sich zusammennahm und an die Tür klopfte, bevor sie eintrat.

»Entschuldige, Greta …«

Garbo zuckte zusammen und wandte ihr das Gesicht zu. Während einer Sekunde sah Anna direkt in eine Trauer und Einsamkeit, die einerseits immens waren, aber gleichzeitig so armselig, dass sich ihr das Herz in der Brust zusammenzog. Dann gewann Garbo wieder die Fassung zurück, zwang die Wärme in ihre Augen zurück und setzte ihr freundliches Lächeln auf.

»Ja, Anna?«

»Ich … ich wollte nur …«

Garbo gehörte zu den einfachen Senioren in dem Sinne, dass sie selten krank war, sich niemals beschwerte und dankbar für die Hilfe war, die sie bekam. Eine zufriedene alte Frau, allem Anschein nach, aber während dieser Sekunde hatte Anna die schwarze, gesichtslose Verzweiflung gesehen, den diese Maske verbarg.

»Ich wollte nur wissen … ob du vielleicht Gesellschaft haben möchtest?«

»Nein, nein. Du hast ja deine Arbeit zu verrichten.«

»Aber ich kann doch …«

»Kommt gar nicht infrage. Ich sitze hier und erinnere mich einfach ein bisschen. Also, mir geht es gut.«

Anna hatte sich von ihr verabschiedet, und ihre Hände hatten sich seltsam leer angefühlt. Soweit sie wusste, hatte Garbo drei Kinder. Soweit sie wusste, war keines von ihnen tot. Soweit sie wusste, sollten sie öffentlich verprügelt werden, der ganze Haufen.

»Bläák, bläák, BLÄÄÄK!«

Das aufgeregte Schnattern lässt Anna ihren gesenkten Kopf heben. Am gegenüberliegenden Flussufer steht ein fünfjähriges Mädchen zusammen mit einer Frau, die vermutlich ihre Mutter ist. Das Mädchen hält ein Brotstück in der Hand, von dem sie kleine Stückchen abreißt und in den Fluss wirft.

Etwa zehn Enten haben sich versammelt, um an dem Festmahl einen Meter unter den Füßen des Mädchens teilzunehmen, ein Festmahl, das eher einem von Stigs Saufrunden in den frühen Morgenstunden ähnelt. Die Enten wirbeln herum, schnattern zornig, und hacken ebenso viel aufeinander ein wie nach den Brotkrumen. Federn werden abgerissen, Flügel flattern und das Wasser schäumt, während das Mädchen verzückt lacht und noch eine Krümeldusche über die Köpfe der Vögel regnen lässt wie eine launische Göttin, die ihre Gaben auf ekstatische Gläubige verteilt.

Plötzlich ändern sich die Verhältnisse. Gemeinsam und wie auf ein Signal hin breiten sämtliche Enten ihre Flügel aus. Sie klatschen auf die Wasseroberfläche, als sie ein paar kräftige Schläge machen, bevor sie Luft unter die Flügel bekommen und abheben. Innerhalb weniger Sekunden ist die flatternde, schnatternde Federmasse oben auf dem Steinabsatz und hat das Mädchen umzingelt, *näher, mein Gott, zu dir*. Sie schnappen nach dem Brot in der Hand des Mädchens. Sie verliert es, schreit und zieht sich zu ihrer Mutter zurück.

Die Enten lassen sich nicht beruhigen. Wie ein Pöbel, der seine Macht entdeckt und Blut geleckt hat, laufen sie watschelnd zu dem Mädchen und beginnen, mit den Schnäbeln nach seinen weißen Fingern zu schnappen.

»Husch, weeeg!«, schreit die Frau und schlägt nach den hackenden Schädeln, während das Mädchen wild herumschreit und den Kopf im Mantel ihrer Mutter versteckt, als die Vögel hochflattern, um nach ihrem Gesicht zu schnappen. Eine von ihnen erwischt stattdessen einen der wippenden Zeigefinger der Mutter. Die Frau schreit und zieht die Hand aus dem kneifenden Schnabel. Ihr Zeigefinger ist klebrig von Blut, und in ihrem Gesicht verändert sich etwas.

Die Frau nimmt Anlauf, holt mit dem rechten Bein aus und tritt zu. Ein weiches Krachen ertönt, und eine Ente fliegt mit schlappen Flügeln durch die Luft, bevor sie mit einem kraftlos schaukelnden Kopf im Fluss landet und von der Strömung davongetragen wird.

Hass und Triumph brennen in den Augen der Frau, als sie die fauchenden Enten anstarrt, und sie scheint zu überlegen, ob sie versuchen sollte, noch einen Strike zu schlagen, bevor die Vernunft obsiegt und sie nach der Hand ihrer Tochter greift und mit ihr nach oben zum Tullgränd flieht, während die Entenschar hinter ihnen herwackelt. Eine Möwe lässt sich am Flussufer nieder und nimmt das Brotstück mit.

Neben Anna ertönt ein glucksendes Lachen. Sie war so fasziniert von der Norrtäljer Ausgabe der *Vögel*, dass sie gar nicht bemerkt hat, wie sich eine Person neben ihr auf die Bank gesetzt hat, obwohl dieser besagte Mann einen so massiven Körper besitzt, dass sein Bein notwendigerweise ihres berühren muss.

»Enten mit Argumenten, was?«, sagt Ewert Djup, gräbt seinen Tabakklumpen unter der Oberlippe aus und mustert ihn einen Augenblick, bevor er ihn in den Fluss schnipst. »Scheißvögel.«

Obwohl Ewert Djup es allein kraft seiner Existenz geschafft hat, dass Anna gut durch die Schule kam, ist ihr seine Gegenwart unangenehm. Der Mann strahlt eine latente Gewalt aus, und es kommt ihr vor, als würde sie vor einem Tigerkäfig stehen, von dem sie nicht weiß, ob er abgeschlossen ist. Ein sechzigjähriges Leben im Dienst der Kriminalität hat seine Gesichtszüge hart und seine Augen kalt gemacht. Die Nase ist seit einer weit abgelegenen Vergangenheit schief, in der es noch jemand gewagt hat, ihn mit den Fäusten zu bearbeiten. Ewert lächelt Anna an und entblößt eine unnatürlich weiße Zahngarnitur, die sie innerlich erschaudern lässt.

»Vögel«, sagt Ewert nachdenklich und zieht eine seiner vielen Storys wie eine Spielkarte aus dem Stapel. In den Achtzigerjahren hatten er und ein Bruder eine Hütte unten bei Spillersboda, ob Anna davon wisse? Na, wie auch immer, alles war fine und dandy mit diesem Schuppen, abgesehen von einem Punkt: den Scheißmöwen. Sobald die Sonne aufging, begannen die Viecher zu schreien und hörten erst wieder auf, wenn es dunkel wurde, und selbst dann noch nicht richtig. Sie schissen den ganzen Steg voll, das Boot, alles. Also, was tun? Sie probierten es mit Plastikschlangen, ausgestopften Eulen, warfen mit Steinen und schossen mit Luftgewehren.

Gegen ihren Willen wird Annas Interesse geweckt. Das Bild von den beiden grob gehauenen Brüdern, die Vogelscheuchen aufstellen und mit Luftgewehren schießen, weil sie sich so maßlos über die Möwen ärgern, ist so fern von allen Vorstellungen, die sie sich von den Männern gemacht hat, dass sie sich die Geschichte bis zum Ende anhören will. Ewert scheint es zu spüren, weil er sich zurücklehnt, bis der Bauch unter der braunen Lederjacke im Siebzigerjahrestil hervorquillt. »Ja, verdammt«, sagt er und verstummt.

Anna gibt ihm das Stichwort, nach dem er mit dem Netz gefischt hat. »Was habt ihr dann gemacht?«

Die Brüder besorgten sich ein paar Karren Schotter und ein paar Kilo Hering. Zwei Dynamitstangen auf die Klippe, der Schotterhaufen darauf und ganz oben den Hering. Dann zogen sie den Draht bis zum Detonator hinter der Ecke der Hütte und warteten. Als sich etwa vierzig Möwen auf dem Hügel versammelt hatten, um sich um den Hering zu schlagen, drückte Ewert den Hebel herunter.

»Ja, verdammt«, wiederholt Ewert und grinst. »Da gingen auch gleich ein paar Fenster mit drauf, aber das war es wert. In jedem verdammten Busch hingen Möwenfetzen, und meine Theorie ist, dass es genau *das* war, was die anderen Möwen abschreckte. Wenn man als Mensch einen Ort sehen würde, an dem ein paar Eingeweide, Finger und Köpfe hängen, wäre man ja auch nicht so scharf darauf, sich dort aufzuhalten, nicht wahr? Wie auch immer, danach war es still.«

»Habt ihr sie immer noch, die Hütte?«

»Was? Nein. Irgendein Idiot hat sie ein paar Jahre später abgefackelt. Aber wir haben ihn erwischt.«

Ewert nickt leise vor sich hin und sieht zu der toten Ente hinüber, die zum Kvarnholmen hinuntertreibt. *Wir haben ihn erwischt.* Vielleicht ging es da auch um Finger und Eingeweide. Oder um »eine kleine Rundfahrt«. Das Gespräch hat eine Wendung genommen, die Anna daran erinnert, mit wem sie hier zusammensitzt, und sie wünscht sich, dass es bald vorüber ist, dass Ewert endlich zur Sache kommt.

»Tja, also«, sagt Ewert, faltet die Hände hinter dem Nacken und trennt seine baumdicken Oberschenkel, die in stonewashed Jeans eingeklemmt sind. »Und jetzt sitzt du hier mitten am Vormittag und säufst Bier?«

»Leichtbier«, sagt Anna, als würde sie sich Sorgen machen, dass Ewert sie bei ihrem Vater verpetzen könnte.

»Mhm. Und am Mittwoch wird Acke entlassen.«

»Ja.«

»Wie viel weißt du von den … Umständen?«

»Welche Umstände?«

Ewert lässt seine wurstdicken Finger über die rot gesprenkelte Nase fahren, auf der einzelne Haare wie Distelflaum auf einem Granitblock wachsen. »Du weißt ja, dass er erwischt wurde. Vom Zoll. Mit drei Kilo. Heu. Aus Hamburg.«

»Ja.«

»Er hat auch nichts anderes erzählt? Also dir?«

»Nein. Was sollte das denn sein?«

Anna kann dem Blick überhaupt nichts abgewinnen, den Ewert ihr zuwirft, sie kommt sich dabei wie ausgezogen vor. Also nicht, was die Kleidung betrifft. Sondern anders, grundlegender, und sie kann es nicht vermeiden, diesem Blick auszuweichen.

»Mm-hm, mm-hm«, sagt Ewert auf eine Weise, die es erstaunlicherweise bedrohlich klingen lässt, bevor er fortfährt: »Ja, du verstehst schon, dort in Hamburg. Er hatte genug dabei, um fünf zu kaufen, und mir wurde auch bestätigt, dass er fünf gekauft hatte. Aber da beim Zoll … da sind es plötzlich nur noch drei. Wie lässt sich das erklären?«

»Ich weiß nicht«, flüstert Anna, ohne Ewert anzusehen.

»Man könnte ja auf die Idee kommen, dass zwei Kilo sozusagen zur Seite geschafft worden waren. Und dass dein Bruder die Absicht gehabt hatte, diese Kilos auf eigene Rechnung zu verkaufen. Einen höheren Preis für diese drei Kilo zu nehmen, vielleicht ein bisschen was mit ihnen anstellen, damit es nach mehr aussieht. Ich weiß nicht. Du kennst ihn ja am besten. Du bist seine Schwester. Was sagst du dazu?«

Dass Ewert ihre Verwandtschaft mit Acke so betont, lässt Böses ahnen, als wäre sie damit automatisch an dem, gelinde gesagt, dummdreisten Versuch beteiligt, die Gebrüder Djup hinters Licht zu führen, was etwas ist, das man *einfach nicht tut*.

»Ich habe keine Ahnung, Ewert. Keine Ahnung.«

»Nee, das hast du vielleicht nicht. Aber weißt du, auf der Straße sind diese zwei Kilo über den Daumen gepeilt zweihunderttausend wert. Diese drei Kilo sind Rückschläge, die man akzeptieren muss, wenn man schmuggelt und schwindelt, das ist etwas anderes. Etwas ganz anderes. Zwei-hundert-Tausend. Und mit den üblichen Zinsen sind es jetzt ungefähr dreihundert. Tausend.«

Anna wusste nicht, was Ewert mit diesen *üblichen Zinsen* meinte, die alles andere als üblich waren, aber sie wusste, dass sich die Gebrüder neben vielen anderen Dingen auch dem Kreditgeschäft widmeten, und um das Motto der Familie Lannister zu paraphrasieren, fordert ein Djup immer seine Schulden ein.

»Warum … warum erzählst du mir das alles?«, fragte Anna mit brüchiger Stimme.

»Ich möchte nur, dass du weißt, dass dein Bruder uns dreihunderttausend schuldet. Dass dies die Lage ist, in der er sich befindet.«

4

Wo zum Teufel bin ich?

Als Marko die Augen aufschlägt, ist er für einige Sekunden desorientiert, als wäre er gekidnappt worden, und jetzt, wo die schwarze Haube von seinem Kopf gezogen wird, befindet er sich an einem vollkommen fremden Ort. Das Gefühl, durch einen leeren Raum zu fallen. Dann erkennt er die Kvisthamrabucht wieder und die Terrasse, die mit den Resten des gestrigen Fests übersät ist.

Nachdem er sich genötigt gesehen hatte, sein Feldbett Maria anzubieten, fand er im Gartenhaus einen alten Liegestuhl mit schimmeligem Bezug, der ihm als Nachtlager dienen konnte. Halb liegt, halb sitzt er mitten in dem Bereich, der für den Swimmingpool vorgesehen ist, und das rostige Gestänge knirscht, als er sich in eine aufrechte Haltung stemmt und seinen steifen Nacken massiert, während sich sein Mund zu einem Löwengähnen verzieht. Es klebt am Gaumen, und die Zunge ist geschwollen.

La dolce vita.

Marko wälzt sich, begleitet von einem metallischen Röcheln, von dem Liegestuhl und geht in die Küche, wo er einen Liter Wasser direkt aus dem Hahn trinkt, worauf er an die Spüle gelehnt mit gesenktem Kopf stehen bleibt.

Nach dem Zwischenfall mit Lucas hatte die Stockholmtruppe das Feld geräumt. Marko war einsam auf der Terrasse sitzen geblieben, wo er noch viele Gläser Wein trank, während er mit einem für ihn ungewöhnlichen Mangel an Konzentration auf sein Leben zurückzublicken versuchte. Nach etwa einer Stunde gab er auf und trank noch mehr Wein, surfte nachlässig durch Tinder und bekam bald genug von all den Bräuten mit Duckface, von denen eine aussah wie die andere.

Er überlegte, ob er sich Johan und Anna anschließen sollte, die immer noch ganz vorn auf dem Steg saßen, aber die Anstrengung, eine normale Konversation aufrechtzuerhalten, schien ihm übermächtig. Stattdessen ging er Maria holen, die unter dem Apfelbaum zusammengebrochen war, und brachte sie ins Bett. Dann trank er noch mehr Wein und fand schließlich den Liegestuhl, womit die Geschichte ihr Ende fand.

Marko drückt sich von der Spüle weg und überlegt, ein paar Liegestütze zu machen, um in Gang zu kommen, aber sein Gehirn ist durch eine Boulekugel ersetzt worden, die im Schädel herumrollt und mit zitternden Glockentönen an die Innenseiten schlägt. Das hier ist ein bemerkenswerter Tag. Marko ist eigentlich *nie* verkatert, weil er sich nie betrinkt. Wenn um den Stureplan herum gefeiert wird, hält er seinen Alkoholkonsum auf einem Niveau, das es ihm noch erlauben würde, am nächsten Morgen Auto zu fahren, wenn er es denn wollte. Jetzt ist es zweifelhaft, ob er in der Lage wäre, Rad zu fahren. Er spült das Gesicht mit kaltem Wasser ab und schnaubt. *Gestern Nacht ging alles ziemlich in die Binsen. Was soll das eigentlich bedeuten? In die Binsen gehen?*

Maria liegt zusammengekrümmt auf dem Feldbett, vergraben in Markos Schlafsack. Er ist immer noch sauer auf sie, aber in ihrem schlafenden, schutzlosen Gesicht sieht er das kleine Mädchen, das sie einmal war, und ein Teil des Zorns verdunstet. Vor allem sollte dieser Lucas … was sollte er eigentlich? Eine ganze Anzahl gewaltsamer Szenarien, die Blut, Scheiße und Kotze beinhalten, flimmert in Markos Kopf vorüber, und er fühlt sich ein bisschen erquickt.

Er geht auf die Terrasse und beginnt die Überreste der Party einzusammeln. Pappe, Plastik und Zigarettenstummel, die er in eine Tüte wirft. Hier und dort haben die Leute mit Wein gekleckert, der Flecken auf dem hellen Holz hinterlassen hat. Als die Terrasse gereinigt ist, hört er schlurfende Schritte hinter sich.

»Marko?« Maria steht im Türrahmen, eingewickelt in den Schlafsack. Ihr Haar ist ein einziges Wirrwarr, die Schminke ist heruntergelaufen und ihre Augen sind verquollen, *heroin-chic*. Als sie gähnt, zieht es Fäden zwischen ihren Lippen. »Wie spät ist es?«

»Um zehn rum.«

Maria zieht eine Grimasse, als wären damit ihre schlimmsten Befürchtungen bestätigt. Sie latscht zum Liegestuhl und fällt eher hinein, als dass sie sich setzt. Das Gestänge schreit vor Schmerz. »Wo hast du geschlafen?«

»Da.«

»*Hier?*«

Maria mustert den Liegestuhl, als würde sie nach Anzeichen dafür suchen, dass Marko nicht gelogen hat. Danach ziehen sich ihre Augenbrauen zusammen, und sie sieht sich um. »Wo ist Fuckas? Und Darkus?«

»Sie sind abgehauen.«

»Wegen …?« Maria macht eine wippende Bewegung mit dem Zeigefinger in Richtung des Stegs und wiehert, hell wie ein Fohlen.

»Das ist nicht lustig.«

»Doch. Das ist *sehr* lustig.«

Marko setzt zu einer säuerlichen Erwiderung an, dass doch Maria schuld an der ganzen Situation sei, aber er beschließt, dass er keine Lust hat, sich zu streiten. Außerdem kann er nicht leugnen, dass es sich hundertprozentig spitzenmäßig angefühlt hat, Lukas ins Meer zu werfen. Maria lehnt sich im Liegestuhl zurück und hält die Hand vor die Augen, um sie vor den glitzernden Sonnenspiegelungen des Wassers zu schützen. Marko zieht eine Kippe aus dem Spalt zwischen zwei Dielen und wirft sie in die Tüte. Als er wieder aufsieht, bemerkt er, wie Maria ihn studiert. Er hebt die Arme und sagt: »Was ist?«

»Marko«, sagt Maria in einem ungewohnt ernsten Ton, »was willst du eigentlich?«

»Was meinst du damit?«

»Also ... dieser Fuckas und Darkus und diese Dings, wie heißt sie noch. Die wollen alle diese eine Sache. Willst du die auch?«

»Ich verstehe gar nichts.«

Maria holt tief Luft und stößt sie wieder aus. Ihre Augen verengen sich, als sie sagt: »Also, es ist so. Wenn wir sagen, dass ein Mensch sich über seine Träume definiert. Also durch das, was er will ... Diese Knallköpfe wollen am liebsten eine Dachwohnung in Vasastan, einen Jaguar in der Garage, ein Aktienportfolio und so eine Botoxbraut mit Melonenhintern, die sie betrügen können. Was willst du?«

»Nicht das jedenfalls.«

»Tja. Aber das ist genau das, was du hast. Das Leben. Diesen Traum.«

Marko schnaubt verächtlich. »Du meinst, dass mein Leben oberflächlich ist, weil ich nach Status und Geld jage? *Das* ist seinerseits eine äußerst oberflächliche Analyse.«

»Ist es das?«

»Ja. Und was sollte ich deiner Meinung nach stattdessen tun?«

Maria schnalzt klebrig mit der Zunge und zuckt mit den Schultern. »Weiß ich doch nicht. Beschaff dir einen Job in der Sparkasse von Norrtälje oder so. Zieh nach Hause.«

»Erstens ist das hier nicht mein Zuhause, und zweitens … was glaubst du eigentlich, wie viel ich dann verdienen werde? Ein Viertel von dem, was ich jetzt habe? Ein Fünftel?«

»Na und? Erinnerst du dich nicht, was unser Vater immer sagte, wenn wir etwas angestellt hatten, das irgendwie unmoralisch war?« Maria senkt die Stimme und imitiert Gorans bebenden, zurechtweisenden Tonfall: »*Deine Seele ist in Gefahr, mein Kind.* So ist es, Marko. Deine Seele ist in Gefahr.«

5

Johan sitzt auf dem Hügel. Auf der Bank, auf der Marko und er immer gesessen haben. Nur ein Brett ohne Rückenlehne. Auf dem Schoß hat er einen Stapel Papiere. Er blättert bis zur letzten Seite und liest.

»Er stand am Fenster und betrachtete die geraden, nichtssagenden Kiefernstämme mit ihren blassgrünen Kronen. Da entdeckte er eine Bewegung zwischen den Zweigen. Ein Engel oder Teufel steckte sein Gesicht heraus und machte eine Bewegung in seine Richtung. *Komm.*«

Johan hebt den Blick und betrachtet die Kiefern, auf die sich dieser Text bezieht. Keine Bewegung, kein Zeichen oder irgendeine Verlockung. Nur Kiefern. Die Uhr im Kirchturm von Norrtälje steht auf halb zwölf. Auf der Spitze des Wasserturms wächst etwas, das wie mehrere Kiefern aussieht. Früher hat er einmal eine von Lovecraft inspirierte Novelle geschrieben über eine schleimige Gottheit, die den Wasserturm zu ihrer Residenz machte.

Der große Mangel der Wirklichkeit ist ihre Fantasielosigkeit. Alles muss der Mensch selbst hinzufügen. Johan kann Max oder sogar seine Mutter darum beneiden, dass sie die Fähigkeit zu Wahnvorstellungen haben. Natürlich war und ist es vor allem eine Plage für sie, aber trotzdem: Sie können tatsächlich etwas *jenseits* der Dinge sehen.

Johan kann Lovecraft und Kafka lesen, er kann selbst Sachen erfinden, aber im Grunde weiß er, dass es außer der dürftigen Wirklichkeit mit ihren Kiefern und noch mehr Kiefern nichts gibt. Er wiegt den abgegriffenen Papierstapel in der Hand und spürt den Impuls, ein paar Schritte vorzugehen und den ganzen Mist über die Felskante auf die Tillfällegatan hinunterzuwerfen, zuzusehen, wie die Blätter über die Stadt flattern wie angeschossene Friedenstauben.

Und dann? Wenn jemand ein Blatt entdeckt, wird er es aufheben und lesen. *Du lieber Gott!* Besagte Person muss noch mehr lesen, läuft herum und findet eine weitere Seite. Auf der Straße stößt sie oder er auf andere Personen, die auch eine oder zwei Seiten ergattert haben und auf der Jagd nach mehr sind. Ganz Norrtälje ist in Aufruhr! Die Leute springen herum und jagen Papierblätter, tauschen sie miteinander, stehen in Gruppen herum und lesen einander laut vor. Es ist fantastisch, unglaublich, woher kommt diese Gabe? Die Norrtäljer heben ihre Blicke zum Hügel, und dort oben steht Johan, nur als Silhouette zu erkennen …

Na klar.

Johan seufzt und erhebt sich von der Bank. Zum Glück sind Tagträume gratis, sonst wäre er mittlerweile bis auf die Knochen pleite. Mit dem Papierstapel an die Brust gedrückt kämpft er sich über den wildwüchsigen Hügel, den niemand mehr zu pflegen scheint. Die Steintreppe zu seinem Hauseingang hinunter ist abgesackt und von Schneebeerbüschen überwuchert.

Da war diese eine Frage von Anna in der Nacht auf dem Steg: *Was willst du werden, wenn du groß bist?* Er war schwindelerregend nah daran, ihr von seinen Schriftstellerträumen zu erzählen. Aber Johan ging davon aus, dass Anna, wie viele andere nichtlesende Menschen auch, die Schriftstellerei als etwas Magisches betrachtete, alternativ als etwas Verdächtiges und Affektiertes. Also hatte er über seinen Traum die Klappe gehalten, denn es war ja auch nichts anderes als ein Traum.

Johan holt sein Handy heraus, in dem er mittlerweile Annas Nummer gespeichert hat, neben einem schrecklichen Profilbild, das er mit dem Blitz draußen auf dem Steg aufgenommen hat. Die

Haut leichenblass in dem kräftigen Licht, rote Säuferaugen, umgeben von verweinter Schminke, der Mund ein verschmierter Fleck. Anna sieht aus wie alles, was er stets verachtet hat. In der Nacht hat er eine Grenze überwunden und sich mit einem Monster angefreundet.

Freundin?

Doch, das kann man schon sagen. Der Wein und die insgesamt sehr emotionale Stimmung haben geholfen, aber ihr langes und verschlungenes Gespräch hat sich seltsam *rein* angefühlt, ohne Schranken und Vorbehalte. Er hat von der Krankheit seiner Mutter erzählt und sie von ihrer kriminellen Familie, als wären es ganz gewöhnliche Themen. Als am Morgen die Zeit gekommen war, sich zu trennen, haben sie die Telefonnummern getauscht. Johan ist kein Anhänger von unnötigem Körperkontakt, aber sie haben einander sogar umarmt. Mehrere Sekunden lang, und es kam ihm ganz natürlich vor. Also ja: Freundin.

Er setzt sich auf die unterste Stufe der Treppe, immer noch mit dem Papierstapel an die Brust gedrückt. Das Manuskript hat er mit rausgenommen wie einen treuen Begleiter. Ein erster Schritt in die Welt hinaus, dem niemals ein zweiter folgen wird.

Vollkommen wacko.

In einer Stunde muss er in der Bowlinghalle sein und die Ligaspiele des Nachmittags vorbereiten. Das ist die Wirklichkeit. Johan steht auf und geht zu seiner Haustür. Bevor er das Treppenhaus betritt, zeigt er der Welt zum letzten Mal seinen Papierstapel. Es ist kein einziger Mensch zu sehen, und nur die Kiefern flüstern ihren Beifall.

6

Mit übertriebenem Enthusiasmus darüber, dass sie Eis im Flygfyren kaufen würden, ist es Siw schließlich gelungen, die widerstrebende Alva aus dem Haus zu bekommen, sodass Max unter dem Bett hervorkriechen konnte. Er zieht sich hastig an und ist auf dem

Weg durch die Wohnungstür, als er innehält. Siw und Alva sollten mindestens zwanzig Minuten weg sein, da ist also Zeit für eine kleine Hausbesichtigung.

Er weiß selbst nicht, worauf er aus ist, als er langsam durch Siws ordentliche, saubere Wohnung schlendert. Vielleicht ein Eindruck, ein Feeling dafür, wer sie ist.

Nur etwa vierzig Bücher im Regal, vor allem schwedische Krimis aus weiblicher Feder. Eine größere Anzahl von Filmen. Fantasy, Abenteuer, romantische Komödien und eine Chaplin-Box, die ein Drittel eines Regalbretts einnimmt.

Der Durchbruch von Spotify hat den Nachteil mit sich gebracht, dass man nicht mehr die Plattenregale der Leute durchsehen kann, um sich ein Urteil über ihren Charakter zu bilden, und bald wird das wohl auch für Bücher und Filme gelten, mit Blick auf die Streamingdienste. Am Ende bleibt nur der Klassiker: der Badezimmerschrank.

Max dreht eine Runde durch die Küche und findet den Schrank mit dem viel diskutierten Pulver von Itrim. Im Übrigen liegt alles dort, wo es hingehört, die Gläser und Teller sind sorgfältig gestapelt, und die Messer senkrecht an der Magnetleiste aufgereiht. Max kratzt sich seine etwas unrasierte Wange, während ein Unbehagen in seinem Bauch kribbelt, und er versucht sich an die Zeile eines Gedichts zu erinnern.

Er wirft einen Blick durch den Spalt von Alvas Tür, ohne hineinzugehen. Indem sie ihn – wenn auch unfreiwillig – allein in der Wohnung zurückgelassen hat, hat Siw eine halbe Zustimmung dafür gegeben, dass er sich ein wenig umsieht. Alva allerdings nicht. Max stellt lediglich fest, dass Alvas Ordnungssinn weniger entwickelt ist als der ihrer Mutter, bevor er die Tür wieder schließt.

Er lässt den Blick durch das Wohnzimmer wandern. Der Schaukelstuhl, der Strickkorb, das zweisitzige Sofa, der kleine Fernseher, der Wollwebteppich. Es gibt absolut *nichts*, das heraussticht, an dem man hängen bleiben kann, wenn man von einem gewissen Überfluss an Teelichtern absieht, und er ist nicht ein Stück klüger geworden, als er vor seinem Rundgang war. Die Gedichtzeile blinkt auf.

Die Mystik des Vororts besteht in der Abwesenheit eines Rätsels.

Genau so fühlt es sich an, und vielleicht stammt daher dieses Unbehagen. Siws Wohnung ist so durch und durch normal und transparent, dass … Nein, daran liegt es nicht. Max reibt sich die Augen. Eher so: Was *wollte* er eigentlich finden? Etwas … Mangelhaftes. Ein staubiges Kabelwirrwarr, eine Schublade mit unsortiertem Elektronikschrott, ein Bund schimmeliger Roter Bete. Etwas, das …

Ja!

Etwas, das ihm selbst ähnelt.

Es gibt einfach keinen Platz für ihn an diesem Ort. Das ist es. Daher auch das Unbehagen. Er fühlt sich weniger wie ein Gaffer, sondern eher als *Eindringling*, jemand, dessen Schritte den Boden besudeln, auf dem er geht. Diese Suggestion ist so stark, dass Max plötzlich glaubt, er würde Straßenschuhe tragen, und tatsächlich nachsehen muss, um sich davon zu überzeugen, dass es nicht der Fall ist.

Der Gedanke an Straßenschuhe gibt ihm den Impuls, die Wohnung zu verlassen. Nur noch eine letzte Sache. Er wühlt im Strickkorb und zieht einen halb fertigen Pullover in Kindergröße heraus, den er in das Licht des Fensters hält. Lange steht er mit diesem Pullover da und mustert jede Masche, bis es in seinem Mund nach Salz schmeckt und er einsieht, dass er weint.

Er lässt den Pullover mit der linken Hand los, damit er ihn auf das Herz legen und richtig *nachfühlen* kann. Aber dort ist nichts. Weder Trauer noch Freude oder Sehnsucht. Er weint einfach nur, ohne zu wissen, warum. Ein paar Tränen tropfen auf den Pullover, als er ihn zurück in den Korb legt. »Hör auf«, flüstert er sich selbst zu. »Warum weinst du überhaupt?«

Es ist lange her, dass er das letzte Mal geweint hat, und als es jetzt wieder passiert, ist es beinahe provozierend, dass er noch nicht einmal weiß, warum. Max wischt die Tränen von den Wangen und geht in den Flur, wo er eine Weile suchen muss, bis er seine Schuhe findet, die unter das Schuhregal geschoben waren. Als er die Wohnungstür öffnet, dreht er sich noch einmal um, und dieses Mal spürt er die Tränen, bevor sie seinen Mund erreichen.

7

Siw ist so wenig daran gewöhnt, etwas zu bekommen, was sie sich wünscht, dass sie gar nicht weiß, wie sie darüber denken soll. Als sie mit Alva an ihrer Seite zum Flygfyren geht, hat sich ihr Gedächtnis an einer Szene aufgehängt, die immer und immer wieder abgespielt wird.

Håkans letzte Zugabe im Stadion Ullevi im vergangenen Sommer. Siw hatte schon geglaubt, dass es vorbei wäre, nachdem das Feuerwerk den Nachthimmel über Göteborg zu den Tönen von »Du är snart där« erleuchtet hatte. Die ekstatische Freude sprang aber noch eine unvorstellbare Stufe in die Höhe, als der Großbildschirm hinter Håkan die Schlussszene von *Moderne Zeiten* zeigte. Chaplins Tramp und das Mädchen, die Hand in Hand die Landstraße entlanggehen. Es war perfekt.

Und dann die Zugabe zur Zugabe. Wie es niemals aufhören wollte. Und jetzt ist es wieder da. Es geht um dieses Gefühl, sich in einem Augenblick zu befinden, der ewig dauert.

»Oder?«

Alvas Stimme dringt durch das Rauschen, und der verärgerte Tonfall lässt Siw verstehen, dass sie einen ganzen Gedankengang verpasst hat. »Entschuldige, mein Schatz, was hast du gesagt?«

Alva rollt mit den Augen und krümmt sich in einer Gebärde, von der Siw weiß, dass sie so etwas bedeutet wie: *Du bist so schrecklich unkonzentriert, Mama*, aber ausnahmsweise wiederholt sie ihre Aussage ohne weitere Ermahnungen.

»Ich sagte, dass alle Menschen Angst haben. Und deswegen machen sie dumme Sachen. Oder?«

»Tja, das stimmt wohl. Wie kommst du darauf?«

»Weil, wie ich schon *vorher* sagte. Die Menschen in der Kiste sind geflohen, weil sie Angst vor dem Krieg und der Armut hatten, und diejenigen, die das Boot steuerten, hatten Angst vor Gespenstern, und deswegen kam es so, wie es gekommen ist.«

Siw muss sich anstrengen, um zu verstehen, was Alva meint. Die Kiste? Das Boot? Dann fällt alles an seinen Platz, obwohl der Teil mit den Gespenstern neu für sie ist. Sie seufzt und sagt: »Hat deine Großmutter mit dir darüber gesprochen?«

Alva schüttelt den Kopf. »Es kam Ringel, das Ferkel, aber die Folge war nicht gut, also habe ich den Kanal gewechselt, und da war dieser alte Mann, der über die Kiste gesprochen hat.«

»Den Container?«

»Oh, Leute. Ihr seid echt umständlich! Und warum war Oma vorhin so komisch?«

»Wann?«

»Im Flur. Als wir gehen wollten.«

Eine schwache Röte, die Alvas scharfem Blick glücklicherweise entgeht, steigt in Siws Wangen. Als es Siw geglückt war, Alva aus dem Bett zu locken, war sie genau rechtzeitig in den Flur gekommen, um ihre Mutter dabei zu beobachten, wie sie Max' Schuhe unter das Schuhregal schob. Ihre Mutter hatte Siw einen Blick zugeworfen, und Siw hatte verbissen den Kopf geschüttelt, was Anita dazu brachte, ihre Augenbrauen hochzuziehen und verächtlich zu schnauben. Alva war der stille Meinungsaustausch natürlich nicht entgangen. Sie hatte von der einen zur anderen geblickt und gefragt: »Was ist denn? Was ist denn?«

Trotzdem ist Siw dankbar für Anitas ungewöhnliches Feingefühl. Wenn Alva die Schuhe gesehen hätte, hätte sie nicht lockergelassen, bis Max unter dem Bett hervorgekrochen wäre, und dann wäre das alles *richtig* anstrengend geworden. Jetzt ist es nur das Übliche. Alva hat den Verdacht, dass sich unter der Oberfläche irgendetwas versteckt, und taucht wie eine Seeschwalbe nach dem blinkenden Silber.

»Ich habe es gemerkt«, sagt Alva. »Sie war seltsam. Du warst auch seltsam. Warum?«

Siw beginnt, an einer Erklärung zu arbeiten, scheitert aber schon im Planungsstadium. Sie ist es gewohnt, acht Stunden lang zu schlafen, aber in der vergangenen Nacht waren es vielleicht drei, und ihr Gehirn fühlt sich schlaff an. Nach dem Sex hat Siw erst Håkan für Max gespielt, und danach saßen sie auf dem Balkon und redeten, eingewickelt in Decken. Und sie tranken noch mehr Wein.

In Siws früheren Beziehungen hatte Sex nie zu einer weicheren oder eher schwebenden Gestimmtheit geführt, in der es eine andere Form von Nähe gab, so wie heute mit Max. In den Morgenstunden hat sie zum ersten Mal Sex erlebt, der mehr umfasste als ein Jucken, das gekratzt werden musste. Er war alles entscheidend und ein bisschen erschreckend.

Weil sie Alva das alles nicht erklären kann, zieht sie die Karte, die sie äußerst selten benutzt, und sagt: »Erwachsenensachen.«

Wie erwartet flippt Alva aus, ballt die Fäuste und reibt sie an den Schläfen, während sie ruft: »Aarrgghh! Das ist geschummelt, so etwas zu sagen! Schummelei! Igitt!«

In beleidigtem Schweigen trabt Alva weiter und läuft einige Schritte vor Siw her, der nichts weiter einfällt, um die Situation zu entschärfen. Hoffentlich wird das Eis Alvas Wut ein bisschen kühlen.

Diese Augenblicke im Ullevistadion waren wunderbar gewesen, und was sie vor wenigen Stunden gemeinsam mit Max auf dem Balkon erlebt hat, besaß ungefähr die gleiche Intensität. Angelehnt an Max und in das Wärmelicht gehüllt und mit dem Wein, der sanft durch ihre Adern glitt, hatte sie gespürt, wie die Grenzen sich auflösten und alles ineinander floss, als würde sie sich in der Ewigkeit befinden, als sei sie Teil davon.

Worin besteht dann das Erschreckende?

Dass sie mehr haben will und nicht weiß, ob sie es bekommen kann? Nein, genau wie in Ullevi hat sie in dem Augenblick akzeptiert, dass *dies jetzt ist und nicht wiederkommt*, und vermutlich gehören sie und Max nicht zu denen, die sich am Ende bekommen.

Es ist eher die *Störung*, die diese neue Erfahrung mit sich bringt. Dass das Leben eine ganz andere Qualität hat, als sie immer dachte. Dadurch erlebt sie einen tiefen Kontrollverlust, und wenn sie etwas *nicht* ertragen kann, dann ist es, die Kontrolle zu verlieren.

Ja, denkt Siw. *Ich bin verstört. Es hat mich aufgestört.*

Alva ist etwa zehn Meter vor den Karusselltüren des Supermarkts Flygfyren stehen geblieben und studiert wie gewohnt das große Personalfoto, das in ein Herz eingefügt ist und in dem auch Siw ihren Platz hat, das Foto, das Alva einmal dazu gebracht hat, Siw für einen *Promi* zu halten.

Als Siw zu ihr aufschließt, zeigt Alva auf das Bild und sagt: »Es sind mehr Männer als Frauen.«

»Mag sein«, sagt Siw. »Was für ein Eis möchtest du haben?«

Aber Alva lässt sich nicht ablenken. Ihre erste Bemerkung war nur dafür gedacht, den Boden zu bereiten, und vielleicht als Rache für Siws Gilt-nicht-Antwort macht Alva ihre Stimme weinerlich und fragt: »Ist einer von ihnen mein Vater?«

»Alva, ich habe dir doch gesagt …«

»Ich glaube, du *lügst.*«

»Aha. Na ja, jedenfalls ist es keiner von denen, das kann ich dir nach bestem Wissen und Gewissen versichern.«

»Hm«, sagt Alva. »Ich will ein Ben und Jerrys.«

»Weißt du, was so eins kostet?«

»Selber schuld, du Schummlerin.«

Alva marschiert zum Eingang, und Siw wirft einen letzten Blick auf das Foto. Es sind vielleicht nicht die attraktivsten Männer Roslagens, die dort in ihren karierten Hemden stehen, aber mehrere von ihnen hätte sie lieber als Alvas Vater gehabt, anstelle des echten. Im Grunde sogar alle.

Der kleine Bastard

1

Siw und Anna wussten es damals noch nicht, aber alles, was sie im Jahr 2011 entschieden oder taten, sollte ihrer beider Leben auf lange Zeit beeinflussen. Im Frühling hatte Siw mit Hilfe ihrer Mutter die Wohnung in der Flygaregatan kaufen können, während einer von Stigs »Geschäftsfreunden« Anna seinen Mietvertrag für eine heruntergekommene Zweizimmerwohnung am Stockholmsvägen überlassen hatte. Anna dachte damals, es sei nur vorübergehend, eine Zwischenlösung, genau wie die Arbeit, die sie in der Altenpflege angenommen hatte.

Siw hatte sich auf dem Gymnasium für den sozialwissenschaftlichen Schwerpunkt entschieden und wollte anschließend Sozialarbeit studieren. Als sie im Herbst 2011 begann, im Flygfyren zu arbeiten, hatte sie eigentlich die Absicht, ein halbes Jahr zu bleiben und sich im Frühjahr an der Hochschule einzuschreiben. Daraus wurde nichts, was auch der Tatsache geschuldet war, dass sie im Herbst schwanger wurde. Und an allem schuld war Johnny Depp.

Sowohl Siw als auch Anna waren große Fans von *Pirates of the Carribean*, seit sie als Vierzehnjährige im Kino *Royal* in Norrtälje bei Jack Sparrows Einlagen erst die Luft angehalten und anschließend losgeprustet hatten. Aber sie waren sich auch einig darin, dass die Folgen immer schlechter wurden, und als im Frühjahr der vierte Teil anlief, hatten sie sich nicht mehr aufgerafft, ihn im Kino anzusehen.

Im Herbst allerdings fiel die DVD- und BluRay-Ausgabe des Films damit zusammen, dass Stig eine Heimkinoanlage besorgte, die ein gutes Stück besser war als der Durchschnitt. Damals war es noch einige Jahre hin, bis man 55 Zoll zum Angeben brauchte, aber nach Stigs Motto »wenn schon, denn schon« schleppte er einen 65-Zöller von Samsung bis nach Hause. Dazu kam ein Surroundsystem mit einem Subwoofer, der so donnerte, dass die Wühlmäuse auf dem Grundstück der Olofssons aus dem Boden krabbelten, wenn man Stig glauben wollte.

Sylvias Temperament war mit den Jahren ein bisschen gemäßigter geworden, und sie begnügte sich damit, so etwas wie »Schwanzverlängerung« zu murmeln, bevor sie sich glücklich auf dem riesigen Sofa breitmachte und die ansehnliche Sammlung von Kriegsfilmen abarbeitete, die Stig gegen eine unbenutzte schwarze Badewanne eingetauscht hatte.

An einem Freitagabend, als Anna wusste, dass das Haus leer stand, begaben sie und Siw sich mit *Fremde Gezeiten* dorthin, um sich Stigs Monsteranlage anzusehen und Johnny Depps Imitation von Johnny Depp. Anna hatte zur Feier des Anlasses zwei Flaschen Rum gekauft. Marke? *Captain Morgan* natürlich. Laut Anna lag der große Vorteil des Heimkinos darin, dass man beim Zugucken rauchen und trinken konnte. Als Fünfzehnjährige war sie einmal auf Lebenszeit aus dem Kino *National* in Rimbo geworfen worden, nachdem sie genau das getan hatte. Die Tatsache, dass das Kino von den Abstinenzlern betrieben wurde, machte die Sache nicht besser.

Der riesige, schwarze Flachbildschirm dominierte das Wohnzimmer, und Anna und Siw studierten ihn mit einer Mischung aus Skepsis und Ehrfurcht. Anna holte zwei Gläser sowie Cola zum Mixen. Siw deutete mit dem Zeigefinger an, wie wenig Rum sie haben wollte, und Anna schenkte das Doppelte ein. Sie selbst nutzte die Cola nur als Geschmacksaroma und gab einen Schuss in ihr randvolles Glas, bevor sie die ganze Anlage mit den Fernbedienungen, die aufgereiht auf dem Couchtisch lagen, in Gang brachte. Nachdem sie zehn Minuten lang ergebnislos zwischen Menüs und Kanälen herumnavigiert hatte, holte Siw die Gebrauchsanweisung, und nach einer weiteren Viertelstunde tauchte endlich der Startbildschirm auf. Bis dahin hatte Anna schon ihr erstes Glas geleert und sich ein zweites eingeschenkt.

Als Penelope Cruz zum ersten Mal auf dem Bildschirm auftauchte, wedelte Anna mit dem Glas, wobei ein bisschen Rum auf das Ledersofa schwappte, und sagte: »Das ist ja nicht mein Ding, aber wenn es das wäre, dann würde ich liebend gerne die Schere mit ihr machen.«

Der Film war wirklich nicht besonders gut. Die Story mit der Suche nach der Quelle der Jugend wirkte konstruiert, und Jack Sparrows manieriertes Auftreten, das im ersten Film noch lustig war, kam einem hier nur noch … manieriert vor. Der einzige richtige Gewinn war Penelope.

»Scheiße«, sagte Anna nach einer knappen Stunde und leerte ihr drittes Glas, bevor sie den Kopf nach hinten in das Sofa warf. »Johnny Depri, also wirklich. Da kann man ja einschlafen.« Fünf Minuten später tat sie genau das. Siw blieb pflichtschuldig sitzen und sah sich an, was auf dem Bildschirm passierte, und obwohl die beiden Gläser Cola-Rum, die sie getrunken hatte, wesentlich schwächer waren, waren sie stark genug, dass sie der unnötig verzwickten Handlung nicht mehr folgen konnte.

Als Anna zu schnarchen begann, wurde die Haustür geöffnet, und Siw erstarrte. Auf der Liste von Attributen, mit der man Annas Familie beschreiben konnte, lag »unvorhersehbar« ziemlich weit oben. Wenn ein Familienmitglied in den Raum kam, konnte man nie wissen, was jetzt zu erwarten war. Sonnenschein und fröhliche Mienen oder Blitz und Donner. Außerdem konnte es in Sekundenbruchteilen von dem einen zum anderen umschlagen.

Jemand grunzte draußen in der Diele, und plumpe Schritte näherten sich. Siw hielt die Luft an, als könnte sie damit verhindern, entdeckt zu werden, als Acke sich in der Türöffnung zeigte. Er ließ den Kopf hängen und betrachtete den Bildschirm unter dem Pony hindurch.

»Ah«, sagte er und schüttelte den Kopf über Johnny Depp, der schnatterte wie ein Schimpanse. »Dieser Scheiß.« Er setzte sich schwerfällig auf die Armlehne neben Siw und atmete etwas aus, was ihrer Einschätzung nach wie Whisky roch.

»Hast du den gesehen?«, fragte sie.

»Lange her. Pirate Bay. Scheißfilm.« Er entdeckte Anna, die mit weit geöffnetem Mund schlief, während ein dünner Schleimfaden aus ihrem Mundwinkel hing. Acke grinste. »Die Schwester ist hinüber?«

»So ähnlich.«

Siw schielte zu Acke, dessen schwarzes Haar vor den Augen hinunterhing. Sein Gesicht war eckig und von den Narben einer schweren Akne überzogen, die er als Fünfzehnjähriger hatte, die aber jetzt, zwei Jahre später, so gut wie verschwunden war. Er lächelte schief zu Siw hinüber, auf eine Weise, die ihre Mutter als flegelhaft bezeichnet hätte. Nur um etwas zu sagen, fragte sie: »Und wie ist die Lage?«

»Alles Mist«, sagte Acke und kratzte sich an seinem ausgebeulten Schritt, der sich nur einen halben Meter von Siws Gesicht entfernt befand. »Beata hat Schluss gemacht. Ich hatte mich auf eine ordentliche Fickrunde über das Wochenende eingestellt, und jetzt … pfff.«

Acke rieb sich die Nase, über die er vielleicht etwas eingenommen hatte, um die Effekte des Whiskys zu verstärken. Seine starrenden Augen, die Siw durch den Haarvorhang musterten, deuteten darauf hin. Siw wandte ihre Aufmerksamkeit wieder dem Bildschirm zu, spürte den Blick aber auf ihren Wangen brennen, sodass ihr die Röte ins Gesicht fuhr.

»Wollen wir ficken?«, fragte Acke.

»Nein«, sagte Siw. »Ganz bestimmt nicht.«

Acke war schon einmal mit einem ähnlichen Vorschlag gekommen, als er fünfzehn war und sein Gesicht so aussah wie eine aussortierte Pizza, aber Siw hatte ihr Nein nicht darauf gegründet, sondern eher darauf, dass er der kleine Bruder von Anna war und dazu noch ein Kind.

Jetzt war sein Gesicht verheilt, und hätte er nicht dieses kantig wieselhafte Aussehen, würde man ihn fast hübsch nennen können. Ackes Frage schuf vor allem eine Wolke aus Unbehagen in Siws Bauch, aber auch ein Prickeln an der Stelle, die ihre Mutter gerne als *wo sich die Schenkel treffen* bezeichnete.

»Doch«, sagte Acke. »Du wirst ja rot. Du willst doch.«
»Ich werde rot, weil du ein Idiot bist.«
»Jetzt komm schon, Siw. Warum nicht?«
»Du weißt, warum.«
»Das Schwesterchen schläft doch.«
»*Das* ist nicht der Grund.«
»Was denn sonst? Niemand wird etwas erfahren.«

Acke beugte sich über sie und leckte ihr den Nacken. Die Wolke aus Unbehagen wuchs. Das Prickeln wurde stärker. Acke nahm ihre Hand und legte sie auf seinen Schritt. Dahinter versteckte sich ein ordentliches Stück, und dessen Wärme pulsierte in ihrer Handfläche. Acke knabberte an Siws Ohrläppchen und sie keuchte auf.

Es war drei Jahre her, seit sie das letzte Mal mit Niklas aus dem Mechatronikerprogramm zusammen war. Drei Jahre hatte sie nicht die Wärme eines anderen in sich gespürt. Als Acke die Innenseite ihres Oberschenkels streichelte, begann es in der Brust zu brennen, und dieser Rauch stieg nach oben und verdunkelte ihre Vernunft. »Nicht *hier*«, flüsterte sie.

Acke keuchte in ihr Ohr, nahm die Hand, die auf seinem Schritt gelegen hatte, und zog sie aus dem Sofa hoch. »Dann komm.«

Siw warf einen Blick auf Anna, die immer noch auf ihre lautstarke Art schlief, und folgte Acke in dessen Zimmer. Ihr Gehirn hing hilflos über dem Feuer und wurde gedreht, immer rund herum, während es jammerte: *nein, nein, nein, nicht gut, nicht gut.*

Ackes Zimmer war lediglich von einem dünnen, roten Lichtschlauch beleuchtet, der im Fenster hing. Nachdem er die Tür hinter ihnen geschlossen hatte, konnte Siw kaum noch die Hand vor Augen sehen. Acke machte kurzen Prozess mit der Kleidung, die er noch trug, und im Handumdrehen stand er nackt vor Siw, deren Augen sich an die Dunkelheit angepasst hatten und auf Ackes großen, aufrecht stehenden Penis starrten, der auf dem dünnen Körper wie eine Attrappe aussah. Er schnipste mit den Fingern und keuchte: »Jetzt komm schon.«

Nicht gut, nicht gut, nicht gut.

Siw war dankbar für die gnädige Beleuchtung, weil es sich anfühlte, als würde sie über den ganzen Körper rot anlaufen, als sie sich auszog. Er schob sie zum Bett, und als ihre Kniekehlen die Kante erreichten, fiel sie mit einem erschrockenen Piepsen nach hinten. Acke griff nach ihren Knien und schob ihre Beine auseinander.

»Ich nehme keine Pille«, keuchte Siw. »Du musst …«

Aufhören. Du musst aufhören.

Acke grub unter der Matratze und holte eine Kondompackung heraus, in die er so unvorsichtig biss, dass er das Gummi mit kaputt riss. Als er erneut unter der Matratze zu wühlen begann, rieb Siw sich die Augen, holte ihre Vernunft zurück und schlug ihre Oberschenkel zusammen.

»Acke, ich will nicht.«

Sie setzte beide Hände an die Seiten der Hüfte und begann zu schieben, um auf die Beine zu kommen. Acke hörte auf zu suchen und benutzte stattdessen die Hände, um nach ihrer Brust zu greifen und sie zurück auf das Bett zu drücken.

»Acke, nein. Nein!«

Acke schnaubte und ein paar Tropfen Speichel landeten auf Siws Wange, worauf er mit unerwarteter Kraft ihre Beine auseinanderzwang, auf sie fiel und eindrang. Es gab nichts Schönes dabei, nichts, weil der kleine Teil von Siw, der sich widerwillig geöffnet hatte, jetzt geschlossen und kalt war. Es gab nur noch Gewalt und Mechanik, als Acke seine Stange gegen ihre Öffnung drückte. Ein Mal, zwei Mal, drei Mal.

Siw wollte aus ihrem Körper fallen, sie wollte ein uneinnehmbarer Klumpen aus Eisen werden, und vor allem wollte sie schreien, aber sie tat es nicht, weil das Auftauchen von Anna in der Türöffnung sie vor Scham sterben lassen würde. Sie biss die Zähne um den Schrei zusammen, während ihr Kopf von den Stößen gegen die Wand schlug.

Vier Mal, fünf Mal. Dann spannte sich Ackes Körper und er stöhnte auf, während eine klebrige Wärme in Siws Schritt strömte. Acke fiel flach auf Siws Körper wie ein Hampelmann, dem man die Fäden abgeschnitten hat. Kraftlos lag er für fünf Sekunden da, dann sagte er »verdammte Scheiße« und zog sich aus ihr heraus. Der Penis spritzte noch einmal und ein Tropfen Flüssigkeit landete auf Siws Wange.

Siw war gerade vergewaltigt worden, aber daran dachte sie nicht, als sie mit den Händen auf der Brust gefaltet wie bei einem Gebet auf dem Bett lag und mit Tränen in den Augen an die dunkelrote Decke starrte. Sie dachte: »Dummkopf, Dummkopf, Dummkopf«, und meinte sich selbst damit. Als sie nicht mehr *Dummkopf* dachte, dachte sie: *Lieber Gott, lass mich kein Kind bekommen.*

Als Ackes Samenflüssigkeit über ihren Schenkel zu rinnen begann, sagte er mit einem abschätzigen Ton in der Stimme: »Alles klar, du kannst jetzt gehen.«

Ohne zu antworten, hob Siw ihre Kleidung vom Boden auf und huschte gebückt zur Tür hinaus. Aus dem Wohnzimmer hörte sie donnernde Kanonensalven, die den Fußboden vibrieren ließen, als Siw wie ein aufgescheuchtes Tier ins Badezimmer schlich. Sie schloss die Tür hinter sich ab, vermied es, sich im Spiegel anzusehen, und stellte sich unter die Dusche.

Sie grub mit den Fingern in ihrem Geschlecht, sie weinte und presste den Duschkopf gegen sich.

Als sie zehn Minuten später zum Sofa zurückkehrte, schlief Anna immer noch. Sie wachte auf, als Siw sich setzte, und sah sich schlaftrunken um. »Oh je«, sagte sie. »Habe ich etwas verpasst?«

Ja. Das kann man wohl sagen.

Siw faltete ihre Hände über dem Bauch, wo das, was Alva werden sollte, schon bald zu wachsen beginnen würde.

2

Wenn Alva ihre Herkunft Johnny Depp verdankt, dann kann ihr Weiterleben von einem Schiff in einer Flasche herrühren. Das Schiff ist ein Miniaturmodell des Flaggschiffs der Silja Line, Galaxy, und die Flasche nach dem Modell Absolut Vodka, aber ohne Etikett.

Wie das zehn Zentimeter hohe Schiff durch den Flaschenhals gekommen ist, der einen Durchmesser von drei Zentimetern hat, liegt leider außerhalb des Horizonts dieser Geschichte. Das Wesentliche ist, dass das Schiff im Jahr 2011 Teil einer Kampagne war und an diejenigen verteilt wurde, die eine Gruppenreise für zwanzig Personen oder mehr gebucht hatten.

Genau so eine Reise hatte der Personalverantwortliche des Flygfyren bestellt, um seine Angestellten zu motivieren. Oder eher zwei, denn das Personal sollte in zwei Schichten fahren, damit der Supermarkt immer besetzt blieb. Die erste Reise sollte am Sonntag starten, zwei Tage, nachdem Acke Siw vergewaltigt hatte.

Sie hatte ihr Interesse nicht angemeldet. Zum einen mochte sie die vollgepackten Fähren nicht, auf denen Menschen mit glänzenden Augen wie Schweine zum Schlachthof durch die Einkaufsdecks getrieben wurden, zum anderen neigte sie zur Seekrankheit.

Am Samstag entschied sie sich um und mailte der Kontaktperson, dass sie gerne mitkommen wolle, wenn es noch Platz gab. Die Antwort kam schnell: »Platz gibt es immer! Zum Ringelpiez mit Anfassen.« Wie viel Ringelpiez sich Siw vorstellen mochte, war eine andere Frage, aber sie hatte das Bedürfnis, einfach wegzukommen, abzulegen, etwas Ungewöhnliches zu tun. Eine Fantasie über Seeluft war auch dabei. Ackes Übergriff klebte an ihr fest. Wenn sie ganz vorne am Bug stehen und sich von der kühlen Brise der Ostsee lange genug überspülen lassen würde, würde sich alles besser anfühlen, weniger schmutzig. Irgendetwas in der Art.

Es gab weder Ringelpiez, Seekrankheit noch eine Reinigung. Sie wurden einfach mit der Fähre nach Finnland geschippert mit einer Übernachtung in einer kleinen Kajüte, die sie mit Kajsa-Stina von der Fischtheke teilte. Siw versuchte mit den anderen im Nachtklub zu feiern, aber schon nach dem zweiten Bier sagte ihr innerer Anzeiger, dass ein Rausch in die falsche Richtung ausschlagen und sie in die Dunkelheit stürzen würde.

Sie ging zur Kajüte, wo auch Kajsa-Stina sich schon zu einem frühen Abend in Gesellschaft eines Minzlikörs zurückgezogen hatte. Die ältere Frau breitete sich über ihre rheumatoide Arthritis aus, trank ein Glas nach dem anderen und atmete mit einem tiefen Keuchen aus, bis man sich in der Kajüte wie in einem Karton After Eight fühlte. Irgendwann gingen sie ins Bett. Siw lag noch lange wach und lauschte dem gleichmäßigen Dröhnen der Motoren und den Bewegungen des Rumpfes durch das Wasser. Sie sah sich selbst als ein einsames Schiff, das mit erloschenen Laternen über das dunkle Meer fuhr. Hatte sie einen blinden Passagier an Bord?

Als drei Wochen später ihre Menstruation ausblieb, zögerte sie es noch weitere zwei Wochen hinaus, bis sie sich einen Schwangerschaftstest kaufte, denn wenn sie es erst einmal *wusste*, musste sie sich auch dazu verhalten. Schließlich nahm sie sich zusammen, und nachdem sie auf den Teststab gepinkelt hatte, konnte sie die Antwort in dem kleinen Fenster lesen.

Und jetzt?

Mit hängendem Kopf blieb sie auf dem geschlossenen Toilettendeckel sitzen. Im Grunde hatte sie es schon vorher gewusst. Eine Woche vorher hatte die morgendliche Übelkeit begonnen, und ihre Brüste taten weh, wenn sie sich den engen Arbeitskittel überzog. Die Zeichen waren da, aber es waren nicht mehr als Zeichen. Jetzt hatte sie die Nachricht in der Hand, blau auf weiß.

Und jetzt?

Siw hatte im Prinzip nichts gegen Abtreibungen, aber sie konnte sich kaum vorstellen, dass sie sich das kleine Leben herausschneiden ließ, das in ihrem Inneren heranwachsen wollte. Siw musste schaudern, wenn sie nur daran dachte.

Andererseits … konnte sie sich vorstellen … *Mama* zu werden? Siw ließ das Wort auf der Zunge verweilen und sagte es dann laut: »Mama«. Das Einzige, woran sie dabei dachte, war ihre eigene Mutter, und so wollte sie *nicht* werden. Sie änderte die Strategie und sagte so entspannt wie möglich: »Hast du gehört? Siw wird jetzt Mama.« Das klang vollkommen irre. Sie hätte genauso gut sagen können: »Hast du gehört? Siw fliegt jetzt zum Mond.«

So vergingen die Wochen, während sie hin und her überlegte. Es gab fast ausschließlich Argumente dagegen. Sie würde sehr eng wohnen, weniger Geld verdienen und sich nicht so ausbilden können, wie sie es geplant hatte. Sie würde ständig müde sein und kaum noch Freizeit haben. Auf der positiven Seite gab es nur ein hypothetisches Kind, das sie noch nicht kannte, und sie konnte sich nicht vorstellen, wie sie darauf reagieren würde. Sie wusste, was sie verlieren würde, hatte aber keine Ahnung, was sie gewinnen konnte.

Zehn Wochen waren vergangen, als Siw auf dem Weg zur Arbeit eine innere Faust auf eine imaginäre Tischplatte schlug. Jetzt reichte es! Das einzige Vernünftige war, diesen … menschenförmigen Zellklumpen abzumontieren, der ihr Leben, wie sie es kannte, zu zerstören drohte. Während der Mittagspause würde sie anrufen und einen Termin machen.

Sie arbeitete ihre Kassenstunden in einer Mischung aus Euphorie und Übelkeit ab. Jetzt würde es geschehen! Sie würde die unbehagliche Episode hinter sich bringen, sie einkapseln und im Brunnen des Vergessens versenken, als hätte sie nie stattgefunden. Es würde kein Schaden entstehen und das Leben könnte weitergehen.

Die Zeit für die Mittagspause war gekommen. Siw würde erst essen und dann anrufen. Als sie mit ihrer in der Mikrowelle erhitzten Essensschüssel in den Speisesaal kam, war ihr gewohnter Platz besetzt, sodass sie sich an einen Fenstertisch weiter hinten im Lokal setzte. Sie hatte erst ein paar Bissen gegessen, als sie es auf dem Fensterbrett sah. Das Buddelschiff. Galaxy. Dasselbe Schiff, mit dem auch sie gefahren war.

Sie blieb sitzen und betrachtete das detailreiche Modell, das auf einem gewellten Meer aus Plastik ruhte, die Schmuckbemalung über seinem Rumpf, die weißen Wolken an einem strahlend blauen Himmel. Es beschäftigte sie. Dort war etwas. Etwas, worüber sie noch nicht nachgedacht hatte. Dann entdeckte sie es.

Unabhängig davon, was sie seinerzeit über reinigende Meeresbrisen gedacht hatte, hatte sie nicht die geringste Lust verspürt, an dieser Schiffsreise teilzunehmen. Aber da war diese Idee von einer Möglichkeit, ihre Geschichte umzuschreiben und Acke daraus zu entfernen. Ein Spontanfick mit einem halb besoffenen Finnen, irgendetwas in der Art.

Sie war die Reise angetreten, um einen erfundenen Vater zu erschaffen für ein Kind, dessen Heranwachsen sie noch nicht einmal spürte. Dieser Vater war deshalb so dringend nötig, weil sie schon damals gewusst hatte, dass sie das Kind behalten würde, *wenn* denn eines auf dem Weg war.

Sie studierte das Schiffsmodell in der Flasche und dachte sich in sein Innenleben hinein, die Zeit in der Kajüte, bevor Kajsa-Stina mit dem Likör kam, der Finne, der keuchte und stieß, bis die Koje knirschte, um sie anschließend zu verlassen und niemals zurückzukommen.

Abgesehen von den Details mit dem Keuchen und Stoßen war es diese Geschichte, die sie ihrem Kind servieren würde und allen anderen, die fragen sollten. *Hast du gehört? Siw wird jetzt Mama!* Ja. Das wurde sie tatsächlich.

Der Wind hält eine Rede

Hier habt ihr mich wieder. Nichts, worüber man sich wundern müsste, weil ich ewig bin und immer da. Nicht einmal, wenn das Meer glatt wie ein Spiegel ist, bin ich ganz verschwunden, genauso wenig wie die Sonne, wenn sie von Wolken verborgen wird. Du könntest sagen, dass es windstill ist, aber trotzdem zittert irgendwo ein Espenblatt in der Krone eines Baums.

Der Wind der Veränderung weht über Norrtälje, und das ist eine Metapher, die nur wenig mit mir zu schaffen hat. Ich kann zwar hohe Bäume umstoßen und Schiffe zum Kentern bringen, aber zu einer Veränderung von der Art, die hier beschrieben wird, bin ich nicht in der Lage. Dafür bin ich der beste Beobachter überhaupt. Auf meinen Fahrten habe ich bemerkt, dass die Laubbäume, die den Fluss säumen, dieses Jahr früh in den Herbst gegangen sind. Normalerweise lassen Ahorn und Linde erst Ende Oktober ihr Laub fallen, damit ich eine Weile mit ihnen spielen kann, bevor ich ihrer müde werde und sie in den Fluss fege. Dieses Jahr färbte sich die Wasseroberfläche bereits Mitte September gelb, und am Ende des Monats waren die Bäume kahl. An bestimmten Tagen konnte ich nicht einmal jedes einzelne Blatt berühren, als es seiner ewigen Ruhe entgegenfiel.

Und die Forelle, Norrtäljes Stolz und Freude, wenn sie den Fluss hinauf und hinunter wandert, wohin ist sie verschwunden? Das Einzige, was ich gesehen habe, sind nach oben gewandte, weiße Bäuche, die mit dem Strom in die gleitenden Laubmassen wandern.

Im Sozietätspark ist der Boden untergraben und gewisse Teile sind abgesperrt, weil man Angst vor Erdfällen hat. Erdfälle! Hunderttausende von Menschen sind viele Jahrhunderte lang über diesen Boden gewandert, aber ausgerechnet jetzt droht dieser Grund sich unter ihren Füßen zu öffnen.

Nachts schleicht jemand an den Rändern des Parks herum und sägt Bäume ab. In der letzten Zeit ist dieser Missetäter dazu übergegangen, nur noch rundum die Rinde zu kappen, damit die Bäume nicht mehr fallen, sondern langsam verhungern. Das ist jemand, der sowohl die Natur als auch die Menschen hasst.

Manche haben bemerkt, dass das Kopfsteinpflaster auf den Gehwegen am Flussufer langsam absackt oder reißt, sodass es überall Stolpersteine für Unaufmerksame gibt, aber bislang bin es nur ich, der eine schwache Neigung im Nordflügel des Krankenhauses von Norrtälje erkennen kann, der langsam, ganz langsam zum Ufer hinuntersinkt.

Hier herrschen etliche Missverhältnisse, und wenn ich Hände hätte, würde ich nicht zögern einzugreifen, aber so kann ich nur zusehen, wie sich Risse in der Faktoribrücke öffnen, wie sich Brodds sten langsam neigt und sich ganze Abschnitte von der Uferböschung des Flusses lösen und ins Wasser fallen. Wir müssen hier Klartext reden: Norrtälje verfällt.

Ich bin kein Kenner der menschlichen Seele, aber ich sehe Unbehagen und Ärger, eine Unzufriedenheit mit dem Dasein, die sich in den Mienen und der Körperhaltung aller Menschen äußert, die sich in der Nähe des Flusses bewegen.

In dem Geist der klaren Sprache, der jetzt herrscht, möchte ich auch davon berichten, dass jetzt im Fluss *das Grauen* lebt. Das Grauen ist aus dem Container herausgelaufen und weiter in den Hafenkanal, von dort suchte es sich einen Weg flussaufwärts, wo es jetzt Verderben bringt.

Vielleicht möchtet ihr jetzt einwenden, das Grauen sei nur ein *Begriff* und nichts, was eine physische Gestalt annehmen kann. Gestattet mir deshalb die Anmerkung, dass es der Wind ist, der hier spricht. Auch ich kann auf einen Begriff reduziert werden und doch bin ich und spreche hier zu euch. Und ich sage euch, dass es das Grauen war.

War das Grauen eine Auswirkung der Angst? Oder war das

Grauen es, von dem die Angst sich nährte? Das wenige, was ich über die menschliche Seele gelernt habe, sagt mir, dass ihr ohnehin nicht in der Lage seid, Ursache und Wirkung zu unterscheiden. Was seid ihr nur für komplizierte Wesen.

Was der Fluss mit uns macht

1

»… und Bowser hat Peach geraubt und dann alle Sachen genommen, die hübsch in dieser Welt sind, denn er will sie für seine Hochzeit mit Peach haben, obwohl sie ihn gar nicht heiraten will, weil er so groß ist und so hässlich, und deswegen muss Mario sie retten.«

Alva nickt vor sich hin und schleckt wie eine Katze an ihrer Daimwaffel, lässt nur die äußerste Zungenspitze das Eis berühren und fängt dabei einen winzigen Klecks ein. Seit sie ein paar Tage zuvor bei einer Freundin zu Hause war und das Spiel spielen durfte, das sie »Mario Oddsy« nennt, ist das Wort Switch sehr oft über ihre Lippen gekommen. Sie redet über die Maschine, als wäre sie eine kleine Gottheit, die in der Lage ist, wundersame Offenbarungen und ewige Seligkeit hervorzubringen.

Siw hat in der Angelegenheit recherchiert und herausgefunden, dass diese Gottheit ungefähr viertausend Kronen kostet, die Seligkeit muss also leider warten, bis sie sich sie leisten können. Außerdem findet sie, dass Alva erstens zu klein für eine eigene Konsole ist und auch teilweise zur Monomanie neigt. Als sie zu einer bestimmten Zeit Angry Birds auf Siws Handy spielen durfte, war sie davon so verschlungen, dass sie stundenlang davorsaß und nichts mehr davon mitbekam, was um sie herum passierte.

Sie biegen vom Glasmästarbacken ab in die Tillfällegatan. Alva geht voran, und Siw ahnt ihre Absichten. Plötzlich wendet sie sich um, wirft Siw einen scharfen Blick zu und fragt: »Woher weißt du, dass sie tot sind?«

»Wer … wer denn?«

»Die Eltern meines Vaters.«

»Das hat dein Vater gesagt.«

»Wann denn?«

»Als wir uns getroffen haben.«

»Als ihr miteinander *geschlafen* habt.«

Einen Monat zuvor war Alva nach Hause gekommen, nachdem sie den Abend bei Anita verbracht hatte, und hatte Siw mit detaillierten Kenntnissen erklärt, wie Kinder gemacht werden. Die Scheide und der Penis und das Sperma und das ganze Paket. Siw hatte eigentlich nichts dagegen einzuwenden, und so ergänzte sie Anitas Information nur um die kleine Randnotiz, dass es auch ganz *schön* sein könne, miteinander zu schlafen, wenn man das richtige Alter erreicht habe, was Alva auf gar keinen Fall glauben wollte. Miteinander zu schlafen war eine Erwachsenenschweinerei, mit der sie selbst sich niemals beschäftigen würde. Doch, vielleicht, wenn sie in Rente gegangen war, aber früher bestimmt nicht.

Alva bleibt stehen und betrachtet einen *Lego-Friends*-Bausatz, der in einem Schaufenster des Spielzeuggeschäfts *Dubbelboa* steht. Sie sagt nichts, wirft ihrer Mutter aber einen finsteren Blick zu, der vermutlich nur den Weg ebnen soll für das, was jetzt kommt. Und tatsächlich biegt Alva jetzt in die Lilla Brogatan ab.

Als sie sich der Skulptur *Folkflinet* nähern, wächst in Siw ein unangenehmes Gefühl heran, die Ahnung einer Ahnung. Sie bleibt stehen und betrachtet das Metallgebilde einer Person, die einer anderen die lange Nase zeigt. Hier stand einst Norrtäljes Schandpfahl, aber Siws Gehör reicht zum Glück nicht so weit zurück in der Zeit, denn sonst könnte sie nicht im Flygfyren arbeiten, der auf dem ehemaligen Galgenhügel von Norrtälje steht. Nein, das hier ist etwas anderes.

Auf der Strömgatan, die nur ein paar Meter entfernt am Fluss liegt, ist ein Streit unter fünf jungen Männern ausgebrochen. Ziemlich viele junge Afghanen trainieren im Friskis & Svettis, und soweit Siw es beurteilen kann, bilden zwei von ihnen einen Teil der streitenden Versammlung. Die anderen drei sind wahrscheinlich ethnische Schweden.

Das Rauschen des Flusses übertönt ihre Stimmen, aber einer der afghanischen Männer wedelt mit seinem Handy und zeigt auf jemanden, als hätte er Bildbeweise für irgendetwas, was die Schweden wiederum zu ärgern scheint. Der Wortwechsel geht über in Hin-und-her-Geschubse, aus den Mienen spricht jetzt Abscheu. Ein Tritt in die Magengegend lässt den Mann mit dem Handy zusammenklappen, und einer der Schweden schnappt sich das Gerät und wirft es gegen die Hauswand hinter sich. Splitter aus Plastik und Glas regnen auf den Asphalt.

Der andere schwarzhaarige Junge greift den Schweden an, der das Handy zerschmettert hat, aber der Größte der Schweden stößt ihn weg, sodass er rückwärts gegen den Zaun vor dem Fluss fliegt und beinahe darüber hinwegtaumelt. Der Handywerfer gibt einen High Five, bevor er dem Telefon einen letzten Tritt verpasst, und die drei marschieren weiter zum Hafen hinunter, während die Afghanen auf dem Fußweg kauern.

Siw will irgendetwas tun, etwas sagen, eine alternative Repräsentantin von Schweden sein, aber ihr fällt nichts ein. Außerdem ist ihr Körper immer noch mit dieser Vorahnung beschäftigt, die nichts mit der Szene zu tun hat, deren Zeugin sie gerade geworden ist. Obwohl sie sehr unangenehm war, ist sie noch lange nicht schlimm genug, um der Anlass für ein Gehör zu sein.

Alva hat nichts gemerkt. Sie steht auf der Brücke mit dem Rücken zu Siw und sieht hinab in das Wasser des Flusses, das über die Steine strömt und wirbelt. Ihre Schultern sind hinabgesunken und der Rücken gebeugt. Als sie weiter zum Kleinen Markt hinaufgeht, behält sie dieselbe düstere Körperhaltung. Siw geht ihr nach und will sie trösten, bleibt stattdessen aber ebenfalls mitten auf der Brücke stehen.

Scheißwelt.

Alvas gebeugter Rücken entfernt sich auf der Lilla Brogatan, und Siw wird von einer alles erfassenden Angst um den Planeten erfasst, auf dem ihre Tochter aufwachsen wird. Es geht nicht nur um die Auseinandersetzung von eben, sondern um viel mehr. Die zunehmende Polarisierung, die rechten Strömungen, die sich in der Welt verbreiten, das ganze Ökosystem, das zur Hölle geht, das Artensterben, das Steigen der Meeresspiegel. Eine Welt und eine Menschheit, die gerade dabei ist, sich selbst zu zerstören, mehr kann Siw ihrer Tochter nicht anbieten. Etwas in ihr zieht sich schmerzhaft zusammen, und Siw kann kaum noch atmen.

Aus dem Grauen, das sich in ihrer Brust breitmacht, steigt ein Bild. Alle Führer der Welt, alle klimablinden Wirtschaftsbosse und alle rabiaten Nationalisten haben sich auf dem alten Flugplatz aufgestellt. Siw steht auf ihrem Balkon und betrachtet die vieltausendköpfige Schar. Dann nickt sie und drückt auf den Detonator in ihrer Hand.

Die Sprengladung, die in der Mitte der Gruppe platziert ist, explodiert. Ein Schauer aus roten Fleischfetzen spritzt in alle Richtungen, Fetzen und Kleidungsstücke werden vom Wind eingefangen und in den Himmel geweht. Siw lehnt sich gegen das Balkongeländer, während ein lieblicher, warmer Vorhang aus Blut ihr Gesicht benetzt. Vor ihr glitzert ein Teppich aus Eingeweiden in der Sonne. Einzelne Toppolitiker von den Rändern der Gruppe kriechen mit verkrüppelten Körpern herum, sind bald aber still. Ruhe und Frieden kehren ein.

Da habt ihr's.

Siw blinzelt, um sich von den Bildern zu befreien. Was ist eben über sie gekommen? Gewaltfantasien sind normalerweise nicht ihre Sache, und sie verabscheut Horrorfilme, ja, eigentlich alle Formen von Gewalt. Vielleicht hängt es mit dieser *Störung* zusammen, die sie schon länger beschäftigt.

Alva ist auf der halben Strecke zum Kleinen Markt stehen geblieben und winkt Siw zu, dass sie kommen soll. Sie reißt sich zusammen und geht zu ihrer Tochter, die immer noch traurig aussieht.

»Was ist denn los, Kleine?«

»Stell dir vor, wir wären arm und müssten umziehen und hätten kein Geld, um Essen zu kaufen.«

»Das wird nicht passieren. Ich verdiene zwar nicht so viel mit meiner Arbeit, aber es reicht.«

»Aber wenn du stirbst.«

»Ich habe nicht vor zu sterben, mein Schatz.«

»Und wenn mein Vater kommt und mich dir wegnimmt.«

»Das würde ich niemals zulassen.«

»Nee. Denn dann würde ich ihn umbringen.«

Siw zieht die Augenbrauen hoch. Unter den unzähligen Varianten von Alvas Vaterfantasien ist diese ganz neu. Noch nie hat sie Angst vor der Phantomgestalt gezeigt, die ihr Vater ist.

»Wie bist du darauf gekommen?«, fragt Siw.

Alva zuckt mit den Schultern und streckt ihren Rücken. »Ich habe es einfach nur gedacht.«

Als hätte sie alles vergessen, was sie eben noch gefragt hat, geht sie mit leichteren Schritten weiter zum Kleinen Markt, und Siw folgt ihr.

Siw ahnt, dass der Weg zum Spielwarenladen *Spel och Sånt* führt. Alva stellt sich vor das Schaufenster und drückt die Nase an das Glas, während sie eine große Pappfigur von Mario und einem Kaninchen mit wild starrendem Blick betrachtet.

»Oh, Mario«, seufzt Alva mit Tränen in der Stimme. »Oh, Kaninchen.«

»Mein Schatz, du weißt, wir können nicht …«

»Ich weiß, Mama, ich weiß.«

Eine positive Seite von Alvas Switch-Träumen besteht darin, dass sie nicht mehr von dem Kaninchen in der Zoohandlung träumt, sondern stattdessen ihre Sehnsucht auf diese fiktive Variante überträgt, bei dem es sich laut dem Titel des Spiels um einen *raving rabbid* handelt. Alva schluchzt auf und streichelt das Schaufenster zärtlich mit dem Finger. Siw kennt ihre Tochter. Sie ist nicht nur stur, sondern auch geduldig. Wenn Siw sich nicht irrt, ist dieser Auftritt nur ein Teil einer längeren Kampagne, um Siws Verteidigung sturmreif zu schießen, und es ist nicht ausgeschlossen, dass es ihr ganz, ganz allmählich gelingen wird.

Alvas Kampagne legt für heute eine Pause ein. Sie wendet sich von dem Schaufenster ab und beginnt über die Pflastersteine zu hüpfen und eine Melodie zu summen, vermutlich aus »Oddsy«.

Siw betrachtet ihren schmächtigen Körper, der mit kindlicher Energie herumspringt, lauscht ihren kleinen Ausrufen wie »Yohoo!«, und ein Teil der Traurigkeit, die sie auf der Brücke empfand, kehrt zurück.

Hüpf nur, kleine Freundin, bis alle richtigen Bowsers kommen und alles wegnehmen, was schön auf dieser Welt ist.

2

Annas Balkon ist drei Quadratmeter groß. Er bietet eine Aussicht auf einen Parkplatz und eine abgasfarbene Hausfassade. Den Rand des Balkons bildet eine korrodierte Platte, deren Farbe sich irgendwo zwischen Beige und Grau bewegt, wo sie noch nicht abgeblättert ist. Darüber verläuft ein Geländer, das so rostig ist, dass die Handflächen braun werden, wenn man es auch nur anfasst. Ein dünner Riss läuft quer über den Betonboden, und an manchen Stellen haben sich Fliesen gelöst. Ein Schmutzrand in der Fuge zur Wand, alte Spinnengewebe in den Ecken. Ein wackeliger Metalltisch mit einem großen Aschenbecher, in dem Zigarettenstummel im Regenwasser herumschwimmen. Ein Klappstuhl aus Plastik, der niemals hineingenommen wird und nach jahrelanger Wettereinwirkung eine hellbraune Schicht bekommen hat.

Warum diese detaillierte Beschreibung von Annas Balkon? Ja, weil sie gerade dort sitzt und sich genau so fühlt, wie er aussieht. Anna lehnt sich auf dem Plastikstuhl zurück, der vorwurfsvoll knirscht, und zieht gedankenlos an ihrer Zigarette. Auf einem Balkon am Haus direkt gegenüber sitzt eine etwa siebzigjährige Frau, die ebenfalls raucht, während ihr Blick anklagend auf einem umgefallenen Fahrrad verweilt.

Du und ich, Tantchen.

Als hätte die ältere Frau sie gehört, hebt sie den Blick und sieht Anna kurz in die Augen. Für den Bruchteil einer Sekunde geschieht eine Verwechslung, eine Fehlschaltung in Annas Gehirn, und sie betrachtet sich selbst durch die Augen dieser Frau. Sie ist diese Frau, oder wird sie sein. Ein Zittern fährt durch ihre Brust, als sie wieder in sich selbst zurückkehrt. Es zischt, als sie die Zigarette in den Aschenbecher fallen lässt.

Eine ihrer Kolleginnen im Seniorenheim hat einen Lieblingsausdruck. Wenn zu viele im Personal wegen eines kranken Kinds zu Hause bleiben oder selbst krankgeschrieben sind, sagt sie gerne: »Die Situation ist unhaltbar.« Es hält nicht, es wird irgendwie kaputtgehen. Aber das geschieht nie. Es wird einfach nur immer schlechter.

Annas eigene Situation sieht im Augenblick allerdings genauso aus. Sie ist unhaltbar. Sie kann so nicht weitermachen. Ewert Djups versteckte Drohung war ein schwarzer Stein, der in ihren Becher geworfen wurde, der ohnehin schon übervoll mit Lebenszweifel war. Es schwappt über die Kante, und sie hat das Gefühl, als würde sie sich auflösen.

Sie steht auf und geht in ihre Wohnung. Ihre Einrichtung ist nichts als ein Provisorium, zufällige Gegenstände, die sie eigentlich hinter sich lassen wollte, sobald sie umzieht. Das durchgesessene, abgewetzte Sofa, der fleckige Couchtisch, die Flickenteppiche voller loser Maschen. Sie hasst diese Wohnung, die noch nicht einmal ihre eigene ist.

Staubmäuse wirbeln um ihre Füße, als sie das Wohnzimmer durchquert und ins Schlafzimmer geht. Das Bett ist ihr Mädchenbett und besitzt nicht einmal einen Lattenrost, nur eine einfache Matratze. Das Kreuz sinkt bis auf den festen Grund, als sie sich schwer darauf fallen lässt und das Gesicht in die Hände legt.

Vor dem Fenster, flimmernd hinter den Ausdünstungen der Autos und dem sauren Regen, strömt der niemals erlahmende Verkehr auf dem Stockholmsvägen. Nachts kann ihr Bett vibrieren, wenn Busse vorbeikommen und mit ihren Scheinwerfern durch die kaputten Jalousien Muster an die Decke werfen. Betrunkene Männer, die grölen und sie wach halten.

Männer, denkt Anna. *Männer*.

Sie hat endgültig die Nase voll von ihnen. Die Idiotie und Rücksichtslosigkeit der Männer haben Anna das Leben verdorben. Das

Herumschachern ihres Vaters Stig mit kriminellen Elementen über sinnlose Beziehungen mit Idioten in EPA-Traktoren bis hin zu Ackes Ärger mit den Gebrüdern Djup, mit dem sie sich jetzt auch noch befassen muss. Voller Frust hämmert Anna die Hand in die Matratze, und eine Wolke aus Staubpartikeln steigt auf.

Die Reihe von Männern und Jungen, die ihr ins Leben gepfuscht haben, flimmert vor ihrem inneren Auge vorbei und bleibt bei Folke Gunnarsson aus dem Seniorenheim stehen, Ausdruck eines Konzentrats, das im Laufe eines langen Lebens im Dienst der Bitterkeit aus der männlichen Scheußlichkeit hervordestilliert worden ist. *Raus mit dem Pack und hinein mit dem Schwanz in die Muschi.*

So. Und was soll sie jetzt tun? Sie hat keine Ersparnisse und nichts von Wert, das sie verkaufen könnte, außer vielleicht ihren eigenen Körper, und das wäre keine Alternative. Als sie sechzehn war, hatte sie im Suff einige Male sexuelle Dienstleistungen gegen »Benzingeld« für das Moped geleistet, und die Übelkeit, die mit der Nüchternheit kam, will sie kein weiteres Mal erleben.

So. Soll sie die Sache einfach laufen lassen, bis ihr kleiner Bruder Acke verdreckt und brüllend vor Angst an der Anhängerkupplung der Gebrüder Djup befestigt wird? Das wäre auch keine Lösung.

Das Einzige, was ihr noch bleibt, will sie am allerwenigsten: ihre Familie um Hilfe bitten. Es gibt keinen vernünftigen Grund dafür, dass ausgerechnet Anna für Ackes Wohl und Wehe verantwortlich ist, aber genau so war es, als er klein war, und so ist es immer noch. Sie wird für ihn das Wort führen. Für den Idioten.

Anna würde am liebsten durch die Matratze sinken, sie fühlt sich so schrecklich mies, dass sie beschließt, es auf die übliche Weise zu bekämpfen: indem sie feiert. Innerhalb von fünf Minuten hat sie drei alte Freundinnen aus Rimbo, die mittlerweile in Norrtälje wohnen, angerufen und zu einem Abend eingeladen, der im *Little Dublin* beginnen soll. Die Auswahl ist mit den Jahren geschrumpft, weil die Leute spießig werden, und diese drei sind weder ihre erste noch ihre zweite Wahl, eher eine Art von Bodensatz. Aber sie können zumindest saufen.

Anna lässt das Handy sinken und trommelt mit den Fingern auf den Knien. Ein langer Nachmittag liegt vor ihr. Sie sollte putzen. Sie will nicht putzen. Der Zustand der Wohnung ist eine Art Protesthandlung, eine Methode, sich gegen die Zumutung zu wehren, dass sie darin wohnt. Die seltenen Gelegenheiten, bei denen sie ihre Wohnung putzt und pflegt, kommen ihr wie Niederlagen vor, da sie damit das Provisorium als etwas Dauerhaftes akzeptiert.

Also, was soll sie jetzt tun?

Anna denkt nach. Ihr Gesicht strahlt auf und sie klopft sich auf die Schenkel. Sie weiß *genau*, was sie jetzt tun wird.

3

Es ist das erste Mal, dass Anna durch die Flure des Seniorenheims geht, ohne dass sie zur Arbeit dort ist. Die Papiertüte mit den zwei Plunderteilchen aus dem Flygfyren raschelt in ihrer Hand, und sie fühlt sich wie ein Eindringling. Es wird nicht besser, als Reza, die nur an Wochenenden arbeitet, ihr einen fragenden Blick zuwirft. Anna macht eine Geste im Sinne von *so kanns gehen*, geht weiter zu Berits Tür und klopft an.

»Ja, ja. Herein!«, hört sie Berit in ihrem üblichen Ton, als wäre sie bei etwas Wichtigem gestört worden.

Anna öffnet die Tür und sieht Berit vor ihrem Laptop sitzen. Sie wirft einen irritierten Blick in Annas Richtung, aber ihre Miene wird freundlicher, als sie ihren Besuch erkennt.

»Oh, Anna, du bist das! Die Leute laufen hier ja sonst wie die Irren rein und raus.«

»Sie machen nur ihre Arbeit.« Anna winkt mit der Tüte. »Ich habe ein paar Plunderteilchen mitgebracht.«

»Schön. Die Zimtwecken von hier sind der Tod für meine dritten Zähne. Komm zu mir.«

Berit drückt sich halb zum Stehen hoch und Anna umarmt sie hastig. Die ältere Frau umgibt nicht der Greisengeruch nach Windeln, Druckgeschwüren und fauligem Mundgeruch, sondern eher ein Tantengeruch nach Talkum, Mottenkugeln und Kakao.

»Aha, ja«, sagt Berit, nachdem Anna Kaffee gekocht und die Plunderteilchen auf eine Platte gelegt hat. »Darf ich jetzt erfahren, wie es ist, eine Olofsson zu sein?«

»Vielleicht«, sagt Anna.

Berit legt den Kopf schief. »Hast du irgendwelche Sorgen, meine Liebe?«

Anna zögert, berichtet dann aber von dem Gespräch, das sie mit Ewert Djup geführt hat, von der lebensgefährlichen Lage, in die sich ihr kleiner Bruder durch seine dummdreisten Handlungen gebracht hat, und von Annas Verantwortung dafür, die Situation wieder in Ordnung zu bringen.

»Da kann ich dir nicht mehr folgen«, sagt Berit. »Warum ist es deine Verantwortung?«

»Du hast gefragt, wie es ist, eine Olofsson zu sein, und hier hast du das perfekte Beispiel. So ist es eben. Er ist mein kleiner Bruder, und ich muss mich um ihn kümmern.«

»Du meinst, es gibt eine Familienloyalität, von der du dich nicht losschwören kannst?«

»Ich würde zwar nicht diese Worte verwenden, aber … ja.«

»Hm.« Berit wischt sich ein paar Plunderkrümel von den Lippen und zeigt auf einen Sekretär, auf dem ein paar eingerahmte Fotos stehen. »Schau dir diese Bilder an. Erzähl mir, was du siehst.«

Anna steht auf und betrachtet die zehn Fotos in unterschiedlichen Größen und aus unterschiedlichen Zeiten. »Siw erkenne ich ja wieder«, sagt sie. »Und Alva. Und das hier muss Anita als junge Frau sein.«

»Schon damals schlecht gelaunt«, sagt Berit. »Mach weiter.«

»Und diese Frauen. Eine von ihnen ist wohl deine Mutter, nehme ich an.«

»Falsch.«

»Tja. Ist einer der Männer denn dein Vater?«

»Auch nicht. Der ganz rechts war mein Mann. Anitas Vater.«

»Du hast kein Foto von deinen Eltern?«

»Nein. Rate mal, warum.«

»Vielleicht, weil es … kein Foto gibt?«

»Oh, es gab jede Menge. Ich habe sie alle weggeworfen. Weil ich sie nicht mochte. Sie waren keine netten Menschen. Sobald ich alt genug war, um allein zurechtzukommen, habe ich mit ihnen gebrochen. Ich hörte auf, sie als meine Familie zu betrachten. Auf den anderen Bildern sind Freunde. Die meisten sind schon tot. Für mich wurden sie *meine Familie.*«

Anna kehrt zum Tisch zurück, an dem Berit sitzt und sie so streng ansieht, dass Anna den Blick senkt und mit den Schultern zuckt. »Du meinst also, ich sollte mit meiner Familie brechen?«

»Das sage ich nicht. Aber ich finde, du solltest einmal sehr gründlich darüber nachdenken, wo deine Loyalitäten liegen. Du hast dir deine Familie nicht ausgesucht. Im Laufe des Lebens stoßen wir auf sehr viele Menschen, die einfach nur zufällig dort sind. Niemand sagt, dass man sie deswegen in sein Leben lassen muss.«

Anna bleibt eine lange Zeit schweigend sitzen, während sie über das nachdenkt, was Berit gesagt hat. Sie versteht ihren Gedankengang und kann ihm im Grunde auch nur beipflichten, aber es gelingt ihr nicht, ihn zu verinnerlichen.

»Tja«, sagt Berit und wischt die Handflächen aneinander ab. »Und was hast du heute Abend vor?«

Anna berichtet kurz von ihren Plänen, worauf Berit düster den Kopf schüttelt. »Ich wäre an deiner Stelle sehr vorsichtig.«

»Wieso?«

»Ich weiß nicht, wie viel Siw von dieser … Fähigkeit erzählt hat, die wir in unserer Familie haben.«

»Das Gehör?«

»M-hm. Gestern habe ich mich vom Fahrdienst in die Stadt bringen lassen, um dort mit dem Rollator eine Runde zu drehen und ein bisschen zu shoppen. Es wurde kein langer Ausflug, denn …« Berit deutet mit einer flüchtigen Geste zu ihrer Stirn. »Siws Gehöre sind stark und direkt, meine sind eher wie eine Geräuschkulisse, und was ich unten auf der Tillfällegatan hörte …«

Die Erinnerung lässt Berit schaudern, und ihre dritten Zähne klackern leise, während sie Luft holt: »Da ist so viel *Wut*, jetzt und in der Zukunft. So viele Schreie, ich kann hören, wie so viele Körper stürzen, fallen. Es … geht kaputt.«

»Was geht kaputt?«

»Norrtälje.«

4

Es ist halb neun Uhr abends, und Anna hat schon ein paar Bier mit dazugehörigen Schnäpsen versenkt und braucht noch ungefähr zwei Bier, bis das Vergessen und die Betäubung tatsächlich einsetzen. Die Wut, von der Berit gesprochen hat, hat sich noch nicht Bahn gebrochen, aber da ist etwas in der Luft, im Ton der Gespräche und in den Gesten der Leute, die um sie herumsitzen. Eine Spannung.

Sie sitzt an einem Tisch für vier zusammen mit Johanna, Emma und Elin, die in der Schule zu ihrem weiteren Bekanntenkreis gehörten. Als sie sie durch den aufsteigenden alkoholischen Tunnelblick betrachtet, entdeckt sie drei schlechtere Versionen von sich selbst. Rimbotrash. Alle drei sind mehr oder weniger übergewichtig von Junkfood und vom Feierabendsaufen, hart geschminkt und mit hochgeföhntem, blondiertem Haar und bunten Blusen mit oder ohne Rüschen, die sich über den Brüsten spannen. Sowohl Emma als auch Elin arbeiten im Pflegedienst, während Johanna wegen eines Burn-outs krankgeschrieben ist, das sie sich als Erzieherin zugezogen hat.

Im Augenblick wirkt sie alles andere als ausgebrannt, eher *on fire*, als sie mit flatternden Nasenflügeln von einem Tinder-Date berichtet, das sie unlängst hatte.

»… und so nach zehn Minuten, er einfach so: ›Sind das deine Titten?‹, und ich darauf: ›Nein, die hab ich von meiner Oma geliehen‹, und was glaubt ihr, was er sagt? ›Darf ich fühlen?‹, ›Was?‹ ›Darf ich fühlen?‹, als wäre man eine Art Avocado, die er am Abend vorher befühlt, bevor er …«

»Hallo, Mädels. Hallo, zusammen!«

Der Mann versucht seit zehn Minuten, ihre Aufmerksamkeit zu erregen, aber sie haben ihn ignoriert. Er ist um die vierzig, und seine Vorstellung, wie man sich für einen Abend in der Stadt anzieht, erschöpft sich in einem T-Shirt mit dem Aufdruck einer Heizungs- und Sanitärfirma: *»Geht's ums Rohr, geht's um uns.«* Sein Blick ist glasig und Speichel spritzt von seinen Lippen, als er sich seinen beiden Freunden zuwendet und sich beklagt.

Johannas Geschichte schließt auf die vorhersehbare Weise, indem sie mit dem Typen im Bett landet und alles in einer Katastrophe endet. Sie gehen dazu über, das Problem mit den Männern zu diskutieren, die Profilbilder aus dem Netz klauen und behaupten, dass sie vor einigen Jahren noch so aussahen.

»He, he! Verdammt noch mal …«

Der Mann stützt sich am Tisch ab, um auf die Beine zu kommen. Als er hinter Annas Rücken vorbeitaumelt, hört sie das Klirren einer Gürtelschnalle. Er stellt sich an das schmale Ende des Tisches mit der einen Hand auf Annas Schulter, während er mit der anderen seinen Penis herausholt und ihn auf den Tisch knallt.

»Na!«, sagt der Mann. »Was sagt ihr dazu?«

Das Organ befindet sich nur zwanzig Zentimeter von Annas rechter Hand. Am liebsten würde sie dem Impuls folgen, ihre Hand zu einer Faust zu formen und das schlaffe Stück Fleisch weiter zu zermalmen, findet aber, dass es die Mühe nicht wert ist. Losgekoppelt von der sexuellen Funktion ist das männliche Geschlechtsorgan ein furchtbar *lächerliches* Ding, aber das scheint dieser Mann nicht zu denken, als er mit zufriedenem Lächeln dasteht und die Tischkante vögelt.

Diese Incel-Männer müssen glauben, dass allein der Besitz eines Schwanzes eine Freikarte für den Vergnügungspark ist, in dem alle Attraktionen rund um die Uhr geöffnet sind.

Ein Türsteher kommt herbei, packt den Mann an den Schultern und schleppt ihn zum Ausgang. Er fummelt herum, um sein lächerlich baumelndes Organ in die Hose zu stecken, während er lallend ruft: »Dörrfotzen! Ihr verdammten frigiden …«

Eine Schmerzwelle überspült Annas Gehirn, während ihre Freundinnen dem Mann Beleidigungen hinterherwerfen.

»Verdammte Missgeburt … Was glaubt er eigentlich … Am liebsten würde man … was denn … als hätte es nie ein *Me-too* gegeben …«

Die Freunde des Mannes richten die gesamte Aufmerksamkeit auf ihre Biergläser, sie sitzen davor und starren hinein. Der eine besitzt sogar genügend Stil, angesichts des Vorfalls zu erröten. Anna erwischt sich bei dem Gedanken, dass er eigentlich ganz süß ist, und vielleicht …

Nein. Nein.

Etwas fällt durch sie hindurch, oder vielleicht fällt sie selbst durch etwas hindurch. In der Blitzbeleuchtung der Kopfschmerzen sieht sie sich selbst hier sitzen, umgeben von Freundinnen, die nicht ihre Freundinnen sind, an einem Abend, der wie tausend andere Abende ist. Sie wird zu betrunken werden, und morgen ist sie verkatert, und dann fängt alles wieder von vorne an.

Im Laufe des Lebens stößt man auf sehr viele Menschen, die einfach nur zufällig dort sind.

Exakt so ist es mit Emma, Elin und Johanna. Sie waren zufällig in Rimbo während einer Zeit, als verschleuderte Abende mit Zigaretten und Leichtbier an den alten Tennisplätzen angesagt waren. Kichern, Fluchen und das Gerede über Jungs. Daran war nichts falsch, aber jetzt? Jetzt?

Anna steht auf. »Sorry, mir fällt da gerade eine Sache ein …«

Emma reißt die Augen auf. »Was? Willst du jetzt *gehen*?«

»Wir haben doch gerade erst angefangen!« Elin wackelt mit ihrem halb vollen Bierglas, als wollte sie anzeigen, wie viel noch zu holen wäre.

»Ich muss …«

Anna weiß nicht, was sie muss, außer möglichst schnell aus diesem *Little Dublin* und allem, was dieser Ort repräsentiert, herauszukommen. Sie muss an einem anderen Ende anfangen, nach einem neuen Weg suchen, was auch immer, aber auf jeden Fall weg von hier. Jetzt.

5

So weit, wie Johan sich zurückerinnern kann, hat er Probleme mit der Gegenwart gehabt, im Hier und Jetzt zu sein. Ihm wurde das Problem zum ersten Mal bewusst, als sie zu Beginn der vierten Klasse nach den Sommerferien aufgerufen wurden. Als die Lehrerin seinen Namen von einer Liste ablas, hob er die Hand und sagte: »Hier.« Als er die Hand wieder senkte, wurde er von einer Reue gepackt, als hätte er gelogen oder getäuscht.

Während die übrigen Namen aufgerufen wurden und seine Klassenkameraden sich unbekümmert mit einem »Hier« meldeten, empfand Johan starke Zweifel. War er wirklich *hier*? Er ließ seine Finger über ein Kreuz wandern, das in seinen Tisch eingeritzt war, er kniff sich vorsichtig in den Unterarm. Doch. Alle Zeichen deuteten darauf hin, dass er hier war, aber warum spürte er es nicht? Und wo sollte er stattdessen sein?

Im Laufe der Zeit verstand Johan, dass die Wurzel des Gefühls, oder eher des Nichtgefühls, in seinen Gedanken und Fantasien lag. Es fiel ihm schwer, sein inneres und sein äußeres Leben auseinanderzuhalten, eine sanftere Variante des Syndroms, mit dem seine Mutter geschlagen war. Ob es genetisch war oder eingelernt, spielte keine Rolle, er war gezwungen, das Phänomen in Schach zu halten, wenn er ein einigermaßen normales Leben führen wollte.

Deswegen liebt er es auch zu schreiben. Oder, na ja, vielleicht sollten wir uns mit der Aussage begnügen, dass das Schreiben *lindert*. Wenn er vor seinem Computer sitzt und eine Geschichte herausmeißelt, hört diese Spaltung auf. Seine innere Welt kommt unmittelbar in der äußeren Form der Worte auf dem Bildschirm zum Ausdruck, und er kann sogar einen Zustand der Harmonie erreichen. Des Gleichgewichts.

Aber jetzt ist es Samstagabend in der Bowlinghalle. Johan hebt den Korb aus der Fritteuse und schüttet die Pommes auf einen Teller. Die Bewegungen sind eingeschliffen und mechanisch, und seine Gedanken wandern auf ihren eigenen Wegen. Er denkt daran, *Hand* gegen *Hund* zu tauschen in geläufigen Redewendungen.

Er ist mein rechter Hund. Gar nicht so schlecht. *Gib mir deinen Hund.* Noch etwas besser. Johan dreht den Burger auf der Grillplatte ein letztes Mal um und legt ihn auf ein Brötchen, zusammen mit einer Käsescheibe und Salat, spritzt ein Dressing darauf und schließt alles mit der oberen Brötchenhälfte ab. Fertig. Er hebt den Teller hoch und ist auf dem Weg nach draußen, als er plötzlich innehält. *Der eine Hund weiß nicht, was der andere tut.*

Johan muss immer noch kichern, als er den Teller vor Olof Carlgren auf den Tisch stellt. Er wird Kugel-Olle genannt, wegen seines Hobbys und seiner Körperform. Kugel-Olle blinzelt ihn aus seinen kleinen Augen an, die in Fettrollen eingebettet sind, und fragt: »Ist irgendetwas lustig?«

»Der eine Hund weiß nicht, was der andere tut.«

»Aha, und was ist jetzt das Besondere daran?«

»Also, dieser Ausdruck … Äh, das macht dann neunundachtzig Kronen.«

Nachdem er die Bezahlung entgegengenommen hat, dreht Johan noch eine Runde und sammelt Geschirr ein. Für einen Samstagabend ist es ungewöhnlich ruhig, und nur vier Bahnen sind besetzt. *Nimm meinen Hund und lass uns Freunde sein.* Johan ist mit dem Tablett in der Hand auf dem Weg in die Küche, als er eine Stimme neben sich hört. »Hi?«

Anna steht an dem Boxautomaten und hat die Hände in die Taschen einer Bomberjacke gesteckt. Ihr Blick wirkt zerbrechlich, als wäre die Haut unter ihren Augen ungewöhnlich dünn.

»Hi«, sagt Johan und hält das Tablett hoch. »Ich muss nur gerade …« Er hält inne und sagt: »Der eine Hund weiß nicht, was der andere tut.« Anna prustet los, und ein Teil der Zerbrechlichkeit in ihren Augen verschwindet. Johan geht weiter zur Küche, dankbar für das Tablett, das die Frage überflüssig macht, ob er sie umarmen soll oder nicht. Als er zurückkommt, hat Anna sich an einen Tisch gesetzt. »Möchtest du etwas haben?«, fragt er. »Ein Bier?«

»Nein. Eigentlich nicht. Aber wie geht das bei Håkan Hellström, den Siw so sehr mag … mmm-hm-hm-hm, *leg deinen Hund in meinen.*«

»Geht so.«

»Ja. Geht so. Deiner war besser.«

Am Tisch nebenan greift Kugel-Olle mit grunzendem Enthusiasmus seinen Burger an. Johan lässt sich auf einen Stuhl sinken und fragt mit gedämpfter Stimme: »Wie geht es dir?«

»Weißt du«, sagt Anna und legt die Wange in die Hand, »meine Freundinnen haben mich das auch gerade gefragt, und ich so: alles im Lot und läuft prima.«

»Aber …?«

»Aber eigentlich läuft es ziemlich mies.« Anna streicht über den Tisch und fegt ein paar unsichtbare Krümel weg. »Ich weiß gar nicht, warum ich auf die Idee gekommen bin hierherzukommen, aber …«

»Das ist okay.«

»Ja. Das ist es wohl.«

Ein paar junge Männer haben ihr Spiel beendet und stehen am Tresen. Johan geht hinüber, und während er sie abkassiert und ihre Scorecards ausdruckt, schielt er zu Anna, die den Kopf mittlerweile in beide Hände stützt, wie ein weinendes Kind auf einem Kitschgemälde. Sie weiß nicht, warum sie gekommen ist, und er weiß nicht, warum er froh darüber ist, dass sie es getan hat, aber so ist es. Er nimmt ein Glas und eine Cola aus dem Kühlschrank und kehrt zu ihrem Tisch zurück.

»Cola?«

»Mhm, danke.« Annas Augenbrauen ziehen sich zusammen, als sie mit konzentrierter Miene das Erfrischungsgetränk einschenkt und einen Schluck nimmt, bevor sie sagt: »Es ist nur, dass das Leben, die ganze Sache, alles fühlt sich so, ich weiß nicht …«

»Aussichtslos an?«

»Oh. Ja. Aussichtslos. Das Wort habe ich noch niemals gesagt. Aber, ja. Keine Aussicht. Als wäre ich im Nebel und könnte gerade einen Meter weit sehen. Ein Tag nach dem anderen, sozusagen.«

»Kann es in diesem Nebel nicht auch etwas Gutes geben?«

»Ja, vielleicht. Aber ich kann es ja nicht sehen. Ich habe irgendwie nichts, worauf ich … hoffen kann. Hast du so etwas?«

Johan kann nicht auf seinen Roman hoffen, solange er das Manuskript für sich behält, aber es gibt ihn trotzdem als lockende Möglichkeit. Das Gerücht von einem Licht, ein Leuchtturm im Nebel. Aber das ist nichts, wovon er auch nur ansatzweise reden würde, solange er nüchtern ist, also antwortet er: »Nein, es ist ein Schritt nach dem anderen. Bis man im Krematorium am Ziel ist.«

Anna gibt einen grunzenden Laut von sich. »Du bist ja noch deprimierter als ich.«

Sie sitzen eine Weile schweigend zusammen. Kegel werden umgeworfen, und Kugel-Olle schmatzt auf seinen Pommes herum. Schließlich sagt Johan: »Kann man nicht einfach mit irgendetwas anfangen? Worauf man hoffen kann?«

»Und was soll das sein?«

»Ich weiß nicht, vielleicht etwas, das eine … Richtung vorgibt. Was man aufbauen muss, sozusagen.«

»So etwas wie eine Ausbildung?«

»Zum Beispiel.«

Anna zieht eine Strähne ihres schwarzen Haars zum Mund und kaut darauf herum, bevor sie sagt: »Eine Richtung. Ja. Vielleicht.«

»Also ich denke immer so«, sagt Johan und tastet sich an gefährliche Gebiete heran, als er fortfährt: »Mein Leben ist eine Erzählung. Ist es eine vernünftige Erzählung? Glaubwürdig? Ist die Hauptperson konsequent in ihren Handlungen? Interessiert sie mich überhaupt? Es entsteht eine gewisse … Ordnung, wenn ich so denke. Dann gibt es immerhin eine Linie.«

»Magst du sie denn? Diese Erzählung?«

Jetzt muss Johan abschätzig lachen. »Ich würde wohl nicht direkt loslaufen, um sie zu kaufen, um es mal so zu sagen. Aber sie ist diejenige, die ich habe.«

Anna antwortet mit einem Nicken und trinkt den Rest ihrer Cola, bevor sie die Handflächen auf den Tisch knallt, aufsteht und sagt: »So, jetzt muss ich aber nach Hause.«

»Was wirst du dort machen?«

Die Haut unter Annas Augen ist nicht mehr durchscheinend, als sie sagt: »Putzen.« Sie hebt einen Zeigefinger in die Luft, als wollte sie um Ruhe bitten. »Aber dieser hier. Wie geht er jetzt noch mal … *Er zittert, der kindliche Hund, den ich geküsst …*« Johan hält die Handfläche in die Luft und Anna klatscht sie ab.

6

Um Viertel vor zehn haben die letzten Spieler die Halle verlassen, und Johan überlässt es Ove, das Licht auszumachen und abzuschließen. Als Johan über die Baldersgatan nach Hause geht, fühlt er sich außergewöhnlich zufrieden. Er bleibt nicht einmal stehen, um auf das Schild des Sozialamts zu spucken oder in ihre Beete zu pinkeln, wie er es gewöhnlich tut. Er geht einfach weiter.

Johan hat eine Komfortzone, die so massiv abgegrenzt ist, dass sie beinahe einer Gummizelle gleicht. Er bricht sehr ungern mit seinen Routinen, die es ihm erlauben, in seinem Kopf in einer parallelen Wirklichkeit zu leben. Alles, was von außen kommt und stört, ist potenziell destruktiv.

Und trotzdem: Anna. Schon seit der Schule hat er den Menschentyp gescheut, den sie repräsentiert. Diejenigen, die zu laut lachen, auf eine unreflektierte, nachlässige Weise viel zu viel Platz einnehmen, und sich ständig betrinken. *White trash*, wenn man so will. Wie kann es dann passieren, dass ihr Besuch in der Bowlinghalle ihn so beflügelt hat?

Vielleicht bedeutet die unerwartete Nähe zu ihr, dass er einen Schritt aus dieser Zelle gemacht hat, dass er in den Flur hinausblickt oder sogar einen Ausflug in den Park macht, um neue, frische Luft zu schnappen. Die Tatsache, dass er sie ursprünglich verachtet hat, macht diesen Schritt umso größer und erzeugt ein Gefühl von Freiheit, das Johan lange nicht mehr erlebt hat.

Die Vogelbeerbüsche leuchten rot in dem weißen Licht der LED-Laternen an dem Weg hinunter zum Busbahnhof. Er streicht mit den Fingern darüber und denkt *Herbst*, und das Wort bedeutet nicht erlöschend und verwelkend, sondern hohe Himmel, vielfarbiges Laub und eine Nostalgie, die nicht wehtut. Er ist in den hellen Teilen seiner Gedanken.

Der kindliche Hund, den ich geküsst.

Johan überquert den Busbahnhof und kommt an der Bibliothek vorbei, während die Redewendungen und Liedtexte weiter um ihn herumwirbeln. *I wanna hold your hund.* Er biegt in die Hantverkargatan ab und geht weiter zum Kleinen Markt. Als er den Havsstenen erreicht, biegt er nach rechts zur Kleinen Brücke ab und schreibt an Anna, während er geht: *Fünf schmutzige kleine Finger an einem schmutzigen kleinen Hund.* Die Antwort kommt unmittelbar in Form eines Smileys und eines ausgestreckten Daumens. Johan hat in seinem ganzen Leben noch keinen Smiley verschickt. Allein so etwas.

»Hallo! Hallo!«

Johan hat beinahe das Restaurant Harrys erreicht, als er die Stimme in seinem Rücken hört. Er bleibt stehen und dreht sich um. Zwei junge Männer mit dem, was Johan als Afghanenfrisuren bezeichnen würde, joggen vom Kleinen Markt heran. Der eine zeigt auf das Handy in Johans Hand.

»Hallo, darf ich mir dein Handy angucken?«

Es gibt nichts Bemerkenswertes an Johans Iphone 6s, außer möglicherweise, dass das Display keinen Sprung hat, also fragt er: »Warum denn?«

Der Junge zuckt mit den Schultern. »Nur angucken. Gib es mir.«

Während der Junge die Hand ausstreckt, macht sein Freund einen Schritt auf Johan zu, und es kann kein Zweifel herrschen, worum es in dieser Situation geht. Der Freund tätschelt Johan die Schulter und sagt: »Sei nicht dumm. Gib das Handy.«

Johans Herz beginnt schneller zu schlagen, und er drückt das Handy dagegen, während es gleichzeitig zu summen beginnt. Instinktiv sieht er auf das Display und liest: *Besser ein Spatz in dem Hund als eine Taube auf dem Dach.* Er lacht nervös und kann im Augenblick nichts anderes denken, als dass er Annas Nummer verliert, wenn sie ihm das Telefon abnehmen. Die Hand auf seiner

Schulter packt zu, und die ausgestreckte Hand gestikuliert *gib her*, während ihr Besitzer sagt: »So ein Svensson hat meins kaputt gemacht. Dafür bekomme ich deins. Her damit.«

Die Hand auf seiner Schulter bewegt sich zu Johans Nacken, und er fühlt sich okkupiert, als wäre jemand mit dreckigen Stiefeln in diese weiche Zelle hineinmarschiert, und er hasst es, hat aber keine Möglichkeit, sich dagegen zu wehren. Er ist gerade dabei, das Handy abzugeben, als ein großer Mann mit Lederweste und tätowierten Armen aus der benachbarten Tapasbar kommt.

»Was ist denn hier los?«, fragt er und faltet seine bebilderten Arme vor der Brust.

»Kein Problem«, sagt der erste Junge und senkt seine ausgestreckte Hand, während der Griff an Johans Schulter nachlässt. »Keine Probleme hier.«

»Ich finde, das sieht sehr nach einem Problem aus«, sagt der Mann, bevor er sich zum Lokal umdreht und ruft: »Eh! Hier sind ein paar Paviane, die Bananen klauen wollen!«

Zwei Kerle vom selben Kaliber wie er selbst erheben sich von einem Tisch und gehen zum Ausgang. Die Jungen werfen einander einen Blick zu und nehmen die Beine in die Hand. Bevor die MC-Typen aus dem Lokal sind, haben die Afghanen schon den Kleinen Markt erreicht und biegen zum Hafen ab.

Der Mann winkt seinen Freunden zu, dass sie sich wieder setzen können, und klopft Johan auf den Rücken. »Bist du okay?«

»Ja«, sagt Johan tonlos. »Danke.«

»Kein Problem«, sagt der Mann und sieht in die Richtung, in die die Jungen verschwunden sind. »Gegen die Affeninvasion müssen wir ja zusammenhalten, was? Pass auf dich auf.«

Der Mann kehrt in die Tapasbar zurück und sagt etwas, das seine Freunde laut auflachen lässt. Erst jetzt merkt Johan, dass er am ganzen Körper zittert.

Das Handy gleitet ihm fast aus der schweißnassen Handfläche. Er steckt es in die Tasche und geht auf wackeligen Beinen weiter zur Brücke. Als er sie erreicht, überfällt ihn der Gedanke, dass die Jungen vielleicht nur einmal um das Viertel gelaufen sind und am

Ende der Tillfällegatan auf ihn warten. Johans Beine werden noch schwächer, und er lehnt sich gegen das Brückengeländer.

Die Affeninvasion.

Johan stellt sich eine Armee von jungen Männern mit gelocktem schwarzem Haar vor, das an den Seiten kurz geschoren ist, die sich über die Grenze wälzen, in die Häuser eindringen und stehlen und vergewaltigen, während sie lachen und sich auf Arabisch unterhalten, er sieht sie mit schwarzen IS-Flaggen wedeln und wie sie die Norrtäljer auf dem Großen Markt auf die Knie zwingen und dann herumgehen und jedem von ihnen mit langen Messern den Hals durchschneiden, während das Affengeplapper zum Glockenturm aufsteigt, der in ein Minarett verwandelt worden ist.

Die Angst geht in Wut über, und Johan starrt in das nachtschwarze Wasser des Flusses, während er sich selbst mit einem Hammer auf den Handydieb losgehen sieht, er schlägt die verdammten schiefen Zähne in der verdammten Fresse ein, klemmt den Sack in einen Schraubstock und dreht ihn fest, bis sein Opfer anfängt, um Gnade zu heulen, und dann *squish* und das Blut, das gar nicht mehr aufhört zu spritzen. Das ganze verdammte Pack. Her mit den hunderttausend Schraubstöcken und rein mit den Affeneiern, das wird ein Lobgesang für Allah, der sich hören lassen kann.

Angetrieben von flammendem Zorn, lässt Johan das Geländer los und überquert die Brücke. Er ist so beschäftigt mit seinen immer blutdürstigeren Fantasien, dass er seine Angst vergisst.

Als er in seine Wohnung kommt, holt er ein Bier aus dem Kühlschrank und trinkt es aus. Dann trinkt er noch eines, und auch die Anspannung im Hals lässt nach. Es gibt nur eine Sache, die er noch machen muss.

Johan öffnet den Computer und loggt sich unter seinem Alias SvenneJanne im *Roslagsporten* ein. Dann schreibt er einen Beitrag, einen langen Beitrag über das, was er gerade erlebt hat und wie seiner Meinung nach gewisse Probleme gelöst werden sollten. Als er den Beitrag hineinkopiert und abschickt, ist er vollkommen gelöst.

7

Wisch die, wisch die, wisch die, wisch die böse Miene weg …

Es gibt vermutlich kein Lied in dieser Welt, das Anna mehr verabscheut. Das Beste daran ist, dass ihre Mutter für diese Antipathie gesorgt hat. Manchmal, wenn Anna besonders wütend oder enttäuscht war, kam Sylvia ihr damit, ohne für einen Augenblick den eigenen miesepetrigen Gesichtsausdruck fallen zu lassen.

Der Mund, der soll lachen und fröhlich sein …

Bei dieser Zeile wird Anna regelrecht unbehaglich. Sie sieht einen frei schwebenden Mund, der lacht und trällert, während etwas Böses geschieht, das man nicht sieht.

Wie kommt es also, dass Anna diese verhasste Melodie vor sich hin summt, während sie den Badezimmerspiegel putzt? Schicht um Schicht wandern der eingewachsene Schmutz und Kalk in den Lappen in ihrer Hand, bis das Spiegelbild eine HD-Qualität bekommt und Anna zeigt, die zufrieden lächelnd ihr Werk betrachtet.

Sie hat die Teppiche ausgeklopft und Staub gesaugt. Sie hat den gesamten Abwasch in Angriff genommen und die Spüle mit Ajax abgerieben. Sie hat den Müll weggeworfen und die Schranktüren abgewischt. Sie hat sich *nicht* mit dem Backofen auseinandergesetzt, aber mit der Zeit wird auch er eine Abreibung bekommen. Anna hat sich entschieden.

Es lag an Johans Worten über die Richtung. In der augenblicklichen Lage kann Anna sich selbst nicht in einer Ausbildung sehen oder ihr Leben so verändern, dass es vorwärtsstrebt. Aber sie kann den ganzen Dreck zur Seite räumen, der ihr die Sicht verstellt.

Sie will alles reinigen, auspusten, und da ist es naheliegend, mit der Wohnung anzufangen. Zu akzeptieren, dass es das ist, was sie hat, und ein Startpunkt, der so gut ist wie alle anderen.

Die Sache mit Acke und den Gebrüdern Djup ist dann die nächste Hürde, jeder Tag hat seine eigene Bürde. Das reimt sich sogar, denkt Anna frohgemut, während sie mit der WC-Ente unter die Toilettenbrille sprüht.

Anna prustet, als sie denkt: *Fünf schmutzige kleine Finger an einem schmutzigen kleinen Hund.* Damit ein Wortwitz lustig ist, braucht man ein lustiges Bild. Annas Handy klingelt. Der schmutzige kleine Hund mit dem düsteren Aussehen und Fingern anstelle von Krallen bleibt hängen, während Anna ins Wohnzimmer geht und ihr Handy in die Hand nimmt. Das Display gibt ihr zwei Informationen, die unvereinbar sein sollten: 1: Es ist fast eins. 2: Es ist Siw, die sie anruft. Sie hat noch nie später als um elf angerufen, und das verheißt also nicht Gutes, also meldet sich Anna mit den Worten: »Hallo, meine Liebe, wie geht es dir?«

Ein Seufzen, das den Lautsprecher zum Knarren bringt, kommt vom anderen Ende der Verbindung, bevor Siw sagt: »Ganz gut. Ich kann nur nicht einschlafen.«

»Hat das etwas mit Max zu tun?«

»Nein. Doch. Vielleicht.«

Anna zieht die Beine hoch und macht es sich in der frisch gesaugten Couch gemütlich.

Vor ein paar Jahren hätte Anna vielleicht gesagt: »Spill it, baby. Gib mir alle saftigen Details«, aber zum einen hat sie einen Beschluss gefasst, als sie ihre Freundinnen aus Rimbo sitzen ließ, und zum anderen weiß sie, dass es bei Siws Zimperlichkeit, die diese selbst als Integrität bezeichnet, vollkommen wirkungslos wäre, also sagt sie nur: »Erzähl. Was ist passiert?«

»Es lief gut«, sagt Siw, und eine subtile Veränderung in ihrer Stimme lässt Anna verstehen, dass sie errötet. Es ist also *so* gut gelaufen. Dann folgt das unausweichliche: »Aber …«

»Aber?«

»Ich habe nur dieses Gefühl … welche Funktion soll ich eigentlich in seinem Leben erfüllen?«

»Funktion?«

»Ja. Dinge haben ja eine Funktion, oder etwa nicht? Gestern Nacht, nachdem wir … es getan hatten, saßen wir zusammen und redeten miteinander, und da kam es mir so vor, als … hätte ich das Recht, dort zu sein. Ich hatte eine Funktion. Aber dann, heute Morgen, ich weiß nicht …«

»*Willst* du denn eine Funktion sein? Denk mal an Sören, bei dem warst du weiß Gott nichts anderes als funktionell, eine Melone mit einem Loch wäre genauso gut gewesen.«

Siw schluchzt. »Sag nicht so etwas.«

Anna beißt sich auf die Zunge und fügt *zynischer Spott* auf ihrer Liste der Dinge hinzu, von denen sie Abstand nehmen will, bevor sie sagt: »Sorry. Da bin ich zu weit gegangen. Aber du weißt, was ich meine. Du denkst in die falsche Richtung. Bei der Liebe geht es nicht um Funktionen, es geht um …«

Anna hält inne, und Siw sagt: »Erzähl schon, Anna. Worum geht es bei der Liebe?«

»Ja, woher soll ich denn das wissen, aber es ist jedenfalls keine Funktion.«

Es wird still, und Anna versucht herauszufinden, ob sie nicht doch eine Definition von Liebe hat, aber das Einzige, was sie ausgräbt, sind Plattitüden. Schließlich sagt Siw: »Ich fühle mich gestört. Ich kann nicht schlafen. Irgendwie befinde ich mich ein kleines Stück außerhalb meiner selbst. Und das ist nicht gut.«

»Magst du ihn?«

»Ja. Ich mag ihn sogar sehr. Aber irgendwie kann ich mir nicht erlauben, es auch zu fühlen.«

»Weil du keine Funktion hast?«

»Ja.«

»Aber deine Funktion versteht sich doch eigentlich von selbst.«

»Und zwar?«

»Du bist die, die ihn sehr mag. Das ist ja sozusagen die beste Funktion, die man haben kann.«

»Aber das setzt doch voraus, dass er es ebenfalls fühlt.«

»Tja, das ist der Haken.«

»Gute Nacht. Ich werde jetzt schlafen. Oder es versuchen.«

»Gute Nacht. Bei einer Sache hast du allerdings recht.«

»Bei welcher?«

»Dass du gestört bist. Gute Nacht, meine Liebe.«

Die Erinnerung einer Erinnerung

1

Es war Max, der die Anfrage auf Discord gestellt hat, und etwa zehn Personen haben sich dem Raid an Brodds sten angeschlossen. Besser als erwartet an einem Sonntagabend um sieben, wenn der Raid-Boss keine Neuigkeit mehr ist. Max selbst hat bereits vier Entei, von denen eines fast perfekte Werte hat, also geht es bei diesem Raid eher darum, Punkte zu sammeln und zusammen zu sein.

Max hat den Sinn von Brodds sten nie verstanden. Der Runenstein, der in der Nähe des Busbahnhofs auf einem Abhang hinunter zum Norrtäljefluss steht, ist die Kopie eines Steins, der ursprünglich gar nicht an diesem Ort stand. Ein zu hundert Prozent gefaktes Kulturdenkmal, das trotzdem eine von Norrtäljes Sehenswürdigkeiten ist. Vielleicht setzt man darauf, dass die Leute diesen Umstand mit der Zeit vergessen und es für echt halten.

Die Dämmerung hat eingesetzt und die Temperatur ist gesunken. Feuchte Dunstschleier kriechen vom Fluss den Abhang hinauf, und die Stimmung bei den Spielern, die sich unter der kahlen Ulme versammelt haben, ist nicht gerade auf dem Höhepunkt. Das übliche Geplauder über die erbeuteten Pokémon will sich nicht einstellen. Die Leute konzentrieren sich auf ihre Bildschirme, während der Raid zum Start hinunterzählt.

Vor allem, wenn es um einen neuen Raid-Boss geht, kann dieser Countdown ein bisschen spannend sein, aber jetzt denkt Max zum ersten Mal, dass es sich unglücksschwanger anfühlt. Als würde in irgendeiner Form zu einer Katastrophe hinuntergezählt. Er weiß nicht, woher dieser Gedanke kommt, aber je näher der Zähler an die Null kommt, desto nervöser fühlt er sich.

Selbstverständlich passiert gar nichts. Entei kommt heraus und die Spieler, beziehungsweise ihre Pokémon, stehen im Kreis um ihn herum und greifen an. Weil Entei Feuer ist, hat Max vor allem Wasserpokémon ausgesucht, mit einem vollständig aufgeladenen Aquana an der Spitze. Nach einer knappen Minute ist Entei besiegt und das Einfangen beginnt.

Ob es an irgendeinem gemeinen Algorithmus liegt, an Murphys Gesetz, oder ob es einfach nur Pech ist, jedenfalls gelingt es nur sehr wenigen, den Feuerhund zu fangen. Es wird geseufzt, gekeucht, und gestöhnt, bis ein zwölfjähriger Junge die Faust ballt und ruft: »Yes, yes, yes!«

»Klappe«, faucht ein vierzigjähriger Mann im Trainingsanzug, der bislang noch kein Entei hat und dabei ist, seine letzten Bälle zu werfen.

Die anderen halten einen Augenblick die Luft an. Es ist absolut erlaubt, sich zu freuen, aber »Klappe« gehört nicht zum üblichen Vokabular. Der Zwölfjährige wirft einen erschrockenen Blick zu dem älteren Mann, der sein Ziel trotz *fabelhafter Treffer* nicht erreicht.

»Hör mal, nicht mit so einem Tonfall«, sagt eine Frau zu dem Mann, der sein Handy anscheinend mit einem Curveball in den Fluss werfen möchte.

»Das ist doch ein verdammter Mist«, antwortet der Mann und fuchtelt mit dem Handy, sodass die Schweißflecke unter seinen Armen zum Vorschein kommen. »Der Junge da, wo steht er? Bei zwanzig? Er wirft ein paar einfache Bälle, die nicht einmal *gut* sind, und er bekommt es. Ich bin auf Level vierzig, werfe viermal hintereinander *fabelhafte* Curveballs und … nichts. Das ist doch total ungerecht.«

»Weißt du, wie du dich anhörst, und das als erwachsener Mann?«, sagt die Frau.

Der Mann will etwas erwidern, als eine gepflegte Frau von etwa dreißig Jahren, die bei der Stadtverwaltung arbeitet, plötzlich brüllt: »Verdammte Scheißkacke!«

Erneut halten alle die Luft an. Weil auch Kinder zu der Gruppe gehören, herrscht ein unausgesprochenes Verbot, beim Spielen grob zu fluchen. So wie es zugelassen ist, Freude zu zeigen, ist es auch erlaubt, sich zu ärgern. Aber in vernünftigen Grenzen.

Die Frau, die den Mann ermahnt hat, wendet sich jetzt der fluchenden Frau zu und sagt: »Du solltest vielleicht ein bisschen über deinen Sprachgebrauch nachdenken.«

»Ich stelle mir gerade vor, wo du dir das Handy hinstecken kannst, du alte Schachtel«, sagt die Frau, wendet der Gruppe den Rücken zu und stolpert davon. Mit entschuldigenden oder verschämten Blicken verabschiedet sich der Rest der Gruppe voneinander, ohne ein weiteres Wort darüber zu verlieren, wer von ihnen den Boss überhaupt gefangen hat.

Max ist so absorbiert von dem, was eben passiert ist, dass er immer noch vier Bälle übrig hat. Er legt eine Goldene Himmihbeere auf jeden der Bälle, und es gelingt ihm, Entei mit dem letzten einzufangen. Als er wieder aufblickt, ist es um ihn herum leer.

Worum ging es hier eigentlich?

Er hat sowohl den Mann im Trainingsanzug (PuttePelle3), als auch die Frau von der Stadtverwaltung (MiauWuff) schon auf früheren Raids gesehen, und sie waren zurückhaltend und freundlich, wie die meisten anderen auch.

»Da ist etwas«, flüstert er vor sich hin, während er das Handy in die Tasche steckt. »Irgendetwas ist da.«

Er geht den Hang zur Elverksbrücke hinunter. Als er die Flussinsel Kvarnholmen erreicht, auf der mittlerweile ein Café eröffnet hat, bleibt er stehen und sieht auf den Norrtäljefluss hinaus. Es ist einer der wilderen Abschnitte, und das Wasser rauscht über blank polierte Steine, die das Licht der Laternen reflektieren. Raubtieraugen, die ihn vom Grund des Flusses anstarren.

Der Hai stellt ihm nach. Die schwarzen Augen betrachten ihn mit gleichgültigem Hunger, er ist nichts als ein Stück Fleisch im unendlichen Meer. Das Grauen steigt Max in die Brust, er spürt die Enge in der Kehle … und dann ist Micke Minitroll mit seiner Säge da und kappt alles ab. Max geht weiter über die Brücke.

Es ist Jahre her, seit er das letzte Mal so an den Hai gedacht hat, bedrohlich und nah, eine Manifestation seines unmittelbar bevorstehenden Todes. Auf dem Kvarnholmen ist etwas passiert, das diesen vergessenen Schrecken wieder aufsteigen lässt. Die Erinnerung an eine Erinnerung. Max drückt die Hand auf sein Herz, das immer noch schneller schlägt.

Irgendetwas ist da.

Als Max die Tullportsgatan erreicht und unter der Ulme steht, wo er zuletzt mit Siw und Charlie war, schlägt sein Herz wieder normal, und plötzlich hat er eine Idee. Seine Eltern sind für einen Monat auf Kreuzfahrt, und das Haus steht leer. Statt nach rechts zum Stockholmsvägen zu gehen, biegt er nach links ab. Es gibt etwas, das er ausprobieren möchte.

2

Als Max am Tor zu Markos Haus vorbeikommt, sieht er das Licht in den Fenstern der Villa. Er hat es nicht eilig, und es ist ein gewisser *Luxus*, dass er für eine Weile Marko in der Nähe hat, also nimmt er die Gelegenheit wahr.

Als er sich dem Haus nähert, wird die Tür geöffnet, und Laura und Goran kommen heraus. Max hat sie seit mehreren Jahren nicht gesehen, erkennt sie aber sofort wieder. Laura ist grau geworden, strahlt aber immer noch dieselbe warme Sicherheit aus. Gorans Körper ist von der Arbeit gebeugt, aber er bewegt sich mit Würde. Max sieht sich um, erfasst von einem unerwarteten Fluchtimpuls. Er hat keine Ahnung, warum, aber plötzlich durchströmt ihn ein Schamgefühl.

Bevor Max irgendetwas machen kann, entdeckt Goran ihn und hebt die Hand zu einem Gruß. »Ah, Max«, sagt er. »Möchtest du unseren … wie sagt man noch … ah, *überspannt*, möchtest du unseren überspannten Sohn besuchen?«

Goran gibt Max die Hand, und Laura umarmt ihn hastig, während Marko von der Haustür aus zusieht. Höflichkeiten werden ausgetauscht, und Max kann das Gefühl nicht abschütteln, dass er eigentlich loslaufen und sich verstecken sollte. Schließlich gehen

Goran und Laura. Auf dem Weg zum Tor hebt Laura einen warnenden Zeigefinger in Markos Richtung und sagt: »Übertreibt es nicht!«

»Was denn übertreiben?«, fragt Max, als er Marko erreicht hat.

»Ach, wir diskutieren über die Einrichtung«, sagt Marko. »Wenn es nach ihnen ginge, würden sie alles gebraucht kaufen.«

»Und wenn es nach dir ginge? Sotheby's?«

Marko grinst und macht eine Kopfbewegung. »Komm rein.«

Max betritt den Flur und zieht sich die Schuhe aus, aber trotzdem hallen seine Schritte zwischen den kahlen Wänden, durch die leeren Räume. Marko zeigt auf die Küche, in der die übrig gebliebenen Getränke von der Party aufgereiht auf einer Bank stehen. »Möchtest du was? Wir haben ungefähr noch drei Tetrapaks und zwanzig Bier übrig.«

»Danke, aber ich möchte nichts.«

Sie gehen weiter durch das Wohnzimmer, wo Markos Feldbett aufgebaut ist, und landen auf der Terrasse. Mit den Händen in den Taschen bleibt Max stehen und blickt hinaus in den Garten. Was er anschließend sagt, überrascht ihn selbst.

»Ich habe mir gedacht«, sagt er, obwohl er überhaupt nichts gedacht hat, »wenn du Hilfe mit dem Garten brauchst, dann kann ich es gerne übernehmen. Der Gärtner sein.«

Marko wirft ihm einen forschenden Blick zu, bevor er sagt: »Nein, ich glaube nicht, dass das nötig ist.«

Max schnaubt und deutet in das Dickicht, zu dem der Garten geworden ist. »Doch, es ist nötig. Das kannst du mir glauben. Es ist nicht so, dass ich Arbeit bräuchte, aber … es ist nötig.«

»So meine ich es nicht.« Marko senkt den Blick, und es sieht aus, als wolle er zu einer Erklärung ansetzen, aber stattdessen schüttelt er den Kopf und fragt: »Wie lief es mit Siw gestern?«

»Das ist eine Frage, auf die es keine einfache Antwort gibt.«

»Wir können ja so tun, als wären wir Teenager. Da gibt es immer *eine* einfache Antwort.«

»In dem Fall lief es gut.«

»Okay, super. Das hast du gebraucht, glaube ich.«

Ein abgehacktes Geräusch, das einem Lachen ähnelt, entfährt Max. »Was für ein verdammtes Klischee!«

Marko zuckt mit den Schultern. »Mag sein. Aber auf mich hast du irgendwie einen, ich weiß nicht, vertrockneten Eindruck gemacht.«

»Vertrocknet?«

»Ja. Möchtest du den Rest des Hauses sehen?«

Das Wort hat sich festgesetzt. Während Max sich durch die Räume führen lässt, leuchtet *vertrocknet* wie mit Neonspray gemalt von der Wand seines Bewusstseins. Während des ganzen unnatürlich warmen und regenarmen Sommers hat Max einen ungleichen Kampf ausgerechnet gegen die Dürre geführt, und viele Pflanzen konnte er nicht retten. Blumen sind vertrocknet und Büsche streckten ihre kahlen Zweige Hilfe suchend in den Himmel. Sieht so auch seine innere Landschaft aus, und äußert sich das schon so deutlich, dass andere es wahrnehmen?

»Das wird wohl Marias Zimmer, nehme ich an«, sagt Marko, als sie in einen fünfzehn Quadratmeter großen Raum treten, dessen einziger Einrichtungsgegenstand eine nackte Glühbirne an einem Draht an der Decke ist. Marko geht in die hintere Ecke des Zimmers, geht in die Hocke und lehnt sich mit dem Rücken gegen die Wand. Max setzt sich in die Ecke gegenüber. Sie sehen einander an. Das Zimmer erinnert ein wenig an einen Vernehmungsraum oder eine Zelle, ein nackter Ort, an dem die Worte ein größeres Gewicht haben. Wenn es etwas zu erzählen gibt, dann sollte es jetzt erzählt werden.

»Also, es ist so«, sagt Marko, »dass du vielleicht die wichtigste Person in meinem Leben bist.«

»Ich?«

»Mhm. Du.«

Die Leuchtkraft der Worte lässt nach, und Max tastet in der Dunkelheit herum, um zu verstehen, was Marko meint. Nach dem, was auf dem Silo passiert ist, kann man sagen, dass Marko die wichtigste Person in Max' Leben ist, da er ansonsten keines mehr hätte, aber gilt das auch andersherum?

»Das verstehe ich nicht«, sagt Max. »Es muss doch jede Menge Menschen geben, deine Mutter und deinen Vater …«

Marko hebt eine Hand, um ihn zum Schweigen zu bringen, bevor er die Hände zwischen den Oberschenkeln faltet und sagt: »Ich meine damit, dass du den größten Einfluss auf meine Entscheidungen gehabt hast. Es begann damals, als dein Vater einen Job für meinen Vater besorgte, erinnerst du dich?«

Doch. Max kann sich sehr gut erinnern und erblickt die Quelle für den unbegreiflichen Fluchtimpuls von vorhin. Ein Groschen, der jahrelang im Einwurfkasten herumgeklingelt hat, fällt endlich, und Marko fährt fort: »Seitdem habe ich mit dir gekämpft. Ich musste alles tun, was du getan hast, aber ich musste besser darin sein.«

»Und es ist dir gelungen, kann man wohl sagen …«

»Warte. Dieses Haus. Weißt du, was ich eigentlich wollte? Ich wollte *dein* Haus kaufen. Damals bei euch auf der Terrasse, als dein Vater und mein Vater … Ich wollte das weghaben, es ausradieren. Deshalb musste ich den Ort besitzen, an dem es passiert ist.«

»Marko, tut mir leid …«

»Es muss dir nicht leidtun. Es war nicht dein Fehler. Aber es ist eine Tatsache. Du hast mein Leben gelenkt. Aber damit ist jetzt Schluss.«

Sie sitzen schweigend in dem kahlen Raum und sehen einander an.

»Marko«, sagt Max schließlich. »Ich harke das Laub und trage Zeitungen aus. Du kannst ganz beruhigt sein.«

Marko schnaubt und schüttelt den Kopf. »Mann, Mann, Mann«, sagt er. »Du Idiot. Begreifst du es nicht … wenn du mir anbietest, mein Gärtner zu werden, dann bist es auf eine verteufelte Weise doch wieder du, der gewinnt.«

»Inwiefern denn?«

»Das weiß ich auch nicht. Aber es ist einfach so. *Das* weiß ich.«

3

Als Max auf den Drottning Kristinas Väg tritt, ist es draußen dunkel. Ein zarter Dunst hängt in der Luft und erzeugt Glorien um die Köpfe der Straßenlaternen, legt einen feuchten Film auf den Asphalt. Max steckt die Hände in die Jackentaschen und geht zu dem Haus, in dem er aufgewachsen ist.

Die Straße ist menschenleer, und das Einzige, was zu hören ist, sind seine einsamen Schritte auf dem glänzenden Asphalt. Eine Wolkendecke schneidet das Licht der Sterne und des Mondes ab. Eine schleichende Kälte kriecht ihm unter die Kleidung, und Max fühlt sich so irreparabel einsam, dass er die Arme um sich schlingt. Er hatte nicht die mindeste Ahnung von dem, was in Marco vorging.

Scheiße. Scheiße. Er ist ein jämmerlicher Egoist. Ist immer schon ein Egoist gewesen.

Max berührt seine Augen, um festzustellen, ob er weint, aber es kommen keine Tränen. Er wird von einem Impuls erfasst, zu Siws Wohnung zu laufen, aber der Impuls verschwindet so schnell, wie er gekommen ist. Er hat nichts anzubieten, er ist ein Mensch, der noch nicht einmal weinen kann.

Ein paar Fenster sind erleuchtet im Haus seiner Eltern. In der Gegend wurde schon ein paarmal eingebrochen, und sie haben sich einen Timer besorgt, der die Lampen in bestimmten Räumen an- und ausschaltet, um eine Illusion von Leben zu erzeugen.

Die Pforte knirscht, als Max sie aufschiebt, und er kann nur ein paar Schritte machen, bevor die bewegungsgesteuerte Außenbeleuchtung anspringt. Max blinzelt in das grelle Licht und fühlt sich ertappt, ein Unbefugter, der kein Recht hat, sich hier aufzuhalten, und bald wird jemand kommen und ihn entfernen. Er reißt sich zusammen, schirmt die Augen mit einer Hand ab und schließt die Haustür auf, macht einen schnellen Schritt in den Flur und gibt den Code ein, um die Alarmanlage zu deaktivieren. Er schaltet das Licht an und geht durch die Zimmer. Die Putzfrau muss vor Kurzem da gewesen sein, denn es riecht nach Putzmittel und Seife, und alle Oberflächen glänzen. Das Haus sieht aus wie das Foto einer Immobilie, die zum Verkauf angeboten wird. Das hier hat etwas Gespenstisches, in seiner ganzen Unbehaustheit, und vielleicht liegt es an ihm, vielleicht ist er dieses Gespenst.

Er bleibt stehen und betrachtet das Sofa, auf dem er die Vision des Mannes hatte, der sich die Schrotflinte in den Mund schob. Er geht in die Küche und streicht über die Marmorplatte, an der er nach der Schule seinen Saft trank und Kuchen aß. Kein einziges Staubkorn an seinen Fingern. Er setzt sich auf den Stufenhocker, wo er auch früher manchmal saß und seiner Mutter Gesellschaft leistete, wenn sie das Abendessen kochte. Er kneift die Augen zusammen und sieht zum Herd, aber er kann sie nicht sehen, kann auch sich selbst nicht auf dem Hocker sitzen sehen, er weiß nur, dass er es tat, ein theoretisches Wissen.

Er geht die Treppe hinauf und bleibt vor seinem Zimmer stehen. Der Aufkleber mit der stoppenden Hand und dem Text »Zutritt für Unbefugte verboten!« sitzt immer noch an der Tür und lässt ihn zögern, bevor er die Klinke nach unten drückt.

Das Zimmer sieht im Großen und Ganzen immer noch so aus wie damals, als er nach Stockholm zog, um an der Handelshochschule zu studieren. Das Plakat zu *The Commitments*, der lange sein Lieblingsfilm war. Der Computer steht nicht mehr auf dem Schreibtisch, aber die vielen Plastikfiguren aus *Herr der Ringe* stehen noch im Regal und die Studentenmütze hängt an ihrem Haken. Die einzige größere Veränderung besteht darin, dass das Zimmer jetzt als Aufbewahrungsort für eine Anzahl von Kartons dient, die in einer Ecke gestapelt sind.

Max setzt sich auf das Bett unter der Flickendecke, die seine Mutter genäht hat. Er sieht sich im Zimmer um, in dem er einen so großen Teil seiner Kindheit und Jugend verbracht hat und das er seit gut fünf Jahren nicht mehr betreten hat. Wie er vermutet und befürchtet hat, spürt er absolut *nichts*. Es hätte genauso gut das leere Zimmer sein können, in dem Marko und er gesessen und sich unterhalten haben. Dasselbe gilt für den Rest des Hauses. Kein Unterschied zwischen ihm und Markos ausgeräumtem Haus.

Max steht auf und stellt sich vor den Spiegel, der sich vom Boden bis zur Decke erstreckt. Seit dem zwölften Lebensjahr, in dem er seine Angst vor den Visionen verloren hat, pflegte er inspiriert von *The Commitments* hier zu stehen und sich selbst zu interviewen, staunend und voller Bewunderung Fragen zu seiner eigenen strahlenden Zukunft zu stellen.

Jetzt sieht ihn die Gestalt im Spiegel skeptisch an. »Aha, ja. Du bist also zurück.«

»Ja«, sagt Max. »So ist es wohl.«

»Du wirkst enttäuscht?«

»Ja. Ich hatte wohl auf eine Art … Bestätigung gehofft.«

»Wofür?«

»Dass ich zu einem reinen Gefühl fähig bin. Und Nostalgie wird wohl so eines sein, oder nicht?«

SpiegelMax zieht eine unzufriedene Grimasse und sagt: »Ich bin hier derjenige, der die Fragen stellt.«

»Entschuldige.«

Es wird still. Der im Spiegel mustert Max von oben nach unten und scheint nicht zu mögen, was er sieht. Er seufzt und fragt: »Was willst du denn mit Gefühlen? Das gehört normalerweise nicht dazu. Hier geht es um die Zukunft. Was ist denn passiert?«

»Siw. Ist passiert.«

»Siw? Diese Dicke?«

»Sag nicht so etwas. Sie ist … ich glaube, sie ist … meine Chance. Wenn ich es schaffe, ihr zu begegnen.«

Der Max im Spiegel zuckt mit den Schultern. »Du weißt selbst am besten, was du tun musst.«

»Weiß ich das?«

»Ja. Sonst würdest du nicht mit mir reden.«

»Das Medikament, oder? Ich muss das Medikament absetzen?«

SpiegelMax sieht mit einer beleidigten Miene weg, weil Max erneut eine Frage gestellt hat. Max setzt sich wieder aufs Bett und betrachtet seine Hände, die zu zittern begonnen haben.

Hör auf, das Lamictal zu nehmen.

Max hat es so lange genommen, dass er keine Ahnung hat, welche Büchse der Pandora voller unterdrücktem Mist er eigentlich mit sich herumträgt, und was herauskriecht, sobald er sie öffnet.

Andererseits war die Angst, die sich auf Kvarnholm um sein Herz geschlossen hat, von der alten, unbehandelten Sorte. Bremst das Medikament vielleicht gar nicht alles so umfassend aus?

Er kann hin und her überlegen, so viel er will, aber irgendetwas muss passieren, wenn die Beziehung zu Siw eine Chance haben soll, zu etwas Wirklichem zu werden. Im Augenblick kommt er sich vor, als würde er einen Schutzanzug tragen oder als hätte er beim Sex Grillhandschuhe an. Er muss seine Panzerung ablegen und sich darauf verlassen, dass die Angriffe nicht so schwer ausfallen. Max steht vom Bett auf und stellt sich vor den Spiegel.

»Okay, du mürrischer Teufel«, sagt er. »Du hast recht. Vielen Dank für dieses Mal. Es wird auch das letzte Mal gewesen sein.«

Loyalität

Anna hat einen Tag Urlaub genommen, und am Montagvormittag geht sie zu ihrem Auto, einem knallroten Golf III, der auf dem Anwohnerparkplatz hinter dem Haus steht. Das Auto konnte sie vor vier Jahren von Stig kaufen, für einen »Freundschaftspreis« von achttausend Kronen. Ganz okay, aber Stig selbst hatte fünftausend bezahlt, also eine *Riesen*freundin war Anna offensichtlich nicht.

Die Autotür klappert, als Anna sie hinter sich zuschlägt. Das Auto hat diesen typischen Geruch, den man nicht in einer Wunderbaumversion kaufen kann. Ein Hauch von Öl und Benzin, dafür umso mehr von Polsterung, die von vielen Hinterteilen abgerieben wurde und mittlerweile dabei ist, sich selbst zu verzehren.

Trotzdem mag Anna ihr Auto, das sie aufgrund seiner Farbe und seiner generellen Garstigkeit Feuerteufel getauft hat. Nach knapp vierhunderttausend gefahrenen Kilometern hat es bereits zahlreiche kleine Macken. Die Handbremse muss mit einem Stock fixiert werden, die Scheibenwischer funktionieren nur sporadisch und im Regen auf gar keinen Fall, der Lüfter geht nur auf höchster Stufe. Und so weiter.

Aber anspringen tut Feuerteufel immer, so auch an diesem Tag. Mit einem triumphierenden Brüllen des angerissenen Auspuffrohrs fährt Anna auf den Stockholmsvägen hinaus und biegt nach links ab. Das Autoradio war schon kaputt, als Anna den Wagen gekauft hatte, also wird sie auf ihre eigenen Gedanken zurückgeworfen. Für eine Weile widmet sie sich Johans Spiel und muss laut lachen, als sie *klatsch die Hunde, wenn du glücklich bist* denkt, sie ist sogar gezwungen, den Wagen abzubremsen und an den Straßenrand zu stellen, um eine SMS an Johan abzuschicken, bevor sie weiterfährt.

Als sie an der Anschlussstelle Rösa von der Autobahn abfährt, wenden sich ihre Gedanken Siw zu, die *gestört* ist. Anna ist so etwas noch nie passiert. Sie hätte zwar sagen können, dass sie schon einmal *scharf* auf jemanden war oder sogar verliebt in einen Mann, mit dem sie zusammen war, aber in Wahrheit war sie nie mit einem Mann zusammen gewesen, der etwas anderes war als eine … tja, eine *Funktion*. Wenn irgendjemand sie *gestört* hätte, dann wäre es Siw gewesen.

Siw ist anders. Seit sie sich in der Schule angefreundet haben, weiß Anna, dass Siws Verteidigung brüchig ist, und für Anna ist es eine Ehrensache, sie zu beschützen und so weit wie möglich wehrhaft zu machen, allerdings ohne einen mehr als marginalen Erfolg. Jetzt hat dieser Max also Siws Verteidigung überwunden. Aber eines ist sicher: Gnade ihm Gott, wenn er Siw verletzt, denn dann bekommt er es mit Anna Olofsson zu tun, und was das bedeutet, will er lieber nicht erfahren.

Anna fährt nach Finsta, wo vor quasi tausend Jahren die heilige Birgitta ihre Visionen hatte und mit dem König herumlaberte. Girl Power mit Gott im Rücken, yeah. Diesem inspirierenden Gedanken folgt der eher deprimierende, der ihre eigene Situation betrifft oder eher Ackes. Sie haben niemanden im Rücken. Was zur Hölle soll sie tun, wenn Stig und Sylvia nicht helfen wollen? Keine Ahnung, nicht im Geringsten.

Es wird auch nicht besser, als sie zwanzig Minuten später in Rimbo einfährt. Es ist eigentlich nichts verkehrt an diesem kleinen Ort, wo alles, was wichtig ist, an der Hauptstraße liegt, wie in einem Westernkaff, aber jedes Mal, wenn sie zurückkommt, kommt sie sich *eingefangen* vor, wie ein Tier, das aus seinem Käfig fliehen konnte, aber trotzdem freiwillig zurückkehrt.

Sie fährt an dem mittlerweile geschlossenen Schwimmbad vorbei, dessen Schlüssel sie und ein paar Freundinnen einmal ergattern konnten, woraufhin sie eine Nacht darin verbrachten, auf Luftmatratzen in der verdunkelten Halle trieben, rauchten und Wodka direkt aus der Flasche soffen, eine Billigvariante von Beverly Hills.

Das Chinarestaurant, das sich immer noch nicht aufgerafft hat, sein falsch geschriebenes Schild »Chines Restaurant« abzunehmen. Der Spielzeugladen, in dem sie *Magic*-Karten klaute, die sie auf dem Schulhof an ältere Jungs weiterverkaufte. Die Pizzeria Miami, deren triste Einrichtung sie tagelang mit verkaterten Augen angeglotzt hat.

Hier hast du dein Leben.

Freunde, die nie weggezogen sind, haben ihr erzählt, dass immer noch Geschichten über Anna Olofsson kursieren, und vielleicht sollte sie stolz darauf sein, aber vor allem fühlt sie sich zornig. Ihre Jugend war ein verdammter *Krieg*, und wenn sie eine entsprechende Neigung hätte, könnte sie den ganzen Tag heulen und behaupten, sie hätte PTSD und deswegen auch diese Schwierigkeiten mit dem Vertrauen.

Als sie den Ort hinter sich lässt, biegt sie in den Närtunavägen ab und fährt zum Hof der Familie, der auf der anderen Seite des Långsjön liegt. Auf dem letzten Stück senkt sie die Geschwindigkeit, weil es im Wald von selbstmörderischen Tieren in allen Größen wimmelt, und es zog kaum jemand die Augenbrauen hoch, wenn Sylvia oder Stig mit zersprungenen Scheinwerfern oder Beulen im Kotflügel nach einem Nahkontakt mit einem Reh heimkamen. Stig schaffte sogar eine Bolzenpistole an, die er im Kofferraum dabeihatte, weil es mit einer Axt so dreckig wurde.

Das Herz sinkt Anna in die Hose, als sie auf den Hofplatz fährt und Lottas Lieferwagen mit geöffneter Motorhaube da stehen sieht. Der Text auf dessen Seite lautet: »Pitstop Pennsylvania – American Stuff«. Lotta mag es nicht, wenn man sie *Hausiererin* nennt, und genau deshalb nennt Anna ihr Auto Hausiermobil. Annas sinkendes Herz hängt damit zusammen, dass Lotta in der Familie die negativste Einstellung zu Acke und seinem Geschäftsmodell hat. Wenn sie auch da ist, wird alles schwieriger.

Anna schaltet den Motor aus und der Golf stirbt mit einem Zittern. Als sie die Autotür öffnet, hört sie ein metallisches Klingeln und leise Flüche von der Vorderseite von Lottas Auto. Stig hat sich über den Motor gebeugt und scheint etwas losbekommen zu wollen, was sich nicht lösen lässt, denn er sagt: »Jetzt komm schon, du kleiner Teufel.« Oder eine Maus hat sich in den Motorraum verirrt.

»Hallo, Papa.«

Ohne den Gruß zu erwidern oder den Kopf zu heben, sagt Stig: »Geh mir mal zur Hand.«

Anna stellt sich neben ihren Vater und betrachtet den Motor, der stark nach 5–56 riecht, ein Duft, der für immer mit ihrer Kindheit verbunden ist, weil Stig so viele rostige Sachen hat. Der Kabelschuh an dem einen Batteriepol ist dunkelbraun vor Korrosion und glänzt von dem Rostlöser. Aufgrund von ungünstigen Winkeln ist es schwierig, die Mutter zu lösen und gleichzeitig auf der anderen Seite dagegenzuhalten. Anna greift nach einem ebenso rostigen Schraubenschlüssel und fixiert den Bolzenkopf, sodass Stig beide Hände verwenden kann, um die Mutter zu drehen. Eine Minute später kann Stig die Batterie herausheben. Annas Hände sind hellbraun und imprägniert mit 5–56. Sie wischt sie an einem Lappen ab, und Stig trägt die Batterie in die Garage.

Stig kommt von der Garage zurück und wischt seine eigenen Hände an dem ölbefleckten Overall ab, den er gerade trägt, und er lehnt sich weit heraus, indem er sagt: »Aha, ja. Da bist du ja.«

»Tja«, sagt Anna. »Ist schon eine Weile her.«

»Tatsächlich? Ja, schon möglich. Aber man läuft hier ja nicht herum und zählt die Tage.«

Anna schweigt.

»Bleibst du zum Abendessen?«, fragt Stig.

»Nein, so lange werde ich wohl nicht bleiben.«

»Tja. Und was machst du dann hier?«

»Es gibt da eine Sache, über die wir sprechen müssen.«

»Eine Sache?«

»Ja, eine ziemlich wichtige Sache.«

»Na, dann. Komm rein.«

Stig wendet ihr den Rücken zu und geht mit langen, energischen Schritten auf das Haus zu. Er nähert sich dem Rentenalter, aber das ist seinen Bewegungen nicht anzusehen, was Anna ein bisschen ärgert. Sie sieht dem Tag entgegen, an dem ihre Eltern gebrechlich werden und Hilfe brauchen, sodass sie sich das Vergnügen gönnen kann, sie ihnen zu verweigern, aber das scheint noch zu dauern. Stigs einzige Anzeichen von Verfall sind der Ansatz eines Bierbauchs und eine gewisse Schlaffheit im Gesicht. Anna reibt ihre Hände ein letztes Mal an dem Tuch ab und folgt ihrem Vater.

Wenn der marzipanartige Geruch von 5–56 einer von Annas Kindheitstriggern ist, bedeutet der Duft hier drinnen etwas anderes. Für Anna bedeutet er trotz allem *Zuhause* und ist schwer auseinanderzusortieren. Ein bisschen Kaffee ist drin, Erde und Schweiß, die zusammengenommen nach Blut riechen, aber auch der Geruch des eingebrannten Rauchs vom Holzherd und ein eher knisternder, elektrischer von den Heizkörpern, der vielleicht zu dem Geruch nach Feuer gezählt werden kann. In Annas Elternhaus riecht es nach Blut und Feuer.

Sylvia und Lotta sitzen am Küchentisch mit zwei ungleichen Kaffeetassen. Eine geöffnete Plastiktüte mit Zimtkringeln liegt zwischen ihnen und sieht aus, als wäre sie von einem Löwen aufgerissen worden. Als Lotta Anna erblickt, wirft sie ihr einen gemeinen Blick zu und sagt: »Oh, kommt die kleine Miss Slimfit auch mal zu Besuch?«

»Was redest du da für einen Scheiß?«, fragt Sylvia. Wenn ein Überschuss aus Unterhautfett bei Stig als Alterszeichen gerechnet werden kann, geht es bei Sylvia in die entgegengesetzte Richtung. Ihr schon früher scharf geschnittenes Gesicht ist jetzt geradezu sandgeblasen. Die Wangenknochen treten noch stärker hervor, und der Schädel kann unter der dünnen Haut geahnt werden als ein Fingerzeig darauf, wie sie sich dereinst als Wiedergänger offenbaren wird.

Als würde sie ein schamhaftes Geheimnis offenbaren, sagt Lotta: »Hast du es noch nicht gehört? Anna hat angefangen zu *trainieren.*« Das letzte Wort spuckt sie zusammen mit ein paar Kuchenkrümeln aus.

Die Enthüllung hat nicht den gewünschten Effekt. Sylvia sieht missgelaunt von den ausgespuckten Krümeln zu Lotta und sagt: »Das könntest du dir auch überlegen, du dämlicher Fettwanst.«

Anna zieht die Lippen in den Mund ein, um ein Lächeln zu unterdrücken. Auch das ist eine typische Situation. Weil die Aufmerksamkeit der Eltern eine so seltene Ware war, herrschte ein Kriegszustand zwischen den Geschwistern, wenn sie sich überraschend zeigte. Die Geschichte, als Sylvia Anna mit zum Rektor nahm, um ihn plattzumachen, ist mittlerweile eine Legende in der Geschwisterschar, und ganz egal, wie eifersüchtig die anderen waren, so wurden sie niemals müde, sie sich anzuhören.

Weil die Waagschalen im Augenblick zu ihren Gunsten stehen, nimmt Anna die Gelegenheit wahr, sich zu setzen und einzuwerfen: »Wir haben ein Problem.«

Sie berichtet kurzgefasst, was mit Acke passiert ist und was er getan hat, wird ausführlicher, als sie das Gespräch mit Ewert Djup beschreibt und dass Acke ihm dreihunderttausend schuldet. Als sie fertig ist, drückt Lotta sich einen Kringel in den Mund und sagt beim Kauen: »Du sagst, dass *wir* ein Problem haben. Inwiefern ist es denn *unser* Problem?«

»Weil wir eine Familie sind«, sagt Anna und betrachtet Stig, der ihrem Blick nicht ausweicht, sondern fast ein Nicken andeutet, während Anna fortfährt: »Und Acke wird ziemlich viel durchmachen müssen, wenn wir nichts tun.«

Stig öffnet den Mund, um etwas zu sagen, aber Lotta kommt ihm zuvor: »Okay, in dem Fall möchte ich nur sagen, wenn ihr diesem Idioten dreihunderttausend hinterherwerft, dann möchte ich sie auch haben.«

»Halt deine hässliche Fresse«, sagt Sylvia. »Hier werden überhaupt keine verdammten Lappen in irgendeine Richtung geworfen.«

»Aber Mama«, sagt Anna und bereut es, sobald das Wort über ihre Lippen gekommen ist. Sylvias Miene wird noch düsterer und ihr Zeigefinger springt auf, als sie erwidert: »Ich habe es schon vorher gesagt und ich sage es noch einmal: Ich bin keine verdammte Mama. Wenn man sich selbst in den Dreck manövriert hat, muss man auch allein wieder herauskriechen.«

»Das wird die Anhängerkupplung für Lasse«, sagt Lotta und

wischt sich die Kuchenreste aus den Mundwinkeln. »Eine kleine Rundfahrt.«

Anna wird so wütend, dass sie in den Familienjargon fällt, als sie sich an Lotta wendet und erwidert: »Wenn es dein fetter Arsch wäre, den sie über den Asphalt schleifen wollen, hätte ich jedenfalls keine verdammten Einwände, du kannst meinetwegen die ganze Strecke bis Grisslehamn mit deinem Schmalz schmieren, aber …«

»Das wird aber nicht passieren«, sagt Stig.

»Ach nein?«, sagt Anna und duckt sich vor einem Kringel, den Lotta auf ihren Kopf geworfen hat. »Was wird denn dann passieren?«

»Sie werden ihm eine Arbeit geben. Damit sind seine Schulden dann abgegolten.«

»Was ist denn das für ein Job, der dreihunderttausend wert ist? Soll er jemanden umbringen?«

»Ja, oder zwei, möglicherweise.«

Annas Unterkiefer sinkt herunter und sie lässt den Blick zwischen ihren Familienmitgliedern wandern. »Meint ihr das ernst? Sollen wir den Gebrüdern Djup erlauben, Acke zum *Mörder* zu machen, nur weil ihr nicht … soll er etwa für den Rest seines Lebens im Gefängnis sitzen?«

»So einen Job zu übernehmen und im Gefängnis sitzen, ist nicht dasselbe«, sagt Stig. »Es kommt darauf an, wie man es angeht.«

»Aha. Und wie soll Acke eine solche Sache *angehen*? Wie ihr schon angedeutet habt, ist er ein Idiot. Ich liebe ihn, aber er hat nur Stroh im Kopf, und das wissen wir alle zusammen. Also was soll der Scheiß?«

»Dann musst du ihm wohl helfen«, sagt Sylvia. »Du bist doch so smart. Und so engagiert.«

Annas Hände fahren hoch und sie drückt die Finger gegen die Schläfen. »Du willst, dass *ich* Acke helfe, Menschen zu ermorden. Ist das deine Idee?«

»Ich sage gar nichts, zumindest nicht mehr als das: Hier gibt es keine verdammten dreihunderttausend Kronen, die wir einfach herbeizaubern können. Es gibt sie nicht, so einfach ist das.«

Als Anna aufsteht und sich auf den Tisch stützt, heften sich Kuchenkrümel an ihre Handflächen, und das Einzige, was sie herausbringt, ist ein Flüstern: »Ihr redet von Loyalität. Wie zum Teufel könnt ihr dann solche Verräter sein?«

Kümmere dich gut um sie

1

Siws Taschen sind voller Steine, so fühlt es ich jedenfalls an, als sie am Montagmorgen zur Arbeit geht. Die Schultern werden von dem Gewicht heruntergezogen, der Rücken ist gebeugt. Die Steine sind ihre enttäuschten Erwartungen, die sie zu Boden ziehen. Sobald ein Mensch beginnt zu hoffen, lernt er auch die dunkle Schwester der Hoffnung kennen, die Enttäuschung. Jahrelang ist Siw aufrecht gegangen, hoffnungslos und mit leeren Taschen. Jetzt kann sie kaum noch das Gleichgewicht halten.

Sie hat sich nicht bei Max gemeldet, und Max hat sich nicht bei ihr gemeldet. Sie findet, dass es bei Max liegt, den ersten Schritt zu tun, weil er zu Hause bei ihr war. Sich für die Gastfreundschaft zu bedanken, sozusagen. Aber vielleicht ist sie auch nur feige oder altmodisch oder maßlos oder vollkommen dumm im Kopf und Me-too und Incel und *er hätte doch zumindest eine SMS schicken können?*

Sie kommt an der Clas-Ohlson-Filiale vorbei, in der man Reklame für Lampen macht: »Erleuchte das Herbstdunkel.« Siw versucht sich so in ihre Wut zu steigern, dass die Werbeillusion eines gemütlichen Wohnzimmers sie nicht erreicht, aber sie kann es nicht. Schon ist da die Traurigkeit.

Etwas Unbekanntes ist in ihr geweckt worden und das weigert sich jetzt, wieder einzuschlafen. Sie kommt nicht dagegen an und kann nur weitermachen mit den Steinen der Enttäuschung in den Taschen und einer reißenden Sehnsucht in der Brust.

Siw sieht zu dem Schild hoch, auf dem das Personal in ein Herz eingeschlossen ist, sie schließt auf und geht durch den dunkelroten Korridor.

Im Umkleideraum zieht sie sich die Arbeitskleidung über und sieht dabei aus dem Fenster. Die riesige schwarze Fläche, die Lüftungskästen und … die Möwe. Siw geht so nahe an das Fenster, dass ihre Nasenspitze die Scheibe berührt, während sie sich an einen Gedanken zu erinnern versucht. Irgendetwas in der Richtung, dass die Möwe ihre Seele sei. Was würde das schon ändern. Die Möwe sitzt dort, wo sie sitzt, und ihre Seele ist genauso einsam wie immer.

Vielleicht sitzt sie dort nur zur Dekoration? Vielleicht ist sie ja ausgestopft?

Siw lächelt über sich selbst und richtet sich ein bisschen auf. Sie schafft das hier, natürlich.

Es ist schön, sich in die Kasse einzuloggen, es ist schön, die Kunden mit ihrem endlosen Strom von Waren, die gescannt werden müssen, professionell anzulächeln, es ist schön, die Hände einfach machen zu lassen und zu einem voll funktionstüchtigen Wesen in der Welt zu werden.

Nach der Arbeit gehen Anna und sie ins Fitnessstudio. Als sie das letzte Mal trainiert haben, konnte Siw bei den meisten Maschinen fünf Kilo drauflegen, ein Fortschritt, der nicht von den Launen anderer Menschen abhängig ist. Sie hat vier Kilo abgenommen und die Pulverdiät abgemildert. Sie wird stark werden, sie wird die Stärkste sein, sie wird eine verdammte Pippi Langstrumpf der Selbstgenügsamkeit werden, hollaho-holla-hopsasa.

Siw hat gerade einen Hähnchensalat und einen Brämhults-Orangensaft gescannt, ohne von der Kasse aufzusehen, als sie eine Stimme sagen hört: »Hallo?« Max steht in seiner Arbeitskleidung auf der anderen Seite des Kassenbands, und Siw fällt keine andere Erwiderung ein als: »Was machst du hier?«

»Mittagessen kaufen«, sagt Max und zeigt auf den Hähnchensalat. Siw betrachtet die Kunststoffverpackung, als könnte sie dort etwas finden, das ihr weiterhilft.

»Aha«, sagt sie.

Max schielt zu dem Kunden hinter sich hinüber, bevor er nach dem Rand des Kassenbands greift, um sich zu Siw vorbeugen zu können. Er senkt die Stimme und sagt: »Siw, tut mir leid, wenn … ach, vergiss es. Möchtest du mich sehen. Nach der Arbeit?«

»Geht nicht, ich muss … Morgen vielleicht?«

»Okay, klar«, sagt Max. »Morgen. Das ist gut. Nicht am besten. Aber gut.«

»Warum nicht am besten?«

»Weil es dann noch einen Tag länger dauert, bis ich dich sehen kann. Zeit und Ort machen wir noch ab, okay?«

Max nimmt seine Sachen und wirft Siw einen kurzen Handkuss zu, den sie nicht erwidern kann, weil ihre Hände unter dem Band fest ineinandergefaltet sind. Unter dem Kragen und am Haaransatz im Nacken wird ihr heiß, während das Herz in ihrer Brust herumtobt, sodass sämtliche Steine aus ihren Taschen fallen und der Gedanke an die Selbstgenügsamkeit ins Nichts verschwindet.

Ein Tag länger, bis ich dich wieder treffen kann.

2

»Er ist also verdammt … ahhh … heiß auf dich?«

Anna spricht, während sie die Schenkel in der Brustmaschine zusammenpresst. Es ist ihr letzter Durchgang, und sie nimmt die Fußstütze zu Hilfe, um die Gewichte kontrolliert zurückfedern zu lassen, bevor sie aufsteht. Siw nimmt ihren Platz ein und setzt den Pin eine Stufe herunter, sodass fünf Kilo mehr aufgelegt werden. Anna pfeift und sieht sich um. »Wen willst du denn hier flashen?«

»Niemanden«, sagt Siw. »Und ich glaube auch nicht, dass hier irgendwer beeindruckt ist, wenn ich fünfzehn mit der Brust stemmen kann.«

»Fünfzehn mit der Brust stemmen«, imitiert Anna sie. »Du hast ja den Jargon schon richtig drauf. Aber jetzt lass hören. Hat er das wirklich gesagt?«

»Wir haben zumindest Namen«, sagt Siw. »Und wir reden miteinander. Aber dann ist es vorbei.«

»Wovon redest du?«

»Dass wir den Bechdel-Test nicht bestehen.«

Siw erledigt ihre zehn Übungen ruhig und sicher. Anna ist besser mit dem Bauch und den Oberschenkeln, aber es gibt eine Hektik in ihren Bewegungen, die nicht zu der Brustmaschine passt. Vielleicht liegt es daran, dass Siw in einer Maschine sitzt, die etwas *Männliches* ausstrahlt, jedenfalls sieht sie, oder hört eher, wie extrem mädchenhaft ihr Gespräch ist.

»Ich scheiße auf Bechdel«, sagt Anna, »und ich scheiße auch auf Schrödingers Katze *und* auf seinen Hund. Bist du verliebt?«

»Ja«, sagt Siw. »Das bin ich.«

Anna klatscht in die Hände auf diese kokette Weise, die so gar nicht zum Rest ihrer Persönlichkeit passt, und vielleicht ist sie ja deswegen so verliebt in diese Geste, die sie zu jemand anderem macht.

»Und du?«, fragt Siw. »Wie ist es bei dir?«

Annas Hände sinken und ihr Gesicht fällt zusammen. Sie schüttelt den Kopf. »Nicht so gut, ehrlich gesagt. Ich hasse meine Familie, und ich will diese Arschlöcher niemals wiedersehen. Weißt du, wer die Gebrüder Djup sind?«

»Ich habe eine Ahnung, ja.«

»Acke, du kennst ja Acke. Er hat ein Ding gedreht, und jetzt ist er ihnen dreihunderttausend schuldig.«

»Was war das denn für ein Ding?«

»Das gehört nicht hierher. Aber wenn er dieses Geld nicht irgendwie beschaffen kann, wird er übel drangenommen.«

»Und warum bist du jetzt dafür verantwortlich?«

Anna schneidet eine Grimasse und sieht Siw argwöhnisch an. »Fängst du jetzt auch damit an? Er ist mein *kleiner Bruder*. Du kannst das vielleicht nicht begreifen, weil du keinen … aber jetzt ist es nun einmal so.«

»Und was wirst du jetzt tun?«

Anna sieht so aus wie damals in der Schule, wenn sie kurz davor war, irgendjemandem Probleme zu machen. »Ich habe eine Idee. Eine verdammt gute Idee sogar. Machen wir am Schluss noch den Rücken?«

Anscheinend möchte Anna nicht verraten, worin ihre tolle Idee besteht, also wischen sie die Maschine ab und trotten weiter zur nächsten. Die ist allerdings belegt von einem Mann, der drin sitzt und auf seinem Handy herumtippt. Anna erkennt ihn wieder als den Mann, der oft am Fluss angelt. Sie warten. Ein Bekannter von ihm kommt vorbei und die beiden tauschen eine Weile Höflichkeitsphrasen aus, bis der Typ sich wieder seinem Handy zuwendet.

Anna geht auf ihn zu und zeigt auf die Maschine. »Entschuldigung, können wir zwischendurch ein paar Übungen machen?«

Er hebt langsam den Kopf vom Schirm und mustert Anna sorgfältig, bevor er antwortet: »Nein.«

»Aber du sitzt doch hier nur herum. Das könntest du ja auch woanders tun?«

Der Mann denkt eine Weile nach, bevor er sagt: »Nein.«

Anna wirft Siw einen ungläubigen Blick zu, bevor sie sich wieder dem Mann zuwendet und sagt: »Meinst du das wirklich ernst? Was ist dein Problem? Hier geht es nicht so wie beim Angeln, weißt du? Hier warten auch noch andere.«

Der Mann seufzt und steht auf. Er ist zwei Köpfe größer und fünfzig Kilo Muskeln schwerer als Anna. Es liegt eine verschwommene, unfokussierte Wut in seinen Augen, als er sich zu Anna hinunterbeugt, ihr in die Augen sieht und sagt: »Na und?«

Siw zieht Anna am Arm. »Komm jetzt. Wir lassen es einfach.«

Zu Siws Erleichterung scheint auch Anna zu spüren, dass etwas Bedrohliches im Blick des Mannes liegt, und sie lässt sich zur Seite ziehen. Der Mann lässt ein leises Knurren hören, bevor er sich mit seinem Handy wieder in die Maschine setzt.

»Was ist bloß mit den Leuten los?«, sagt Anna. »Sie benehmen sich, als wäre … ich weiß es auch nicht.«

Siw wechselt abrupt das Thema, während sie die Treppe zum Umkleideraum hinuntergehen. »Mama war in der letzten Zeit so oft dran, also … könntest du dir vorstellen, morgen Abend auf Alva aufzupassen?«

»Geht es um Max?«

»Ja. Kannst du?«

»Das weißt du doch.«

Aus dem Rauschen des Flusses

Marko hat den Montag zum Einkaufen genutzt. Als er mit Laura und Goran die Möbelsituation durchging, wollten sie zuerst überhaupt nichts haben, dann begannen sie über gebrauchte Sachen aus dem Internet zu diskutieren, und nach einer harten Verhandlung gelang es ihm, sie zumindest zu IKEA zu überreden. Sie gaben eine Bestellung mit anschließender Lieferung auf, aber es dauert noch ein paar Tage, bis die Sachen kommen.

Nicht in die Bestellung eingegangen sind ein Bett und ein Küchentisch, beides sei noch brauchbar, meinen seine Eltern.

Marko hat begriffen, dass es keinen Sinn hat, seine Eltern zu der Anschaffung zu überreden, also bleibt ihm nur übrig, sie vor vollendete Tatsachen zu stellen. Wenn sie die Sachen dann auf ihrer geliebten Auktionsplattform wieder verkaufen wollen, dann sollen sie es eben tun.

Das 160cm-Bett mit Doppelfederkern hat er bei KungsÄngen gekauft und selbst die Treppe zu dem Zimmer hinaufgeschleppt, das zum neuen Schlafzimmer der Eltern werden soll. Marko hat auch gleich eine Matratzenauflage, Kissen und eine Decke gekauft. Bettwäsche in doppelter Ausführung, damit er selbst im Bett schlafen und anschließend neu beziehen kann, wenn die Eltern schließlich einziehen.

Nach dem Besuch von KungsÄngen steuerte er seinen gemieteten Lieferwagen zu Mio, wo er einen Küchentisch und Stühle kaufte. Ein paar Stehlampen und einen Teppich packte er auch noch drauf. Sowie einen Sessel. Dieses letzte Stück ist das Einzige, bei dem er unsicher ist. Goran liebt seinen abblätternden Ledersessel, der sich im Laufe der Jahre nach seinem Körper geformt hat.

Na ja, irgendwo in dem großen Haus wird er schon einen Platz finden, und wenn gar nichts hilft, dann hat eben Marko bis auf Weiteres eine bequeme Sitzgelegenheit.

Es ist sieben Uhr, und Marko ist gerade nach Hause gekommen, nachdem er den Lieferwagen bei Circle K abgegeben hat. Alle Sachen stehen an ihren Plätzen, und er setzt sich mit einer Tasse Pulverkaffee an den Küchentisch. Der Tisch ist ungefähr doppelt so groß wie der alte seiner Eltern und er hat außerdem eine Einlegeplatte.

Goran und Laura haben Verwandte auf der ganzen Welt, und jetzt wäre genug Platz für eine Zusammenkunft. Marko muss lächeln, als er Goran vor sich sieht, wie er herumgeht und seinen Geschwistern, Cousins und Cousinen Haus und Garten zeigt, während er sich mit schlecht verhohlenem Stolz über Markos Verschwendungssucht beklagt. Und dann würden sie es krachen lassen, rund um den ausgezogenen Küchentisch.

Markos Blick wandert in die Ferne und er beschwört das Gemurmel von Stimmen in verschiedenen Sprachen herauf, mit denen sich das Haus füllt, als es an der Tür klingelt. Er geht hin und öffnet, und draußen steht Maria. Sie hat dunkle Ringe unter den Augen und ihre grazile Haltung ist verschwunden. Sie sieht beinahe aus wie ein normaler Mensch.

»Darf ich reinkommen?«

Marko tritt einen Schritt in den nach wie vor gähnend leeren Flur zurück, um sie einzulassen. Sie schleppt sich herein und lässt eine Tasche von der Schulter gleiten, bevor sie weiter in die Küche geht. Ohne die Tatsache zu kommentieren, dass es mittlerweile einen Küchentisch gibt, nimmt sie daran Platz und fragt: »Gibt es etwas zu trinken?«

»Du meinst …?«

»Ja.«

»Von der Party, ja. Was willst du haben?«

»Ganz egal.«

Irgendetwas in Marias Ton deutet an, dass sie am liebsten einen Schnaps hätte, aber Marko holt einen Tetrapak mit Rotwein aus der Speisekammer und öffnet den Karton mit den Weingläsern, der ebenfalls im Mio in den Einkaufswagen gerutscht ist. Als er das halb volle Glas vor Maria auf den Tisch stellt, sagt sie: »Hast du jetzt Weingläser?«

»Wie aufmerksam du bist«, sagt Marko.

Erst jetzt sieht Maria sich um und nickt, bevor sie einen Schluck Wein trinkt. Sie stellt das Glas ab und sinkt auf dem Stuhl zusammen.

»Wie geht es dir?«, fragt Marko. »War heute nicht dein erster Tag im neuen Job? Im Café?«

Maria nickt, aber mit einer Miene, als würde sie eine bedauernswerte Tatsache bestätigen. Sie reibt sich die Augen und seufzt. »Du kannst es dir gar nicht vorstellen.«

»Viel Stress, oder was?«

»Mit Stress habe ich keine Probleme. Beziehungsweise, mittlerweile schon, aber … nicht in diesem Fall.«

»Was ist es dann?«

Maria trinkt noch einen Schluck Wein und rollt das Glas zwischen ihren Handflächen. »Die Leute sind so-verdammt-unangenehm. Ich dachte, dass … du weißt schon, in der Modelwelt. Da gibt es so viel Eifersucht, Rivalität, ständige, wie heißt es, Sticheleien. Und Seitenhiebe. Ich dachte, ich hätte das jetzt hinter mir. Hier, in der normalen Welt. Aber jetzt ist es noch viel schlimmer.«

Marko schenkt ein bisschen Wein für sich selbst ein und setzt sich neben Maria. Er weiß nicht, welche Vorstellungen sich seine Schwester von dem gemacht hat, was sie die normale Welt nennt, aber nach seinen Erfahrungen sind auch dort die Ellenbogen der Menschen ziemlich angespitzt.

»Vielleicht bist du da mit falschen Erwartungen herangegangen«, sagt er.

Maria leert ihr Glas und schüttelt den Kopf. »Du verstehst das nicht. Wenn ich unangenehm sage, meine ich nicht unhöflich oder schlecht gelaunt. Sondern wirklich … gemein. Ich stelle eine Tasse auf einen Tisch und es klappert. Ein Typ sagt: ›Musst du so einen verdammten Lärm machen?‹ Ich zwänge mich zwischen zwei Tischen durch, und eine Frau sagt, ich solle verdammt noch mal aufhören, mit den Brüsten vor dem Gesicht ihres Mannes herumzuwippen. Ich stelle ein Glas Saft vor einem Jungen auf den Tisch, und er fragt mich, warum ich so schlecht rieche. Und ein alter Mann nannte mich … Kannst du mir noch ein bisschen einschenken?«

Marko tut, worum Maria ihn gebeten hat, aber nur ein Viertelglas. »Wie hat er dich genannt?«

»Kanackenhure. Ich hätte nie gedacht, dass die Leute so etwas in Wirklichkeit sagen. Und es hatte nichts mit mir zu tun … alle waren unangenehm zueinander. Ließen andere Gäste nicht vorbei, gaben keine leeren Stühle ab. Und das war noch nicht einmal das Schlimmste.«

Maria trinkt aus ihrem Glas und beugt sich mit dem Gesicht in den Händen vor. Sie schüttelt sich, schluchzt, und Marko streichelt ihr über die Schulter. »Was ist das Schlimmste?«

Maria holt tief Luft und reißt sich zusammen. Als sie den Kopf wieder aus den Händen hebt, glitzern Tränen in ihren Augen. »Ich denke fast nie an damals, als wir auf der Flucht waren. Aber heute …« Maria macht eine Kreisbewegung mit der Hand, als würde sie an einer uralten Kamera kurbeln.

»Dieses Café liegt ja auf einer Insel im Fluss. Dort hört man die ganze Zeit dieses Rauschen, und ich weiß nicht, es war, als … als würde alles aus diesem Rauschen herausdringen. All die miesen, kleinen Unterkünfte, in denen wir gewohnt haben. Deutschland, Holland. Welche Angst ich ständig vor der Polizei hatte, wie sehr mir eine Freundin zum Spielen fehlte, ich weiß nicht, ob du dich an Dolly erinnerst …«

»Deine Puppe.«

»Ja. Weil ich sonst niemanden hatte, spielte ich mit Dolly, sie war meine beste Freundin, also, sie war es wirklich, und ich tröstete sie, wenn ich Angst hatte, und ich schlief zusammen mit ihr, und sie war … sie wurde vergessen. Auf einem Busbahnhof in Aachen oder in irgendeinem anderen Scheißort.«

»Ich erinnere mich. Du warst viele Wochen lang traurig.«

»Ja. Und heute … das ist total krank, aber in diesem Rauschen konnte ich Dolly um Hilfe rufen hören. Ich sah, wie sie von zwei

Hunden zerrissen wurde, sie lag auf einem Betonboden und Blut lief aus ihr heraus, als die Hunde ihren Arm abrissen, und die ganze Zeit schrie sie nach mir und wollte wissen, warum ich sie verlassen hatte.«

Jetzt laufen Tränen über Marias Wangen. Marko zieht die Rolle mit Küchenpapier heran und reißt ein Blatt für sie ab. Maria trocknet ihre Wangen, und das Papier bekommt Flecken von Kajal und Mascara. Marco sieht, wie der Blick seiner Schwester sich verhärtet, und sie ballt die Faust vor dem Gesicht.

»Und dann ist da ein Bild für alles das, was wir erlebt haben. Meine frühe Kindheit ist nichts als … Scheiße. Und ich hörte, in diesem Rauschen, plötzlich wieder die gleichgültigen Stimmen der Leute vom Amt, Polizisten, die uns hinterherrufen, Beleidigungen auf der Straße. Und ich wurde von einem solchen … *Hass* erfüllt. Je später es wurde und je mehr dieses Rauschen anschwoll und je unangenehmer die Leute wurden … also, ich kann dir sagen, wenn ich ein Sturmgewehr gehabt hätte, wäre es zu einem Massaker gekommen.«

Bevor Maria zur nächsten Tirade ansetzt, legt Marko die Hand auf ihren Arm. »Maria? Vielleicht solltest du einfach nicht dort arbeiten, oder?«

Seine Schwester zieht den Arm zurück. »Ich werde mich von diesen Arschlöchern bestimmt nicht unterkriegen lassen. Ich werde härter werden, verstehst du? Ich werde zu einer verdammten Waffe. Kalter Stahl. Die werden schon sehen.«

Der Affe und der Engländer

1

»Wird Mama den Mann treffen?«

»Welchen Mann?«

»Oh, du weißt schon, *den Mann*. Der so ein Ding fährt, mit dem man das Gras mäht.«

»Ach, ja, dann ist es dieser Mann, den sie treffen möchte.«

»Gut. Danke, alle Sechsen bitte.«

»Schwimmen im See.«

Alva wühlt in den Karten herum, die verteilt auf dem Tisch liegen, als könnte sie wirklich einen Unterschied fühlen, indem sie über die Rücken der »Fische« streicht. Sie hebt eine Karte hoch, sieht sie sich an und schnaubt, bevor sie sie in den Stapel von Karten in ihrer Hand steckt.

Es ist die dritte Partie Fischquartett, die sie spielen, und Anna stirbt gerade vor Langeweile. Warum sind alle so begeistert vom Fischquartett? Es sollte strafbar sein, überhaupt jemandem Spiele beizubringen.

»Danke, alle Damen bitte«, sagt Anna. Alva breitet die Arme aus, stöhnt irgendetwas über Schummelei und gibt ihr drei Karten. Zu Annas Erleichterung wirft Alva anschließend ihr Blatt in den See und sagt, dass sie nicht mehr spielen möchte.

»Okay«, sagt Anna. »Was machen wir jetzt? Einen Film sehen?«

»Nein. Wir spielen.«

»Was wollen wir denn spielen?«

»Du weißt schon. *Spielen.*«

»Können wir uns nicht einfach unterhalten?«

»Nein. Spielen.«

Was Anna an Alva am meisten schätzt, ist, dass sie so entschiedene Ansichten darüber hat, wie die Welt funktioniert, und lustig davon erzählen kann. Auch Alva schätzt Annas Erzählungen aus der Erwachsenenwelt und wie verrückt alte Leute sich benehmen können. Spielen und Sachenerfinden ist nicht Annas starke Seite, milde ausgedrückt, und mit dem schleppenden Gang einer Gefangenen folgt sie Alva ins Kinderzimmer. Sie setzt sich vor Alva auf den Fußboden und bekommt eine *Mutant-Turtle*-Figur in die Hand.

»Das ist die Kleine Meerjungfrau«, sagt Alva. »Die bist du. Ich bin Elsa.« Alva holt eine unrealistisch schlanke Puppe heraus, die Elsa aus der *Eiskönigin* darstellt.

Anna betrachtet die maskierte Schildkröte in ihrer Hand. »Das hier ist die Kleine Meerjungfrau?«

Alva rollt mit den Augen. »Ich habe keine richtige Ariel, also musst du *so tun*.«

»Okay.«

»Dann sag es.«

»Was soll ich sagen?«

»Das hier ist doch Elsa, dann sagst du vielleicht so etwas wie: ›Nein, nein, Elsa, du darfst meinen See nicht einfrieren, denn dann werden alle meine Fischfreunde zu … Fischstäbchen.‹«

Anna lacht und Alva stiert sie an. »Was denn?«

»Also wirklich … Fischstäbchen, das war echt …«

»Spiel jetzt.«

So machen sie vielleicht zehn Minuten weiter, bis Alva verkündet, dass Anna *superschlecht* im Spielen ist, stillschweigend also eine Enttäuschung als Babysitter. Anna sagt: »Alle, die die Antwort wissen, heben den Hund.«

»Was?«

»Also, man nimmt irgendetwas, was man so sagt, einen Ausdruck, und dann tauscht man die Hand gegen den Hund und Hände gegen Hunde, wie bei ›Klatsch die Hunde, wenn du glücklich bist, klatsch, klatsch‹.«

Alva kichert. »Die Hunde klatschen …«

Anna geht ins Wohnzimmer und lässt Alva auf dem Fußboden sitzen, wo sie mit konzentrierter Miene auf den Teppich starrt.

Anna holt ihr Handy heraus und wählt eine Nummer. Johan antwortet nach dem zweiten Signal. »Hallo?«

»Du bist doch gut beim Erfinden und solchen Sachen?«

»Ja, ich denke schon. Warum?«

»Ich bin als Babysitter bei Alva, Siws Tochter, und sie … Also, Rollenspiele und solche Sachen, das schaff ich einfach nicht.«

»Und deshalb möchtest du, dass ich …?«

Alva kommt aus ihrem Zimmer herausgestürmt und ruft: »Ich kann einen! Bist du wach, Lars, hast du die Hunde gewaschen, die Hunde gewaschen …«

Johan lacht in sein Handy. »Der war gut. Habt ihr das Spiel auch übernommen?«

»Ich war verzweifelt. Warte kurz.« Anna senkt das Handy und wendet sich an Alva. »Ich habe einen Freund, der supergut darin ist, Sachen zu erfinden. Möchtest du, dass er herkommt?«

Alva nickt und Anna nimmt das Handy wieder hoch. »Sie nickt. Kannst du? Möchtest du? Wagst du es?«

»Mhm, wenn du versprichst, mich vorher nicht zu sehr anzupreisen. Ich bin mir nicht sicher, ob ich *supergut* bin.«

»Verglichen mit mir bist du das garantiert. Komm, so schnell du kannst.«

Anna gibt Johan die Adresse, und er sagt, dass er in einer Viertelstunde dort sein kann. Als er das Gespräch beendet, sieht Anna, dass Alva vor ihr steht, sie forschend ansieht und fragt: »Was ist denn?«

»Dieser supergute Mann«, sagt Alva. »Bist du mit ihm zusammen?«

»Nein. Ganz und gar nicht.«

»Möchtest du mit ihm zusammen sein?«

»Nein, das möchte ich nicht. Und das geht auch nicht.«

»Warum geht das nicht?«

Anna glaubt nicht, dass Johan es zu schätzen wüsste, wenn sie mit einem Kind über seine sexuelle Neigung sprechen würde, und versucht, ihren Kopf aus der Schlinge zu ziehen, in die sie ihn gesteckt hat. Bevor sie sich besinnen kann, sind die Worte schon aus ihrem Mund gekommen: »Wollen wir Fischquartett spielen, solange wir warten?«

2

Johan trifft pünktlich eine Viertelstunde später ein. Alva verhält sich abwartend und steht ganz nah an Annas Beinen, während Johan sich die Schuhe und die Jacke auszieht, folgt jeder seiner Bewegungen. Als Johan fertig ist, sagt er: »Ich habe gehört, hier gibt es jemanden, der keine Rollenspiele spielen kann?« Er wendet sich an Alva: »Bist du das?«

Alva schüttelt intensiv den Kopf und hebt einen anklagenden Zeigefinger in Annas Richtung, bevor sie sich wieder auf Johan konzentriert und fragt: »Warum hast du einen Zopf?«

Johan dreht den Kopf, sodass sein Zopf über die Schulter nach vorne fällt. »Das nennt man einen Pferdeschwanz. Aber ein bisschen seltsam ist es schon, oder? In dem Fall wäre mein Kopf ja der Hintern eines Pferds.«

Alva hält die Hände vor den Mund und kichert, während sie Anna mit einem Blick ansieht, der bedeutet: *Hast du gehört, was er gesagt hat!* Ganz gleich, wie intelligent und frühreif Alva ist, so hat sie einen großen Teil ihres Humors mit ihren Altersgenossen gemeinsam, und ein Hintern ist immer ein Treffer. Das Eis ist gebrochen, und Alva fragt: »Willst du mein Zimmer sehen?«

Johan folgt ihr und setzt sich auf den Boden. Vielleicht, damit sie besser vergleichen kann, macht Alva genau das Gleiche wie mit Anna. Sie gibt Johan die *Mutant-Turtle*-Figur und behauptet, dass sie die Kleine Meerjungfrau sei, sie selbst dagegen Elsa.

»Okay«, sagt Johan. »Aber weißt du was? Die Kleine Meerjungfrau ist mit einem geheimen Auftrag unterwegs, und deshalb hat sie sich als Schildkröte verkleidet. Und weißt du noch etwas? Dieser Auftrag ist so *supergeheim*, dass sie sich als eine *maskierte* Schildkröte verkleidet hat.«

Alva nickt eifrig und sagt, dass auch Elsa einen geheimen Auftrag hat. Sie soll nämlich das ganze Meer der Meerjungfrau zufrieren und ihre Freunde zu Fischstäbchen machen.

»Aber warum denn, Elsa, warum?«, fragt Johan mit piepsender Stimme.

»Mein Volk hungert«, sagt Elsa. »Sie müssen Fischstäbchen bekommen.«

»Aber können wir nicht zusammen auf die Jagd gehen?«, fragt die Meerjungfrau. »Ich kenne einen Ort, an dem riesengroße Köttbullar wachsen.«

»Aber Köttbullar wachsen doch nicht«, sagt Alva. »Das sind Tiere, die man irgendwie wiesagtmandasnochmal *zermahlt.*«

»Diese Köttbullar wachsen jedenfalls auf Bäumen«, sagt die Meerjungfrau. »Die sind nämlich vegetarisch. Allerdings werden sie von einem *Schleimdrachen* bewacht. Was sollen wir tun?«

Anna verfolgt das Spiel mit offenem Mund. Alva sieht zu ihr hinauf und legt kurz den Kopf schräg, was so viel bedeuten soll wie *sieh zu und lerne*, bevor sie die Augenbrauen hochzieht und signalisiert, dass ihre Anwesenheit hier nicht mehr notwendig ist.

Anna setzt sich in den Schaukelstuhl im Wohnzimmer und ruft Facebook im Handy auf. Es ist lange her, dass sie etwas gepostet hat, aber im Chatfeld kann sie sehen, dass ihre Freundinnen aus Rimbo darüber getratscht haben, wie sie sich verhalten hat. Erst einzuladen und dann einfach abzuhauen! Was für ein Stil!

Anna lässt den Daumen ein paar Sekunden lang über dem Display schweben, bevor sie mit ein paar schnellen Bewegungen alle drei blockiert. Die Übersprungshandlung fühlt sich so seltsam behaglich an, dass sie gleich auch in ihre Kontaktliste geht und deren Nummern löscht. Sie ist drauf und dran, noch mehr Menschen zu streichen, kann sich aber bremsen. Erst mal nur einen Schritt, das reicht.

Sie legt das Handy zur Seite und lehnt sich zurück, schaukelt sanft, während sie Johans und Alvas Gemurmel im Nachbarzimmer lauscht, sie versteht einige Wörter über Explosionen, Gefahr und ein Kackwurstmeer. Sie lächelt vor sich hin, schließt die Augen und schläft ein. Sie weiß nicht, wie viel Zeit vergangen ist, als sie von Alva geweckt wird, die im Pyjama vor ihr steht und verkündet, sie werde jetzt schlafen.

»Oh«, sagt Anna. »Wie spät ist es?«

»Halb neun«, sagt Johan, der im Sofa sitzt.

»Was, dann habt ihr ja … anderthalb Stunden gespielt?«

»Ich wollte weitermachen«, sagt Alva. »Aber Johan hat gesagt, dass für mich wohl die Bettgehzeit gekommen ist, aber das stimmt nicht, weil ich normalerweise um acht ins Bett gehe.«

»Ja, das hat Siw gesagt. Wie lief es denn mit dem … Schleimdrachen?«

Alva sieht Johan mit einem etwas mitleidigen Blick an, als wären es *old news*, nach denen Anna fragt.

»Das ist gut ausgegangen«, sagt Johan. »Er ist zu einem normalen Drachen geworden, nachdem er Karlssons Kleister gegessen hat.«

»Schön zu hören.«

Alva legt sich ins Bett und zieht die Decke bis zum Kinn hinauf. Anna sitzt neben dem Bett auf dem Boden, und Johan lehnt sich gegen den Türpfosten. Anna streichelt Alva die Haare und fragt: »Möchtest du, dass ich irgendetwas vorlese oder singe oder …«

»Nein, Johan soll ein Märchen erzählen.«

Anna wirft Johan einen fragenden Blick zu, und er geht zum Bett und lässt sich daneben auf den Boden sinken. »Okay«, sagt er zu Alva. »Wovon soll es handeln?«

»Was meinst du?«

»Du darfst zwei Sachen sagen, die darin vorkommen sollen, irgendetwas. Zum Beispiel ein Nilpferd und ein Fußball oder ein Außerirdischer und ein kaputtes Handtuch. Alles klar?«

Alva nickt, und ihr Gesicht zieht sich zu voller Konzentration zusammen, bevor sie sagt: »Ich hätte gern einen Affen und … und … einen Engländer!«

Johan muss lachen. »Meinst du den Menschen oder den Schraubenschlüssel?«

»Den Schraubenschlüssel natürlich. In der Schule ist jemand gekommen, um die Heizung zu reparieren. Der hatte einen riesengroßen.«

»Okay«, sagt Johan und denkt ein paar Sekunden nach, bevor er fortfährt: »Hier kommt das Märchen vom Affen und dem Engländer.«

Johan stürzt sich in eine lange, wendungsreiche Geschichte über einen Affen, der im Dschungel einen Engländer findet. Der Affe hat keine Freunde, und er probiert alles mit dem Engländer aus. Man kann ihn nicht essen, aber er hilft ein bisschen, wenn man Bananen schälen will. Der Affe findet Forstmaschinen, die die Bäume im Dschungel fällen, und benutzt den Engländer, um sie zu sabotieren. Er wird immer tüchtiger, wenn es darum geht, Maschinen auseinanderzunehmen. Eines Tages erreicht er die Küste, an der ein Schiff gestrandet ist, weil es einen Motorschaden hat. Der Affe klettert an Bord und repariert den Motor. Der Kapitän, ein netter Mann mit großem Bart, möchte den Affen als Maschinisten mitnehmen, und weil der Affe ohnehin allein ist, nimmt er das Angebot an.

Es folgen einige Abenteuer, bei denen der Affe mit seinem Engländer entscheidend ist, um die Probleme zu lösen. Schließlich legt das Schiff in Schweden an. Der Affe hat das Meer satt, und deshalb bietet der Kapitän dem Affen an, zusammen mit seiner Tochter zu leben.

»Und so«, schließt Johan, »kam Herr Nilsson zu Pippi Langstrumpf. Du weißt, wer Pippi Langstrumpf ist, oder?«

»Natürlich«, sagt Alva. »Mama hat mir das Buch vorgelesen. Aber wie kam der Kleine Onkel zu Pippi?«

»Das heben wir uns für einen anderen Abend auf«, sagt Johan. »Gute Nacht.«

»Gute Nacht … und weißt du …« Alva streckt den Zeigefinger in die Luft. »Dieser Håkan, den Mama so mag, also da, wo er stottert … warte, ich kann … ja! Nimm nie den Hund von dem, der dich liebt!«

Johan lacht und hält die Hundfläche hoch, und Alva klatscht ihren kleinen Hund in seinen. Als auch Anna gute Nacht gesagt hat und sie Alvas Zimmer verlassen haben, die Tür einen Spaltbreit geöffnet, senkt Anna die Stimme und sagt:

»Diese Geschichte habe ich ja noch nie gehört.«

»Nee«, sagt Johan. »Die ist ja auch apokryph.«

»Die ist was?«

»Nichts. Also, ich habe sie ja auch erfunden.«

»Jetzt? Während du da gesessen hast?«

»Ja?«

»Also, sagen wir mal, wenn ich dich bitten würde, eine Geschichte von … einem Punker und einem Hörgerät zu erzählen, dann könntest du das jetzt, sofort?«

»Ja, ich denke schon.«

»Okay. Lass hören. Über den Punker und das Hörgerät.«

Johan lächelt müde. »Für heute Abend waren es schon genug Geschichten, glaube ich. Es schlägt ein bisschen auf den Schädel.«

»Meiner würde explodieren«, sagt Anna. »Und es würde trotzdem nichts daraus. Möchtest du ein Glas Wein?«

»Das wäre nett, aber ich muss morgen früh aufstehen. Es kommt jemand, der die Kegelmaschinen repariert. Ein anderes Mal vielleicht? Und zwar im Ernst, nicht nur so dahingesagt, also … ein anderes Mal, okay?«

»Okay. Und danke für die … Spielhilfe.«

»Nichts zu danken.«

Ein kurzer Augenblick des Zögerns, dann ergreift Anna die Initiative zu einer Abschiedsumarmung, bevor sie Auf Wiedersehen sagen und Johan geht. Als seine Schritte sich hallend durch das Treppenhaus entfernen, schüttelt Anna den Kopf und flüstert: »Der Affe und der Engländer. Was für ein krasser Scheiß.«

3

Die Düfte, die von der Pizzeria Flugfeld hereinziehen, lassen Johans Magen knurren, und er überlegt, ob er sich nicht eine Quattro für zu Hause mitnehmen soll. Aber einerseits ist es schon bald neun Uhr, sodass der Laden gleich schließt, und zum anderen möchte er nicht dieses Pizzagefühl haben. Es ist lecker, solange man isst, aber danach fühlt man sich oft schwer und klebrig, und das ist jetzt alles andere als wünschenswert, wo Johan sich so rein und leicht fühlt, wie er es lange nicht erlebt hat.

Es ist in gewisser Weise befreiend, mit einem Kind zu spielen, wenn man erst einmal hineingefunden hat. Das Spiel hat keinen anderen Zweck als sich selbst, man muss nur mit dem Strom schwimmen und sehen, wohin er einen führt, und dabei wird man auch noch sauber gespült.

Und mit dem *Affen und dem Engländer*, da hat er es hinbekommen. Seit Max und Johan auf dem Hügel spielten, hat Johan gewusst, dass er die Begabung hat, komplexe Fantasiewelten zusammenzuspinnen. Vielleicht sollte er ja lieber so etwas schreiben statt seinen schweren, düsteren Norrtäljeroman?

Aber gerade jetzt, als er quer über die Fußballplätze zum Carl Bondes Väg geht, kreisen seine Gedanken bereits um etwas anderes, nämlich den *Punker und das Hörgerät*. Er kann es nicht ändern.

Hat der Punker von den allzu lauten Konzerten Tinnitus bekommen, oder trägt er das Hörgerät nur als Accessoire? Spielt er selbst? Spielt er beispielsweise Gitarre und kann die Töne nicht hören, die er selbst produziert, ist das dann der maximale Punk? Daraufhin schafft er sich ein Hörgerät an und ist total erschrocken darüber, wie es sich anhört … *nein, warte!* Johan hat gerade den Carl Bondes Väg erreicht, als er anfängt, mit den Fingern zu schnipsen.

Der Punker hat ein Hörgerät, weil er ein *alter* Mensch mit schlechtem Gehör ist. Der Punk kam schließlich in den Siebzigerjahren auf, also kann der Punker nicht älter sein als … nein, so: Stell dir einen etwa achtzigjährigen Mann in einem Seniorenheim vor, der den Punk erst jetzt entdeckt! Einfach voll auf die Ramones und die Sex Pistols und Ebba Grön abfährt. Aber weil er einen Hörapparat hat, muss er sehr laut spielen, und die anderen Alten beklagen sich … oder vielleicht springen sie *auch* voll drauf an?

Johan muss lachen, als er das Bild von einer Horde Senioren mit Rollatoren vor sich hat, die *I wanna be sedated* mitbrüllen. So könnte die Geschichte übrigens auch heißen. Gar nicht so dumm. Das Alter ist ja der Abschnitt im Leben, wo man tatsächlich jegliche Rücksichtnahme fallen lassen und die Anarchie ausleben kann. Sich eine Gruppe von Menschen vorzustellen, die so etwas wirklich tut!

I can't control my fingers, I can't control my brain. I wanna be sedated. Das ist doch perfekt! Johan beschleunigt seine Schritte, und als er den Glasmästarbacken erreicht, läuft er beinahe schon. Er muss nach Hause und schreiben, während alles so glasklar in seinem Kopf ist!

In seinem Flur streift er nur die Jacke und die Schuhe ab und eilt zum Schreibtisch, wo er den Computer aufklappt. Seine Mails tauchen als Startseite auf, und er sieht, dass jede Menge Menschen seinen Beitrag auf *Roslagsporten* kommentiert haben. Er zögert, aber die Neugier gewinnt die Oberhand und er loggt sich ein.

Über siebzig Personen haben in das Kommentarfeld geschrieben, und Johan liest es mit einem Gefühl des Untergangs in der Brust. Der Hass, der von dem Bildschirm ausgeht, hat einen Charakter, den er nie zuvor gesehen hat. Nicht auf ihn, den Beitragsverfasser, gerichtet, sondern auf die Migranten im Allgemeinen und die Afghanen im Besonderen.

Okay, Johans Erzählung war im Eifer des Augenblicks geschrieben, und er hat vielleicht ein paar unnötig scharfe Formulierungen wie »enteignungsfreudige Stahlwollschädel« oder »hohnlächelnde Muslime« verwendet, aber die Kommentare befinden sich auf einem vollkommen anderen Niveau und befassen sich damit, die Türen von Flüchtlingsunterkünften zu vernageln und Brandbomben durch die Fenster zu werfen und die Vaginas von muslimischen Frauen zuzutackern, damit sie nicht so viele Kinder bekämen. Hat diese Seite keinen Moderator?

So gut wie alle Kommentatoren preisen SvenneJanne als Wahrheitsverkünder und als einen Bruder im Kampfe. Einen extra Bonus bekommt er für die Erfindung des Begriffs »Stahlwollschädel«, der garantiert ein Klassiker werden wird.

Johan schließt *Roslagsporten* und bleibt eine Weile regungslos sitzen, die Hände vor der Brust gefaltet. Ja. Da ist nichts, was er tun könnte. Er hat das Monster aus dem Käfig gelassen, und jetzt wächst es aus eigener Kraft. Er kann nur hoffen, dass es allmählich von selbst stirbt, aus Mangel an Nahrung. Er hat nicht vor, weitere Texte zu posten, ganz egal, wie intensiv er dazu in den Kommentaren aufgefordert wird.

Er geht ins Badezimmer, spült den Kopf mit kaltem Wasser unter der Dusche ab und reibt ihn mit einem Badelaken trocken. Dann setzt er sich an den Computer und beginnt zu schreiben.

Nach einer halben Stunde hat er vergessen, dass er am nächsten Morgen früh aufstehen wollte. Nach einer weiteren Stunde erinnert er sich wieder daran, pfeift aber darauf. Nach vier Stunden hat er eine achtseitige Erzählung über die Pensionäre im Seniorenheim Långelyckan geschrieben, die den Punk so sehr vergöttern, dass es Rückkopplungen in den Hörgeräten gibt.

I wanna be sedated wäre der perfekte Titel, aber jetzt tauft er sie »Der Punker und das Hörgerät« und schickt die Datei mit einer Mail an Anna. Dazu schreibt er nicht mehr als: »Herausforderung angenommen«.

Es gibt einen Berg, zu dem ich immer ging

1

Max und Siw haben sich an der Freilichtbühne im Sozietätspark verabredet. Siw kommt ein paar Minuten zu spät, weil ihre Friseurin Lisa ungewohnt viel Zeit auf sie verwendet hat. Siw hatte Lisa gebeten, es mit ihren Cremes und Sprays ruhig anzugehen, aber trotzdem duftet sie jetzt nach Friseursalon: *Hier komme ich und ich habe mich schön gemacht.*

Schon als sie in den Park kommt, kann sie die schlaksige Gestalt erkennen, die auf einer der Bänke vor der Bühne sitzt. In der einsetzenden Dämmerung sieht sie auch den Lichtschein des Handys in seiner Hand. Als sie auf Max zugeht, kommt sie ins Stolpern und muss sich an den Ästen eines Baumes festhalten, um nicht zu fallen.

Ähnliche Dinge sind in den letzten Tagen häufiger passiert, und sie glaubt, dass es mit dieser *Störung* zusammenhängt. Auf eine schwer zu erklärende Weise scheint sie sich zwei Zentimeter neben ihrem eigentlichen Körper zu befinden, was dafür sorgt, dass ihr präzise Bewegungen manchmal misslingen. Sie tippt etwas Falsches in die Kasse ein, verfehlt ein Makkaronistück mit der Gabel.

Zeitweise verliert das Phänomen an Kraft, aber immer kommt diese Gespenster-Siw wieder zurück, die sie selbst aber leicht verschoben ist.

Max dreht den Kopf, als er hört, wie Siw sich nähert, und sie sagt: »Sorry, dass ich zu spät bin.«

»Kein Problem«, sagt Max und zeigt auf die Bühne. »Ich habe die Arena erobert. Möchtest du etwas hineinsetzen?«

Siw holt ihr Handy heraus. Weil sowohl sie als auch Max zum *Team Mystic* gehören, kann auch sie ein Pokémon in die Arena setzen, um sie zu verteidigen. Sie sieht, dass Max ein riesiges Garados ausgewählt hat, und mehr als Scherz wirft sie ein Plusle hinein, das sich minimal neben der schuppigen Seeschlange ausnimmt. Max sieht auf sein Handy und sagt: »Wow. Starkes Team.« Er steckt das Handy in die Tasche und steht auf. »Wollen wir gehen?«

»Wohin gehen wir denn?«

»Ich will dir etwas zeigen.«

Als Max zu ihr kommt und sie hastig umarmt, hört sie die Pokémon-Go-Musik leise aus seiner Tasche erklingen.

»Max«, sagt sie. »Können wir Pokémon ausschalten?«

»Natürlich. Es ist so eine Gewohnheit.«

»Ja, ich weiß.«

Beide schließen ihre Apps und lächeln einander flüchtig an. Es fühlt sich alles ein bisschen steif an, und Siw kann nur schwer begreifen, dass der Mann vor ihr in ihrer Wohnung gewesen ist und schließlich auch in ihr selbst. Es kommt ihr unwahrscheinlich vor, als sie sich jetzt mit ihren scharf abgegrenzten Körpern gegenüberstehen.

»Wie geht es dir?«, fragt Max, während sie losgehen.

»Ich weiß nicht«, sagt Siw. »Es kommt mir vor, als … wäre ich nicht richtig ich selbst.«

»Als wärst du jemand anderes?«

»Es ist schwer zu erklären, ich fühle mich schon wie ich selbst, aber trotzdem nicht ganz richtig.«

Max schnaubt auf. »Früher, als ich noch bei Tinder war. Da lernte ich eine Frau kennen. Sie weigerte sich einfach, zu glauben, dass ich ich war. Sie saß nur da und sah erst mich und dann mein Profilbild an und *weigerte* sich einfach. Obwohl sie mich gar nicht kannte, als wäre … Entschuldige, dass ich einfach so losrede. Ich bin ein bisschen nervös.«

»Du warst also bei Tinder?«

»Ehrlich gesagt nur dieses eine Mal. Es ist eigentlich nichts für mich. Man will ja mit der Zeit gehen, vielleicht. Und du? Hast du dich mal damit befasst?«

»Um Gottes willen, nein.«

Sie haben die Bergsgatan erreicht, und Siw zeigt zu der Bühne, die in der Dunkelheit unter den Baumkronen kaum zu erkennen ist. »In einem Sommer habe ich dort Theater gespielt.«

»Oh, du warst einmal Schauspielerin?«

»Das wäre ein bisschen übertrieben. Das war so ein altes Stück in der Art eines Volkslustspiels. *Panik im Pythagoras* hieß es.« Max lacht und wiederholt den Namen des Stücks, das exakt so schlimm war, wie es klang, und Siw fährt fort: »Ich spielte das Hausmädchen und musste jede Menge Sachen herumtragen, während ich genau zwei Repliken hatte: ›Nein, der Herr Generaldirektor ist im Augenblick nicht zu Hause‹ und ›Darf man Sie noch zu einer Tasse Kaffee verführen?‹«

Sie sind ein Stück den Glasmästarbacken hinaufgegangen, und Max lacht, dass es zwischen den Mietshäusern hallt. Siw findet, dass er sowohl zu laut als auch zu lange lacht, denn *so* witzig war es auch nicht. Sie sieht ihn an, und Max unterbricht sein Lachen, indem er die Hand vor den Mund hält. Er atmet ein paarmal zwischen den Fingern hindurch tief ein, bevor er sagt: »Entschuldige, ich bin nicht so richtig ... bei mir. Deine Haare sind schön.«

Woran liegt es, dass man sein Haar, sobald es von jemandem kommentiert wird, direkt berühren muss? Siw besiegt den Impuls und verwandelt die Bewegung in ein Zusammenziehen des Mantels, was Max zu der Frage veranlasst, ob sie friert, und Siw sagt ja, vielleicht ein bisschen.

Max legt hastig seinen Arm über ihren Nacken und klemmt ihre Schultern zusammen, bevor er mit seiner Handfläche frenetisch ihren Rücken rubbelt. Genau wie das Lachen ist diese Bewegung *zu viel*. Ist er wirklich so nervös? Siw weicht ein bisschen zur Seite aus, um seiner beinahe aggressiven Berührung zu entkommen.

»In den letzten Tagen habe ich viel Håkan gehört«, sagt Max, ohne Notiz von Siws Weggleiten zu nehmen. »Hatte beim Arbeiten die Kopfhörer auf und so. Das hat meine Einstellung total geändert. Ich verstehe jetzt, warum du ihn so sehr magst. Verdammt gut. Richtig ... ja, also richtig gut. Ganz besonders auf dem Album

Det kommer aldrig va över för mig, da gibt es jede Menge Songs, die … die …«

Max' Stimme erstirbt, und er sieht sich schnell um, als wollte er kontrollieren, ob sie verfolgt werden.

»Die?«, fragt Siw.

»Was?«

»Die was?«

»Nein, ich weiß nicht.«

Max überquert die Straße, und Siw muss fast laufen, um hinterherzukommen. Max geht weiter mit den Händen in den Taschen und dem Blick auf der Straße den Hang hinauf, als hätte er vergessen, dass er nicht allein ist. Er biegt vom Bürgersteig auf die Parkplätze vor den dreistöckigen Mietshäusern ab, geht zwischen den Gebäuden hindurch.

Das Herz schlägt vor lauter Anstrengung schneller in Siws Brust. Sie bleibt stehen und sieht zu Janssons Tabakladen hinauf, überlegt, auf diese ganze Geschichte zu verzichten und nach Hause zu gehen. Wenn sie selbst gespenstische Gesellschaft hat, dann scheint es ein Dämon zu sein, der von Max Besitz ergriffen hat. Während sie zögert und zweifelt, dreht Max sich um und kommt zu ihr.

»Was renne ich auch so schnell«, sagt er. »Aber ich möchte wirklich, dass du … ich möchte … komm zu mir.«

Max beugt sich vor und pflanzt einen Kuss auf ihre Lippen, der so hektisch ist, dass ihre Zähne zusammenstoßen. Siw wischt sich über den Mund und sagt: »Was hast du eigentlich vor?«

Max reibt sich die Augen. »Sorry. Sorry. Verzeih mir. Ich werde es erzählen, aber … komm, bitte, mit mir.«

Siw zuckt mit den Schultern und folgt Max zwischen den Häusern hindurch nach oben, eine Treppe hinauf, die von Schneebeerenbüschen gesäumt ist, und weiter auf einen mit Kiefern bewachsenen Hügel, wo vereinzelt Bänke stehen. Max geht etwa fünfzig Meter weiter in die Mitte der Anhebung und bleibt dort stehen.

Norrtälje liegt unter ihren Füßen und glitzert in der Septemberdunkelheit, während der Wasserturm wie ein wachsamer Riese auf seinem Hügel thront. Die Sicht ist frei bis zum Kleinen Markt, und einzelne Autos gleiten durch die Lilla Brogatan. Gelbes Licht strömt aus den Fenstern des alten Feuerwehrhauses und spiegelt sich im Norrtäljefluss.

Max breitet die Arme zum Hügel hinter ihnen aus. »Das hier ist mein … Kindheitsland.«

»Ich dachte, du hast in der Nähe von Marko gewohnt?«

»Ja, aber wir haben fast nie dort gespielt. Wir waren immer hier, Johan und ich. Er wohnt dort hinten, und wir waren hier … im Grunde jeden Nachmittag, wenn ich mich richtig erinnere, wir waren hier und spielten unterschiedliche Geschichten durch.«

Siw sieht sich um. Diese Landschaft könnte überall in Schweden sein, an ihr ist nichts Besonderes. Aber es sind nicht die Dinge, die unsere Erinnerungen schaffen, sondern das, was wir aus ihnen machen.

»Warum wolltest du mir das zeigen?«, fragt Siw.

Max reißt ein großes gelbes Ahornblatt ab, eines der letzten, die noch an diesem Ast hängen. Er knipst minimale Stücke davon ab und sagt: »Damit du es weißt. Wenn ich zum Beispiel erzähle, ›Irgendwann auf dem Hügel fanden Johan und ich …‹, dann weißt du, wie dieser Ort aussieht, und ich weiß, dass du weißt, was ich meine, warte, war das jetzt richtig? Ja. Und … ja, genau das! Jetzt! Ich muss …«

Max hört auf, an dem Blatt zu zupfen, stellt sich neben Siw und zeigt zum Hafen hinunter, an dem die Balkons der nagelneuen Gebäude von Lichtschläuchen verziert werden. »Erinnerst du dich an die Silos?«

»Wer in Norrtälje erinnert sich nicht? Du hast erzählt, dass ihr da raufgeklettert seid und dass …«

»Das meinte ich nicht. Oder doch, es hat schon damit zu tun. Aber etwas anderes. Also …« Max' Hände zittern leicht und er reißt das Ahornblatt in zwei Teile, die er anstarrt, bis er eifrig nickt und fortfährt: »Seit damals, ich war zwölf Jahre alt, habe ich das Gefühl, dass es so etwas wie eine Vakanz gibt. Etwas, das fehlt. Eine Leerstelle. Dass ich keine Chance habe, ganz zu sein, bevor ich dieses Fehlende gefunden habe.«

»Das hast du erzählt«, sagt Siw. »Wegen dem, was ich vor der Stadtbibliothek getan habe, mit dem Kinderwagen. Weil du das Ereignis gesehen hast, aber nicht mich.«

»Ja. Aber ich habe noch weiter darüber nachgedacht und mittlerweile begriffen, dass auch im weiteren Sinne …«, Max führt die beiden Blatthälften zusammen, sodass sie wieder ein Ganzes bilden, »… du diejenige bist, die fehlt. Mir.«

Siw will etwas sagen, aber ihre Stimmbänder haben sich ineinander verknotet. Sie faltet die Finger ineinander und presst die Hände an den Bauch, während sie zum Hafen blickt und die alten Silos in der Dunkelheit wieder herbeimahnt, die Jungen sieht, die hinaufklettern, den Kinderwagen die Bibliothekstreppe hinunterrollen sieht, ein Zusammenhang von wenigen Sekunden, der so viel entschieden hat. Schließlich gelingt es ihr zu sagen: »Oh.«

»Ja. Und als ich am Morgen danach bei dir zu Hause war, das Einzige, für das ich wirklich ein Gefühl entwickelt habe, war der Pullover, den du gerade häkelst …«

»Strickst.«

»Ich kann das nie auseinanderhalten, aber so war es. Das war das Einzige, was … noch unvollständig war, das Einzige, was war wie ich, und ich bekam die Idee, dass ich mit dir … das ist wirklich schwer … dass also im Laufe der Zeit, eine Masche nach der anderen, könnte ich am Ende … Wenn ich es nur kann, wenn ich es schaffe …«

Max hat die halben Blätter verloren und gestikuliert aufgebracht, als würden ihn die Worte von allen Seiten angreifen und er müsste sie festhalten und ordnen. Siw kann seine Handgelenke ergreifen und zieht ihn an sich. »Es ist okay«, sagt sie. »Ich verstehe. Ungefähr. Komm.« Sie hebt ihr Gesicht, um seine Lippen zu küssen.

»Warte«, sagt Max und zieht sich ein Stückchen zurück. »Nur eine Sache noch, dann ist es gut. Letzten Samstag, als wir zusammen waren. Es war wunderbar, aber gleichzeitig war es eine Art theoretisches Wissen. Dass es wunderbar war. Und am Morgen, ich konnte nicht … Wie auch immer. Ich nehme mein Medikament nicht mehr. Deswegen bin ich so … wie ich jetzt bin. Es ist verdammt anstrengend, aber ich möchte das fühlen, was ich wirklich fühle. Für dich.« Max wirft Siw einen schüchternen Blick zu und sagt: »Ich möchte dich lieben können.«

Dann ist es gut. Sie küssen einander, bis ihre Münder nach Metall schmecken. Siw atmet durch die Nase ein und die Septembermilde breitet sich in ihrem Körper aus und macht sie leicht und zukunftstrunken. Sie möchte, dass Max ihr mehr seiner Orte zeigt, sie möchte Max mit ihren Orten bekannt machen, und sie will, dass sie eigene Orte finden.

Ihre Lippen trennen sich, und Siw drückt in einer festen Umarmung ihr Gesicht gegen Max' Brust. Endlich versteht sie die Erfahrung, dass sie zwei Versionen von sich selbst gewesen ist. Auf der einen Seite diejenige, die sie *ist*, und auf der anderen diejenige, die sie *für Max ist*. Sie hat die beiden nicht zusammensetzen können. Erst jetzt ist sie wieder sie selbst. Sie ist dort, wo sie sein soll. Für immer.

2

Sie stehen nebeneinander und schauen auf Norrtälje hinaus. Siw kann abwechselnd ihre Heimatstadt als das Aushängeschild von Roslagen oder als ein pittoreskes Gefängnis, einen geheimen Ausläufer der JVA Norrtälje sehen. Wo Max und sie auf dem Hügel mit der glitzernden Kleinstadt zu ihren Füßen stehen, fühlt sie sich mehr als alles andere wie eine *Hoffnung* an, wie ein Spielplatz für das, was ihre Liebesgeschichte werden soll.

»Wollen wir ein bisschen gehen?«, fragt Max.

»M-hm.«

Auf dem moosbedeckten Felsboden ist es rutschig und sie nehmen einander an der Hand und tasten sich zu der Treppe voran, die so schmal ist, dass sie hintereinander gehen müssen. Trotzdem lassen sie einander nicht los. Max legt ihre verflochtenen Finger auf die Schulter und geht vor, Siw folgt ihm.

Hand in Hand gehen sie den Glasmästarbacken hinunter und

biegen dann nach links zum Fluss ab und kommen an Ruriks Schiff vorbei, einem Wikingerboot auf einem Steinsockel, das Kurs auf die Hafeneinfahrt nimmt.

»Rurik«, sagt Max. »Was weißt du über ihn?«

»Nichts. Ich weiß nur eine lustige Sache über die Wikinger. Dass sie Fliegenpilze aßen.«

»Warum?«

»Keine Ahnung.«

Sie gehen weiter auf dem Pfad am Fluss entlang und das Rauschen ist wie ein konstantes Flüstern in Siws dem Wasser zugewandtem Ohr. Als sie sich über die Strögatan dem Skvallertorg nähern, erinnert sie sich daran, wie sie von dieser Angst ergriffen wurde, und sie drückt Max' Hand.

»Was ist?«, fragt er.

»Ich denke nur … glaubst du, dass alles kaputtgeht? Alles, was wir kennen?«

»Vielleicht«, sagt Max mit erstickter Stimme. Er lässt Siws Hand los, um sich selbst auf die Brust zu klopfen, und sagt: »Verzeih mir. Ich habe so eine verdammte, eine Art … Panik.« Max lehnt sich gegen eine Hauswand, senkt den Kopf und atmet in kurzen, keuchenden Atemzügen.

Auf dem Boden sind Scherben verstreut, die im Licht der Straßenlaterne glitzern. Hier haben sie das Handy des Jungen zerschmettert.

Max so zu sehen, macht Siw Angst. Sie mag ihn noch so schön und lustig und herrlich finden, aber sie kennt dieses andere nicht, das in ihm wohnt, weiß nicht, wie es sich zeigen mag, wo er jetzt die Medizin abgesetzt hat.

Eine Kaskade von Bildern steigt in Siw auf, Bilder von Max im Würgegriff seiner Krankheit, in der Lage, sie tiefer zu verletzen als jeder andere, gerade weil sie solche Hoffnungen mit ihm verbindet.

Mit einem Stöhnen drückt Max sich von der Wand ab und sieht Siw an. In seinen Augen sieht sie ihre Angst. Max drückt seine geballten Fäuste gegen den Brustkorb und sagt stoßweise: »Man-muss-dagegen-ankämpfen.«

Ja. Er hat recht. Die Angst lauert uns auf, will über uns bestimmen. Siw weiß das besser als die meisten. Wie viele Male hat sie nicht gewagt, einen Sprung zu wagen, weil sie Angst hatte, dabei hinzufallen, sie hat sich immer für das Sichere und Bekannte entschieden. Man muss dagegen ankämpfen. Auf die Hoffnung setzen.

Siw geht zu Max, und das Glas knirscht unter ihren Sohlen, als sie sich an seinen Rücken drückt und zärtlich ihre Hände auf seinen Brustkorb legt, atmet einen ruhigeren Rhythmus in sein flaches Keuchen hinein. Ruhig bleiben sie so stehen, und jeder Atemzug, den Max nimmt, ist etwas tiefer als der vorhergehende, bis er wieder ganz normal atmet. Er dreht sich um, streichelt Siw über die Wange und sagt: »Danke. Ich weiß nicht, ich hatte plötzlich solche Angst.«

»Ich weiß. Ich auch.«

Hand in Hand gehen sie weiter. Als sie am *Folkflinet* und dem früheren Standort des Schandpfahls vorbeikommen, zeigt Siw auf die Metallskulptur und sagt: »Es geht immer nur um Angst.«

»Wie meinst du das?«

»Hier stand der Schandpfahl. Alles, was anders ist, wird ausgeschlossen und mit Scham belegt. Am liebsten ausgerottet.«

»So bestätigen wir uns selber. Wer wir sind. Indem wir sagen: ›Das sind nicht wir.‹«

»Genau. Dabei sehen wir im Grunde nur uns selbst. Das Fremde, das in uns ist und das wir fürchten.«

Max sieht Siw mit einem Blick an, den sie nicht deuten kann. Er beinhaltet Hochachtung, aber sie weiß nicht, ob es an dem liegt, was sie gesagt hat, oder weil sie, eine Kassiererin im Supermarkt Flygfyren, überhaupt zu einer solchen Analyse in der Lage ist. »Was ist denn?«, fragt sie. »Hast du gedacht, dass ich solche Gedanken nicht denken kann?«

Max lächelt. »Eine der Sachen, die mich gerade am meisten interessieren, Siw Waern, ist, herauszufinden, welche Art von Gedanken du denken kannst.«

Siw weiß nicht, ob das eine Antwort ist, aber für den Augenblick ist es genug. Sie gehen weiter, lassen die Schuhmacherei und die

Schneiderei hinter sich und kommen an der alten Holzbrücke vorbei, die bei Kalle Blomquist erwähnt wird. Sie gehen ganz nah am Fluss, und irgendetwas an dem Rauschen stört sie.

Bei der Touristeninformation bleibt Siw stehen und klammert sich an das Geländer, während sie die Zähne zusammenbeißt, und das Gehör ertränkt alle anderen Geräusche. Aufgeregte Stimmen, raschelnde Kleidung, stürzende Körper, Rufe und dann ein Platschen und das Geräusch von brechenden Knochen, ein Schrei, der abrupt unterbrochen wird.

»Was ist?«, fragt Max.

»Hier«, sagt Siw und schließt die nähere Umgebung mit einer Geste ein. »Hier wird etwas passieren. Oder es ist etwas passiert.«

»Wann denn?«

»Ich weiß es nicht. Ich habe es ja erklärt. Ich weiß es nicht. Aber irgendjemand wird hier in den Fluss stürzen. Und sterben. Glaube ich.«

»Willst du warten?«

Siw schüttelt den Kopf. »Es kann auch morgen sein. Oder vorgestern passiert sein. Ich habe aufgehört, es zu versuchen. Aber ich möchte jetzt von hier weggehen.«

»Espresso zu Hause?«

»Ja. Wohin auch immer. Nur weg von hier.«

Sie biegen in den Öströms Gränd ab, und Siw ist dankbar, dass sie sich von dem Rauschen entfernen können. Die Erleichterung ist so groß, dass sie sich noch näher an Max herandrückt, als sie die Posthusgatan erreichen, und versucht ist, mit den Augen zu funkeln wie Susi im Heiligabendprogramm.

Diese liebliche Nacht, die wir Bella Notte nennen.

3

Sie bestellen Cappuccino, Max mit einem extra Schuss Espresso, und finden einen schönen Tisch, an dem sie nebeneinander auf einem Sofa sitzen können. Max nimmt einen Schluck aus seiner

Tasse, streicht sich den Schaum von der Oberlippe und sagt: »Ich begreife nicht, wie du so cool damit umgehen kannst.«

»Womit?«

»Mit deinen … Gehören, so nennst du sie doch, oder? Wenn ich meine Visionen bekomme, ist es etwas ganz anderes.«

»Bei mir ist es eher wie bei diesen rauschreduzierten Kopfhörern. Wenn man die Funktion anschaltet, macht es einfach schwipp, und im Großen und Ganzen verschwinden alle anderen Geräusche und ich höre nur … genau das, was ich hören soll.«

»Ich finde dich trotzdem cool dabei«, sagt Max, beugt sich vor und drückt seine Lippen auf ihre Wange.

Es erhitzt sich sowohl die geküsste Wange wie auch die andere. Siw blickt sich unauffällig um, und eine kleine Stimme in ihr ruft: *Seht ihr! Hier sitze ich im Café mit einem todschicken Typen und werde auf die Wange geküsst!*, aber niemand nimmt Notiz von dem weltbewegenden Ereignis: dass Max ihr zum ersten Mal in der Öffentlichkeit eine Zärtlichkeitsbezeugung gegeben hat. Sind sie jetzt ein Paar?

»Ich begreife nicht, wofür das gut sein soll«, sagt Siw.

Max spielt den Dummen und fragt: »Das Küssen?«

»Nein, das weiß ich sehr gut.« Siw begnügt sich mit einem keuschen Kuss, bevor sie sagt: »Diese Fähigkeit. Okay, einmal konnte ich ein Ereignis verhindern. *Ein* Mal. Nein, zwei, wenn wir Charlie mitrechnen. Aber gerade diese Sache am Fluss. Wofür soll das gut sein, was wird da von mir erwartet? Da ist nichts, was ich tun könnte. Und außerdem …«

»Außerdem?«, fragt Max und scheint nichts dagegen zu haben, über diese Angelegenheit zu sprechen.

»Alva«, sagt Siw und hat einen Kloß im Hals. »Irgendwann wird es auch in ihr erwachen, und sie muss mit diesem furchtbaren Wissen leben, an dem sie nichts ändern kann. Ich hoffe nur, dass es ein bisschen dauert. Sie ist noch so klein.«

»Hm«, sagt Max. »Aber sie scheint ein toughes Mädchen zu sein. Und lustig. Durchaus möglich, dass sie besser damit zurechtkommt, als du glaubst.«

Siw nippt an ihrem Kaffee und lässt sich tief in das Sofa sinken. »Du solltest sie mal hören: ›Triffst du jetzt *den Mann*?‹ Ich glaube, sie hat auf dem Fußballplatz einen Narren an dir gefressen, und sie hält es für ungerecht, dass ich ein Geheimnis vor ihr habe.«

»Ich würde sie gerne treffen. Sobald du die Zeit für gekommen hältst.«

Das muss Siw erst mal verarbeiten. Sie sagt: »Ich geh mir kurz … die Nase pudern.«

Max lacht über den Anachronismus, der auch in *Panik im Pythagoras* gepasst hätte. Siw steht auf und schafft es, mit festen Schritten zur Toilette zu gehen, wo sie auf den Sitz sinkt, ohne den Deckel hochgeklappt zu haben.

Ich würde sie gerne treffen.

Aber entscheidend war das, was danach kam: *Wenn du die Zeit für gekommen hältst.* Max mag Alva und möchte sie sehen, aber es soll auf die richtige Weise geschehen, sodass etwas zwischen ihnen dreien wachsen kann. Siw kann nicht alle Bedeutungen herausarbeiten, die in dem einfachen Satz stecken, aber eine Sache scheint vollkommen klar zu sein: Max meint es ernst.

Siw wimmert und presst das Gesicht in die Hände. Da ist etwas in ihr, das fliehen möchte.

Aber die bange Angst, die sie befällt, hat einen ganz anderen Charakter als der kühle, scharrende Schreck, den sie am Fluss wahrgenommen hat. Sie erinnert an das Beben angesichts einer Geburt und eines neuen Menschenlebens. An die Angst, es wieder zu verlieren.

Siw atmet ein paarmal durch, steht vom Toilettensitz auf und spritzt sich kaltes Wasser ins Gesicht. Sie hält sich am Waschbecken fest und blickt in den Spiegel, bevor sie den Zeigefinger hebt und flüstert: »Siw Waern, reiß dich zusammen! Get your shit together. Wenn du das hier vergeigst, weil du ein verdammter Feigling bist, dann … dann wirst du es verdammt noch mal mit mir zu tun bekommen!«

»Und wer bist du?«

»Das willst du lieber gar nicht wissen. Jetzt raus mit dir!«

Siw trocknet sich das Gesicht mit einem Papierhandtuch ab. Dann kehrt sie in das Lokal zurück. Max sitzt immer noch so da, wie sie ihn verlassen hat, mit auf der Rückenlehne ausgebreiteten Armen. Siw geht zu ihm und sagt: »Das ist vollkommen unglaublich.«

Max sieht sich um, als ob dieses Unglaubliche etwas ist, das Siw gerade entdeckt hat, und genau das ist es. Sie zeigt auf Max. »Du wirst ein paar Minuten allein gelassen und hast nicht sofort dein Handy gezückt.«

Max zuckt mit den Schultern. »Wir wollten ja kein Pokémon spielen.«

»Du weißt, dass man es auch für andere Dinge verwenden kann, oder?«

Max grinst und will gerade etwas antworten, als er erstarrt. Seine Hände krallen nach der Lehne und sein Blick wird leer. Der Körper wird in einem Bogen nach oben gepresst, und die Füße treten den Tisch um, sodass alle Tassen und Teller zu Boden fallen. Alle Gespräche um sie herum verstummen, während Max aufstöhnt und sich windet.

»Max, Max, was ist los?«

Im selben Augenblick, in dem Siw sich über das Sofa beugt, um ihre Hände auf seine Brust legen zu können, hört der Anfall auf. Mit einem letzten Stöhnen klappt Max zusammen und bleibt mit ausgestreckten Armen und Beinen liegen. Ein Tropfen Schweiß rinnt aus seinem Haaransatz und fließt ins Auge, während sein Blick zurückkehrt.

»Was ist passiert?«, fragt Siw. »Hast du etwas gesehen?«

Max nickt und streckt die Hand nach Siw aus, die ihm auf die Beine hilft. Max taumelt, räuspert sich und sagt: »Ich habe das gesehen, was du gehört hast. Es geht gleich los. Jeden Augenblick.« Ohne Siws Hand loszulassen, läuft er zum Ausgang. Als er die Tür zur Straße aufschiebt, ruft jemand ihnen nach: »Heh! Ihr müsst für das alles bezahlen!«

Sie laufen die Posthusgatan entlang und biegen dann zum Fluss ab.

4

Sie hören keine Schreie, als sie den Öströms Gränd hinunterlaufen, sondern eine Kakofonie aus Gackern, Glucksen und Quaken, als hätte jemand einen Sack mit Kampfhähnen in den Fluss gekippt und die Schlacht wäre jetzt in vollem Gange. Siw sieht Max an und er schüttelt im Laufen den Kopf. Die Geräusche gehörten nicht zu Siws Gehör, ebenso wenig zu seiner Vision.

Sie erreichen das Flussufer und beugen sich über das Geländer, um besser hineinsehen zu können. Das Wasser brodelt vor Bewegung. Im Licht der Straßenlaternen erkennen sie zunächst nur Umrisse, aber je mehr sich die Augen an die Dunkelheit gewöhnen, desto besser zeichnen sich die zuckenden Körper ab, und sie machen auch den Schatten aus, der auf einem herabgefallenen dicken Ast hin und her jagt.

»Ein Biber«, sagt Max. »Das ist ein Biber.«

Siw hat noch nie etwas von Bibern im Norrtäljefluss gehört, aber was soll das Tier mit dem flachen Schwanz, dem kleinen, dicken Körper, dem hamsterähnlichen Gesicht sonst sein? Es schnappt mit den Zähnen nach den Enten, die herumfliegen und mit ihren Schnäbeln hacken und ihre Wut herausschreien.

Ein paar Enten sind bereits erledigt. Die eine liegt eingeklemmt zwischen zwei Zweigen, mit ausgebreiteten Flügeln wie ein gefallener Schneeengel, und eine weitere wird von der Strömung fortgetragen. Als Siw ihr mit dem Blick folgt, sieht sie, dass etwa zehn Personen zwanzig Meter weiter unten auf der Brücke stehen und das Spektakel mit verfolgen.

Das hier war nicht das, was ich gehört habe.

Als Siw sich zu Max umdreht, um ihn zu fragen, was genau es war, das er gesehen hat, nimmt alles eine neue Wendung. Am anderen Flussufer kommen drei etwa zehnjährige Jungen aus dem Smala Gränd angelaufen, die Arme an die Brust gedrückt. Als sie das Flussufer erreichen, erkennt Siw einen von ihnen als Mitglied von Pokémon Go Roslagen wieder. Die Jungen breiten ihre Arme aus, und jede Menge Steine zwischen der Größe eines Tischtennisballs und einer Faust fallen auf den Boden. Sie heben so viele Steine auf, wie sie in den Händen halten können, und fangen an, den Biber zu bombardieren.

»Mattias!«, schreit Max. »Mattias, hör auf damit!«

Der Junge reagiert nicht auf Max' Zuruf, sondern feuert einen großen, scharfkantigen Stein, der den Rücken des Bibers trifft. Er wird zur Seite geschleudert und fällt ins Wasser, und die Enten nutzen die Gelegenheit, nach seinem Kopf zu hacken. Als der Biber wieder auf den Ast krabbelt, ist seine Seite von Blut überströmt, das in dem schwachen Licht schwarz aussieht. Die Vögel bemerken, dass er geschwächt ist, und verstärken ihre Angriffe.

Siw wendet sich an Max und fragt: »Was …«, aber Max ist schon zur Brücke losgelaufen. Siw zögert und sieht einen erwachsenen Mann, der zu den Kindern hinuntereilt, die ihn gar nicht bemerken, weil sie vollauf damit beschäftigt sind, den Biber zu bewerfen. Er ist von ein paar weiteren Steinen getroffen worden und wehrt sich kaum noch, als die Enten nach seinen Augen hacken.

»Was zum Teufel treibt ihr Rotzjungen da!«, schreit der Mann, dessen Gesicht zu einer Maske verzerrt ist, mit dem man den Begriff *Hass* illustrieren könnte. In einer einzigen Bewegung packt er Mattias unter den Schultern, hebt ihn hoch und schleudert ihn in den Fluss.

Der Junge fuchtelt mit den Armen und die Steine fallen aus seinen Händen, während er durch die Luft segelt. Seine Schreie vermischen sich mit denen der Enten, als er mit einem lauten Klatschen mit dem Rücken nach unten in den Fluss fällt und die Entenschar in alle Richtungen davonflattert. Oben am Ufer fliehen die Kameraden des Jungen vor dem wütenden Mann.

Als Siw sieht, dass sich zwei weitere Erwachsene über den Smala Gränd nähern, beginnt auch sie zu laufen, weil sich die Situation langsam zu dem zusammenzubrauen scheint, was sie zuvor gehört hat. Sie wirft einen letzten Blick auf den Fluss und sieht, dass Mattias zum Glück so weit geworfen wurde, dass er im tieferen Wasser landete statt auf den Steinen. Der Junge wimmert und schwimmt zu der Stelle, die Siw jetzt verlässt, damit sie, wenn möglich, noch eingreifen kann. Die Schreie Erwachsener, die auch ein Teil ihres Gehörs waren, ertönen schräg hinter ihr, als sie auf die Brücke kommt.

Noch mehr Menschen haben sich versammelt und reden und rufen durcheinander. Ihre Stimmen vibrieren vor Wut, ein Lynchmob über dem Wasser. Dann kommt der Schrei, den Siw bereits gehört hat, und sie weiß, dass es zu spät ist. Sie drängt sich an das Geländer, als der Mann, der Mattias ins Wasser geworfen hat, einen harten Stoß gegen die Brust bekommt. Er stolpert nach hinten, seine Hände fahren durch die Luft, und schließlich kippt er über die Kante und fällt.

Siw sieht den spitzen, aus dem Wasser ragenden Stein, und sie kneift die Augen zusammen, während der Schrei des Mannes vom Platschen und dem krachenden Geräusch abgeschnitten wird, das Siw eine halbe Stunde zuvor gehört hat. Die Menschenmenge um sie herum jubelt.

Siw öffnet die Augen im selben Augenblick, in dem Max oben am Smala Gränd auftaucht. Die beiden Männer am Flussufer betrachten starr vor Schrecken den Mann, der reglos im flachen Wasser liegt, die Lippen wie festgefroren in einem letzten Schrei. Auf der anderen Seite des Flusses klettert Mattias schluchzend die rauen Steine der Böschung hinauf. Ein paar Blutflecken wachsen auf dem Rücken seines T-Shirts.

Die Menschenmenge auf der Brücke löst sich auf. Einige wenige bleiben stehen, um die Polizei zu rufen und sich als Zeugen zu melden. Die Vögel fliegen oder paddeln davon, und die Vorstellung ist vorbei. Siw beugt sich über das Geländer und sieht einen Schatten langsam durch das Wasser gleiten. Der Körper des toten Bibers stößt schlaff gegen ein paar Steine und treibt dann weiter ins Meer hinaus.

5

Zehn Minuten später sitzen Siw und Max auf der Bank vor dem Havsstenen auf dem Kleinen Markt. »Es ist genau, wie du sagst«, meint Max. »Wofür soll man diese verdammte Gabe haben, wenn man trotzdem nichts ändern kann? Und das hier war mit Abstand die längste Frist, die ich jemals hatte, um zu reagieren.«

»Wenn wir am Fluss geblieben wären, hätten wir es geschafft«, sagt Siw.

»Obwohl ich mich manchmal frage …«, sagt Max und wirft einen kleinen Stein in die taufsteinähnliche Skulptur. »Schon als kleiner Junge hab ich oft darüber nachgedacht, warum ich … es immer erst so spät erlebt habe.«

»Aber diesmal war es anders. Deine Vision kam, bevor es passiert ist.«

»Ja, sie kam genau so früh oder so spät, dass wir nichts mehr machen konnten. Als wäre irgendeine verdammte Absicht dahinter, dass wir genau so weit entfernt von der Brücke in einem Café hocken … Ich meine, wäre ich direkt losgelaufen, hätte ich vielleicht …«

Max ist in sich zusammengesunken, seine Hände fahren durch die Luft und er klingt manisch. Siw legt die Arme um ihn, drückt ihn und sagt: »Pssst, ganz ruhig. Es ist alles gut.«

Max dreht sich ihr zu und sagt: »Es ist *gut*? Wir haben gerade gesehen, wie ein Mensch stirbt, und wir waren die Einzigen, die ihm hätten helfen können, aber stattdessen …«

Siw hält ihn fester. »Im Ernst. Wir können nicht die Welt lenken. Es ist egozentrisch, nein, es ist verrückt, so zu denken. Die Menschen sind verantwortlich für ihre eigenen Handlungen. Denk an Charlie. Manchmal kann man auch etwas tun.«

Max' Verkrampfung löst sich ein wenig. »Ja, aber hätte er es getan, wenn wir nicht gekommen wären? Hätte er sich wirklich das Leben genommen?«

»Du hast es doch gesehen.«

»Ja, aber das mit dem Kinderwagen habe ich auch gesehen. Ich habe langsam den Verdacht, dass *du* die Möglichkeit hast, Dinge zu ändern, im Gegensatz zu mir.«

»Warum sollte das so sein?«

»Weil du eine Sibylle bist. Du hast etwas, das, wie sagt man, anerkannt ist. Bist vom Schicksal ermächtigt, oder wie man es nennen soll, während ich nur ein armer Teufel bin, der Visionen hat, die keinen anderen Zweck haben, als mich zu quälen.«

»Max …«

»Warte. Ich war ja in seinem Kopf, ich meine, ich war im Kopf des Mannes, der ins Wasser fiel. Weißt du, was das Letzte war, was er dachte, bevor sein Schädel gespalten wurde?«

»Nein, du weißt ja, ich komme ihnen nicht so nah.«

»*Schade, dass der Rotzjunge nicht gestorben ist.* Das hat er gedacht. Er dachte es nicht in *Worten*, sondern bildlich, er hat es gesehen. Mattias, bis zum Hals in Erde eingegraben, während er gesteinigt wird. Blut fließt aus seinem Mund, als ihm die Zähne eingeschlagen werden. Ein Zehnjähriger, er dachte so über einen Zehnjährigen, und dann hörte er auf zu denken. Das war eigentlich sehr schön, würde ich sagen.«

Max ist aufgestanden und geht vor dem alten Strandhotel auf und ab. Er massiert sich die Kopfhaut, bevor er sich so heftig auf den Schädel schlägt, dass es über den Kleinen Markt hallt. »Wenn es nur verschwinden würde, wenn ich es einfach wegmachen könnte.«

Siw seufzt, steht auf und ergreift erneut seine Hände, die sich bewegen, als hätten sie einen eigenen Willen. »Max. Sieh mich an.«

Max' Blick landet auf Siw und bleibt. Sie sucht etwas in seinem von Angst verschleierten Blick, sieht in sein Inneres: »Du hast dich selbst entschieden. An irgendeinem Punkt musst du entschieden haben, damit zu leben, anstatt verrückt zu werden, oder?«

Der Schleier hebt sich und Max' Blick geht in die Ferne. »Ja. Es gab eine Wolke. Die aussah wie ein Elefant. Der allerdings auf den Hinterbeinen stand.«

»Okay. Denk an das, wofür du dich damals entschieden hast. Wie es sich anfühlte. Was du dir vielleicht selbst versprochen hast. Halt dich daran fest. Denn das gilt.«

Max nickt langsam, und seine Hände werden leichter in Siws Händen, werden weich, bevor er sie vorsichtig aus ihren löst und Siw umarmt.

»Danke«, flüstert er in ihr Haar. »Es war …« Er atmet durch die Nase ein und sagt: »Warst du beim Friseur oder so etwas?«

»Ja. Und wenn du mir versprichst, ruhig zu bleiben, bist du eingeladen, übermorgen Abend, am Donnerstag, zum Abendessen zu kommen. Mit mir und Alva.«

Max löst die Umarmung und zieht sich zurück, lässt aber die Hände auf Siws Schultern ruhen. »Bist du dir sicher?«

»Ja. Ich denke … die Zeit ist gekommen.«

Mai più

1

Im Herbst 2016 hatte Maria ein Fotoshooting in Ragusa auf Sizilien, als eines der Gesichter von Dolce & Gabbanas Frühlingskollektion. Ihre Karriere hatte da bereits den Höhepunkt überschritten, und sie war nicht *prima faccia*, sondern nur eines von drei zusätzlichen Gesichtern zum Auffüllen. Aber trotzdem: Dolce & Gabbana. Das Label wurde damals in der Modewelt schon als ein bisschen lahm oder sogar als passé angesehen. Allerdings nicht von den Normalverbrauchern, und darin lag das Problem. Man war zu einem Massenprodukt geworden.

Der Plan bestand darin, sich die Credits durch eine eher exklusive und gewagte Kollektion zurückzuerobern, die unter dem Arbeitstitel *la ferocia*, das Wilde, lief, und es waren Marias leuchtend grüne und gefährliche Augen, die ihr den Job besorgt hatten.

Sie wurde von Mailand nach Catania geflogen, während der Kokainrausch des Vorabends noch in ihrem Körper herumschwappte und der EDM-Puls der Tanzfläche nach nur wenigen Stunden Schlaf immer noch in ihren Ohren pochte. Als sie den Flughafen verließ, drehte sie sofort um und wollte ihre Tasche vom Gepäckband holen, bis sie sich erinnerte, dass sie keine Tasche hatte. Das hieß, vermutlich nicht.

Draußen stand ein Fahrer mit ihrem falsch buchstabierten Namen auf einem Schild in der Hand, und Maria ließ sich auf den Rücksitz eines Audi A4 fallen, der eine Art Standard in der Branche war, und schlief unmittelbar ein. Sie wachte anderthalb Stunden später auf, als der Fahrer eine Haarnadelkurve nahm, die ihren Schädel an die Fensterscheibe knallen ließ.

Sie öffnete die Augen und sah hinaus. Blinzelte. Glaubte, dass sie von einer Entzugshalluzination betroffen war, rieb sich die Augen und sah erneut hinaus. Vor dem Fenster erhob sich eine *senkrechte* Stadt. Steinhäuser, wie aufeinandergestapelt, bildeten eine Mauer, die bis zum Himmel zu reichen schien. Sie räusperte sich und fragte den Fahrer mit zigarettenheiserer Stimme: »Cosa é questo?« Was ist denn das hier?

»Ragusa!«, rief der Fahrer aus und ließ das Lenkrad los, um auf die Wand aus Häusern zeigen zu können. »Ragusa Ibla!«

Als sie näher kamen, sah Maria, dass sich unglaublicherweise Straßen zwischen den Häusern hinaufschlängelten, Straßen, die so schmal waren, dass der Fahrer gezwungen war, die Rückspiegel einzuklappen, damit sie weiterkamen. Nach einer kurvenreichen Fahrt, bei der Maria so übel wurde, dass sie sich beinah erbrochen hätte, ließ er sie auf einem großen, geneigten Marktplatz heraus.

Sie hatte eine vage Erinnerung an eine SMS, die ihr Reiseziel als Piazza del Duomo, den Domplatz, angegeben hatte, und nach dem riesigen Kirchengebäude zu urteilen, das über der Westseite des Platzes thronte, war sie jetzt also angekommen. Der Fahrer deutete zur Kirchentreppe, auf der Scheinwerfer für die Fotosession aufgestellt worden waren.

Maria nickte und lief los. Sie war am Morgen noch so weggetreten gewesen, dass sie sich Stilettos angezogen hatte. Normalerweise hatte sie keine Probleme damit, sich würdig auf noch so hohen Absätzen zu bewegen, aber die Neigung des Platzes in Kombination mit der Neigung in ihrem eigenen Kopf brachte sie zum Stolpern, als sie das Gefühl bekam, die Kathedrale würde sich über sie beugen.

Ein wütendes Hupen ertönte. Maria sprang zurück und wäre beinahe gestürzt, als ein kleiner Zug voller Touristen sich über den Platz heranschlängelte. Ein älterer Mann rief ihr »Ciao, bella ragazza italiana!« hinterher. Sie schenkte ihm einen bosnischen Mittelfinger.

Als sie wieder nach oben sah, entdeckte sie, dass das gesamte Team auf der Treppe stand und ihre Vorstellung gemeinsam mit Hunderten von Neugierigen verfolgte, die sich am Fuß der Treppe scharten. Maria richtete sich auf und benutzte ihre Willensstärke, um ohne weitere Zwischenfälle zu ihrem Arbeitsplatz zu gelangen.

Das Team bestand aus elf Personen, von denen nur fünf eine bestimmte Funktion zu haben schienen. Schminke, Haar, Licht, Kleidung und Laufbursche. Die anderen liefen meistens herum und trugen planlos Dinge hin und her. Maria wurde in ein Zelt geführt, in dem sie sorgfältig geschminkt, gestylt und bekleidet wurde, ohne irgendeinen eigenen Beitrag, wenn man davon absah, dass sie ihre Arme hob.

Sie fragte, wer der Fotograf war, und die Visagistin legte einen beinahe sakralen Ton in ihre Stimme, als sie antwortete: »Sergio Al' Uovo«. Maria seufzte. Trotz seines unbegreiflichen Namens – Sergio vom Ei – war er einer der Angesehensten und Bestbezahlten in der Branche. Groß gewachsen, glatzköpfig, durchtrainiert, hyperästhetisch und supertuntig. Sie hatte schon ein paarmal mit ihm gearbeitet, und das waren keine angenehmen Erlebnisse. Einfach gesagt hatte Sergio Probleme, Menschen als etwas anderes zu betrachten als behelfsmäßig animierte Gegenstände.

Maria trat aus dem Zelt, in ein Kleid gewandet, wie es Jane hätte tragen können, bevor sie Tarzan traf, nachdem sie mehrere Tage im Dschungel umhergeirrt war. Ein langer Schlitz, der eher wie ein Riss aussah, entblößte Marias Beine, und die Oberseite ihrer linken Brust war zu sehen, weil ein Schulterriemen fehlte, der vermutlich von einem Affen gestohlen worden war.

Sergio war bereits am Ort und miserabel gelaunt. Als er Maria erblickte, schlug er sich gegen die Stirn, dass es klatschte, verteilte Instruktionen in einem Maschinengewehritalienisch, von dem Maria kein Wort verstand, und sie wurde erneut ins Zelt gebracht, um sich neu schminken zu lassen.

Als sie wieder herauskam, warf Sergio ihr einen grimmigen Blick zu und breitete die Arme aus, als wollte er sagen: »Seht nur, was sie mir zum Arbeiten gegeben haben.« Auf dem ganzen oberen Teil des Platzes drängten sich jetzt Leute, und jede Menge Handys mit oder ohne Selfiestange wurden in die Luft gehoben.

Maria nahm ihren Platz auf der Kirchentreppe ein, der mit einem Kreuz aus Textilklebeband markiert war, und wartete auf die Anweisungen, die das Ei ihr geben würde. Sergio machte ein paar Probeaufnahmen, um das Licht zu testen, gab dem Typen, der sich um die Scheinwerfer kümmerte, ein paar Befehle, knipste weiter, bis er zufrieden schien, und schwenkte seine Aufmerksamkeit dann zu Maria.

Maria setzte ihr Model-Lächeln auf, von dem sie wusste, dass es so gut wie vollkommen natürlich aussah, und das sie bis zum Einschlafen halten konnte. Sergio schüttelte den Kopf und rief: »Anima, stronza! Vita, eh!«

Seele, du Biest. Leben.

Maria versuchte, mehr Seelenleben in ihre Pose und ihr Lächeln zu werfen. Sie stellte sich tatsächlich Tarzan in der Verkörperung durch Alexander Skarsgård vor, der sich durch den Dschungel keulte, um sie in seine gorillahaft definierten Arme zu schließen. Sergio hielt sich die Augen zu, als würde es ihm wehtun, und schrie: »Che idiota!«

Die Leute unten auf dem Platz lachten. Maria war es gewohnt, ermahnt und erniedrigt zu werden, aber nicht in einer solchen Öffentlichkeit. Das Lächeln in ihrem Gesicht wurde straff, während sie die Hände in die Hüften stemmte, um eine herausfordernde Stellung einzunehmen. Sergio schüttelte den Kopf und kam die Treppe zu ihr hinaufgeklettert.

»La ferocia, stronza. La *ferocia*«, fauchte er so nahe an ihrem Gesicht, dass sein Speichel auf ihren Lippen landete. Er griff grob nach ihren Hüften und knickte sie in die gewünschte Position, als wäre er ein Chiropraktiker. Er legte eine Hand auf ihren Po und die andere auf ihren Bauch, um ihr Becken nach vorne zu drücken.

Von so etwas hatte Maria bisher nur gehört. Weil Sergio selbst schwul war und es keine sexuellen Motive dafür geben konnte, schien er das Recht für sich in Anspruch nehmen zu dürfen, die Körper der Frauen so zu behandeln, wie er es wollte.

»Sei eccitata e feroce, capisci?«

Du bist geil und wild, verstanden?

Maria nickte und wollte gerade antworten, dass sie es begriffen hatte, als Sergio fest an ihr Geschlecht fasste. Die Männer unten auf der Piazza jubelten, und Sergio wiederholte: »Eccitata!«

Bevor Maria sich von diesem Schock erholt hatte, gab Sergio ihr ein paar kräftige Ohrfeigen, die ihr die Tränen in die Augen trieben, und sagte: »E feroce! Ya!«, bevor er zu seiner Kamera zurückkehrte.

Maria wollte weglaufen, aber am liebsten hätte sie sich geprügelt. Hatte sie alle Schläge und Tritte auf dem Schulhof ausgehalten, um später von einem kahlköpfigen Sadisten öffentlich erniedrigt zu werden? Sie wollte diese Halbmillionenkamera auf seinen glänzenden Schädel knallen und das Blut auf die Kirchentreppe spritzen sehen.

Sie prügelte sich nicht. Sie lief nicht. Stattdessen kanalisierte sie all ihre Wut in ihren Ausdruck und schickte Laserstrahlen von ihren Augen in die Kameralinse, hinter der sie Sergios Netzhaut verbrennen sollten. Die Kamera knatterte wie ein Maschinengewehr, und als Sergio sich wieder aufrichtete, strahlte er und rief: »Facile, eh! Che belleza!«

Als Maria danach im Schminkstuhl saß und ihr Gesicht von Coldcream bedeckt war und eine Assistentin der Visagistin das Rouge von ihren Wangen wischte, kamen die Tränen. Nie zuvor war sie so erniedrigt und so grundlegend verdinglicht worden. In jenem Augenblick gab sie sich selbst ein heiliges Versprechen: Es würde sich niemals wiederholen.

2

Eine Arbeit zu haben und gleichzeitig der Verdinglichung zu entkommen, ist offenbar unmöglich. Zu arbeiten bedeutet, eine Funktion zu erfüllen und sich selbst zu vermieten. Früher waren Marias Gesicht und Körper die Handelsware, heute sind es ihre Hände und Füße. Rein und raus mit Tabletts, Tassen, Tellern und Besteck. Decken und abräumen, holen und bringen. Aber dabei denkt Maria eher an die Mechanisierung ihrer selbst, und das kann sie akzeptieren. Sie kann eine geschmeidige Maschine sein, die tut, wozu sie programmiert ist.

Sie könnte es. Aber sie darf nicht, weil die fragliche Maschine so aussieht, wie sie aussieht. Die Blicke vieler Männer ruhen allzu lange auf ihr, und der klebrige Objektekel kommt herangeschlichen. Ein paar Männer, so alt wie sie oder etwas älter, haben schon nach ihrem Ringfinger geschielt und gefragt, was sie nach der Arbeit vorhabe. Maria hat geantwortet, dass sie sich um ihre fünf Kinder kümmern würde. Die Hürde hat sie genommen.

Schlimmer ist die Unfreundlichkeit, die sie Marko beschrieben hat. Die Bissigkeit in den Stimmen der Menschen, die abweisenden Blicke, die sie einander zuwerfen und die vor allem die Frauen Maria zuwerfen. Gemeine Grimassen, wenn ein belegtes Brot nicht so schmeckt, wie sie es sich vorgestellt haben, Beschwerden über den Kaffee, der zu schwach, zu stark, zu kalt war.

Griesgrämig sitzen die Gäste im Café und halten nach den kleinsten Details Ausschau, über die man sich beschweren kann, und wenn sie keine finden, beklagen sie sich über die anderen Gäste. Scharfe Worte fliegen hin und her, aber noch ist es nicht zu Handgreiflichkeiten gekommen. Maria glaubt allerdings, dass es nur eine Zeitfrage ist.

Und das Rauschen, das Rauschen. Allein das wäre genug, um einen Menschen verrückt zu machen. Das ununterbrochene Brausen, wenn der Fluss über die Steine gleitet und sich vor der Insel teilt, auf der das Café liegt.

Als Maria vierzehn Jahre alt war, hat sie den Film *Poltergeist* gesehen, das weiße Rauschen auf dem Fernsehschirm, aus dem die Wesenheiten hervortraten. Hier ist es das Gleiche, allerdings mit Lauten und Geräuschen. Im Rauschen hört Maria die Stimmen aus ihrer Vergangenheit, die sie verhöhnt und geängstigt haben, und sie geht zwischen den Tischen der Außengastronomie umher, während ständig ein kleiner Schrecken in ihrer Brust rumort. Wenn sie nicht in regelmäßigen Abständen in das Haus ginge, um Bestellungen zu holen, würde sie wahrscheinlich zusammenbrechen.

Die Außengastronomie ist erst eine gute Woche geöffnet, bevor sie für den Rest der Saison schließt, aber Maria glaubt nicht, dass sie es so lange aushalten wird, also hält sie sich an etwas, von dem sie dachte, dass sie es nie wieder tun würde: Sie beginnt zu beten.

Goran und Laura waren keine frommen Christen, aber religiös genug, um in jeder Stadt, in der sie sich aufhielten, eine katholische Kirche aufzusuchen und dort hin und wieder zur Messe zu gehen, und Maria hat sie oft begleitet. Während der ersten Jahre in Norrtälje war sie mehrere Male bei der monatlichen Messe dabei gewesen, die die Gemeinde Unserer Lieben Frau in der St.-Markus-Kirche im Stadtteil Grind abhielt. Zum Teil hing das damit zusammen, dass Marko vollkommen desinteressiert an diesen Messen war, sodass Maria in dieser Zeit, den Hin- und Rückweg eingeschlossen, ihre Eltern ganz für sich hatte. Darüber hinaus entdeckte sie, dass sie das Zeremoniell mochte und das Mystische, das ihm innewohnte. Und auch die Gebete. Maria sprach fast täglich ein Abendgebet, bis sie dreizehn Jahre alt war.

Wenn die Messe eine Gelegenheit war, mit den Eltern zusammen zu sein, schenkte ihr das Gebet eine Zeit mit sich selbst, sie konnte ihre zerstreuten Gedanken auf etwas Größeres konzentrieren und zur Ruhe kommen. Irgendwann im Alter von dreizehn Jahren begannen weltliche Dinge sie immer mehr zu beschäftigen, und die Gebete fielen in Vergessenheit.

Jetzt kommen sie zurück. Es sind Gebete gegen das Rauschen. Wenn Maria zwischen den Tischen hindurchgeht, rattert sie im Kopf die Gebete herunter, an die sie sich aus ihrer Kindheit erinnert, sowohl auf Bosnisch als auch auf Schwedisch. Gebetsketten aus Worten als Schutz gegen die Auflösung.

Vaterunserimhimmelgeheiligtwerdedeinname …

Es funktioniert ziemlich gut. Zum Teil sperrt das innere Geräusch des Betens den Großteil des Rauschens aus, und teils ruft das Beten selbst das kleine Mädchen wieder hervor, das abends vor der Bettkante kniete, was Maria milder und gnädiger gegenüber den schlecht gelaunten Menschen stimmt. Grobe und unhöfliche Sätze perlen an ihr ab, während sie betet.

Es herrscht Mittagsbetrieb, und obwohl es nicht wärmer ist als zwölf Grad, ist die Außengastronomie halb voll. Die Leute grummeln und motzen wegen verspäteter Bestellungen und rühren verärgert den Zucker in ihre Cappuccinos. Maria kurvt zwischen den Tischen hindurch, während die Gebetskette in ihrem Kopf rotiert, als eine Frau auf den Fluss zeigt und ruft: »Seht mal! Was ist das denn?«

Etliche Gesichter drehen sich in die Richtung, in die die Frau zeigt, Marias eingeschlossen. Etwas kommt auf dem Fluss herangetrieben, etwas ... Haariges. Es treiben immer wieder Dinge den Fluss hinunter. Laub und Zweige sind ja ganz natürlich, auch viele tote Vögel, sowohl kleine Singvögel als auch Enten. Einmal sogar ein Eichhörnchen.

Aber was jetzt herangetrieben kommt, ist größer. Die Leute springen auf und drängen sich am Geländer, um besser sehen zu können. Angeekelte Ausrufe wie »Bäh!« und »Was zum Teufel« sind zu hören, denn es ist ein Hund. Ein mittelgroßer Hund, vielleicht ein Cockerspaniel, aufgequollen und mit einer gelben Leine, die er hinter sich herzieht.

Ein etwa fünfzigjähriger Mann, der zunächst sitzen geblieben ist, steht jetzt auf und tritt ans Geländer. Als er an Maria vorbeikommt, lässt er seine Hand über ihren Po gleiten und kneift. Ein rotes Tuch fällt vor Marias Augen herunter.

Nie wieder.

Unter dem, was sie an der Arbeit abgestoßen hat, war bislang keine sexuelle Belästigung. In Italien waren schlüpfrige Kommentare und Hände, die wie zufällig an den falschen Stellen landeten, gang und gäbe, aber entweder haben die Schweden eine andere Mentalität, oder Me-too hat tatsächlich gewirkt. Aber jetzt ist es da. Ein Mann, der sich das Recht zuspricht, sie zum Gegenstand seiner sexuellen Fantasien zu machen, sie zu kneifen, als würde er den Reifegrad einer Mango beurteilen.

Maria hat im Augenblick nichts in der Hand, also dreht sie sich um und will dem Mann eine Ohrfeige geben, die ihn umhaut. Dass sie dazu in der Lage ist, hat sie schon früher gezeigt. Als sie ausholt, entdeckt sie etwas hinter der Schulter des Mannes. Ein milder Lichtschein von ganz anderer Art als das Septembergrau, das vom Himmel sickert.

Maria lässt die Hand fallen. Der Grabscher drängt sich mit einem Keuchen an ihr vorbei. Die Außengastronomie ist verlassen, nur der Tisch ganz hinten an der Elverksbrücke ist besetzt. An diesem Tisch sitzt Jesus. Das Licht, das sie sieht, ist die Glorie, die von seinem Gesicht ausstrahlt, von seinem unendlich einfühlsamen Lächeln. Er sieht genauso aus wie auf dem Bild, das bei Goran und Laura im Wohnzimmer hängt. Jesus hebt die Hand und ermuntert sie, näher zu kommen.

Maria schüttelt den Kopf und weicht einen Schritt zurück und beginnt, ein Gebet aufzusagen, bis sie merkt, wie absurd das ist. Er sitzt doch dort, sie könnte einfach mit ihm reden, aber sie weicht vor ihm zurück. Weil es nicht er ist. Weil sie gerade verrückt wird.

Etwas Bedauerndes legt sich in Jesus' Blick, aber sein Lächeln erlischt nicht, er ist mindestens genauso gut wie Maria in der Lage, es aufrechtzuerhalten, er könnte als Model arbeiten. Jesus hebt die Hände in einer Geste, die *hab keine Angst* sagt, und als Maria weiter den Kopf schüttelt, bedeutet er ihr etwas anderes: *Na ja, die Zeit arbeitet für uns.*

Am Geländer haben die Menschen zu jammern angefangen, weil die Hundeleine sich verfangen hat und das tote Tier jetzt direkt unterhalb des Cafés auf den Wellen schaukelt. Ein Hauch von Verwesungsgasen steigt in Marias Nase, bevor sie sich um die Ecke zurückzieht und in die Küche flieht.

Mein Leben in deinen Händen

Hallo Johan,
Ich bin total geflasht von deinen Fähigkeiten. Wie zum Teufel konntest du aus so wenig so eine Geschichte machen? Der Punker und das Hörgerät. Supergut. Ich musste manchmal richtig laut lachen. Vor allem, als dieser Kommunalbeamte zu Besuch kommt und sie den Punkklassiker *Staten och Kapitalet* singen. Echt klasse. Keine Ahnung, wie man so etwas schreiben kann. Ich lese ja nicht so viel, aber wenn du noch eine Geschichte erfindest, würde ich mich sehr freuen, wenn du sie mir schickst. Ich verspreche, sie zu lesen. Und sie vermutlich wie verrückt zu lieben.
Viele Grüße von deinem größten Fan
Anna

Johan und Anna haben sich in der Pizzeria mit dem seltsamen Namen »Der Pastaexperte« in der Stora Brogatan verabredet. Nun ja, Pasta haben sie schon auch, aber vor allem ist es eine Pizzeria. Die Einrichtung ist maximal spartanisch, und der Kuschelfaktor null, aber die Preise sind erschwinglich, die Pizzen gut und Anna und Johan haben ohnehin keine Kuschelbeziehung.

Es ist kurz vor acht und Johan ein paar Minuten zu früh. Er holt sein Handy heraus und liest Annas Mail ein zweites Mal. Nicht unbedingt das, was man eine literarische Kritik nennen könnte, aber immerhin das Erste, was jemand jemals über irgendeinen seiner Texte gesagt hat, und das erweicht sein Herz.

Er hat hundert Mal abgewogen, mal dafür, mal dagegen, und konnte nicht einschlafen, bevor er die Entscheidung gefällt hatte: Er lässt Anna seinen Roman lesen. Er hat den Papierstapel in eine

Sporttasche gestopft, die nun vor seinen Füßen liegt, und das spürt er beinahe körperlich, eine Art nervöse Anwesenheit, wie von einem eingesperrten Tier. Noch einmal wägt er ab, was dafür und was dagegen spricht, und ist doch wieder unsicher.

Es ist insgesamt eine anstrengende Zeit für Johan. In der heutigen Ausgabe der *Norrtelje Tidning* hat er von einem Attentat auf die Flüchtlingsunterkunft am Albert Engströms Väg gelesen. Ein oder mehrere Täter hatten in der Nacht den Haupteingang zugenagelt und eine Benzinbombe durch ein Fenster geworfen. Auf die Wand hatten sie gesprüht: *»Stahlwollschädel go home.«*

Das Feuer hatte sich zum Glück nicht ausgebreitet, daher konnte man jetzt über diese Dummheit lachen. Warum sollte man eine Botschaft auf ein Gebäude sprühen, das man später anzündet? Und warum die Botschaft, dass die Flüchtlinge nach Hause gehen sollen, wenn man gleichzeitig versucht, sie zu ermorden? Aber Johan lacht nicht. Er wünscht sich, dass er diesen Text niemals geschrieben hätte.

Anna kommt ein paar Minuten nach acht und kann einen Teil seiner Nervosität zerstreuen, indem sie ihn ermahnt, auf die Beine zu kommen, damit sie ihn fest drücken kann, und ihm sagt, dass er »eine Art Genie« sei, und wiederholt, wie tief beeindruckt sie davon sei, dass er so eine krass fette Geschichte aus so wenig machen kann, als würde man eine Suppe aus einem Nagel kochen.

Sie bestellen jeder eine Pizza. Johan eine Quattro Stagioni und Anna eine Capricciosa. Nachdem sie sich wieder gesetzt haben, um auf das Essen zu warten, sagt Anna: »Also, eigentlich sollte ich keine Pizza essen. Kein Wort zu Siw.« Johan macht eine Bewegung, als würde er seinen Mund mit einem Reißverschluss zuziehen.

»Gut«, sagt Anna. »Und was läuft bei dir so?«

»Nichts Besonderes«, sagt Johan, während der Papierstapel in der Tasche wie ein Säugling quengelt. »Das Übliche.«

»Und was ist bei dir so das Übliche?«, fragt Anna. »Erzähl mir von einem Tag auf deiner Arbeit.«

Johan berichtet von der Arbeit in der Bowlinghalle, erzählt ein paar Anekdoten über die Marotten mancher Leute, die abergläubischen Vorstellungen vom Gewinnen und Verlieren und die ständigen Klagen über die Ölbilder.

»Wie Banausen im Museum.«

»Was?«

»Ölbilder. Wie in einem Museum.«

Johan lacht und entspannt sich zunehmend. Anna hat er falsch eingeschätzt. Okay, sie ist wahrlich keine Intellektuelle, aber sie ist flink im Kopf und kann sekundenschnell Verbindungen herstellen. *Klatsch die Hunde, wenn du glücklich bist* ist einer von Johans Favoriten in ihrem mittlerweile gemeinsamen Spiel. Sobald jemand eine neue Idee hat, wird eine SMS geschickt.

Die Pizzen kommen und bringen sie eine Weile zum Schweigen. Mehrere Male kontrolliert Johan mit dem Fuß, dass die Tasche immer noch unter dem Tisch steht, dass sie keine Beine bekommen hat und weggelaufen ist. Jedes Mal, wenn sein Fuß den Nylonstoff berührt und ein Knistern erzeugt, fährt ihm die Angst in die Brust.

Soll ich es wirklich tun? Wage ich es?

»Und du?«, fragt Johan. »Was hast du so am Laufen?«

Anna trinkt einen Schluck von der Cola Zero, die sie selbst als völlig sinnlose Geste angesichts der Pizza einschätzt, und nickt dann. »Ich habe etwas vor.«

»Erzähl.«

Anna holt tief Luft und schüttelt den Kopf, als könnte sie selbst nicht glauben, was sie jetzt erzählen wird. »Ich werde eine Ausbildung machen.«

»Oh. Was für eine?«

»Zur Physiotherapeutin. Ein schickeres Wort für Krankengymnastin. Du weißt ja, ich arbeite mit älteren Leuten. Ich mag es, aber gleichzeitig … Es ist so deprimierend, sie einfach nur irgendwie am Leben zu halten. Ich würde gerne etwas tun, damit es ihnen besser geht. Also, ja. Physiotherapeutin. In der Schule habe ich ja den Pflege- und Betreuungsbereich belegt, und meine Noten scheinen tatsächlich gerade so zu reichen.«

»Wow. Du wirst also auf die Hochschule gehen?«

»Jawohl. Uppsala im Frühjahr. Es dauert drei Jahre.«

Johan hebt sein Glas mit Standardcola, um darauf zu trinken, und Anna stößt an.

»Du wagst dich also in die Welt hinaus«, sagt Johan.

»Ja«, sagt Anna. »Aber mir geht auch ein bisschen die Muffe, das kannst du mir glauben.«

Jetzt bin ich dran! schreit es aus der Tasche heraus. *Der Augenblick ist wie geschaffen! Hau rein!*

Johan ist drauf und dran, sich zu bücken und die Tasche hochzuheben, aber da ist plötzlich dieses Hindernis, etwas hindert ihn daran, sich hinunterzubeugen. Es fährt ihm ins Kreuz, und er stöhnt und richtet sich auf.

»Was ist?«, fragt Anna.

»Vom Bowling«, sagt Johan. »Eine echte Berufskrankheit.«

»Du spielst manchmal also auch selbst?«

»Ja, doch, manchmal.«

Es ist mehrere Monate her, dass Johan eine Kugel in die Hand genommen hat, um Kegel umzuwerfen.

»Da wir gerade vom Spielen sprechen …«, sagt Anna und deutet auf Johans Handy, das auf dem Tisch liegt. »Könntest du mir dieses Pokémon Go beibringen? Wie man es macht und so?«

»*Was*? Ich dachte, du hasst Pokémon Go.«

»Ja, also …« Anna windet sich ein bisschen. »Diese Sache, dass man da Freunde haben und Geschenke tauschen kann und so. Ich würde das gerne mit Siw machen. Und mit dir natürlich auch.«

»Nur deswegen?«

Anna schiebt das letzte Drittel ihrer Pizza zur Seite und sagt: »Nein. Es ist auch einfach so, dass … Ich habe mich die ganze Zeit auf diesen eingefahrenen Gleisen bewegt. Ich habe mir nie zugetraut, etwas Neues auszuprobieren, wie hast du es genannt, mich in die Welt hinauszuwagen. Jetzt versuche ich es. Und dabei muss ich auch Dinge infrage stellen, die ich für selbstverständlich gehalten habe. So etwas wie Pokémon Go. Bringst du es mir bei?«

Auf eine Weise, die Johan nicht verstehen kann, ist Annas Wunsch, gegen jede Erwartung Pokémon Go lernen zu wollen, der Stoß, der die Mauer zum Einstürzen bringt. Mit einem Ächzen hebt Johan die Tasche auf den Tisch, holt den Papierstapel heraus und reicht ihn Anna, die das Deckblatt liest: »Roslagsmetamorphose.« Sie wischt sich die Finger an einer Serviette ab, bevor sie den Stapel nimmt und ihn in die Luft hält. »Was ist das?«

»Das ist mein Leben. Und du hältst es in den Händen.«

»Oh«, sagt Anna mit einem schiefen Lächeln. »Noch ein kleiner Angeberalarm dazu. Was bedeutet Metamorphose?«

»Verwandlung. Also, klar ist das dick aufgetragen, aber in gewisser Weise auch wahr. Zum einen ist es eine Version meines eigenen Lebens, eine überhöhte Version, und zum anderen … Dieser Stapel ist im Grunde das, worauf ich hoffen kann.«

Anna blättert in den Papieren und liest wahllos ein paar Worte. »Das ist also ein Roman?«

»Es fällt mir schwer, es … es ist eine Erzählung. Und du wolltest ja mehr Erzählungen lesen.«

Annas Lippen bewegen sich, als sie ein paar Sätze liest. Sie lächelt über etwas und sagt: »Schön. Aber, sag mal, solltest du nicht … ich meine, ich lese ja eigentlich keine Bücher. Hat Max es gelesen? Und Siw ist ja auch sehr viel …«

»Niemand hat es gelesen. Die bist die Erste, der ich es zeige.«

»Oh. Warum denn? Also, warum ich?«

»Aufrichtig gesagt, weiß ich es nicht. Vielleicht war ich ein bisschen geschmeichelt von deiner Mail, und vielleicht … Ich weiß nicht. Ich wollte einfach, dass du es liest. Und mir sagst, was du davon hältst. Und wenn schon von Angst die Rede ist, ich habe gerade eine Scheißangst. Ein Teil von mir möchte dir einfach nur diesen Stapel aus den Händen reißen und dir sagen, dass du all das vergessen sollst.«

Anna scheint den letzten Teil von Johans Antwort nicht gehört zu haben, weil sie vollkommen in einem Abschnitt der Erzählung versunken ist. Ohne auf Johans Worte einzugehen, sagt sie: »Aber solltest du nicht, du weißt schon, den Text irgendwo hinschicken, wo sie ein Buch daraus machen können?«

»An einen Verlag, ja. Obwohl, das werde ich wohl nie wagen, weil, du weißt schon …«

»… sie ihn vielleicht nicht mögen. Und dann bist du total zerbrochen.«

»So in der Art, ja. Und bitte, lies es, so schnell du kannst, denn ich werde total …«

Er macht eine zitternde Bewegung mit dem Kopf, um extreme Nervosität zu illustrieren. Anna nickt und lässt den Finger über das Deckblatt gleiten, das jetzt schon verschmutzt und zerknickt ist, nachdem es ein halbes Jahr so umsichtig behandelt worden war.

»Ich fange heute Abend an«, sagt sie. »Und du erklärst mir Pokémon Go, okay?«

»It's a deal. Entschuldige mich. Ich glaube, ich muss auf die Toilette gehen und mich übergeben.«

Der Schlüssel für zu Hause

1

Das Haus ist jetzt fertig, so fertig, wie es eben sein kann ohne die Sachen, die Goran und Laura aus der alten Wohnung mitbringen wollen. Marko wandert durch die Zimmer und versucht sich das Alltagsleben seiner Eltern vorzustellen und herauszufinden, ob noch irgendetwas fehlt. Er hat Kleiderschränke und Nachttische für das Schlafzimmer gekauft, noch mehr Lampen, Kommoden, Teppiche für die anderen Zimmer. Abstelltische und Stauraum. Waschmaschine und Trockner. Und so weiter.

Trotzdem hat er das Gefühl, dass etwas fehlt, deshalb schleicht er wie ein Detektiv herum und versucht herauszufinden, was an diesem Tatort hier nicht stimmt. Er wartet auf eine Offenbarung, ein plötzliches: *Aha, hatte sie nicht einen Hund? Wo ist dann die Leine?*

Eine gute Stunde lang schnüffelt er im Haus herum, ohne das Rätsel lösen zu können. Irgendwann beschleicht ihn eine dunkle Ahnung. Was hier fehlt, ist der Bezug. Das Haus ist nur ein Ort mit einer Anzahl von Gegenständen ohne jede Geschichte, und deshalb könnte man sagen, dass es ihm an Leben fehlt. Hoffentlich können Goran und Laura das ändern.

Das Traurige ist, dass Marko exakt dasselbe Gefühl angesichts seiner Wohnung in Stockholm hat, und er hat nicht die geringste Lust, dorthin zurückzukehren. Bevor er nach Norrtälje kam, hatte er sich vorgestellt, er werde ein oder zwei Wochen darauf verwenden, alles für seine Eltern herzurichten, und dann einfach in Stockholm den Faden wieder aufnehmen. Jetzt weiß er nicht mehr, was er will.

Da kommt vieles zusammen. Der Zwischenfall mit Lukas und Markus und dass er nicht dieselben Scheißträume haben will wie sie, die Einsicht, dass der Wettkampf mit Max zu Ende ist, der ihn fast sein ganzes Leben lang beschäftigt hat, aber vor allem das Gefühl, dass er die ganze Zeit vorangeprescht ist, ohne zu bemerken, wie er den Boden unter den Füßen verlor. Er ist haltlos, ratlos, entwurzelt. Er ist wie das Haus, in dem er herumläuft, ein leerer Ort, der darauf wartet, dass er mit Leben gefüllt wird. Dieses Gefühl ist nicht nur unangenehm, weil es auch Möglichkeiten birgt. Etwas Neues kann passieren.

Im Augenblick klingelt allerdings sein Handy. Das Display sagt »Mama«, und sobald Marko sich gemeldet hat, sagt Laura: »Marko, du musst herkommen. Maria benimmt sich sehr seltsam.«

Marko lässt sich auf einen Küchenstuhl sinken. »Was heißt seltsam?«

»Sie hat sich in ihrem Zimmer eingeschlossen und will nicht herauskommen. Ich glaube, dass sie Schnaps trinkt.«

»Ja, ja. Okay, ich komme.«

Seit Maria erzählt hat, dass sie Arbeit im Café gefunden hat, wird Marko von bösen Ahnungen verfolgt. Er glaubt nicht, dass Maria in der Lage ist, einen ganz normalen Job auszuüben. Sie braucht das Scheinwerferlicht, die Kameralinse, die bewundernden Blicke. Einfach still vor sich hin zu knechten, liegt nicht in ihrer Natur, davon ist Marko überzeugt, und jetzt ist sie also zusammengebrochen, nachdem sie vier Tage in der Wirklichkeit normaler Menschen verbracht hat. So langsam kann man ihre Launen aber auch satt haben.

2

»Maria? Maria?«

Marko hört, dass Maria sich in ihrem Zimmer bewegt, und als er das Ohr gegen die Tür drückt, meint er das Geräusch eines Glases zu hören, das abgestellt wird. Marias Stimme ist belegt, als sie sagt: »Was ist denn?«

»Ich will mit dir reden. Kannst du die Tür öffnen?«

»Nix da.«

Goran und Laura stehen ein paar Meter hinter Marko. Er dreht sich um und hebt hilflos die Hände, aber Laura winkt ihm zu, er solle noch nicht aufgeben. Marko seufzt. Seine Eltern sollten eigentlich genauso gut wissen wie er, wie stur Maria sein kann. Nur um Goran und Laura zu zeigen, dass er es weiter versucht, formuliert Marko seine Bitte um und sagt: »Ich *muss* mit dir reden.«

»Warum?«

Da tut sich plötzlich etwas auf – und er hat eine letzte Chance. Durch die Lücke zwischen dem Rahmen und der Tür sagt Marko: »Alle wissen, warum, und alles wird perfekt.«

Etwas zwischen Schnauben und Seufzen dringt aus dem Zimmer, und ein paar Sekunden später wird der Schlüssel umgedreht.

»Was hast du gesagt?«

Marko zuckt mit den Schultern und sagt: »Der Hut ist deiner«, worauf sich ihre Eltern noch verwirrtere Blicke zuwerfen. Sie erinnern sich nicht.

Dieser Hut lebt so lustig, denkt Marko und öffnet die Tür zu Marias Zimmer, um sie sofort wieder hinter sich zu schließen.

»Du Schummler«, sagt Maria und lässt sich in den kleinen Sessel in der Ecke sinken, hebt ein Glas mit goldgelber Flüssigkeit auf und trinkt einen Schluck. Marko setzt sich auf das Bett und fragt: »Was ist denn passiert?«

Mit der schlaffen Nackenmuskulatur einer Betrunkenen lässt Maria ihren Kopf auf die Schulter fallen, während sie das Glas schaukelt und die Lichtreflexe in der Flüssigkeit betrachtet. Ihr Laptop steht aufgeklappt neben Marko auf dem Bett. Auf dem Bildschirm sieht er eine Gestalt, die eine helfende Hand zu jemandem hinunterstreckt, der sich offenbar unter der Wasseroberfläche befindet. Die Hand ist scharf, ihr Inhaber schemenhaft verschwommen, aber trotzdem bekannt. Als Marko den Namen der Website liest, versteht er, warum. *Encounters with Jesus*. Marko zeigt auf den Computer und sagt: »Ich dachte, du hättest damit aufgehört.«

»Das dachte ich auch.«

»Aber?«

»Aber … du weißt schon. Jesus gibt bei einem Sünder nie die Hoffnung auf.«

Maria hebt das Glas, und Marko sagt: »Maria. Hör auf zu trinken. Wovon redest du?«

Zu seiner Verwunderung kommt Maria der Aufforderung nach. Sie stellt das Glas ab und sieht ihn mit geröteten Augen an. »Mein Job … ist die Hölle. Die Leute … diese Leute sind furchtbare Arschlöcher, so verdammte … *assholes*. Den ganzen Tag nur … *Che palle!* Und dieser Fluss, du weißt schon, so ein Brauseaspirin?«

»Brauchst du eine Kopfschmerztablette?«

Maria winkt mit einer übertriebenen Bewegung ab. »Nein, nein, *nein*. Ich meine, man arbeitet dort wie … in einem Glas mit Aspirinbrause.« Maria macht ein rauschendes, prickelndes Geräusch und Speichel spritzt von ihren Lippen. »Die ganze Zeit. Die ganze … Zeit.«

Marko schielt wieder zu dem Bildschirm, zu der langhaarigen und milde lächelnden Gestalt, die ihre Hand dem Betrachter entgegenstreckt: *Komm zu mir, ich ziehe dich herauf.* »Aber was hat das alles mit Jesus zu tun?«

»Ich weiß es nicht«, sagt Maria. »Aber er kommt dorthin. Zu diesem verdammten Ort.«

»Jesus kommt … in das Café?«

»M-hm. Drei Mal, bis jetzt. Er will mit mir reden, aber ich will nicht mit ihm reden.«

»Aha … und warum nicht?«

»Ich glaube nicht, dass mir gefallen wird, was er zu sagen hat.«

Bevor Marko etwas sagen oder tun kann, hat Maria ihr Glas wieder genommen und ausgetrunken, aber als sie nach der halb vollen Whiskyflasche greift, um sich nachzuschenken, kommt Marko ihr zuvor und nimmt die Flasche weg. Maria macht einen Schmollmund und lässt sich wieder in den Sessel fallen.

Marko wiegt die Flasche in der Hand. Wie sagt man noch? *Die Summe aller Laster bleibt konstant*? Maria kann sich wohl kaum ohne ein Übergangslaster von ihrer Drogensucht befreien.

»Ich kann verstehen, dass du es nicht glaubst«, sagt Maria. »Warum solltest du auch. Ich glaube nicht, dass ich glaube … nein, warte. Doch. Ich glaube nicht einmal, dass ich selbst daran glaube.«

»Aber du bist doch gläubig, oder?«

Maria schnaubt. »Ich bin seit etwa fünfzehn Jahren nicht in die Kirche gegangen oder habe gebetet, also, das ist etwa so, als würde man als Hundehalter bezeichnet werden, obwohl man … seit fünfzehn Jahren keinen Hund mehr hat. Und trotzdem …«

Marko stellt die Flasche auf dem Boden ab, so weit wie möglich von Maria entfernt, beugt sich vor und sagt: »Ja?«

Maria wird misstrauisch gegenüber seiner toleranten Art und betrachtet ihn lange, bevor sie weiterspricht: »Ich habe angefangen zu beten. Damit ich es aushalte. Aber eigentlich habe ich es nur aufgesagt … wie heißt es, heruntergeleiert. Gebrabbelt. Im Kopf. Und plötzlich kam er. Er saß einfach da und sah mich an, wollte, dass ich zu ihm komme.«

»Und was hast du getan?«

»Was glaubst du? Ich hatte eine Scheißangst, denn so was passiert ja eigentlich nicht. Ich lief in die Küche und blieb dort stehen, zitterte, bis sie mich mit irgendeiner Bestellung wieder nach draußen schickten. Aber da war er weg, und die Leute waren ganz … Da war ein toter Hund.«

»Statt Jesus?«

»Scheiß drauf. Das gehört nicht hierher. Aber heute ist er wiedergekommen. Zwei Mal. Und ich …« Marias Körper spannt sich und sie greift fest nach der Armlehne, bevor sie flüstert: »Marko. Überleg mal, vielleicht ist es der Teufel?«

Marko muss fast lauthals loslachen, kann den Impuls aber in ein angestrengtes Lächeln umwandeln, bevor er erwidert: »Warum sollte es eher der Teufel sein als Jesus? Ich bin zwar nicht gläubig, aber selbst ich finde, dass Jesus eine sehr viel passendere Figur ist als dieser Typ mit Schwanz und Horn.«

»Glaubst du?«

»Ich glaube nicht, sondern ich meine.«

Maria steht auf und geht zum Bett. Marko schiebt diskret die Flasche zur Seite, aber Maria nimmt überhaupt keine Notiz von seinem Manöver. Sie setzt sich neben ihn und klickt sich durch mehrere Augenzeugenberichte, Aufnahmen von verschwommenen oder leuchtenden Gestalten.

»Diese Menschen«, sagt Maria und lässt die Hand über die ganze Reihe von Beiträgen wandern. »Sie befinden sich fast immer in wirklich nervenaufreibenden oder sogar hoffnungslosen Situationen, als Jesus sich ihnen zeigt. Wenn etwas Schlimmes passiert ist oder bald passieren wird. Wenn es ihnen scheiße geht. Es gibt nicht einen Einzigen, der gerade einen gemütlichen Freitagabend mit der Familie vor dem Fernseher verbringt, und plötzlich sitzt Jesus da und sagt: »Hallöchen, was seht ihr da? Nein, also … er kommt immer nur, wenn er wirklich gebraucht wird. Und ich weiß nicht, ich und meine Situation …«

»Aber dann glaube doch einfach«, sagt Marko.

Maria reißt ihren Blick vom Computer los und sieht Marko in die Augen. »Was hast du gesagt?«

»Ich sagte, dann glaube doch. Das hast du ja auch schon getan, als du klein warst, und wenn es dir dabei helfen kann, festen Boden unter die Füße zu bekommen, dann … warum nicht? Dann bete weiter und glaube an das, was du siehst.«

»Du findest nicht, dass ich verrückt bin?«

»Doch, das finde ich. Aber aus anderen Gründen.«

Maria lacht erleichtert und boxt gegen Markos Schulter, bevor sie in die Betrachtung der Gestalt versinkt, die gerade ein ertrinkendes Ich rettet. Marko streichelt ihr über das Haar und drückt die Flasche an sich, bevor er aufsteht und zur Tür geht. Bevor er das Zimmer verlässt, hört er Maria vor sich hin flüstern: »Da bist du ja …«

3

Als Marko mit der halb vollen Whiskyflasche in der Hand aus Marias Zimmer kommt, stehen seine Eltern im Wohnzimmer. Laura deutet mit einem Nicken auf die Flasche und schlägt die Hände still in einem angedeuteten Applaus zusammen. Goran sieht vor allem bedrückt aus. Marko erklärt, dass Maria nur eine kleine religiöse Krise durchlaufe, worauf sich die Mienen der Eltern aufhellen.

Während er die Flasche in die Küche bringt, versucht Marko das unbehagliche, kitzelnde Gefühl im Bauch zu deuten. Als würde eine Fliege darin herumsummen und ihn von innen mit den Flügeln streifen.

Dann fällt es ihm ein. Das, was er erlebt, ist *Neid*. Obwohl Marias wiedergewonnener Glaube zu einem großen Teil auf Unsinn beruht, beneidet er sie, weil er sie in Kontakt mit ihrer Vergangenheit bringt und sie vollständiger macht. Er selbst ist nur ... ja, was ist er? Er weiß es nicht, und genau das ist das Problem.

Als Marko ins Wohnzimmer zurückkehrt, sitzen Goran und Laura auf dem Sofa und stecken die Köpfe zusammen. Unfreiwillig zieht es Markos Blick zu dem Jesus, der über ihnen hängt. Es ist schwer, die glatte, freundliche, leuchtende Gestalt als Stammgast in Marias Café zu sehen, aber nach ihrer Aussage ist dies der Fall. Marko schüttelt den Kopf und will sich gerade in einen der Sessel setzen, als er den Schlüssel sieht, der unter Jesus hängt. Er bleibt stehen und starrt so lange darauf, bis Laura schließlich fragt: »Marko, was ist? Hast du ein Gespenst gesehen?«

Nein, Marko sieht Hühner. Bevor die Familie ihren Hof verließ, als er vier Jahre alt war, war sein Lieblingsort das kleine Hühnerhaus gewesen. Laura erzählt gerne, wenn Marko nicht im Haus oder auf dem Grundstück zu finden war, dann konnte man sich sicher sein, ihn dort anzutreffen. Er hatte gerade genug Platz, unter dem angewinkelten Dach aufrecht darin zu stehen, umgeben von der Wärme und dem leisen Gackern der etwa zwanzig Hühner. Noch immer weiß er, wie es im Hühnerhaus gerochen hat, er hört wieder die Geräusche und erinnert sich an das Gefühl völliger Sicherheit, das ihn im Hühnerhaus umfing.

Marko setzt sich in einen Sessel, zeigt auf den Schlüssel und sagt: »Unser Hof. Der gehört doch immer noch uns, oder?«

Goran legt die Hände an die Schläfen und breitet sie aus, als wollte er einen explodierenden Kopf andeuten, und sagt: »Es sind nur noch Ruinen, mein Junge. Das habe ich dir doch erzählt. Zerschossen, und das Hühnerhaus ... erinnerst du dich an das Hühnerhaus?«

»Genau daran habe ich gedacht. Ich weiß, dass es weg ist. Aber der Boden gehört doch immer noch uns?«

»Ja«, sagt Laura. »Wenn wir ihn für uns beanspruchen. Jedenfalls wohnt niemand dort. Aber er ist im Großen und Ganzen auch wertlos. Warum fragst du?«

Marko antwortet nicht. Das Hühnerhaus hat etwas in ihm ausgelöst, und jetzt sieht er vor seinem inneren Auge einen Film ablaufen. Die Sonne versinkt hinter den Hügeln Mostars, die feuchten Mäuler der Kühe und der Grasgeruch in ihrem Atem, der Kaninchenstall und der Rammler, der ... *Rambo* hieß. Das Quietschen der korrodierten Pumpe auf dem Hofplatz, der Rost, der an den Handflächen kleben blieb, und er, als kleiner Junge, dem es gerade so gelingt, den schweren Eimer hochzuheben. Die Haustür, die geöffnet wird, die abgewetzte Schwelle mit einer tiefen Kerbe, der Duft in der Diele ...

»Mama«, sagt er. »Papa. Ihr könnt zum Wochenende einziehen, wenn es euch recht ist.«

»Ach je, ach je«, sagt Goran und wedelt mit der Hand. »Sechzehn Jahre haben wir hier gewohnt. Glaub nicht, dass wir undankbar sind, aber es fällt schwer, mein Junge.«

»Das habe ich mich gerade gefragt«, sagt Marko. »Habt ihr euch hier jemals daheim gefühlt? War das hier euer Zuhause?«

Goran und Laura sehen einander mit einem Blick an, der andeutet, dass sie bei irgendeiner Gelegenheit, vielleicht erst vor Kurzem, genau darüber gesprochen haben.

»Es gibt ein gutes Wort in dieser Sprache«, sagt Laura. »Eingelebt. Wir haben uns hier eingelebt. Aber, nein … unser *Zuhause* ist diese … Ruine.«

Marko steht auf und nimmt den Schlüssel vom Haken, sodass ein schlüsselförmiger heller Fleck auf der Tapete sichtbar wird. Er hält den Schlüssel hoch, als stünde er kurz davor, damit einen Zaubertrick auszuführen, und fragt: »Der war für das Schloss in der Haustür, oder?«

»Ja«, sagt Goran bedrückt. »Aber dieses Schloss gibt es nicht mehr, weil es auch keine Tür mehr gibt.«

»Ich werde eine Tür beschaffen«, sagt Marko. »Und dann werde ich einen Schlosser bitten, ein Schloss herzustellen, in das dieser Schlüssel passt.«

»Klingt teuer«, sagt Laura. »Du solltest dir keine unnötigen Kosten aufhalsen. Das verändert nichts. Wir hängen ihn an die Wand in dem neuen Haus, genau wie hier. Das ist besser so.«

Goran nickt zustimmend, und Marko sagt: »Ihr versteht mich nicht. Ich meine eine neue Tür und ein neues Schloss auf dem alten Hof. Wenn er keine Ruine mehr sein wird.«

Laura begreift und betrachtet Marko beinahe angsterstarrt, während der Groschen bei Goran noch nicht gefallen ist. »Wie könnte das möglich sein?«

»Tata, ich werde hinunterfahren. Und es renovieren.«

Nach ein paar weiteren ungläubigen Äußerungen versuchen sie, sein Projekt zu verhindern, indem sie alles auffahren, was ihnen einfällt, von den Kosten über die Schwierigkeit, Handwerker zu bekommen, bis zu den immer noch existierenden ethnischen Spannungen in dem Gebiet.

Nichts davon wirkt. Marko hat sich entschieden. Schon als sein Blick auf den Schlüssel fiel, wusste er, dass er seinen Jesus gefunden hatte, den Glauben, der ihn erden würde.

Der Wiederaufbau ihres alten Hofs ist in all seiner Großartigkeit doch nur ein Teil eines größeren Projekts. Vielleicht wird er irgendwann in das Leben zurückkehren, das er im Augenblick lebt, aber bis auf Weiteres gilt etwas anderes, und für seine Eltern fasst er es in den einfachen Worten zusammen: »Ich werde jetzt ein Jugo.«

Entlassung

Anna dreht eine Runde vor den Toren der JVA Norrtälje. Es ist Freitag, kurz vor eins, und Ackes Entlassung steht bevor. Sie will kontrollieren, ob noch jemand anderes auf ihn wartet, jemand mit weniger friedlichen Absichten als sie. Sie kann keinen einzigen Menschen entdecken und kehrt zu ihrem Golf zurück, den sie auf dem Parkplatz abgestellt hat, so nahe am Ausgang wie möglich.

Sie dreht die Fensterscheibe herunter, damit sie hören kann, wenn ein weiteres Fahrzeug kommt, und hebt den Papierstapel auf, der Johans Roman ist. Sie hat gut die Hälfte der dreihundert Seiten gelesen, und verglichen mit den wenigen Romanen, die sie in ihrem Leben gelesen hat, hält sie Johans für den besten.

Der Junge geht ihr nahe, und bei einer Szene in der Kommunalverwaltung, wo er nur auf Unverständnis und auf Kälte trifft, hat Anna weinen müssen.

Es ist nicht einfach eine Autobiografie, weil es auch Abschnitte gibt, in denen die Fantasien des Jungen und die Wahnvorstellungen der Mutter sich in einer parallelen Wirklichkeit treffen, die *Der Trakt* genannt wird. Er ist wirklicher als diese Welt, und alles, was im Trakt passiert, hat einen Grund und einen Sinn, während diese Welt zufällig und leer erscheint.

Anna kann nachvollziehen, dass Johan sich nicht dem Risiko aussetzen möchte, abgelehnt zu werden, aber es ist eine Schande. Nach ihrer Meinung sollten sich die Verlage darum schlagen, das Buch veröffentlichen zu dürfen. Obwohl, was weiß Anna schon, vielleicht hat die Erzählung ein völlig missglücktes Ende? Es gibt nur eine Methode, um das herauszufinden.

Anna liest ein paar Seiten. Es ist zehn nach eins geworden, ohne dass das Tor geöffnet wurde oder ein anderes Auto auf den Parkplatz fuhr. Sie schaut auf ihr Handy. Keine SMS, und die Uhr geht richtig. Anna seufzt. Genau das hier wollte sie hinter sich lassen.

Seit Anna beschlossen hat, im Frühjahr ein Studium zu beginnen, hat sie ihr Leben dahin gehend analysiert, welchem *Team* sie angehört, um pokémonisch zu sprechen. Dabei hat sie herausgefunden, dass sie bis jetzt zum *Team Olofsson* gehört hat. Die Enttäuschung über den Verrat der Eltern hat sie dazu bewegt, mit unmittelbarer Wirkung austreten zu wollen, und so ist sie im Augenblick … vertragslos.

Allerdings weiß sie, welcher Mannschaft sie sich anschließen will, und sie nennt diese Mannschaft die Helfermannschaft. Sie wird zu denjenigen gehören, die anderen Menschen helfen und die Welt damit zu einem besseren Ort machen. Das ist kein Fall von Größenwahn, denn sie weiß, dass ihr Einsatz nur darin bestehen wird, ein paar älteren Leuten ein etwas besseres körperliches Befinden zu ermöglichen, aber so what? Sie wird ihren Einsatz für das Team leisten und wissen, warum.

Anna legt Johans Roman zurück in die Nylontasche und sieht zum Tor. Sie hat keine Ahnung, was sie mit Acke und den Gebrüdern Djup machen soll. In ihrem Zorn über den Verrat der Eltern fasste Anna einen durchgeknallten Plan, der darauf hinauslief, das Gold zu stehlen, von dem sie weiß, wo Stig es versteckt hat. Den hat sie allerdings wieder fallenlassen.

Mittlerweile ist es zwanzig vor zwei, und Annas verlängerte Mittagspause geht dem Ende zu. Sie steigt aus und geht zur Wache. Eine Frau im schwarzen Uniformpullover der Justizvollzugsbehörden deutet auf ein Mikrofon im Panzerglas, und Anna sagt: »Hallo, ich wollte meinen Bruder Acke … Anders Olofsson hier treffen. Er sollte um eins entlassen werden.«

Die Frau startet einen Computer und bittet um Annas Ausweis, den sie in eine Luke legen soll. Die Frau studiert die Plastikkarte und gibt sie wieder zurück, bevor sie sagt: »Er ist um elf ausgecheckt«, als hätte es sich um einen Hotelaufenthalt gehandelt.

»Sind Sie da sicher? Warum überhaupt?«

Die Frau zuckt mit den Schultern. »Hier steht ›aufgrund besonderer Umstände‹. Mehr weiß ich auch nicht.«

»Okay. Danke.«

Es ist nicht schwer, sich auszurechnen, welcher Art diese besonderen Umstände sind; sie haben auch Anna dazu gebracht, eine Runde zu gehen und die Umgebung im Auge zu behalten. Aber warum hat Acke ihr keine Nachricht geschickt?

Anna setzt sich ins Auto, hält aber inne, als ihre Hand auf dem Weg zum Zündschlüssel ist. Die Gebrüder Djup haben den Durchblick, und vielleicht reicht dieser Durchblick bis ins Gefängnisinnere. Vielleicht wurden sie über die geänderte Zeit informiert und standen bereits um elf Uhr hier und warteten?

Anna schreibt eine SMS an Acke und versucht anschließend, ihn anzurufen. Sie erreicht das Handy, aber niemand nimmt das Gespräch an. Ihr läuft ein Schauer den Rücken herunter, als sie sich vorstellt, dass Ackes Telefon neben seinem zerschundenen Körper liegt, der »auf eine kleine Rundtour« mitgenommen worden ist und hört die Schreie ihres kleinen Bruders, als die Gebrüder Djup auf einen Rücken pissen, der nur noch eine große Wunde ist.

Sie ist so aufgewühlt, dass sie die ersten hundert Meter mit angezogener Handbremse fährt. Erst als der Geruch von verbranntem Gummi in ihre Nase dringt, versteht sie, warum das Auto so seltsam klingt. Sie löst die Bremse, atmet tief durch und klammert sich am Lenkrad fest.

Lieber Gott, sorg dafür, dass sie ihn nicht erwischt haben.

Der Golddiebstahl klingt auf einmal gar nicht mehr so durchgeknallt.

Gewundene Wege

1

Es läuft erstaunlich gut für Max, ohne Micke Minitroll zu leben, zumindest solange alles so läuft, wie es soll, und er seine Routinen hat. Zum Beispiel die Zeitungszustellung am Morgen. Das Erste, was ihm heute begegnet, als er seine Stapel von *Norrtelje Tidning* abholt, ist eine Meldung, die die ganze erste Seite beansprucht: der Mann, der in den Fluss gestoßen wurde und darin ertrank. Sie hat bereits in der gestrigen Onlineausgabe gestanden, kam aber erst heute ins gedruckte Blatt.

Max hat sich auf eine Treppenstufe gesetzt und liest die vier Seiten, sieht sich die Bilder an, während eine Woge der Verzweiflung in ihm aufsteigt und es keine Motorsäge gibt, die ihre Spitze kappt. Schließlich knüllt er die Zeitung zu einem Ball zusammen, während er am ganzen Körper bebt.

Wenn ich nicht ins Café gegangen wäre, wenn ich sofort hingelaufen wäre, wenn ich nur ein bisschen schneller …

Unfähig, sich zu bewegen, starrt er in die Morgendunkelheit hinaus, bis sich darin etwas manifestiert, eine tintenartige dicke Flüssigkeit, die in ihn hineinzusickern droht. Die letzten Gedanken des mittlerweile toten Mannes planschen in der Tinte, Vorstellungen davon, wie ein zehnjähriger Junge gesteinigt wird, voller böser Freude.

Dann gelingt Max etwas, das er nie für möglich gehalten hat: Er suggeriert die Wirkung des Lamictals herbei. Schon früher hat er sich ein Bild von Micke gemacht, und jetzt braucht er den kleinen Troll nur aufzurufen, das Dröhnen der Motorsäge und das Kappen seiner Gefühle. Nicht so effektiv wie das richtige Medikament, aber gut genug, um ihn auf die Füße und in Bewegung zu bringen.

Anschließend geht alles wie von selbst, wie automatisch. Das Fahrrad an einem Hauseingang bremsen, die Zeitungen zusammenschlagen, in die Briefkästen stecken, die Treppe wieder herunter, weiter. Als er seine Runde beendet hat und die Dämmerung ihre Nase über den Horizont steckt, fühlt er sich ungefähr wie ein normaler Mensch.

Jetzt erst nach Hause und Kaffee trinken und ein Brot essen, bevor er zu seiner anderen Arbeit beim Grünflächenamt geht. Zu dieser Zeit des Jahres ist es vor allem der Beschnitt von Büschen und Unterholz. Um empfindliche Baumsorten hat Max sich zwischen Juli und September gekümmert, während die gröberen Arbeiten, zum Beispiel der Beschnitt von Ulmen und Ahornbäumen, in den Herbst fallen. Normalerweise würde er jetzt auch Laub blasen, aber weil der Sommer rekordtrocken war, haben die Bäume ihr Laub schon im August und September abgeworfen, und die Äste sind so gut wie kahl.

Gegen elf kommt es zum nächsten Zwischenfall. Nachdem Max eine Runde mit der Heckenschere durch die Büsche am Busbahnhof gegangen ist, macht er einen Abstecher zum Sozietätspark, um nachzusehen, ob der Vandale in der Nacht wieder gewütet hat. Es gibt einen Idioten, der mit der Motorsäge aus nicht nachvollziehbaren Gründen Bäume nur zur Hälfte fällt, und Max war schon mehrere Male gezwungen, dessen Arbeit zu beenden. Fällen, entasten, wegfahren.

Schon von Weitem sieht er, dass irgendetwas mit der Steinskulptur »Flucht über das Meer« nicht stimmt. Es sieht aus, als hätte jemand helle Bänder um ein paar Ulmen gebunden, die das Denkmal zur Flucht der Balten über die Ostsee einrahmen. Max bremst seinen Rasentraktor und geht näher heran.

Als er erkennt, was hier geschehen ist, steigt eine Welle des Zorns in ihm auf, die wilder ist als die vorherige. Das Vandalenarschloch hat die Bäume geringelt. Ein handbreites, helles Band läuft um die drei Stämme herum, an denen die Rinde abgeschält worden ist. Sobald die Krone keine Nährstoffe mehr an die Wurzel liefern kann, werden die Bäume verkümmern und den Hungertod sterben. Das wird ein paar Jahre dauern, und es gibt nichts, was man dagegen tun könnte.

Max brüllt und brüllt vor Wut. Aus den Augenwinkeln sieht er eine ältere Dame mit einem Hund, die umdreht und in die Richtung zurückgeht, aus der sie gekommen ist.

»Jemand bringt die Bäume um!«, schreit Max ihr hinterher. »Was für ein verdammter Idiot macht denn so etwas?«

Die Dame krümmt den Rücken und beschleunigt ihre Schritte, sodass der Hund an der Leine hinter ihr hergeschleift wird. Max tritt gegen den Sockel der Skulptur, und der Schmerz in seinem Fuß klärt seinen Kopf so weit, dass er es genau wie am Morgen machen kann, so tun, als würde die Wirkung des Medikaments einsetzen. Mit geballten Fäusten und gesenktem Kopf konzentriert er seine gesamte Energie darauf, den Troll herbeizubeschwören, auf den er am liebsten verzichten würde.

Nach ein paar Minuten haben sich seine Atmung und sein Puls beruhigt. Max löst seine geballten Fäuste und untersucht die Bäume. Es ist nichts zu machen. Sie werden hier stehen und langsam, über Jahre, sterben, bis ihre Wurzeln sie nicht mehr halten können. Wenn Bäume fühlende Wesen sind, dann ist das hier Folter.

Max kehrt zu seinem Traktor zurück und holt die Motorsäge. Dann sollte man das Leiden besser kurzhalten. Der Vandale hat über Max' Aufgaben entschieden. Als die echte Säge losbrüllt, ertränkt das Geräusch die Reste seines Zorns, und es bleibt nur die Traurigkeit. Max sägt den Fällschnitt.

2

Der letzte Baum ist zerlegt, die Säge geschliffen und das Arbeitsfahrzeug ins Depot gefahren. Es ist halb sechs, und Max eilt nach Hause. Das Abendessen bei Siw ist auf sechs Uhr festgelegt, und er will noch duschen. Als er am Blumenladen *Fräulein Knospe* vorbeikommt, schaut er schnell hinein und kauft einen kleinen Tulpenstrauß. Tulpen sind vielleicht ein bisschen langweilig, aber

Lilien sind Begräbnisblumen und Rosen wären ein bisschen zu viel.

Schon als er unter der Dusche steht, kommt die Nervosität herangeschlichen und wächst noch weiter, als er sich sein Lieblingshemd anzieht, hellblau mit Blumenmuster auf der Innenseite des Kragens und der Manschetten, eine Jeans und einen roten Wollpullover. Er kann sich nicht zwischen den Ausgehschuhen und den bequemeren Ecco-Mokassins entscheiden, die er normalerweise trägt.

Bequem. Sicher. Ruhig. Cool.

Er entscheidet sich für Ecco. Es ist acht Minuten vor sechs, als Max die Tulpen in eine alte *Norrtelje Tidning* wickelt, auf dessen Papier seine Hände Schweißflecken hinterlassen. Er hat den ganzen Tag fast nichts gegessen, weil er mit den Bäumen fertig werden wollte, und weiß nicht, ob das Zittern zwischen Bauch und Brustkorb von Hunger oder Angst verursacht ist.

Wovor habe ich eigentlich Angst?, fragt er sich, als er hastig durch die Haustür auf die Kyrkogatan hinaustritt und im Laufschritt zum Hafen eilt, während die Tulpen an seiner Seite pendeln.

Weil alles, was er Siw oben auf dem Hügel sagte, die Wahrheit war. Mit ihr hat er zum ersten Mal seit Kuba gespürt, dass es ein Leben mit einer sinnvollen Vorwärtsbewegung geben kann, statt einer Flickendecke von langweiligen, gleichartigen Tagen. Er hat Angst, es zu vergeigen. Dass er sich wie ein Idiot benimmt, dass Alva ihn nicht mögen wird, dass … dass … dass einfach alles schiefgeht.

Es ist fünf nach sechs, als Max durch den Tunnel geht, der in Siws Innenhof führt. Er muss einen ständig hämmernden Impuls unterdrücken, sich umzudrehen und die Beine in die Hand zu nehmen, und er bedient sich derselben Methode, die auch Ross benutzt, um Chandler zu der Hochzeit mit Monica zu lotsen.

Geh zu der Tür dort. Kein Problem. Geh die Treppe hinauf. Ganz ruhig. Klingel an der Tür. Das schaffst du. Einfach nur eine Sache nach der anderen.

Die Tür wird geöffnet. Siw trägt eine Strumpfhose, einen karierten, knielangen Rock und eine weiße Bluse. Bevor sie einander überhaupt begrüßt haben, streckt ihr Max die Tulpen entgegen und sagt: »Tulpen.«

In diesem Moment begreift er es. Siw und er haben einen langen Spaziergang gemacht, sie haben Charlie gerettet, sie haben einander geliebt und sich auf dem Balkon unterhalten. Sie haben auf dem Hügel gestanden und auf Norrtälje geschaut, sie haben einen Mann im Fluss sterben gesehen und sich auf dem Kleinen Markt umarmt. Besondere und zum Teil überwältigende Augenblicke. Jetzt ist die Stunde gekommen, in der sie *normal* spielen müssen. Dinge tun müssen, die Leute eben tun. Genau davor hat Max Angst, weil er nicht weiß, ob es ihm gelingen wird. Man sagt doch zum Beispiel nicht »Tulpen« als erstes Wort. Aber was sagt man?

Siw muss über seine offensichtliche Nervosität lächeln, die sie selbst nur noch entspannter macht, und sie heißt ihn in der Wohnung willkommen. Während Max sich die Straßenschuhe auszieht, kommt Alva in den Flur, zeigt auf ihn und sagt: »Aha! Also warst du es doch!«

»Ich war … was?«, fragt Max.

»Der Mann!«

»Alva«, sagt Siw. »Du wusstest es doch. Du hast doch gesagt, dass Anna es erzählt hat.«

»M-hm, aber jetzt sehe ich es mit eigenen Augen!«

Alva trägt eine Jogginghose und ein T-Shirt mit Shaun dem Schaf, dessen Ohren auf fast dieselbe Art schräg nach unten zeigen wie ihre eigenen dünnen Zöpfe.

»Magst du Shaun?«, fragt Max.

»Mhm«, sagt Alva. »Er ist lustig. Kannst du spielen?«

»Nicht jetzt, Alva«, sagt Siw. »Das Essen ist fast fertig.«

Siw geht in die Küche, und Max hört das Rascheln von Papier und laufendes Wasser, als sie die Blumen in eine Vase stellt. Alva hat die Hände in die Seite gestemmt und lässt Max nicht vorbeikommen. Er lässt sich auf einen Hocker sinken und zeigt auf ihr T-Shirt. »Hast du den mit dem Riesenkaninchen gesehen?«

Alva schüttelt den Kopf. »Nee. Aber das ist auch nicht Shaun das Schaf, sondern Vollisundgrommit. Dein Freund kann sehr gut spielen.«

»Mein … wer?«

»Johan. Er ist doch dein Freund, oder?«

Max widersteht dem Impuls, den Kopf über Alvas wunderliche Behauptung zu schütteln, und nickt stattdessen, um sie zu bekräftigen, bevor er fragt: »Woher weißt du, dass Johan gut spielen kann?«

»Er war hier. Und hat mit mir gespielt. Er hat eine gute Fantasie. Hast du das auch?«

Max weiß nicht, was er darauf antworten soll, wird aber von Siw gerettet, die aus der Küche kommt und sich die Hände an einem Handtuch abtrocknet, wobei sie sagt: »Anna hat auf sie aufgepasst, als du und ich verabredet waren. Und sie hat Johan dazugeholt.«

»M-hm«, bekräftigt Alva. »Er hat mir das Märchen von dem Affen und dem Engländer erzählt. Kennst du das?«

Max hat seit ein paar Tagen nicht mit Johan gesprochen. Offensichtlich hat er eine weite Strecke zurückgelegt seit dem Raid am *Wind Thingie*, als Johan einerseits behauptete, dass Anna ihn hasste und verachtete, andererseits so tat, als würde es ihn gar nicht interessieren. Einen Marathonlauf, mindestens. Alva kann das halbe Märchen von dem Affen und dem Engländer erzählen, bevor das Essen auf dem Tisch steht, und sie spult noch schnell vor bis zu der Stelle, an der man versteht, dass der Affe eigentlich Herr Nilsson ist.

Siw hat eine Fischpfanne mit Safran gekocht. Alva isst den Fisch, schiebt die Garnelen aber zur Seite, die, von der Größe her zu urteilen, einzeln gekauft worden sind, indem sie darauf hinweist, dass sie zu groß seien und deshalb keine *richtigen* Garnelen.

»Wie groß sind denn richtige Garnelen?«, fragt Max vorsichtig.

Alva zeigt zwischen dem Daumen und dem Zeigefinger eine Länge an, bevor sie fragt, was Max für einen Beruf hat. Er erzählt, wie er die Zeitung austrägt und die Bäume pflegt, und hofft, dass Alva sich für den Vandalen interessiert, der herumläuft und die

Bäume ringelt. Sie möchte vor allem etwas über seinen Traktor erfahren, über den es allerdings nicht allzu viel zu berichten gibt. Alva sieht Max nachdenklich an, und er ahnt, dass er mit Johan verglichen und als weniger tauglich befunden wird.

»Du arbeitest *sehr viel*«, stellt Alva fest.

»Tja, das stimmt wohl«, sagt Max und glaubt zu wissen, dass hinter dieser Einschätzung ein *du bist langweilig* mitgedacht wird. Der Hemdkragen fühlt sich eng an, und er kann sich nicht zurückhalten, in einer überdeutlichen Geste den Finger darunterzustecken und ihn zu weiten.

Siw scheint seine Anspannung zu bemerken und sagt: »So, Alva. Jetzt ist es aber gut mit der Ausfragerei, Max und ich wollen uns vielleicht auch mal unterhalten.«

»Nur noch eine Sache«, sagt Alva. »Was machst du denn sonst noch? Wenn du nicht arbeitest?«

Max geht seine dürftigen Freizeitinteressen durch und versucht etwas zu finden, das ihr Interesse wecken könnte. Er sagt: »Ich spiele Pokémon Go, und das …«

»Ich weiß«, unterbricht ihn Alva. »Das macht Mama auch. *Ständig.*«

»Aha. Ja. Äh … ich habe auch eine Switch, die ich benutze …«

Es ist, als hätte er auf einen Knopf gedrückt. Alva zuckt zusammen und springt mit aufgerissenen Augen vom Stuhl auf. »Was? Du hast eine *Switch*?«

Max wirft Siw einen verwirrten Blick zu, die dezent mit den Augen rollt, bevor sie ermutigend nickt.

»Welche Spiele hast du denn?«, fragt Alva, nachdem Siw sie aufgefordert hat, sich wieder an ihren Platz zu setzen.

»Im Augenblick spiele ich gerade … ich weiß nicht, ob du das kennst, aber es heißt *Kingdom Battle* und …«

»Die Kaninchen!«, ruft Alva. »Oh! Die Kaninchen! Und Mario!«

»Ja, genau. Man muss also …«

Max erzählt die Hintergrundgeschichte über das Pilz-Königreich, das von den wahnsinnigen Kaninchen besetzt wird und wie man diese auf den unterschiedlichen Bahnen bekämpfen kann.

Alva hängt an seinen Lippen, als wäre er ein Prophet, der die reine Wahrheit verkündet. Es fühlt sich irgendwie geschummelt an, aber das Schwitzen unter dem Kragen hat aufgehört, und Max hat eine Frist bekommen, in der er hoffentlich beweisen wird, dass man sich *irgendwie* ein bisschen auf ihn freuen kann, obwohl er nicht Johans Fantasie besitzt.

Er schließt mit den Worten: »Wenn es für deine Mutter okay ist, dann kann ich sie vielleicht irgendwann mal mitbringen, damit du sie ausprobieren kannst.«

Ein Nadelstich von einem schlechten Gewissen. Wenn es sich schon wie geschummelt anfühlte, von den *Raving Rabbids* zu erzählen, dann läuft das hier direkt darauf hinaus, Alvas Zuneigung mit Technologie zu erkaufen, weil er keine Persönlichkeit hat, mit der er punkten könnte.

Aber die habe ich doch. Ich brauche nur ein bisschen Zeit.

Alva ist natürlich Feuer und Flamme angesichts dieses Vorschlags, und Siw akzeptiert ihn, solange sie nicht noch mehr nach einer eigenen bettelt, als sie es jetzt schon tut. Alva schwört, es werde nicht so sein, und die Stimmung um den Esstisch hat sich zu Max' Vorteil gewendet, als es an der Tür klingelt.

3

Weihnachtszeitungen, denkt Siw, als sie sich entschuldigt und vom Tisch aufsteht, an dem Alva ihr Kreuzverhör zum Thema Nintendo fortsetzt. Sie hätte sich gewünscht, dass Max und ihre Tochter sich zu einem anderen Thema als Videospiele gefunden hätten, aber es ist schön, dass sie überhaupt eine Gemeinsamkeit entdeckt haben, und in der Zukunft kann ja immer noch das eine oder andere dazukommen.

Als Siw den Flur erreicht, überlegt sie schon, ob heute Sex infrage kommt, wenn Alva eingeschlafen ist. Es fühlt sich ein bisschen unanständig oder sogar schmutzig an, aber sie muss sich solche Vorbehalte abgewöhnen, wenn Max und sie ein richtiges Paar werden wollen. Alvas Anwesenheit ist ein Faktum, und Max und sie können ihr Zusammensein nicht auf die Zeit begrenzen, in der sie allein sind. Also weg mit dem Schamgefühl.

Siw schließt die Tür auf. Sie pflegt immer etwas von dem ersten Kind zu kaufen, das klingelt, und dieses Jahr könnte sie sich einen Kalender für sich selbst und ein Sammelalbum für Alva vorstellen. Sie setzt ein entwaffnendes Lächeln auf und öffnet die Tür.

Das Lächeln gefriert zu einer Grimasse. Vor der Tür steht Acke. Wenn Max ein bisschen ängstlich ist, strahlt Annas kleiner Bruder Paranoia aus. Er hat die Kapuze seines schwarzen Hoodies über den Kopf gezogen und sein Blick flackert nervös, während seine Finger übereinander gleiten, als würde er mit beiden Händen Popel rollen.

»Hallo«, sagt er und drängt sich in den Flur.

»Was soll das?«, flüstert Siw. »Du kannst nicht einfach …«

»Schnauze«, sagt Acke. »Mach die Tür zu. Schließ ab.«

»Nein. Du wirst von hier verschwinden.«

»Das wird nicht passieren«, sagt Acke und geht in die Wohnung, ohne die Schuhe auszuziehen. »Ernsthaft. Schließ ab. Es gibt Leute, die …« Seine Stimme wird ein kleines bisschen weicher, als er sagt: »Ich meine es ernst: Schließ ab.«

Siw horcht ins Treppenhaus, hört aber nichts. Sie weiß nicht, was sie tun soll. Auf die Straße rennen, die Polizei anrufen, um Hilfe schreien? Sie hat vergessen, dass Acke heute entlassen wird, wäre aber auch nie darauf gekommen, dass …

Ruf Anna an.

Ja, das ist das einzig Vernünftige. Anna muss kommen und sich um ihren ganz offensichtlich unter Drogen stehenden Bruder kümmern. Diese vergrößerten Pupillen, ist das Heroin oder Amphetamin? Siw kann sich nicht erinnern, und spielt das überhaupt eine Rolle? Ein Junkie befindet sich in derselben Wohnung wie ihre Tochter.

Bevor Siw irgendetwas machen kann, hört sie Ackes Stimme aus der Küche: »Oh, hier läuft ja gerade der supergemütliche Familienabend.«

Siw kommt in die Küche, als Alva gerade fragt: »Wer bist du?« Acke stiert Siw schlecht gelaunt an und sagt: »Hat deine Mutter dir nichts erzählt?«

»Alva, geh in dein Zimmer.« Als ihre Tochter nicht sofort reagiert, packt Siw sie am Arm, was Alva mit einem Jammern quittiert. Siw schiebt sie an. »Alva, geh sofort in dein Zimmer. Und schließ die Tür ab.«

Vielleicht ist es der letzte Satz, der Wirkung zeigt und Alva verstehen lässt, dass es ernst gemeint ist. Mit Angst in den Augen läuft sie zu ihrem Zimmer, und Siw hört, wie der Schlüssel umgedreht wird. Acke grinst. »Was denn, glaubst du etwa, ich würde …«

»Ich glaube gar nichts. Du wirst jetzt sofort gehen.«

Acke lässt sich auf den Stuhl sinken, auf dem eben noch Siw gesessen hat. Seine Finger flattern durch die Luft.

Max steht auf und beugt sich über den Tisch. »Du! Hast du sie nicht gehört? Sie möchte, dass du jetzt gehst.«

Acke zeigt mit dem Daumen seiner zitternden rechten Hand auf Max: »Hört, hört! Ist das hier der Herr im Haus, oder was? Weißt du auch, wer ich bin?«

»Es ist mir scheißegal, wer du bist«, sagt Max. »Aber Siw will dich hier nicht haben, das reicht für mich.«

Acke zeigt auf Alvas Zimmer, in dem sie wahrscheinlich gerade das Ohr von innen an das Schlüsselloch drückt. Siw kann gerade noch die Küchentür schließen, bevor Acke sagt: »Ich bin der Vater von dieser Kleinen, also muss ich dich nicht um Erlaubnis fragen, wenn ich hier sein will, du verdammte Memme.« Max wirft Siw einen fragenden Blick zu, die ihre Augen senkt, was wiederum Acke zum Krächzen bringt. Er schluckt ein paarmal laut und sagt: »Gib mir ein bisschen Wasser. Die Kehle ist so höllisch trocken.«

Max geht um den Tisch herum. Acke steckt die Hand in die Tasche des Hoodies, und im selben Augenblick bekommt Siw ein Gehör. Das Geräusch von etwas, das ein Messer sein muss und in Fleisch eindringt, und Max, der vor Schmerz aufschreit. Offensichtlich umfassen Max' Visionen nicht das, was ihm selbst zustoßen wird, denn er baut sich mit vor der Brust verschränkten Armen vor Acke auf. Seine Stimme zittert, als er sagt: »Verschwinde jetzt von hier.«

»Und wenn nicht? Wer soll mich denn zwingen? Du?«

Steif vor Schreck starrt Siw auf die Hand, die Acke in die Tasche gesteckt hat. Es kann in zwei Sekunden passieren oder in einer Minute oder in einer Stunde. An eine Stunde glaubt sie aber nicht. Was hat Max gerade gesagt?

Du hast die Möglichkeit, Dinge zu ändern, im Gegensatz zu mir.

»Max«, sagt Siw. »Es stimmt, was er sagt, und ich muss mit ihm sprechen. Du solltest jetzt gehen.«

Max' Lippen zucken. »*Ich* soll gehen? Aber du sagtest doch ...«

»Ganz egal, was ich gesagt habe. Hau jetzt ab von hier. Ich will dich hier nicht haben.«

Der verletzte Ausdruck in Max' Augen ist eine Klinge, die Siws Herz in Streifen schneidet. Ackes Fuß trommelt immer intensiver, und seine Hand bleibt in der Tasche, als er einen gemeinen Blick auf Max wirft. »Hast du gehört, was sie gesagt hat? Zisch jetzt ab und lass die Erwachsenen miteinander quatschen.«

Max breitet die Hände aus und Siw sieht das Zittern an seinen Mundwinkeln. Es sieht aus, als wollte er noch etwas sagen, aber dann wendet er Acke nur den Rücken zu und geht in den Flur. Acke nimmt die Gelegenheit wahr und verpasst ihm noch einen Tritt in den Hintern, der ihn ins Taumeln bringt. Siw greift nach seiner Schulter und sagt leise: »Max, das war ...«

Max schüttelt ihre Hand ab und nimmt seine Schuhe. Als Siw ihm folgen will, sagt Acke: »Du bleibst hier, Siw. Da draußen wird nicht rumkonspiriert. Oder soll ich so lange zu der Kleinen gehen und mit ihr quatschen?«

Siw lässt die Schultern fallen und kehrt in die Küche zurück, und ihr Herz pocht und zuckt fieberhaft in ihrer Brust.

Acke zeigt auf den Wasserhahn. »Wie ist das jetzt mit diesem Wasser? Ich trockne hier noch aus, weißt du?«

Während Siw ein Glas Wasser einschenkt, hört sie, wie die Wohnungstür geöffnet und geschlossen wird. Kräftig. Acke trinkt das

Glas in einer einzigen Bewegung aus, wischt sich den Mund mit der Rückseite der Hand ab und sagt: »Schließ ab. Die Wohnungstür.«

Innerhalb von wenigen Minuten ist Siw eine Sklavin in ihrer eigenen Wohnung geworden. Sie geht in den Flur und macht, was ihr gesagt worden ist. Dort sieht sie wieder Max vor sich, hört ihn »Tulpen« sagen und erinnert sich, wie unbeholfen er hereingekommen ist. Sie schluchzt. Sie braucht eine Chance, das hier zu erklären.

Ruf Anna an.

Ja, aber das Handy liegt auf der Arbeitsplatte in der Küche, und Acke wird wohl kaum geneigt sein, sie irgendwo anrufen zu lassen. Als sie in die Küche zurückkehrt, bekommt sie zum ersten Mal Angst, was ihre eigene und Alvas Sicherheit betrifft. Selbst ohne zentralstimulierende Substanzen ist Acke unberechenbar, und jetzt könnte man ihn eher als ein wildes Tier betrachten.

Also ist es in gewisser Weise eine Erleichterung, als Acke auf den Stuhl neben sich zeigt und sagt: »Setz dich. Tut mir leid, dass ich eben ein bisschen hart war, aber die Lage ist *verdammt* kritisch, so viel kann ich dir verraten.« Acke zieht die Hand aus der Tasche, um sich ein Glas Wein einzuschenken, das er genauso schnell austrinkt wie das Wasserglas.

Siw setzt sich vorne auf die Stuhlkante und wartet, während Acke sich fahrig die Augen reibt und sich die Kopfhaut kratzt. Er hat mehrere Kilo Muskeln zugelegt, seit Siw ihn das letzte Mal gesehen hat, sieht aber mit seinen eingesunkenen Wangen und den dunklen Ringen unter den Augen trotzdem richtig erbärmlich aus.

»Ich sitze verdammt tief in der Scheiße«, sagt er. »Die kurze Version lautet, dass ich fertig bin, wenn ich nicht dreihunderttausend auf den Tisch legen kann.«

»Aha.«

»Du sagst *aha*. Du begreifst es nicht. Ich meine es echt ernst, so tief in der Scheiße und so *verdammt* fertig. Kennst du die Gebrüder Djup?«

»Anna hat sie mal erwähnt.«

»M-hm, das hat sie wohl. Hat sie auch erzählt, was sie mit Leuten machen, die ihre Schulden nicht bezahlen können?«

»Ich glaube nicht.«

»Nee, denn wenn sie es getan hätte, würdest du dich auch daran erinnern, glaub mir. Ich brauche auf der Stelle dreihunderttausend Kronen.«

»Acke, ich habe dieses Geld nicht.«

Acke macht über dem Kopf eine Kreisbewegung mit dem Zeigefinger und sagt: »Diese Wohnung, was ist die wert? Anderthalb Millionen? Zwei? Du musst dir doch etwas leihen können.«

Zum ersten Mal, seit Acke hier ist, mischt sich Siws Angst mit ein bisschen Zorn. »Du stiefelst hier herein, jagst meinen Freund weg, erschreckst meine Tochter und willst dann auch noch, dass ich einen Kredit von dreihunderttausend Kronen aufnehme, weil …«

Acke hält die Hand hoch, um sie zu unterbrechen: »*Unsere* Tochter, wenn ich dich erinnern darf.«

Siw reißt die Augen auf und kann kaum Worte finden, als sie ausstößt: »Du hast verdammt noch mal nie, keine einzige Sekunde lang hast du auf irgendeine Weise … Du hast doch nie etwas anderes getan, als auf sie zu scheißen!«

»Nein«, sagt Acke. »Aber vielleicht sollte ich jetzt damit anfangen? Mich engagieren, wie es so schön heißt. Oder wie nennt man es noch? In ihrem Leben eine Rolle spielen.«

»Ist das eine Drohung?«

»Das kannst du sehen, wie du willst. Aber ich brauche dieses Geld.«

Siw erhebt sich von ihrem Stuhl und geht zur Arbeitsplatte, von der sie sich ihr Handy schnappt. »Ich rufe jetzt Anna an. Oder vielleicht doch lieber die Polizei?«

Acke reibt sich die Augen und sieht plötzlich erschöpft aus. Er erhebt sich langsam vom Stuhl und sagt: »Ruf doch an, wo du willst. Aber denk darüber nach. Siw, ich brauche dieses Geld, und …« Acke seufzt, windet sich und sagt: »Also, wenn es sein muss: Bitte? Ich bitte dich.«

Siw drückt auf Annas Namen in ihrer Kontaktliste. Während es klingelt, sagt Acke: »Ich gehe jetzt. Aber ich komme zurück. Wenn du das als Drohung sehen willst, dann bitte.«

Siw folgt Acke in den Flur und drückt das unbeantwortete Gespräch weg. Acke schließt die Wohnungstür auf und geht ins Treppenhaus. Bevor er die Tür hinter sich zuzieht, sagt er: »Nettes Mädchen, übrigens.«

4

»Mama, wer *war* das? Er war eklig.«

Siw kniet vor Alvas Zimmer mit ihrer Tochter im Arm. Alva umarmt Siw mit dem einen Arm und Poffe mit dem anderen. Falls Siw jemals überlegt haben sollte, Alva von ihrem Vater zu erzählen, dann ist das jetzt Vergangenheit. Lieber ein Vater im Himmel, der mit Plüschfüchsen wirft, als der »eklige« Typ, der gerade ihre Küche heimgesucht hat.

»Acke«, sagt Siw. »Er ist Annas kleiner Bruder.«

»Von *unserer* Anna?«

»Ja. Von unserer Anna.«

»Er kann doch gar kein kleiner Bruder sein, so groß und eklig, wie er ist.«

»Aber so ist es nun mal.«

»Und warum war er hier?«

»Weil … er wollte sich Geld leihen.«

»Und durfte er das?«

»Nein.«

»Genau, wir haben ja auch kein Geld. Nicht so viel jedenfalls. Nicht mal genug, um eine …« Alva kneift den Mund zusammen, verschließt ihn vor dem Wort, das sie sagen wollte, und sieht in die Küche. »Wo ist Max?«

»Er ist gegangen.«

»Kommt er zurück? Mit … der Switch?«

»Ich hoffe es. Ich muss nur …«

Alvas Körper versteift sich, als ihr unmittelbarer Bedarf an Trost gedeckt ist. Siw lässt ihre Tochter los und zieht ihr Handy heraus, tippt auf »Max« und schreibt: »Tut mir leid, was passiert ist. Ich hatte ein Gehör. Dir wäre etwas Schlimmes passiert, wenn ich dich nicht aus der Wohnung bekommen hätte. Ich musste es tun. Ruf mich an.«

Ein paar Sekunden, nachdem sie die Nachricht geschickt hat, klingelt das Handy. Das Herz hüpft in Siws Brust, aber das Display sagt: »Anna.«

Als Siw das Gespräch annimmt, sagt Anna: »Hallo, ich war unter der Dusche. Wolltest du dich nicht mit Max treffen?«

»Doch, aber … Acke ist gekommen.«

»Acke? Zu dir? Warum?«

»Er brauchte Geld. Dreihunderttausend.«

Alva reißt die Augen auf und sagt lautlos: WAS? DREI-HUNDERT-TAUSEND?

»Von dir?«

»Ja.«

»Aber … aber …«

Siw kommt sich in eine Ecke gedrängt vor und wünscht sich, die Wahrheit schon vor langer Zeit erzählt zu haben. Im Moment ist es jedenfalls nicht die richtige Situation, mit Alva dicht an ihrer Seite und einem zerrissenen Herzen. Ihre Brust krampft sich zusammen und sie kann kaum noch atmen.

»Ich wollte es nur sagen, damit du es weißt«, sagt sie.

»Fuck, also. Tut mir leid, Siw.«

»Es ist nicht dein Fehler.«

»Ich habe nach ihm gesucht, er ist … er ist nicht nur draußen, sondern ich glaube auch, dass sie ihn beobachten.«

»Die Gebrüder Djup?«

»Ja.«

Siw schüttelt den Kopf. »Aber gab es damals nicht diesen … dieses Lied, ›Wir wohnen auf dem Land‹, ein paar Bauern, die … das klingt beinahe ein bisschen lächerlich. Die hießen doch auch die *Gebrüder Djup.*«

»Glaub mir, Siw, diese hier sind alles andere als lächerlich. Hat Acke gesagt, wo er hinwill?«

»Nein.«

»Scheiße. Na ja, das ist jedenfalls nicht dein Problem. Ich muss … ich melde mich wieder, meine Süße.«

Siw beendet das Gespräch und hört sich Alvas ungläubige Ausrufe über die astronomische Summe an. Sie sieht etwas von Ackes kantigen Zügen in Alvas Gesicht, sieht, wie es sich verändert, wenn ihre Augen schmaler werden. Etwas von ihm ist ein unauslöschlicher Teil von ihr.

Nicht mein Problem? Wenn es so einfach wäre.

5

Als Acke die Treppe hinunterkommt, späht er durch das Glas der Eingangstür auf den Hof hinaus. Es ist schwer, etwas zu erkennen, wenn die Beleuchtung des Treppenhauses brennt, und er geht mit dem Rücken zur Wand in die Hocke und legt den Kopf in die Hände.

Indem er zu Siw nach Hause ging, war er einem verzweifelten Impuls gefolgt. Über den Tag hat er sich in Annas Kellerverschlag versteckt, dessen Schlüssel er immer noch besitzt, weil er ein paar Sachen dort aufbewahrt. Ansonsten hat er alle angerufen, die ihm möglicherweise helfen könnten, und ist von allen abgewiesen worden. Seine Lage hat sich schon herumgesprochen.

Acke senkt den Kopf, sodass es in den Nackenwirbeln knackt. Das Speed, das er sich reingezogen hat, um überhaupt den Mut zu haben, nach draußen zu gehen, kreist immer noch durch seinen Körper und macht die Blutbahnen zu Ameisenstraßen, auf denen Tausende von fleißigen Füßen herumlaufen und ihn daran hindern, in eine apathische Starre zu fallen. Bald muss er mehr haben, irgendwie. Am besten so viel, dass er überdosieren kann und um den ganzen Scheiß herumkommt, aber er hat noch nie von jemandem gehört, der sich mit Speed totgeschnupft hat, also müsste er es injizieren, und das ist eine Grenze, die er noch nicht passiert hat. Aber wenn er vielleicht an Heroin herankommen könnte …

Die Gedanken schwirren hektisch im Takt mit seinem zitternden Blut, und die Finger trommeln auf den Knien. Er ist nicht stolz darauf, wie er mit Siw umgegangen ist und wie er das kleine Mädchen erschreckt hat, aber er schämt sich auch nicht. In seiner derzeitigen Lage gibt es keinen Platz für Scham, es geht nur noch ums Überleben.

Schon im Knast war ihm klar, was auf ihn zukam, wenn er erst mal draußen wäre, und er hat auch schon den einen oder anderen Vorgeschmack bekommen. Er trägt immer noch Blutergüsse auf dem Rücken nach einem Angriff in der Dusche, wo er mit Seifenstücken gepeitscht wurde, die in Handtücher gewickelt waren, und sein linker Daumen ist gerade noch brauchbar, nachdem er in eine Schraubzwinge in der Werkstatt geklemmt worden war.

Acke hat es bis jetzt schon hundert Mal gesagt: Er hat keine Ahnung, was mit diesen zwei Kilo passiert ist. Irgendwo auf dem Weg zwischen dem Einkauf in Hamburg und dem Zoll sind sie verschwunden, und am wahrscheinlichsten ist, dass der Verkäufer ihn betrogen hat. Nachdem sie das Geschäft abgeschlossen hatten, lud er ihn noch auf einen dicken Joint ein, und irgendwann, als er in diesem Dämmerzustand war, muss der Typ sich zwei Pakete zurückgeholt haben.

Acke knirscht mit den Zähnen und hängt einer seiner detailreichen Fantasien nach, was er mit diesem Deutschen namens Klaus anfangen würde, wenn er ihn in die Hände bekäme. Als Klaus ordentlich gespannt und ausgepeitscht an einem Schaukelgerüst hängt, erlischt das Licht im Treppenhaus. Alle plötzlichen Veränderungen lassen Acke zusammenzucken. Wie ein gespannter Bogen schnellt er in die Höhe und späht in den dunklen Hof. Nichts.

Im Augenblick sieht der Plan so aus, dass er zurück zu Anna will. Er würde sich niemals dorthin trauen, wenn der Keller nicht einen eigenen Eingang auf der Rückseite hätte. Dort kann er die Nacht verbringen und hoffen, dass der nächste Tag eine bessere Idee mit sich bringt oder dass Siw nachgibt. Eigentlich glaubt er an keine dieser beiden Möglichkeiten, aber worauf soll er sonst hoffen?

Gebückt schleicht sich Acke durch die Haustür nach draußen und versucht sich im Schatten zu halten, als er nach links abbiegt und den Tunnel erreicht, der aus dem Hof hinausführt. Er hat den halben Weg zurückgelegt, als ein groß gewachsener Körper sich im Licht aus der Flygaregatan abzeichnet. Ackes Lunge schrumpft zusammen, und die Luft wird mit einem Piepsen aus ihm herausgedrückt. Es muss Ewert oder Albert sein. Dass die Brüder persönlich ausrücken, kommt selten vor, daher müssen sie Acke als besonders dringenden Fall betrachten.

Nichts davon denkt Acke. Er denkt überhaupt nichts. Sobald die wohlbekannte Gestalt hervortritt, wird es schwarz in seinem Kopf. Acke pfeift, dreht sich um und läuft. Er schafft nur drei Schritte, bis er in einen ebenso groß gewachsenen Körper hineinrennt, der in der Dunkelheit kaum wahrnehmbar ist.

»Oh je«, sagt Albert Djup und hämmert Acke mit seiner gewaltigen Handfläche auf das Ohr. Ein scharfes Klingeln füllt Ackes Kopf, als er zur Seite taumelt und sich an der Wand abstützt, um nicht umzufallen. Er sucht nach dem Stilett in seiner Tasche, aber der Schlag hat wohl den Gleichgewichtssinn im Ohr außer Gefecht gesetzt, denn er wird direkt von einer Art Seekrankheit heimgesucht und übergibt sich auf seine Turnschuhe.

Albert wartet, bis er fertig ist, und packt ihn dann an der Kapuze seines Hoodies, zieht Ackes Kopf nach hinten und verpasst ihm eine weitere Ohrfeige, mit der er die Wange trifft und seinen halben Kopf betäubt.

»Die Ruhe im Sturm, der Herr ist nahe«, hört er Ewerts Stimme sagen. Ein Taschentuch wischt das Erbrochene von Ackes Lippen und wird danach in seinen Mund gedrückt. Es macht Ratsch, und Textilklebeband wird zweifach um seinen Kopf gewickelt. Acke ist verwirrt und merkt kaum, was passiert. Er schluchzt, schluckt und versucht zu vermeiden, in das Taschentuch zu erbrechen, um nicht daran zu ersticken.

Albert hält ihn fest, zieht das Stilett aus seiner Tasche, schnaubt verächtlich und steckt es in seine eigene. Ein energisches Ratschen ertönt, und Ackes Füße werden zusammengezwungen, als würde er in Habachtstellung stehen. Ein weiteres Ratschen, und auch die Hände sind mit Kabelbindern aus zentimeterbreitem Plastik gefesselt. Ewert betrachtet ihn und nickt.

»Passt, wackelt und hat Luft«, sagt er, geht zum Ausgang des Tunnels und lässt Acke einsam bei Albert zurück, der sich zerstreut in der Nase bohrt und eine Melodie summt, die Acke vage bekannt vorkommt. Sein Herz hämmert so stark, dass es so aussehen muss, als würde eine Faust aus seiner Brust herausschlagen. Seine Beine sind in Crème brûlée verwandelt worden, und er würde gar nicht stehen, wenn Albert ihn nicht an einem Arm festhalten würde.

Acke sagt: »Mmmpfff«, und Albert antwortet: »Lass das Quatschen.«

Ein Motorengeräusch dringt in den Tunnel, und ein Auto setzt an dessen Ende zurück. Ein Volvo 740. Die Crème brûlée fängt an zu verlaufen, und Acke knickern die Beine weg, aber bevor er den Boden erreicht, fängt Albert ihn auf und sagt: »Jetzt ist es Zeit für eine kleine Rundfahrt.« Er nimmt Acke auf die Arme, als wäre er ein Kind, trägt ihn zum Auto und wirft ihn in den Kofferraum.

»Gute Nacht«, sagt Albert und schlägt die Klappe zu. Es wird schwarz.

6

Acke liegt gefesselt in der Dunkelheit. Um ihn herum klappern Metallgegenstände, es riecht nach Öl und Rostschutzmittel. Seine Einstellung zum Erbrechen hat sich geändert. Er versucht sich zu bewegen, versucht zu erbrechen und daran zu ersticken, um das zu vermeiden, was ihm jetzt bevorsteht. Das Einzige, was er zustande bringt, ist ein saures Aufstoßen, das durch die Nase nach außen dringt.

Er weint. Er scheißt sich in die Hose. Er hämmert mit dem Kopf gegen das Blech in der Hoffnung, dass er das Bewusstsein verliert. Er heult vor Verzweiflung und scheißt sich noch ein bisschen mehr ein.

Er weiß nicht, wie lange die Fahrt gedauert hat, denn er befindet sich in dem zeitlosen Raum, in dem das reine Grauen regiert, aber irgendwann und irgendwo verändert sich das Motorengeräusch, und das Auto wird langsamer. Die Reifen knirschen über Schotter. Der Motor stirbt mit einem letzten Zucken. Schwere Schritte, dann wird die Kofferraumklappe geöffnet.

Dort steht Ewert Djup. Er beugt sich zu Acke hinunter, hält aber inne und wedelt mit der Handfläche vor der Nase, sagt: »Was für ein Mist. Der reinste Schweinestall hier.«

»Erinnerst du dich nicht?«, sagt Albert. »War ja früher der Standard.«

»Doch. Jetzt, wo du es sagst.« Ewert schnipst mit den Fingern. »Deswegen hatten wir ja immer Zeitungspapier ausgelegt!«

Albert schnalzt bedauernd mit den Lippen. »So langsam wird man alt und vergesslich.«

»Ja, aber es ist ja auch eine Weile her, dass uns jemand übers Ohr hauen wollte.«

»Wie wahr. Wie wahr.«

Acke schüttelt den Kopf, er stößt protestierende Geräusche aus, *ich habe nicht, ich würde nicht einmal davon träumen, lasst mich doch erklären*, aber das Einzige, was man hört, ist ein gedämpftes Stöhnen, und seine Unfähigkeit, die Dinge geradezurücken, treibt ihm neue Tränen in die Augen. Mit vereinten Kräften hieven ihn die Gebrüder aus dem Kofferraum und befestigen seine gefesselten Hände an der Anhängerkupplung, sodass sein Gesicht auf den sternlosen Nachthimmel gerichtet ist.

Großer Gott, lass mich einfach nur sterben.

»Ja, gut«, sagt Ewert und mustert ihn. »Dann fahren wir einfach mal los. Kommst du mit?« Er grinst über seinen eigenen Scherz und ist auf dem Weg zum Fahrersitz, als Albert sagt: »Hast du nicht etwas vergessen?«

Ewert schnipst erneut mit den Fingern. Ein Knopf wird gedrückt, und dann ertönt eine flotte Akkordeonmelodie, bevor eine Gruppe von Männern zu singen beginnt: »Wir wohnen auf dem Land und haben bald erkannt, wir brauchten was im Stall …«

Das Auto wird angelassen und der Motor heult auf. Das Auspuffrohr stößt die Abgase direkt in Ackes Gesicht, aber er kann die Gerüche nicht durch den Gestank des Erbrochenen hindurch wahrnehmen, der immer noch seine Nasenlöcher füllt. Er starrt in den Himmel und versucht sein Bewusstsein in Übereinstimmung mit der Dunkelheit zu bringen. Sich wegzukoppeln. Zu verschwinden. Es gelingt ihm nicht. So geht es los, während die Namensvettern der Gebrüder Djup weiter über ihre ländliche Existenz singen: »Wer kriegt denn jetzt das Futter, wir fragen unsere Mutter, und kaufen dann die Kuh …«

Acke stöhnt auf, als scharfkantiger Schotter seine Haut im Kreuz aufreißt. Er drückt die Füße auf den Boden und stemmt sich hoch zu einer Brücke. Das Auto beschleunigt. Die Schuhsohlen flattern und hoppeln über die ungleichmäßige Unterlage, und Schottersteine treffen seinen Nacken, als er seine Bauchmuskeln bis zum Äußersten anspannt, um den Hintern und den Rücken über dem Boden zu halten.

Der Wagen schert quer nach rechts aus, und Ackes Beine werden zur Seite geschleudert. Es kneift in den Handgelenken, als er beinahe kentert, und er jammert vor Schmerz, als die rechte Hüfte für einen Augenblick über den stechenden, reißenden Schotter gezogen wird, bevor er sich wieder aufrichten kann. Ein Schwung nach links, und die Hüfte auf der anderen Seite bekommt dieselbe Behandlung. Acke spürt warmes Blut über den Bauch rinnen.

Wie lange? Wie lange halte ich es aus?

Wenn Acke auch nur die geringste Möglichkeit hätte, darüber nachzudenken, würde er vielleicht eine paradoxe Erleichterung verspüren, weil das Grauen verschwunden und durch den puren Überlebensinstinkt ersetzt worden ist. Es gilt einzig und allein, das Gleichgewicht mit den Füßen zu halten, die über den Schotter rutschen, die Bauchmuskulatur ausreichend gespannt zu halten. Die

Zehntausende von Sit-ups, die er im Fitnessraum und in der Zelle trainiert hat, kommen ihm jetzt zugute, herzlichen Glückwunsch, aber nach ein paar Runden fühlt sich die Bauchmuskulatur wie eine einzige, hart gespannte Saite an, die jeden Augenblick reißen kann.

»Wir verjagten die Frau und kauften die Sau …«

Der Schweiß rinnt über Ackes Körper, und sein Hintern nähert sich unaufhaltsam dem schmirgelnden Untergrund. Er spürt den Schotter auch immer deutlicher als stechende Bewegungen an seinen Füßen. Die Schuhsohlen sind durchgescheuert, und bald werden stattdessen seine nackten Fußsohlen geschliffen.

Rotz fliegt aus seiner Nase, als er einen letzten Versuch unternimmt, sich mit vor Schmerzen schreienden Bauchmuskeln nach oben zu stemmen. Er schafft eine Handbreit, sinkt aber direkt wieder hinunter. Es prasselt und raschelt, als das Hinterteil seiner Jeans auf den Schotter trifft. Er ist kurz davor, aufzugeben und sich kaputtreißen zu lassen, als das Auto langsamer wird und stehen bleibt.

Im Innenraum sind die singenden Bauern dazu übergegangen, alle Tiere zu imitieren, die sie versammelt haben. Dann verstummt das Lied, der Motor geht aus und die Autotüren werden geöffnet. Acke hängt ausgestreckt und kraftlos an der Anhängerkupplung und der Schweiß rinnt ihm in die Augen. Ewert kommt zu ihm, stemmt die Hände in die Seiten, betrachtet ihn und nickt.

»Donnerwetter«, sagt er und löst Ackes Hände vom Haken. »Das hast du ja gut überstanden. Obwohl die Schuhe ein bisschen mitgenommen sind, wie ich sehe.«

Ist es vorbei? Habe ich es geschafft?

Ewert greift nach Ackes Beinen, dreht ihn um hundertachtzig Grad und befestigt stattdessen die Füße an der Anhängerkupplung. Er nickt nachdenklich und sagt: »Die zweite Runde ist allerdings härter, wie du dir vielleicht denken kannst.«

Acke schreit wie am Spieß unter seinem Klebeband, als er sich vorstellt, wie diese *zweite Runde* sich gestalten wird. Keine Möglichkeit, sich vor dem reißenden Schotter zu retten, nur ein blutiges Zermahlen. Er schreit und schreit. Ewert legt die Hand hinter das Ohr, runzelt die Stirn und fragt Albert: »Kannst du verstehen, was er sagt?«

»Das Übliche wahrscheinlich.«

»Ja, vermutlich. Aber wir können ja mal ein bisschen reinhören.«

Ewert drückt die Finger unter das Klebeband auf Ackes Mund, und seine ungeschnittenen Nägel reißen über die Lippen, als der Klebestreifen auf Ackes Hals hinuntergezogen wird. Er atmet stoßweise wie in Panik und bekommt kein einziges Wort heraus.

»Ist irgendwas?«, fragt Ewert. »Oder können wir jetzt fahren?«

»Nein, nein, nein«, keucht Acke. »Ich war das nicht, ihr müsst mir glauben, ich wurde betrogen, ich …«

Ewert seufzt. »Dieses Lied haben wir auch schon früher gehört. Wenn sonst nichts war, dann …«

»Ich mache alles für euch«, sagt Acke. »Egal was. Was auch immer ihr wollt, aber fahrt nicht.«

Ewert sieht erst Albert an, dann Acke. Er geht in die Hocke, bis seine Knie auf derselben Höhe sind wie Ackes angehobener Kopf, beugt sich vor und fragt: »Was auch immer?«

»Ja. Ja. Ja. Was auch immer.«

Er hört es klicken, als Albert Ackes Stilett aufklappt und den Kabelbinder an seinen Füßen aufschneidet. Sie plumpsen mit einem schlaffen Geräusch zu Boden. Ewert sagt: »Tja, dann werden wir mal sehen, was uns da so einfällt.«

7

Siw steht still und betrachtet den gedeckten Tisch, das halb verzehrte Abendessen. Dieser Anblick hat etwas zutiefst Beklemmendes, weil es ihre Träume und Hoffnungen sind, die dort liegen, ausgestellt und verlassen im Schein der brennenden Kerzen. Sie kann sich nicht dazu überwinden, den Tisch abzuräumen und das Geschirr zu spülen, weil sie immer noch ein Fünkchen Hoffnung hat, dass Max zurückkommt, und deshalb bleibt das Essen dort stehen und erkaltet wie das Mahnmal eines Scheiterns.

Acke. Dieser verdammte Acke.

Warum musste er sich ausgerechnet diesen Abend aussuchen, um zu ihr zu kommen und alles kaputt zu machen? Was Siw betrifft, könnte er liebend gerne für den Rest seines Lebens in Haft bleiben. Sie hat Acke niemals gesagt, dass Alva seine Tochter ist, aber er hat wohl seine Berechnungen angestellt, und schließlich gibt es auch noch die Ähnlichkeiten. Und wenn das nicht gereicht haben sollte, dann dürfte spätestens Siws Benehmen an diesem Abend die Fragezeichen ausgeräumt haben.

Dieser verdammte Acke.

Muss sie sich jetzt auch mit ihm herumplagen? Seit er sich an ihr vergriffen hat, hat sie ihn so weit wie möglich aus ihren Gedanken ausgeschlossen. Wenn nicht Alvas ständiges Gefrage wäre, könnte Siw ihre Tochter möglicherweise als Ergebnis einer Jungfrauengeburt betrachten. Jetzt ist das noch weniger möglich. Der Drecksack ist draußen und bewegt sich.

Es sticht in Siws Augen, als sie ihre Hände zu Fäusten ballt und der verlassenen Mahlzeit droht. Sie wünscht sich, dass Acke von der Erdoberfläche verschwindet, und wird von einer Fantasie heimgesucht, in der sie ihn in den Sozietätspark lockt und ihn dort in einem Erdfall verschwinden lässt. Schnapp und Schluck und das Problem ist aus der Welt. Als Siw sich Ackes zuckende Finger als das Letzte vorstellt, was aus dem Blickfeld verschwindet, klingelt ihr Handy. Das Display zeigt »Max« an. Siw schluckt die Tränen herunter, räuspert sich und nimmt das Gespräch an.

»Hallo«, sagt Max. »Ich habe deine Nachricht gelesen.«

»Ja, ich wollte nur … es tut mir so leid, dass es so gekommen ist, aber ich habe gehört … wie er mit dem Messer auf dich einstach.«

»Ich verstehe. Klar. Hat das gestimmt, was er gesagt hat? Über Alva?«

Siw sammelt sich. Sie hat noch nie zu einem Menschen gesagt, wie es wirklich war. Es kostet große Überwindung, nach diesen zitternden Fingern zu greifen und Acke zur allgemeinen Betrachtung aus dem Erdfall zu ziehen. Siw senkt die Stimme zu einem Flüstern und sagt: »Ja. Er hat mich vergewaltigt.«

Max atmet lautstark ein und sagt: »Das tut mir leid, Siw.«

»Das muss es nicht. Denn ich habe Alva bekommen. Das Problem ist, dass es ihn dazu gab. Kannst du nicht kommen?«

Es wird still am anderen Ende, und Siw hält die Luft an. Sie sieht auf ihren Küchentisch. Wenn es einfach nur möglich wäre, Ackes Auftritt *herauszuschneiden*. Ihn als eine überflüssige und wenig glaubwürdige Szene zu betrachten, die nicht einmal einen Weg ins Bonusmaterial findet. Den Faden wieder aufnehmen, wo sie ihn verloren hat.

»Ehrlich gesagt …«, antwortet Max, und Siw kneift die Augen zusammen. Nichts Gutes kann aus einem Satz herauskommen, der mit *ehrlich gesagt* anfängt, und ihre Befürchtungen werden bestätigt, als Max fortfährt: »… schaffe ich das alles gerade nicht. Du weißt, wie meine Gefühle für dich sind, und all das stimmt immer noch, aber so wie es im Augenblick gerade aussieht, nachdem ich das Medikament abgesetzt habe und …« Max' Stimme stockt, als er den Satz beendet: »… deswegen schaffe ich es gerade nicht.«

»Bitte? Kannst du es nicht versuchen?«

Max' Stimme zittert vor unterdrückten Tränen, als er sagt: »Ich wage es nicht. Es ist zu kompliziert. Ich habe Angst, dass ich etwas tun oder sagen könnte, was … Ich traue mir selbst nicht. Zu viel Chaos. Tut mir leid, Siw, wirklich. Alles. Wir werden das lösen, aber … nicht jetzt. Gute Nacht.«

Max beendet das Gespräch. Siw glotzt auf das Display des Handys, auf dem sein Name blinkt und dann verschwindet. Ein leerer schwarzer Bildschirm, der nur noch ihr eigenes Gesicht reflektiert, gruselig durch die Stearinkerzen von unten beleuchtet. Verstummt legt sie das Handy auf die Bank und beginnt den Tisch abzuräumen. Etwas bricht auf in ihrer Brust, und ihre Sehnsucht schreit, als alles kapputtzugehen droht.

Sie schiebt die Fischpfanne von den Tellern in den Kompostbeutel. Sie wischt das Porzellan ab und stellt es in die Spülmaschine.

Als sie die Reste des Fischgerichts in einen Kunststoffbehälter gießen will, kommt Alva in die Küche.

»Mama, warum weinst du?«

»Ich bin ein bisschen traurig.«

»Weil Max gegangen ist?«

»Ja, auch deswegen.«

Alva geht zu Siw und lehnt den Kopf gegen ihre Taille. Siw lässt die Kelle los, um ihr übers Haar streicheln zu können. Alva legt ihre Hand auf Siws und sagt: »Er kommt zurück.«

»Glaubst du das?«

»Mhm. Habt ihr euch geküsst?«

»Ja.«

»Dann kommt er zurück. Mit der Switch.«

Der Klang eines Autounfalls 2

1

»Boomtschackalack!«

Marko macht eine schwingende *Alles-abgeräumt*-Bewegung mit dem rechten Arm, während der Bildschirm oberhalb seines Kopfes eine Animation von Piraten zeigt, die eine Kanonenkugel abschießen und ein Bootsdeck von Kegeln reinigen, während das Wort »Strike!« erscheint. Es ist sein erster Strike, bei seinem neunten Wurf. Drei seiner Bälle sind direkt in der Rinne gelandet, und er liegt hoffnungslos zurück. Aber ein Strike ist ein Strike.

Während Max aufsteht und sich einen Ball holt, geht Marko zu Johan, der ihm einen High Five gibt und sagt: »Hübsch. Du machst dich. Wie ging es mit dem Umzug?«

»Es war ein verdammtes Schleppen und noch schlimmeres Keuchen. Aber jetzt sind sie am Ort, und Maria auch. Sie hat kaum geholfen, sich aber die ganze Zeit beklagt. Keine Ahnung, was mit ihr los ist.«

»Fährst du jetzt zurück nach Stockholm?«

Marko kratzt sich im Nacken und sieht Max an, der die Kugel bis ans Kinn hebt. »Darüber reden wir nachher.«

Max läuft mit zwei weichen Schritten an, während der Ball an seiner Seite nach hinten ausschlägt, bevor er mit einer sanften Schraube nach vorne fährt, die perfekt zu treffen scheint, aber trotzdem zwei schaukelnde Kegel stehen lässt.

»Vergeigt!«, ruft Marko. »So macht man das einfach nicht!«

Es ist Sonntag, und Marko hat sich schließlich erweichen lassen, eine Runde mit ihnen zu spielen. Trotz seiner herablassenden Kommentare liegt er fünfundsiebzig Punkte hinter Max und einhundertdreißig hinter Johan, der nur bei zwei Würfen keinen

Strike geschafft hat. Johan hatte vorher angeboten, mit der linken Hand zu spielen, aber Marko lehnte ab mit dem Hinweis, dass es dann ja noch ärgerlicher wäre, wenn man verlor.

Nachdem Max die übrig gebliebenen Kegel zu einem Spare versenkt hat, steht Johan auf und fegt seinen Ball anscheinend widerstandslos ins Ziel, sodass er seinen siebten Strike notieren kann. Marko sieht düster aus, als er aufsteht, muss aber trotzdem lächeln, als Johan auf die Animation mit den Piraten zeigt und sagt: »Die Seepfadfinder greifen an.«

Marko nimmt seine Kugel. »Du erinnerst dich.«

»Klar. Dein bester Witz aller Zeiten.«

»Okay. Jetzt sieh dir diesen Todesstoß an.«

Markos »Todesstoß« bestand darin, die Kugel schnurgerade und mit voller Kraft nach vorn zu schleudern. Wenn die Kegel von der alten Sorte gewesen wären und einen Holzkern hätten, wären sie von dem Projektil möglicherweise beschädigt worden, aber sie bestehen bis ins Innerste aus Hartplastik, und sie können den Druck ertragen. Soweit sie nicht pulverisiert werden.

Johan zieht eine Grimasse, als Markos Ball mit einem Krachen auf der Bahn landet, der den Boden zum Zittern bringt, seine Fahrt zu den Kegeln fortsetzt, abweicht und den äußersten Kegel streift, ohne ihn umzuwerfen, bevor er schließlich in die Box knallt.

»Schwanzlutscher«, sagt Marko, was in Johans Brust etwas zum Flattern bringt. Der Ausdruck erinnert ihn an Anna, die noch nichts zu seinem Roman gesagt hat, was ihn in einem konstanten Zustand leichter Nervosität hält.

Sie beenden die Runde, und Johan holt drei Bier aus dem Kühlschrank. Sie setzen sich an einen Tisch und stoßen mit den Flaschen an. »Scheißspiel«, sagt Marko wenig überraschend, nimmt einen Schluck und wendet sich an Max. »Wie lief es eigentlich am Freitag bei Siw?«

Es ist überraschend, dass Marko bereit war, mit ihnen zu spielen, und noch überraschender, dass er seine krachende Niederlage so leicht nimmt. Irgendetwas ist mit ihm passiert, seit sie Minigolf gespielt haben. Max seufzt und lässt den Zeigefinger über den

Hals der Flasche wandern, als er antwortet: »Es ging … ein bisschen schief, kann man wohl sagen.«

»Inwiefern schief?«

»Darüber kann ich nicht reden. Es hat mit Siws Geschichte zu tun, und deswegen muss sie darüber … Aber es ist ein bisschen … schwe… oh!«

Max' Gesichtszüge verkrampfen, seine rechte Hand fährt zur Brust, krallt sich in das Hemd. Sein Kopf schnellt zurück, während er einen gequälten Laut ausstößt.

»Oh, Mann«, sagt Marko. »Ist es so schlimm?«

Johan kommt auf die Beine und greift nach Max' Schultern, um ihn daran zu hindern, auf den Boden zu gleiten. Der Anfall ist nur kurz, und schon nach wenigen Sekunden spürt Johan, dass Max' Muskeln sich entspannen, und er sieht, dass sein Blick zurückkehrt.

»Hast du etwas gesehen?«, fragt Johan.

»Ja«, sagt Max und muss husten. »Ich wurde erschossen. Oder, besser, jemand wurde erschossen.«

»Wo denn?«, fragt Johan.

»Hier. Ins Herz.«

»Ich meinte, an welchem Ort? In der Stadt?«

»Unterhalb von Brodds sten, im … wie heißt es denn … im Zetterstenska-Park. Auf dem Fußweg neben dem Fluss.«

Marko zieht sein Handy heraus. »Soll ich die eins, eins, zwei anrufen?«

»Nein, es waren Menschen in der Nähe. Ganz sicher.«

»Aber wer hat geschossen?«

»Keine Ahnung. Es ist ziemlich weit von hier entfernt, also war es sehr … unscharf. Alles. Aber jemand wurde erschossen. Mit einer Pistole.« Max wedelt müde mit der Hand vor dem Gesicht. »Wir halten uns da raus. Ich schaffe das nicht.« Er trinkt einen Schluck von seinem Bier, und Johan und Marko tun es ihm gleich.

Sie sitzen eine Weile schweigend herum, bis Marko sagt: »Verdammt, fangen die Leute jetzt auch noch an, aufeinander zu schießen. Was passiert eigentlich gerade mit dieser Stadt?«

»Ich meine es ernst, Marko«, sagt Max. »Ich schaffe das nicht. Es passiert hier so viel Schlimmes, und ich, gerade jetzt, ich … schaffe es einfach nicht.«

»Okay«, sagt Marko. »Aber dann kann ich ja erzählen. Johan hat mich gefragt, ob ich zurück nach Stockholm fahre, aber das werde ich nicht tun. Ich habe für Mittwoch einen Flug nach Sarajevo gebucht.«

»Sarajevo?«, sagt Johan. »In Bosnien?«

»Ja, das hoffe ich doch. Ansonsten hätte ich einen schweren Irrtum begangen.«

»Und was willst du dort machen?«

»Also, es ist so«, sagt Marko und flicht seine bowlingsteifen Finger ineinander, bevor er sie mit einem Knacken wieder ausstreckt, bei dem Max das Gesicht verzieht. »Ich habe es satt, ständig den Superschweden zu spielen.«

»Wieso *spielen*? Du bist doch mittlerweile wirklich ein richtiger Schwede«, sagt Johan.

»Nicht ganz. Da ist etwas, das … Wie auch immer, ich habe beschlossen, mich ein bisschen zu desintegrieren, wenn man das so sagen kann. Meine Wurzeln suchen, dieser ganze Scheiß halt. Ich fahre runter und sehe nach, was aus unserem Hof geworden ist. Und ob ich etwas daraus machen kann.«

»Wow«, sagt Johan. »Mann. Aber kannst du denn immer noch … wie heißt das? Serbokroatisch? Bosnisch?«

»*Naravno*«, sagt Marko. »Natürlich. Nach ein paar Wochen bin ich ein perfekter Jugo.«

»Darauf stoßen wir an«, sagt Max und lässt seine Flasche gegen Markos klingen.

»*Živjeli*«, antwortet Marko. »Živjeli, Bruder.«

2

»Ein Engel oder ein Teufel steckte sein Gesicht heraus und machte eine Bewegung in seine Richtung. *Komm.*«

Anna legt die letzte Seite von Johans Roman aus der Hand und bleibt eine ganze Weile auf dem Sofa sitzen. Irgendwann hat sie gesehen, wie ein Roman »umwerfend« genannt wurde, und nicht verstanden, was damit gemeint war. Es ist ja nur eine Erzählung, Buchstaben auf Papier. Jetzt versteht sie es besser, weil es genau das ist, was Johans Roman getan hat: Er hat sie umgeworfen, wie man von einer Krankheit oder einem Schicksalsschlag umgeworfen wird, was im Übrigen auch das Thema des Romans ist.

Das Beeindruckende, was Anna auch ein paarmal dazu bewegte, den Papierstapel zur Seite zu legen und einfach durchzuatmen, ist die Art und Weise, wie ganz Alltägliches, aber auch die außergewöhnlichen Qualen, von denen Johan erzählt, groß und bedeutsam werden, wenn man sie im Licht des »Traktes« sieht. Eine psychotische Episode mit einem Feuerlöscher wird zu einem heroischen Kampf mit Schattenwesen, die »Forderer« genannt werden und drohen, sowohl die Mutter als auch den Sohn zu verschlingen.

Das Neue Testament.

Ja, das ist etwas Ähnliches. Die Einbettung des Foltertods eines Revolutionärs am Kreuz in eine größeren Erzählung über den Kampf des Menschen, sich aus seinen irdischen Ketten zu befreien und die Erlösung zu erreichen.

Genau so formuliert Anna es nicht, da sie nicht besonders bibelfest ist, aber sie spürt, dass das Lesen ihr mehr gebracht hat, als nur einer spannenden Geschichte zu folgen. Sie fühlt sich *vergeistigt*, als habe sie sich in etwas anderes vertieft als in einfache Buchstaben auf dem Papier. Vielleicht spielt dabei auch eine Rolle, dass die Erzählung in Norrtälje spielt und sie dem Jungen bei jedem Schritt folgen kann.

Rastlos greift sie nach den Zigaretten und dem Feuerzeug und geht auf den Balkon, um ihre euphorische Unruhe mit Nikotin zu dämpfen. Sie hat sich gerade eine Zigarette angezündet, als sie eine wohlbekannte Gestalt auf das Haus zukommen sieht.

»Acke! Was zum Teufel!«

Der Klang ihrer Stimme lässt Acke zusammenzucken, als wäre er bei etwas Hässlichem erwischt worden, bevor er zu ihr hinaufschaut und die Hand hebt: »Hallo, Schwesterherz.«

»Was machst du hier?«

»Dich besuchen, was sonst?«

»Warum kommst du von hinten?«

Acke zuckt mit den Schultern. »Ich komme gerade aus dieser Richtung.«

»Komm rauf, du verdammter Idiot.«

Anna nimmt einen tiefen Zug aus der Zigarette und drückt sie anschließend aus. Der Grund für Ackes ungewöhnlichen Weg dürfte wohl seine Befürchtung sein, dass der Haupteingang beobachtet wird. *Hoffentlich ist er es nicht*, denkt Anna. *In dem Fall wird es wohl das letzte Mal sein, dass ich ihn sehe.*

Sie steckt Johans Roman unter die Sofakissen, bevor sie in den Flur geht und die Tür öffnet. Sie hört Schritte im Treppenhaus, anscheinend ist Acke also auf dem Weg zu ihrer Wohnung nicht erwischt worden. Anna atmet leichter.

Wenn sie Acke nicht so oft in der JVA besucht hätte, würde sie ihn wohl kaum wiedererkennen. Der Typ, der die Stufen heraufrottet, trägt viele Kilo Muskeln mehr als der junge Mann, der eingebuchtet worden ist, und es ist viel schwieriger, ihn mit dem aufgedrehten und schmächtigen Jungen in Verbindung zu bringen, der ständig um eine Stange herumlief und so tat, als wäre er ein Planet.

Anna hat die Arme vor der Brust verschränkt, als Acke den Treppenabsatz vor ihrer Wohnungstür erreicht. Er lächelt schief und breitet seine Arme aus. »Bekommt man keine Umarmung?«

Anna schüttelt den Kopf und kehrt mit Acke auf den Fersen in die Wohnung zurück. »Bist du sauer?«, fragt er, während er sich die Schuhe abstreift.

»Was sollte das mit Siw?«, fragt Anna. »Was hattest du bei ihr zu Hause zu suchen?«

»Ach so, das. Ich war da ein bisschen gestresst.«

Acke geht weiter in die kleine Küche, wo er sich auf einen Stuhl setzt und fragt: »Hast du ein Bier oder so was?«

Anna öffnet den Kühlschrank und holt eine Dose Falcon Bayerskt heraus, die sie vor ihm auf den Tisch knallt, bevor sie sich auf die andere Seite setzt und ihn mit ihren Blicken festnagelt. Acke öffnet die Dose übertrieben langsam und nimmt einen tiefen Schluck, grunzt befriedigt und wischt sich mit dem Handrücken den Mund ab.

Anna begreift es nicht. Hier sitzt Acke und hat die Ruhe weg, er wollte nicht einmal die Tür hinter sich abschließen, als er in den Flur kam. Die Lage sollte eigentlich ganz anders aussehen.

»Du warst *ein bisschen gestresst*?«, wiederholt Anna.

»Mhm, genau.«

»Aber jetzt bist du nicht mehr gestresst?«

»Nein. Jetzt bin ich nicht gestresst.«

»Und woher kommt das?«

»Es hat sich gelöst.«

»Was hat sich gelöst?«

»Das Problem.«

Acke nickt, als wollte er seine Behauptung bekräftigen, und trinkt noch einen Schluck. Anna ist alles andere als zufrieden mit seiner Antwort. Sie sagt: »Also, Ewert Djup ist zu mir gekommen und hat mich quasi bedroht …«

»Oh je. Sorry.«

»… und soweit ich es begriffen habe, wärst du in einer verdammt schlechten Lage, wenn du dieses Geld nicht aufbringen würdest.«

»Mhm, genau.«

»Also was? Hast du es gehabt?«

»Was gehabt?«

»Reiß dich zusammen. Hast du die dreihunderttausend bezahlt?«

»So in der Art.«

»In was für einer Art?«

»Wir haben einen … Tilgungsplan erstellt.«

»Einen … ich habe noch nie gehört, dass die Gebrüder Djup zufrieden wären mit einem verdammten …«

»Normal nicht. Aber jetzt ist es jedenfalls so.«

Acke nickt erneut und trinkt einen letzten großen Schluck, mit dem er die Dose leert. Er knüllt sie zusammen und wirft sie mit einem lauten Klappern in das Spülbecken. Anna sieht ihn unzufrieden an und nickt zur Spüle hinüber: »Wer zum Teufel macht denn heute noch so etwas?«

Acke zuckt mit den Schultern und steht auf, sagt, jetzt müsse er ein paar Sachen erledigen. Er habe einfach nur die große Schwester mit seiner hübschen Gestalt erfreuen wollen, später könnten sie sich ja weiter unterhalten. Anna folgt ihm in den Flur. Während er sich die Schuhe anzieht, fragt sie: »Aber warum Siw? Warum bist du nicht zu mir gekommen?«

Acke richtet sich auf, und als er die Hand ausstreckt, um ihre Wange zu streicheln, zieht sie den Kopf nicht weg. »Du hast doch ohnehin kein Geld«, sagt er und lässt seinen Zeigefinger vom Ohr zum Kinn wandern. »Und dann fragst du auch immer so viel.«

Acke wendet sich von ihr ab. Als er die Hand auf die Türklinke legt, fragt Anna: »Sollst du jemanden ermorden?«

»Was?«

»Das hat unser Vater gesagt. Dass du Leute ermorden musst, um diese Schuld zu begleichen.«

Acke steht mit dem Rücken zu ihr, und sie kann seine Reaktion nicht ablesen. Er sagt: »Papa ist ein Idiot«, worauf er die Wohnung verlässt. Anna bleibt stehen und hört seine Schritte im Treppenhaus verhallen. Die geistige Unruhe, die über sie gekommen ist, nachdem sie Johans Roman gelesen hat, ist jetzt von einer sehr konkreten Variante ersetzt worden. Es ist gerade Ackes Ruhe, die sie so nervös macht. Irgendetwas ist verdammt schiefgelaufen.

3

Das ist mal wieder typisch. Me-too breitet sich im Land aus und jeder Politiker sagt über sich, er sei ein Feminist, aber wenn ein Fußballplatz überbucht ist, sind sich alle einig, welche Mannschaft auf die gewöhnliche Rasenfläche umziehen muss. Natürlich die kleinen Mädchen.

Nicht dass Alva und ihre Mannschaftskameradinnen etwas dagegen hätten. Sie dribbeln fröhlich um die aufgestellten Kegel herum und spielen einander holperige Pässe zu. Siw verfolgt das Training von der Bank neben dem Schützenbunker, wo sie und Anna sich immer treffen. Sie stellt fest, dass Alva zwar zu der schlechteren Hälfte der Mannschaft gehört, aber nicht die *Schlechteste* ist. Diese Rolle sollte einem molligen Mädchen gehören, die regelmäßig über ihre eigenen Füße stolpert, sobald der Ball in ihre Nähe kommt.

Siw schämt sich ein bisschen für diese Gedanken, die fast an Schadenfreude grenzen. Sie sieht nach unten auf ihr Handy und drückt auf den Nachrichten-Knopf. Sie weiß, dass es keinen Sinn hat. Wenn Max etwas geschrieben oder angerufen hätte, würde eine kleine rote Eins über dem Symbol stehen. Trotzdem kann sie sich nicht bremsen. Es könnte ja irgendeinen technischen Grund geben. Aber nein.

Es ist Sonntag, und kaum vierzig Stunden sind vergangen seit Ackes schlecht getimtem Auftritt. Max hat jetzt Zeit genug gehabt, um sich zu sammeln, und Siw ist ein bisschen sauer auf ihn. Sie hat ihn vermutlich davor bewahrt, mit einem Messer angegriffen oder sogar getötet zu werden, und was ist der Dank? Schweigen. Sie hat *nicht* vor, sich zu melden, bevor er es tut.

Siw bibbert ein wenig. Sie kann hier in der frischen Brise sitzen und noch so stolz sein, aber trotzdem tut es verdammt weh. Max mag ein Nervenwrack sein, aber sie möchte, dass er *ihr* Nervenwrack ist. Das Schweigen zehrt an ihren Kräften, weil es sie dazu zwingt, sich so vieles *vorzustellen*. Das Gehirn ist fortwährend am Brummen.

»Messi!«, schreit eines der kleinen Mädchen und bekommt zur Antwort: »Asllani!« Siw reibt sich die Hände und öffnet Pokémon Go. Die Arena in ihrem Rücken gehört Team Instinct, und sie investiert einige Zeit, um sie für das Team Mystic zu erobern. Sie kämpft sämtliche Pokémon nieder und ist gerade dabei, ein Muntier als Verteidiger einzusetzen, als etwas sie zum Aufblicken bewegt. Sie lässt das Handy sinken.

Die anderen Mädchen in Alvas Mannschaft laufen weiter in ihren Sicherheitswesten herum und jagen den Bällen nach, während Alva stocksteif dasteht. Die Arme hängen kraftlos an ihren Seiten, der Unterkiefer ist heruntergefallen und die Augen weit aufgerissen, während sie auf einen Punkt schräg hinter Siw starrt.

Siw sieht dorthin, aber das Einzige, was sie in dieser Richtung sehen kann, ist der Kreisverkehr in der Kreuzung vom Drottning Kristinas Väg und dem Carl Bondes Väg. Ein Lieferwagen fährt gerade aus dem Kreisel heraus in Richtung Flygfyren.

Der Lieferwagen? Ist es etwa der, mit dem …

Siws Gedankenkette wird unterbrochen, als Alva beide Hände an die Ohren drückt und gellend losschreit. Die Aktivitäten auf dem Fußballplatz werden unterbrochen, und Siw springt von der Bank auf und läuft zu ihrer Tochter.

»Was ist los, Kleine? Was ist passiert?«

Zuerst weigert sich Alva, die Hände von den Ohren zu nehmen oder ihre fest zusammengekniffenen Augen zu öffnen. Nachdem Siw eine Weile auf sie eingeredet und der Trainerin versichert hat, dass alles okay sei, löst Alva ihre Hände, öffnet die Augen und sagt: »Das ist das Auto.«

»Was für ein Auto? Der Lieferwagen?«

»Nein, größer.«

»Ein Lastwagen?«

Alva nickt, runzelt die Augenbrauen und sagt: »Aber so einer, der Benzin oder so etwas transportiert.«

»Ein Tankwagen? Ich habe keinen Tankwagen gesehen.«

»Ich auch nicht. Aber ich habe ihn *gehört*.«

Die Kälte, die sich auf Siws Haut gelegt hat, zieht jetzt in ihren

Brustkorb ein. Alva hat ihr erstes Gehör bekommen. Aber warum hat Siw dann nichts gehört? Mit so ruhiger Stimme, wie es ihr möglich ist, fragt Siw: »Aber warum hast du geschrien, mein Schatz?«

»Weil es so laut geknallt hat. Es hat richtig wehgetan in den Ohren.«

»Was hat denn geknallt?«

»Das Auto. Als es, wie heißt es noch … explodiert ist. Es hat unheimlich wehgetan.«

Eine Träne löst sich aus Alvas Augenwinkel. Siw nimmt ihre Tochter in den Arm und massiert mit der Handfläche ihren Rücken, bis Alva sich ein bisschen entspannt. Dann löst Siw die Umarmung, nimmt Alvas Hand und sagt: »Komm, wir setzen uns da hinten ein bisschen auf die Bank.«

»Aber das Training …«

»Nur einen kurzen Augenblick.«

Alva leistet Widerstand, als Siw sie mit sich zieht, lässt sich aber zu der Bank führen, wo Siw ihrer Tochter die Jacke über die Schultern hängt und sagt: »Erzähl mir genau, was du gehört hast.«

»Also, da kam so ein Lastwagen, so ein …«

»Tankwagen.«

»Genau. Der kam von da.« Alva zeigt erst zum Kreisverkehr und dann zum Friskis & Svettis hinüber. »Und dann fuhr er hier herunter.« Alvas Finger wandert den Carl Bondes Väg entlang. »Und dann bremste er, und dann schrie jemand oder es rief jemand, und dann bremste er, und dann, wie heißt es, rutschte er und dann knallte es, als er …« Alva dreht den Kopf und betrachtet den Schützenbunker. »Ich glaube, dass er in diesen … Klumpen hier hineinknallte. Was ist das überhaupt?«

»Ein Schützenbunker.«

»Wofür braucht man den?«

»Das kann ich dir später erzählen. Was ist dann passiert?«

»Dann krachte und schepperte es noch mehr, und dann plätscherte es und ganz viel lief heraus und dann … knallte es. Ganz laut. Wie Donner, nur noch lauter.«

»Der Tankwagen explodierte.«

»Ja.«

Siw holt tief Luft und schielt zu der Stelle hin, von der Alva den Tankwagen hat kommen sehen. Sie begreift nicht, warum sie selbst nichts gehört hat. Sie nimmt Alvas Hände, die vom Stillsitzen kalt geworden sind, lässt ihre Daumen über den Handrücken wandern und sagt: »Okay, meine Kleine. Es ist so. Das, was du gehört hast, wird in der Zukunft passieren. Es könnte auch etwas sein, was schon passiert ist, aber so ist es nicht. Dann wüssten wir es ja. Also ist es etwas, das noch nicht passiert ist, aber das passieren wird.«

»Ich weiß.«

Siw ist so verblüfft, dass sie Alvas Hände loslässt. »Du *weißt* es?«

»Ja. Ich wusste es, als ich es hörte.«

Siw fasst sich ans Kinn. Alvas Verhältnis zu ihrer Fähigkeit wird sich offensichtlich auf eine ganz andere Art entwickeln, als sie es von sich selbst kennt. Sie greift wieder nach Alvas Händen und sagt: »Okay. Das habe ich nicht geahnt. Aber das Problem ist, dass man nicht weiß, *wann* es passiert. Es kann in wenigen Minuten sein …« Siw schielt zum Friskis & Svettis hinüber, bevor sie fortfährt: »… oder in ein paar Stunden oder morgen oder übermorgen. Verstehst du?«

»Nein.«

»Was meinst du mit nein?«

»So ist es nicht. Es wird in einer Woche passieren. In sieben Tagen. Das ist doch eine Woche, oder?«

»Ja. Aber wie … wie kannst du wissen, dass es in sieben Tagen passiert?«

Alva zuckt mit den Schultern. »Ich weiß es einfach.«

»Sicher?«

»Ganz sicher.«

»Weißt du auch die … Uhrzeit?«

»Nein. Aber in sieben Tagen. Jetzt will ich trainieren.«

Siw würde am liebsten protestieren, aber sie ist so überwältigt, dass ihr nicht einfällt, was sie sagen soll, bevor Alva von der Bank aufgesprungen ist und sich wieder ihren Mannschaftskameradinnen angeschlossen hat. Vielleicht ist es auch gut so. Sie muss nachdenken.

Wenn es so ist, wie Alva sagt, dann erklärt es auch, warum Siw kein Gehör bekommen hat. Einmal hat sie womöglich vier Tage in die Zukunft hineingehört. Sonst waren es nie mehr als drei. Alva ist offenbar vollkommen bewusst, was ihre besondere Fähigkeit mit sich bringt, und zu allem Überfluss kann sie auch noch ziemlich genau den Zeitpunkt vorhersagen. Wenn das alles stimmt, dann muss ihre Gabe wesentlich stärker ausgeprägt sein als Siws.

The force is strong with this one.

Siw verspürt den kindischen Impuls, genau das zu tun, was sie immer getan hat, wenn sie ein Gehör hatte: zur Großmutter zu laufen und alles zu erzählen. Demnächst wird sie Berit besuchen und ihr erzählen, dass sie jetzt vier Sibyllen sind, aber im Augenblick ist sie selbst die Erwachsene, die mit der Situation umgehen muss.

Abgesehen von allem anderen muss sie sich ernsthaft damit beschäftigen, dass hier in einer Woche ein Tankwagen explodieren und damit Menschen in Gefahr bringen wird. Sie muss mit Max sprechen, egal, was sie sich geschworen hat.

Zuspitzung

1

Es ist Montagvormittag, und Maria graut davor, zur Arbeit zu gehen. Wenn es anfangs vor allem die extreme Unfreundlichkeit der Menschen war, die sie erschreckt hat, sind es mittlerweile ihre eigenen Reaktionen, die ihr Angst machen. Fantasien über die Gäste des Cafés, die sie bei der Arbeit befallen. Wenn sie einem griesgrämigen Mann ein Frikadellensandwich serviert, stellt sie sich vor, wie sie den Teller zerbricht und seine hängenden Lippen mit einer Porzellanscherbe abtrennt. Und so weiter und so weiter. Ihre Tage zerfließen in Gewaltfantasien, und vielleicht ist es genau das, was sie weiter funktionieren lässt.

Und dann auch noch Jesus. Fünf Mal hat er sich bereits gezeigt. Seit die Außengastronomie geschlossen hat, hat er einen neuen Stammplatz, ganz hinten im Lokal. Niemand außer Maria nimmt Notiz von ihm, und als sich einmal ein Paar an denselben Tisch gesetzt hat wie der Erlöser, löste er sich in Nichts auf. Nur Maria kann ihn sehen, aber das macht ihn nicht weniger real.

Sie hat nicht mit ihm gesprochen, weil sie Angst vor dem hat, was er sagen könnte. Vermutlich kann er in ihren Kopf hineinsehen und weiß deshalb, dass sie ein schlechter Mensch mit schlechten Gedanken ist. Er ist dort, um Maria auf den schmalen, richtigen Weg zurückzuführen, und im Moment hat sie keine Kraft, ihn zu gehen.

Der Umzug am Wochenende war eine einzige Qual. In der Theorie begreift Maria, was Marko geleistet hat, indem er die Villa gekauft und eingerichtet hat, aber aus der praktischen Perspektive ist es eine verdammte Plage. Die Anschaffung dieses Angeberbaus hat mehr mit Marko selbst zu tun als mit seinen Eltern. Oder auch mit seiner Schwester, wenn man so will.

Obwohl Goran und Laura sich so dankbar zeigen, sieht Maria, dass sie in dem riesigen Gebäude ein bisschen verloren sind. Ziellos wandern sie durch die spärlich möblierten Räume, und das Einzige, was noch fehlt, ist das Rasseln der Ketten, die sie zu Verkörperungen unseliger Geister machen. Vielleicht wird es mit der Zeit besser werden, aber im Augenblick macht dieses luxuriöse Anwesen sie zu Heimatlosen. Erneut.

Der Umzug hatte noch nicht einmal angefangen, als Marko sein nächstes Wahnsinnsprojekt verkündete, nämlich nach Bosnien zu ziehen und den Familienhof wieder aufzubauen. Maria konnte nur noch seufzen, als er seine großartigen Pläne verkündete und mit dem Schlüssel zur alten Haustür wedelte, aber im Geheimen macht sie sich zwei Gedanken zu diesem Projekt.

Gedanke eins: Es ist eine wesentlich bessere Idee, als eine Angebervilla zu kaufen. Goran und Laura neigen nicht dazu, sich zu beklagen, aber da ist dieser ganz spezielle Klang, wenn sie von dem alten Hof reden, eine wehmütige Melodie, deren Takt aus den Tränen besteht, die sie in der Vergangenheit vergossen haben. Wenn sie dorthin zurückkehren könnten, und sei es nur für einen Urlaub, würde vermutlich etwas in ihnen heilen.

Gedanke zwei: Sie würde es Marko gegenüber niemals zugeben, aber sie schätzt es, ihn in der Nähe zu haben. Sosehr sie sich auch über seine Große-Bruder-Attitüde beklagt, findet sie es doch schön, dass es ihn gibt. Dass sie jemanden hat, an den sie sich wenden kann, wenn unter ihr der Boden nachgibt und der ganze Mist zusammenbricht, und in letzter Zeit hat sie gespürt, dass sich unter ihren Füßen einiges lockert. Es ist ungünstig, dass Marko sie in diesem Augenblick verlässt, aber sie würde es niemals sagen.

Maria nimmt sich das Portemonnaie, das Handy und die Schlüssel des Cafés. In der Küche verabschiedet sie sich von Goran und Laura, die mit ihren Kaffeebechern an der großen Kücheninsel sitzen und es so gemütlich haben wie in einem Wartezimmer der Notaufnahme.

Marko, denkt Maria. *Du erdrückst die Leute mit deinem verdammten Wohlwollen.*

Auf dem ganzen Weg zum Café hat sie schlechte Laune, und es wird nicht besser, als schon oben in der Tillfällegatan das Rauschen des Flusses zu ihr heraufdringt. Ein weiterer Tag in diesem irremachenden Geräusch. Kann nicht irgendjemand kommen und dieses Unding trockenlegen? Mehrere Male muss Maria gegen den Impuls ankämpfen, nach draußen zu laufen, das Geländer zu packen und in den Fluss zu schreien: »Kannst du irgendwann einmal die Klappe halten?«

Bevor sie das Café betritt, bleibt sie stehen und sieht auf die andere Seite des Flusses hinüber, zu dem Ort, wo am vorhergehenden Tag jemand erschossen wurde. Die blau-weißen Bänder der Polizei sperren immer noch ein Rechteck von etwa dreißig Quadratmetern ab, und der Gehweg ist dunkel gefärbt. Vielleicht hat dort jemand Wirklichkeit aus seinen Fantasien gemacht? Maria schüttelt den Kopf und schließt die Eingangstür auf.

Sie ist heute die Erste. Das Café ist leer, abgesehen von dem Tisch ganz hinten im Lokal, an dem Jesus sitzt und sie betrachtet. Er ist in ein weißes Leinenhemd gekleidet und trägt einen ebenso weißen Mantel. Seine Zähne sind weiß, wenn er sie anlächelt. Maria wischt sich über die Augen. Jesus sitzt immer noch da. Sie reibt sich die Augen. Jesus legt den Kopf schief. Sie überlegt, ob sie sich selbst an den Kopf schlagen sollte. Stattdessen geht sie zu Jesus und setzt sich ihm gegenüber.

»Okay«, sagt sie. »Was willst du?«

»Ich bin deinetwegen hier«, sagt Jesus mit einer Stimme, die so mild ist, als wäre sie durch Honig gefiltert. Er spricht natürlich Schwedisch, etwas anderes war ja auch nicht zu erwarten.

»Und warum ausgerechnet meinetwegen?«

Jesus zuckt mit den Schultern, sodass eine Woge durch den Stoff des Mantels geht. »Meine Mutter hieß auch Maria.«

»Das ist kein Grund. Es gibt jede Menge Menschen, die Maria heißen. Was hast du mit mir vor?«

»Ich will dir helfen.«

»Ich brauche keine Hilfe.«

»Doch. Die brauchst du.«

Okay, Jesus hat die Lage also erfasst, und alles andere wäre ja auch eine Schande. Jeder stinknormale Mensch kann sehen, dass Maria Schwierigkeiten hat, es wäre also ziemlich blamabel, wenn das ausgerechnet Gottes Sohn entginge. Maria legt ihre Bedenken vorerst zur Seite und fragt: »Wie kannst du mir denn helfen?«

»Du wirst von deinen Gedanken geplagt.«

»Ja. Und?«

»Tu das nicht.«

Maria zieht die Augenbrauen hoch. Hier kommt zumindest etwas Unerwartetes ins Spiel. Aber weiß Jesus wirklich, was sie denkt, weiß er, welche unangenehmen Bilder sie den ganzen Tag verfolgen? Die Antwort kommt, als Jesus sagt: »Ich hatte ähnliche Gedanken. Als sie *mich* quälten.«

Marias Augenbrauen steigen noch weiter nach oben. »Du meinst die Folter, das Kreuz …«

»Mhm.«

»Also, das ist nicht das, was in der Bibel steht.«

Zum ersten Mal, seit er sich ihr offenbart hat, erscheint etwas anderes als ein Lächeln auf Jesus' Lippen, denn sie kräuseln sich zu einer verächtlichen Grimasse.

»*Die Bibel.* Glaubst du etwa, diese Idioten wussten, was ich damals gedacht habe, als sie es aufschrieben? Sie haben das allermeiste völlig falsch verstanden und außerdem noch jede Menge dazu erfunden. Okay, das mit den Händlern im Tempel stimmt im Großen und Ganzen. Da bin ich wirklich ausgerastet. Aber ansonsten … pff.«

Jesus fährt mit der Hand durch die Luft, als wollte er eine besonders hartnäckige Schmeißfliege vertreiben. Maria kann sich einer gewissen Faszination nicht erwehren. *Ausgerastet.* Sie wundert sich eher über seine Wortwahl als über seine Schwedischkenntnisse. Obwohl, da war ja was. Auch die Jünger bekamen ja eine Art Eingebung und konnten plötzlich alle Sprachen sprechen, also dann sollte Jesus es ebenfalls können.

»Also … du hattest auch solche Fantasien?«, fragt Maria.

»Die ganze Zeit. Die Römer waren eine Sache, in gewisser Weise erledigten sie ja nur ihren Job, wenngleich ein bisschen enthusiastischer als nötig, aber weißt du, wen ich wirklich ganz langsam über dem Feuer rösten würde?«

»Nein.«

»Die Idioten, die entscheiden sollten, wer von uns freigelassen wird, ich oder Barabbas. Sogar Pilatus wollte mich freilassen, aber nein, lass den Barabbas laufen und hoch mit diesem Jesus ans Kreuz, riefen sie. Kannst du das begreifen? Was für verd... Was für Vollidioten. Wenn ich sie jetzt hier hätte ...«

Jesus ballt seine rechte Hand und schüttelt sie, als wollte er irgendetwas Verhasstes zusammenknüllen. Das ist etwas ganz anderes als das, was Maria erwartet hat, diese Auflage von Jesus ist sehr viel mehr nach ihrem Geschmack als derjenige, der in der Bibel auftritt. Sie will weitere Fragen stellen, wie Jesus ihr denn jetzt helfen kann, als die Eingangstür geöffnet wird. Maria dreht den Kopf und sieht, wie Küchen-Birgitta hereinkommt. Als sie den Blick wieder Jesus zuwendet, ist er verschwunden.

Na ja. Es wird noch mehr Gelegenheiten geben.

2

»Hast du diesen Mist gesehen?«

Berit deutet auf ihren Computerbildschirm, auf dem ein Fenster mit dem *Roslagsporten* geöffnet ist. Anna beugt sich vor und überfliegt den Artikel, der den Titel trägt: *»Ein ganz normaler Abend in Norrtälje«* und von jemandem handelt, vermutlich einem Mann, den zwei – wie nennt er sie – Stahlwollschädel überfallen, der dann aber von einem Schweden gerettet wird. Der Text dampft förmlich vor Verachtung der Menschen, die »abhängig von schwedischen Institutionen leben und gleichzeitig einen Dauerkrieg gegen die Schweden und den schwedischen Staat führen«. Nulltoleranz wird als Rezept vorgeschlagen. Das kleinste Vergehen, zum Beispiel Ladendiebstahl, wäre dann schon ein Grund für die Abschiebung. Man müsse sich gegen das Übel schon in seinen Anfängen wehren, sonst werde Norrtälje bald den gleichen Weg gehen wie Malmö. Toleranz sei zwar gut, aber Nulltoleranz sei besser, signiert von SvenneJanne.

»Das war ja … ziemlich eklig«, sagt Anna.

»Mhm, und weißt du, was noch ekliger ist? Wie viele Leute ihm zustimmen! Im Kommentarfeld, Hunderte. Einer deutet sogar an, dass er die Flüchtlingsunterkunft aus Verehrung für diesen SvenneJanne in Brand gesteckt hat.«

Anna räumt das Geschirr vom Mittagessen weg, das Berit in ihrem Zimmer gegessen hat, weil sie heute keine Lust hatte, Zitat: »herumzusitzen und mit den ganzen Idioten zu quatschen«. Anna legt den Teller, das Glas und das Besteck ins Spülbecken und kehrt mit einer Tasse Kaffee, einem Zuckerwürfel und einem Schuss Milch zurück, so wie Berit es haben möchte.

»Ja«, sagt Anna. »Da herrscht wirklich eine unangenehme Stimmung. Es kommt einem vor, als würde es … härter werden.«

»Genau«, sagt Berit und zeigt auf die Montagsausgabe der *Norrtelje Tidning*, die auf ihrem Nachttisch liegt. »Und jetzt fangen die Leute auch noch an, einander zu erschießen.«

Anna hat den Artikel bereits mit wachsender Unruhe gelesen. Die Schüsse unterhalb von *Brodds sten* sind ungefähr eine halbe Stunde vor Ackes Besuch bei ihr gefallen. Der Täter habe einen Hoodie mit hochgezogener Kapuze getragen und sei bis jetzt noch nicht gefasst worden. Es ist ein total gängiges Kleidungsstück und beweist gar nichts, aber Acke trug einen Hoodie, als er zu Annas Haus kam, aus der falschen Richtung. Es heißt, der Ermordete habe keine Verbindungen zu kriminellen Milieus gehabt, aber Anna ahnt, dass man nur ein bisschen tiefer graben muss, bis Ewerts und Alberts Gesichter aus dem Sumpf hervortreten. Beide werden natürlich ein wasserdichtes Alibi für den Zeitpunkt haben, als die Schüsse gefallen sind.

»Was ist denn?«, fragt Berit. »Du siehst besorgt aus?«

»Nein, es ist einfach nur … Es passiert gerade so viel.«

»Fürwahr«, sagt Berit, pustet in ihren Kaffee und bemerkt: »Oh, Siw und Alva kommen übermorgen zu Besuch.«

»Okay, nett. Gibt es einen bestimmten Grund?«

Berit runzelt die Augenbrauen. »Du meinst, man braucht einen *Grund*, um diese alte Schachtel hier zu besuchen?«

»Ja. Ich vermute, dass du ihnen Geld gibst.«

Berit gluckst und stellt den Becher ab, um nichts zu verschütten. »Spaß beiseite, ich glaube, es gibt einen Grund. Etwas mit Alva. Ich habe so meine Ahnungen, aber wir werden ja sehen. Und ja, ich stecke Alva tatsächlich manchmal ein bisschen Geld zu. Ich glaube zwar nicht, dass sie deswegen kommt, aber *better safe than sorry*, oder?«

»Du kannst ganz beruhigt sein. Sie mag dich. Sehr sogar.«

»Ich fische hier nicht nach Komplimenten, wie es so schön heißt. Wie geht es dir denn? Was machst du so?«

Anna zieht es nicht einmal für eine Sekunde in Betracht, ihre Bedenken über den kleinen Bruder darzulegen. Zum einen will sie keine unbegründeten Verdachtsmomente säen, zum anderen ist das Thema allzu umfassend, denn sie hat schließlich auch noch andere Senioren, um die sie sich kümmern muss. Stattdessen erwähnt sie die andere Angelegenheit, die sie in letzter Zeit so beschäftigt hat.

»Ich habe einen Roman gelesen«, sagt sie. »Einen ganz fantastischen Roman.«

»Von wem?«

»Jemand, den ich kenne. Tja, also, eigentlich ist es einfach nur ein Stapel Papier. Aber es ist absolut das Beste, was ich je gelesen habe.«

»Hm. Ich wusste gar nicht, dass du … solche Bekanntschaften pflegst.«

»Weil ich dumm bin, oder was meinst du?«

»Töricht wäre eher das Wort«, sagt Berit und lächelt milde. »Ja, das ist ja spannend. Wird sie, deine Freundin, ihn denn nicht verlegen lassen?«

»Es ist ein er. Und er hat zu viel Angst, es überhaupt zu versuchen.«

»Dann musst du ihn überreden. Ahne ich da …«

»Nein, du ahnst da nichts. Und jetzt muss ich weiterarbeiten.«

Anna steht auf und streichelt Berit über die Hand. Sie nickt und sagt, mit einem Blick zu ihrem Computer: »Wenn er schon unbedingt etwas schreiben muss, dann könnte er ja auch so etwas machen, dieser SvenneJanne.«

3

Am Dienstag nach der Arbeit treffen sich Siw und Max im Espresso House. Sie vermeiden das Sofa, in dem sie das vorige Mal gesessen haben, obwohl es frei ist. Die Lage ist jetzt anders, und sie setzen sich mit je einem Cappuccino an einen ganz normalen Tisch, einander gegenüber. Siw räuspert sich und sagt in beinahe formellem Ton: »Zu allererst möchte ich sagen, dass es hier nicht um uns geht.«

Max sieht amüsiert aus. »Nicht?«

»Ich meine das wirklich so. Am Sonntag, auf dem Fußballplatz ...«

Siw erzählt von den Umständen, die mit dem Erwachen von Alvas Fähigkeit einhergingen, und wie sie sich von ihren unterscheiden. Sie hat mit ihrer Tochter gesprochen, und Alva hat berichtet, dass ihr Gehör so außerordentlich präzise war, dass es sogar Bilder hervorrief. Dazu kam noch, dass sie den ungefähren Zeitpunkt nennen konnte.

»Unglaublich«, sagt Max. »The force is strong in this one.«

»*With* this one«, sagt Siw. »Witzig, genau das habe ich auch gedacht. Wie auch immer. Ich bin heute an der Stelle vorbeigegangen, und ich höre immer noch nichts, aber Alva sagt, dass sie sich absolut sicher ist.«

»Okay. Und jetzt ...?«

»Ich glaube, du weißt es selbst.«

»Du willst, dass ich am Sonntag da bin, um die Leute zu warnen, bevor es passiert.«

»Oder um vielleicht sogar zu verhindern, dass es passiert. An

Sonntagen sind die Fußballplätze voller Kinder, und die Explosion wird sich direkt in der Nähe ereignen.«

»Okay, aber das Verhindern scheint ja nicht gerade meine beste Disziplin zu sein. Überleg mal, als wir das letzte Mal hier saßen, und der Mann im Fluss …«

»Ja. Aber das war vor Alva.«

Max betrachtet sie forschend. »Du glaubst wirklich daran.«

»Ja. Oder ich glaube vielmehr, dass Alva daran glaubt. Und es ist unmöglich, nichts zu tun, wenn sie so sehr davon überzeugt ist.«

Max nickt. »Da gebe ich dir recht. Und es wäre wirklich schön, diese Fähigkeiten wenigstens dieses eine Mal für etwas Vernünftiges einzusetzen. Also, klar. Ich bin dabei.« Max wischt sich über die Stirn, als wollte er imaginäre Schweißtropfen entfernen. »Oh, Mann. Wir sitzen hier und reden darüber, als würde es darum gehen, demnächst als Fußballtrainer auszuhelfen.«

»Wie sollten wir sonst darüber reden?«

»Ich weiß nicht. Aber irgendwie sollte es so eine *Avengers*-Sprache geben, mit der man solche Dinge diskutieren kann.«

»Im Grunde geht es einfach nur darum, einen Tankwagen anzuhalten, bevor es passiert. Denk an Charlie. Es ist möglich.«

Max schnipst mit den Fingern. »Wo wir gerade von Charlie reden. Er hat angerufen. Er wird die letzte Bootstour der Saison am Samstag fahren und hat gefragt, ob wir dabei sein wollen.«

»Willst du?«

»Ich glaube schon. Und du?«

»Ja, auch.«

Eine gewisse Schüchternheit bringt sie beide zum Schweigen. Trotz Siws einleitender Bemerkung, dass es bei diesem Gespräch nicht um ihre Beziehung gehen sollte, hat es sich in diese Richtung bewegt. Ein Elefant steht im Raum, und ein Engel geht über ihre Gräber. Siw trinkt einen Schluck Kaffee und hält die Tasse vor das Gesicht in einem kindischen Versuch, sich zu verstecken.

Schließlich erkennt Max die Anwesenheit des Elefanten an und sagt: »Dieser … Mensch, der bei dir zu Hause war. Ist das wirklich Alvas Vater?«

»Ja. Wie ich es gesagt habe.«

»Und er hätte mich mit dem Messer angegriffen?«

»Das habe ich gehört.«

»Nicht direkt ein Superpapa.«

»Er hatte nie etwas mit Alva zu tun. Kein bisschen.«

»Aber was wollte er jetzt?«

Siw berichtet von Ackes absurden Geldforderungen und dass er sich trotz seiner Drohungen seitdem nicht mehr gezeigt habe. Was Siw betrifft, könnte er genauso gut tot sein. Allein der Gedanke, dass Acke in ihrem Dasein herumstochern und sich Alva nähern könnte, lässt ihr Tränen in die Augen steigen. Max legt seine Hand auf ihre.

»Siw. Danke. Tut mir leid, dass ich überreagiert habe. Es hat mich aus der Bahn geworfen. Das liegt an diesem Medikament, dass ich es nicht … aber ich komme immer besser damit zurecht. Kann mittlerweile unterscheiden, welche Gefühle vernünftig sind und welche nicht.«

Siw nickt. »Dass man dem so ausgesetzt sein muss … Ich wünsche mir einfach nur, ich könnte Alva vor alldem schützen. Am liebsten würde ich sie einfach in einen Raum sperren, in dem sie nichts davon mitbekommt.«

»Genau so hat man es früher gemacht«, sagt Max. »Mit Menschen, die besondere Fähigkeiten haben. Man hat sie in einen Raum gesperrt und den Schlüssel weggeworfen. Die Welt will nichts von Leuten wie uns wissen.«

Leute wie wir. Hunde wie wir.

Mit ihrer freien Hand streichelt Siw über Max' Finger und sagt: »Also machen wir weiter?«

»Natürlich machen wir weiter. Wie sagt es dein Kumpel Håkan noch mal: Was sollen wir denn sonst tun? Wir gehen es ganz langsam an.«

Max beugt sich über den Tisch, und Siw drückt ihre Lippen auf seine. Es ist kein leidenschaftlicher Kuss, eher eine Geste, um eine Übereinkunft zu besiegeln. Dass sie weitermachen. Ganz langsam.

»Okay«, sagt Max, als sie sich wieder voneinander gelöst haben, »wie bringt man einen Tankwagen zum Anhalten?«

4

Ein paar Stunden später treffen Anna und Johan sich in dem Restaurant, das ihr Stammlokal zu werden scheint, im Pastaexperten. Das Licht ist klinisch, die Tische sehen aus wie in der Schulmensa, aber die Stimmung wird ein wenig aufgehellt von dem farbenfrohen Panorama an der Wand, das wahrscheinlich Italien darstellen soll, aber mit den Wasserfällen und Almhütten eher nach Deutschland aussieht. Sie haben sich je ein einfaches Pastagericht bestellt, und Johan hat Schwierigkeiten beim Essen, weil seine Magengegend bereits von flatternden Schmetterlingen besetzt ist.

Sie haben eine Weile über dies und das geplaudert, insbesondere über das, was gerade mit Norrtälje passiert. Nicht nur die Menschen benehmen sich schrecklich, die ganze Stadt scheint im Niedergang zu sein. In der Faktoribrücke haben sich Risse gebildet, und sie muss möglicherweise für die Sanierung geschlossen werden, das Kopfsteinpflaster der Stora Brogatan bricht auf und schafft buchstäbliche Stolpersteine, der Sockel des Nils-Ferlin-Denkmals ist abgesunken, und die ganze Skulptur scheint jederzeit umstürzen zu können. Es sieht so aus, als würde das Fundament der ganzen Stadt nachgeben.

Aber damit hat das Flattern in seinem Bauch ja nichts zu tun, denn was ihn betrifft, kann Norrtälje gerne implodieren. Der Roman, dagegen … Obwohl bereits eine Viertelstunde vergangen ist, seit sie einander begrüßt haben, hat Anna noch keine Silbe dazu gesagt, und irgendwann kann Johan sich nicht mehr zurückhalten. Er versucht einen unbekümmerten Ton aufzusetzen, scheitert aber vollkommen, als er mit gebrochener Stimme fragt: »Und die Erzählung? Wie findest du sie?«

Anna legt das Besteck zur Seite und tupft sich den Mund mit einer Papierserviette ab. Es muss Absicht sein, dass sie alles so langsam macht und ihn auf die Folter spannt. Ein Funken des alten Abscheus, den er früher gegenüber Anna gespürt hat, flammt in seiner Brust auf und lässt die Schmetterlinge in wilder Panik aufflattern.

»Ja, du …«, sagt Anna und nickt. »Ich weiß nicht, wie ich es sagen soll …« *Wenn du es jetzt interessant nennst, dann kotze ich*, denkt Johan, bevor Anna fortfährt: »Mir fehlen ein bisschen die Worte, um solche Dinge zu beschreiben, aber okay …«

Anna hält die rechte Hand hoch und beginnt an den Fingern abzuzählen. »Es ist das beste Buch, das ich jemals gelesen habe. Ich fand es absolut großartig. Die Sprache habe ich geliebt. Ich wollte, dass es niemals aufhört.« Anna hat vier Punkte aufgezählt. Sie zögert mit dem Zeigefinger der linken Hand am kleinen Finger der rechten. »Hmm … und, doch! Du bist megabegabt. Also danke, dass ich es lesen durfte.«

Johan würde genauso gelähmt dasitzen, wenn Anna das genaue Gegenteil behauptet hätte. Er kann es nicht verarbeiten. Hier sitzt also eine Frau, die sein – wirklichkeitsbasiertes, aber trotzdem erfundenes – Buch gelesen hat, und sagt … Das ist überhaupt nicht zu begreifen.

»Du … mochtest es also?«, fragt Johan lahm.

Anna knüllt die Serviette zusammen und wirft sie auf ihn. »Was hast du denn nicht verstanden von dem, was ich gesagt habe? Ich habe es geliebt. Der Titel ist Mist. Aber alles andere ist perfekt.«

Perfekt.

Johan betrachtet seine Spaghetti Carbonara. Er kann sie unmöglich essen. Die Schmetterlinge sind verschwunden und in seinem Magen ist ein Chaos ausgebrochen, das er bis in die Fingerspitzen fühlt. Es kommt ihm vor, als hätte er sein ganzes Leben im Schatten verbracht, und jetzt, in diesem Moment, hat ihn das erste Mal jemand gesehen. Es ist überwältigend.

»Okay«, sagt Anna. »Und was passiert jetzt?«

»Ich … ich weiß nicht. Ich muss es erst verdauen. Es gibt ja immer noch viel zu tun. Also, mit dem Buch.«

»Nein, da ist nichts mehr zu tun.«

»Nein?«

»Nee. Also, ich bin ja keine Expertin, oder wie heißt das, Kritikerin, nur eine normale Leserin, aber das ist ja das, was zählt, oder? Dass normale Menschen etwas lesen wollen?«

»Ja, natürlich, aber du weißt ja, es gibt Abschnitte, bestimmte Stellen ...«

Anna seufzt, schüttelt den Kopf und sagt: »Ich wusste, dass du mit diesem Genöle ankommen würdest. Du wirst an etwas herumkneten, das schon perfekt ist, und es dabei womöglich kaputt machen. Das hat keinen Sinn. Deshalb habe ich es eingeschickt.«

Der Atem stockt in Johans Brust, und ein weiteres Mal kann er kaum fassen, was Anna zu ihm sagt. »Du hast ... diesen Stapel? Wohin ...?«

Anna schüttelt den Kopf. »Nein, der sah zu abgegriffen aus, also habe ich auf der Arbeit zwei Kopien gemacht. Die habe ich an Bonnier und an Norstedts geschickt. Ich habe im Internet nachgesehen, und die beiden sollen die größten sein. Stimmt das?«

Johan fasst sich an den Kopf, als wollte er ihn daran hindern herunterzufallen. Was er in den letzten paar Minuten zu hören bekommen hat, ist einfach zu viel. Alles, wonach er sich so lange gesehnt hat, und alles, was er gefürchtet hat, ist durch Anna Wirklichkeit geworden. Er flüstert: »Das ist ein Scherz. Sag, dass es ein Scherz ist.«

»Nee. Du hättest sowieso nie den Arsch hochgekriegt und deswegen habe ich die Sache in die Hand genommen.« Anna lacht auf. »Also, nicht deinen Hintern, den werde ich wohl nie bekommen ... sondern das Buch. Ich habe deine Adresse und Telefonnummer angegeben. Ach so. Und dann habe ich noch vorgeschlagen, dass man den Titel in ›Der Junge, der die Kommunalverwaltung hasste‹ ändern könnte. Gut, nicht wahr?«

»Der Junge, der ...«

»Ja, darum geht es ja schließlich. Unter anderem. Und es ist ein klasse Titel. *Ich* würde mich zumindest für ein Buch mit diesem Titel interessieren, aber ›Roslagsmetamorphose‹, keine Chance.«

Johan atmet schwer. Er schiebt seinen Teller weg, verschränkt die Arme vor sich auf dem Tisch und legt den Kopf darauf. Von allen Worten, die Anna gesagt hat, sind zwei hängen geblieben. Bonnier. Norstedts. Sich eine Person vorzustellen, die vielleicht in diesem Augenblick Johans Erzählung vor sich liegen hat, vielleicht auf einem Schreibtisch, und anfängt zu lesen. Was denkt er oder sie? Wie sieht der Schreibtisch aus? Woher kommt das Licht?

Johan konzentriert sich darauf, genug Luft zu bekommen. Die Kehle ist wie zugeschnürt, und wenn er atmet, pfeift es wie bei einem passionierten Raucher. Er versucht nachzudenken, aber das Einzige, was in seinem Kopf auftaucht, ist ein Bild dieses Menschen, dessen Augen über seinen Text wandern. Mit keiner Miene verrät dieser Mensch, was er von der Erzählung hält.

Johan gelingt es, tiefer Luft zu holen, und das Gehirn bekommt ein bisschen Sauerstoff. Wann hat Anna die Erzählung eingeschickt? Wie lange dauert es, bis jemand sie liest? Wann bekommt er eine Art Bescheid?

Anna krault ihm mit ihren Fingern den Nacken und sagt: »Jetzt mal im Ernst, Johan. Was ist denn das Schlimmste, was passieren kann?«

Johan glückt es, den Kopf zu heben, die Handflächen über das Gesicht zu ziehen und zu sagen: »Dass sie es nicht haben wollen.«

»Aha. Und? Dann weißt du es eben.«

»Was weiß ich dann?«

»Dass sie dumm sind, weil es ein absolut souveränes Buch ist. Und weißt du was? Es gibt noch mehr Verlage. Jede Menge. Ich habe nachgesehen. Und was du noch wissen solltest: Es gibt genug Schriftsteller, für die es supergut läuft, obwohl sie unheimlich oft abgelehnt worden sind. Zum Beispiel dieser Typ mit dem Vampirbuch.«

»*So finster die Nacht.*«

»Mhm. Alle Verlage meinten nur: ›Bääh, das wollen wir nicht haben‹, und der allerletzte Verlag, an den er es geschickt hat …«

»Ja, ich weiß, aber …«

»Es gibt kein Aber. Du wagst es nicht, und das kann ich nachvollziehen, also habe ich es jetzt für dich gewagt.«

Johan stöhnt und senkt den Kopf. Eine ganze Weile bleibt er sitzen und wackelt langsam mit dem Kopf, als könnte diese Bewegung ausradieren, was er gerade gehört hat. Eine zerknüllte Serviette trifft seinen Scheitel, und er sieht auf.

»Und weißt du was?«, sagt Anna und schleckt einen Tropfen Tomatensauce aus dem Mundwinkel. »Du wirst mir noch danken.«

5

Die Luft ist kühl, als sie auf die Straße treten, und Anna zieht den Reißverschluss der dicken Jacke, die sie unter ihrem Mantel trägt, bis zum Hals hinauf zu. Johan scheint weder die Kälte noch irgendetwas anderes zu spüren. Mit staksigen Schritten und abwesendem Blick geht er die Stora Brogatan in Richtung Markt entlang. In seiner Hand schaukelt die Nylontasche mit dem Originalmanuskript, das Anna ihm zurückgegeben hat.

»Hör mal«, sagt Anna und stupst ihn gegen die Schulter. »Entspann dich, okay? Ich habe deine Story an einen Verlag geschickt. Uns ist nicht der Himmel auf den Kopf gefallen.«

Anna hat Johans Reaktion vorausgesehen, aber nicht, dass sie so heftig ausfallen würde. Da ist etwas Egozentrisches an seiner Reaktion auf das Abschicken eines Papierkonvoluts und Anna ärgert sich darüber. Als wäre die Welt stehen geblieben und hielte jetzt gebannt den Atem an. Sie akzeptiert, dass es Dinge gibt, die sie nicht versteht, aber irgendwann ist auch einmal gut.

Johan erwacht aus seiner Starre und sagt: »Ja, ich weiß. Eigentlich weiß ich es, aber … es fühlt sich an, als würde ich nackt auf den Großen Markt geschickt.«

»Ist es denn besser, voll bekleidet in einer versteckten Ecke zu hocken?«

Johan bleibt vor den Fenstern des Restaurants *På G* stehen, wo vereinzelt jemand an einem Tisch sitzt und an einem Bier nuckelt.

Er schlingt die Arme um den Körper, als würde ihm jetzt erst die Kälte bewusst, beginnt zu zittern und sagt: »Also. Ich glaube, dass es gut ist, was du getan hast, auch wenn es schrecklich … vermessen war.«

»Das Wort kenne ich nicht.«

»Dann eben rücksichtslos. Aber selbst wenn ich es nicht zu glauben wage, ist es vielleicht so, wie du sagst. Dass ich dir eines Tages danken werde. Aber gerade jetzt … du musst das verstehen. Als hätte dir gerade jemand mitgeteilt, dass du in der nächsten Staffel von *Paradise Hotel* wärst oder so etwas.«

»*Du* siehst dir das an?«

»Nee, aber ich weiß, worauf es hinausläuft. Glaube ich. Sich irgendwie … voll und ganz auszuliefern.«

Anna imitiert einen unbestimmbaren Akzent und sagt: »Nein, danke, Mann.«

»Was? Warum sollte ich …«

Anna wischt Johans angefangene Frage weg. »Ex on the Beach. Ich werde es dir mal auf YouTube zeigen. Aber ich verstehe es. Irgendwie. Obwohl es sich bei dir ja eher so verhält, dass du dich nach einer Rolle in *Paradise Hotel* gesehnt, dich aber nie beworben hast.«

»Ja«, seufzt Johan. »Wahrscheinlich ist es so.«

Sie gehen weiter. Als sie die Brunnenskulptur vor Roslagens Sparbank erreichen, sagt Anna: »Und es gibt noch einen weiteren Unterschied. Ich hätte ungefähr eine Chance von einem tausendstel Prozent, wie ein Walross in irgendeinem Pool herumplanschen zu dürfen, während du … deine Chancen sind wesentlich größer.«

Johan will gerade etwas antworten, wird aber von Schreien unterbrochen. Über Annas Schulter sieht er, dass sich weiter unten auf der Straße ein Pulk von Menschen vor dem Kino zusammenballt. Auch Anna wendet sich dem Lärm zu.

Etwa zehn Personen streiten lautstark, und der Pulk aus Körpern zerspringt mit einem plötzlichen Ruck in fuchtelnde Gliedmaßen, als es zu Handgreiflichkeiten kommt.

Anna und Johan gehen weiter die Stora Brogatan hinunter, bis sie sich außerhalb von Nordea befinden. Der Streit ist heftiger geworden, und Johan und Anna bleiben stehen, um nicht unfreiwillig hineingezogen zu werden. Es scheint sich um eine Gruppe von Schweden und eine Gruppe von Einwanderern zu handeln, die einander in die Haare gekommen sind, und Beleidigungen wie »Kanake« oder »Faschist« prallen zwischen den Hauswänden hin und her. Johan zieht eine Grimasse, als er die Silben »Stahlwoll-« hört, zusammen mit einem Wort, das er nicht verstehen kann.

»Anna«, sagt er und deutet zum Kleinen Markt hinüber, über den sie einen Umweg machen können. »Wollen wir …«

Bevor er weitersprechen kann, zucken beide zusammen, weil ein Schuss abgefeuert worden ist. Einer der schwarzhaarigen jungen Männer taumelt rückwärts, fällt und schlägt mit dem Hinterkopf in die Glasscheibe vor den Filmplakaten. Sie zerspringt, und Glasscherben regnen auf den Mann herab, der auf das Kopfsteinpflaster sinkt.

Schreie in einer Sprache, die Johan nicht versteht, bevor ein weiterer Schuss seine ohrenbetäubende Schallwelle zwischen die Hauswände wirft. Einer der Schweden fasst sich an den Bauch sinkt vor dem Schaufenster der Modeboutique *Vita M* zusammen. Die gellenden Schreie klingen jetzt nicht mehr nach Wut, sondern nach Panik. Und Schmerz. Der Mann, dem in den Bauch geschossen wurde, brüllt, während Blut zwischen seinen Fingern herausdringt. Der andere Junge liegt reglos da, während sich seine Freunde über ihn beugen.

Johan zieht sein Handy heraus und ruft die 112 an. Eine Frau meldet sich nach dem zweiten Klingelton. »Notruf 112, wie kann ich Ihnen helfen?«

»Norrtälje«, sagt Johan. »Vor dem Kino. Sie schießen. Zwei Männer … sind von Schüssen getroffen.«

Johan hört das Klappern einer Tastatur, während die Frau fragt: »Passiert das gerade in diesem Augenblick?«

»Ja. Sie sind jetzt hier, und zwei Männer … liegen auf dem Boden. Auf der Straße. Vor dem Kino.«

»Sie meinen das Kino Royal an der Stora Brogatan?«

»Ja«, sagt Johan. »Gibt es noch andere?«

»Andere was?«

»Kinos. In Norrtälje.«

Die Frau ignoriert seine sinnlose Frage und antwortet: »Ein Streifenwagen ist auf dem Weg. Wie war Ihr Name?«

Johan zögert. Erst jetzt sieht er ein, dass er hineingezogen werden wird, ob er es will oder nicht. Vermutlich muss er eine Zeugenaussage machen. Aber das hängt wohl kaum davon ab, ob er jetzt seinen Namen sagt, die Polizei wäre ja echt ziemlich unfähig, wenn sie die Nummer nicht hätte, von der er gerade angerufen hat, also sagt er: »Johan. Johan Andersson.«

»Okay, Johan. Dann möchte ich Sie bitten, am Telefon zu bleiben, bis der Streifenwagen vor Ort ist und Ihre Aussage aufnehmen kann.«

»Ich habe kaum etwas gesehen, ich war nur …«

»Gibt es weitere Zeugen?«

Johan sieht Anna an, die den Vorfall beim Kino mit misstrauischem Gesichtsausdruck verfolgt. Er denkt ein paar Sekunden nach, bevor er antwortet: »Nein. Nicht, soweit ich sehen kann.«

»Okay, Johan. Dann verstehen Sie vielleicht, dass Ihre Beobachtungen überaus wichtig sind.«

»Ja, schon …«

Johan senkt das Telefon und flüstert Anna zu. »Geh lieber weg. Sonst wirst du auch noch in diesen Mist hineingezogen. Ich bleibe hier.«

Anna hört, was Johan sagt, aber sie erfasst den Inhalt nicht. Ihr Blick ist starr auf die jungen Männer gerichtet, deren Feindseligkeit sich aufgelöst zu haben scheint, nachdem sie in Gewalt ausgebrochen ist. Sie geht einige Schritte auf sie zu, stolpert über einen herausstehenden Pflasterstein, kann aber das Gleichgewicht halten, während Johan ihr schneidend hinterherflüstert: »Nein, neeein.«

Die Polizeiwache von Norrtälje liegt nur zwei Steinwürfe entfernt, und schon sieht man das Blaulicht hinten in der Hantverkaregatan blinken. Es kommt noch mal Bewegung in die beiden Gruppen, Stimmen werden laut, bevor drei aus der einen und zwei aus der anderen hinauf zum Großen Markt fliehen, jeweils auf einer Seite der Straße, als hätten sie fürs Erste Frieden geschlossen angesichts der äußeren Bedrohung. Zurück bleiben nur die beiden Opfer mit je einem Begleiter.

Der Mann mit dem schwarzen Haar liegt vollkommen regungslos da. Sein Gesicht zeigt sich im Profil, und eine Scherbe ragt aus seinem Hinterkopf heraus. Das Blut füllt die Fugen zwischen den Pflastersteinen. Anna hebt den Blick und sieht, dass er unter dem Plakat von *Die Nonne* liegt. Ein dämonisches Frauengesicht mit glühenden Augen starrt mit zufriedenem Blick auf die Tragödie zu ihren Füßen.

Anna richtet ihre Aufmerksamkeit jetzt auf den Mann auf der anderen Seite der Straße. Er liegt in fötaler Stellung und hält sich den Bauch. Auch er blutet stark, und auch sein Blut sucht sich seinen Weg in die Spalten des Straßenbelags. Bald werden sich die beiden Blutströme in der Mitte der Straße treffen, in einer Verbrüderung des Schmerzes.

Das qualvolle Weinen und Stöhnen mischt sich mit dem Rauschen des Flusses, der einfach immer weiterfließt, ohne Rücksicht auf das Tun und Lassen der Menschen zu nehmen. Die Angst füllt Annas Brust, als sie sich hinabbeugt, um das Gesicht des Schweden ansehen zu können, das sich in Todesfurcht zu einer Grimasse verzogen hat, bestrahlt vom Blaulicht der Polizei und des Rettungswagens, die gerade in die Straße einbiegen.

Sie kann es nicht ändern. Trotz allem, was sie gerade gesehen hat, durchfließt sie Erleichterung, als sie den Mann betrachtet. Es ist nicht Acke. Keiner der Männer, die noch hier sind, ist Acke. Keiner der Männer, die geflohen sind, ist Acke.

Hier hat gerade eine Schießerei stattgefunden, und Acke hat nichts damit zu tun. Also muss er auch nicht unbedingt etwas mit der vorhergehenden zu tun haben. Die Leute von Norrtälje haben unbegreiflicherweise begonnen, aufeinander zu schießen, aber es gibt keine Belege dafür, dass Acke unter den Tätern ist.

Autotüren werden geöffnet und geschlossen. Anna richtet sich auf und bereitet sich darauf vor, eine Zeugenaussage abzugeben.

Wenn wir durch die Zeit gehen

1

»Die beste Oma der Welt« steht auf dem Kaffeebecher, den Berit an ihre Lippen hebt. Sie hat ihn von der damals zehnjährigen Siw zu ihrem siebenundfünfzigsten Geburtstag bekommen, und Siw freut es, dass er einer der Gegenstände ist, die Berit unbedingt dabeihaben wollte, als sie ins Seniorenzentrum gezogen ist.

Alva trinkt einen Schluck von ihrem Saft und liest den Spruch auf dem Becher, bevor sie sagt: »Hm.«

»Was ist denn, meine Kleine?«, fragt Berit und stellt den Becher wieder zurück auf den Tisch.

Alva, die sich in den Beziehungen ungewöhnlich gut auskennt, zeigt auf den Becher und sagt: »Den da musst du von Mama bekommen haben, stimmt's? Denn du bist die Oma von meiner Mutter, genau so, wie Oma meine Oma ist.«

»Ja, das ist richtig.«

»Wie konntest du denn wissen, dass Uroma die beste Oma der Welt war? Du kanntest doch nur sie. Vielleicht gab es andere, die noch besser waren?«

Berit gluckst und sagt: »Da hast du vollkommen recht«, bevor sie einen weiteren Schluck Kaffee trinkt.

»Ja. Denn aufrichtig gesagt …« Alva senkt ihre Stimme ein wenig und fährt fort: »… ich bin mir nicht ganz sicher, ob *meine* Oma die beste der Welt ist.«

Berit drückt sich die Hand auf den Mund, um den Schluck Kaffee nicht unfreiwillig auszuspucken. Sie schluckt ihn unter großen Mühen herunter, hustet und hat Tränen in den Augen, als sie sagt: »Das klingt ja so, als würde Anita keinen Becher bekommen.«

»Ach«, sagt Alva und zuckt mit den Schultern. »Das weiß man nie.«

»Vielleicht findest du ja einen Becher, auf dem ›*Eventuell die beste Oma der Welt*‹ steht?«, sagt Berit.

»Was bedeutet eventuell?«

»Ungefähr dasselbe wie … vielleicht. Vielleicht die beste Oma der Welt.«

»Ja. Das ist gut. Gibt es solche Becher?«

»Entschuldigt«, sagt Siw und klopft auf den Tisch. »Könnten wir vielleicht ein bisschen über das sprechen, worüber wir eigentlich sprechen wollten?«

Am Morgen hat Siw am Handy über das Bericht erstattet, was Alva am Sonntag passiert ist. So war es einfacher. Wenn Alva dabei gewesen wäre, hätte sie jede Menge Details und Erklärungen beigetragen, die keine Bedeutung für die Kernfrage haben, nämlich, wie unerwartet weit Alvas Fähigkeit reicht.

Berit lässt den Zeigefinger zärtlich über den Text auf dem Becher wandern und sagt zu Alva: »Wie ich es verstanden habe, hat deine Mutter dir erzählt, was du bist?«

»Ja. Eine Sibylle.«

»Und du verstehst, was das bedeutet?«

»Ja. Ich kann in die Zukunft hören. Aber das wusste ich schon.«

»Sie hat es sofort begriffen«, wirft Siw ein.

»Kannst du beschreiben, *woher* du es gewusst hast?«, fragt Berit.

Alva saugt an den Lippen und rümpft die Nase, bevor sie antwortet: »Nee. Ich wusste es einfach. Ich hörte diesen … Tankwagen und den Knall, und da wusste ich, dass es nicht richtig war, weil es noch nicht passiert war. Aber in den Ohren hat es sehr wehgetan, obwohl es nicht richtig war.«

»Und du weißt, dass es am Sonntag passieren wird?«

»In vier Tagen. Ist dann Sonntag?«

»Ja.«

»Dann ist es am Sonntag.«

Berit faltet die Hände, legt die Ellenbogen auf den Tisch und stützt ihr Kinn auf die Fingerknöchel, während sie Alva betrachtet, die bei dieser Musterung eine lustige Grimasse zieht. Berit imitiert die Grimasse und sagt: »Schon am Sonntag wusstest du, dass es sieben Tage später passieren würde. Wie bist du denn auf die Ziffer sieben gestoßen? Wie hat sie sich gezeigt?«

Alva verschränkt die Arme vor der Brust, runzelt die Stirn und senkt den Kopf, wie sie es immer tut, wenn sie so scharf über etwas nachdenkt, wie sie nur kann. Siw und Berit sehen einander mit einem Blick an, der in etwa sagt: *unser kleines Mädchen*. Es zeigt sich eine Fürsorge, aber auch eine Unruhe darin, weil keine von ihnen sicher weiß, was Alvas Version des Gehörs mit sich bringt. Wie sie ihr helfen können, damit umzugehen.

Alva drückt den Nacken durch und zieht mit dem Zeigefinger einen Strich über die Tischdecke. »Wie heißt denn so ein … so ein Instrument hier? Es gibt jede Menge Drähte und an denen zupft man mit den Fingern, und dann macht es pling-plong, und dann wird Musik daraus?«

»Du meinst Saiten?«, fragt Siw. »Wie an einer Gitarre?«

»Mhm. Aber viel, viel mehr.«

»Eine Harfe?«

»Ich weiß nicht. Kannst du mir ein Bild zeigen?«

Siw googelt »Harfe«, drückt auf »Bilder«, wählt eines aus und zeigt es Alva, die nickt und sagt: »Ja. Das. Harfe.«

»Okay«, sagt Siw und legt das Handy auf den Tisch, wobei das Display immer noch das Bild der Harfe zeigt. »Und warum ist die Harfe wichtig?«

»Weil … weil …«, sagt Alva und lässt ihre Finger durch die Luft zappeln, als würde sie eine unsichtbare Harfe spielen. »Weil es genau so klingt. Es gibt jede Menge Plings und Plongs, und wenn das alles irgendwie zusammenkommt, dann wird daraus Musik.«

»Und du kannst jeden … Pling und Plong hören?«, fragt Berit.

»Ja«, sagt Alva. »Aber es ist superschwer zu erklären, weil es noch sehr viel mehr Drähte, *Saiten* sind als an so einer«, sagt Alva und zeigt auf Siws Handy. »Viele Tausend superdünne Saiten, und alles zusammen … muss genau auf die richtige Weise Pling machen, damit daraus eine Melodie werden kann.« Alva kratzt mit den Fingern über die Schläfen und ruft aus: »Oohhh! Das ist so schwierig zu *erzählen*!«

»Ich glaube, dass ich es verstehe«, sagt Berit. »Damit etwas geschieht, müssen viele kleine Kräfte und Umstände zusammenwirken, und am Ende wird daraus etwas viel Größeres als alle Bestandteile zusammen.«

»Was hast du gesagt?«, fragt Alva.

»Ich glaube, dass ich ungefähr dasselbe gesagt habe wie du, aber eher erwachsenenkompliziert. Und dass es in sieben Tagen ist, weißt du einfach, weil du genau hörst, wie viele Saiten pling machen müssen und wie lange man braucht, damit daraus eine Melodie wird. Habe ich das richtig verstanden?«

»Ich glaube, schon«, sagt Alva. »Aber das ist noch nicht das Seltsamste.«

»Nein?«

Alva schielt schuldbewusst zu Siw hinüber und sagt: »Ich habe Mama noch nichts gesagt, aber ich kann auch eine Sache *machen*. Eine sehr seltsame Sache.«

Berit sieht Siw an, die die Augenbrauen hochzieht und die Handflächen nach oben hält in einer Geste, die *ich habe eine Ahnung* sagt. Seit dem Sonntag haben sie und Alva sich ziemlich oft über den Vorfall unterhalten, und Siw hat alles erzählt, was sie selbst weiß, und ein paar Ereignisse aus ihrer Vergangenheit geschildert. Die Geschichte, wie sie auf das Dach geklettert war, um mit dem Winterdienst zu reden, ließ Alva vor Schreck quieken. Aber dass es etwas Besonderes gibt, was Alva *tun* kann, hat sie mit keiner Silbe erwähnt.

»Was kannst du denn tun, mein Schatz?«, fragt Siw.

Alva betrachtet Siw und Berit beinahe streng, bevor sie ihnen beide Hände entgegenstreckt. »Ich weiß es einfach, okay?«

»Was weißt du denn?«

»Dass es besser funktionieren wird, wenn ihr meine Hände haltet.«

2

Siw hat ihre Fähigkeit nie als etwas anderes betrachtet als eine alternative Methode, die Wirklichkeit wahrzunehmen, als einen sechsten Sinn, wenn man so will. Genau wie die anderen Sinne ist er etwas, das einfach da ist, wie die Luft zum Atmen oder der Himmel über ihrem Kopf. Als Siw und Berit jeweils eine Hand von Alva ergreifen, geschieht etwas bisher Unbekanntes. Siws Fähigkeit nimmt irgendwie Gestalt an, und sie kann fühlen, wie sie durch sie hindurchströmt, als wäre sie ein paralleler Blutkreislauf.

Sie schnappt nach Luft vor Erstaunen, und im Blick ihrer Großmutter kann sie sehen, dass auch die ältere Frau etwas ganz Neues erlebt.

Siw betrachtet ihre Tochter, aber Alva konzentriert sich voll auf den Kaffeebecher mit dem Text »*Die beste Oma der Welt*«. Tochter, Mutter und Uroma sitzen beieinander und halten sich an den Händen und etwas Undefinierbares und Ursprüngliches fließt von einer zur anderen, drei uralte Bäume mit ineinander verflochtenen Wurzeln, die einander Kraft geben und sich gegenseitig stärken. Der Strom wächst und dehnt sich aus, ein Rinnsal wird zu einem Bach, dann zu einem Fluss und schließlich zu einer reißenden Flut, die sich mit dem Meer vereint, und eine Erschütterung geht durch den Raum, ein mikroskopisches Erdbeben, das die Wirklichkeit zum Zittern bringt. Alva löst den Griff um Siws und Berits Hände und atmet aus.

»So«, sagt sie. »Ich wusste, dass es besser ist, wenn wir es zusammen machen.«

»Was … was haben wir denn getan?«, fragt Siw und wendet sich Berit zu, deren verwunderter Blick auf einen Punkt mitten auf dem Tisch gerichtet ist. Der Kaffeebecher ist verschwunden. Überrumpelt tastet Siw die Stelle ab, wo er sich gerade noch befunden hat, aber ihre Finger finden nichts als Luft. »Wo … wo ist der Becher?«

Alva zeigt. Der Becher steht jetzt kopfüber im Trockengestell der Kochecke. Siw versteht es nicht. Hat Alva eine ähnliche Fähigkeit wie *Carrie* und kann Dinge mit Gedankenkraft bewegen? Warum hat Siw dann den Becher nicht gesehen, als er sich bewegt hat?

»Was hast du getan?«, fragt sie.

»Also«, sagt Alva und kneift sich in die Nase. »Es ist schwer zu erklären.«

»Ich glaube, ich verstehe es«, sagt Berit. »In ungefähr einer Viertelstunde wäre jemand vom Personal gekommen und hätte diesen Becher gespült. Ich tippe auf Ifan, weil er ihn immer genau dort hinstellt, um ihn trocknen zu lassen. Du hast also nichts anderes getan als … den Becher in die Zukunft zu verschieben.«

»Mm«, sagt Alva. »Hat Ifan ein Armband, das ein bisschen klingelt?«

»Ja, genau«, sagt Berit. »Jetzt, wo du es sagst.«

»Dann war er es.« Alva kneift die Augenbrauen zusammen. »Oder, also, nein …«

»Dann wird er es sein«, ergänzt Berit. »Oder *würde es gewesen sein*. Jetzt ist es ja schon passiert.«

Alva stopft ihren einen Zopf in den Mund und kaut darauf herum, bevor sie sagt: »Es ist knifflig.«

»Sehr knifflig«, stimmt Berit ihr zu.

Siw hat nichts gesagt, weil sie wie verstummt ist. Sie versteht nicht, wie ihre Tochter und ihre Großmutter sich über das gerade Eingetroffene unterhalten können, als hätte Alva einfach einen Strafstoß in den Winkel gesetzt oder irgendetwas anderes Unwahrscheinliches und *sehr Kniffliges* getan. Was sie gerade erlebt hat, ist ein Wunder. Mit reiner Gedankenkraft hat Alva die Raumzeit einen Spaltbreit geöffnet und anschließend einen Gegenstand hindurchgeführt. Das ist mehr als eine besondere Fähigkeit, das ist …

»Magie«, sagt Siw. »Das ist Magie.«

»Yeah«, sagt Alva und schüttelt einen imaginären Haarschopf. »Und ich bin Hermione.«

Siw hat Alva die ersten beiden Harry-Potter-Bände laut vorgelesen, aber unter dem Protest der Tochter vor dem *Gefangenen von Askaban* eine Pause eingelegt, weil sie den Band für sehr unangenehm hält. Siw sieht ein, dass für Alva selbst ihre Leistung nichts anderes ist als eine blasse Kopie der Alltagsmagie, die Alva aus den Harry-Potter-Büchern kennt und die sie für real hält.

Siw weiß nicht, an welchem Ende sie anfangen soll, und ganz egal, wo sie ansetzt, ist es sehr zweifelhaft, ob Alva oder auch sie selbst die Möglichkeiten haben, das hier zu beschreiben. Berit verfolgt weiter die praktische Linie und fragt: »Warum wolltest du unsere Hände halten?«

»Du weißt es.«

»Ich glaube, ja. Aber wie würdest du es beschreiben?«

»Weil … wenn ich es selbst gemacht habe, ging es nur mit ganz kleinen Sachen. Ich kann es mit einem Lego-Teilchen machen, aber nicht mit einem Duplo. Ein gewöhnlicher Stift geht, aber nicht so ein dicker, wie heißt er, Filzstift. Ein Zaubertroll geht, aber bei Poffe klappt es nicht. Und als wir uns über diesen Becher unterhielten, dachte ich: *Ich mache es mit ihm*, aber da wusste ich auch, dass ich es nicht alleine schaffen würde, so wie Hermione.«

Alvas Mundwinkel zieht es nach unten, als sie sich mit ihrem Idol vergleicht. Es geht Siw die ganze Zeit im Kopf herum, aber jetzt kann sie sich endlich sammeln und fragen: »Aber … wie kannst du es denn alleine machen? Wenn du ein Lego-Teilchen verschiebst, dann wird es ja auf *diese Weise* verschoben, nicht, weil du es in die Hand nimmst.«

Zu Siws Verblüffung versteht Alva das Problem, sie muss sogar darüber nachgedacht haben, denn sie sagt: »Mhm, ich weiß. Es ist auch etwas kompliziert. Ich muss *ganz feste* denken: ›Gleich nehme ich das Legoteilchen mit den Fingern und bewege es dorthin.‹ Ganz feste. So feste, dass diese andere Art, es zu bewegen, ganz und gar verschwindet. Glaube ich. Ich muss also, wie heißt das … mich selbst an der Nase herumführen. Dann geht es.«

Berit klopft auf Siws Handy, sodass es angeht, und betrachtet es ein paar Sekunden, bevor sie fragt: »Aber dann würde mich ja interessieren, ob du mir beschreiben kannst, wie das mit der …«, sie zeigt auf den Bildschirm, »… Harfe zusammenhängt?«

Alva steckt beide Zöpfe in den Mund und setzt einen grimmigen Gesichtsausdruck auf, etwa so wie das Mädchen, das unlängst vor dem schwedischen Reichstag mit diesem Schulstreik für die Umwelt begonnen hat. Sie schaukelt den Kopf hin und her, als würde sie sich über etwas beklagen. Schließlich zieht sie die Zöpfe aus dem Mund und sagt: »Danach müsst ihr aber aufhören zu fragen, also dieser Becher … der soll ja von dem Tisch dort hinten hinkommen«, Alva zeigt auf die Spüle, »und dafür braucht man ein paar Plings und Plongs, wie heißt es, *Töne*. Töne, meine ich also! Oder? Und ich kann quasi auf dieser … Harfe *spielen* und etwas ändern. Als würde ich über jede Menge Töne hinwegspringen, aber trotzdem hätte ich … dieselbe Melodie. Oder, nein, ich tue so, als würde ich spielen, sodass das Armband klingelt, nein …«

Siw legt ihre Hand auf Alvas, als sie wieder nach dem Zopf greift. Alva sieht verwundert auf und lässt den Zopf wieder los, bevor sie sagt: »Oh, Mann! So! Wie heißt das, was man mit der Fernbedienung macht, man drückt auf einen Knopf, und dann geht alles ganz schnell?«

»Man … spult vor?«, schlägt Siw vor.

»Ja! Ich spule vor! Aber ganz, ganz schnell! Als würde ich die Melodie so schnell spielen, dass man nur noch einen einzigen Ton hört. Und dann passiert es. Puh.«

»Aber wie kannst du es regeln …«, beginnt Siw zu fragen, aber da hält Alva eine Hand hoch, und Siw antwortet damit, dass sie ihre eigenen Hände hochhält als Zeichen dafür, dass sie sich ergibt.

Berit greift nach ihrem Kaffeebecher, ertappt sich selbst, schüttelt den Kopf und fragt Alva: »Hast du heute etwas Lustiges in der Schule erlebt?«

Sie unterhalten sich eine Weile über alltägliche Dinge, bis die Tür geöffnet wird und ein beinahe unhörbares Klingeln verkündet, dass Ifan eingetroffen ist. Er begrüßt die Versammlung am Tisch mit einem Nicken, bevor er schließlich den Kaffeebecher entdeckt.

»Ah, Sie haben schon gespült«, sagt er. »Herzlichen Dank.«

»Keine Ursache«, sagt Alva.

Die Wurzel alles Bösen

1

Anna fühlt sich am Donnerstagmorgen nicht gut und meldet sich mit einer ihrer seltenen Krankmeldungen bei der Arbeit ab. Sie fühlt sich matt und willenlos und kann sich kaum dazu bewegen, eine Tasse Kaffee zu kochen. Möglicherweise hängt ihr Zustand mit dem zusammen, was sie am Vorabend vor dem Kino erlebt hat, oder sie wird wirklich krank. Es spielt keine Rolle, die Symptome sind da.

Als der Kaffee fertig ist, setzt sie sich mit hängenden Schultern an den Küchentisch und trinkt, während sie die Netzausgabe der *Norrtelje Tidning* liest. Der Mann, auf den zuerst geschossen wurde, ein junger Afghane mit befristeter Aufenthaltserlaubnis, war bereits tot, als der Rettungswagen eintraf. Der Zustand des schwedischen Opfers ist kritisch. Warum es zu dem Schusswechsel kam, ist noch nicht bekannt.

Und am Vorabend ist noch mehr passiert. Eine Frau wurde unterhalb des Roslagsmuseums vergewaltigt, nicht weit von der Stelle, wo Anna ihr Gespräch mit Ewert Djup geführt hat. Der Täter hat die Frau blutend und im Schockzustand in einem Gebüsch zurückgelassen und ist mit einem Fahrrad geflohen. Die Polizei sei dankbar für jeden Hinweis. Vor dem Theater wurde ein Mann von zwei anderen Männern schwer misshandelt. Die Auseinandersetzung entzündete sich an einer Dose Snus-Tabak.

Im Leitartikel stellt Reidar Carlsson die Frage, ob die besinnungslose und eskalierende Gewalt, von der Norrtälje betroffen ist, verstärkte Ressourcen und erweiterte Befugnisse für die Polizei nach Paragraf 19 des Polizeigesetzes erfordere. Die Leibesvisitation solle auch ohne besondere Gründe ausgeführt werden dürfen, weil jede Menge Waffen in Umlauf gekommen seien. Er greift auch die *Broken-Windows*-Theorie auf, die behauptet, dass der allgemeine Verfall einer Gegend ein Milieu schafft, in dem Menschen eher zu Verbrechen neigen. Genau das sei in Norrtälje zu beobachten, wo Teile der Innenstadt einstürzen und …

Anna klappt den Computer zu. Sie muss nicht noch mehr lesen, um zu verstehen, was sie ohnehin schon weiß: *Alles geht zur Hölle.* Seit dem vorhergehenden Abend sieht sie es immer wieder vor sich: die Glasscherbe, die im Schädel des jungen Mannes steckt, die brennenden Augen der Nonne, Blutströme, die auf dem Asphalt zusammenfließen.

Unvorsichtigerweise trinkt Anna einen großen Schluck von dem frisch gekochten Kaffee und verbrennt sich die Zunge. Der Schmerz weckt sie ein bisschen auf. Sie kühlt den Mund mit Wasser aus dem Hahn und spritzt sich auch Wasser auf die Augenlider. Noch ein bisschen besser. Vielleicht ist es tatsächlich nur diese Gewalttat, die sich in sie hineingefressen hat wie ein psychosomatischer Virus. Sie reibt sich die Augenlider mit den Handgelenken, stellt sich vor das Balkonfenster und sieht hinaus. Sie erinnert sich, wie Acke aus der falschen Richtung heranstiefelte, und hat eine Idee.

Die Schlüssel.

Es gibt einen Eingang zum Keller auf dieser Seite, und Acke hat die Schlüssel zur Außentür und auch zum Kellerverschlag, weil er ein paar Sachen bei Anna untergestellt hat. Sie geht in die Küche und wühlt in der Glasschale, in der sie allen möglichen Krimskrams aufbewahrt: Batterien, Büroklammern, die Schlüssel zu einem Fahrrad, das gestohlen wurde, ein Haargummi und ganz unten die Schlüssel zum Kellerverschlag. Sie ist seit vielen Jahren nicht mehr dort gewesen.

Ihre Nervosität nimmt zu, als sie die Treppen hinuntergeht, und sie weiß gar nicht, warum. Selbst wenn sich herausstellen sollte, dass Acke sich in dem Verschlag versteckt und dass er in diesem Augenblick dort liegt und schläft, ist es ja nicht so, dass ihr kleiner Bruder *gefährlich* für sie wäre. Na ja, wahrscheinlich hat es etwas mit dem

Gedanken zu tun, in einen Keller zu gehen und dort nach jemandem zu suchen. Wahrscheinlich hat sie zu viele Filme gesehen.

Trotzdem ist es eine Erleichterung, als sie in den Keller kommt und sieht, dass das Vorhängeschloss an ihrem Verschlag dort hängt, wo es hingehört. Sie zieht daran und stellt fest, dass es abgeschlossen ist, also kann Acke sich nicht darin befinden.

Sofern …

Sofern die Gebrüder Djup nicht trotz Ackes Beteuerungen Jagd nach ihm gemacht haben, ihn gefunden, ihn getötet und die Leiche im … Anna zuckt zusammen. Sie sieht überall Gewalt. Nachdem sie gestern Abend ihre Zeugenaussage bei der Polizei abgegeben hatte, war ihr jeder Mensch, dem sie begegnete, wie das Versprechen einer Misshandlung oder von etwas noch Schlimmerem vorgekommen, und sie war eilig und mit gesenktem Kopf nach Hause gegangen.

Reiß dich zusammen.

Anna schließt das Vorhängeschloss auf und lässt es an seinem Bügel hängen, als sie die Beleuchtung anschaltet. In dem Verschlag ist nicht viel untergebracht. Ackes zwei Umzugskartons, ein Karton mit Annas alter Winterkleidung sowie ein Grill, den sie für den Balkon gekauft hat. Sie hat ihn ein einziges Mal verwendet, worauf sich die Nachbarn beklagten und darauf hinwiesen, dass es verboten sei.

Zwei Dinge haben sich allerdings verändert, seit sie das letzte Mal hier unten war. Ein paar Jacken liegen auf dem Boden mit einer Vertiefung in der Mitte, die darauf hindeutet, dass dort jemand gesessen hat, und neben Ackes Kartons steht eine dunkelblaue Sporttasche mit dem Swoosh-Logo darauf. Anna nickt vor sich hin. Zu irgendeinem Zeitpunkt hat Acke sich hier versteckt und sogar ein paar neue Sachen zurückgelassen. Fürs Erste nicht besonders bemerkenswert.

Anna zieht die Sporttasche zu sich heran und empfindet sie als ungewöhnlich schwer, obwohl sie nicht einmal halb voll aussieht. Sie zieht den Reißverschluss auf und begreift zuerst gar nicht, was sie sieht. Eine zusammengewürfelte Masse aus schwarzem Metall.

Ersatzteile? Werkzeug? Sie steckt die Hand hinein und schnappt nach Luft, als sie sieht, was sie dort findet. Eine Pistole. Die ganze Tasche ist mit Pistolen gefüllt.

Der Kolben der Waffe, die sie in der Hand hält, ist geriffelt und mit einem Stern verziert, und an der Seite sind ein paar Ziffern eingeritzt sowie der Text »Zastava Yugoslavia«. Anna wühlt mit der Hand in der Tasche herum und stellt fest, dass sie mindestens zwanzig weitere Pistolen und eine ganze Anzahl Munitionsboxen enthält.

Sie schließt die Augen und ruft die Szenen vom vorhergehenden Abend in die Erinnerung zurück. Sie kann es nicht sicher sagen, aber einer der jungen Männer, die vom Tatort flohen, steckte sich eine Pistole in den Hosenbund am Rücken, und sie *ähnelte* zumindest der Waffe, die Anna gerade in der Hand hält. Ohne sie wegzulegen, lässt sie sich auf die Jacken fallen und starrt auf die nichtssagende Tasche und das unschuldig lächelnde Swoosh-Logo.

Wir haben einen Tilgungsplan erstellt.

Anna weiß nicht, wie viel eine Pistole wert ist, aber vermutlich gehört der Verkauf von ihnen zum Tilgungsplan. Acke ist der Waffenlieferant für Norrtäljes aktuellen Bürgerkrieg. Anna stöhnt auf und lässt den Kopf in die Hände sinken, ohne daran zu denken, dass sie noch immer die Pistole hält. Es tut weh, als ihre Augenbrauen auf das Metall treffen, und ein Pfeil aus Schmerz eilt durch ihren Kopf.

»Scheiß-Acke! Dämlicher Idiot!«

Anna wirft die Waffe zur Tasche, und unter anderen Umständen wäre es vielleicht lustig gewesen, dass sie gleich die Öffnung getroffen und die Pistole sich mit einem Scheppern zu ihren Waffenbrüdern gesellt hat.

Was zum Teufel soll ich tun?

Ist es nicht so, dass es eine Amnestie dafür gibt, wenn man Waffen bei der Polizei abliefert? Kann man es nicht sogar anonym tun? Aber wie anonym ist man schon in Norrtälje? Und wenn sie es täte, würde Acke vermutlich in der Scheiße sitzen. Na und? Soll Anna einfach akzeptieren, dass ihr kleiner Bruder herumläuft und Waffen an Leute verhökert, die ganz scharf darauf sind, andere zu erschießen?

Eine lange Zeit bleibt sie mit dem Kopf in den Händen sitzen und betrachtet das Waffenversteck. Es handelt sich nur um etwa zwanzig Metallstücke, aber es fühlt sich so an, als wäre die Tasche mit schwarzen Schlangen gefüllt, die sie beobachten.

Im Augenblick ist es ihre Aufgabe, sie nicht herauszulassen, damit sie nicht noch mehr Tod und Unheil anrichten. Trotzdem bleibt sie sitzen, ein weiteres Mal hineingezogen in die Schwierigkeiten der Familie Olofsson.

Ihr wird schwindelig, als sie schließlich aufsteht und mit verschwitzter Stirn die Tasche hinauf in die Wohnung trägt.

2

Nachdem sie eine halbe Stunde gegoogelt hat, sieht Anna einigermaßen klar. Die Pistolen in der Tasche sind Exemplare des Modells Zastava M57, Kaliber 7.62 x 25. Es ist eine Kopie der sowjetischen Tokarew-Pistole und wurde als Lizenzprodukt in großen Mengen für die jugoslawische Armee hergestellt.

Nach dem Bürgerkrieg waren Zehntausende dieser Pistolen im Umlauf, außerhalb jeder Kontrolle. Kriminelle und »Unternehmer«, sowohl aus dem ehemaligen Jugoslawien als auch aus dem Westen, zogen durch das arme und zersplitterte Land und kauften Pistolen für zwei-, dreitausend das Stück. Auf dem Schwarzmarkt im Westen konnte eine einzige Waffe dann bis zu dreißigtausend einbringen, vor allem in Gegenden, wo das Angebot ansonsten knapp war.

Zum Beispiel in Norrtälje.

Die Lage war beinahe ideal. Irgendwann hatte Anna Stig sagen hören, dass Norrtälje und Rimbo Scheißmärkte für Waffen seien. Hier gebe es viele Jäger, und wenn man wirklich jemanden erschießen wolle, stehe immer irgendwo ein Elchstutzen herum.

Jetzt aber ist in der Stadt eine schwer begreifliche Konfliktsituation aufgeblüht. Die Leute wollten sich bewaffnen, aber der Markt war leer gefegt, und *traraa*, da stand Acke mit einer ganzen Tasche voller Süßigkeiten. Vermutlich der reine Kundenansturm. Wie viele Pistolen mögen ursprünglich in der Tasche gesteckt haben?

Anna hat den Computer heruntergefahren und ist ein paar Runden durch die Wohnung gelaufen, als es an der Tür klingelt. Bevor sie überhaupt die Tür erreicht hat, klingelt es ein weiteres Mal. Und noch einmal. Auf der Schwelle steht ein total durchgeschwitzter Acke mit einem irren starrenden Blick und fragt: »Hast du sie, hast du sie?«

»Was denn?«, fragt Anna kühl, obwohl gar kein Zweifel daran herrschen kann, was Acke meint.

»Hör auf mit dem Scheiß.« Acke kratzt sich manisch an den Wangen und versucht sich an ihr vorbeizudrängen, aber Anna hält die Stellung. »Bitte, Schwesterherz, sag, dass du sie hast.« Als Anna weder antwortet noch sich bewegt, stößt Acke sie zur Seite und stürmt in die Wohnung.

Die Tasche steht im Wohnzimmer, und als Anna die Wohnungstür geschlossen hat und hineingegangen ist, sieht sie Acke dort auf dem Boden sitzen. Er atmet flach und wühlt in den Pistolen herum, ein bemitleidenswerter Anblick. Anna setzt sich auf das Sofa und fragt: »Was zum Teufel hast du damit vor?«

Acke wühlt weiter herum. »Ich habe es doch gesagt. Tilgung.«

»Es sind alle da«, sagt Anna. »Begreifst du eigentlich, was du da machst? Die Leute in Norrtälje fangen an, einander zu erschießen, und du hängst da mit drin.«

»Was denn, ich kann doch nichts dafür, dass die Leute einander erschießen wollen?«

»Ernsthaft? Bist du plötzlich ein amerikanischer Rechtsaußen geworden? Den Mist glaubst du doch selber nicht.«

Acke scheint es beruhigt zu haben, dass er alles in der Tasche gefunden hat. Er zieht sich die Jacke aus, wischt sich das Gesicht mit einem Hemdzipfel trocken und setzt sich mit einem wippenden Fuß auf die Lehne des Sessels. Er zuckt mit den Schultern. »Doch, warum auch nicht? Man ist doch irgendwie selbst für seine

Handlungen verantwortlich, oder nicht? Wenn jemand eine Knarre kauft, um sich zu verteidigen oder vielleicht auch um jemanden umzubringen, dann ist es doch seine Sache und nicht meine.«

Anna lässt sich in die Sofakissen zurücksinken. Diese Diskussion ist sinnlos und wird jedes Mal neu durchgenudelt, wenn ein Teenager mit einer Automatikwaffe in seine Schule stürmt. Ach so? Soll man Messer dann auch verbieten? Und Hammer? Die kann man ja auch zum Töten benutzen. Nee, es muss sich einfach die Einstellung der Menschen ändern. Nicht dass die NRA oder irgendeine andere Waffenlobby sich besonders anstrengen, irgendeine Einstellung zu ändern, aber in diesem Fall sind die Positionen und die Argumente festgezurrt. Trotzdem muss Anna noch ein bisschen weitermachen: »Gestern habe ich gesehen, wie auf zwei Männer geschossen wurde, vermutlich mit genau dem Scheiß, den du hier verkaufst. Meinst du, das wäre sonst auch passiert?«

»Vielleicht wären sie dann mit einem Messer angegriffen worden, was weiß ich. Verdammt, du warst *dort*?«

»Ja, und es war richtig scheiße. Die Leute sind alle verrückt geworden, und du verhökerst auch noch Waffen, wie kannst du das verteidigen?«

Ackes Fuß kommt zur Ruhe, und er beugt sich zu Anna vor, indem er die Ellenbogen auf die Oberschenkel stützt. »Dann kannst du mir ja vielleicht sagen, was ich stattdessen machen soll?«

»Also …«

»Die Gebrüder, sie … Ach, scheiß drauf, aber es war entweder das hier oder eine kleine Rundfahrt. Weißt du, was das bedeutet?«

»Also, ich verstehe schon …«

»Nein, du verstehst es nicht. Du verstehst gar nichts. Ich finde auch nicht, dass das hier der verdammte Höhepunkt meines Lebens ist, aber ich bin *gezwungen*. Entweder das hier, oder ich werde in naher Zukunft zerfetzt hinter irgendeinem Busch gefunden.«

Anna weiß nicht, ob es auch mit dieser möglichen Krankheit zu tun hat, aber plötzlich wird ihr schlecht. Sie weiß sehr wohl, was *eine kleine Rundfahrt* bedeutet, sie begreift Ackes Lage, und das Unausweichliche daran verursacht bei ihr Übelkeit. Müde fragt sie

Acke, wie diese Lage überhaupt entstanden ist, und er erzählt es ihr bereitwillig, wo jetzt ohnehin alles ans Licht gekommen ist.

Ende der Neunzigerjahre schickten die Gebrüder Djup einen serbokroatisch sprechenden Kurier nach Serbien, wo er etwa fünfzig Waffen für einen Spottpreis zusammenkaufte. Es stellte sich trotzdem als eine Fehlkalkulation heraus, weil die Pistolen schwer zu verkaufen waren, und zwar aus dem Grund, den Anna von Stig kannte: Es standen genug andere Waffen zur Verfügung.

Nachdem er mit einer gewissen Mühe so viele Waffen verkauft hatte, dass zumindest die Kosten gedeckt waren und ein Tauschdeal mit einem Motorradclub in die Binsen gegangen war, landeten die Pistolen auf dem Dachboden eines »Geschäftsfreundes« der Gebrüder Djup, um dort auf bessere Zeiten zu warten.

Und siehe da! Wie von Zauberhand war es plötzlich so weit. Die Stimmung in Norrtälje ging immer mehr gegen null, und der Besitz von Feuerwaffen wurde attraktiv. Man stattete dem Dachboden einen Besuch ab, und es fiel auf Ackes Los, den Verkauf zu betreiben. Die Gebrüder sollten fünfzehntausend pro Waffe bekommen, und was Acke darüber hinaus erlösen konnte, sollte dazu dienen, seine Schuld abzubezahlen.

Acke hatte gedacht, dass es ein hoffnungsloser Fall wäre, aber er musste es ja trotzdem versuchen. Über alte Freunde ließ er die Nachricht verbreiten, dass Pistolen zum Kauf angeboten wurden. Die Freunde sprachen mit Freunden, die mit weiteren Freunden sprachen. Leute ließen von sich hören, und zu Ackes Verwunderung waren einige von ihnen bereit, dreißigtausend pro Stück zu bezahlen. Eine Pistole hatte er sogar für fünfunddreißigtausend verkauft.

»Also, so sieht es jetzt aus«, beendet Acke seine Geschichte. »Sie haben schon einhundertachtzig bekommen. Wenn ich dreihundert erreicht habe, höre ich auf und gebe die restlichen Knarren zurück. Goodwill, sozusagen. Ja, vielleicht verkaufe ich noch ein paar mehr, wenn ich schon einmal dabei bin, aber dann ist auch gut.«

Goodwill, denkt Anna. *Er redet von Goodwill.*

»Wie …«, beginnt sie, wird aber von so einem kräftigen Würgen unterbrochen, dass sich ihr Mund mit saurem Magensaft füllt. Sie schluckt und fährt fort: »Wie … viele hast du denn schon verkauft?«

Acke sieht in die Tasche und rechnet mit den Fingern, bevor er antwortet: »Achtzehn. Nein. Siebzehn.«

Siebzehn schwarze Pistolen, siebzehn schwarze Mündungen, wie Augen, die dich anstarren, bis du tot zu Boden sinkst. Anna presst die Handflächen auf den Mund, springt auf die Beine und läuft zur Toilette.

Es gelingt ihr gerade noch, sich hinzuknien und den Deckel zu heben. Der Würgereiz lässt nicht nach und sie erbricht sich weiter, bis nur noch Speichel kommt. Sie legt die Stirn auf den kühlen Rand des Porzellans und atmet tief durch. Sie denkt an die Schachteln mit Patronen in der Tasche, jeder Schuss mit dem Potenzial, in den Körper eines Menschen einzudringen und seine Eingeweide zu zerfetzen. Hundertfach.

Massaker. Er verhökert ein verdammtes Massaker.

Was ist, wenn jemand total durchdreht und beschließt, das ganze Magazin in eine Menschenmenge zu leeren? Sie hätte anders handeln sollen. Die Tasche vor der Polizeiwache abstellen und weglaufen, was auch immer.

Anna kommt auf die Beine, wäscht sich den Mund am Waschbecken und trinkt direkt aus dem Hahn. Als sie ins Wohnzimmer zurückkehrt, ist Acke gegangen, ohne dass sie es gehört hat. Die Tasche hat er mitgenommen.

3

Marias Leben ist ein bisschen einfacher geworden, seit sie Jesus akzeptiert hat, wenn auch nicht auf die konventionelle Art. Es geht nicht um eine offene Hand, die sie zum Licht führt, sondern um eine geschlossene Faust, die ihre Dunkelheit umfasst.

Als sie am Freitagmorgen das Café öffnet, sitzt Jesus auf seinem gewohnten Platz in der Ecke, sieht aber ganz anders als gewohnt aus. Seine Kleider sind in Fetzen zerrissen, er hat Schrammen und Wunden im ganzen Gesicht und auf den Armen, und auf seinem Kopf sitzt eine Dornenkrone. Blut rinnt seine Stirn hinab. Maria setzt sich auf den Platz ihm gegenüber und fragt: »Was ist passiert?«

Jesus lächelt grimmig. »Ich dachte, du hättest die Bibel gelesen?«

»Ja, aber … das ist doch alles schon lange her?«

»Die Zeit hat keine Bedeutung. Es hört niemals auf. Hast du *Die Göttliche Komödie* gelesen?«

»Nein.«

»Tu das. Ein sehr viel besseres Buch als die Bibel. Die Sünder in der Hölle müssen ihre Qualen ständig wieder durchleben, alles verläuft in einem Kreis, immer und immer wieder.«

Maria runzelt ihre Stirn. Wenn sie die Sache richtig verstanden hat, sitzt ausgerechnet Jesus hier und hält *ketzerische* Reden. »Versuchst du mir zu sagen, dass du dich in der *Hölle* befindest? Entschuldige, aber das ist ein bisschen schwer zu glauben.«

Jesus wischt einen Blutstropfen weg, der im Auge gelandet ist, und sagt: »Du kannst glauben, was du willst, ich sage einfach nur, wie es ist. Klar, ich befinde mich im Paradies, aber wenn man es anders betrachtet, bin ich in der Hölle.« Jesus bedeutet ihr mit einer Geste, man brauche ihn sich ja nur anzusehen, und fährt fort: »Es hört niemals auf.«

Jesus hat knapp zweitausend Jahre Zeit gehabt, darüber nachzudenken, und muss vernünftigerweise genau zu diesem Schluss gekommen sein, aber trotzdem kann Maria eine Frage nicht unterdrücken: »Kann man nicht auf irgendeine Weise aussteigen?«

»Doch. Wenn mir irgendwann erlaubt wird, mich zu verteidigen. Ein Knüppel, ein Messer, was auch immer. Du glaubst gar nicht, wie sehr ich davon träume, endlich einen Römerarsch zu verhauen.« Maria muss kichern, was Jesus zum Fortfahren animiert. »Ich soll ja immer dieses Opferlamm sein, das ohne ein Mäh seine Plagen erträgt, aber wie sehr träume ich davon, nur ein Mal, ein einziges Mal, dieses sadistische Grinsen aus der Visage des Folterers zu radieren. Aber ich darf es nicht.«

Jesus senkt seinen geschändeten Kopf und schüttelt ihn düster. Maria weiß nicht, ob sie damit eine Grenze übertritt, aber sie streckt die Hand über den Tisch aus und legt sie auf Jesus' Hand, bevor sie sagt: »Das tut mir leid.«

»Das muss es nicht«, sagt Jesus. »Es ist meine Rolle, und irgendeinen Sinn wird sie schon haben, wenn ich es richtig verstehe. Aber lass nie zu, dass dir so etwas passiert.«

»Wie sollte mir denn so etwas zustoßen? Ich bin nicht Gottes Sohn.«

»Nicht genau *das*. Aber ähnliche Dinge passieren auch ganz gewöhnlichen Menschen, jeden Tag. Also, lass nie zu, dass dir so etwas passiert. Sei bereit. Lass nicht zu, dass sie dich unterdrücken. Wehr dich.«

Das letzte Wort hängt noch in der Luft, als Küchen-Birgitta die Außentür aufreißt, Maria säuerlich zunickt und in der Küche verschwindet, um den Lunch vorzubereiten.

Wehr dich.

Im Laufe des Tages versucht das Personal wie gewohnt, einander so weit wie möglich aus dem Weg zu gehen. Vermutlich hat jeder eine eigene Strategie entwickelt, um das alles auszuhalten. Sie selbst hat Jesus im Rücken, und das fühlt sich gut an. Ihre Gewaltfantasien verblassen und erinnern sie eher an die morbiden Märchen, die Johan und sie früher erfunden haben.

Während des Mittagsandrangs erweckt sie sogar die alte Version der *Kannibalenprinzessin* wieder zum Leben und verzehrt ein paar äußerst nervtötende Kleinkinder. Schlabber, schlürf klingt es, während sie ihre Gedärme einsaugt, und knurpsel, knurpsel, als sie die kleinen Finger snackt.

Als die Mittagsschlacht geschlagen und das Café wieder so gut wie leer ist, gönnt sich Maria eine kleine Pause und setzt sich an einen Tisch, um die *Norrtelje Tidning* zu lesen. Sie erfährt von den Schießereien, der Vergewaltigung und der Misshandlung am vorhergehenden Abend, und ihre Stimmung sinkt in den Keller. Norrtälje wird langsam zu einem gefährlichen Ort, den man besser meiden sollte.

»Hallo.«

Maria war so in die Zeitung vertieft, dass sie gar nicht gemerkt hat, wie die Eingangstür geöffnet und wieder geschlossen wurde. Vor ihr steht Anna. Sie sieht scheiße aus. Maria steht auf, umarmt sie und fordert sie auf, sich zu setzen.

»Wie geht es dir? Du siehst ja nicht besonders gut aus.«

»Nee«, sagt Anna. »Ich glaube, ich bin krank, oder … Ich weiß einfach nicht, was ich tun soll.«

»Erzähl.«

Anna legt ihr Handy auf den Tisch und zeigt auf die Zeitung mit der Schießerei auf dem Titelblatt. Weil es so spät passiert ist, bringen sie nur ein Bild des Bluts vor dem Kino und einen kurzen Bericht. Anna erzählt, was sie am vorhergehenden Abend gesehen hat. Dann verstummt sie, seufzt und sagt: »Und das Schlimmste ist … ich muss das jemandem erzählen. Siw ist auf der Arbeit und … du behältst es doch für dich, oder?«

»Ich schweige wie ein Grab.«

»Mein Bruder steckt hinter der ganzen Sache.«

Marias Augen weiten sich immer mehr, während Anna von dem Waffenversteck und Ackes Geschäften erzählt, von ihrer Befürchtung, dass irgendwann jemand total durchdreht und in eine Menschenmenge schießt und ein Massaker anrichtet. Was soll sie jetzt bloß tun?

»Ich weiß nicht«, sagt Maria und blättert in der Zeitung. »Aber so wie jetzt kann es nicht weitergehen.«

Es gibt eine ganzseitige Annonce für eine kurzfristig organisierte Veranstaltung. Es ist die Rede von »Dunklen Zeiten« und »Norrtäljes Seele«, und ohne, dass es direkt erwähnt würde, ist das Ganze als eine Antwort auf den anscheinend unaufhaltsamen Verfall gedacht, dem Norrtälje in der letzten Zeit ausgesetzt ist.

Also: ein Lichterfest! Am kommenden Mittwoch werden die Menschen aufgefordert, ihre ganze Fantasie und Fingerfertigkeit einzusetzen, um schwimmende Lichter zu konstruieren. Flöße, Boote, ja, alles Mögliche, was schwimmt, und es mit Lichtern zu schmücken. Die Wasserfahrzeuge stechen an der Faktoribrücke in

See, um anschließend den Fluss hinabzutreiben und ihren freundlichen Schein auf Norrtäljes Bevölkerung zu werfen, die sich am Flussufer versammeln soll. Ein Scherzbold hat der Veranstaltung einen Namen gegeben: »Oh, was für eine Nacht.«

»Da hast du deine Menschenmenge«, sagt Maria.

»Ja«, sagt Anna und reibt sich müde die Stirn. »Scheiße, was soll ich machen? Ich kann doch nicht … Er ist doch mein kleiner Bruder.«

»Hmm«, sagt Maria. »Wenn wir schon darüber reden. Falls es dir heute Abend besser geht: Marko fliegt nach Sarajevo, also machen wir einen kleinen … zum Abschied und so. Zu Hause bei uns um halb sieben. Wenn du es schaffst.«

»Ja. Doch. Aber was soll ich tun, Maria?«

»Es klingt ja nicht gerade so, als wäre dein Bruder für Argumente empfänglich, also … wenn du dir nicht auf irgendeine Weise diese Tasche schnappen kannst, bleibt dir nicht viel übrig.«

Maria gräbt in ihrer Handtasche, holt einen Blister mit Paracetamol heraus und drückt zwei Tabletten heraus, die sie Anna gibt. »Jetzt nimmst du erst mal die hier. Und dann gehst du nach Hause und legst dich hin. Auf der Toilette gibt es Wasser.«

Anna nickt schwer, steht auf und schleppt sich zur Toilette. Sobald sie außer Sicht ist, greift Maria nach deren Handy. Es ist mit einem einfachen Muster gesperrt, das hat Maria auf Markos Fest gesehen. Sie entsperrt es und ruft die Kontaktliste auf. »Acke« steht ganz oben. Maria holt einen Stift aus ihrer Tasche und kritzelt die Nummer auf eine Serviette, die sie in die Brusttasche steckt.

Was sie Marko gesagt hat, stimmt nicht ganz. Maria ist nicht völlig blank. Sie hat ein wenig für eine Notsituation zur Seite gelegt. Und das hier ist eine Notsituation.

Jesus ist sicher derselben Ansicht.

Trennungen

1

In den vergangenen Tagen hat Marko eine unerwartete Entdeckung gemacht: Es ist ein größeres Abenteuer, auf etwas zu verzichten, als es zu besitzen. Die Anschaffung einer Topwohnung am Stureplan, eines Angeberautos und einer Garderobe voller Markenkleidung hat ihm nicht einen Bruchteil der Spannung und der Abenteuerlust beschert, die er jetzt empfindet, als er all das hinter sich lässt. Die erwähnte Garderobe enthält, abgesehen von der Unterwäsche, kein einziges Kleidungsstück, das für seine Zwecke geeignet wäre, also geht er davon aus, dass er in Sarajevo einkaufen und sich vor Ort schlichter kleiden muss. Er wird ja kaum in einem maßgeschneiderten Carusoanzug herumlaufen und Gerümpel aufräumen.

Er hat einen Abstecher nach Stockholm gemacht, um seinen Pass und ein paar Sachen zu holen, die er auf der Reise gebrauchen kann. Er hat eine Tante angerufen, die nach wie vor in Mostar wohnt und ein Zimmer zu vermieten hat, aber die ersten Nächte wird er im Hotel wohnen und herausfinden, wie dieses Land funktioniert. Das Gespräch mit der Tante war zu Beginn etwas holperig, aber schon nach einer Viertelstunde begann das Bosnische zurückzukehren. Es wird schon gut gehen.

Der letzte Abend in Schweden. Auf Lauras Initiative hat er Johan und Max eingeladen, um sich von ihnen zu verabschieden, und auch Anna und Siw tauchen auf, inklusive Siws Tochter Alva, zu Gorans Entzücken. Er verschwindet sofort in den Keller, um einen Karton mit Marias alten Spielsachen zu holen.

Laura hat Schnittchen und Crémant serviert, was sich nach Markos Ansicht vollkommen korrekt anfühlt. Denn es ist ein Grund zum Feiern. In wahrem bosnischen Überfluss hat sie mindestens doppelt so viel gemacht, wie realistischerweise verzehrt wird, also reicht es auch für die überzähligen Gäste.

Marko lässt den Blick über die Gäste wandern, die herumstehen und ihre Sucukwürste kauen und Blubberwasser trinken. Siw und Max haben die Köpfe zusammengesteckt und unterhalten sich leise, da ist wahrscheinlich was im Gange. Anna sieht müde aus, lacht aber über etwas, das Johan sagt, und die ursprüngliche Feindschaft zwischen den beiden ist wie weggeblasen. Nur Maria steht allein da, hat die Augen zusammengekniffen und kaut auf den Lippen.

Das ist seltsam. Marko befindet sich erst seit ein paar Wochen in Norrtälje, aber schon jetzt fühlen sich die Jahre in Stockholm wie ein abgelegener Traum an. Mittlerweile spürt er es ganz deutlich: Das hier sind die Menschen, mit denen er zusammengehört, nicht die Finanzleute aus Stockholm. Und jetzt will er noch weitergehen, noch einen neuen Schritt machen.

»Hi«, sagt er zu Maria. »Wie geht es dir, du wirkst ein bisschen abwesend.«

»Hier ist alles gut«, sagt Maria. »Alles im Lot.«

»Wirst du ohne mich zurechtkommen?«

Maria zeigt ein schwer zu deutendes Lächeln. »Jetzt schaffe ich es.«

»Was heißt jetzt?«

»Einfach nur jetzt. Mach dir keine Sorgen. Ich komme zurecht.« Sie weicht mit ihrem Blick aus, und er fällt auf Goran. Marias Lächeln wird offener und sie sagt: »Sieh dir Papa an.«

Nicht ohne Nostalgie holt Goran die alten Puppen und Prinzessinnenkleider von Maria heraus. Sein Sohn steht im Begriff, sie ein weiteres Mal zu verlassen, und Marias Kindheit ist ebenfalls lange verflossen. Alles verschwindet oder verwandelt sich. Es ist ein kleiner Trost, diese Alva hier zu haben, in deren Händen die Puppen ein neues Leben bekommen.

Goran holt eine Gespensterpuppe heraus, die Maria immer benutzte, um an Halloween andere Kinder zu erschrecken, und Alva zuckt zurück und sagt: »Die ist gruselig! Wie der Tod!«

»Oh«, sagt Goran. »Hab keine Angst. Es hat keinen Sinn, Angst zu haben. Weißt du auch, warum?«

Alva spitzt die Ohren und sagt: »Nee. Warum?«

»Weil die Angst … von Dingen handelt, die in der Zukunft passieren. Verstehst du? Man hat Angst vor dem, was passieren *kann*. Diese Puppe kann nichts tun. Und die Zukunft können wir nicht beeinflussen.«

»Doch.«

»Wie meinst du das?«

Alva sieht ihre Mutter an, die ihr aus irgendeinem Grund, den Goran nicht verstehen kann, einen warnenden Blick zuwirft, und antwortet dann: »Ach, nichts.« Sie nimmt die Spukpuppe in ihre Hände und betrachtet sie aus unterschiedlichen Winkeln, bevor sie sagt: »Die ist eigentlich gar nicht so gruselig.«

»Nee«, sagt Goran. »Und weißt du, was ich gelernt habe? Weißt du, wovor die Menschen die größte Angst haben?«

»Vor Monstern.«

»Nein, die größte Angst haben die Menschen vor der Angst selbst. Sie fürchten sich davor, Angst zu haben. Das ist doch seltsam, oder?«

Alva legt den Kopf schief und beobachtet Goran, bevor sie sagt: »Du bist ein lustiger Onkel.«

»Alva!«, sagt Siw. »So etwas sagt man nicht!«

»Aber er ist doch einer.«

»Kein Problem«, sagt Goran und holt eine Barbiepuppe heraus. »Weißt du, wer die hier ist? Das ist die Prinzessin, wie sagt man, die Prinzessin Mondenschein, die nur in der Nacht hinausgeht und mit allen Tieren im Wald befreundet ist.«

»Mhm«, sagt Alva. »Aber du weißt schon, dass es eigentlich Barbie ist, oder?«

Max setzt sich neben Siw aufs Sofa. Er streicht ihr eine Haarsträhne hinter das Ohr, und gemeinsam sehen und hören sie zu, wie Goran und Alva ein kleines Märchen mit den Puppen erfinden. Es ist schön zu erleben, wie Goran plötzlich leicht wird und strahlt, sogar sein von der Arbeit gebeugter Rücken richtet sich auf, als er die Barbiepuppe über die Sofakissen klettern lässt, auf der Jagd nach einem Zauberstab.

»Wir kommen morgen mit«, sagt Siw.

Max ist so sehr in das Spiel vertieft, dass er erst gar nicht versteht, was sie meint, aber dann erinnert er sich. Charlie. Der Bootsausflug. »Oh, schön. Er hat elf Uhr vorgeschlagen.«

»Das passt. Was meinst du, gibt es eine Schwimmweste für Alva?«

»Ich werde ihn fragen.«

»Gut. Und hast du noch mehr über … das da nachgedacht?«

»Mhm. Ich habe mir einen Schilderständer mitsamt Schild von der Arbeit ausgeliehen. Dass die Straße gesperrt ist. Ich denke, ich werde es dort aufstellen, sobald ich weiß, dass der Wagen kommt. Und dann laufe ich einfach weg.«

»Ja«, sagt Siw. »Und ich werde mit den Trainern reden. Wie auch immer ich sie überzeugen soll.«

»Wenn es um Kinder geht, die möglicherweise in Gefahr sind, kann man die Leute vielleicht leichter überreden.«

»Welche Kinder sind in Gefahr?«, fragt Alva und sagt Goran mit einer Handbewegung, dass das Spiel zeitweilig unterbrochen ist.

»Das wissen wir ja nicht«, sagt Siw. »Aber *wenn* ein Tankwagen genau zu der Zeit kommt, in der ihr Training habt.«

Alva nickt, und Goran fragt: »Was für ein Tankwagen?«

»Das ist eine lange Geschichte«, sagt Alva. »Komm, wir spielen weiter.«

Annas Lachen ist ein bisschen zu schrill, und Johan sieht winzige Schweißperlen an ihrem Haaransatz. Er fragt: »Wie geht es dir eigentlich?«

»Ich glaube, ich brüte etwas aus«, sagt Anna und legt die Hand auf die Stirn. »Aber da ist auch noch etwas anderes. Ich erzähle es dir später.«

»Hat das mit dieser Sache vor dem Kino zu tun?«

»Das kann man so sagen. Aber nicht, wie du glaubst. Hast du ein paar, wie heißt es noch, Nachwirkungen davongetragen?«

Johan trinkt einen kräftigen Schluck Crémant, der in die Nase hinaufblubbert und ihn zum Niesen bringt, was ihm eine willkommene Frist gibt. Die Wahrheit ist, dass die Nachwirkungen bei ihm ziemlich real waren, in dem Sinne, dass er sich schuldig fühlte und kaum schlafen konnte.

Natürlich ist es gar nicht möglich herauszufinden, was genau letztendlich dazu führte, dass zwei Menschen vor dem Kino beschossen wurden und zu Boden sanken, aber irgendwo in diesem Zusammenhang stößt man auch auf Johans Text »Ein ganz normaler Abend in Norrtälje« mit dieser verdammten Wortschöpfung, die mit »Stahlwoll-« anfängt.

Kurz bevor er zu Marko gegangen ist, hat er sich noch einmal bei *Roslagsporten* eingeloggt und versucht, den Beitrag zu löschen, aber bis jetzt haben seine Anstrengungen zu nichts geführt und der Post ruft nach wie vor enthusiastischen Beifall hervor.

Johan massiert sich die Nasenwurzel und sagt: »Nee. Nicht direkt.«

»Herzlichen Glückwunsch«, sagt Anna. »Ich werde das Bild nicht los, wie diese beiden Blutströme auf der Straße zusammenfließen. Wie kann etwas so Hässliches nur schön erscheinen?«

Der Flug startet um halb zehn, also holt Marko um Viertel nach sieben seine gepackte Tasche und verabschiedet sich. Goran hat auf den Schaumwein verzichtet, um Marko zum Flughafen fahren und den Wagen wieder mit nach Hause nehmen zu können. Bevor Marko auf der Beifahrerseite einsteigt, bleibt er noch einen Augenblick stehen und betrachtet die Menschen, die sich auf der Eingangstreppe versammelt haben. Er erinnert sich, wie er knapp drei Wochen zuvor nach Norrtälje hineinfuhr in der Hoffnung, als *ein Gewinner nach Hause zurückzukehren*, wie der Sieger bei Mario Kart, und stattdessen von Durchfall heimgesucht wurde.

Jetzt hat die ganze Sache schon mehr Stil. Die Versammlung auf der Eingangstreppe winkt und strahlt ihn an, als er sich mit vor

Abenteuerlust geschwellter Brust bereit macht, den Anker zu lichten. Marko wirft ein letztes Zlatan-Lächeln in die Runde, ballt die Faust über dem Kopf und ruft: »Yeah! Mario wins!« Dann setzt er sich ins Auto.

2

Anna und Johan brechen gemeinsam von Markos Haus auf. Als sie die Kreuzung Bergsgatan/Gustav Adolfs Väg erreichen, verlässt Anna plötzlich die Kraft und sie muss sich an einem Stromkasten abstützen. Sie hat kein hohes Fieber, aber den ganzen Tag kaum etwas gegessen, bevor sie ein paar Gläser Schaumwein geleert hat.

»Mist«, sagt Johan. »Dir geht es ja wirklich schlecht.« Er deutet zu den Häusern, die am Hang zum Hafen hinunter liegen. »Sollen wir zu mir nach Hause gehen? Ich habe Ibuprofen.«

»Am besten hilft Tee.«

»Ich habe auch Tee. Glaube ich.«

»Ich meine … ach, scheiß drauf. Natürlich.«

Johan legt seinen rechten Arm um sie und stützt sie, als sie den Hang hinuntergehen. Anna lehnt den Kopf an seine Schulter. Sie könnte alleine gehen, aber es ist lange her, dass sie mit jemand anderem als Siw auf diese Art unterwegs war, und wenn ihr Fürsorge angeboten wird, wäre es ja nur dumm, sie zurückzuweisen.

Einen Augenblick schließt sie die Augen und genießt es ein bisschen: »Bist du wirklich so was wie totalschwul?«

Johan prustet über den Ausdruck und antwortet: »Ja. Total.«

»Schade.«

Johan umarmt sie als Bestätigung dafür, dass er es ähnlich empfindet.

Als sie bei den Mietshäusern sind, fragt er: »Was wolltest du eigentlich erzählen?«

»Zuerst ein Ibuprofen. Danach ein Tee. Dann werde ich erzählen.«

Johans Wohnung ähnelt Annas in der Hinsicht, dass es dort auch nicht mehr gibt, als unbedingt nötig ist. Anna hat immerhin ein paar Teppiche auf dem Fußboden. Als sie sich die Jacken ausgezogen haben, sagt Johan: »Leg dich irgendwo hin, ich kümmere mich um den Tee«, worauf er in die Küche geht.

Anna schleppt sich ins Wohnzimmer, wo es nur ein Sofa, einen Schreibtisch mit Stuhl sowie einen ordentlich dimensionierten Fernseher gibt, an den eine Playstation 3 angeschlossen ist. Ein paar Spiele liegen auf dem Boden. Auf den Verpackungen sieht man Männer mit großen Waffen. Anna schnaubt. Acke spielte Playstation 2, und sie erinnert sich, dass auf den Verpackungen Männer mit großen Waffen zu sehen waren. Bestimmte Dinge ändern sich nie.

Sie ist auf dem Weg zum Sofa, um darauf zusammenzubrechen, macht aber noch einen Abstecher zu dem Schreibtisch mit Johans Computer. Der Gedanke an Acke lässt sie an die Waffen denken, und sie möchte die Seite von *Norrtälje Tidning* aufrufen, um zu sehen, ob schon wieder was passiert ist.

Mit einem Keuchen setzt sie sich auf den Schreibtischstuhl und klappt den Computer auf. Auf dem Schirm erscheint *Roslagsporten*, diese Homepage, auf die Berit immer hinweist. Anna schreibt *norrteljetidning.se* in das Adressfeld und will gerade auf Enter drücken, als sie ganz oben rechts etwas entdeckt, das ihren Finger aufhält. »Eingeloggt als: SvenneJanne«.

Was zum Teufel …

»Möchtest du Honig in den Tee?«, fragt Johan aus der Küche.

Anna antwortet nicht. Sie zieht den Mauszeiger zum Feld »Meine Beiträge« und klickt. Etwa zwanzig Links werden in einer Liste angezeigt, mit Titeln wie: »Eurabien rückt näher« und »Bettler sind keine Kulturbereicherer«. Ganz oben findet sie den Titel: »Ein ganz normaler Abend in Norrtälje.«

Johan kommt ins Wohnzimmer. »Anna. Möchtest du vielleicht auch …?«

Anna dreht sich auf dem Stuhl um und zeigt auf den Bildschirm. »Hast du etwa diesen Scheiß geschrieben?«

Johans Augenbrauen ziehen sich zusammen. »Verdammt, gehst du einfach so an die Computer anderer Leute?«

Das ist Antwort genug. Anna ist sprachlos. Sie schüttelt langsam den Kopf, und ihr Blick fällt auf den Bildschirm, auf dem sie den Titel »Radikalisierte Kinder mit Vollbärten« entdeckt. Johan geht ein paar wütende Schritte auf sie zu, klappt den Bildschirm herunter und klemmt den Computer unter den Arm. Das Einzige, was Anna über die Lippen kommt, ist: »Wer bist du?«

»Wer soll ich denn sein?«

»Du bist dann ja … einer von denen.«

»Und wer sind die?«

»Diejenigen … die … *hassen.*«

Johan lässt sich mit dem Computer im Arm auf das Sofa sinken, es ist nicht ganz klar, ob er unbewusst versucht, seine Texte zu verstecken oder vor ihr zu beschützen. Er verzieht den Mund und sagt: »Wenn du an diese Sache mit dem Raubversuch denkst, das ist tatsächlich so passiert und ich habe mich sehr darüber aufgeregt, sodass es ein bisschen … heftig wurde. Ich habe versucht, den Post wieder zu löschen.«

Es schmerzt in Annas Brust, als etwas Schönes, das gerade im Entstehen war, mit Knirschen und Krachen zusammenfällt. Sie drückt die Faust gegen die Rippen und sagt: »Aber … Eurabien, Kinder mit Vollbärten, Kulturbereicherer, das sind doch … das gehört doch alles *dorthin*. Zu diesem Scheiß.«

»Genau diese Einstellung ist so unangenehm«, sagt Johan. »Unter diesen Bedingungen kann man überhaupt nicht diskutieren. Es kommen Signalwörter, und plötzlich darf man nicht mehr miteinander reden.«

»Nein«, sagt Anna und steht auf, wobei sie sich auf den Tisch stützt. »Daran liegt es nicht.«

Als sie in den Flur geht, legt Johan den Computer zur Seite, steht vom Sofa auf und legt die Hand auf ihren Arm. »Anna? Aber wir können doch reden?«

Anna schüttelt seine Hand ab, sieht ihm in die Augen und sagt: »Fass mich nicht an.«

Während Anna sich die Schuhe schnürt und den Mantel überzieht, steht Johan in der Tür zum Wohnzimmer und redet immer hektischer.

»Es ist genau diese Reaktion, die alles so polarisiert. Jemand sieht ein Triggerwort, und sofort fangen die Warnlampen an zu blinken: »Rassist, Rassist!« Aber ich bin nicht ... Wenn du wirklich *lesen* würdest, was ich geschrieben habe. Okay, klar, das ist ein bisschen Clickbait in den Überschriften, aber ich versuche tatsächlich, nuanciert und ... Siehst du gar nicht ein, dass deine Reaktion verdammt intolerant ist?«

Anna öffnet die Wohnungstür und sagt: »Ich *habe* es gelesen. Intolerant, Johan? Meinst du das ernst? Adieu.« Sie knallt die Tür hinter sich ins Schloss und geht die Treppe hinunter. Als sie auf den Hof kommt, wird sie von einer noch größeren Erschöpfung überfallen. Sie sinkt auf eine Steinstufe und legt das erhitzte Gesicht in die Hände.

Verdammte Scheiße.

Tränen rinnen ihr durch die Finger.

Auf der einen Seite Johan, der mit seinen Texten zu der Stimmung in Norrtälje beigetragen hat, auf der anderen Seite Acke, der Waffen verkauft und diese Stimmung in eine tödliche verwandelt. Es ist ein verdammter Sturm, und in seiner Mitte sitzt Anna und sieht ihn aufziehen. Zur Hölle mit allem.

Sie greift nach dem Geländer und zieht sich auf die Füße. Als sie zur Fassade hinaufschielt, sieht sie Johan in einem Fenster stehen. Sie zeigt ihm den Finger und schleppt sich vom Hof.

Wie die Meereswinde wehen

Charlies Boot liegt in Gräddö, etwa zwanzig Kilometer außerhalb von Norrtälje, also haben sie ausgemacht, dass er um elf Uhr mit dem Auto zu Siws Wohnung kommt und seine Fahrgäste dort abholt. Das Wetter ist ungemütlich und die Temperatur liegt bei zehn Grad, also packt Siw ihre Tochter und sich selbst dick ein.

»Nicht *die*«, sagt Alva, als Siw versucht, ihr eine Mütze mit Ohrenlappen aufzusetzen, »das ist eine Babymütze.« Sie wirft die Inkamütze auf das Hutregal und gräbt nach ihrer Favoritin, der mit dem Aufdruck von Jansson's Klempnerei: *Wir verbiegen uns für Sie.*

Ein paar Minuten vor elf klingelt es an der Tür. Davor steht Max mit einer Plastiktüte in der Hand. Siw und er umarmen sich hastig, bevor Alva zu ihnen kommt und die Tüte inspiziert. »Was hast du da?«

»Die Switch.«

Alva reißt die Augen auf und sagt: »In einer *Plastiktüte*?« Sie sieht in die Tüte hinab, in der auch ein Spiel liegt, fasst sich an den Kopf und ruft: »Oh, Gott! Mario! Die Kaninchen! Können wir jetzt gleich spielen?«

»Wir wollen doch Boot fahren«, sagt Siw und wirft Max einen vernichtenden Blick zu, als Alva antwortet: »Ich will nicht Boot fahren, ich will mit den Kaninchen spielen!«

»Das machen wir, wenn wir zurück sind«, sagt Max. »Man muss den Fernseher anschließen und solche Sachen. Das dauert eine Weile.«

»Prommiss?«, fragt Alva und streckt einen Zeigefinger in die Luft. »Du wirst dich nicht aus dem Staub machen, oder?«

»Nein«, sagt Max und lacht, als er die Tüte auf den Tisch im Flur stellt. »Prommiss.«

Siw holt den Korb mit dem Saft und der Thermoskanne Kaffee, den sie vorbereitet hat. Alva bleibt mit den Blicken an der Tüte hängen, bis Siw die Tür schließt, ihre Tochter an der Hand nimmt und mit ihr die Treppen hinuntergeht. Siw unternimmt eine bewusste Anstrengung, indem sie denkt: *Das hier wird ein schöner Tag*, statt sich weiter mit dem Tankwagen zu beschäftigen, dieser ständig anwesenden Drohung einer Gefahr, die immer näher kommt.

Dass auch sie am gestrigen Abend auf dem Heimweg von Marko in der Nähe des Schützenbunkers ein Gehör bekommen hat, hilft auch nicht weiter. Kreischende Reifen auf dem Asphalt, brüllendes Metall, ein Knall und ein Widerhall, ausströmende Flüssigkeit und dann dieses ohrenbetäubende Krachen. Alva hatte es ihr angesehen: »Du hast es gehört, oder?«

»Ja«, hatte Siw gesagt. »Und ich verstehe, dass du geschrien hast.«

Das hier wird ein angenehmer Tag.

Sie treten aus der Haustür und gehen nebeneinander durch den Tunnel. Als sie die Straße erreichen, schiebt Alva ihre freie Hand in seine. Max sieht Siw beinahe erschrocken an, die den Mund spitzt und die Augenbrauen hochzieht in einer Miene, die besagt: *Sieh an!*

»Macht ein Engelchen!«

»Wie bitte?«, fragt Max.

»Engelchen«, sagt Alva und klappt die Beine unter sich zusammen, sodass sie in Max' und Siws Händen hängt. Siw weiß nicht, wo ihre Tochter dieses Kunststück aufgeschnappt hat, die noch nie an den Händen von zwei Erwachsenen spazieren gegangen ist, aber diese Gelegenheit offensichtlich nutzen will.

Max versteht, was von ihm verlangt wird. Er sieht Siw an und sagt: »Engelchen, Engelchen … fliiieeg!«, worauf sie Alva hoch in die Luft schaukeln. Sie zappelt mit den Beinen und stößt einen verzückten Laut aus, bevor sie wieder landet und »Noch einmal!« ruft.

Sie schaffen noch vier weitere Engelchen, bevor sie den Drottning Kristinas Väg erreichen, an dem Charlie seinen dunkelblauen Volvo 240 geparkt hat und wartet. Er beginnt zu strahlen, als er sie entdeckt, und breitet die Arme aus.

»Meine Retter in der Not! Meine Engel!«

»Was ist das denn für ein seltsamer Mann?«, flüstert Alva.

»Das ist Charlie«, sagt Siw. »Der uns mit dem Boot mitnimmt.«

»Ist er betrunken?«

»Nein. Er ist nur fröhlich.«

Charlie begrüßt Max und Siw mit einer tiefen Umarmung, bevor er vor Alva in die Hocke geht und fragt: »Und wie könnte eine solche kleine Dame denn heißen?«

Siw beobachtet, wie Alvas Nasenflügel zucken, als sie an Charlies Atem schnuppert, um festzustellen, ob hier nicht doch eine Trunkenheit am Steuer droht, bevor sie antwortet: »Ich heiße Alva. Sprichst du immer so komisch?«

Charlie lässt ein dröhnendes Lachen hören. »Nee, nur wenn ich in Gesellschaft solcher honorabler Personen bin. Steigt ein.«

Max setzt sich auf den Beifahrersitz, Siw und Alva auf den Rücksitz. Als Siw Alva beim Anschnallen hilft, sieht sie, wie ihre Tochter den fremden Geruch nach Öl, altem Rauch und etwas anderem, vermutlich Fisch, einsaugt. Als der Wagen losrollt, lehnt sich Alva an Siw und flüstert: »Hier riecht es nach altem Mann.«

Sie erreichen die Landstraße nach Kapellskär. Auf dem Vordersitz unterhalten sich Max und Charlie über die möglichen Fahrtwege für den heutigen Ausflug. Siw lehnt sich zurück und sieht aus dem Fenster. Eine Mittelplanke, die die beiden Fahrtrichtungen voneinander trennt, ist dazugekommen, seit sie das letzte Mal hier entlanggefahren ist, das muss … beinahe acht Jahre her sein. Auf dem Weg zur Finnlandfähre und Alvas vermeintlicher Zeugung.

Bei Södersvik biegt Charlie ab, um die alte Landstraße nach Gräddö zu nehmen. Die Bäume hier auf der Halbinsel Rådmansö haben den trockenen Sommer besser überstanden als die in Norrtälje, hier und dort hängen noch ein paar gelbgrüne Blätter an den Zweigen. Als sie durch Södersvik fahren, liest Alva ein Schild und ruft: »Bäckerei! Wecken! Können wir Zimtwecken kaufen?«

Charlie hält an, und sie betreten die Bäckerei mit angeschlossenem Café im ehemaligen Dorfladen. Handgeschriebene Schilder informieren über die Zutaten in den sündhaft teuren ökologischen

Sauerteigbroten, und das ganze Lokal riecht eher nach Stockholm als nach Roslagen. Alva zeigt und Charlie bezahlt die vier Zimtwecken, die preislich etwa vier *McMenüs* entsprechen, bevor sie sich wieder ins Auto setzen und weiterfahren.

Sie kommen an der Kirche von Rådmansö vorbei, wo auf einem großen Haufen Schotter ein Schild mit dem kryptischen Text »Privater Schotter! Ich sehe dich, Dieb!« steht. Fünf Minuten später biegen sie auf den Parkplatz am Freizeithafen Gräddö ab. Sie nehmen die Schwimmwesten aus dem Kofferraum und gehen zum Wasser.

So spät im September ist der Hafen nur zur Hälfte belegt, weil viele die Saison schon abgeschlossen und die Boote an Land gezogen haben. Charlie marschiert auf einen Steg, zeigt stolz auf einen Holzkahn mit Sitzplätzen an der Reling und sagt: »Hier habt ihr meinen Augenstern.«

»Er findet ihn sehr schön«, sagt Siw, bevor Alva etwas fragen kann.

Alva betrachtet den Kahn misstrauisch. Sie ist vorher noch nie auf See gewesen, und Siw weiß nicht, welche Vorstellungen sie sich von Charlies Boot gemacht hat. Sie zieht Siw an der Hand und sagt: »Mama, ich glaube, das hier ist lebensgefährlich.«

Charlie lacht und hält sich den Bauch, wie ein Polizist in einer Heimatkomödie. Dann wird er wieder ernst und sagt: »Junge Dame. Ich würde euch niemals einer Gefahr aussetzen. Du weißt doch, dass deine Mama und dein Papa mir das Leben gerettet haben, oder?«

»Max ist nicht …«, fängt Alva an, kneift dann aber den Mund zusammen und wirft Max einen seltsamen Blick zu. Siw vermutet, dass sie überlegt, ob Max *tatsächlich* ihr Vater sein könnte. Oder zumindest werden könnte. Auch Max sagt nichts.

Nachdem sie Alva ein bisschen locken mussten, sitzen jetzt alle auf den Bänken. Alva beginnt zu fragen: »Wie haben sie denn dein Leben …«, aber ihre Stimme wird im Knattern des Glühkopfmotors ertränkt, nachdem Charlie ihn gestartet hat. Siw hat Alva nichts von Charlies verhindertem Selbstmord erzählt, und sie hat es eigentlich auch nicht vor. Nach dem Gehör beschäftigt sich Alva ziemlich viel mit dem Tod.

Mit der Hand am Ruder manövriert Charlie aus dem Hafen heraus und in die Norrtäljebucht hinein. Das Motorengeräusch macht eine normale Konversation unmöglich, und Charlie drückt seinen Mund ganz nahe an Max' Ohr, als er auf die Inseln zeigt, an denen sie vorbeikommen, und von ihnen erzählt. Alva hat die Hände auf die Knie gelegt und starrt verbissen vor sich hin, als wäre es allein ihre Willensstärke, die sie über Wasser hält.

Nach zehn Minuten ist Siw vollkommen gelöst, und auch Alvas Körperhaltung beginnt sich zu entspannen. Es ist angenehm, sich so langsam vorwärtszubewegen, und das verlässliche Knattern des Motors ist ein bisschen einschläfernd. Siw lässt ihren Gedanken freien Lauf, als sie in die Norrtäljebucht hineinfahren, durch den Hafen, in dem der Container stand, und weiter bis zum Fluss.

Der Fluss.

Alle Gewalttaten und Übergriffe haben sich im Stadtzentrum ereignet, aber wenn man länger darüber nachdenkt, scheinen sie sich eher auf das Gebiet direkt am Fluss zu konzentrieren. Auch das, was sie selbst gesehen hat, der Überfall auf die afghanischen Männer, geschah direkt am Flussufer, und als sie anschließend über die Brücke ging … die Angst, die sie verspürte, verwandelte sich ansatzlos in die Fantasie von einem Attentat.

Das Boot hat einen offenen Meeresarm erreicht, und der nordöstliche Wind frischt auf. Siw sieht, dass Alva zu frieren beginnt, und fragt: »Ist dir kalt?«

»Mhm.«

Siw geht zu Charlie und ruft direkt in sein Ohr: »Es ist ein bisschen kalt! Und Alva friert!«

Charlie drosselt sofort den Motor und sagt: »Oh, das können wir natürlich nicht zulassen. Wir begnügen uns jetzt damit, und wenn die junge Dame vielleicht gestattet …«

Charlie klappt die Bank hoch, auf der er eben noch gesessen hat, und holt eine alte Steppjacke heraus, die er Alva reicht. Sie begutachtet die Jacke mit einer zitternden Nase. Selbst aus der Entfernung kann Siw wahrnehmen, dass dieses Kleidungsstück auch *nach altem Mann riecht*, aber Alva kneift die Lippen zusammen und zieht sie über. Sie ist so groß, dass sie Alva ganz einhüllt, wenn sie die Beine anzieht.

Sie liegen still mit ausgeschaltetem Motor und treiben auf dem Wasser. Charlie zeigt aufs Land und zu einem Hafen, in dem ein Rettungskreuzer liegt. »Räfsnäs«, sagt er und bewegt den Finger zu einem Leuchtfeuer, das ein paar Hundert Meter weiter draußen liegt. »Tjockö. Wollen wir jetzt vielleicht ein bisschen Kaffee trinken?«

Siw schenkt in die Tassen ein, die sie mitgenommen hat, und gibt Alva ein Glas Saft, das unter dem Jackenzelt verschwindet, unter das Alva ihren Kopf gezogen hat. Die Bäckertüte wandert herum, und die Zimtwecken scheinen ihren Preis beinahe wert zu sein.

»Ich musste da an eine Sache denken«, sagt Siw und schluckt einen nach Kardamom schmeckenden Bissen herunter. »Was da in Norrtälje passiert. Das scheint sich ja alles um den Fluss herum abzuspielen.«

»Daran habe ich auch schon gedacht«, sagt Max. »Aber …«

»Japp!«, werden sie von Charlie unterbrochen. »Ich weiß nicht, ob ich es schon gesagt habe, aber ich habe früher im Åtellet gearbeitet, und genau dort habe ich immer dunkle Gedanken bekommen, die dazu führten, dass ich …« Siw räuspert sich und schielt vielsagend zu Alva hinüber, und Charlie fährt fort: »Wie auch immer. Mittlerweile habe ich dort aufgehört, und jetzt läuft alles prima. Aber meine Kollegen … Ich habe gerade ein paar von ihnen getroffen, und sie sagen, dass sich, immer dann, wenn sie zur Arbeit kommen, ein dunkler Schatten auf sie senkt, und am schlimmsten sei es, wenn die Außengastronomie geöffnet ist. Niemand möchte dort arbeiten, weil man dann besonders düster und aggressiv wird. Und sie liegt ja direkt am Flussufer.«

»Aber was könnte es denn sein?«, fragt Max. »Ist er irgendwie vergiftet?«

Alva steckt den Kopf aus der Jacke und fragt: »Was ist hier? Wer soll hier sein?«

»Wir unterhalten uns über den Fluss«, sagt Siw. »Dass vielleicht irgendetwas darin ist, aber wir wissen nicht, was es sein könnte.«

Alvas kleine Hand, die den Wecken umfasst, steigt aus den Tiefen der Jacke auf. Sie beißt einmal ab und betrachtet nachdenklich das Leuchtfeuer, bevor sie sagt: »Ich denke, es ist ein Monster.«

»Aber niemand hat ein Monster im Fluss gesehen.«

»Nee, natürlich nicht«, sagt Alva. »Denn es ist ein *unsichtbares* Monster. Können wir jetzt zurück zur Switch fahren?«

Der Kaffee wird ausgetrunken und die Wecken aufgegessen, Charlie lässt den Motor an, wendet das Boot und tuckert in die Norrtäljebucht zurück, nähert sich der Stadt mit einem möglicherweise vergifteten Fluss in ihrer Mitte.

Oder einem unsichtbaren Monster.

Die Heimreise verläuft ohne Vorkommnisse, und sobald sie an Land gegangen sind, fährt Charlie sie zurück nach Norrtälje. Alva vollbringt eine unerwartete Schauspielleistung, als sie Charlie die Hand gibt und sich für die Bootsfahrt bedankt. Dann läuft sie zu ihrer lang ersehnten Switch hinein.

Ich spucke auf dein Grab

1

Als Maria als Letzte das Café hinter sich zuschließt, ist es bereits stockdunkel draußen. Sie schaut durch ein Fenster hinein und sieht Jesus an seinem Tisch sitzen, einzig erleuchtet von einem LED-Schlauch unter der Decke. Im Halbdunkel hebt er seine Hand zum Gruß. Maria winkt zurück.

Sie kann nicht verstehen, warum es so lange dauerte, bis sie angefangen hat, mit ihm zu reden, denn die Gespräche mit dem Erlöser sind das, was Maria noch auf der richtigen Seite hält. Er versteht ihren Zorn, weil er ihn teilt. Es hat sich herausgestellt, dass Jesus nicht nur von jenen enttäuscht ist, die er »sein Volk« nennt, sondern von *allen* Menschen, für die er sich opfern musste. Während des Gesprächs, das Maria vorhin mit ihm geführt hat, sagte Jesus, dass der Mensch nur die avancierte Form eines Ungeziefers sei, zu nichts anderem fähig als zur Zerstörung. Ganz so weit würde Maria sich vielleicht nicht hinauslehnen. *Vielleicht.*

Der Fluss rauscht hinter Marias Rücken, als sie sich umdreht und am Kvarngränd entlanggeht. Sie wird es wahrscheinlich nicht mehr lange aushalten, in diesem Café zu arbeiten, nicht einmal mit Christi Hilfe. Sie hat gerade angefangen, über mögliche Alternativen nachzudenken, als sie schnelle, raschelnde Schritte hört und sieht, wie zwei Schatten aus der Dunkelheit an der Laderampe des Alkoholgeschäfts heraustreten. Es sind Menschen, aber …

Sie haben keine Gesichter.

Maria saugt Luft ein, um zu schreien, aber eine Hand in einem Handschuh presst sich auf ihren Mund, während sie gleichzeitig brutal zur Rampe geschleppt wird. Eine der gesichtslosen Figuren hält ein Küchenmesser vor Marias Gesicht, und eine Männerstimme sagt mit russischem Akzent: »You shut up, bitch, or I cut your throat.«

Bei ihrer Arbeit als Model hat sie eine ganze Menge mit Russen zu tun gehabt, und trotz der verzweifelten Lage hört sie, dass der Akzent ein Fake ist. Es sind zwei gefälschte Russen, die ihr Gesicht jetzt auf die Laderampe drücken, bis ihre Wange über den Beton schrammt.

Der Mann mit dem Messer hüpft auf die Rampe und drückt ihren Kopf hinunter, sodass sie nach vorne gebeugt stehen muss, während der andere ihr die Hose und die Unterhose herunterzieht. Sie hört das Klirren seines Gürtels, bevor er sagt: »You little cunt, I'm gonna fuck you so hard and make you suck my dick.« Er sagt *fuck* und *suck*, sodass es wie *fuuk* und *suuk* klingt, und der Kerl, der Marias Kopf festhält, sagt: »And then it's my turn.«

Der Wind bläst über Marias nackten Po. Ihr Körper ist in Aufruhr, eine Flut aus stinkender Lava rinnt durch ihren Bauch und bringt sie zum Zittern, aber mitten in dieser Flut gibt es auch eine eiskalte Saite, die zusammen mit Jesus' Stimme vibriert.

Lass es niemals mit dir machen. Wehr dich.

Als der heiße Penis gegen Marias unterkühlten Unterleib stößt, steckt sie die rechte Hand in ihren BH und schließt die Finger um den Griff der Zastava. Sie hat ihn zu einem Freundschaftspreis von Annas Bruder bekommen, fünfundzwanzigtausend hervorragend investierte Kronen.

Der Kerl über ihr atmet keuchend vor Erregung, und als er sich streckt, um den Missbrauch besser sehen zu können, löst sich der Druck auf Marias Schädel etwas. Mit einem Ruck bekommt sie den Kopf frei und dreht sich genau in dem Moment um, als der Mann hinter ihr anfängt, sich in sie hineinzupressen. Man hört ein leises Ploppen, und der Kerl stolpert zurück mit hin und her schwingender Erektion. Maria zielt mit der Pistole auf den Mann mit dem Messer und sagt: »Lass es los. Jetzt!«

»No understand«, hört sie aus dem konturlosen Gesicht. Maria überlegt, ob sie ihm ins Bein schießen sollte, aber das würde Leute anlocken, und sie ist hier noch nicht fertig. Stattdessen schlägt sie ihm mit dem Kolben hart auf das Knie. Der Mann schreit vor Schmerzen auf und verliert das Messer, das mit einem Klimpern auf die Laderampe fällt.

»Hau ab«, sagt Maria. »Lauf. Sonst erschieße ich dich.«

Der Nylonstrumpf über dem Gesicht des Mannes schrumpft zusammen, als er das Gesicht verzieht, bevor er schließlich in Richtung Gröna Gränd lossprintet. Maria wendet sich dem anderen Mann zu und sieht in einen Pistolenlauf, der genauso aussieht wie ihrer. Dem Kerl war es geglückt, die Unterhosen über sein schwellendes Geschlecht zu ziehen, aber seine Hosen hängen genauso auf den Knöcheln wie bei ihr. Er nähert sich mit Zwergenschritten, bis sich die Mündung einen halben Meter vor Marias Gesicht befindet, die ihre Waffe an der Seite herunterhängen lässt.

»Leg die Pistole hin«, sagt der Mann. »Lass sie los, du verdammte Hure.«

»Aha, jetzt sprechen wir also schwedisch?«, sagt Maria und nickt zu der Zastava, die der Mann in der Hand hält. »Und du hast auch so eine?«

»Lass sie los. Jetzt.«

Maria schüttelt den Kopf, hebt die Pistole, bis sie auf das Gesicht des Mannes zeigt, und sagt: »Die gleiche Waffe, ja. Aber es gibt einen Unterschied. Die kleine Sicherung an deiner ist heruntergeklappt, während meine nach oben zeigt. Wenn dein Daumen sich auch nur einen Millimeter bewegt, um sie zu lösen, dann schieße ich. Gib mir jetzt die Waffe.«

Die Pistole in der Hand des Mannes beginnt zu zittern, als Marias Finger sich um den Lauf schließen. Sie nimmt ihm die Waffe weg und wirft sie unter die Laderampe.

»Was hast du jetzt vor?«, fragt der Mann.

»Es geht eher darum, was *du* jetzt tun wirst«, sagt Maria. »Du kannst ja schon damit anfangen, diesen Scheiß auszuziehen, den du dir über den Kopf gezogen hast.«

Der Kerl sieht sich um, als würde er nach einem Fluchtweg Ausschau halten oder befürchten, dass es irgendwo Zeugen gäbe. Dann zieht er sich den Nylonstrumpf ab. Seine Haare stehen in die Luft und die Haut glänzt vor Schweiß, aber Maria erkennt ihn sofort als einen der unangenehmsten Männer wieder, die das Café zu besuchen pflegen. Er hat ihr oft auf eine schlüpfrige Weise nachgesehen.

»Hast du das lange geplant?«, fragt Maria, und als der Mann gerade antworten will, sagt sie: »Scheiß drauf. Zieh meine Hosen hoch.«

»Und meine?«

»Die sind dort, wo sie sind, genau richtig. Komm schon, auf die Knie.«

Maria wedelt mit der Zastava nach unten, und der Mann lässt sich auf die Knie sinken, worauf er auf Maria zu rutscht, während die Hose um seine Knöchel schlackert. Als seine Nase sich ein paar Handbreit vor Marias Schamhaar befindet, drückt sie den Lauf an seinen Schädel und sagt: »Gefällt dir, was du siehst? Wenn du mich berührst, puste ich dir den Schädel weg.«

Mit Fingern, die sich zu Pinzetten formen, um Marias Haut nicht unabsichtlich zu berühren, zieht der Mann ihre Unterhose und ihre Hose an den richtigen Ort. Als er Anstalten macht, sich zu erheben, schlägt ihn Maria mit dem Lauf an die Schläfe. »Bleib, wo du bist.«

Die Stimme des Mannes bricht, und Tränen treten in seine Augen, als er das Gesicht nach oben auf Maria richtet und schluchzend fragt: »Was hast du jetzt vor?«

»Das habe ich doch gesagt. Es geht darum, was *du* tun wirst.« Maria nimmt die Pistole mit beiden Händen in den Griff und hält sie vor ihren Schritt. »Du sollst meinen Schwanz lutschen.«

»Nein«, sagt der Mann. »Auf keinen Fall.«

»Okay. Dann machen wir es so, dass du dich über die Laderampe beugst und ich dir deine Unterhose herunterziehe und dich mit ihr in den Arsch ficke. Danach darfst du sie dann lutschen. Hört sich das besser an?«

Der Mann senkt seinen Kopf wie in einem Gebet, und seine Schultern zucken, als er schluchzt: »Bitte … Gnade …«

»Ich *bin* schon gnädig. Ich hätte dich verdammtes Arschloch schon vor langer Zeit erschießen sollen. Und ich *werde* dich auch erschießen, wenn du nicht tust, was ich dir sage.«

Der Mann sieht zu Maria hoch, und etwas in ihren funkelnden Augen scheint ihn davon zu überzeugen, dass sie es ernst meint. Er rutscht ein paar Zentimeter vor und schließt seine Lippen um die Mündung der Zastava.

»Streng dich ein bisschen an«, sagt Maria, und der Mann lässt seinen Kopf vor und zurück wippen, sodass der Lauf in seinem Mund rein und raus gleitet. Maria stöhnt in einer nicht ganz gespielten Erregung. Die Kopfbewegungen des Mannes lassen den Kolben gegen ihren Unterleib stoßen, was nicht ganz unbehaglich ist. Nein, sie mag das. Verdammt, und wie sie es mag! Die Lava, die gerade eben noch durch Marias Körper strömte, quillt jetzt in ihren Kopf und vermischt sich mit dem Rauschen des Flusses, bis ihr Schädel in ein heißes, rotes Fieber fällt. Der Mann jammert, weint und schluchzt.

Maria nimmt eine Hand von der Waffe, greift nach dem Haar des Mannes und stößt ihn gegen sich, während sie die Hüfte nach vorne schiebt. Es knirscht, als das Korn an der Pistole einen der Schneidezähne des Mannes zerdrückt, bevor es seinen Obergaumen zerreißt. Der Mann stößt Würgelaute aus und versucht sich herauszuziehen. Maria reißt an seinem Haar und sagt: »Versuch es nicht. Und wenn du mich ankotzt, schieße ich.«

Der Mann saugt weiter, während das Blut aus den Mundwinkeln rinnt. Es schlabbert und schmatzt, wenn sein Speichel das schwarze Metall befeuchtet. Maria wirft den Kopf nach hinten und sieht zu den Sternen. *Was für ein herrlicher Abend.* Genau so muss es sein. Endlich hat sie begriffen, wie alles sein muss und was sie tun sollte.

Als wären Blut, Tränen und Speichel noch nicht genug, hat der Mann jetzt auch noch angefangen zu rotzen. Zähe Schleimfäden kriechen an der Seite der Pistole hinunter und verkleben Marias Hand, die den Kolben umklammert. *Jetzt ist es Zeit, zum Ende zu kommen.*

»Oh«, stöhnt Maria. »Ooooh.« Sie steigert ihren gespielten Höhepunkt noch ein wenig, als sie wimmert: »Oh, Baby, jetzt schießt es raus …«

Der Mann spuckt den Lauf aus und wirft sich nach hinten, mit den Händen dramatisch auf das Gesicht gedrückt, während er jammert: »Nein, nein. Tu es nicht.«

Maria zieht die Augenbrauen hoch und sagt mit gespielter Verwunderung: »Was denn? Ich dachte, alle Frauen lieben es, wenn sie es direkt in den Mund bekommen?« Sie zieht ihr Handy heraus und sagt: »Sieh mich an.«

Der Mann wagt nichts anderes, als zu gehorchen, und Maria macht ein Foto mit Blitzlicht von ihm, bevor sie ihm mit voller Kraft in den Hintern tritt, ihn anspuckt und sagt: »Hau jetzt ab, du verdammte Ratte.«

Der Mann kommt auf die Füße und zieht seine Hosen hoch. Er zieht eine schmerzhafte Grimasse, und Maria kann die zackige Kante sehen, an der der Zahn abgebrochen ist. Dann läuft er los zum Gröna Gränd und verschwindet in der Dunkelheit, aus der er auch gekommen ist. Maria sieht ihm nach und denkt: *Ungeziefer. Nichts als Ungeziefer. Ich werde sie alle ausrotten.*

Sie holt die andere Pistole unter der Laderampe hervor und steckt sie in den Hosenbund. Bevor sie geht, wirft sie einen Blick zu dem Café. Jesus sitzt darin im Halbdunkel. Er lächelt sie an und streckt die Daumen hoch.

2

Für einige Stunden wandert Maria den Gehweg am Fluss hinauf und hinunter, lauscht dessen Rauschen und malt sich immer widerwärtigere Szenen aus. Schon nach einer Viertelstunde beginnt sie zu bereuen, dass sie den Kerl nicht erschossen hat. Eine Pistolenmündung vor jedes Auge und dann abdrücken. Im besten Fall würde der Schädel explodieren und Marias Gesicht in Blut und Hirnmasse duschen.

Vielleicht geht sie deswegen am Fluss entlang? Wenn die Männer zurückkämen, um einen neuen Versuch mit jemand anderem zu starten? Dann würde sie ihnen zuerst in den Schritt schießen und *dann* in den Kopf. Zwischen den Schüssen würde sie noch eine Weile vergehen lassen, damit sie es noch ein bisschen spürten. Aber es ist kaum anzunehmen, dass sie wiederkommen, für diesen Abend haben sie vermutlich genug bekommen.

Sie weiß nicht, ob es klug wäre, die beiden anzuzeigen und das Foto der Polizei zu übergeben. Dann würden auch Fragen nach ihrer Bewaffnung ins Spiel kommen, was nicht wünschenswert ist. Am besten wäre, wenn die Männer zurückkämen, dann könnte sie sie erschießen und das zukünftige Risiko für andere Frauen eliminieren.

Maria geht am Fluss entlang und denkt an die Abscheulichkeit der Menschen. Der Erste, der vor ihrem inneren Auge auftaucht, ist der Schauspieler Hans Roos, und Maria befällt der Impuls, direkt in einen Bus zu steigen und nach Stockholm zu fahren, um das Scheusal hinzurichten. Aber das bisschen Karriere, das ihm mit seinem entstellten Gesicht noch geblieben wäre, wurde von Me-too endgültig erledigt, als mehrere Frauen von Übergriffen berichteten. Im Grunde ist er fertig. Was eine warme Kugel in den Schwanz irgendwann in Zukunft ja nicht ausschließt, aber heute Abend ist es noch nicht so weit.

Der Fluss rauscht und singt von Männern und Frauen, die im Verlauf von Marias Karriere ihre Macht missbraucht haben, abstoßende Filmproduzenten und grapschende Oberklassenschnösel, totes Lächeln und eiskalte Blicke. Und von all den Menschen im Café mit ihren säuerlichen Kommentaren und dem herablassenden Benehmen. Was für ein verfluchtes Elend.

Ein Mann mittleren Alters kommt auf sie zu, mit herabgesunkenen Mundwinkeln und den Händen in den Manteltaschen. Er sieht aus wie ein richtiger Vergewaltiger, und Maria starrt ihn an, greift nach dem Pistolenkolben in der Hintertasche und wünscht sich, dass er irgendetwas versucht. Aber der Mann geht nur an ihr vorbei und sagt: »Was glotzt du so?«

Als er ein paar Schritte weiter ist, zieht Maria die Pistole und zielt auf seinen Hinterkopf. Der Zorn auf die ganze Welt und alle Menschen kocht in ihrer Brust hoch, und sie steht kurz davor, den Abzug zu betätigen, bevor sie sich besinnt. So soll es nicht laufen. Aber wie soll es laufen?

Gegen zehn Uhr schreibt Maria eine Nachricht an Laura, dass sie bei einer Freundin übernachtet, worauf sie zum Café zurückgeht und aufschließt. In der Nähe der Stelle, wo Jesus normalerweise sitzt, steht ein Zweiersofa. Maria holt eine Decke und ein Kissen und krümmt sich mit zur Brust angezogenen Beinen zusammen, nachdem sie die Pistolen unter das Sofa geschoben hat.

Zur Hölle mit dem ganzen Mist.

Irgendwann hat Marko vom »Stachel des Befehls« erzählt. Maria erinnert sich nicht mehr genau, was es damit auf sich hat, aber wenn jemand einen anderen aufgrund seiner Stellung dazu zwingt, einen Befehl auszuführen, dann wird bei diesem ein Stachel geschaffen, den er nur loswerden kann, indem er ihn weitergibt.

Während ihrer ganzen Karriere haben Menschen Maria angeschrien und ihr Anweisungen gegeben, wie sie gehen und stehen soll, wie sie zu sein hat. Bei ihrer Arbeit im Café erfüllt sie den ganzen Tag Befehle, die andere gegeben haben. Marias Inneres ist zerstochen wie ein Nadelkissen, und sie muss etwas Radikales tun, um sich von den Stacheln zu befreien.

Das Rauschen des Flusses begleitet sie, als sie mögliche Szenarien durchdenkt. Nach einer Weile hört sie das Rascheln von Stoff und weiß, dass Jesus sich eingefunden hat. Er spricht zu ihr über die Apokalypse und die Zerstörung, die gerechtfertigterweise über die Menschen kommen soll.

Jesus' Stimme und das Rauschen des Flusses vereinigen sich in einem behaglichen Summen, das Maria bis in den Schlaf folgt, in dem sie von Blut, Feuer und Vernichtung träumt.

Ursache und Wirkung

1

Das erste Fußballtraining beginnt bereits am Sonntagmorgen um acht Uhr. Um Viertel vor acht bezieht Max seinen Posten auf der Bank neben dem Schützenbunker. Er trägt lange Unterhosen unter der Jeans, eine dicke Daunenjacke sowie eine Wollmütze und Handschuhe. Es kann ein langer Tag werden.

Die Nacht hat er gemeinsam mit Siw verbracht. Nachdem sie ein paar Stunden *Kingdom Battle* gespielt hatten, bei dem Alva erschreckend schnell die Prinzipien eines Strategiespiels begriffen hatte, aßen sie als einfaches Abendessen Spaghetti mit Käsesauce. Fettarmer Käse, nota bene. Siw hat das Pulver langsam heruntergefahren, isst aber immer noch kalorienbewusst. Als sie ins Bett gingen, bat Alva darum, dass Max das Märchen von dem Affen und dem Engländer erzählte. Als er sagte, dass er es nicht kenne, wollte sie stattdessen ein Märchen von einem Eisbären und einem Ballon hören.

Max saß neben Alvas Bett und versuchte mit steigender Verzweiflung, eine Geschichte zu erfinden, in der die genannten Figuren eine Rolle spielten. Ihm fiel nichts ein. Das Einzige, was er sah, war ein Eisbär, der auf einer schmelzenden Eisscholle saß und einen Ballon in der Tatze hatte, und das war keine besonders beeindruckende Geschichte. Er konnte gar nicht begreifen, wie Johan so etwas schaffte.

Zu allem Überfluss überkam ihn dann noch ein starker Schwindel, was hin und wieder passiert, seit er das Medikament abgesetzt hat, und er musste sich eine lange Zeit an Alvas Bettkante abstützen und mit gesenktem Kopf dasitzen. Alva hatte geseufzt und gesagt: »Nee, jetzt müssen wir, glaube ich, Johan anrufen.«

Mit einer Kraftanstrengung hatte Max sich aufgerichtet und gefragt, ob sie das Märchen vom Leoparden hören wollte, der einen Flecken verloren hatte. Es war ein Märchen, das es schon gab, aber das Alva noch nicht gehört hatte, und sie akzeptierte es. Es funktionierte, und Alva lachte sogar laut, als der Affe in den Farbeimer fiel, den er verwendet hatte, um einen der Flecken des Leoparden zu übermalen. Max konnte durchatmen und ihr eine gute Nacht wünschen.

Anschließend wurde es ein bisschen unbequem, bis Siw nach dem Standardverfahren griff und fragte, ob er ein Glas Wein wolle. Das wollte Max, und danach ging alles leichter. Sie unterhielten sich über das, was sich möglicherweise im Fluss befand, und über Max' Überzeugung, dass etwas *Metaphysisches* aus dem Container ausgetreten sei.

»Was meinst du mit metaphysisch?«, hatte Siw gefragt. »Meinst du etwas … Philosophisches?«

»Eher so etwas wie ein … kondensiertes Gefühl. Ein Gefühl, das so stark ist, dass es zu etwas anderem werden kann.«

»Du meinst so etwas wie … wenn man jemanden liebt. Dass man es so stark empfindet, dass es zu einer *Idee* der Liebe werden kann?«

»Ja. Etwa in dem Stil. Obwohl nicht mit Liebe. Eher das Gegenteil.«

»Hass?«

»Ja. Oder Angst. Oder beides. Ich weiß es nicht.«

Ganz allmählich glitt das Gespräch zu leichteren Themen hinüber. Als Max gehen wollte, sagte Siw, dass er gerne bei ihr übernachten könne, wenn er wollte, und das wollte er. Im Bett hatten sie sich weiter unterhalten und sich anschließend still und langsam geliebt, um Alva nicht zu wecken. Nichts Himmelsstürmendes, sondern ein behaglicher Abend und eine behagliche Nacht in einer Beziehung, die ganz vorsichtig zu reifen begann.

Max war es gewohnt, früh aufzuwachen, und musste nicht einmal den Wecker stellen. Um halb sechs stand er auf, ging nach Hause und bereitete sich auf einen Tag der Wache vor. Er schmierte Butterbrote, kochte eine Thermoskanne mit Kaffee und zog sich warme Kleidung an. Erst als er den Schilderständer mit der Aufschrift »Durchfahrt gesperrt« mitnahm, wich der Ablauf von den Vorbereitungen eines gewöhnlichen Waldausfluges ab.

Jetzt sitzt er auf seinem Wachtposten. Die ersten Jugendlichen mit Tights unter den kurzen Hosen und langärmeligen Trikots haben begonnen, auf einem der Spielfelder zu kicken. Es ist kein Raureif auf dem Gras, aber sein Atem dampft in der kalten Luft, und der Kaffee, den er mit Händen einschenkt, die nur ganz wenig zittern, dampft noch mehr.

Er ist nervös. Außer bei Charlie ist es Max noch nie gelungen, etwas zu verhindern, das vorausbestimmt war, und er hat keine Ahnung, womit er es genau zu tun hat.

Am Vorabend hatten Siw und er darüber diskutiert, ob es nicht besser wäre, das Fußballtraining zu verhindern. Aber wie? Soll man einfach sagen, dass es einen Unfall oder einen Terroranschlag geben wird? Wer würde ihnen glauben? Sollten sie eine stinkende Flüssigkeit auf die Spielfelder kippen? Aber was für eine? Und wo sollten sie sie herbekommen? Und selbst wenn es ihnen gelingen sollte, Alvas Mannschaft vom Spielfeld fernzuhalten, was sollten sie dann mit allen anderen Mannschaften machen?

Nein, das absolut Beste wäre es, wenn sie das Ereignis verhindern könnten, und deshalb sitzt Max jetzt hier auf der Bank und wärmt seine Hände an dem Kaffeebecher, während die Minuten vergehen. Abgesehen von allem anderen ist das hier das erste Mal, dass er im Vorhinein weiß, dass er eine Vision bekommen wird, und auch das schafft eine gewisse Unruhe. Er mag keine Visionen, ganz und gar nicht.

Die Minuten werden zu Stunden, während die Temperatur ein paar Grad steigt, sodass Max die Mütze absetzen und die Handschuhe ausziehen kann. Die Mannschaften auf den Spielfeldern lösen einander ab, und um kurz vor elf beginnen sich Alvas Mannschaftskameradinnen zu sammeln. Wie am vergangenen Sonntag finden sie keinen Platz auf dem abgesperrten Bereich, sodass sie auf der Rasenfläche darunter spielen müssen, näher am Schützenbunker und am Kreisverkehr. *Verdammt.* Um zehn vor elf kommen auch Siw und Alva und setzen sich neben ihn.

»Wie läuft es?«, fragt Siw und streichelt ihm den Oberschenkel, als wollte sie sagen: *Danke für letzte Nacht.*

»Ganz gut«, sagt Max und beugt sich vor, damit er zu Alva hinübersehen kann. »Du hörst nichts mehr? Wann genau es passiert oder so?«

Alva schüttelt den Kopf und sagt mit einem säuerlichen Blick zu Siw: »Ich wollte heute Morgen die Kaninchen spielen, aber ich durfte nicht, wegen Mama. Erlaubst du es mir?«

Max schielt zu Siw hinüber und sagt: »So etwas darf nur deine Mutter entscheiden.«

»Sie entscheidet doch nicht über deine Switch?«

Ein paar Repliken später muss Alva akzeptieren, dass Siw bestimmt, solange die Switch bei ihnen zu Hause steht. In dem Augenblick entdecken sie, dass Alvas Mannschaftskameradinnen sich bereit zum Spiel machen, und Max sagt zu Siw: »Jetzt solltest du eine Rede halten.«

Siw seufzt und nickt mit angestrengter Miene. Dann steht sie zusammen mit Alva auf und geht über den Rasen.

2

Siw hat den ganzen Morgen lang ihr Gehirn damit gemartert, die passende Version zu finden, um einen maximalen Effekt zu erzielen. Sie mag es nicht, vor Leuten zu reden, und noch weniger mag sie es, ihre besondere Fähigkeit öffentlich zu machen. Aber sie müssen ihr glauben, zumindest so weit, dass sie entsprechend handeln.

Die sechs- und siebenjährigen Mädchen aus Alvas Mannschaft haben bereits begonnen, sich aufzuwärmen, indem sie einander die Bälle zupassen, unter der Oberaufsicht der beiden Trainer Kristoffer und Lotta. Kristoffer ist der große Bruder eines der Mädchen in der Mannschaft und Lotta seine Freundin. Sie sind beide zwanzig Jahre alt. Siw geht zu ihnen und wünscht sich, dass sie mit den Fingern pfeifen könnte. Stattdessen sagt sie zu Lotta: »Entschuldige, aber es gibt da eine Sache, die ich sagen muss. Zur ganzen Mannschaft. Und zu euch auch.«

Lotta zieht ihre wohlgezupften Augenbrauen hoch, und Alva fügt hinzu: »Es ist *wichtig.*«

»Okay«, sagt Lotta und bläst in ihre Trillerpfeife. Sie zeigt auf Siw und sagt: »Alvas Mutter hat euch etwas zu sagen.«

Vierzehn Augenpaare richten sich auf Siw, die die Augen schließt, um sich zu sammeln, bevor sie sagt: »Ja, es *kann* also sein, dass hier etwas passieren wird. Eine gefährliche Sache. Eine Explosion.« Siw zeigt auf den Kreisverkehr. »Dort hinten.«

Alle sehen zum Kreisverkehr, und Kristoffer fragt: »Was meinst du damit?«

»Ich weiß, das klingt sehr seltsam, und fragt mich bitte nicht danach, woher ich davon weiß …«

»Ich weiß es auch«, sagt Alva.

»Ja. Wie auch immer. Das einzig Wichtige ist, dass ihr weglauft. Es kommt ein Tankwagen, und sobald wir wissen, dass er *wirklich* kommt, müsst ihr laufen.« Siw zeigt vom Kreisverkehr weg. »Dorthin. Zum Rugbyfeld.«

»Australischer Football«, sagt Kristoffer. »Und das klingt ehrlich gesagt ziemlich verrückt. Warum sagst du so etwas? Die Kinder bekommen ja Angst.«

Die kleinen Mädchen wirken nicht besonders verängstigt, also ist es vielleicht Kristoffers eigene Angst vor verrückten Frauen, die hier zur Geltung kommt. Siw hat ungefähr mit dieser Reaktion gerechnet, und ihr ist kein anderes Argument eingefallen als das, was sie jetzt benutzt: »Ich sage nichts anderes, als dass es ein *Risiko* gibt, okay? Das Risiko einer Explosion, und ihr müsst dann laufen.«

Die Mädchen scheinen es vor allem lustig zu finden, und vereinzeltes Kichern ist zu hören. Alva nimmt ihre Mannschaftskameradinnen fest in den Blick und sagt: »Alles, was Mama sagt, ist wahr. Wenn dieser Wagen kommt, müsst ihr laufen, sonst *sterben* wir.«

Das Letzte zeigt Wirkung. Das Kichern hört auf, und die Mädchen schielen unruhig zur Straße hinüber. Es kommen noch ein paar Einwände von Kristoffer und eine halbe Versicherung an die Mannschaft, dass Alvas Mutter ein bisschen verrückt sei, bevor Lotta sagt: »Wir können doch einfach tun, was sie sagt? Vermutlich passiert gar nichts, aber *wenn doch*?«

Siw wirft Lotta einen dankbaren Blick zu, als diese ihren Freund in die Seite knufft. Er zuckt mit den Schultern und guckt beleidigt zu Boden, während er irgendetwas von Wahnsinn murmelt. Lotta wendet sich an Siw und sagt: »Wir machen es einfach so. Sicherheitshalber.«

»Danke.«

Siw schielt zu den großen Spielfeldern hinüber, auf denen die älteren Jugendlichen spielen. Sollte sie diese auch warnen? Ohne persönliche Verbindung zu ihnen oder zu den Trainern wird es ihr wohl kaum gelingen, sie zu überzeugen. Außerdem befinden sie sich weiter weg von dem vorhergesagten Unfall. Der ohnehin nicht eintreffen wird, oder doch?

Oder doch?

3

Roger Folkesson wohnt normalerweise in Björnö, ist jetzt gerade aber auf dem Weg zum Flughafen Arlanda mit einer Ladung Kerosin, fünfunddreißig Kubikmeter, die im Aluminiumtank des vierachsigen Lastwagens herumplätschern. Er hat schlechte Laune. Seine Frau Carina klang ungewöhnlich abweisend, als er sie am Morgen vor der Abfahrt vom Depot in Östhammar angerufen hat. In den letzten Wochen war sie seltsam distanziert gewesen, er hatte keine Reaktion auf Streicheleinheiten oder zärtliche Worte bekommen.

Jetzt hat er zu allem Überfluss noch die verkehrte Ausfahrt aus dem Kreisverkehr am Vätövägen erwischt und muss mit der gefährlichen Last durch die Innenstadt von Norrtälje fahren. Nicht dass er sich vor einem Unfall fürchtet, das ist ihm noch nie passiert, aber es ist eigentlich verboten. Jetzt fehlt nur noch irgendein Korinthenkacker, der aus den Fenstern der Polizeiwache starrt, und er hat ein empfindliches Bußgeld am Hals.

Mit düsterer Stimmung überquert Roger den Busbahnhof und fährt weiter in Richtung Süden. Als er zur Brücke über den Fluss kommt, konzentrieren sich alle dunklen Gedanken auf ein einziges, deutliches Bild: Carina in den Armen von Svante Berggren, ihrem direkten Nachbarn. Dieser Mistkerl ist in der letzten Zeit öfter als erträglich zu Besuch gekommen, einmal saß er sogar in der Küche und trank einen Kaffee mit Carina, als Roger nach einer Fahrt nach Hause kam.

Wie sollte es auch anders sein.

Ein paar Enten flattern links von Roger aus dem Fluss auf, und er verzieht den Mund zu einem bitteren Grinsen, als er sich vorstellt, wie Svante und Carina sich in der Bettwäsche wälzen, während er selbst im Schweiße seines Angesichts das Brot für die Familie verdient. Verdammt!

Roger hämmert auf das Lenkrad, als er an der Polizeiwache vorbeikommt, und schert sich nicht mehr darum, ob ihn irgendjemand beobachten könnte. Er fährt die Steigung des Stockholmsvägen hinauf und greift gleichzeitig nach seinem Handy, um Carina anzurufen. Niemand meldet sich. *Wie sollte es auch anders sein.* Hat bestimmt vollauf damit zu tun, sich von diesem Angeber Svante mit seinem verdammten Mercedes ficken zu lassen.

Roger bleibt vor der roten Ampel an der Kreuzung Stockholmsvägen/Gustav Adolfs Väg stehen. Als es grün wird, hat er eine Entscheidung getroffen. Statt weiter geradeaus zu fahren, biegt er nach links ab. Er ist am Morgen frühzeitig losgekommen und hat Zeit, zwischendurch zu Hause in Björnö vorbeizuschauen und die beiden verdammten Betrüger bei dem einzig vorstellbaren Verbrechen zu erwischen.

Das Bild von Svantes großem Hintern, der zwischen Carinas breiten Schenkeln wippt, lässt Roger rotsehen. Ein listiger Ausdruck kriecht in sein Gesicht, als er an der Contigahalle vorbeikommt und rechts blinkt, bevor er erneut sein Handy in die Hand nimmt und sieht, dass es zwanzig nach elf ist.

Er biegt in den Carl Bondes Väg ab, während er nebenbei eine Nachricht an Carina formuliert, dass er ein paar Stunden später zurückkommen wird. Er will die beiden Betrüger in Sicherheit wiegen, damit sie schön weiter im Bett liegen bleiben und vielleicht noch einmal in Fahrt kommen.

Roger wird die Axt vom Hackklotz mitnehmen, nein, warte. Die Motorsäge! Das wird ein Ding. In das Schlafzimmer stürmen, während die beiden bei der Sache sind, die Motorsäge hochjagen, sodass Svante sich in die nicht vorhandene Hose scheißt, hah, genau. So wird er es machen!

Roger hat grobe Finger, und mit einer gewissen Mühe kann er schreiben: »Heute etws später, komme est um …«, als er in den Augenwinkeln plötzlich eine Bewegung wahrnimmt. Er sieht auf. Zehn Meter vor ihm steht ein Verrückter vor einem Schilderständer und wedelt mit den Armen. Roger lässt das Handy fallen und schlägt den Lenker ein.

4

Es ist neunzehn Minuten nach elf, als die erwartete Vision in Max einschlägt. Er sieht sich selbst seitwärts durch die Fahrerkabine eines Lastwagens fallen, sieht, wie sich seine Hände mit erblassenden Knöcheln am Lenkrad festkrallen, spürt den Druck auf der Brust und dem Hals, als er im Sicherheitsgurt hängen bleibt, während der Lastwagen über die Fahrbahn schlittert und der Schrei des Metalls auf dem Asphalt in seine Ohren sticht. Das Bild einer Motorsäge, die das Geschlechtsorgan eines anderen Mannes abschneidet, wird aus seinem Bewusstsein gewischt und macht Platz für die kreidebleiche Oberfläche des Entsetzens. Das Letzte, was er sieht, ist eine ältere Dame mit Rollator, die vor dem Fußgängerüberweg des Kreisverkehrs stehen geblieben ist und ihn mit weit aufgerissenem Mund anstarrt. Dann eine Detonation, die seine

Trommelfelle platzen lässt, bevor alles in einem Meer aus Rot verschwindet.

Max kommt zur Besinnung und stellt fest, dass er ausgestreckt auf dem Boden unter der Bank liegt. Draußen auf dem Fußballfeld steht Siw und sieht ihn mit auf der Brust verschränkten Armen an. Max stemmt sich auf die Knie und sieht zum Gustav Adolfs Väg. Ein Tankwagen, der nach rechts blinkt, kommt gerade hinter dem hangarähnlichen Gebäude von Friskis & Svettis zum Vorschein.

Max wedelt mit den Armen ins Siws Richtung, *weg, weg!*, bevor er auf die Füße kommt, den Schilderständer nimmt und ihn zum Carl Bondes Väg trägt, während der Tankwagen in ihn einbiegt, vierzig Meter entfernt. Hinter sich hört er Siw rufen: »Lauft! Lauft!« Er stellt den Schilderständer mitten auf die Fahrbahn. Dem Fahrer bleibt genug Zeit, um zu bremsen. Aber irgendetwas stimmt nicht. Die Aufmerksamkeit des Fahrers ist nicht auf die Straße gerichtet, und er scheint das Schild noch nicht einmal gesehen zu haben, als er sich nur noch zwanzig Meter davor befindet. Max zögert. Dann geht er auf die Straße, stellt sich vor das Schild und winkt mit den Armen.

Als er nur noch zehn Meter entfernt ist, sieht der Fahrer endlich Max. Er bremst, schert nach links aus, und die Reifen rutschen über den Straßenbelag. Max schlägt die Hände vor den Mund, als er den großen, silberglänzenden Tank umkippen und direkt auf sich zukommen sieht. Er wirft sich in Richtung Fußballplatz und spürt den Luftzug über dem Nacken, als das hintere Ende des Tanks mit einem metallischen Schrei direkt in seinem Rücken vorbeirauscht. Max fällt mit dem Bauch ins Gras, während der Tank gleichzeitig mit dem ohrenbetäubenden Klang einer Kathedralenglocke in den Schützenbunker knallt.

Max stemmt sich auf die Füße und läuft. Fünfzig, sechzig Meter vor sich sieht er die Rücken von Alvas Mannschaftskameradinnen, die mit rudernden Armen zum Rugbyplatz laufen, oder …

… zum australischen Fußball, denkt Max, während er läuft. *Sie schaffen es, sie …*

Dann kommt die Explosion. Der trübe Septembertag wird von einem phosphorweißen Schein erleuchtet, der Blitz schlägt in Max' Ohren ein und hinterlässt ein hochfrequentes Pfeifen, während eine kochend heiße Welle in seinen Rücken schlägt und ihn nach vorne wirft. Seine Füße verlassen den Boden und er fliegt mehrere Meter durch die Luft. Als er mit einem Stoß, der ihm den Atem verschlägt, wieder bäuchlings auf dem Rasen landet, sieht er die Trainer, Siw und die ganze Fußballmannschaft weit vor sich wie Kegel fallen.

Er kann außer dem Pfeifen nichts hören, aber er nimmt einen Geruch von verkokeltem Haar und verbrannten Federn wahr. Der hintere Teil seines Körpers ist so heiß, als wäre er in Öl frittiert, und als es ihm gelingt, den Kopf zu drehen, sieht er, dass seine Steppjacke brennt. Er wirft sich auf den Rücken und rollt hin und her, um sie zu löschen.

Alles um ihn herum ist Feuer. Das ganze Gesicht schmerzt vor Hitze, als er den Blick auf den Kreisverkehr richtet, der ein einziges Inferno mit einer brüllenden Flamme ist, die sich zwanzig Meter hoch in die Luft streckt. Es schwirrt direkt neben Max' Kopf, als ein Metallsplitter mit einem rot glühenden Fauchen in den Rasen einschlägt. Dann ein Scheppern und Zischen, als ein größeres Schrottstück ein paar Meter entfernt auf dem Boden landet.

Auf allen vieren kriecht Max vom Explosionsort weg. Er kommt vielleicht zehn Meter weit, bevor sein Körper aufgibt und er zusammenbricht.

5

Die heiße Druckwelle lässt Siw ein paar Schritte nach vorne laufen, bevor sie zusammen mit den Trainern und den kleinen Mädchen auf den Bauch fällt. Die Mädchen lassen ein erschrockenes Kreischen hören, während sie stürzen, aber es sind keine Schmerzensschreie. Siw hebt den Kopf und sieht, dass Alva sie mit großen Augen anschaut. Sie fragt: »Bist du okay?«, und die Tochter nickt. Vermutlich sind alle okay.

Aber Max …

Siw dreht sich um und sieht, wie Max sich auf dem Gras hin und her wälzt, als würde er großen Schmerz erleiden, und es sticht in ihrer Brust. Er liegt nicht mehr als dreißig, vierzig Meter von der grimmig brennenden Feuersäule entfernt, deren Hitze die Luft kochen lässt, obwohl sie sich viel weiter weg befinden. Sie zieht die Jacke aus und hält sie vor das Gesicht, während sie auf ihn zuläuft, der gerade versucht, auf alle viere zu kommen.

Er lebt. Er überlebt.

Es ist hell wie zur Mittagszeit an einem hellblauen Sommertag. Heller. Mehrere Bäume um den Kreisverkehr herum brennen wie Fackeln und bestrahlen das gelb verglühte Gras. Die Bank neben dem Schützenbunker brennt. Der Herd des Feuers ist eine einzige Wand aus gelbweißem Licht, als wäre eine Sonne zu Boden gefallen, aber eine Sonne, die einen schwarzen Rauch ausstößt, der zum Himmel steigt und alles verdunkelt.

Es brennt auf Siws Stirn, und ihre Tränen verdampfen in der Hitze, als sie Max flach auf den Rasen fallen sieht. Sie kneift die Augen zusammen und schirmt sie mit der Hand ab, während sie sich an ihn herankämpft. Als sie nur noch ein paar Meter von Max entfernt ist, kann sie trotzdem nicht anders, als die Augen aufzureißen.

Oh, mein Gott.

Der Rücken von Max' Steppjacke ist ein rauchender Krater aus geschmolzenem Nylon und verkohlten Federn, und darunter kann sie verbrannten Hemdstoff und versengte Haut erkennen. Das Haar an seinem Hinterkopf ist verbrannt und nur einzelne dunkle, zusammengerollte Strähnen hängen noch an der Kopfhaut. Der Nacken ist flammend rot.

»Max? Max?«

Er antwortet mit einem Stöhnen. Siw greift nach seinen Händen und schleppt ihn vom Feuer weg. Jeder keuchende Atemzug brennt und trocknet ihre Kehle aus. Max gleitet leicht über das Gras, aber nach etwa dreißig Metern holt der Schock Siw ein und sie fällt um.

Hinter ihr hört sie schreiende Stimmen und Leute laufen heran. Siw kriecht ganz dicht an Max heran und legt ihr Gesicht direkt neben seines.

»Max? Max? Wie geht es dir?«

Max schluchzt auf. Eine Träne löst sich und rinnt seine Wange herunter. Er krümmt sich zusammen und weint. Siw streicht die Tränen weg und sagt: »Psst, psst. Du hast getan, was du konntest. Du hast versucht, es zu verhindern.«

»Nein«, flüstert Max und reißt seine Augen auf, die eine unheilbare Traurigkeit verraten. Seine Stimme ist tonlos: »Ich habe es *verursacht*.«

Denn ein Feuer ist entbrannt von meinem Zorn

Es ist Viertel nach elf, und im Café hat der Mittagsandrang gerade begonnen. Die Leute sitzen an den Tischen und machen beleidigte Mienen, geben kränkende Kommentare ab und werden unwirsch, wenn irgendetwas nicht nach ihrer Nase läuft, sie seufzen und stöhnen. Alles ist, mit anderen Worten, wie immer, aber ausgerechnet heute kann Maria es mit Gleichmut ertragen. Sie hat einen Plan, den sie sich in den frühen Morgenstunden zusammen mit Jesus ausgedacht hat, einen Plan, der sie befreien wird.

Oh, sie wird mit höchster Wahrscheinlichkeit ins Gefängnis kommen, aber diese Freiheit herrscht auf einer anderen und wichtigeren Ebene. Heute wird es geschehen. Sie serviert belegte Brote und Salate mit einem gemeinen Lächeln auf den Lippen.

Wartet nur.

Zwanzig nach elf geschieht etwas Unerwartetes. Ein Donnern wie von einem Gewitter ertönt von Süden, und der Fußboden vibriert. Maria hat keine Ahnung, was es gewesen sein könnte, aber sie betrachtet es als ein Zeichen. Für einen Augenblick werfen die Gäste des Cafés einander ausnahmsweise Blicke zu, bevor sie diese flüchtige Gemeinschaft um das Unbegreifliche herum wieder verlassen und in ihre Bildschirme abtauchen, um nach Fakten zu suchen. Küchen-Birgitta kommt heraus.

»Was war das denn?«, fragt sie und sieht sich um, als wäre die Quelle des Donners irgendwo hier im Café zu finden. Sie ist sechzig Jahre alt und nicht darauf gedrillt, sich an einen Bildschirm zu wenden, sobald etwas passiert.

»Geh raus und sieh selbst nach«, sagt Maria. Birgitta wischt sich die Hände an der Schürze ab und geht zur Eingangstür. Man könnte fast den Verdacht haben, dass Jesus eine Hand im Spiel hat, weil der Knall – woher auch immer er stammt – mit so perfektem Timing kam.

Maria schleicht sich in die Küche und schließt die Tür hinter sich. Birgittas Domäne ist aufgeräumt und gepflegt, alle Oberflächen, die im Augenblick nicht gebraucht werden, sind geputzt. Wesentlich für Marias Zwecke sind ein Toaster und eine Mikrowelle, sowie ein Gasherd mit dazugehörigem Tank.

In den Morgenstunden hat sie den Ablauf durchdacht, und sie verliert jetzt keine Zeit, indem sie zögert. Sie schraubt den Schlauch von dem großen Gastank, der mit einem lauten Zischen reagiert. Sie öffnet auch den Hahn des Ersatzbehälters, und bald füllen sich ihre Nasenlöcher mit dem stechenden Geruch.

Weil sie sich nicht sicher ist, was Fakten sind und was Fiktion, sichert sie sich ab, indem sie eine Verzögerung der Explosion auf eine Weise installiert, die sie in zwei unterschiedlichen Filmen gesehen hat. Sie steckt eine Zeitung in einen Toaster und schaltet ihn an, à la Jason Bourne. In Gesichtshöhe, direkt über dem Toaster, steht der Mikrowellenofen, in den Maria Birgittas Deospray wirft und auf Start drückt, wie sie es bei Catwoman im alten *Batman* gesehen hat. Sie denkt an die Superheldin vor dem Feuermeer, an ihr *Miau*. Maria sieht sich um, als suchte sie nach einer dritten Alternative.

Hau jetzt ab, bevor es knallt.

Als sie sich umdreht, um zu gehen oder eher um zu laufen, fängt die Zeitung im Toaster Feuer, ohne dass irgendetwas Weiteres passiert. Maria lässt die Arme fallen. Sie hat sich vorgestellt, dass sie vom Café wegläuft und hoffentlich einen sicheren Abstand erreicht, bevor die Hölle ausbricht und alle diese Teufel mit ins Feuer reißt, *miau*. Danach dürfte die Polizei dann gerne kommen.

Vermutlich muss die Gasmenge erst noch eine kritische Masse erreichen, bevor sie sich entzündet. Aber woher weiß man, wann es soweit ist? Und wenn sie jetzt die Außentür verriegelt und die Gäste des Cafés einfach drinnen ersticken lässt? Kaum möglich. Sie würden ein Fenster öffnen und rausklettern. Aber wenn sie Wache schiebt und alle erschießt, die zu fliehen wagen? Das wäre möglich, ist allerdings wenig verlockend. Es wäre nicht großartig genug.

Sie beschließt, noch einen Versuch zu wagen, und sucht eine weitere *Norrtelje Tidning* heraus und faltet sie fest zusammen. Der Gasgeruch sticht jetzt wirklich in der Nase, und ihr wird schwindelig im Kopf, als sie zum Toaster geht. Im selben Augenblick, in dem sie den Tisch erreicht, hört sie ein lautes, metallisches Klappern, worauf der Mikrowellenherd explodiert.

Die Tür zerspringt und eine Wolke aus Glasscherben bohrt sich in die rechte Seite von Marias Gesicht wie ein Schwarm wütender Wespen. Es tönt in ihrem rechten Ohr, als hätte jemand direkt laut hineingepfiffen, und ein stechender Schmerz verbreitet sich in ihrem Schädel. Maria stolpert zurück, fällt hin und schlägt mit dem Hinterkopf gegen den Spültisch. Es wird rot vor ihren Augen, und zuerst glaubt sie, dass das Gas sich entzündet hat, aber mit dem linken Ohr kann sie immer noch das Zischen des Gashahns hören.

Dreh ihn zu. Dreh ihn zu.

Sie versucht aufzustehen, aber die Beine verweigern ihren Dienst. Sie tastet die Schränke um sich herum ab, findet aber keinen Griff. Warmes Blut rinnt aus ihrem Gesicht über den Hals nach unten und kitzelt das rechte Schlüsselbein. Als es ihr gelingt, das linke Auge zu öffnen, schaukelt die Küche hin und her, wie die Figuren in *Der Hut ist deiner.*

»Dieser Hut lebt so lustig«, murmelt Maria und fällt seitwärts auf den Boden. Es pulsiert rot vor ihren Augen, als würde sie sich in einem lebenden Herzen befinden. Das ist ein angenehmer Gedanke. Ein warmer und schöner Gedanke. Sie kann sich in dem Gedanken ausruhen, sogar ein bisschen schlafen. Und bei Jesus aufwachen. Mhm.

Irgendwo wird gerufen und geschrien, eine ältere Frau namens … wie heißt sie jetzt noch? Küchen-Birgitta heißt sie. Sie ist jetzt in der Küche, wie es sich gehört. Mm-hm. Die Geräusche verändern sich. Das Zischen hört auf, ein Fenster wird geöffnet. Man kümmert sich um Maria.

»Was machst du denn, was hast du getan?«, wird in ihr Ohr gerufen. Bevor Maria ohnmächtig wird, kann sie die Lippen noch öffnen und flüstern: »Miau.«

Gemeingefährliche Brandstiftung

1

Gunvor Abrahamsson soll vom Seniorenheim Solgläntan in eine Pflegeeinrichtung umziehen, da ihr Pflegebedarf so groß geworden ist, dass das Personal weder die Zeit noch die Ausbildung hat, ihm gerecht zu werden. Weil Gunvor auf gar keinen Fall umziehen will, hat man die Regeln gedehnt, aber mittlerweile sind die ersten Druckgeschwüre aufgeblüht, und da verläuft die Grenze.

»Neeein, neeein!«, schreit Gunvor, als das Ambulanzpersonal eintrifft, um sie auf eine Transportbahre zu legen. »Du lieber Gott, hilf! Nicht die Langzeitpflege!«

Anna versucht, der alten Frau tröstend die Hand zu streicheln, aber Gunvors Arme fechten und fuchteln, sodass sie gar nicht herankommen kann. Ein Kloß aus Traurigkeit bildet sich in Annas Hals, und das Schlucken fällt ihr schwer. In den meisten Fällen, wenn ein Umzug in die Pflege aktuell ist, handelt es sich um zunehmende Demenz, und der Person, die es betrifft, ist kaum bewusst, was gerade vor sich geht. In anderen Fällen sind die älteren Menschen so zerbrechlich, dass es für sie oder für ihn keine Rolle spielt, wo sie die letzten Tage zubringen werden. Dazu kommen noch einige, denen es einfach egal ist.

Aber es gibt eben auch diese Ausnahmefälle, zu denen Gunvor gehört. Sie sind vollkommen klar im Kopf und gerade so krank, dass die Situation im Seniorenheim nicht mehr haltbar ist. Sie betrachten ihre aufgezwungene Verlegung ungefähr so, wie ein Geflüchteter, der nach vielen Jahren im Land plötzlich von einem Abschiebebescheid getroffen wird. Als Übergriff.

»Anna!«, schreit Gunvor, als das Ambulanzpersonal ihre Bahre anhebt. »Bitte, Anna, lass nicht zu, dass sie mich mitnehmen!«

Der Kloß im Hals wächst, und Tränen befeuchten Annas Wange, als sie endlich Gunvors Hand ergreifen und gegen ihre Stirn drücken kann. Gunvor hat jetzt acht Jahre in Solgläntan gewohnt und gehört zu den wenigen Patienten, die Anna als Freunde betrachtet. Diese Freundin soll ihr jetzt also weggenommen werden, zur Weiterbeförderung in das Wartezimmer auf den Tod.

Flüsternd sagt Anna das Einzige, was sie sagen kann: »Ich komme dich besuchen.«

Gunvor sieht Anna mit einem wilden Flehen an und schüttelt den Kopf. Das heißt nicht, dass sie keinen Besuch haben möchte, sondern dass *es nicht dasselbe sein wird*, und damit hat sie natürlich recht. Hier und jetzt endet etwas Schönes. Anna wischt sich die Tränen aus den Augen, küsst Gunvors Finger und lässt dann ihre Hand los. Die alte Frau wird fortgetragen. *Dieses Leben*, denkt Anna. *Dieses verdammt beschissene Leben.*

Anna weiß nicht, ob es gut oder schlecht ist, dass sie an diesem Sonntag eine Extraschicht eingelegt hat, um eine Kollegin mit krankem Kind zu vertreten. Vermutlich gut, trotz allem. Auch wenn es wehtut, wäre es auf Dauer schlimmer gewesen, sich ohne ein Wort des Abschieds von Gunvor zu trennen. *So ist das Leben. Eine Ansammlung von Trennungen.*

Die letzten Tage waren echte Scheißtage gewesen. Seit Anna Johan mit einem ausgestreckten Mittelfinger verlassen hat, ist sie schlecht gelaunt. Irgendetwas war an diesem Typen dran, das sie wirklich mochte und das dafür sorgte, dass die Zukunft ihr ein bisschen rosiger erschien. Aber sie kann nicht, sie *kann* sich einfach nicht mit jemandem abgeben, der solche Ansichten hat, weil sie das Gefühl hat, dass sie sie damit rechtfertigen würde.

Anna hat sich nie für etwas Antirassistisches oder überhaupt für irgendetwas engagiert, aber sie folgt dem einfachen Grundsatz, dass die Leute nett zueinander sein sollten, solange es irgendwie geht. Aber so ein White-Power-Gefasel ist das genaue Gegenteil von nett, sodass es keine Rolle spielt, wie sehr sie gewisse Züge an Johan mag, wenn andere einfach kacke sind, denn Kacke bleibt überall kleben.

Die Türen sind gerade hinter dem Ambulanzpersonal ins Schloss gefallen, als es plötzlich wie bei einem Gewitter donnert. Eine Vibration steigt durch Annas Füße auf und die Fensterscheiben um sie herum klirren. Der *erste Gedanke* ist: Dies ist der Zorn des Herrn über die Behandlung von Gunvor. Dann starten einige Autoalarmanlagen, was mit solchen Gefühlsäußerungen eines Gottes, an den Anna nicht glaubt, unvereinbar ist.

Aber was war es dann?

Die Lampen in mehreren Zimmern beginnen zu flackern, und die eher regen Senioren kommen in den Korridor und sehen sich um, suchen nach einer Antwort auf dieselbe Frage, die Anna sich gestellt hat. Petrus Pettersson, der fünfundachtzigjährige Luftikus von Solgläntan, reibt die Handflächen aneinander und ruft aus: »Was für ein Riesenknall!«

Anna weiß, dass Petrus sein Berufsleben auf Baustellen verbracht hat, also fragt sie ihn: »Haben sie irgendwo etwas gesprengt?«

Petrus schüttelt den Kopf. »In dem Fall ohne Matten. Vollkommen ungeschützt. Nee, keine Chance.«

Eira Johansson, die den ganzen Vormittag schon im Korridor saß und döste, wird plötzlich munter und sagt: »Terroristen! Das waren Terroristen!«

Anna überlässt sie ihren Spekulationen und geht hinüber zu Berits Zimmer, wo die Lampe über der Tür flackert. Normalerweise hätte sich Berit aus eigener Kraft in den Korridor bewegt und sich ein Bild von der Lage gemacht, aber eine Erkältung hat sie in den letzten Tagen an das Bett gefesselt. Als Anna das Zimmer betritt, lässt Berit ihr Handy sinken und sagt: »Kannst du Siw anrufen?«

»Warum?«

»Dieser Knall, der kommt hinten vom …«, Berit macht eine Geste in die Richtung, wo Siws Wohnung liegt, »und jetzt geht sie nicht ran. Vielleicht antwortet sie, wenn du anrufst.«

Anna hat nicht mitbekommen, aus welcher Richtung die Explosion kam, und sich deswegen auch keine Sorgen um Siw gemacht, aber jetzt … *Hat Alva um diese Zeit nicht auch ihr Fußballtraining?* Anna zieht das Handy heraus und ruft an, mit demselben mageren Resultat wie bei Berit. Sie schreibt eine SMS: *Die Explosion? Ruf an und sag, dass es dir gut geht.*

»Oh, mein Gott«, sagt Berit und zeigt auf das Fenster. »Sieh nur.«

Ein dicker, schwarzer Rauchpfeiler streckt sich zum Himmel. Es ist schwer, ihn genau zu orten, aber er steigt vermutlich irgendwo beim alten Flugfeld auf.

»Ich gehe hin und sehe nach«, sagt Anna.

Berit ringt mit den Händen. »Ruf an, sobald du etwas weißt.«

Es ist fast halb zwölf, und Anna hätte ohnehin jetzt ihre Mittagspause, also wirft sie sich ihre Jacke über und läuft die Treppen hinunter. Als sie am Hotel Roslagen vorbeikommt, hört sie Sirenen vom alten Flugfeld, und die Angst beginnt in ihrer Brust zu rumoren. Sie kann sich nicht vorstellen, was passiert ist. Aber könnte ihre beste Freundin wirklich tot sein, in die Luft gesprengt?

So etwas passiert nur anderen. In weit entfernten Ländern.

Ein stechender, chemischer Brandgeruch steigt ihr in die Nase, und als sie in den Drottning Kristinas Väg einbiegt, kann sie Schreie hören, die sich mit dem Heulen der Sirenen mischen. Sie ballt die Fäuste und läuft schneller.

Gunvor. Johan. Nicht auch noch Siw. Bitte, nicht Siw.

2

»… und ich sage nicht, dass Einwanderer in irgendeiner Beziehung schlechtere Menschen sind, oder habe ich das jemals gesagt? Meinetwegen können wir so viele Einwanderer aufnehmen wie möglich, wenn es einen einfachen Weg zur Integration gäbe und wenn alle, die kommen, ihn einschlagen würden. Kein Problem. Dann sind eben in hundert Jahren alle Schweden schokoladenbraun. Kein Problem. Nicht für mich. Ich glaube nicht an diesen ganzen genetischen Mist. Aber wir reden hier über die Wirtschaft und über die Kultur, und dass Menschen hierherkommen, die niemals die Absicht hatten, schwedische Werte zu ihren zu machen …«

Ove sieht auf eine der kleinen roten Hütten innerhalb der Bowlinghalle und lässt seine Gedanken fliegen. In den letzten Tagen ist Johan ständig auf einem verbalen Kreuzzug gegen alle *verdammten Idioten* gewesen, die seine Ansichten nicht teilen. Als wollte er versuchen, sich vor jemandem zu rechtfertigen, aber dieser jemand ist nicht Ove, der meistens ohnehin keine Meinung äußert, weil es so für ihn am einfachsten ist.

Johan ist seinerseits gerade erst in Gang gekommen. Seine Argumentationslinie liegt ausgestreckt vor ihm wie eine Kette aus bunten Lampions, die er einen nach dem anderen anzündet. Nach dem Unwillen, schwedische Werte zu umarmen, kommt die Weigerung, anderen die Hand zu geben, dann geht es zum Ehrenmord und der Unterdrückung der Frauen, mit einem Abstecher zu sexuellen Übergriffen auf Musikfestivals und kriminellen Jugendbanden, noch ein Einschub über die allgemeine *Verrohung* der Gesellschaft und … Ove hebt den Kopf und sieht sich mit zusammengezogenen Augenbrauen um.

»… so eine einfache Sache, wie anderen die Hand zu geben. Wenn wir als Schweden nach … Was war das?«

»Hast du es nicht gehört?«, sagt Ove. »Es hat geknallt.«

»Was hat denn geknallt?«

»Weiß nicht. Ein Knall eben.«

Johan schüttelt den Kopf und scheint seine Ausführungen gerade fortsetzen zu wollen, als Ove sich vom Tisch erhebt und zum Eingang der Bowlinghalle geht. Sie haben erst seit einer halben Stunde geöffnet, und bislang hat sich noch kein Spieler eingefunden, was am Sonntag ganz normal ist. Johan krallt sich an seinem Kaffeebecher fest.

Seit Anna ihm den Mittelfinger gezeigt hat, glüht ein Zorn in ihm. Was sie betrifft, hätte er seinem ursprünglichen Instinkt folgen sollen. Sie ist einfach nur eine scheißarrogante, vorurteilsvolle Schlampe, die sich Argumente nicht einmal anhören kann. Genau wie viele andere. Sag einfach nur das Wort »Muslim«, dann halten sie sich die Ohren zu und laufen weg. Soll man so etwas eine demokratische Auseinandersetzung nennen? Es sind genau *diese* Menschen, die Hass schaffen und für Polarisierung sorgen.

Irgendetwas scheint in Johans Brust zu sitzen und zu wimmern. Er hämmert mit der Faust auf die Stelle, an der das Herz sitzt, und verspürt plötzlich den Impuls zu weinen. Das regt ihn dermaßen auf, dass er kurz davor ist, den Kaffeebecher an die Wand zu donnern.

»Sieh mal!«, ruft Ove von der geöffneten Eingangstür. »Jetzt sieh es dir an!«

Johan erhebt sich vom Tisch und reibt sich die Arme. Es ist nicht nur dieses Wimmern, es gibt auch dieses Jucken. Irgendetwas kratzt an ihm von innen und zwingt ihn zurückzukratzen. Er würde es niemals jemandem sagen, aber er fühlt sich mittlerweile ein bisschen … krank im Kopf. Irgendetwas stimmt nicht.

»Jetzt sieh dir das an«, wiederholt Ove, als Johan die Tür erreicht hat und eine apokalyptische Säule aus schwarzem Rauch wahrnimmt, die aus der Mitte der Stadt aufsteigt und den Himmel verdunkelt.

»Was zum Teufel ist das?«, fragt Johan.

»Ich habe es dir ja gesagt. Es hat geknallt. Glaubst du, das ist irgend so eine Terrortat?«

Obwohl Johan gerne mit dieser Art von Motiv herumspekulieren würde, gibt es doch immer etwas, das näher bei der Hand ist. Er holt sein Handy heraus und sagt: »Es ist bestimmt die Kommune, die eine Gasleitung gekappt hat.«

Er ruft die Internetausgabe der *Norrtelje Tidning* auf und scrollt. Als er nach einer Minute nichts gefunden hat und die Seite erneut lädt, ist eine kurze Notiz über eine »Explosion in der Norrtäljer Innenstadt« dazugekommen, aber ohne irgendwelche Details.

Erst zehn Minuten später ist ein Reporter vor Ort und kann berichten, dass ein Tankwagen explodiert sei und die Polizei eine Person abgeführt habe, die der »gemeingefährlichen Brandstiftung verdächtigt« sei.

»Was soll das denn heißen?«, fragt Ove.

»Vermutlich hast du recht«, sagt Johan. »Es ist irgendein Terroranschlag. Jemand hat es absichtlich herbeigeführt.«

»In *Norrtälje*?«

»Willkommen in der Wirklichkeit.«

3

Mein Gesicht. Mein Gesicht. Mein Gesicht.

Zehn Minuten sind seit Marias missglücktem Ausschlag vergangen, und das Einzige, woran sie denken kann, ist der Körperteil, der in ihrem bisherigen erwachsenen Leben für ihren Broterwerb gesorgt hat. Das Gesicht. Ist es jetzt zerstört?

Die rechte Seite ihres Kopfes ist nichts als ein brennender Schmerz und das T-Shirt blutüberströmt. Es rauscht und drückt im Schädel. Sie sitzt immer noch auf dem Küchenboden. Birgitta hat den Rettungswagen gerufen und mitgeteilt bekommen, dass es dauern könnte, weil es auch noch einen anderen Vorfall gegeben habe. Etwas Größeres. Langsam, ganz langsam hebt Maria ihre rechte Hand vom Boden und führt sie vorsichtig zum Gesicht.

Die Wange ist geschwollen und dornig von jeder Menge Glasscherben, die ins Fleisch eingedrungen sind. Es tut weh, wenn Maria vor Ekel grimassiert. Sie kann noch nicht absehen, wie schlimm es ist, aber ihre Tage als Model sind definitiv vorbei. Vielleicht noch irgendeine Kampagne, bei der man Geld für Folteropfer sammelt, aber da verläuft vermutlich die Grenze.

Birgitta hat in den letzten fünf Minuten die Gäste aus dem Café verabschiedet und abgeschlossen. Jetzt kommt sie in die Küche und sieht Maria an, bevor sie die Arme vor der Brust verschränkt und fragt: »Was hast du denn hier vorgehabt, du verrücktes Huhn?«

Die rechte Seite von Marias Gesicht ist gelähmt und ihre Stimme belegt, als sie antwortet: »Den ganzen Scheiß in die Luft sprengen.«

»Mich auch? Wolltest du mich auch sprengen?«

»Darüber habe ich gar nicht besonders nachgedacht.«

»Du hast nicht daran gedacht. Na dann. Es scheint kein Rettungswagen zu kommen, also fahre ich dich zur Notaufnahme. Und dann fahre ich zur Polizei und zeige dich an.«

»Mach das ruhig. Wie sehe ich aus?«

»Wie du aussiehst?«

»Ja.«

»Du siehst beschissen aus, was glaubst du denn?«

Birgitta hilft Maria auf die Beine und legt ihren Arm um sie, weil Maria Schwierigkeiten hat, das Gleichgewicht zu halten. Vielleicht ist irgendwas im Ohr kaputtgegangen. Birgitta führt Maria aus der Küche und durch das Café, während sie weiterhin flucht. Die Worte strömen aus ihr heraus, begleitet vom Rauschen des Flusses.

»Ich will nicht behaupten, dass ich so etwas geahnt hätte, aber ich habe immer schon das Gefühl gehabt, dass mit dir irgendetwas nicht stimmt, meine Kleine. Ich weiß sehr wohl, wer du bist, und deswegen denkst du wohl auch, dass du zu gut für dieses Lokal und für uns gewöhnliche Menschen bist. Ich habe es dir angesehen, wie du rumläufst und alle und alles verachtest, und dann spielt es wohl auch keine Rolle, wer mit draufgeht, weil du ohnehin auf uns alle scheißt.«

Sie kommen aus dem Café, und das Tageslicht sticht Maria in die Augen, als sie zur Laderampe des Alkoholgeschäfts sieht. Sie überlegt, ob sie irgendetwas zu dem sagen sollte, was am Abend vorher geschehen ist, hält es aber nicht der Mühe wert. Ohne ein Wort zu ihrer Verteidigung fällt sie auf den Beifahrersitz in Birgittas altem Volvo. Birgitta selbst setzt sich in den Fahrersitz und wirft Maria einen wütenden Blick zu, bevor sie den Motor anlässt. Maria schließt die Augen angesichts des schneidenden Himmelslichts.

Als sie die Augen wieder aufschlägt, befinden sie sich in der Lasarettsgatan, ohne dass sie versteht, wie sie dorthin gekommen sind. Vielleicht war sie eine Weile ohnmächtig. Das Rauschen und Drücken in ihrem Schädel hat nachgelassen, und die Gedanken bewegen sich geschmeidiger. Birgitta wirft einen Blick auf sie und fragt mit freundlicherer Stimme: »Wie geht es dir jetzt?«

»Nicht so gut.«

»*Warum* wolltest du das Café in die Luft sprengen?«

»Weil die … Menschen so unerträglich sind. Ich wollte nur … Es wurde ganz schwarz und ich spürte einfach nur … Hass. Ich spürte nur Hass.«

»Aber deswegen muss man doch nicht gleich …«

»Nein. Das weiß ich doch. Jetzt weiß ich es. Aber damals nicht.«

Es kommt keine Vorwarnung, es ist, als hätte jemand auf einen Knopf gedrückt und alle Dämme wären gebrochen. Die Tränen fließen aus Marias Augen, alles, was sich so lange in ihr angestaut hat, kommt in Form eines unaufhaltsamen Weinens aus ihr heraus. Was werden Laura und Goran sagen, wenn sie erfahren, dass ihre Tochter einen Massenmord geplant hat? Was wird mit ihr selbst passieren?

»Und das kam einfach so?«, fragt Birgitta, als sie vor die Notaufnahme fahren.

»Nein«, schluchzt Maria. »Gestern Abend. Da waren zwei Männer, die versucht haben, mich zu vergewaltigen … sie hatten Masken, und sie …«

»Du lieber Gott. Hast du sie angezeigt?«

Maria schüttelt den Kopf und sagt: »Es ist einfach kaputtgegangen. Es ging alles kaputt für mich. Und dann wollte ich … alles andere kaputt machen.«

Birgitta parkt und hilft Maria aus dem Auto. Es ist leer im Wartezimmer, aber sobald sie sich zeigen, kommt eine Schwester zu ihnen, wirft einen Blick auf Maria und fragt: »War das der Tankwagen?«

»Was für ein Tankwagen?«, fragt Birgitta.

»Kommen Sie mit, dann … Was ist mit Ihnen passiert?«

Maria holt tief Luft, um zu antworten, aber Birgitta kommt ihr zuvor und sagt: »Ein Mikrowellenherd ist explodiert. Vollkommen unbegreiflich.«

Die Krankenschwester nickt und hilft Maria ins Behandlungszimmer. In der Türöffnung dreht sich Maria noch einmal zu Birgitta um und fragt: »Wohin … wohin fährst du jetzt?«

»Nach Hause«, sagt Birgitta und lächelt sie traurig an. »Wohin sollte ich sonst fahren, so wie die Lage gerade aussieht?«

4

Als Anna im Drottning Kristinas Väg um die Kurve kommt, kann sie das Ausmaß der Zerstörung zumindest erahnen. Im Kreisverkehr hundert Meter weiter liegt ein großes verdrehtes Metallskelett, das von vielen meterhohen Flammen eingerahmt ist, und Annas Knie werden weich, als sie begreift, dass die Feuerstöße in fünfzig Metern Entfernung brennende Bäume sind.

Es sticht in der Brust, als sie näher heranläuft und den Pullover vor den Mund zieht, um sich vor dem schneidenden Rauch zu schützen. Der flackernde Schein der Feuer vermischt sich mit dem Blaulicht der Einsatzfahrzeuge, und noch mehr Autos mit eingeschalteten Sirenen nähern sich. Als Anna sich auf der Höhe von Siws Wohnung befindet, sieht sie, dass das Schild der »Pizzeria Flugfeld« von seinen Befestigungen gerissen und eines der Fenster, die zum Kreisverkehr zeigen, zerbrochen ist.

Siws Haus ist das letzte, bei dem die Fenster noch heil sind. Näher am Kreisverkehr sind sämtliche Fenster in sämtlichen Wohnungen zerstört. Anna weicht von der Straße ab und läuft in Richtung Fußballfelder, wo sich jede Menge Menschen versammelt haben. Im Hintergrund löscht die Feuerwehr brennende Häuser am Carl Bondes Väg. Alles in einem Radius von fünfzig Metern, ausgehend vom Kreisverkehr, ist entweder zerbrochen, verbrannt oder brennt noch immer. Die einzige Ausnahme ist der Schützenbunker, der schließlich für solche Situationen gebaut wurde. Die Bank davor, *ihre Bank*, ist verkohlt. Weiter oben an der Straße stehen Streifenwagen und Rettungswagen.

Anna läuft zu der Zuschauermenge, und ihr Blick eilt hin und her auf der Jagd nach Siws dunklem Haarschopf. Ein großer Stein fällt von ihrem Herzen, als sie Siw entdeckt, deren Hand auf Alvas Schulter ruht. Auch Max befindet sich in dieser Gruppe von

Menschen, und die Stimmung ist aufgewühlt. Es wird gezeigt und geschrien, und der Großteil des Zorns ist anscheinend auf Max gerichtet. Anna läuft zu der Volksversammlung und kommt in dem Augenblick an, in dem auch zwei Polizisten mit energischen Schritten eintreffen.

»Sie«, sagt einer der Polizisten und zeigt auf Max. »Mehrere Zeugen haben ausgesagt, dass Sie diesen Unfall verursacht haben.«

Max dreht sich zu ihm, und Anna holt tief Luft, als sie sieht, dass sein Hemd verbrannt und die Haut darunter dunkelrot ist. »In Wirklichkeit habe ich versucht …« Max Schultern sacken herab und er schüttelt den Kopf. »Es spielt keine Rolle. Tun Sie, was Sie tun müssen.«

»Sehr nett, dass wir Ihre Erlaubnis haben«, sagt einer der Polizisten und greift nach Max' Arm. »Wir werden jetzt gemeinsam zur Wache fahren.«

»Ich glaube«, sagt Max und zeigt ihnen seinen Rücken, »dass ich zuerst … woanders hin muss.«

Die Polizisten begutachten Max' Rücken und wechseln ein paar Worte, bevor sie einen Rettungssanitäter heranwinken, der über das Feld auf sie zu kommt. In der Zeit, in der Max den Polizisten seinen Rücken zugewandt hat, wirft er Siw einen durchdringenden Blick zu und fährt sich mit dem Finger über den Mund, als wäre er ein Reißverschluss. Siw scheint etwas einwenden zu wollen, nickt aber schließlich. Alva steht daneben und starrt mit konzentrierter Miene auf den Boden.

Anna fragt: »Was ist denn passiert?«, und Siw winkt ab, als wäre sie ein lästiges Insekt. Anna verzeiht ihr. Die Situation sieht ohnehin schlimm genug aus. Sie holt ihr Handy heraus, schreibt *Siw und Alva okay* und schickt die Nachricht an Berit. Als Anna den Blick wieder hebt, führen die Polizisten und der Rettungssanitäter Max zu einem Krankenwagen.

Ein junger Mann von etwa zwanzig Jahren will den Polizisten offensichtlich hinterhergehen, wird aber von einem Mädchen im selben Alter zurückgehalten. Der Junge fuchtelt mit den Armen und zeigt auf Siw. »Sie hat es auch vorher gewusst! Sie gehört mit dazu!

Sie hat es vorher schon gesagt! Du hast es doch auch gehört! Sie hat genau vorhergesagt, was passieren würde!«

»Ja«, sagt das Mädchen. »Aber warum sollte sie in einem solchen Fall …«

Alva hebt den Kopf und geht auf die jungen Leute zu. »Ich habe es gesagt«, erzählt sie und stemmt die Arme in die Seite. »Ich habe Mama gesagt, dass es passieren würde, und darum hat sie es euch gesagt. Weil ich es gesagt habe.«

Der junge Mann schüttelt wütend den Kopf und droht Siw mit dem Finger. »Es ist passiert, weil *er* das gemacht hat. Dein Freund oder wer auch immer er ist.«

»Hm«, sagt Alva. »Das ist leider schiefgegangen.«

Der junge Mann zeigt auf das Wrack im Kreisverkehr, die brennenden Gebäude und die Bäume. »Es ist schiefgegangen? So nennst du das? Es ist schiefgegangen?«

»Hm. Das ist schwer zu erklären. Es tut mir sehr leid.«

Alva streckt die Hände nach Siw aus, die sie auf den Arm nimmt und auf ihrer Hüfte sitzen lässt. Alva klammert sich an Siws Schulter und drückt ihr Gesicht an ihre Achsel.

»Ich weiß, dass es nicht vernünftig klingt«, sagt Siw. »Aber wir wussten, dass das hier passieren würde, schon seit einer Woche, und wir wollten einfach nur versuchen, es zu verhindern, aber … es ist missglückt.«

Anna kann nicht länger schweigen. Sie sagt: »Das stimmt. Seit Siw klein war, konnte sie … Sachen sehen, die geschehen werden. Und Alva kann dasselbe.«

»Und wer bist du?«, sagt der junge Mann. »Bist du auch … ach, scheiß drauf. Okay. Ihr könnt also in die Zukunft sehen. Dann erzählt mir, was ich als Nächstes tun werde.«

»Es funktioniert nicht auf diese Weise«, sagt Siw, während Alva ihren Kopf von der Achsel hebt und ein paar Sekunden leer vor sich hin starrt, bevor sie sagt: »Du wirst dein Handy herausholen und deine Mama anrufen und ihr sagen, dass alles gut ist, und auf ihrem Bild auf dem Handy trägt sie einen weißen Kittel, also ist sie vielleicht Krankenschwester, ja, das ist sie bestimmt, denn du fragst sie, ob Verletzte ins Krankenhaus gekommen sind. Das wirst du tun, aber vielleicht wirst du es jetzt auch nicht mehr tun, weil ich es gesagt habe. Das ist das Schwierige daran.«

Der junge Mann wollte Alva eben noch unterbrechen, aber jetzt schließt er mechanisch den Mund und starrt das kleine Mädchen an, das ihr Gesicht wieder verbirgt.

Die junge Frau fragt: »Hattest du das vor? Gunilla anrufen?«

Der junge Mann nickt und macht ein paar lahme Gesten vor Alva in der Luft, als würde er sie von unsichtbaren Spinnenfäden befreien, bevor er die Arme ausbreitet und aufgibt. Die junge Frau sieht ihn triumphierend an, als wäre dies etwas gewesen, was sie schon immer gewusst hätte.

5

Die Explosion im Kreisverkehr, die für viele Jahre ein Gesprächsthema in Norrtälje bleiben würde, kostete seltsamerweise nur zwei Todesopfer. Den Fahrer Roger Folkesson sowie Lisa Lundberg, fünfundachtzig Jahre alt, die sich nur etwa zwanzig Meter von der Detonation aufhielt. Ihr deformierter Rollator wurde auf dem verbrannten Grundstück gefunden, auf dem früher die »JR Verwaltung« ihren Sitz hatte, und die halb verkohlte Lisa etwa dreißig Meter weiter in Richtung Kvisthamrabucht. Etwa einhundert Norrtäljer wohnten ihrer Bestattung bei, die ohne die Explosion eine einsame Veranstaltung gewesen wäre, da sie keine lebende Verwandtschaft mehr hatte.

Weitere Personen, die sich in den angrenzenden Häusern aufgehalten hatten, trugen leichtere Verbrennungen davon oder wurden von Glassplittern verletzt, und ein Mann, der mit dem Auto aus der Eigenheimsiedlung kam, trug Prellungen davon, weil sich das Auto in der Druckwelle überschlug. Sein Labrador, der im Kofferraum untergebracht war, brach sich eine Pfote.

Abgesehen von den Todesfällen war der schwerste Schaden eher sekundärer Natur. Ein Mann, der im dritten Stock im Drottning

Kristinas Väg 23 wohnte, befand sich zu dem Zeitpunkt auf seinem Balkon und sah, hörte und spürte den Knall, der ihn beinahe umwarf. Dieser Mann war krankhaft fasziniert von Feuer, und die Explosion versetzte ihn in einen Zustand solcher Erregung, dass er die Treppen hinunterlief, um das Wunderwerk aus kürzerer Entfernung betrachten zu können. In seinem aufgewühlten Zustand war er unaufmerksam, stolperte und brach sich beinahe den Schädel an der Betontreppe. Er wurde erst eine halbe Stunde später von einem Nachbarn gefunden, aber seine Verletzungen waren nicht lebensbedrohlich. Er bedauerte vor allem, dass er das Feuer nicht richtig hatte betrachten können.

Eine große Anzahl von Menschen hatte sich auf den Fußballfeldern befunden, und obwohl die Polizei keine Angaben veröffentlicht hat, wurde Max' Name über Gerüchte und soziale Medien schon am Sonntagnachmittag gestreut. Dass er der *Verursacher* sei. Der Brandstifter. Der Zerstörer. Auf dem Forum *Roslagsporten* türmten sich die gehässigen Tiraden und die Spekulationen über die Motive des Täters.

Die einschlägigen Islamophoben versuchten eine Diskussion über die größte Aktion des Kalifats auf schwedischem Boden anzuzetteln, aber sie erstarb von selbst, als mit Sicherheit erwiesen war, dass es sich bei dem Schuldigen um einen Sohn von Norrtälje ohne Verbindungen zum radikalen Islam handelte. Die Phobiker ließen sich nicht überzeugen, aber sie wurden zu einer marginalen Gruppe.

Ein bisschen populärer wurde die Theorie, dass es sich um eine ökologische Aktion gehandelt habe, die sich gegen die Benutzung von fossilen Brennstoffen wendete, aber dann war es schwer zu erklären, warum der Täter die unkontrollierte Verbrennung einer solchen Menge von Kerosin in Kauf genommen hatte. Alle hatten ja die giftige Wolke über Norrtälje gesehen und gespürt. Wo gab es da den ökologischen Nutzen?

Die einfachste und populärste Theorie lautete, dass es sich um die Tat eines »Verrückten« handelte. Was allerdings dagegen sprach, war die Tatsache, dass der Täter ein tragbares Schild mitgebracht hatte, sodass es sich nicht um spontane Eingebung gehandelt haben konnte. Tja, aber auch der Wahnsinn konnte einem Plan folgen. Zumindest ein bisschen.

Es dauerte ein paar Tage, bis ein Lastwagenfahrer sich in die Diskussion einmischte und sie erneut anheizte, falls dieser Ausdruck hier gestattet ist. Er hatte von der Fahrt des Tankwagens durch das Zentrum von Norrtälje gelesen und wies darauf hin, dass sie gegen die Straßenverkehrsordnung verstieß. Dazu kam: Wenn der Tankwagen eigentlich auf der Fahrt nach Arlanda war, warum bog er in den Carl Bondes Väg ab? Das passte doch alles nicht zusammen. Und außerdem: Wenn der Tankwagen einen anscheinend zufälligen Fahrtweg wählte, wie konnte dieser Max dann vorher davon wissen? Hier lag bestimmt noch der eine oder andere Hund begraben.

Bald schlug die Diskussion noch eine andere Wendung ein. Jemand auf dem Fußballplatz hatte gehört, dass dort jemand behauptet hätte, in die Zukunft sehen zu können. Genau das hätte dieser Max getan, und er wollte diesen Unfall in Wirklichkeit verhindern, sei aber daran gescheitert.

Viele lehnten das als reinen Unfug ab, aber nach dem Grundsatz von Okhams Rasiermesser hatte diese Theorie einen deutlichen Vorteil: Sie war einfach und sie erklärte alles. Man musste nur einmal von dem Vorbehalt gegen übernatürliche Kräfte absehen. Einige konnten es und zogen sogar die Möglichkeit in Betracht, dass Max ein tragischer Held sein könnte.

Von alldem hat Max nichts mitbekommen. Nachdem seine Brandwunden gereinigt, gekühlt und verbunden worden sind, ist er schon am Sonntagabend in die JVA Norrtälje gebracht worden. Er gilt als dringend tatverdächtig der gemeingefährlichen Brandstiftung. Ein Vergehen, dass in schweren Fällen mit einer Strafskala von sechs bis achtzehn Jahren geahndet wird, in leichteren von einem bis drei Jahren.

6

»Sechs bis achtzehn? Verdammter Mist!« Anna schüttelt den Kopf und stellt das Weinglas ab, um Siw den Rücken streicheln zu können. »Das ist doch vollkommen krank.«

»Es ist dasselbe wie bei einem Terroranschlag«, sagt Siw und deutet auf den Kreisverkehr, der mit den blau-weiß gestreiften Bändern der Polizei abgesperrt ist. »Wie damals der Lastwagenanschlag auf der Drottninggatan.«

»Aber das war doch eine ganz andere Sache!«

»Aber nicht im Sinne des Gesetzes. Und bitte, ich weiß, dass du es gut meinst, aber streichel mir nicht über den Rücken, ich fühle mich so … schlecht. Ich habe das alles in Gang gesetzt, und Max muss dafür bezahlen.«

Siw sieht zum Kreisverkehr hinüber, wo sich einzelne Personen innerhalb der Absperrung bewegen, während sich außerhalb davon eine kleine Gruppe versammelt hat. Die Gesichter der Menschen sind von unten durch Grablichter beleuchtet, die zum Gedenken an die Tragödie, die sich dort acht Stunden zuvor ereignet hat, entzündet worden sind, und Siw fühlt sich wie losgekoppelt von sich selbst.

Auf dem Balkon von Siw und Alva sind als Folge der Explosion zwei Blumentöpfe umgekippt. Die Blumen wurden noch nicht einmal zerstört, und jetzt sitzt sie hier und trinkt Wein mit ihrer besten Freundin, während Max in einer Zelle der JVA liegt.

Anna hört nicht auf, Siws Rücken zu streicheln, und die Geste stört sie, weil sie so fehlgerichtet ist. Sie sollte gepeitscht werden, Spießruten laufen oder zumindest in einem Verhörraum sitzen und sich erklären müssen. Aber sie ist *davongekommen*, und dafür schämt sie sich. Sie kann den Gedanken verstehen, dass manche Verbrecher sich danach sehnen, endlich entdeckt und bestraft zu werden.

»Also, es ist so«, sagt Anna. »Wenn Max einfach nur aus Zufall dort am Schützenbunker gewesen wäre. Dann hätte er genau das gesehen, was er auch jetzt gesehen hat, dass der Fahrer einen Unfall baut. Glaubst du nicht, dass er dann auch auf die Straße gegangen wäre, um den Wagen aufzuhalten?«

»Aber das war doch *er*, der …«

»Ja, aber jetzt vergiss das mal für einen Augenblick. Es war einfach so. Er steht am Bunker. Der Wagen kommt. Alle Kinder sind auf den Fußballplätzen. Natürlich versucht er, ihn aufzuhalten.« Anna klopft mit dem Zeigefinger auf den Tisch, um das Gesagte zu unterstreichen. »Der *Unterschied* ist einfach nur, dass die Kinder nicht vorgewarnt gewesen wären, und dann wären sie auch nicht weggelaufen.«

»Anna, so einfach ist das nicht.«

»Doch, genau so einfach ist es, und weißt du auch, warum? Weil ihr nicht wisst, ob der Wagen nicht auch ohne euch verunglückt wäre.«

»Das stimmt allerdings, aber …«

»Nein. Kein Aber. Stell dir bitte vor, ihr hättet nicht versucht, diese Geschichte zu verhindern. Ihr hättet euch einfach gesagt, *Finger weg, nicht in die Zukunft einmischen, und es wird schon nichts passieren*. Also nehmen wir an, der Wagen kommt und baut einen Unfall und fliegt in die Luft und Alva und alle ihre Mannschaftskameradinnen verbrennen. Was denkst du, wie hätte sich das angefühlt? Ein bisschen mies, vielleicht? Ein bisschen schlechter als jetzt, möglicherweise? Oder sogar hundsmiserabel?«

»Man soll nicht fluchen.« Alva ist aus ihrem Bett gekommen und steht in der Balkontür, eingehüllt in ihre Decke und mit Poffe im Arm.

»Kannst du nicht schlafen?«, fragt Siw.

»Nee. Und ich glaube, dass Anna recht hat.«

»Hast du zugehört?«

»Mhm, denn ich muss ja auch über diese ganzen Dinge nachdenken. Und als ich es zum ersten Mal gehört habe … also vorher, da habe ich nicht … Max hat ja ›Anhalten! Anhalten‹ geschrien. Also, vorhin. Heute Morgen. Aber das habe ich nicht gehört. Beim ersten Mal.«

Anna breitet ihre Arme in einer *Da-hörst-du-es*-Geste aus und zeigt Alva den hochgestreckten Daumen, die darauf normalerweise mit ihrem eigenen Daumen antwortet, es dieses Mal allerdings nicht tut.

»Oder«, sagt Alva, »es war so, wie du gesagt hast, Mama. Was hast du noch gesagt?«

»Dass wir einander nicht hören oder sehen können. Oder uns selbst.«

»Mhm. Daran *könnte* es auch liegen.« Alva kneift die Augenbrauen zusammen, sodass sich eine tiefe Sorgenfalte bildet. »Aber dann wird das alles sehr seltsam, und es wird einem schwindelig, wenn man nur daran denkt. Sitzt Max jetzt im Gefängnis?«

»Er wird verhört, und wenn sie ihn nicht freilassen, muss er vielleicht im Gefängnis bleiben.«

»Aha. Darf ich mit der Switch spielen?«

»Nicht jetzt.«

»Nee. Aber später. Wenn Max im Gefängnis sitzt.«

Obwohl das Geschehen Alva ganz offensichtlich bekümmert, besitzt sie die Fähigkeit, einfach weiterzumachen, und Siw bewundert sie dafür und antwortet: »Ich werde ihn fragen. Wenn ich ihn morgen besuchen darf.«

»Bestell ihm Grüße von mir. Sag ihm, dass ich ihn für nett halte und dass ich ihm wünsche, dass er nicht ins Gefängnis muss. Sag ihm das.«

»Das werde ich. Gute Nacht, mein Schatz.«

»Was für ein Mädchen«, sagt Anna, als Alva in ihr Zimmer zurückgekehrt ist. »Das Beste, was du zustande gebracht hast.«

»Stimmt.«

Die Frage nach der Switch hätte unsensibel wirken können, aber für Siw war es geradezu eine Erleichterung. Alva war den ganzen Tag in sich gekehrt und grüblerisch und hatte kaum gesprochen und Siw macht sich Sorgen um ihre Tochter.

»Acke …«, sagt Anna, und Siw zuckt beinahe zusammen, weil der Name so nahe an *dem Besten, was du zustande gebracht hast* fällt, als gäbe es irgendeinen Zusammenhang. Gibt es den? Weiß Anna davon? Will sie es jetzt erzählen? Nein, Anna beginnt an einem anderen Ende: »Du weißt ja, diese vielen Waffen, die in Norrtälje im Umlauf sind. Er hat sie alle verkauft. Um seine Schulden an die Gebrüder Djup abzubezahlen. Dieser Dreckskerl hat den ganzen Vorrat in meinem Keller versteckt. Aber jetzt hat er ihn natürlich woanders hingebracht.«

»Oh je.«

»Ja. Oh je. Und deshalb …« Anna schaltet ihr Handy an und ruft eine Seite der *Norrtelje Tidning* auf, die sie offensichtlich schon bereitgehalten hat, »bin ich ein bisschen nervös.«

Siw nimmt das Handy und liest, dass die Lichterboote am Mittwoch ins Wasser gelassen werden, also in drei Tagen. Sie lässt das Handy sinken und sagt: »Ich habe tatsächlich daran gedacht … Max und ich haben gedacht … dass die ganze Aggression mit dem Fluss zu tun hat, auf irgendeine Weise.«

»Wie denn? Was ist denn mit dem Fluss?«

»Tja, alles, was passiert, passiert direkt am Flussufer. Alva sagt, im Fluss verstecke sich ein unsichtbares Monster, was ich zwar nicht ganz so glaube, aber … irgendetwas ist dort.«

Anna schnipst mit den Fingern und sagt: »Verdammt, daran habe ich gar nicht gedacht! Die Enten!«

»Welche Enten?«

»Am Morgen nach Markos Fest. Ich habe eine Gruppe von Enten gesehen, also, die benahmen sich vollkommen … Sie fielen über eine Mutter und ihr Kind her, die sie gefüttert hatten. Und dann wurden vor dem Kino auch welche erschossen, und … verdammt, du hast bestimmt recht!«

»Ja. Das glaube ich auch.«

Anna zeigt auf das Display ihres Handys, wo noch immer die Ankündigung des Lichterfestes leuchtet, und sagt: »In dem Fall muss man wirklich sagen, dass es eine schlechte Idee ist. Krass schlecht.«

Konsequenzen

1

Nachdem siebenunddreißig größere und kleinere Scherben aus der rechten Seite von Marias Gesicht gezogen worden sind und der behandelnde Arzt von einem Schutzengel gesprochen hat, weil ihr Auge unbeschädigt ist, wird sie zu einer Abteilung gefahren, in der sie wegen Verdachts auf Gehirnerschütterung weiter beobachtet werden soll. Zehn der Wunden in ihrem Gesicht haben zwei oder mehr Stiche gebraucht, um vernäht zu werden, und der Arzt war aufrichtig zu ihr: Ja, der Unfall werde ihr Aussehen negativ beeinflussen, aber vermutlich nicht so gravierend, wie sie es befürchtet habe. Und man könne ihr eine regenerative Behandlung anbieten.

»Was für eine Behandlung gibt es da?«, hat Maria gefragt.

»In einfachen Worten plastische Chirurgie.«

Kaum ist Maria auf ihrem Zimmer, weiß sie schon, dass sie nicht dort sein möchte. Der Druck im Schädel wächst, und als sie an den Arzt denkt, den sie eben noch für gut und aufrichtig gehalten hat, betrachtet sie ihn jetzt als gefühlloses Schwein, und die Krankenschwester, die ihren Rollstuhl schiebt, ist so hässlich, dass man sie nicht einmal als Düngemittel verwenden könnte. Dann hört sie das Rauschen durch das Fenster, das einen Spalt geöffnet ist. Das Zimmer liegt direkt am Flussufer.

»Ich will hier nicht sein.«

Die Krankenschwester seufzt und rollt mit den Augen, verzieht den Mund und sagt: »Ist dieses Zimmer dem Fräulein nicht angenehm genug?«

»Nein, das ist es nicht. Ich möchte so weit wie möglich vom Fluss entfernt sein. Wenn ihr mich hier lasst, dann springe ich aus dem Fenster.«

»Aber hier ist die zuständige Abteilung, wenn man …«

»Ich springe aus dem Fenster. Ich meine es ernst. Es ist auch nicht sicher, dass ich es vorher öffne.«

Die Krankenschwester murmelt etwas Unvorteilhaftes über verwöhnte Patienten, geht aber los, um jemanden anzurufen. Maria rollt sich rückwärts weg vom Zimmer, zurück in den Korridor, sodass sie wenigstens fünf Meter mehr zwischen sich und den verdammten Fluss gelegt hat.

Sie hat nicht die geringste Ahnung, *worin* der Zusammenhang besteht, aber sie ist immer fester davon überzeugt, dass der Fluss und sein Rauschen die Wurzel des Bösen in ihr ist, ja, vielleicht von *allem* Bösen, was geschieht. Ein Beweis dafür war das Benehmen von Birgitta. Auf der kurzen Fahrt zum Krankenhaus hat sich ihre Einstellung vollkommen gedreht.

Unwahrscheinlich und unerklärlich, ja, aber Maria wird sich nach ihrer Überzeugung richten. Wenn man gehört hat, dass es in einem Strom von Krokodilen wimmelt, fragt man nicht, wie groß sie sind, welche Farbe sie haben, ob sie hungrig sind oder ob sie überhaupt existieren, weil man sie nicht sieht. Man lässt einfach das verdammte Baden sein.

Die Krankenschwester kehrt zurück und sagt beleidigt, in der Onkologie am anderen Ende des Krankenhauses gebe es noch einen Platz, »soweit das Fräulein keine Probleme mit Krebspatienten hat«.

»Ich liebe Krebspatienten«, sagt Maria. »Und ich kann auch selbst fahren, wenn nötig.«

»So machen wir das hier nicht.«

Ganz in Übereinstimmung mit Marias neu gewonnener Überzeugung taut die Krankenschwester immer weiter auf, je weiter sie sich vom Fluss entfernen. Als sie die Onkologie erreichen, ist sie beinahe freundlich. Nachdem sie Marias Bett gemacht hat, beugt sie sich näher heran und flüstert: »Da ist irgendetwas mit dem Nordflügel, neben dem Fluss. Hier haben wir immer eine gute Stimmung, aber dort …« Die Krankenschwester schüttelt den Kopf angesichts des Nordflügels. »Aber was kann das mit dem Fluss zu tun haben?«

»Keine Ahnung«, sagt Maria. »Aber so ist es eben.«

Als die Krankenschwester gegangen ist, bleibt Maria noch sitzen und sammelt Kraft, bevor sie Laura anruft. Eine halbe Stunde später sind ihre Eltern da, und kaum ist Goran ins Zimmer gekommen und hat sie erblickt, bricht er in Tränen aus. Er drückt ihre Hand und küsst sie. »Oh, mein Mädchen, warum hast du denn nichts gesagt?«

»Äh … wovon?«

»Dem Krebs. Warum hast du … ganz allein … und wie du aussiehst, was haben sie denn mit dir gemacht …«

»Papa, ich habe keinen Krebs.«

»Aber du liegst doch hier, bei meinem Schöpfer.«

Um es einfach zu machen, sagt Maria: »Es gab nur noch hier ein freies Bett. Es war ein Unfall auf der Arbeit, sonst nichts. Glaub mir, Papa.«

Es dauert noch eine ganze Weile, bis Goran wirklich davon überzeugt ist, dass der Krebs seine Tochter nicht auffressen wird. Laura zieht einen Stuhl ans Bett und sieht Marias Gesicht forschend an, das immer noch geschwollen und von Kompressen und Wundpflaster bedeckt ist.

»Dein Aussehen«, sagt Laura und zeigt auf ihre eigene Wange. »Wird es sich verändern?«

»Ja. Zum Schlechteren.«

»Wie … wie fühlst du dich damit?«

»Es ist okay, Mama. Es ist … wenn ich darüber nachdenke … vollkommen okay.«

2

»Wie geht es dir?«

»Ich dachte, es wäre schlimmer.«

»Wie meinst du das?«

»Ich hatte einmal ein … Erlebnis. Mit einem engen Raum. Ich dachte, das hier wäre … aber es geht. Es geht.«

Siw nimmt Max' Hand, die schlaff und wie leblos zwischen ihnen auf dem Tisch liegt. »Max, es tut mir so leid.«

»Es ist nicht dein Fehler.«

»Doch, in vieler Hinsicht.«

»Nein. Wenn es keine Handlungsalternativen gibt, dann hat auch niemand etwas falsch gemacht. Das ist nicht möglich. Wie geht es Alva?«

»Ziemlich gut. Aber sie grübelt sehr viel. Sie lässt grüßen. Und ...«

Siw schaut zu Boden und hellrosa Rosen schlagen auf ihren Wangen aus.

»Was?«, fragt Max.

»Sie fragt, ob sie die Switch benutzen darf.«

Zum ersten Mal, seit Siw gekommen ist, huscht ein Lächeln über Max' Lippen. Er nickt. »Sie darf sie benutzen, sooft sie will. Vorausgesetzt, dass all das hier nicht ein unerhört raffinierter Trick ist, um an eine Switch heranzukommen.« Max hebt die Hand und lächelt freudlos. »Das war natürlich ein Spaß.«

»Wie konnte es so weit kommen?«

»Ja, darüber habe ich auch nachgedacht. Ich glaube, das Problem besteht darin, dass wir uns nicht selbst sehen können. Oder einander. Du konntest mich damals in deinem Gehör auch nicht wahrnehmen.«

»Wie damals, als ich ... mit dem Kinderwagen. An der Bibliothek. Da konntest du mich auch nicht sehen.«

»Ja. Genau. Und diese Sekunden, als ich im Kopf des Fahrers war. Ich sah mich selbst nicht auf die Straße gehen, ich ... also er ... riss nur das Lenkrad herum.«

Siw drückt Max' Hand noch fester und sagt: »Es könnte ja sein, dass es trotzdem passiert wäre, oder?«

»Ja, er war aufgewühlt, weil er glaubte, dass seine Frau mit einem Nachbarn fremdging. Er tippte etwas in sein Handy. Er war nicht aufmerksam, nicht geistesgegenwärtig. Das ist die Möglichkeit, an die ich mich klammere. Aber meistens missglückt es mir. Dann bin ich es, der schuld an allem ist.«

»Ich begreife es einfach nicht«, sagt Siw. »Ich habe nie … Das einzige Mal, dass ich eingreifen konnte, war damals mit dem Kinderwagen. Und bei Charlie. Und beide Male konnte ich das Unglück verhindern.«

»Vielleicht bin genau ich das Problem. Oder die Kombination von uns beiden.«

»Sag so etwas nicht.«

»Ich meine es ja nicht so.«

Zwischen ihnen wird es still. Siws Blick gleitet an den grützefarbenen Wänden entlang, über den Holztisch, in den jemand PFUI TEUFEL geritzt hat, und über Max' Haftuniform, die Jogginghosen und sein weißes T-Shirt. Sie fragt: »Was wirst du jetzt tun?«

»Ich werde bei der Wahrheit bleiben, aber dich und Alva auslassen.«

»Du willst ihnen sagen, dass du in die Zukunft sehen kannst?«

»Ja, ich werde nur eine falsche Reichweite angeben.«

»Das kann nicht funktionieren.«

»Nein. Ich weiß. Ich habe es schon in der ersten Vernehmung gesagt, und jetzt haben sie ein psychiatrisches Gutachten angeordnet.«

Siw kaut an ihren Nägeln. Sie bezweifelt, dass es reicht, paranormale Fähigkeiten zu behaupten, um als schuldunfähig zu gelten, und wäre das überhaupt besser? Soweit sie gehört hat, ist eine Zwangseinweisung in die Psychiatrie zeitlich nicht begrenzt.

»Vielleicht kann ich ja etwas für dich tun«, sagt Siw.

»Was könnte das denn sein?«

»Das werde ich dir nicht erzählen, denn dann würdest du versuchen, mich davon abzuhalten. Aber vielleicht kann ich etwas tun. Vielleicht.«

»Siw, ich möchte nicht, dass du …«

»Ich weiß. Ich weiß. Max? Es ist vielleicht seltsam, das jetzt anzusprechen, aber ich frage dich trotzdem. Wie auch immer das hier weitergeht … möchtest du, dass ich auf dich warte?«

Max schnaubt und schüttelt den Kopf. Nicht als Antwort auf ihre Frage, sondern als Reaktion auf das Melodramatische oder

Hollywoodmäßige der Situation, in die sie sich gebracht haben. Jedenfalls ist es kaum realistisch. Max sieht Siw lange an und sagt dann: »Ja. Ich möchte, dass du auf mich wartest.«

»Dann warte ich.«

Stadien des Verfalls

1

Es ist sechs Uhr am Montagnachmittag, als der Wagen eines Behindertenfahrdienstes auf dem Kleinen Markt hält. Der Fahrer holt einen Rollator aus dem Kofferraum. Alva aalt sich vom Beifahrersitz und läuft eine Runde um den Havsstenen, während Siw Berit hilft, aus dem Rücksitz zu steigen. Der Fahrer schiebt den Rollator zu ihnen und fragt, ob sie jetzt allein zurechtkommen.

»Wir schaffen das«, sagt Berit und hält sich an den Handgriffen fest. »Holen Sie uns bitte in einer Stunde hier ab?«

Berit hat sich von ihrer Erkältung erholt, aber Siw sieht, dass ihre Beine zittern, als sie, gestützt auf den Rollator, zur Kleinen Brücke geht.

»Bist du sicher, dass du das schaffst?«, fragt Siw.

»Was soll dieses dumme Gerede«, sagt Berit. »Wenn ich gleich tot umfallen würde, dann hättest du es ja vorher gehört, oder? Bums, Crash und Oma auf der Straße, hast du so ein Gehör gehabt? Nein, das hast du nicht. Wo fangen wir an?«

Es geht um das Lichterfest. Berit hat die Nachrichten nicht verfolgt, während sie erkältet war, aber als sie am Montagmorgen von dem Event las, rief sie sofort Siw an, die die halbe Nacht gegrübelt hatte, ob und was sie tun könnten.

Als Siw Berit von ihrem Verdacht hinsichtlich des Flusses erzählte, erwiderte Berit, dass sie das Gleiche gedacht habe. Und inzwischen dürfte es jede Menge Menschen in Norrtälje geben, die Linien zwischen den Punkten der Gewalt gezogen und gesehen haben, dass sie dem Lauf des Flusses folgen. Aber ein Problem zu kennen, heißt noch lange nicht, dass man es auch lösen kann.

Als sie sich langsam hinunter zum Skvallertorg bewegen, spürt Siw, dass sie bis ins Mark erschöpft ist. Es ist nicht nur der Mangel an Schlaf, sondern auch die Sache mit dem Tankwagen. Am Morgen hat sie darüber nachgedacht, bei Flygfyren anzurufen und sich krankzumelden, aber sie ahnte, dass alles nur noch schlimmer würde, wenn sie den ganzen Tag in der Wohnung bliebe. Also ging sie zur Arbeit und führte eine zombifizierte Pantomime ihrer Aufgaben auf. Danach hat sie Max besucht. Und jetzt ist sie hier.

Als sie die Kleine Brücke erreichen, sich ans Geländer stellen und in das fließende Wasser hinuntersehen, taucht ein kleinlicher Gedanke in Siws Kopf auf: dass sie Max beneidet. Wenn man wie er einfach in einer Zelle sitzen könnte und nichts anderes tun müsste, als zu existieren.

Und wiederzukäuen. Wiederzukäuen, wiederzukäuen.

Alle unheimlichen Bilder, die sie heute Nacht geplagt haben, tauchen wieder auf. Die Feuersäule, Max' verbrannter Rücken, die stürzenden Kinder und die alte Frau … die arme, die brennende alte Frau, die sie an der Übergangsstelle gesehen hat, die brennenden Bäume, das Inferno, das sie mit geschaffen hat, die Hölle, die sie über Norrtälje gebracht hat wie ein böswilliger Teufel, der Schrecken … Siw öffnet und schließt die Hände und findet plötzlich einen perversen Gefallen daran, dieses Chaos mit verursacht zu haben …

Der Fluss.

Auch Alvas und Berits Augen werden schmaler, als sie von quälenden Gedanken heimgesucht werden, und Siw sagt: »Was ihr auch gerade denkt, versucht damit aufzuhören. Es ist der Fluss, der euch dazu bringt.«

Mit mentaler Gewalt drängt Siw die Bilder von sich selbst als zufrieden grinsendem Teufel weg und ersetzt sie mit dem Erstbesten, was ihr einfällt: ein Loop ihrer Lieblingsszenen aus *Friends*. Ross drückt den Finger gegen die Schläfe und sagt: »Unagi«, Phoebe singt von der stinkenden Katze, und Joey tritt ein mit sämtlichen Kleidern von Chandler am Leib.

Sie weiß nicht, welche Strategie Berit und Alva anwenden, aber sie sieht beiden an, dass sie Erfolg haben. Alva zeigt auf die schiefe Nils-Ferlin-Statue hundert Meter weiter. »Wir gehen dahin.«

Siw hilft Berit mit dem Rollator über die Bordsteinkanten und die feuchten Graspartien, während Rachel Ben das Unfug machen beibringt und Chandler »Cups« mit Joey und Monica spielt und zum x-ten Mal ausruft: »I *know*!« Als sie sich der Statue nähern, wird das Geplauder ihrer Lieblingscharaktere von Schreien überdeckt. Schreie, Flüche und Beleidigungen, das Geräusch von Körpern, die gestoßen werden und fallen.

Siw zuckt zusammen, als der erste Schuss fällt. Jemand heult vor Schmerz. Zwei weitere Schüsse sind noch mit deutlichem Abstand voneinander zu hören, aber dann entbrennt der Krieg. Schüsse und gellende Schreie, das Klappern fliehender Füße auf Asphalt, Knochen, die gebrochen werden, die Schreie von Menschen, die die Menge niedertrampelt, das Keuchen von Sterbenden.

Berit und Alva sind erstarrt, sie hören es auch. Der Lärm erstirbt, die Schritte verschwinden in der Ferne, und das Einzige, was man noch hört, ist das Rauschen des Flusses und das Stöhnen der Verwundeten. Dann ist das Gehör vorbei, und Siw erinnert sich, dass sie jetzt erweiterte Möglichkeiten haben.

»Alva«, fragt sie. »Passiert das hier am Mittwoch?«

»In zwei Tagen. Ist dann Mittwoch?«

»Ja.«

Berit sieht aus, als würden jeden Augenblick die Beine unter ihr nachgeben. Siw stützt sie, damit sie sich auf dem Sitzbrett des Rollators niederlassen kann. Die alte Frau ist blass, und am Haaransatz sammelt sich der Schweiß. »Großer Gott«, sagt sie. »Das war das Schlimmste, was ich je gehört habe. Ein Massaker. In Norrtälje.«

Alva steht daneben und kaut auf den Lippen. Siw sieht den Schreck in ihrem Blick. Eigentlich war sie dagegen, dass Alva mitkommt, aber ihre Tochter hat darauf bestanden. Siw geht vor ihr in die Hocke.

»Verstehst du jetzt, warum ich gesagt habe, dass du nicht mitkommen sollst?«

»Mhm.«

»War das schlimm mit den vielen Menschen, die …«

»Ja. Aber das ist es nicht.«

»Was ist es dann?«

»Dieses Ding im Fluss. Ich habe es *gehört.*«

»Wie … wie klingt es denn?«

»Das ist schwer zu sagen.« Alva steckt sich das Ende eines ihrer Zöpfe in den Mund und kaut darauf herum, bevor sie sagt: »Stell dir vor, du isst eine richtig matschige Apfelsine. Und dann kichert man gleichzeitig noch dazu. So.«

2

Maria wird am Montagnachmittag aus dem Krankenhaus entlassen, und Anna holt sie mit ihrem Golf ab. Das Erste, was Anna sagt, als sie die Beifahrertür öffnet und Marias Gesicht erblickt, dessen Farbe die gesamte Skala zwischen Gelb und Blau abdeckt, ist: »Leck mich fett, geht das alles wieder weg?«

Maria setzt sich in den Wagen und zieht die Tür hinter sich zu. »Der Arzt sagt, dass ich nie wieder eine Zehn werde. Aber vermutlich eine Sieben, vielleicht sogar eine Acht.«

Anna begutachtet Marias unverletzte linke Seite, bevor sie den Motor anlässt. »Von hier bist du immer noch eine Zehn.«

Als sie vom Parkplatz herunterfahren, sagt Maria: »Weißt du, in gewisser Hinsicht finde ich es sogar fast angenehm. Ich weiß, dass ich schön bin, oder war, und ich weiß, dass das komisch klingt, aber es war immer so, als hätte ich ein Horn auf der Stirn. Ich konnte sagen und tun, was ich wollte, die Leute konnten an nichts anderes als dieses Horn denken. Ich beklage mich nicht, ich habe von diesem Horn gelebt, aber jetzt habe ich es auch satt. Ich freue mich schon darauf herauszufinden, was die Leute wirklich von mir denken.«

»Vielleicht halten sie dich für ein Arschloch?«

»Vielleicht. Aber dann weiß ich es und kann versuchen, mich zu ändern.«

»Normalerweise erzählen die Leute einem so etwas aber nicht.«

»Hör mal, kannst du nicht einfach mal ein bisschen lieb zu mir sein und mir recht geben?«

»Klar doch.«

Um nicht in die Nähe des Flusses zu kommen, vermeidet Anna die Lasarettgatan und biegt stattdessen in die Götgatan ab, bevor sie fragt: »Stimmt das, was du am Telefon gesagt hast? Dass du versucht hast, das Café in die Luft zu sprengen?«

»Ja.«

»Ich habe die Frage noch nicht gestellt, die selbstverständlich daraus folgt, also mache ich es jetzt.«

»Warum? Ich könnte sagen, dass Jesus mir dazu geraten hat, aber im Grunde war es wohl der Hass. Blinder, abgrundtiefer Hass auf alles und jeden.«

Anna schüttelt den Kopf. »Warum müssen alle so viel hassen?«

»Weil es der letzte Schutz ist«, sagt Maria. »Wenn alles andere überwunden ist. Wenn man niemand mehr ist, wenn man nichts mehr hat. Dann hat man immer noch den Hass.«

»Shit, du gräbst echt tief.«

»Siehst du? Nicht nur ein hübsches Gesicht. Hast du etwas von Johan gehört?«

»Wenn wir gerade vom Hass sprechen …«

Maria wendet Anna ihr Gesicht zu, die aus den Augenwinkeln sieht, wie das Licht der Straßenlaternen Schatten auf die Verschorfungen und Stiche wirft. »Was meinst du damit?«, fragt Maria.

»Ich will nicht in Details gehen, aber Johan hasst sehr viel, und ich glaube nicht, dass es … sein letzter Schutz ist. Er ist einfach so. Und damit komme ich nicht klar.«

Maria sitzt eine Weile stumm neben ihr, und sie erreichen den Gustav Adolfs Väg, bevor sie sagt: »Hass ist nicht der Kern von Johan. Er ist eher wie eine Schale. Eine Hassschale, die er trägt. Ich weiß nicht, warum, aber … und du solltest wissen, dass er mein Bruder ist. Wie mein Bruder. Ich stehe auf seiner Seite.«

»Ich bin mir nicht so sicher, dass das richtig ist. Deine Zunge ist ganz schön auf Trab, seit sie dir die Visage ummöbliert haben. Erzähl mir lieber von Jesus.«

3

»… und dreihundert«, sagt Ewert Djup und legt das letzte Bündel Geldscheine in die Plastiktüte vom Flygfyren. Er nickt nachdenklich und wendet sich an Acke, der vor ihm steht und die Hände vor dem Schritt gefaltet hat. Ewert grinst und sagt: »Bereitest du dich jetzt auf den Freistoß vor, oder was?«

»Wir sind jetzt quitt, oder?«, sagt Acke. »Die Schulden sind bezahlt und alles ist im grünen Bereich, oder?«

Ewert ignoriert die Frage und stellt eine eigene: »Wie viele hast du verkauft?«

»Ja, also … alle. Bis auf die Letzte hier in der Tasche.«

Ewert pfeift. »Wie viele waren es? Vierzig Stück? Dann konntest du ja einen ordentlichen Batzen für dich selbst zur Seite legen.«

»Ja, aber das war doch okay, oder?«

Ewert holt die Zastava aus der Tasche, steckt eine Patrone in den Lauf und richtet sie auf Acke, bevor er sagt: »Wenn du noch ein einziges Mal ›oder‹ sagst, muss ich dich erschießen.«

Direkt hinter sich hört Acke, wie Albert schnauft. Sie befinden sich in einem verlassenen Industriegebäude außerhalb von Rimbo, und die Anwesenheit von jeder Menge verrostetem Metall trägt in gewisser Weise dazu bei, dass Ackes Nervosität steigt, das ganze Lokal riecht nach *Gefahr*, und er will einfach nur weg. Aber die Brüder lieben ihr Spiel mit der hilflosen Maus und scheinen es nicht aufgeben zu wollen.

»Du hast also Norrtälje bewaffnet«, sagt Ewert. »Man kann ja in der Zeitung lesen, dass du es nicht allzu … genau damit genommen hast, an wen du sie verkauft hast.«

»Es hat doch nie irgendwelche … ihr habt nie gesagt, dass …«

»Nee, das haben wir nicht. Aber man muss sich ja selbst auch ein paar Gedanken machen.«

»Ihr habt nichts anderes gesagt, als dass ich die Pistolen verkaufen soll und euch das Geld geben, das habe ich jetzt getan, und damit sind wir quitt, oder?«

»Uups«, sagt Ewert, hebt die Pistole und drückt den Abzug.

Aber die Sicherung ist noch drin, und keine Kugel dringt zwischen Ackes zusammengekniffenen Augen ein.

»Ruhe im Sturm, der Herr ist nah«, sagt Ewert und legt die Pistole zur Seite, bevor er die Hände über dem Bauch faltet und sagt: »Also, es ist so. Du hast deine Schulden bezahlt, das ist korrekt. Aber eine andere Tatsache bleibt bestehen. Weiß du auch, welche?«

»Äh … nein?«

»Du hast versucht, uns zu betrügen. Jemandem Geld zu schulden, ist eine Sache. Man bezahlt es zurück und alle sind glücklich. Aber jemanden an der Nase herumzuführen, der … und das sage ich in aller Bescheidenheit … in *unserer Position* ist. Oje, oje, oje. Das ist nicht gut. Gar nicht gut.«

»Aber ich habe doch erklärt …«, beginnt Acke, aber er kommt nicht weiter, weil sein Hinterkopf einen harten Schlag empfängt von etwas, das vermutlich rostig und vermutlich aus Eisen ist. Er wird nach vorne geschleudert und der Boden jagt ihm entgegen, wie von einem weißen Blitz beleuchtet, bis alles schwarz wird.

Als die Welt wieder in Ackes Bewusstsein hervorgerufen wird, hat sie ihren Charakter geändert. Anhand der Luft, die durch seine Nasenlöcher eindringt, und der Laute, die seine Trommelfelle streicheln, kann er schlussfolgern, dass er sich im Freien befindet. Seine Hände und Füße sind gefesselt, er liegt auf dem Bauch, und kleine Steine rasseln, wenn er die Lage verändert, um zu versuchen, sich auf den Rücken zu drehen. Acke will die Augen nicht öffnen, um nicht sehen zu müssen, was jetzt passieren wird. Er weiß aber, dass er irgendwann die Augen öffnen muss. Er öffnet die Augen.

Der Mond und die Sterne werfen ihr bleiches Licht über das, was Acke zunächst für eine lotrechte Bergwand hält. Dann sieht er Streifen aus Erde und Steinen, Rinnen, die von Baggern gezogen worden sind. Es ist eine Kiesgrube, was das Geräusch der kleinen Steine erklärt. Er liegt in einer Kiesgrube. Am Waldrand stehen Ewert und Albert und basteln an irgendetwas an ihrem Auto herum, sie plaudern munter miteinander.

Alles ist so furchtbar ungerecht. Er hat getan, was von ihm verlangt wurde, seinen Teil des Geschäfts erfüllt. Weil schriftliche Abmachungen unmöglich sind, ist bei einer kriminellen Betätigung gegenseitiges Vertrauen nötig. Und was die Gebrüder jetzt machen, ist eine Übertretung des … wie auch immer dieser Kodex heißt. Verbrecherehre, vielleicht.

Es knirscht unter Ewerts groben Stiefeln, als er herankommt und Acke mit lässig in den Hosentaschen vergrabenen Händen betrachtet. Acke wünscht sich, dass er sich auf den Rücken drehen kann, er kommt sich besonders ausgesetzt und unwürdig vor, wenn er auf dem Bauch liegt und mit hochgestrecktem Hintern nach vorne kriecht, als würde er sich für Peitschenhiebe oder eine Vergewaltigung anbieten.

Ewert scheint glücklicherweise keine solchen Absichten zu haben. Mit einem Stöhnen sinkt er in die Hocke und legt den Ellenbogen auf das Knie, bevor er sagt: »Du begreifst es nicht, stimmt's? Was hier vor sich geht?«

»Ich begreife nur …«, sagt Acke, »dass kein Schwein … also, die Leute *wissen*, dass ich diese Waffen für euch verkauft habe. Wenn irgendetwas mit mir passiert, wird kein Schwein mehr für euch arbeiten wollen.«

Ewert klingt aufrichtig betrübt, als er antwortet. »Aber Acke. Hast du das *gesagt*? Findest du wirklich, dass das angemessen war?«

»Also, vielleicht nicht gerade gesagt, aber … die Leute sind ja nicht dumm.«

»Nach meiner Erfahrung«, sagt Ewert, »begreifen die Leute im Allgemeinen genau so viel, wie sie es sich leisten können. Du würdest dich wirklich wundern, wie verwirrt Menschen plötzlich werden können, wenn sie beispielsweise in die Mündung eines Gewehrs sehen. Plötzlich begreifen sie gar nichts mehr.«

»Niemand wird …«

»Sei jetzt still. Du kannst mich altmodisch nennen, aber ich finde, du hast das Recht zu wissen, warum das, was mit dir passieren wird, passieren wird.«

»Was soll denn mit mir …«

Ohne sich um Ackes unbeendete Frage zu kümmern, fährt Ewert fort: »Wir haben mit unserem Kontakt in Hamburg gesprochen, und er sagt, dass du zweifellos die Absicht hattest, diese zwei Kilo für dich abzuzweigen, dass du sogar damit angegeben hast ...«

»Das ist eine Lüge!«, schreit Acke. »Er lügt!«

»Das ist durchaus möglich«, sagt Ewert. »Absolut. Aber jetzt ist er nun einmal ein wesentlich wichtigerer Geschäftskontakt für uns als du. *Mit Abstand*. Am Ende, ja ... da musst du wohl dem Kapitalismus die Schuld geben, fürchte ich.«

Acke hört nicht mehr zu. Ein einziger Satz hat sich in sein Bewusstsein hineingefressen und es in Besitz genommen. *Das, was mit dir passieren wird*. Das ist ein schlechtes Zeichen, und Acke wirft sich erfolglos hin und her, während Ewert sein Räsonnement zu Ende führt: »Und was diesen möglichen Unwillen der Leute betrifft, für uns zu arbeiten, da kann natürlich etwas dran sein. Aber ihnen den Eindruck zu vermitteln, dass es okay wäre, uns an der Nase herumzuführen, ist bestimmt noch schlimmer. Sehr viel schlimmer. Also ...«

Ewert breitet die Hände in einer Geste aus, die besagt, dass seine Erklärung vollendet und wasserdicht ist, und gibt ein weiteres Stöhnen von sich, als er sich wieder aufrichtet, Acke betrachtet und die Handflächen aneinanderreibt.

»Was habt ihr jetzt vor?«

»Das ist ziemlich lustig, eigentlich«, sagt Ewert und gluckst. »Aber in gewisser Weise habe ich die Inspiration von deiner Schwester bekommen.«

»Welche, von wem? Anna?«

»Mhm. Ich bin ihr am Fluss begegnet, und da gab es ein paar Enten, die ... wie auch immer. Jedenfalls erzählte ich ihr, wie Albert und ich einmal ein Möwenproblem gelöst haben. Und da kam mir die Idee: Vielleicht kann man auf dieselbe Art auch ein Problem lösen, das man mit einem Menschen hat? Und jetzt sind wir hier.«

Mit dem Zeigefinger zeigt Albert auf eine dünne Linie auf dem Boden, die Acke zuerst für einen Schatten gehalten hat, aber jetzt erkennt er, dass es sich um ein Kabel handelt, das von dem Kieshaufen wegläuft, auf dem er liegt, und an einem Felsblock zwanzig Meter entfernt endet.

»Es liegen vier Dynamitstangen unter diesem Hügel hier, und den Detonator haben wir hinter dem Stein dort hinten, und … ja … du begreifst die Idee. Nichts Kompliziertes.«

Wenn der Anblick einer Gewehrmündung einen Menschen verwirrt machen kann, dann kann der Ausblick, in die Luft gesprengt zu werden, alle rationalen Gedanken zum Verschwinden bringen. Es gibt keine Worte mehr, die man denken oder sagen kann, und Acke brüllt einfach los, verschlungen von der Angst vor der *Vernichtung*. Ewert gibt Albert ein Zeichen, und sie gehen jeder aus seiner Richtung langsam zu dem Felsblock.

Als sie aus dem Sichtfeld verschwunden sind, verstummt Acke. Vielleicht bleiben ihm noch ein paar Sekunden seines Lebens. Er hebt den Kopf und betrachtet die Mondsichel, die über den Baumwipfeln hängt. Er holt tief Luft und saugt die nächtlichen Düfte der Pflanzen, der Nadeln und des Mooses ein. Er ist vollkommen im Hier und Jetzt.

Dann geht ein Stoß durch seinen ganzen Körper, ein Schlag in den Bauch, der die Luft aus ihm herauspresst, bevor er selbst ein Teil der Luft wird. Der Knall zerreißt sein Trommelfell und eine Hundertstelsekunde später zerfetzt sie den Rest. Danach gibt es nur noch ein Echo durch den Wald und eine große Stille.

4

»*Wenn* mein Vater im Himmel ist«, sagt Alva und mustert Poffes schwarze Glasperlenaugen, »dann glaube ich im Grunde nicht, dass man von dort Sachen herunterwerfen kann. Aber obwohl ich es eigentlich nicht glaube, glaube ich es doch. Das ist ziemlich seltsam.«

»Manchmal ist es einfach so«, sagt Siw und zieht die Decke bis unter das Kinn ihrer Tochter hoch. »Man kann zum Beispiel Dinge tun, obwohl man nicht glaubt, dass sie irgendetwas bringen. Weil man auf eine gewisse Weise trotzdem daran glaubt.«

»Wird die Polizei Max glauben?«

»Nein. Weil niemand glaubt, dass man in die Zukunft sehen oder hören kann.«

»Aber man kann es.«

»Stimmt. Wir wissen das. Aber nicht sehr viele andere Leute.«

Die charakteristische Sorgenfalte tritt auf Alvas Stirn hervor, als sie sagt: »Aber stell dir vor, die Polizei würde an diese andere Sichtweise glauben? Auch, wenn sie es nicht tut.«

Siw lächelt und streichelt Alva über die Stirn. »Du bist etwas ganz Besonderes, Alva. Genau daran habe ich eben auch gedacht. Vielleicht sollten wir morgen zur Polizeiwache gehen.«

»Ich war noch nie auf einer Polizeiwache, Mama. Und was sollen wir mit den ganzen Menschen machen? Die aufeinander schießen werden?«

»Ich habe keine Ahnung. Vielleicht sollten wir einfach nicht zu diesem Fest gehen. Ich bin nicht sicher, ob es unsere Aufgabe ist, etwas dagegen zu tun.«

»Wir könnten es der Polizei sagen.«

»Das könnten wir«, sagt Siw und klingt ausgelaugt. »Wenn es eine Chance geben würde, dass sie uns glauben.«

»Bist du müde, Mama?«

»Ja, mein Schatz. Ich bin sehr müde. In den letzten Tagen ist unheimlich viel passiert, nicht wahr?«

»Ich bin auch müde. Aber du brauchst mir heute kein Märchen erzählen. Oh!« Alva zuckt zusammen und setzt sich halb im Bett auf. »Ich weiß, was du tun kannst! Du kannst Johan anrufen, dann kann er mir eins erzählen!«

»Johan und ich kennen einander nicht so gut.«

»Auf welche Weise kennt ihr einander denn?«

»Nicht so, dass ich ihn anrufen und herbitten kann.«

»Schade. Er war lustig. Aber irgendwie mag ich Max lieber. Aber Johan ist lustiger. Ach. Ich mag beide gleich viel. Aber Johan ist lustiger.«

5

Johan selbst fühlt sich alles andere als lustig, als er mit dem Gamecube-Controller in den Händen und einer halb vollen Whiskyflasche neben sich vor dem Fernseher sitzt. Obwohl er ziemlich betrunken ist, gewinnt er die Pokale in *Mario Karts* mit Leichtigkeit gegen die computergesteuerten Spieler. Das ist keine Herausforderung. Er überlegt, stattdessen *time trials* zu spielen, schaltet das Spiel aber lieber aus und zieht die Disc heraus, worauf er sich einen ordentlichen Schluck Whisky genehmigt.

Das alles ist wirklich eine verdammte Scheiße. Marko ist nach Bosnien gereist, Max sitzt im Gefängnis und Anna will nichts mehr von ihm wissen. Mit den anderen Freunden, die er als kleiner Junge neben Max noch hatte, hat er längst keinen Kontakt mehr. Er hat niemanden.

Verdammte Idioten, denkt er, ohne richtig zu wissen, wen er damit jetzt überhaupt meint. Vielleicht alle Menschen, die auf diesem Planeten existieren und sich grundlos gegen ihn verschworen haben, dass es jetzt, wo es in seiner Brust so schrecklich schmerzt, niemanden mehr gibt, an den er sich wenden kann. Er versucht ein bisschen zu weinen, aber es klappt nicht.

Er blickt an die Decke. Weil er noch nie eine Deckenlampe hatte, sitzt der Lampenhaken dort wie ein nacktes, kopfüber stehendes Fragezeichen. *Willst du?* Es ist verblüffend, dass die Idioten, die für den Häuserbau zuständig sind, immer noch kräftige Lampenhaken in die Decken schrauben, wenn sie es eigentlich *wissen*. Die ständige Versuchung, die pochende Frage.

Es schmerzt nicht nur in der Brust, es kribbelt von einer ziellosen Unruhe, und Johan überkommt Panik vor der Nacht, die vor ihm liegt. Noch einmal zieht es seinen Blick zum Lampenhaken. Er hat ein Nylonseil. Ein für allemal könnte er Schluss machen mit diesem ganzen Mist und seinen Frieden haben. Aber wer soll diesen Frieden dann spüren dürfen?

Semantik, denkt Johan und trinkt noch mehr. *Haarspaltereien. Es geht nicht um Frieden. Es geht um die Abwesenheit von Mist.*

Er drückt die Disc von *Wind Waker* in die Konsole. Er hat sie schon von Anfang bis Ende durchgespielt, alle Herzteile eingesammelt, die man finden konnte, also geht es jetzt nur noch darum, ein bisschen in der Welt herumzufahren, ein Lustsegeln.

Er steuert Link in das Boot hinein und dirigiert den Wind, sodass er vom Land wegweht, setzt sich ins Boot und segelt los. Ein paar Piratenschiffe tauchen am Horizont auf, und er steuert dorthin. Als er innerhalb der Reichweite ist, holt er die Kanone heraus und feuert eine Salve ab, mit der er die Totenkopfflaggen zum Kentern bringt.

Die Seepfadfinder greifen an.

Es gab eine Zeit, in der er und Marko hier nebeneinandersaßen und spielten, es gab eine Zeit, in der es eine Zukunft gab. Sechzehn Jahre später lebt er in dieser Zukunft, sitzt traurig und betrunken an einem Montagabend vor dem Fernseher und fährt auf demselben Meer herum wie damals.

Die Piratenschiffe sind versenkt, und das Meer liegt öde vor ihm. Der Himmel verdunkelt sich und Wind kommt auf, Regen beginnt auf Link herabzupeitschen, der den Naturgewalten in seinem grünen Boot vollkommen ausgesetzt ist. Johan wird zum ersten Mal bewusst, wie furchtbar einsam diese grün gekleidete Person ist. Das kleine Boot, das große, dunkle Meer, der bedrohliche Himmel, der leere Horizont und keine Insel in Sicht. Man konnte nirgendwo hinfahren. *Wind Waker* ist eine Tragödie.

Johan rafft die Segel und legt den Controller zur Seite. Link schaukelt auf und nieder, ohne sich in irgendeine Himmelsrichtung zu bewegen. Johan geht in die Küche, wo er in der untersten Schublade das blaue Nylonseil findet. Er nimmt noch einen Stuhl mit ins Wohnzimmer und knotet das eine Ende des Seils mit einem Altweiberknoten am Lampenhaken fest. Er hat keine Ahnung, wie man einen dieser Knoten macht, an denen man Viehdiebe in Westernfilmen aufhängt, aber eine normale Schlinge sollte für die Aufgabe eigentlich gut genug sein.

Armselig.

Johan trinkt noch einen Schluck Whisky und betrachtet sein Werk. Er könnte im Internet nachsehen, wie man einen richtigen

Henkersknoten macht, aber damit würde er das ersehnte Ziel nur weiter hinausschieben. Er wirft einen Blick auf Link, der weiter in dem schwarzen Wasser auf und ab schaukelt.

Tschüs, Kumpel. Jetzt kommst du nie wieder nach Hause. Vielen Dank für alle lustigen Stunden.

Johan klettert auf den Stuhl und legt sich die Schlinge um den Hals. Sollte er vielleicht eine Nachricht schreiben? Am gängigsten ist es wohl zu beteuern, das hier sei die eigene Entscheidung und niemand anderes sei schuld. Aber danach fühlt er sich nicht. Ganz im Gegenteil, einfach alle da draußen sind schuld daran, dass er hier in seinem eigenen dunklen Meer steht, ohne in eine andere Richtung fahren zu können als abwärts. Er schließt die Augen und wippt auf den Füßen.

Er ist so weit, gleich wird er den Schritt in die Leere machen, jetzt gleich, als sich das Grundgeräusch im Raum verändert. Die angenehme und in gewisser Weise salzgeschwängerte Melodie, die verkündet, dass der Morgen gekommen ist, ertönt von der Konsole. Johan öffnet die Augen. Der Sturm hat nachgelassen und die See liegt ruhig, im Sonnenschein. Link sitzt am Ruder und wartet darauf, gelenkt zu werden und lenken zu dürfen. Johan legt den Kopf schief und betrachtet ihn.

Ja, Link ist einsam und ihm fehlt der Kompass. Aber man könnte genauso gut sagen, dass er *frei* ist. Wenn man die falsche Richtung eingeschlagen hat, versucht man eben eine andere.

Der Stuhl fängt unter Johan an zu kippeln, und ein kalter Strahl von Angst jagt durch seine Brust, bevor er sich wieder stabilisieren kann. Er interessiert sich jetzt überhaupt nicht mehr für das Sterben. Er zieht die Schlinge vom Kopf, steigt vom Stuhl und setzt sich vor das Spiel. Er setzt wieder die Segel. Die Sonne steigt in den Himmel, die Musik erklingt und das Boot gleitet durch das strahlend blaue Wasser. Bald sichtet er eine Insel. Tränen laufen Johan über das Gesicht.

Danke, Link. Jetzt fahren wir nach Hause.

Alles auf das Wunder setzen

1

Siw hat eine Stunde gebraucht, sich erst zu dem Anruf durchzuringen, dann in der Warteschleife zu hängen und verschiedenen Personen geduldig zu erklären, dass sie wichtige Informationen zu dem explodierten Tankwagen habe, und nein, am Telefon könne sie das wirklich nicht weiter ausführen. Am Ende spricht sie tatsächlich mit der Kommissarin, die zusammen mit einem Kollegen in dem Fall ermittelt, und bekommt einen Termin im Präsidium.

»Und außer Ihnen ist niemand … ich weiß nicht, wie man es nennt … mit dem Fall befasst?«

»Wir haben auch noch die Staatsanwaltschaft, die uns sozusagen den Auftrag zu den Ermittlungen gegeben hat.«

»Kann von denen auch einer dabei sein?«

»*Eine.* Aber dass sie Zeit hat, kann ich mir nicht vorstellen.«

Damit hat Siw sich begnügen müssen, und um zehn Uhr findet sie sich zusammen mit Alva auf der Polizeiwache ein. Die Kommissarin Eva Meyer betrachtet skeptisch Alvas *Janssons-Klempnerei*-Mütze, bevor sie sagt: »Sie haben nichts davon gesagt, dass Sie ein Kind mitbringen.«

»Das ist aber der zentrale Punkt«, sagt Siw.

»Ich heiße übrigens Alva«, sagt Alva.

Nach einem gewissen Zögern bringt die Kommissarin Siw und Alva in einen kleineren, fensterlosen Konferenzraum mit einem ovalen Tisch und sechs Stühlen. Sie bittet sie, Platz zu nehmen, und fragt, ob sie etwas zu trinken haben möchten.

»Haben Sie Saft?«, fragt Alva.

»Ja, ich denke, wir haben welchen.«

»Welcher Geschmack?«

»Apfelsine, wenn ich mich nicht …«

»Ich mag keine Apfelsine. Haben Sie Erdbeere?«

»Alva«, sagt Siw. »Das hier ist kein Café.«

Alva wirft Siw einen strengen Blick zu und sagt: »Das weiß ich, Mama. Ich habe doch einfach nur *gefragt*.«

Eva Meyer muss lachen und sagt, sie werde jetzt ihren Kollegen holen. Nach einer Minute kommt sie mit einem rundlichen Mann um die sechzig zurück, der die größten Koteletten auf dieser Seite der Siebzigerjahre hat. Er hat freundliche, blinzelnde Augen und sieht eher wie ein durchtriebener Bauer aus als ein Ermittlungsbeamter. Sein Name ist Henrik Bang. Eva Meyer ihrerseits sieht aus wie eine Läuferin. Sie strahlt etwas Energisches aus, das Alvas Wesen nicht unähnlich ist. Sie holt ein Diktafon heraus, stellt es auf den Tisch und fragt, ob sie etwas dagegen hätten, dass sie dieses Gespräch aufnimmt. Das haben sie nicht.

»Können Sie bitte Ihren vollständigen Namen und Ihre Personennummer angeben?«, sagt Eva Meyer.

»Ähm. Siw Märta Elisabeth Waern. Neunundachtzig, nullvier, vierzehn, vierundzwanzigfünfundachtzig.«

»Alva Berit Waern …«, beginnt Alva, wird aber von Eva Meyer unterbrochen: »Es reicht, wenn wir das von deiner Mutter haben, danke.«

»Aber ich *kann* es.«

»Okay. Dann lass hören.«

»Alva Berit Waern, elf, zehn, neun. Ich habe tolle Zahlen, nicht wahr? Obwohl, diese letzten Ziffern …«

»Das reicht schon«, sagt Eva Meyer und wendet sich an Siw. »Sie haben also Informationen hinsichtlich des Tankwagens, der explodiert ist?«

»Ja. Derjenige, den Sie festgenommen haben, Max Bergwall. Er behauptet doch, dass er in die Zukunft sehen kann, nicht wahr? Dass er es nur getan hat, um den Tankwagen daran zu hindern, dass er explodiert?«

»Ich kann auf Details der Ermittlungen nicht eingehen.«

»Nein, jedenfalls, ich war da, als es passierte …«

»Ich auch«, sagt Alva. »Ich bin umgepustet worden.«

»Und ich *weiß*«, sagt Siw, »dass es sich genau so verhält, wie er sagt. Er sah im Voraus, was passieren würde, und versuchte es zu verhindern.«

»Wenn Sie also vor Ort waren«, wirft Henrik Bang ein, »dann müssten Sie ja auch ein ganz gutes Bild des Ablaufs haben, der hoffentlich mit dem der anderen Zeugen übereinstimmt.«

»Okay«, sagt Siw. »All das müssen wir … Es ist kompliziert. Ich bin mit meiner Tochter gekommen, damit ich Ihnen beweisen kann, dass Max die Wahrheit gesagt hat.«

»Dass er versucht hat, den Tankwagen aufzuhalten?«

»Nein, dass er in die Zukunft sehen kann. In erster Linie.«

Eva Meyer und Henrik Bang sehen einander an. Ahnt Siw etwa den Anflug von *Jugendamt* und *Inobhutnahme gegen den Willen der Sorgeberechtigten* in diesem Blick?

»Sie behaupten also, dass Sie in die Zukunft sehen können?«, fragt Henrik Bang und kratzt sich an der Nase.

»Ja, das kann ich … aber, ach, das spielt keine Rolle. Aber meine Tochter hier kann es viel besser.«

»Genau«, sagt Alva.

Möglicherweise würde das Gespräch genau hier enden, wenn Eva Meyer nicht Gefallen an Alva gefunden hätte, die sie vielleicht daran erinnert, wie sie selbst als kleines Mädchen war. Henrik Bang schüttelt nur den Kopf, als Eva fragt: »Und wie haben Sie sich vorgestellt, diese … Demonstration durchzuführen?«

»Eigentlich wäre es am besten, wenn Sie sich etwas überlegen«, sagt Siw. »Ansonsten können Sie in einen benachbarten Raum gehen und etwas auf ein Stück Papier schreiben. Alva kann dann sagen, was darauf steht.« Siw wendet sich an Alva. »Kannst du das?«

»Ich glaube schon«, sagt Alva. »Wenn es nicht zu kompliziert ist.«

»Ich verstehe nicht«, sagt Henrik Bang. »Wollen Sie uns einen Zaubertrick zeigen?«

»Sie können sich auch gerne etwas anderes einfallen lassen, bei dem die einzig mögliche Erklärung darin besteht, dass Alva vorhersagen kann, was in der Zukunft passiert.«

Eva und Henrik sehen einander an, und ein weiteres Mal steht es auf der Kippe. Henrik richtet sich im Stuhl auf, und Siw sieht ihm schon an, dass er gleich sagen wird: »Wir haben keine Zeit für irgendwelche Zirkusnummern«, oder etwas in der Art, aber Eva kommt ihm zuvor und sagt: »Okay.« Sie schenkt Alva ein kryptisches Lächeln, holt einen Notizblock heraus und sagt: »Ich gehe jetzt in den Flur und schreibe etwas auf den Block hier, und dann komme ich zurück. Okay?«

Alva betrachtet den Block, und ihr Blick wirkt ein paar Sekunden lang irgendwie durchscheinend, worauf sie sagt: »Ich weiß, was Sie schreiben werden.«

»Ich habe mich noch gar nicht entschieden.«

»Oh«, sagt Alva. »So funktioniert das aber nicht.«

»Wie … ja, jetzt gehe ich jedenfalls.«

Eva Meyer verlässt den Raum und Siw und Alva bleiben mit Henrik Bang zurück, der seine Arme verschränkt hat und sie weniger freundlich anblinzelt, während er langsam den Kopf schüttelt.

»Ist es lustig, ein Polizist zu sein?«, fragt Alva.

»An manchen Tagen mehr als an anderen«, antwortet er, und dann kehrt Eva in den Raum zurück mit ihrem zugeklappten Block in der Hand. Bevor sie sich setzt, sagt Alva: »Ich kenne das Wort nicht. *Kämmerei.* Heißt das so, wenn man jemandem die Haare kämmt?«

Eva steht da wie festgefroren, bevor sie auf ihren Stuhl sinkt und den Block öffnet, damit Henrik lesen kann. Er runzelt seine buschigen Augenbrauen und lässt seinen Blick von Siw zu Alva wandern, bevor er schließlich auf Eva landet, und er sagt: »Das begreife ich nicht. Ist das so ein *practical joke*, den ihr zusammen ausbaldowert habt?«

»Ich sehe diese beiden heute zum ersten Mal«, sagt Eva und wendet sich Alva zu: »Wie hast du das gemacht?«

»Das ist schwer zu erklären«, sagt Alva. »In gewisser Weise höre ich nur den Stift, kratz, kratz, auf dem Papier, aber auf eine andere Weise *sehe* ich schon, was er schreibt.«

»Obwohl es noch gar nicht passiert ist?«

»Ja. Und ich wusste schon vorhin, dass du daran glauben würdest, zumindest ein bisschen, er dagegen …«, Eva zeigt auf Henrik, »würde es nicht tun. Jedenfalls nicht so schnell.«

»Ich glaube, wir sollten jetzt Helena holen«, sagt Eva.

»Wer ist Helena?«, fragt Siw.

»Helena Forsberg. Die Leiterin dieser Ermittlung.«

2

Eva geht, um die Staatsanwältin zu holen, und Alva bemüht sich weiter um den mürrischen Henrik. Unter anderem vertraut sie ihm an, dass sie sich vorstellen könne, Polizistin zu werden, wenn sie groß sei, wovon Siw noch nie ein Wort gehört hat.

»Aber das ist doch großartig«, sagt Henrik. »Dann kannst du die Leute ja verhaften, *bevor* sie ein Verbrechen begangen haben.«

»Kann man das denn machen?«, fragt Alva erstaunt.

»Nein, natürlich nicht.«

»Warum sagst du es dann?«

Die Frau, die zehn Minuten später mit einem Ordner unter dem Arm eintrifft, ist etwa vierzig Jahre alt und sieht aus, als käme sie direkt vom Friseur. Haar und Make-up sind perfekt. Sie trägt einen eng sitzenden Rock und eine Trachtenjacke. Siw vermutet, dass die Staatsanwaltschaft in Norrtälje nicht das letzte Ziel ist, das sie sich im Leben gesetzt hat.

»Aha«, sagt sie und setzt sich an den Tisch, aber bevor sie fortfahren kann, fällt Siw ein, dass sie noch einen wesentlichen Punkt ansprechen muss. Sie hebt die Hand, um das Wort zu bekommen, und Helena nickt ihr kurz zu.

»Da ist noch etwas, das ich vergessen habe zu erwähnen«, sagt Siw. »Ich weiß nicht, ob es Alva gelingt, Sie zu überzeugen, aber ich möchte, dass alles, was in diesem Raum passiert, auch hier bleibt. Ich möchte *nicht*, dass Alva von einem Psychologen untersucht wird oder dass ihre Fähigkeiten in irgendeiner Weise untersucht werden oder … Ich will schlicht und ergreifend nicht, dass daraus eine Steven-King-Geschichte wird. Können Sie mir das versprechen? Wir sind nur hier, um zu zeigen, dass Max die Wahrheit sagt, sonst nichts. Okay?«

»Diese Fragen werden sich wahrscheinlich gar nicht stellen«, sagt Helena, legt die Beine übereinander und die Hände auf den Oberschenkel in einer Geste, die einstudiert wirkt.

»Weil Sie uns nicht glauben«, sagt Siw. »Aber können Sie mir auch versprechen, dass das hier keine Folgen hat, wenn Sie anfangen, uns zu glauben?«

»Ich kann garantieren«, sagt Helena, »dass ich nicht das geringste Interesse daran habe, Kinder mit paranormalen Fähigkeiten zu präsentieren, und ich kann Ihnen versprechen, dass aus Ihrer Tochter keine neue *Elfi* wird.«

Siw stutzt beinahe vor Verwunderung. Die Frau vor ihr versteht nicht nur ihren Hinweis auf Steven King, sondern hat ganz offensichtlich auch *Stranger Things* gesehen. Ist das ein gutes oder ein schlechtes Zeichen, dass sie mit Fiktionen des Übernatürlichen vertraut ist?

»Wie ich schon zu den … Kommissaren hier gesagt habe, wäre es am besten, wenn Sie uns einen Vorschlag machen. Was können wir tun, um Sie zu überzeugen?«

»Was Eva mir erzählt hat, klingt ja nach einem … überzeugenden Auftritt«, sagt Helena und zieht den Block zu sich heran.

Alvas Blick wird eine Weile abwesend, und dann sagt sie zu Henrik: »Ich weiß, was Sie schreiben werden.«

Helena zieht die Augenbrauen zusammen. »Woher wusstest du, dass ich Henrik den Block geben will?«

»Weil ich in die Zukunft sehen kann«, sagt Alva und ihr Tonfall lässt vermuten, dass sie gerne noch *Dummerchen* angefügt hätte.

Helena schiebt den Block zu Henrik hinüber, der ein bisschen Luft durch die Nase ausbläst, aber ihn entgegennimmt. Siw sagt: »Bevor wir anfangen, gibt es noch irgendetwas anderes, was wir tun können, um die Chancen zu erhöhen, dass Sie uns glauben?

Soll Alva eine Augenbinde tragen oder Kopfhörer oder beides, sollen wir …«

»Vielleicht sollten Sie sich in die Ecke da hinten setzen«, sagt Helena zu Siw und zeigt dorthin. »Und Ihr Handy hier auf dem Tisch liegen lassen.«

Siw tut, was von ihr verlangt wurde, nachdem Alva ihr Okay gegeben hat.

Henrik verschwindet durch die Tür, und Alva sitzt mit geradem Rücken an der langen Seite des Tisches, während Eva und Helena sie von der gegenüberliegenden Seite aus ungläubig betrachten.

Alva wendet sich an Helena und fragt: »Wissen *Sie*, ob es hier Erdbeersaft gibt?«

»Vielleicht haben wir Himbeer.«

»Himbeer ist auch gut.«

Henrik kommt durch die Tür wieder herein. Er drückt den Block gegen die Brust, als würde er sich Sorgen machen, dass Alva mit ihrem Röntgenblick durch den Umschlag gucken könnte.

»Okay«, sagt er. »Dann lass hören.«

»Sie haben ein bisschen geschummelt«, sagt Alva. »Denn Sie haben gar kein Wort geschrieben. Sie schrieben, Y, Z, T, V, A, und dann haben Sie noch ein schlechtes Bild von einem Hund gezeichnet. Vielleicht ist es auch eine Katze.«

Henriks Unterkiefer beginnt zu zittern, und dann klingt es, als würde er einrasten. Er krümmt die Lippen, als versuchte er vergeblich, etwas zu sagen, bis er schließlich herauspresst: »Das … solltest du doch wohl wissen.«

Alva wirft Siw einen empörten Blick zu, bevor sie ganz pädagogisch erklärt: »Ich kann doch nicht auch noch Gedanken lesen.«

Helena hat Henrik den Block weggenommen und geöffnet. Ihre Hand legt sich auf den Mund und bleibt dort eine ganze Weile, bis sie sie wieder senkt und sagt: »Es ist wohl eher ein Hund.«

»Wenn Sie es sagen«, erwidert Alva. »Bekomme ich jetzt einen Saft?«

3

Bevor der Saft geholt wird, muss Alva ihre Fähigkeit noch bei Helena demonstrieren, die »Alva« schreibt und eine überraschend ähnliche Schnellskizze von Alva anfertigt, als wollte sie beweisen, dass nicht alle im Polizeiapparat künstlerisch unbegabt sind. Nachdem Alva das Bild beschrieben hat, fragt sie, ob sie es mit nach Hause nehmen dürfe. Das darf sie.

Alva bekommt ihren Himbeersaft und trinkt das halbe Glas aus. Siw kehrt zum Tisch zurück, und Helena setzt sich an das kurze Ende, als würde jetzt sie den Vorsitz übernehmen. Sie flicht die Finger vor sich auf der Tischplatte ineinander und sagt: »Okay. Wenn wir jetzt einfach einmal annehmen, dass eine solche … Fähigkeit existiert und dass auch Max sie besitzt. Bei diesem Tankwagen … Er behauptet, er hätte es schon *eine Woche* vorher gewusst.«

Jetzt kommt ein kritischer Moment. Siw hat Alva erklärt, dass sie nichts von ihrem eigenen Gehör verraten darf. Das Problem ist, dass Alva Schwierigkeiten hat, ihr Licht unter den Scheffel zu stellen. Wenn sie etwas geleistet hat, will sie auch davon erzählen. Zu Siws Erleichterung lässt Alva einen Seufzer der Bewunderung hören und sagt: »Ja. Er ist großartig.«

»Mhm-hm«, sagt Helena und öffnet ihren Ordner, blättert ein bisschen und liest in einem Papier, bevor sie sagt: »Siw Waern. Wir hatten tatsächlich vor, Sie auch noch vorzuladen.«

»Wieso … wieso denn?«

»Wir haben ein paar Zeugenaussagen von Eltern, deren Kinder in der Fußballmannschaft sind, und diese Kinder sollen von einem Zwischenfall berichtet haben, an dem Sie beteiligt waren.«

Siws Wangen laufen rot an, als sie sagt: »Ich verlasse mich auf Max.« Um die verräterische Röte zu erklären, die sie nicht verstecken kann, fügt sie hinzu: »Wir sind ein Paar.«

»Er ist dieser Mann«, verdeutlicht Alva.

Siw entscheidet, dass es trotz allem besser sei, die Wahrheit zu sagen oder sich zumindest so nah wie möglich an ihr entlangzubewegen: »Und ein paar Tage zuvor … habe ich auch gehört, dass es passieren würde.«

Jetzt kann Alva sich nicht länger zusammenreißen. »Und ich auch! Eine Woche vorher!«

»Sie waren also zu dritt, was diese Sache betraf«, sagt Henrik Bang und beugt sich über den Tisch.

Siw weiß nicht genau, wie sie den Begriff *diese Sache* deuten soll, aber sie nickt zustimmend: »Wir waren drei, die davon wussten, ja. Deswegen habe ich den Kindern auch gesagt, dass sie laufen sollen.«

»Ich habe es auch gesagt«, sagt Alva und fügt hinzu, vermutlich taktisch etwas unklug: »Ich sagte, dass sie *sterben*, wenn sie nicht laufen würden!«

Henrik wirft seiner Kollegin und der Staatsanwältin einen triumphierenden Blick zu, die allerdings weniger geneigt scheinen, Siw in Haft zu nehmen. Helena hebt eine Hand und sagt: »Was Sie dort getan haben, ist wohl kaum ein Verbrechen, und was Ihre Tochter heute hier gezeigt hat … Tja, zumindest für mich rückt das die Angelegenheit in ein anderes Licht. Möglicherweise.«

»Trotzdem war es niemand anderes als Max Bergwall, der den Unfall des Tankwagens verursacht hat«, sagt Henrik.

»Aber wenn wir jetzt sagen würden …«, mischt sich Eva Meyer ein. »Wenn wir jetzt sagen würden, dass …«

»Du jetzt auch!«, keucht Henrik.

Eva ignoriert seinen Einwurf und fährt fort: »Einmal angenommen, Max hat tatsächlich vorausgesehen, dass er den Unfall eines Tankwagens beim alten Schützenbunker erleben würde. Warum ist er dann nicht einfach weggeblieben?«

»Das macht die ganze Sache ja so kompliziert«, sagt Siw. »Man kann sich selbst in diesen … Visionen nicht hören oder sehen.«

»Also, wenn ich das richtig verstehe, weiß Max selbst nicht, ob er den Unfall verursacht hat oder ob es auch ohne ihn dazu gekommen wäre?«

»Ungefähr so verhält es sich«, muss Siw einräumen. »Aber er wusste, wo der Tanklaster verunglücken würde, also ging er hin, um die Mädchen in Alvas Alter rechtzeitig zu warnen.«

Sie verfallen in Schweigen. Das Einzige, was man noch hört, ist das kratzende Geräusch, als Henrik sich seine Koteletten krault, während er seine unbefriedigende Hundezeichnung betrachtet. Schließlich sagt Helena Forsberg: »Es ist auch schwierig mit Präzedenzfällen.«

»Was ist ein Pressidenz?«, fragt Alva.

»Ähnliche Fälle von früher«, antwortet Helena. »Die man als Vorbild betrachten könnte. Ich jedenfalls habe noch nie von so etwas gehört.«

»Aus naheliegenden Gründen«, sagt Henrik.

Helena steht auf und reicht Siw die Hand. »Danke, dass Sie gekommen sind. Wir werden Sie vermutlich erneut kontaktieren, aber fürs Erste wissen wir, worauf wir uns konzentrieren müssen.«

Als Siw aufsteht und Helenas Hand ergreift, zieht Alva sie am Pullover: »Die Pistolen, Mama. Erzähl von den Pistolen.«

»Ja, du lieber Gott, wie konnte ich das vergessen«, sagt Siw. »Das könnte vielleicht dazu beitragen, dass Sie … es akzeptieren. Am Mittwoch. Ganz bestimmt im Zusammenhang mit diesem Lichterfest. In der Nähe der Nils-Ferlin-Statue werden Schüsse fallen. Mehrere Menschen werden sterben. Alle diese Waffen, die im Umlauf sind, werden … benutzt werden. Ich weiß nicht, ob Sie die Leute nach Waffen durchsuchen oder alles absperren können oder … am besten wäre es natürlich, wenn man das Ganze abbläst, aber das werden Sie vermutlich nicht tun. Bitte, Sie müssen uns glauben.«

»Das würde also im Umkreis des Gustav-II.-Adolfs-Parks stattfinden?«, fragt Eva Meyer.

»Ja. Können Sie etwas dagegen unternehmen?«

»Ich glaube, das könnten wir tatsächlich, ja.«

»Sehr gut. Das ist eine Erleichterung«, sagt Siw und nimmt Alvas Hand, um zu gehen.

»Nur noch eine letzte Sache«, sagt Helena Forsberg, die merkwürdig abwesend wirkte, während Siw gesprochen hat. »Wenn ich an ähnliche Filme und Bücher denke – da gibt es immer wieder dieses Paradox. Jetzt berichten Sie also von diesem, nennen wir ihn bis auf Weiteres hypothetischen, Schusswechsel am Mittwoch, damit wir etwas dagegen unternehmen können. Nehmen wir einmal an, wir könnten diese Ausschreitung tatsächlich verhindern. Dann wäre Ihre Vision ja falsch gewesen?«

»Bitte«, sagt Siw. »Fangen Sie damit gar nicht erst an.«

4

Vernehmung mit Max Bergwall, dringend tatverdächtig der gemeingefährlichen Brandstiftung. Die Vernehmung wird durchgeführt von Kriminalkommissarin Eva Meyer und Kriminalinspektor Henrik Bang. Anwesend ist ebenfalls die Ermittlungsleiterin Helena Forsberg.

EVA MEYER

Max Bergwall. Am siebenundzwanzigsten dieses Monats haben Sie ein Stoppschild auf dem Carl Bondes Väg aufgestellt und sich daraufhin einem Tankwagen in den Weg gestellt, der vom Gustav Adolfs Väg in die Straße einbog, was dazu führte, dass das fragliche Fahrzeug von der Straße abkam und anschließend explodierte. Ist das korrekt?

MAX BERGWALL

Abgesehen von der implizierten Kausalität, ja.

EVA MEYER

Mit der Kausalität meinen Sie, dass Sie sich der Beschreibung Ihrer eigenen Rolle im Ereignisverlauf widersetzen?

MAX BERGWALL

Wenn wir in der Bürokratensprache bleiben wollen, dann können wir sagen, dass ich mich dieser Vorverurteilung meiner Rolle im Ereignisverlauf widersetze.

HENRIK BANG

Sie geben also nicht zu, dass Sie den Unfall des Wagens verursacht haben?

MAX BERGWALL

Wie ich vorher schon sagte, ich glaube, der Tanklaster wäre in jedem Fall verunglückt.

EVA MEYER

Wie begründen Sie Ihre Annahme?

MAX BERGWALL

Der Fahrer des Wagens hatte den Verdacht, dass seine Frau untreu war, und kurz vor dem Unfall schrieb er ihr eine Nachricht, dass er später kommen würde, obwohl er in diesem Augenblick auf dem Weg nach Hause war, wo er sie auf frischer Tat erwischen wollte. Seine Aufmerksamkeit war nicht auf die Straße gerichtet, und er war aufgewühlt.

HENRIK BANG

Woher wollen Sie das alles wissen?

MAX BERGWALL

Weil ich in seinem Kopf war, bevor es krachte.

EVA MEYER

Sie waren »in seinem Kopf«? Sie haben vorher gesagt, dass Sie die Fähigkeit haben, in die Zukunft zu sehen, aber …

MAX BERGWALL

Könnte ich mir diesen Block und einen Stift leihen?

HENRIK BANG

Aha, ist es jetzt wieder Zeit für einen Zaubertrick.

[Pause. Ein Stift kratzt über Papier.]

MAX BERGWALL

Hier. Das ist die SMS, die er geschrieben hat. Wenn ich mich recht erinnere, waren sowohl »etwas« als auch »erst« auf die Art falsch geschrieben, wie ich es hier notiert habe. Sie können das ja bei seiner Frau kontrollieren. Und was meinen Sie damit, dass jetzt *wieder* Zeit für einen Zaubertrick sei?

HENRIK BANG

Woher wussten Sie, dass der Wagen den Carl Bondes Väg nehmen würde?

MAX BERGWALL

Weil ich … ich habe es doch gesagt. Weil ich es im Vorhinein gesehen habe. Aber in seinem Kopf war ich erst kurz vor dem Unfall. Er hat diese Straße genommen, weil er zu seinem Haus in Björnö wollte, um seine Frau zu überraschen.

HENRIK BANG

Woher wussten Sie, dass er in Björnö wohnte? Kannten Sie einander?

MAX BERGWALL

Ich bitte Sie ... ja, wir waren beste Freunde und Kumpels und wir hatten uns das alles zusammen bis ins letzte Detail ausgedacht, bis zu dieser SMS, die er seiner Frau schicken sollte. Hören Sie nicht, was ich sage? Ich war in seinem Kopf. Ich kenne den Namen seines Nachbarn, mit dem seine Frau angeblich fremdging. Svante irgendwas. Berggren! Svante Berggren. Einen großen, bleichen Hintern hat er, falls Sie dieses Detail auch überprüfen wollen.

EVA MEYER

Sie müssen doch verstehen, dass diese Sache mit dem Blick in die Zukunft und der Anwesenheit in seinem Kopf ein bisschen schwer zu schlucken ist.

MAX BERGWALL [seufzt.]

Ja, ich weiß. Entschuldigen Sie bitte, wenn ich ... aber es ist eben so. Daran kann ich auch nichts ändern.

HENRIK BANG

Es gibt keine Belege, kein Forschungsmaterial. Nichts, das uns beweisen würde, dass es die Fähigkeit, die Sie beschreiben, je gegeben hat. Nichts. Zu keiner Zeit.

MAX BERGWALL

Gab es da nicht etwas in der Sowjetunion in den Siebzigerjahren?

HENRIK BANG

Das würde ich in diesem Fall nicht für eine besonders glaubwürdige Quelle halten.

MAX BERGWALL

Tut mir leid, aber wenn Sie nach einem Grund fragen, kann ich dazu nicht mehr sagen. Ich habe den Unfall vorausgesehen, und ich versuchte ihn zu verhindern.

HELENA FORSBERG

Darf ich eine Frage einwerfen? Wenn wir davon ausgehen, dass Sie diese Fähigkeit besitzen: Kann es sein, dass Sie zwar die Explosion im Vorhinein gesehen haben, aber nicht, dass Sie beteiligt sein würden?

MAX BERGWALL

Das ist … möglich. Aber ich glaube es nicht. Wie gesagt, der Fahrer war aufgewühlt und unkonzentriert. Ich bin so gut wie sicher, dass er auch sonst von der Straße abgekommen wäre, wenn auch ein paar Sekunden später. Wie kommen Sie überhaupt auf eine solche Frage? Glauben Sie mir etwa?

HELENA FORSBERG

Ich versuche nur, für alles offen zu sein.

MAX BERGWALL

Okay, vielen Dank dafür. Und können Sie bitte diese SMS kontrollieren, die der Fahrer geschickt hat? Ich fürchte, diese Nachricht ist das Einzige, was sich beweisen lässt. Wenn man Svante Berggrens dicken Hintern nicht mitzählt.

HENRIK BANG

Finden Sie das etwa witzig?

MAX BERGWALL

Nein. Und darf ich Sie noch etwas fragen? Können Sie mir einen vernünftigen Grund nennen, warum ich einen Tankwagen von der Straße ablenken und zum Explodieren bringen wollte? Und warum ich in diesem Fall ein Stoppschild mitgenommen habe? Und warum sollte ich …

EVA MEYER

Ja?

MAX BERGWALL

Nichts.

EVA MEYER

Warum hätten Sie dafür sorgen sollen, dass die Kinder auf dem Fußballplatz vorher gewarnt werden?

MAX BERGWALL

Davon wissen Sie auch?

EVA MEYER

Ja. Sie werden also nicht verdächtigt, diese Explosion absichtlich herbeigeführt zu haben, sondern Sie durch fahrlässiges Verhalten ausgelöst zu haben. Mit Hinblick auf ein mögliches Strafmaß wiegt das sehr viel weniger schwer.

MAX BERGWALL

Vielen Dank, aber ich habe die Explosion nicht verursacht. Es wäre auf jeden Fall dazu gekommen. So gut wie sicher.

EVA MEYER

Wie auch immer man es betrachtet, und was auch immer wir möglicherweise glauben könnten – dieses So-gut-wie ist ein Problem.

MAX BERGWALL

Das leugne ich ja gar nicht. Aber auch Sie können nicht leugnen ... und glauben Sie mir, ich habe selbst versucht, mir alternative Szenarien auszudenken, ohne dass es mir geglückt wäre ... Sie können nicht leugnen, dass das, was ich hier aussage, den Vorteil hat, dass es alles erklärt.

HENRIK BANG

Abgesehen davon, dass es unsinnig ist.

MAX BERGWALL

Ja, aber es gibt diese Gedichtzeile: »Angesichts fehlender natürlicher Treffpunkte versammelten wir uns an den unnatürlichen.«

HENRIK BANG

Und was wollen Sie damit sagen?

MAX BERGWALL

Wenn es keine vernünftige Erklärung gibt, dann kann es hilfreich sein, eine unvernünftige zumindest in Betracht zu ziehen.

Vorbereitungen

1

Man kann nicht behaupten, dass Siw in der Nacht von Dienstag auf Mittwoch gut schlafen würde. Nachdem sie und Alva sich noch eine ganze Zeit lang darüber unterhalten haben, wie sie es am Mittwoch angehen würden, und Siw ihrer Tochter schließlich eine Gute Nacht gewünscht hat, fällt sie selbst ins Bett und versinkt in einen Dämmerzustand. Man kann es kaum Schlaf nennen, eher einen tiefen Zustand der Erschöpfung, aus dem Siw zehn Stunden später wieder erwacht, ohne ausgeruht zu sein.

Der Plan, über den sie sich beim Frühstück mit Alva unterhält, erscheint ihr überhaupt nicht sicher. Auch Anita ist ein Teil davon, was die Sache nicht besser macht.

»Sag ihr, dass ich gesagt habe, dass sie dabei sein muss«, schlägt Alva vor und saugt einen Löffel mit Frühstücksflocken und Milch ein. »Dann kommt sie.«

»Glaubst du wirklich?«

»So sicher wie das Amen in der Kirche.«

Alvas Glaube sowohl an sich selbst wie an den Plan, der in erster Linie ihr eigener ist, scheint grenzenlos. Aber Siw hat noch immer Vorbehalte. Wie könnte sie ausschließen, dass es gefährlich wird?

2

Am Mittwochvormittag sitzt Max in einer weiteren Vernehmung. Seine Angabe zu Roger Folkessons letzter SMS ist kontrolliert worden und hat sich als korrekt bis in den letzten Rechtschreibfehler herausgestellt. Ein Foto von Max wurde Rogers am Boden zerstörter Gattin gezeigt, und sie konnte bestätigen, dass sie diese Person niemals gesehen hatte.

Max hat den Eindruck, als würde die Ermittlungsleiterin Helena Forsberg der Möglichkeit, dass er die Wahrheit sagt, immer offener begegnen, und bis zu einem gewissen Grad gilt das auch für Eva Meyer. Nur Henrik Bang hält stur daran fest, eine so komplexe wie sinnlose Verschwörung sei an allem schuld, weil er sich weigert, *das andere* zu akzeptieren.

»Aber *woher* sollte ich all das über Roger Folkesson wissen?«, fragt Max. »Okay, nehmen wir einfach mal entgegen aller Wahrscheinlichkeit an, dass ich ihn kannte, ohne dass seine Frau davon wusste, und dass wir die ganze Sache gemeinsam ausgeheckt haben. Warum sollten wir das getan haben? Wenn er von der Straße abkommen und sowohl sein Auto als auch sich selbst in die Luft sprengen wollte, hätte er doch meine Hilfe gar nicht gebraucht? Und so, wie ich es verstanden habe, dürfen Tankwagen diese Straße gar nicht befahren. Wie um alles in der Welt konnte ich also wissen, dass er dort entlangkommt?«

»Sie haben es doch gerade selbst gesagt«, sagt Henrik. »Indem Sie sich vorher abgesprochen haben.«

»Aber *warum*?«, fragt Max verzweifelt. »Das ist doch wider alle Vernunft.«

»Wir versuchen hier also, dieses *Warum* zu beantworten«, sagt Henrik. »Und was haben Sie gestern dazu gesagt? Wenn es keine vernünftige Erklärung gibt, dann muss man eine unvernünftige finden.«

»So habe ich es aber nicht gemeint.«

»Ich weiß, dass Sie es so nicht gemeint haben, aber das Unvernünftige, was Sie mir hier verkaufen wollen, kann ich Ihnen einfach nicht abnehmen. Also …«

So fahren sie noch eine halbe Stunde fort, und es ist vor allem Henrik, der das Wort führt.

Einige Male kommt er noch auf Zaubertricks und Zirkusnummern zu sprechen, woraus Max folgert, dass Siw und Alva Kontakt mit der Polizei aufgenommen haben, um zu beweisen, dass das Unmögliche möglich ist. Max ist ebenso gerührt wie besorgt, aber ihm wird versichert, dass Siw unter keinem Verdacht stehe.

Am Ende der Vernehmung hat Helena noch eine Frage. »Eines verstehe ich immer noch nicht«, sagt sie. »Setzen wir also einmal voraus, dass diese Fähigkeiten existieren. Dann gibt es allein in Norrtälje mindestens drei Personen, die sie besitzen. Es sollte also allein aus statistischen Gründen ziemlich viele Menschen mit solchen … Eigenschaften hier in Schweden geben. Warum hat man noch nie von dieser Gruppe gehört? Warum benutzen sie ihre Fähigkeiten nicht?«

»Die Antwort finden Sie vielleicht hier«, sagt Max und zeigt auf sich selbst.

3

Während Anna Berits Bett neu bezieht, hört sie die alte Dame am Telefon reden.

»Ja, hallo«, spricht Berit in den Hörer. »Mein Name ist Berit Waern und ich wollte den Fahrdienst für sechs Uhr heute Abend bestellen. Seniorenheim Solgläntan. Zum Großen Markt. In Norrtälje, ja. Vielen Dank.«

Anna schlägt die letzte Ecke um und fragt: »Willst du heute einen Zug durch die Gemeinde machen?«

»Na ja, da ist doch dieses Lichterfest.«

Anna richtet sich abrupt auf. »Da willst du doch nicht etwa hin! Dort werden jede Menge Leute sein, und … ich glaube, dass …«

Berit hebt die Hand, um sie zum Schweigen zu bringen. »Ich weiß, ich weiß. Und genau deshalb muss ich dorthin.«

»Was weißt du denn darüber?«

»Dass es Gewalttätigkeiten geben wird.«

»Und da wirst du dich hineinbegeben? Mit dem Rollator?«

»Tja, auf den Rollator muss ich wohl verzichten. Kannst du mal im Kleiderschrank nachsehen, ob ich dort meine Gummistiefel habe?«

4

Johan verzehrt ein spätes Mittagessen in der Bowlinghalle. Er hat dieses fette Imbissessen, das sie dort servieren, so abgrundtief satt. Hamburger, Pommes, Sauce béarnaise, labberige Bratkartoffeln. Der triefende Croque Monsieur, in den er jetzt seine Zähne schlägt, ist keine Ausnahme, aber gerade heute schmeckt er ihm richtig gut.

Noch immer trägt ihn das offenbarungsartige Gefühl, *am Leben zu sein*. Dass alles möglich ist, solange man weiterlebt. Das Erlebnis mit Link hat ihm zu einer ganz neuen Klarheit verholfen, und er hat sehr viel Zeit damit verbracht, sich selbst und seine Lebensentscheidungen zu überprüfen. Er ist zu dem Ergebnis gekommen, dass ein großer Teil seiner Unzufriedenheit daher stammt, dass er immer nur *reagiert* hat. Erst wenn etwas bereits geschehen war, begann er nachzudenken, was zu tun sei.

Er hat immer einfach nur im Boot gesessen und die Wellen pariert, statt nach dem Ruder zu greifen und seinen Kurs zu bestimmen. Wie genau er sein Verhalten ändern kann, weiß er noch nicht, aber er wird es herausfinden.

Als er seine Mahlzeit beendet hat, klingelt sein Handy. Die Nummer ist unbekannt, und er ist schon drauf und dran, das Gespräch abzulehnen, aber im Einklang mit seiner neuen Denkweise wischt er sich die fettigen Finger an der Hose ab und nimmt den Anruf an.

»Ja, hallo?«

»Spreche ich mit Johan Andersson?«

»Ja.«

»Schön. Hallo. Mein Name ist Sissela Rhenberg und ich bin Lektorin beim Bonnier Verlag …«

Das Lichterfest

1

Die Lichterboote sollen um sieben Uhr zu Wasser gelassen werden, und schon eine halbe Stunde vorher beginnen sich Menschen am Fluss zu versammeln. Die gute Stimmung und das Gefühl von Gemeinschaft, mit denen die Veranstalter gerechnet haben, glänzen allerdings durch Abwesenheit. Besonders an den Brücken wird geschubst und geschoben, wenn die Leute versuchen, die besten Plätze zu bekommen.

An der Nils-Ferlin-Statue herrscht eine besonders aggressive Stimmung. Die Polizei hat das Gebiet mit Absperrzäunen umstellt und unterzieht alle, die hineinwollen, einer Leibesvisitation. Vier Personen sind bereits zur Wache gebracht worden, weil sie unter dem Verdacht standen, gegen das Waffengesetz zu verstoßen. Andere sind abgedreht, um nicht durchsucht zu werden.

Zwei Fraktionen sind entstanden. Diejenigen, die das Vorgehen der Polizei für vollkommen berechtigt halten, und diejenigen, die meinen, dass diese verdammten Schweine einen widerwärtigen Rechtsbruch begingen. Die Stimmung zwischen beiden Fraktionen wird immer aggressiver.

An der Faktoribrücke versammeln sich die Menschen, die ihre Boote zu Wasser lassen wollen. Ziel war eine gemeinsame Aktion, gemeinsam wollte man der Wärme und dem Licht huldigen, aber von diesem Ziel ist jetzt wenig zu spüren. Stattdessen wird gelästert und gestichelt, nicht einmal vor Sabotage schrecken die Gäste des Lichterfests zurück. Ein Fahrzeug aus einem Gummischlauch wird angestochen, ein Mast umgeknickt, ein Lichtschlauch abgeschnitten. Auch hier schlägt die Stimmung in etwas Gefährliches um, und das einzige gemeinsame Gefühl, das wächst, ist Wut.

Wie nach einer stillen Übereinkunft haben die meisten Zuschauer, die jetzt die Bänke und Stühle unterhalb des Kinos am Fluss besetzen, alkoholische Getränke mitgebracht. Der Rausch facht die schlechte Stimmung weiter an und um kurz vor zehn *kocht* es bereits an den Ufern des Flusses. Tausende Menschen schimpfen und schlagen im Gedränge um sich, stoßen einander zur Seite. Irgendetwas wird geschehen, eine Kleinigkeit, und dann gibt es kein Halten mehr.

In diesem Augenblick nähert sich ein wunderliches Quartett vom Großen Markt her. Vier Frauen unterschiedlichen Alters, von einem kleinen Mädchen mit stramm geflochtenen Zöpfen bis zu einer alten Frau, die sich auf einen Rollator stützt. Seite an Seite treten sie in den Nils Ferlins Gränd ein und begeben sich an das Ufer des Flusses. Alle vier tragen Gummistiefel.

Irgendetwas ist an ihnen, das die Menschen innehalten lässt. Die Menge teilt sich und lässt die vier hindurch, sodass sie sich langsam der Stelle nähern, wo ein paar Stufen aus Stein von der Schutzmauer zum Fluss hinunterführen. Dort lässt die alte Frau ihren Rollator stehen.

2

»Das ist doch der reine Wahnsinn«, sagt Anita. »Mama, wenn du in den Fluss fällst?«

»Dann müsst ihr mich eben wieder herausfischen«, sagt Berit und legt den rechten Arm um Siws Schultern und den linken über Anitas.

»Ich verstehe nicht, warum wir das alles ausgerechnet jetzt tun sollen«, sagt Anita und betrachtet verschämt die vielen Menschen, die die kleine Gruppe hemmungslos begaffen. »Jeder andere Tag und jede andere Zeit wäre doch besser gewesen, oder?«

»Ich habe es doch gesagt«, sagt Alva. »Genau jetzt kann man es hören. Wenn es *isst*. Und je mehr Menschen …«

»Ich dachte, du meintest …«

»Mama«, sagt Siw, indem sie den Fuß auf die erste Stufe setzt und Berit vorsichtig abstützt. »Wir haben dir doch gesagt, wie es ist. Dieses … Ding lebt von der Angst. Und du sagtest, dass du helfen würdest.«

»Ja, weil Alva so … aber ich wusste doch nicht …«

»Um Gottes willen, Anita«, sagt Berit und tastet mit dem Fuß vor, bevor sie ihn auf die nächste Stufe setzt. »Jetzt reiß dich mal zusammen.«

»Ja, Oma«, sagt Alva, die dicht hinter ihnen folgt. »Um Gottes willen!«

»Wahnsinn«, wiederholt Anita tonlos. »Monster im Wasser, die von der Angst leben. Wahnsinn.«

Mehr wird nicht gesagt, bis alle vier unten vor der Treppe stehen und das Wasser ihre Knöchel umfließt. Auch die Leute am anderen Ufer, bei der Nils-Ferlin-Statue, haben angefangen, sich für ihren Auftritt zu interessieren, es wird gejohlt und gepfiffen, und Siw bemerkt einen Polizisten, der zum Flussufer kommt und etwas ruft.

Die Polizeipräsenz ist nicht zu übersehen, offensichtlich hat Eva Meyer Wort gehalten. Soweit Siw unterrichtet ist, gibt es kein Verbot, das untersagen würde, in den Fluss zu waten, also ignoriert sie die Kommandos des Polizisten, die im Rauschen der Strömung untergehen. Alva sieht sich mit zusammengekniffenen Augen um.

Siw muss die Stimme anheben, als sie ihre Tochter fragt: »Woher weißt du, was du tun musst?«

»Das hat dieser alte Mann gesagt.«

»Welcher alte Mann?«

»Der lustige Mann, der mit der Barbie gespielt hat.«

»Goran? Markos Vater?«

»Mhm. Er sagte, am meisten Angst haben die Menschen vor der Angst selbst.«

»Okay, aber …«

»Still jetzt. Ich muss mich konzentrieren.«

Siw betrachtet die Menschen am Flussufer. Wenn sie anfangs amüsiert gewirkt haben, ist ihre Stimmung jetzt in die gewohnte

Gehässigkeit übergegangen. Ihnen wird bedeutet, aus dem Fluss herauszukommen, die Veranstaltung nicht zu behindern und einfach nicht weiter lästig zu fallen. Ein Mann zieht sich gerade Schuhe und Socken aus, vermutlich möchte er ihrem störenden Treiben ein Ende bereiten. Alva drückt Siws Hand und deutet auf einen Punkt mitten im Fluss.

»Dort.«

Siw begreift, dass Alva den perfekten Schnittpunkt zwischen allen Menschen, die sich am Ufer versammelt haben, ausgemacht hat. Das Epizentrum. Das Auge des Sturms.

Anita und Siw tragen Berit mehr, als dass sie sie stützen, und Anita murmelt weiter etwas von Wahnsinn, als das Wasser tiefer wird, über ihre Stiefelschäfte schwappt und ihre Füße nass macht. Alva, der das Wasser inzwischen bis an die Knie reicht, geht voran. Sie bleibt stehen und deutet vor sich auf das Wasser, bevor sie das Zeichen gibt, dass die anderen sich um sie versammeln sollen.

Siw konzentriert sich auf die Strömung, und sie weiß nicht, ob es nur Einbildung ist, aber an einem Punkt direkt vor Alvas Füßen ist etwas, scheint sich etwas zu verdichten, etwas Quallenähnliches, nicht größer als eine Faust, und während sie den Blick nicht abwendet, ballt sich das Grauen in ihrer Kehle zusammen.

Auf dem Scheiterhaufen verbrannt werden. Gefesselt an eine Leiter, die langsam auf die leckenden, gleißenden Feuerzungen herabgesenkt wird. Wie die Kleider versengt und weggefressen werden. Wie die Haare Feuer fangen. Die Augen trocken werden, aufplatzen. Die Haut anfängt zu kochen. Die Lunge versengt wird, bei jedem Atemzug. Wie das Leben sie verlässt. Gegen den Schrecken dieses Bildes kann sie sich nicht wehren.

»Hilfe, Hilfe«, jammert Anita und lässt beinahe Berit fallen, die seitwärts auf die Wasserfläche zutaumelt, bevor Siw fester zupackt und damit auch sich selbst in die Wirklichkeit zurückholt.

»Es ist nur die Angst«, sagt Siw. »Es ist nicht wirklich. Denkt einfach nicht daran.«

»Kommt!«, ruft Alva. »Kommt alle zu mir!«

Sie sammeln sich in einem dichten Kreis mit den Armen auf den

Schultern der anderen, beinahe Stirn an Stirn. Sie starren hinab in die Strömung. Siw spürt, dass ihre Mutter vor Kälte oder vor Angst zittert. Aber sie bleibt stehen. Alvas Faust krallt sich in Siws Schulter, bis es kneift, und sie spürt *das da* fließen. Es kommt von Berit und Anita, es fließt in Siw hinein und weiter zu Alva, die ihre Faust noch fester ballt. Sie sind wie ein einziger Organismus, ein vereinter Blutkreislauf, und ihr Herz ist Alva.

Ein unsichtbarer Kampf entbrennt. Eine uralte Kraft strömt aus ihnen hinaus und hinab in das dunkle Wasser und trifft auf einen ebenso alten Widerstand. Der Druck auf Siws Ohren steigt, und sie findet, dass die Luft um sie herum vor Hitze zittert.

Der Scheiterhaufen erscheint erneut. Siw ist immer noch eine Sibylle, die lebendig verbrennen soll, um für ihren Bund mit den dunklen Mächten zu büßen. Die Menschen, die gekommen sind, um ihre Hinrichtung zu sehen, jubeln, als sie aufschreit vor Schmerz. Eines der Seile, mit denen sie gebunden ist, wird weggebrannt und sie taumelt in die Glut hinunter, wenige Sekunden noch, dann ist alles vorbei.

Da hört sie Alvas Stimme in ihrem Kopf: *Die größte Angst haben die Menschen vor der Angst selbst. Die größte Angst haben die Menschen vor …*

Der Scheiterhaufen verblasst. Die Hitze, die Siws Körper verzehrt, wird von kühlem Wasser ersetzt, das um ihre Beine strömt. Das Seil, das Siws Arme gefesselt hat, wird zu Alvas Hand, die sich immer fester an ihre Schulter klammert. Der Druck erhöht sich, als *das da* sich im Fluss konzentriert, sich zu einem einzigen Punkt zusammenzieht.

Noch einmal spürt sie Alvas Kraft an ihrer Schulter, und dann ist es passiert. Die Anwesenheit im Wasser ist verschwunden. Alva wankt und Siw zieht sie an sich, drückt sie an ihre Hüfte.

Der Mann, der Schuhe und Socken ausgezogen hat, hinuntergesprungen und in den Fluss gewatet ist, hält inne und sieht sich verwirrt um. Er betrachtet die Gruppe der Frauen und fragt: »Müsst ihr dort stehen?«

»Nicht mehr lange«, sagt Berit.

»Aha«, sagt der Mann. »Kann ich … brauchen Sie Hilfe?«

»Danke, wir kommen zurecht.«

Alva drückt sich an Siw. Sie streichelt über das Haar ihrer Tochter, beugt sich so weit hinunter, wie es geht, und fragt: »Was hast du getan?«

»Dasselbe wie mit Omas Becher«, antwortet Alva mit matter Stimme. »Ich habe es bewegt, in die Zukunft.«

»Welche … welche Zukunft?«

»Ungefähr eine Woche. Nein. Beinahe zwei.«

Also … kommt es in zwei Wochen zurück?«

»Nein. Es kann so lange nicht ohne Nahrung leben. Wenn die Leute keine Angst haben. Vor der Angst.«

»Also … du hast es in eine Zukunft bewegt, in der es nicht existiert?«

»Auf eine Weise ist es so. Auf eine andere Weise ist es ganz anders. Aber das kann ich jetzt nicht alles erklären.«

Siw schüttelt den Kopf und sieht in das klare, strömende Wasser des Flusses. »Ich dachte, es wäre … groß.«

»Nein«, sagt Alva. »Es ist so gut wie nichts.«

Ein Jubel steigt von den Flussufern auf, und Siw hebt den Kopf. Die Lichterboote nähern sich, und in ihrem Schein erstrahlen die zufriedenen Gesichter der Zuschauer. Für eine Weile werden die vier Frauen von Hunderten großen und kleinen schwimmenden Lichtern erhellt, die sich in ihren Augen spiegeln, als sie einander zunicken.

Wir haben es geschafft. Wir haben das Grauen besiegt.

Umringt von schaukelnden, glitzernden Lichtern, gehen sie zurück an Land.

3

Johan kommt ein paar Minuten vor sieben zur Sozietätsbrücke. Er steht eine Weile dort und umklammert das Geländer, während er die Neubauten im Hafen betrachtet. Erst vor Kurzem stand er hier, als dieser Hass von ihm Besitz ergriff, auf alle, die dort eingezogen sind. Und seitdem hat sich nichts verändert.

Verdammte Scheißidioten, denkt er. *Ihr kommt einfach her mit eurem Stockholmgeld und glaubt, dass ihr …*

Plötzlich hat er das Gefühl, als werde in seinem Schädel ein Schalter umgelegt. Er blinzelt und legt den Kopf schief. Es gibt eine Sache, an die er nie gedacht hat: Die Häuser sind tatsächlich sehr hübsch. Sie sind modern gebaut, aber in einem älteren Stil, der ausgezeichnet zum Hafen passt. Auf einigen der Balkone sind Lichtschläuche um die Geländer gewickelt, was zur gemütlichen Atmosphäre beiträgt. Was soll an den Menschen falsch sein, die hier wohnen?

Er dreht sich um, um zur anderen Seite zu gehen und die Lichterboote zu betrachten, wenn sie sich nähern. Da sieht er eine bekannte Gestalt, die sich ebenfalls an das Geländer lehnt.

»Anna?«, sagt er. »Hallo?«

Anna dreht den Kopf und mustert ihn von oben bis unten. Sie sagt nichts, geht aber zumindest auch nicht weg.

»Weißt du«, sagt Johan, »mein Buch wird verlegt. Von Bonnier. Du bist die Erste, der ich es erzähle«.

Ein Teil der abweisenden Starre fällt von Annas Gesicht ab, aber das Einzige, was sie sagt, ist: »Glückwunsch. Wie schön für dich.«

»Und das ist dein Verdienst.«

»Ganz und gar nicht. Du hast es schließlich geschrieben.«

Das Herz in Johans Brust möchte platzen. Es gibt nichts, was er lieber will, als es mit Anna zu feiern. Ohne sie hätte er diese ungekannte Freude nie gespürt. Es tut direkt weh, dass sie es nicht gemeinsam feiern.

»Und sie fanden auch, dass *Der Junge, der die Kommunalverwaltung hasste* ein viel besserer Titel war.«

»Schön.«

In diesem Augenblick zerbricht etwas. Johan fällt vor Anna auf dem Asphalt auf die Knie und greift nach ihrer Hand.

»Verzeih mir«, sagt er. »Ich war ein Idiot. Ich werde … ich werde mich ändern.«

Anna zieht ihre Hand nicht zurück, aber sie sagt: »Man ändert sich nicht einfach so. Du denkst, was du tust.«

»Ich werde versuchen, anders zu denken. Das meine ich ernst. Ich … es sind Dinge passiert. Ich saß fest, aber jetzt glaube ich, dass ich mich befreien kann. Du bist … Ich begreife es selbst nicht, aber ich will wirklich mit dir zusammen sein.«

Ein leises Lächeln huscht über Annas Lippen, als sie auf den knienden Johan hinunterblickt. »Soll das ein Heiratsantrag sein, oder was?«

Johans Blick beginnt zu flackern, bevor er die Augenbrauen hochzieht, als wäre dies ein sehr erstaunlicher Gedanke. »Und … wenn ich es täte?«

»Dann bist du ein Idiot. Steh jetzt auf.«

Mit Annas Unterstützung kommt Johan auf die Füße. Er sieht Anna in die Augen und sagt: »Ehrlich jetzt? Warum nicht?«

»Es gibt da einen ganz offensichtlichen Grund.«

»Ja, aber du sagst doch, du hast genug von Männern. Ich habe auch genug von Männern. Nicht so, dass ich jetzt lieber mit Frauen zusammen wäre, aber ich bin irgendwie … fertig. Ich möchte nur …«

»Komm her.«

Anna breitet die Arme aus und sie stehen einfach da. Johan erinnert sich gar nicht, wann er das letzte Mal eine solche Leichtigkeit in der Brust empfand, dass man es Glück nennen konnte. Er drückt Anna ganz fest an sich. Über den Fluss schweben die Lichter auf sie zu.

4

Als alle Boote verschwunden sind, bleiben viele Menschen noch am Ufer des Flusses stehen und unterhalten sich darüber, was sie hier erlebt haben. Das hier, ist man sich einig, sollte eine Tradition werden.

An der Großen Brücke hat eine Frau gerade eine Grillwurst am

Würstchenstand erworben. Die Fächer ihrer Geldbörse sind alt und ausgeleiert, und so bemerkt sie nicht, dass ihre Kreditkarte zu Boden fällt, als sie die Geldbörse wieder in die Handtasche steckt.

Sie ist nur ein paar Schritte in Richtung Großer Markt gegangen, als ein Mann sie einholt und ihr die Karte reicht: »Entschuldigen Sie, aber Sie haben diese hier verloren.«

»Oh. Vielen Dank, das ist sehr nett.«

»Keine Ursache.«

Epilog

Am Samstag, drei Tage nach dem Lichterfest, spazieren Johan, Anna und Maria zum Sozietätspark. Suicune ist gerade als Raid-Boss installiert worden, und einige Mitglieder von Pokémon Go Roslagen haben sich am *Wind Thingie* verabredet.

Johan fühlt sich so gelöst wie lange nicht oder vielleicht wie nie zuvor. Auf dem Weg zum Park hat er den unterzeichneten Vertrag mit Bonnier in den Briefkasten geworfen, und als er zwischen Anna und Maria geht und das eine oder andere Pokémon einsammelt, fühlt er sich so seltsam gegenwärtig, dass es beinahe wehtut. Er spürt jedes Luftholen und jedes Ausatmen, spürt die Unregelmäßigkeiten des Schotters unter den Schuhsohlen und den Duft von Marias vermutlich exklusivem Parfüm.

Anna lässt ein Seufzen hören, und Maria fragt, was sie bedrückt.

»Acke«, sagt Anna. »Ich habe seit Tagen nichts mehr von dem Idioten gehört.«

»Ich dachte, du wolltest all das loslassen?«

»Doch, das will ich. Und das habe ich auch, irgendwie. Das Problem ist nur, dass es mich nicht loslässt. Wie geht es dir mit Jesus?«

»Er ist weg. Ich glaube, er war etwas … was der Fluss in meinem Kopf angestellt hat.«

Johan hebt den Blick vom Bildschirm und sieht Maria an. »Jesus? Wovon redet ihr?«

Maria lächelt angestrengt. Nur wenige der Schnitte, die die Glasscherben hinterlassen hatten, mussten genäht werden, aber etwas heftigere Mimik könnte die vielen kleinen Wunden wieder aufreißen, und die Hälfte ihres Gesichts sieht immer noch aus wie eine Akne aus der Hölle.

»Der Erlöser bestrafte mich für meine Eitelkeit«, sagt Maria und wendet sich Johan zu. »Oder ich bin einfach verrückt geworden. Ich weiß es nicht.«

Maria schüttelt langsam den Kopf, und wie sie innerhalb weniger Sekunden vom Fotomodell zu Frankensteins Braut wird und wieder zum Fotomodell, hat etwas Surreales. Die Ärzte sagen, dass es sehr viel besser werden wird, aber im Augenblick ist Maria gar nicht unzufrieden mit ihrem zwiespältigen Äußeren. Sie sieht aus, wie sie sich fühlt.

Als sie schräg über den Rasen gehen, sehen sie, dass sich eine große Gruppe am *Wind Thingie* versammelt hat. Die Reizbarkeit und die Gehässigkeit, die in der letzten Zeit so normal geworden waren, sind wie vom Wind aus der Norrtäljebucht herausgeweht, und der angenehme Plauderton ist zurückgekehrt. Johans Blick gleitet über die Gruppe hinweg, und seine Kinnlade fällt herunter.

»Max!«, ruft er. »Das ist ja ein Ding!«

Tatsächlich stehen Max und Siw dicht beieinander an der Kaikante, beschäftigt mit ihren Bildschirmen. Als Johan seinen Namen ruft, hebt Max den Kopf. Er hat dunkle Ringe unter den Augen, aber er ist *draußen*. Johan geht auf ihn zu und umarmt ihn fest. Nach einem kurzen Zögern bekommt auch Siw eine etwas hastigere Umarmung, die sie hölzern erwidert.

»Das ist ja ein Ding«, wiederholt Johan. »Warst du nicht irgendwie auf dem Weg zum Schafott? Warum hast du dich nicht gemeldet?«

»Ich bin erst vor einer Stunde rausgekommen«, sagt Max und macht eine entschuldigende Geste. »Siw hat mich abgeholt, und dann … ich wollte dich anrufen, wenn wir hier fertig sind.«

»Aber … warum?«

»Ich bin mir nicht ganz sicher«, sagt Max und wirft Siw einen warmen Blick zu, bevor er fortfährt: »Ich glaube, dass Siw sie davon überzeugen konnte, dass es gewisse … Fähigkeiten gibt. Sie sagen, dass ich vielleicht einen Monat im offenen Vollzug bekomme, für fahrlässiges Verhalten im Verkehr oder so ähnlich, aber … das wäre dann alles.«

Hinter sich hört Johan jemanden ironisch »fahrlässiges Verhalten im Verkehr« wiederholen. Zwei Leute aus der Pokémon-Gruppe stehen dort und werfen Max aggressive Blicke zu. Seine Rolle bei dem Unfall des Tankwagens ist allgemein bekannt, und ob Max in Norrtälje bleiben kann, ist zweifelhaft. Aber das ist alles immer noch besser als *sechs bis achtzehn Jahre*.

»Und du?«, will Anna von Max wissen. »Wie geht es dir … damit?«

Max reibt sich vorsichtig über die Augenlider, bevor er sagt: »Es spukt. Und es wird wohl weiter spuken. Da kann man nichts machen. Ich muss damit leben.«

Siw streichelt Max den Arm in einer Geste, die bedeutet, ich steh dir zur Seite. Anna schaut sich um und fragt: »Wo ist Alva?«

»Was glaubst du?«, sagt Siw und macht eine Kinderstimme nach: »Die Kaninchen! Mario!«

Am *Wind Thingie* ruft jemand »Wir gehen rein!«, und Siw reißt ihre Augen auf, als Anna ihr Handy herauszerrt.

»Was? Spielst du?«

»Ja. Johan hat es mir beigebracht.« Anna hält Johan ihr Handy vor die Nase. »Was mache ich jetzt?«

»Das hier ist ein Raid-Pass. Du musst damit bezahlen, um beim Raid dabei zu sein. Und wir sind eine private Gruppe, also musst du …«

Nachdem Johan Anna in die Geheimnisse der Raids eingeweiht hat, fällt ihm ein, dass er Anna genau hier an diesem Ort zum ersten Mal getroffen hat, während eines Raids, und auch, wie er sie sofort ablehnte, wenn nicht gar verabscheute. Jetzt hat er schon halb um ihre Hand angehalten.

»Warum lächelst du?«, fragt Anna, während das hellblaue Suicune auf ihrem Bildschirm herumhüpft.

»Nichts«, sagt Johan. »Man weiß einfach nur so wenig. Du musst es jetzt angreifen.«

»Wie denn?«

»Einfach nur so mit dem Finger pochen.«

Anna starrt verbissen auf ihren Schirm und klopft mit dem Zeigefinger, als würde es um ihr Leben gehen. *Halb um ihre Hand angehalten?*, denkt Johan und schielt zu ihr hinüber. Er versteht selbst kaum, wie es dazu gekommen ist, aber Anna ist jetzt einer der wenigen Menschen, die er wirklich mag. Sex ist für ihn nie besonders wichtig gewesen, und warum sollte man einsam sein, wenn man es nicht muss?

Max und Siw stehen aneinandergeschmiegt da, und Siw legt ihren Kopf auf Max' Schulter, während sie träge mit dem Daumen klopft und den Boss bombardiert. Nur Maria steht ein paar Schritte entfernt und betrachtet die kämpfende Gruppe mit ihrem schiefen Lächeln.

Der Raid ist vorbei, und die Leute beginnen, Suicune einzufangen. Als Anna ihren letzten Ball wirft, ruft sie: »Was? Was? Was ist jetzt passiert?«

Johan, der alle seine Bälle geworfen hat, ohne den legendären Hund zu fangen, sieht auf ihren Bildschirm und schnaubt. »Du hast es. Gratuliere. Anfängerglück.«

Die Leute zerstreuen sich unter fortgesetztem Geplauder und dem Versprechen, sich bei den nächsten Raids wiederzusehen. Johan sieht sich nach seinen Freunden und Gefährten um, atmet tief die frische Herbstluft ein und sagt: »Nur Marko fehlt.«

»Genau, ja«, sagt Maria und holt ihr Handy heraus. »Das hier kam heute Morgen.« Sie hält das Gerät hoch, damit alle es sehen können. Auf dem Bildschirm posiert Marko mit nacktem Oberkörper vor einem Haus, an dem die Renovierungsarbeiten in vollem Gange sind und zwei Männer gerade das Dach mit neuen Ziegeln decken. Unter dem Bild steht: »Der Jugo schafft!«

Anna schert mit den Fingern auf dem Bild, bis der barbrüstige Marko den ganzen Raum ausfüllt. Sie lässt ein sehnsüchtiges Seufzen hören, worauf Johan lacht und sagt: »Hattest du nicht genug von den Männern, oder wie war das?«

»Ich kann ja gewisse Ausnahmen machen, und im Übrigen denke ich immer noch über deine Frage nach.«

»Und?«

»Und …« Anna zeigt auf ihren eigenen Bildschirm, auf dem

Suicune steht und glänzt. »Jetzt habe ich es gefangen. Was passiert danach?«

»Nichts. Wir warten einen Monat. Dann kommt Raikou.«

»Das ist alles?«

»So ist das Leben.« Johan nimmt Annas Hand, hebt sie an und berührt ihre Knöchel sanft mit den Lippen. »Ich küsse Ihren Hund, Madame.«

DANK!

Unwesen ist eine Erzählung über unsere Abhängigkeit voneinander. Ich wollte die Gelegenheit wahrnehmen, einigen der Personen zu danken, von denen wiederum diese Erzählung abhängig war.

Mein Jugendfreund **Peter Wihlborg** gab mir eine gründliche Führung durch die Bowlinghalle in Norrtälje und weihte mich in die Geheimnisse der Ölbilder ein.

Im Flygfyren war es **Sandra Arfman**, die mich hinter den Kulissen herumführte und es mir ermöglichte, über Siws Alltag zu schreiben.

Die schönen Jahre, in denen wir mit der **Familie Adasevic** zusammenwohnten, inspirierten mich zu der Familie Kovac, ohne dass sie in irgendeiner Weise Vorbild für sie waren.

Mein früherer Verlagschef **Jan-Erik Pettersson** spielt den angemessen vorsichtigen Redakteur, solange ich aufpasse und mich nicht über Fußball äußere.

Mein jetziger Verlagschef **Pelle Andersson** könnte eine Illustration für den Begriff »Freundlichkeit« darstellen, er ist jederzeit eine Quelle von Wärme und Freundschaft.

Jenny Bjarnar und **Love Antell** … Ja, das Buch ist euch ja schon gewidmet. Das kann wohl reichen.

Håkan Hellström schickte Ermunterung und ließ mich gern ein paar seiner Textzeilen als Kapitelüberschriften verwenden.

Fritiof Ajvide und **Emma Broberg** lasen in einem frühen Stadium und kamen mit wertvollen Beiträgen, die das Buch noch ein paar Seiten länger machten.

Auch **Anna-Karin Andermo** las es sehr genau und entdeckte ein paar Widersprüche und Flüchtigkeitsfehler. Der schärfste Blick in der Stadt.

Gut die Hälfte des Buches entstand in der Küche bei **Mario** und **Hortensia** in Kubas schönstem *casa particular*, zu dem wir ständig zurückkehren. Zur Erinnerung an **Zuqui**.

Und, wie immer, **Mia**, die an den Abenden während des Schreibens meinem lauten Vorlesen lauscht und Ideen hat, wenn alles fertig ist. Ohne dich nichts.

Danke für alle Freundlichkeit, Freundschaft und Liebe.